문학과 진보

최원식 평론집

文
學

進
步

문학과 진보

창비

오랜만에 평론집을 낸다. 『문학의 귀환』이 2001년 출판이니까 꽤 동뜬다. 최근 『소수자의 옹호』(2014)를 출간했지만 이는 1980년대와 90년대의 실제비평을 주로 모은 것이라 첫 평론집 『민족문학의 논리』(1982)와 두번째 평론집 『생산적 대화를 위하여』(1997) 사이에 들매, 말하자면 뒤늦게 수습된 제2평론집이 되는 셈이다. 사실은 『소수자의 옹호』를 준비할 때 『문학의 귀환』 이후의 글들도 간추리고 있었다. 문학사 작업에 들어가기 전 문서고를 대청소할 요량이었거니와, 정년을 앞두고 연구실 책을 대규모로 정리하는 일과 맞물린 것이었다. 정리가 연구라는 말마따나 정말이지 후자는 유익했다. 딱 서가 두개 분량의 책만 새 연구실로 옮겨 오니 독서하기에 안성맞춤이다. 평생 공부를 어떻게 마무리할지 한층 깊이 생각하게 하는 점에서 독서인에게 정년이 꼭 필요함을 절감한 터인데, 그만 전자는 한국작가회의 이사장으로 불리는 머리에 중동무이되었다. 올 2월에 물러난 뒤 원고뭉치를 다시 들여다보니 신청부다. 다행히 강경석 군이 나서서 글들을 가려 뽑고 부까지 나눈바, 더욱이 큰 제목, 작은 제목까지 제안하니 비로소 환해졌다. 그는 이 평론집 『문학과 진보』의 실질적인 편

4

자다. 고맙다.

총 27편의 글들을 총 4부 — 1부 이론비평, 2부 소설론, 3부 시론, 그리고 4부 동아시아문학론으로 구획했다. 내 평론집의 통상적인 구성인데 1부가 축소되고 4부가 좀 확대되었을 뿐이다. 강경석이 왜 「문학과 진보」 (2008)를 이 책의 머리로 세웠는지를 생각한다. 이 글은 민족문학작가회의가 치열한 토론 끝에 '민족문학'을 내리고 한국작가회의로 명칭을 변경한 사건에 촉발된 것이다. 아시다시피 민족문학은 분단시대 우리 문학의 변혁적 계기를 한몸에 집약한 대문자다. 소련의 해체와 문민정부의 출범이라는 나라 안팎의 변화 속에서 한국문학의 유구한 '정치성'이 시나브로 빠져나가는 추세를 최종적으로 확인한 것이거니와, 그럼에도 막상 민족문학의 결석은 솔직히 내게 당혹이었다. 기왕에 회통론이니 동아시아론이니 하는 의론들이 매양 이 하강기를 견디려는 궁여지책에서 간신히 제출된 것이매, 한 시대가 저물고 있다는 더 깊은 실감 속에 민족문학 없는 진보의 틈을 궁리한 앨쓴 길찾기가 여기 모은 글들의 면목일 것이다. 혹 적은 참고라도 된다면 더할 나위 없는 일이다.

『문학과 진보』는 나의 마지막 평론집이 될 것이다. 앞으로는 문학사 작업에 유관한 데만 전념해야 할 듯싶다. 읽을 것은 많고 시간은 많지 않다. 역시 비평은 젊어야 한다. 마침 세상이 변했다. 한반도와 동아시아가 함께 부윰하다. 우리 앞에 놓인, 누구도 가지 않은 길 위에서 우리 문학은 또 어떤 몸을 지어갈지 벌써 궁금하다. 우리 문학의 한소식을 고대한다. 그동안 나의 허튼소리를 허용해준 모든 문인들께 최고의 경의를 표한다.

끝으로 이 폭염에 책 만드느라 노고한 창비의 강영규 부장, 김선영 팀장, 그리고 마무리한 박지영 형에게 감사한다.

2018년 8월

동이서옥에서 저자 삼가 씀

제3부/ 시와 정치

제4부/ 동아시아문학이라는 퍼즐

제1부

열쇳말들

문학과 진보

◆

오래 침묵하고 있는 시간의 한파가 길어지자
바람이 대신 나뭇가지를 붙잡고 울었다
── 도종환 「바람 소리」에서

1. '민족' 없는 민족 문학

민족문학작가회의(약칭 민작)가 긴 토론 끝에 '민족문학' 대신 '한국'을
택해 2007년 12월 한국작가회의로 재출범했다. 한국의 진보적 문학운동
단체를 대표했던 민작이 '한국'을 내세운 것은 사건이다. 분단체제의 극
복과 통일한반도의 창출이 '민족'에 집약되었던 것을 상기할 때, 반국주
의(半國主義)로 비칠 오해를 무릅쓰고 '한국'을 선택한 민작의 속셈이 가
쁘다. '민족'이 짊어진 이념적 과부하 상태를 '한국'이 일정하게 해독(解
毒)한다는 점에서 일정한 진전이지만, 그럼에도 한반도의 남쪽에 살고 있
다는 실존적 조건에 대한 자의식이 이전보다 강하게 전제됨은 부정할 수
없겠다.

남과 북이 어떻게 만나야 할지를 새로이 고민해야 할 때다. 경우들을
상정해보자. 첫째, 한국이 북한을 만나다. 대한민국을 남한 또는 한국으로
약칭할 때, 이는 반도의 북쪽, 조선(민주주의인민공화국)을 대한민국 또
는 한국의 미수복지구로 상정하는 것이기에 남쪽 중심이다. 둘째, 조선이

남조선을 만나다. 이는 반도의 남쪽, 한국을 조선이 해방시킬 피점령지구로 상정하는 것이기에 북쪽 중심이다. 셋째, 남측과 북측, 또는 북측과 남측이 만나다. 기왕의 남북접촉에서 사용되었던 이 용어들은 '남북한' 또는 '남북조선'과 달리 상대를 일정하게 인정한다는 점에서 진전은 진전이다. 그럼에도 실용적 차원에서 타협한 궁여지책에 가까워 성숙한 상호주의의 징표로 보기는 어렵다. 최근 올림픽 출전을 가리는 남북 축구경기가 북이 태극기가 평양에 게양되는 것을 저어해 제3국 중국에서 열린 것은 그 한계를 여실히 보여주었다. 기왕에 이룩한 남측/북측의 만남을 토대로 새로이 모색될 제3의 방식은 무엇인가? 한국과 조선 또는 조선과 한국이 만나다. 반도의 남과 북에 현실로서 엄연히 존재하는 두 나라, 두 국민을 다른 이름으로 숨기지 말고 그 이름대로 부르는 훈련이야말로 진정한 시작이다. 그 이름을 기피하는 것은 우리가 그토록 비판하는 일종의 중세적 명분론에 준하는 행태이거니와, 그나마 7·4남북공동성명, 남북유엔동시가입 그리고 6·15선언에서 이미 형해만 남은 형편이 아닌가? 남과 북은 '둘이면서 하나'이자 '하나이면서 둘'이다. '둘이면서 하나'라는 점을 잊지 않되 이제는 '하나이면서 둘'임을 더욱 의식할 때다. 후자에 방점을 찍는 비판적 상호주의가 착실히 자리 잡을 때 오히려 남북연합으로 가는 길의 입구에 생각보다 빨리 당도하게 될지도 모른다.

'한국'도 그렇지만 '민족문학'의 깃발을 내린 것이야말로 사건이다. '민족문학' 대신 가치중립적인 '한국문학'이 아니라 실용적 차원에서 '한국'을 택한 충정은 십분 헤아려야 마땅하지만, 변혁적 민족문학 이념의 결여에 어떻게 대응할지 진지한 토론이 요구된다. '민족문학'은 우리 진보운동의 역사적 흔적을 고스란히 간직한 열쇠 중의 열쇠다. 돌이켜보건대 민족문학은 해방 직후 조선공산당(약칭 조공)의 테제에 처음 등장했다. 해방조선의 현실을 토지혁명에 기초한 통일민족국가 건설을 핵심적 과제로 삼는 부르주아민주주의혁명단계로 규정한 조공은 식민지시대 계급문학론의 교조주의를 자기비판하면서 그 대안적 짝으로 민족문학론을 제출하였다. 냉전체제의 진군과 6·25전쟁(1950~53)이라는 열전의 폭발과 분단체제의 성립이라는 연쇄 속에서 이 사업이 두 나라, 두 국민, 두 국민문학으로 현실화함으로써 미완으로 귀결된 사정은 주지하는바, 1970년대 이후 4월혁명(1960)을 상상력의 모태로 남한에서 부활한 민족문학은 민주주의와 민족통일을 지향하는 점에서 해방 직후의 민족문학과 연속적이다. 그럼에도 자본주의는 물론이고 레닌주의와 그 아시아적 변종들에 대해서도 비판적이기 때문에 비연속적이기도 하거니와, 민족문학은 그후 반도의 현실적 조건과 조응하는 안팎의 논쟁을 통해서 혁명 또는 통일이 상정하는 정통적 의미를 수정하는 진화과정을 통과했음에도 변혁적 계기를 놓치지 않았다. 한국작가회의는 그 오랜 이름 민족문학을 바야흐로 방(放)했다. 그것이 변혁을 포기하는 것이 아니라면 그 계기는 어디서 어떻게 찾아야 할까? 상황의 변화를 냉철히 짚는 작업 속에서 진보의 내용과 형식을 탈구축/재구축하는 지적 모험을 사양할 수 없는 지경에 직면한 것이다.

2. 진보의 탈경계화

일찍이 백낙청(白樂晴)은 분단체제 아래서 한국민주주의는 갈지자 행보를 면치 못할밖에 없다고 지적한바, 이는 보수정권에도 해당하는 것임을 나는 요즘 절감하는 중이다. 개혁정권들도 비틀거렸지만 보수정권 역시 비틀거린다. 멀쩡한(?) 나라들과는 달리 분단체제 아래서는 보수주의 역시 지리멸렬을 면치 못하는 모양이고 보면, 보수정권의 부활 역시 '지루한 성공'으로 가는 한국민주주의의 도정을 역설적으로 돕고 있을지도 모른다는 엉뚱한 생각이 들기도 하는 것이다. 지금 우리에게 절실한 것은 왜 이런 일이 벌어졌는지, 자기를 치는 심정으로 진보의 안팎을 엄격히 점검하는 작업이 아닐까?

이 점에서 진보의 위기를 분석하고 그 대안을 모색한 이남주(李南周)의 문제의식은 주목할 만하다. 그는 우선 MB의 승리가 "단순히 보수적 가치를 전면에 내세운 결과가 아니라 그가 '실용적'이라는 수사로써 진보적 의제를 전유할 수 있었기 때문"[1]이라는 흥미로운 진단을 내놓는다. 왜 우리 국민들은 진보적 가치를 지지하면서도 진보세력이 아니라 보수세력의 손을 들어주었는가? 진보적 의제의 보수적 해결이라는 이율배반적 국민 선택 앞에서, 새로운 상황에 즉하여 진화한 보수에 대해, 레닌모델에 입각한 '20세기 사회주의'의 붕괴 이후, 대안을 만들어내지 못한 퇴화가 우리 사회 진보의 진정한 위기라는 진단이다. 그리하여 "진보세력은 시장과 개방이 진보적 가치와 충돌한다는 자신들에게 내재하는 선입관을 극복하는 동시에, 분배, 복지, 분단체제 극복 등이 성장 및 혁신과 충돌한다는 보수적 프레임을 깨는 두가지 방향으로 진보이념을 재구성하고 이를 위해 단결 가능한 모든 세력과의 연대를 추구해야 한다"[2]는 처방을 제출하는 것이다. 후반에 가서 분단체제론과 변혁적중도주의의 해설로 그친 게 아쉽지만, "시장과 지구화가 진보적 가치와 양립할 수 없다는 프레임에서 벗어"[3]나는 것이 진보 재건의 첫걸음이라는 이 글의 핵심적 주장은 음미할 만한 문제의식이 아닐 수 없다.

그럼에도 이 글에서 진보라는 핵심어에 대한 점검이 성긴 것은 문제다. 진보가 인간의 변화 가능성에 대한 내재적 믿음에 기초하여 인민 스스로 사회를 이상적 상태로 변화시킬 수 있다는 관념을 발명한 계몽주의가 '하나님의 역사(役事)하심'이라는 전통적 사유의 대안으로 구성한 개념이라

---

1 이남주 「전지구적 자본주의와 한반도 변혁」, 『창작과비평』 2008년 봄호 13면.
2 같은 글 30면.
3 같은 글 24면.

는 사전적 정의를 들이대는 것은 우리 논의에 큰 도움이 되지 못한다. 남한사회에서 진보는 공산주의, 사회주의, 좌익, 좌파 등등, 요컨대 '빨갱이'의 피난처였다. 비단 왼쪽만 뜻하는 것도 아니었다. 채만식(蔡萬植)은 해방 직후 그의 단편 「도야지」(1948)에서 '빨갱이'를 이렇게 풍자적으로 정의했다.

1940년대의 남부조선에서 볼셰비끼, 멘셰비끼는 물론, 아나키스트, 사회민주당, 자유주의자, 일부의 크리스천, 일부의 불교도, 일부의 공맹교인(孔孟敎人), 일부의 천도교인, 그리고 주장(주로―인용자) 중등학교 이상의 학생들로서 사회적 환경으로나 나이로나 아직 확고한 정치적 이데올로기가 잡힌 것이 아니요, 단지 추잡한 것과 부정사악(不正邪惡)한 것과 불의한 것을 싫어하고, 아름다운 것과 바르고 참된 것과 정의를 동경 추구하는 청소년들, 그밖에도 ×××(이승만―인용자)과 ××××당(한국민주당―인용자)의 정치노선을 따르지 않는 모든 양심적이요 애국적인 사람들(그리고 차경석의 보천교나 전해룡의 백백교도 혹은 거기에 편입이 될 가능성이 있다) 이런 사람들을 통틀어 빨갱이라고 불렀느니라.[4]

반공독재의 세월을 겪은 사람들에게는 정말 실감나는 정의가 아닐 수 없다. 신축자재(伸縮自在)의 여의봉처럼 적용되곤 했던 이 말로부터 도망치는 과정에서 '진보'가 선택되기도 했지만, '진보' 또한 피난처가 되지는 못했다. 1959년 이승만(李承晩)독재에 의해 '간첩'으로 처형된 죽산(竹山) 조봉암(曺奉岩)이 진보당 당수라는 사실은 그 단적인 예가 될 것이다. 민주화 이후 진보라는 용어를 큰 위험 없이 사용할 수 있게 된 것만으로도 한국사회의 진보를 실감할 터인데, 진보의 의미가 정통 좌익과 일정하게

---

4 채만식 「도야지」, 임형택 외 엮음, 『한국현대대표소설선 3』, 창작과비평사 1996, 109~110면.

구별되는 자질을 획득하게 된 것도 사실이다. 공산주의운동의 원로 죽산이 해방 후 조공과 결별하고 한국정치에 참여한 데서 드러나듯 남한의 진보는 의회를 통해서 민주사회주의 또는 사회민주주의를 실현하는 과정에서 북과의 평화통일을 달성하는 것을 목표로 하였기 때문이다. 물론 진보당이 혁명을 완전히 배제했는지는 당시의 엄혹한 정치상황을 염두에 둘때 가벼이 단정할 수 있는 일은 아니지만, 이러한 의회주의전술이 단순한 생존전략은 아니었던 것 같다. 죽산의 길은 남북의 엄중한 대치 속에서 남한의 좌익이 합법적 공간에서 채택할 수 있는 거의 유일한 선택이 아니었을까?

4월혁명으로 진보는 혁신계의 이름으로 부활했다. 5·16쿠데타(1961) 이후 탄압된 그 이름은 다시 지하로 숨어들었지만, 문학을 통해 새로이 표출되기 시작한 점이 흥미롭다. 첨예한 정치쟁점들이 상대적으로 덜 직접적인 문학이라는 공간을 통해 집중적으로 제기된 것인데, 참여문학론의 진화과정에서 1970년대 이후 우리 진보적 문학운동의 중심담론으로 자리잡은 민족문학론은 대표적인 것이다. 이미 지적했듯이 민족문학론의 위상은 복합적이다. 식민지시대의 계급문학론·해방 직후의 민족문학론과 연속적이면서 동시에 비연속적이기 때문이다. '20세기 사회주의' 모델에 더욱 비판적이어서 단절적 성격이 오히려 도드라진다고 할 수도 있다. 그럼에도 5·16으로 배반된 4월혁명을 상상력의 모태로 했기에 어떤 점에서는 진보당보다 급진적이다. 급진성은 그런데 20세기 사회주의의 붕괴와 나라의 민주화 이후 급속히 해체되었다. 포스트시대에 직면하자 그동안 독재에 대한 반대라는 최저강령으로 연합했던 세력들의 빠른 분화가 특히 현실운동 내지 현실정치를 통해 진행되었기 때문이다. 너머를 꿈꾸는 진보세력과 자유민주주의를 종말로 삼는 개혁세력의 분간이 비롯되면서 정치참여의 열풍 속에 대혼동이 일어났다. 문민정부 출범(1993) 이후 진보파도 개혁파도 현실논리 따라 당으로 당으로 심지어 보수당으로도 흡수되고, 진보세력의 독자정당은 소수당의 형세를 면치 못하는 형국에 처한 것은 이미 주지하는 터다. 분단체제 아래 독자적 진보당이 의미있는 소수당으로나마 부활한 것만도 대단한 일이기는 하지만, 진보세력이 이처럼 분산 속에 지리멸렬함을 면치 못함을 돌아볼 때 이는 1950년대 진보당 때보다 후퇴했다는 느낌을 지울 수 없는 것도 사실이다. 이런 상황은 민족문학도 압박한다. 후속세대의 위기에 빠져든 민족문학은 한편 개혁세력의 집권 속에서 문단의 중심으로 부상하는 반어에 직면한바, 이 역설의 진화는 민작이 민족문학의 깃발을 내리는 지경으로 귀결된 것은 이미 지적한 터다.

이러한 상황을 감안할 때, <u>스스로 오른쪽으로 이동</u>해 진보가 위기를 자초한 측면에 주목해야 한다. 유럽의 경우를 한번 보자.

1990년대 동안 동·서유럽의 사회주의와 공산주의 정당은 자신들의 급진주의를 대부분 폐기했다. (…) 좌파와 우파 사이의 차이가 희박해졌고 모든 정당은 경제체제의 변화에서 이익을 얻은 이들을 대변했으며 낙오자들을 방치했다. 좌파는 선거에서 승리하고자 우파 쪽으로 자리를 옮겼고 보수정당들은 종종 좌파와 차이를 두기 위해 외국인혐오 대중주의를 채택했다. 좌파도 (…) 이민자들에게 관대하지 않은 유권자들을 안심시켰다. 이민자 반대정책들이 존중받았고 극우파의 초민족주의가 실제적으로 출현했다.[5]

한국에서는 다행히 파시즘의 발호가 없다. 파시즘의 주적인 공산당이 없어서인가? 북의 조선노동당이 존재하지만 그는 나라 안이면서 밖인데, 남한에서는 6·25전쟁 이후 급진주의를 일찍이 폐기할 수밖에 없었던 터라 정통좌파도 부재한다. 더욱이 진보파도 중도로 이동했다. 분단체제

---

5 케빈 패스모어 『파시즘』, 강유원 옮김, 뿌리와이파리 2007, 158~59면.

의 독특성으로 한국정치에서 좌우가 불분명한데, 민주화 이후 대혼동이 가속화했으니, 따라서 극우파의 입지도 좁다. 파시즘적 지향이 상대적으로 약하다는 것은 진보파의 독자적 자질이 흐릿하다는 것과 멀지 않을진대, 그렇다고 지금부터라도 진보 또는 좌익의 기치를 선명히 하자는 주장이 능사는 아니다. 이번 총선(제18대 국회의원 선거) 결과를 보면 더욱 그렇다. 민주노동당은 선방했지만 전반적으로는 진보신당을 비롯한 범진보세력의 후퇴가 현저했다. 민주당에 둥지를 튼 진보세력은 물론이고 심지어 한나라당 안의 운동권 출신들도 몰락했다. 기성정당들 속으로 들어가 안에서 지분을 늘려 결국은 그 틀을 바꾸려는 기존의 방법이 여전히 유효하리라고 볼 수도 없게 된 것이다. 독자세력화와 민주연합론이 모두 위기에 봉착했다는 현실에 대한 발본적 인식을 공유하는 것이 선차적인데, 민주화가 정통좌익을 해체하여 재구성하는 창조적 진정성의 원천인 진보조차 탈경계화하는 데 기여했다는 현실을 냉정히 접수하면서 우리 시대에 무엇이 진보의 새 영토일지 자기의 입지에 즉하여 고민할 수밖에 없다.

3. 문예의 진보?

이 점에서 나는 정희섭(鄭熙燮)의 「진보문예운동의 전개와 전망」을 흥미롭게 읽었다. 그는 지난 시대의 문화운동에 대한 통렬한 자기비판을 수행한다. 그럼에도 이 글은 청산주의와는 거리가 멀어 오히려 발랄하기조차 하다. 그는 말한다. "방점을 운동에 찍"은 문화 '운동'이 아니라 "이제부터 문화운동은 문화에 방점을 찍어야 한다".[6] 왜? "문화를 바꾸기 위해서는

---

6 정희섭 「진보문예운동의 전개와 전망」, 『인천문화비평』 2007년 하반기 57면. 이하 본문의 인용은 면수만 표기.

문화를 낳는 사회구조를 먼저 바꿔야 된다고 운동에 방점을 찍는"(58면) 과거의 진보적 문화운동은 결국 "문화운동을 한 게 아니라 '문화로 하는 운동'에 그친"(59면) 것이기 때문이다. 그럼 문화도구주의를 비판하는 '문화'운동은 무엇인가? "사회구조를 직접적으로 변화시키는 그런 운동이 아니라 사회구성원들이 문화의 가치, 문화의 원리를 내면화함으로써 자신의 의식과 태도, 나아가 행동을 바꾸는 운동"(60~61면)이 그것이다. 이를 두고 변혁을 포기하고 내면으로 탈주했다고 말꼬리를 잡는 것은 점잖지 않은 일이다. "문화의 중요성과 가치를 우리 사회에 확산시키는 운동" (62면)에서 암시되듯이 그는 '나의 혁명'의 집합이라는 우회로를 통해 궁극적 사회변화를 꿈꾸는 장기적 기획을 선택한 것이다.

진보문예운동의 대안은 무엇인가? "문화운동의 방점이 운동이 아니라 문화에 찍혀야 하듯이 진보문예운동의 방점은 진보문예에 찍혀야지 진보운동에 찍혀서는 안된다"(64면)는 입장에서 그는 1980년대식 사회주의적 지향에 의존하는 진보와 선을 명확히 긋는 한편, "도대체 문예에서의 진보가 뭐냐"(65면)는 질문으로 중심을 이동한다.

문예의 진보는 따로 있다고 봅니다. (…) 저는 아방가르드라고 생각합니다. 기존의 지배적인 것에 대한 문제제기의 정신, 끊임없는 자기쇄신, 미래를 향한 열려 있는 생각, 소통에 대한 개방성, 창의성, 이런 것들을 빼놓고 문예에서 진보를 얘기하는 것은 난센스라고 봅니다. 그래서 문예에서 (…) 이런 걸 핵심에 놓고 사회의 진보와 어떻게 만날 것인가, 이렇게 고민하는 게 (…) (같은 곳)

이 관점에서 기존의 민족예술 또는 민중문화에 대해 "과거완료형으로 끝날 가능성이 상당히 크다고"(같은 곳) 냉정히 판단한다. 이는 물론 청산주의적 열정의 결과는 아니다. 그 또한 1980년대 진보문예의 실험 속에서 싹튼 새싹의 존재를 뒤늦게 자각하고 있다. 가령 요즘 유행하는 하이브리드니 퓨전 등의 원조가 바로, 1980년대 문화운동에서 제기된 '장르확산'과 '매체통합'이라는 지적(72면)은 흥미로운데, 그럼에도 그는 이 맹아를 잘 살리지 못한 것을 자책한다. 그리하여 정치적 입장의 다름에도 불구하고 감동을 줄 수 있는 작품, 즉 "내세울 수 있는 작품"(70면)을 생산하지 못한 기존의 진보문예운동은 시효가 거의 끝났음을 아프게 수용한다. 그만큼 쇄신이 긴박하다는 판단인데, 무엇이 그토록 절박한 것일까?

진보문예도 '시장'에서 살아남아야 합니다. 모든 예술사는 결국 독자와 관객의 역사입니다. 독자와 관객이 계속 있어주면 그 문예가 살아남아 영향력을 행사하는 거고, 독자와 관객이 없으면 잠깐 반짝했다가 사라지는 거죠. 자, 80년대에는 분명히 민중문화에 독자와 관객이 있었습니다. (…) 시집이 나오면 많은 사람이 시를 봤고, 노래가 나오면 많은 사람들이 노래를 불렀고, 연극이나 미술이나 마찬가지입니다. 하지만 지금은 어떻습니까? 물질적으로나 시간적 여유로나 그 당시보다는 노동자계급의 형편이 많이 나아진 것은 부정할 수 없습니다. (…) 그럼에도 불구하고, 그리고 그 당시에 열렬하게 환호를 받았던, 말하자면 우리가 생각했던 노동자계급의 문예를 그들이 향유하고 있습니까? 아니라고 대답할 수밖에 없습니다. 그리고 저도 정말 인정하기 싫지만 앞으로도 아마 그럴 가능성은 별로 없을 거라고 생각하는 게 맞을 겁니다. (66~67면)

1980년대식 진보를 넘어서야 한다는 자신의 주장에도 불구하고 '노동자계급 중심'을 드러내는 그의 정치적 무의식은 따로 기억해야 하지만, 그토록 함께하고자 열망했던 민중 또는 대중으로부터 결국은 소외된 현금 진보문예의 추이에 대한 지적은 날카롭다. 지금 와서 혁명에 지쳤던 1980년대를 비판하는 것은 쉬운 일인데, 민주화 이후 민예총(한국민족예술인총연합의 약어)을 비롯한 진보문예운동단체의 달라진 위상을 예리하게 짚는 안목이야말로 중요롭다. 문화권력으로 등극했음에도 전체 판에서는 여전히 소수자의 위치에 있었기 때문에 "기존 판 내에서 자기 점유율을 높이는 그런 전략"을 선택함으로써 결국 "기존 판 속의 공모자가 된"(72면) 진보문예운동가들은 "그 당시 (…) 진보가 아닌 수구에 빠져 있었"(73면)다는 것이다. 문화적 공존의 이름 아래 기성문화와 민중문화의 "경쟁과 협력의 관계"(63면)를 긍정한 그 시기의 진보문예운동이 그 결과 1980년대의 독자와 관객마저 잃고 퇴출의 위기에 처한 현주소를 직시하는 그의 용기가 빛난다. 기존문화를 부정의 대상으로만 조정하는 혁명적 낭만주의에 몰입했던 전자와 판을 바꾸기보다는 판을 지배하려는 현실주의전술을 구사했던 후자, 진보문예가 통과한 이 상반되는 두 경험은 기실 상호의존적이기도 한 것인데, 그는 어디서 빛을 보고 있는가? "새 판을 짜는 쪽"(72면)으로 나아가야 한다는 것이 그의 대답이다. 두 경험들을 충분히 존중하되 변화된 상황에 즉하여 새로운 육체를 획득한 걸출한 작품들의 행진, 이것이 아마도 그가 꿈꾸는 "정말 문화예술의 진보를 추구하는 그런 진보문예운동"(74면)의 쇄신된 목표일 것이다.

　오랜 실천의 온축에서 우러난 진단과 처방이 지닌 곡진함이 절절한 이 글은 그동안 내가 접한 그 어떤 논리보다 전파력이 충일하다. 그럼에도, 아니, 모처럼 제출된 이 진지한 문제제기의 불씨를 중지를 모으는 토론으로 발전시키기 위해서도 그의 논지에 비판적으로 접근하는 또 하나의 태도가 요구된다. 이 글의 문제는 무엇인가? 그 자신도 의식하고 있듯이 정작 진보에 대한 새로운 천착이 부족하다는 점이다. 문예에서의 진보를 따지는 작업이 발등의 불이기 때문에 이 문제의 중요성에 대한 인식에도 불구하고 말을 아낀 터인데, 양자는 물론 위계 또는 선후관계는 아닐 것이다. 진보를 새로이 규정하고 그 바탕에서 진보문예를 꾸리는 연역적 방식에 대해 그는 진보문예운동의 실천적 경험들 속에서 진보조차 새로이 구성하려는 일종의 귀납법을 채택한다. 그런데 단도직입적으로 말하면 양자는 동시에 밀어나가야 할 일이다. 말하기는 쉬워도 이루기는 얼마나 어려운지 이 말의 무게를 충분히 의식해야 마땅하지만, 그럼에도 불구하고 이 말은 실천으로 번역되어야 한다. 진보에 대한 탐구를 괄호 치고 진보문예에 치중할 때, 그것은 문예를 진보운동에 봉헌하는 편향에 대한 반동으로 진보를 문예운동으로 해소하는 다른 편향으로 인도할 수도 있기 때문이다. 이 두 작업을 긴밀히 조율한다고 해서 꼭 선후가 없다고 상상할 일은 아니다. 전자를 후자보다 조금 먼저 시작할 수도 있고 그 역도 있을 수 있다. 중요한 것은 이 두 작업을 마주 세우는 거울로 의식하려는 그 알아차림이다.

4. 불순한 순수

우리 시대의 진보는 무엇을 어떻게 알아차릴 것인가? 이 물음은 특히 문학에서 중요하다. 소리와 색깔 등과 달리 문학의 매체, 언어는 의미라는 질병과 한결 깊이 관련되기 때문이다. 진보와 보수를 막론하고 아니, 순수문학의 이름으로 반공어용문학으로 경사한 유사순수문학은 차치하고 이데올로기로부터의 완벽한 탈주를 꿈꾸는 진짜 순수문학조차 근본적인 차원에서는 불순을 면치 못하는 것이 문학의 운명 아닌가? 무릇 문학에서 이데올로기는 길모퉁이를 돌면 문득 마주치게 되는 죽음처럼 필연적이다.

그렇다고 혁명의 이름으로 이데올로기 또는 정치에 대한 복무를 직간접으로 찬미 또는 고무했던 낡은 유산을 다시 상속하자는 것은 물론 아니다. 일찍이 스땅달(Stendhal)은 문학 속의 정치는 "음악회 도중에 발사된 권총의 소리"[7] 같다고 탄식한바, 이 악령을 그럼 어찌 다룰까? 역시 문학과 예술은 이데올로기의 유혹으로부터 가능한 한 최대의 자유를 추구할 때 근사한 것인데, 그 본원적인 자리에 설 때 문학이 꾸는 목숨의 꿈은 더욱 치열하게 순정(純正)하다. 이는 순수주의로의 퇴각나팔이 아니다. 오히려 문학의, 또는 문학을 둘러싼 환경의 근본적 불순성을 철저하게 의식하는 것이 순수로 가는 혈로를 뚫는 방편일지도 모른다는 데 무서운 희망을 두고 싶다. 불순 바깥에 순수가 있다고 몽상하지 말고 불순을 여의고는 순수도 없다는 역설을 사는 자세를 실험할 만하지 않을까? 불순한 순수의 모순적 장소에서 이 세계의 행로를 '나'를 거쳐서 골똘히 사유할 때 상상력의 정치에 입각한 또 하나의 정부를 안은 진보문학의 새로운 대지가 문득 열릴지도 모른다.

최근 우리 문학은 해체의 징후로 가득하다. 오랫동안 한국문학의 지배 이데올로기로 군림하면서 순수문학의 이름으로 남한 국민문학을 구축하는 데 일정한 성취를 이룩한 보수주의문학은 이미 그 활력은 잃은 지 오래다. 계간지시대가 본격적으로 열린 1970년대가 그 전환의 입구일 것이다. 이때에도 바깥정치에 순응하는 댓가로 문단의 영주로 책봉된 순수문학의 원로들은『현대문학』을 중심으로 건재했다. 사실 이 월간지는 식민지통치에 대한 불편한 동의를 대상(代償)으로 문단이라는 문인공화국을 구축한『문장』의 후계적 지위에 위치한다. 코꾸민분가꾸(國民文學)로의 전향을 거절하고 조촐히 임종한『문장』은 해방 후 정지용(鄭芝溶)과 이태준(李泰俊)을 비롯한 지도부가 북쪽으로 사라지면서 역사 속으로 강제 이월되었다. 남한의 문인들이『문장』지도부를 공격하면서도 가만히 그 후계가 되려고 상호 갈등한 것은 흥미로운데, 그 최후의 승자가 일찍이 순수문학을 주창하며 좌익과 투쟁하는 데 앞장선 조선청년문학가협회의 맹장 김동리(金東里)와 조연현(趙演鉉)이었다. 말하자면『현대문학』은 그 전리품이라고 해도 과언이 아니다. 순수문학이 이처럼 현실적 지배력을 행

---

7 어빙 하우『정치와 소설』, 김용권 옮김, 법문사 1960, 7면에서 재인용.

사하고 있었음에도 불구하고 이 시기 우리 문학의 축은 유신체제와 날카롭게 긴장했던 자유실천문인협의회와 『창작과비평』을 근거지로 한 민족문학이었다. 비록 현실에서는 탄압받는 비주류였지만 김지하(金芝河)와 황석영(黃晳暎)으로 대표되듯이 무엇보다도 작품의 창조력으로 단연 우뚝한 것이 그를 웅변한다. 순수문학과 민족문학 사이에 위치한 중간파 『문학과지성』이 창비와 함께 계간지시대를 이끄는 또 하나의 중심으로 활동한 점을 상기하면, 우리 문학의 중심 이동을 실감할 것이다. 이후 민주화의 전진 속에서 쌍두마차 체제의 생산력이 눈에 띄게 쇠약해진 것은 여기서 다시 반복할 필요도 없다. 그리하여 우리는 정치판과 유사하게 문학적 경향늘의 대혼동을 목격하는 중이다. 민족문학이 불순을 상실한 채 순수해지자, 중간파문학도 순수문학도 길을 잃었다. 새 세대의 문학이 보여주는 자기해체적 징후는 결국 앞 세대, 특히 민족문학의 책임으로 귀속될 것이다. 1970년대 이후 우리 문학의 강력한 추동력으로 떠오른 민족문학이 자기에게 부하된 진보적 사명을 새로운 상황에 즉하여 갱신하는 데 실패함으로써 문학판 전체의 전반적 하강을 야기했기 때문이다.

우리 문학, 특히 민족문학 또는 민중문학은 한때, "약자와 빈민이 매일매일 무기를 뽑아들 수 있는, 모두에게 개방된 무기고와 같았다".[8] 아마도 우리 문학의 이런 황금시대는 다시 돌아오지 않을지도 모른다. 아니 현실에 대한 체념을 보상하는 감상주의를 부추기는 황금시대의 부질없는 꿈은 거절하고 하강기를 견딜 방편을 어떻게 추스르느냐가 중요하다. "서사와 서정 사이의 대혼돈이 이제는 상습적인"[9] 지경에 도달했는데, 이는 일찍이 신승엽이 '단자화'라고 명명했던 징후와 손잡고 있다. 뻔한 정답으로 수습될 국면을 멀리 벗어난 지 오래다. 무한탈주 속의 개별자로 분화

---

8 Alexis de Tocqueville, *Democracy in America*, trans. by Arthur Goldhammer, New York: The Library of America 2004, 5면.

9 김지하 「바다로 가는 길」, 『신생』 2008년 봄호 146면.

된 이 경향이 과연 소생에 대한 강한 직관을 품은 새로운 조짐인지는 쉽게 낙관할 수 없지만, 바로 이 불순한 조건을 일체의 세계가 한 터럭으로 들어가고 한 터럭 속에 일체의 세계가 물리는 화엄적 회통의 장소로 삼아 '로도스의 뜀뛰기'를 할 수밖에 없다.

그 중도의 장소는 어디인가? 가까운 곳에서 시작하자. '지구적으로 사고하고 국지적으로 실천한다'(Think globally, act locally)는 금언을 다시 새기고 싶다. '나'의 구체적 생활세계를 '국지(局地)'라고 이를진대, 자신이 발 딛고 선 곳 즉 자치를 실험하는 단위는 모두 국지라고 할 수 있다. 그 가운데서도 지방은 국지의 핵이다. 중앙을 복제하는 지방자치가 아니라 아래로부터 되먹이는 주민자치의 꿈을 곡진히 성찰할 때다. '나'와 '나'가 서로를 머금는 고도의 자치를 실현하는 통로를 찾는 도정에서 자연스럽게 이룩되는 주민자치야말로 나쁜 교착을 타개할 아름다운 '숲속의 길'이 아닐까? 그런데 지구적(global) 사유와 지방적(local) 실천 사이에 '지역'(region)을 두는 것이 긴요하다. 화이부동(和而不同)의 지방적 실천들을 통한 아래로부터의 재구축이 국민국가의 회로 안으로만 수렴되는 것을 방지하는 중도의 장소가 바로 지방과 세계가 회통하는 지역이기 때문이다. 중도에 즉하는 지방적 실천이 착실히 축적될 때 혹 불순을 디디고 진보·문학의 꽃길이 새롭게 열릴 가능성도 없지 않을 것이다. 모쪼록 "얼크러지고 설크러진 혼돈을 밟고 가되 모시는 마음만 버리지"[10] 마소라!

보유

이 글을 발표한 직후(2008년 7월 2일) 나는 부산대 한국민족문화연구소(소장 김동철 교수)의 초청으로 부산에 갔다. 주최 측에서 준 강연의 제목은 '로컬·문화·로컬리티'다. 이날 토론이 흥미로웠는데, 특히 '지구적으로 사고하고 지역(국지)적으로 실천한다'는 금언에 대한 지적이 날카롭다. 요진즉, 프랭크 페더(Frank Feather)가 만들어 유포시킨 이 말이 초국적 자본의 이익을 대변하는 글로벌 마케팅의 논리인 듯한데, 어찌 생각하느냐는 거다. 나는 이 금언이 서구의 진보파들 사이에서 1989년 이후 널리 사용되어왔다고 귀농냥한 터라, 아마도 시장담론이 진보파로 이전되었다기보다는 그 역코스일 거라고 막연히 추정할 수밖에 없었다. 인천으로 돌아온 후 나는 그 추측이 틀리지 않았음을 확인하였다. 이 금언의 발신자는 비확정적이다. '지구의 친구들'(FOE, Friends of the Earth, 1969 창립)의 설립자 데이비드 브라워(David Brower)가 최초의 저작권자라고 하는가 하면, 1972년 '유엔인간환경회의'의 고문 르네 뒤보스(Rene Dubos)라고 수정하는 설도 있고, 프랑스 신학자 자끄 엘륄(Jacques Ellul)이라는 등, 분분하다. 그런데 주로 환경운동 쪽에서 기원한 이 금언을 쏘니를 비롯한 다국적기업들이 1980년대 이후 사용하게 되었다는데, 그 징검다리 역할을 논 것이 프랭크 페더인 모양이다. 그는 1979년 이 금언을 제목으로 삼은 회의를 조직했다는 것이다.(이상 Wikipedia 참조) 운동에서 기원했지만 다국적기업도 공유한다는 사실은 '나라'를 건너뛰는 것을 특징으로 삼는 이 말의 유연성을 잘 보여준다. 다국적기업이 이 말을 사용한다고 해서 꼭 편견을 가질 필요야 없지만, 세계와 지방을 그대로 연결함으로써 양자를 매개하는 나라를 마치 간이역처럼 통과해버리는 이 금언의 논리는 확실히 문제적이다. 국민국가라는 완강한 모형을 흔드는 작업의 중요성을 모르는 바 아니지만 나라는 이처럼 그냥 스쳐도 되는 물건이 아니다. 나라를 제대로 넘어서기 위해서도 나라에 대한 더 곡진한 사유가 요구되거니와, 그렇다고 매양 나라라는 매듭만 매만져서는 백년하청(百年河淸)이다. 좀 무리가 있더라도 나라를 넘을 거점으로 국지 또는 지방을 더욱 강조할 필요는 여전하다고 하겠다. 하여튼 나라라는 매듭에 대한 균형적 사유 속에서 이 금언을 신중히 사용해야 한다는 깨달음이 중요롭다.

우리 시대 비평의 몫?

1. 납작해진 세상

따지고 보면 '신경숙(申京淑) 표절논란'에 나도 책임이 없지 않다. 문제의 단편 「전설」이 수록된 작품집 『오래전 집을 떠날 때』(1996)와 제목을 바꿔 다시 출간한 『감자 먹는 사람들』(2005) 모두 내가 창비 주간으로 재직한 때 출간되었기 때문이다. 알다시피 신경숙은 「풍금이 있던 자리」(1992)로 일약 주목되었고, 이듬해 동명의 단편집을 냄으로써 신예작가로 급히 떠오르기 시작하였다. 무명의 소설가에게 새로운 기회를 제안한 문학과지성사의 선택에 감탄하면서, 그를 진즉 알아보지 못한 자책도 자연히 따랐던 터다. 더구나 후속작이 장편 『외딴방』(1995)이 아닌가? 문학동네의 역할이 돋보였거니와, 예민한 촉수로 지도 없는 잠행을 거듭하며 1980년대와는 다른 정치성을 구성한 『외딴방』은 1990년대를 획한다. 이듬해 아마도 역대 가장 젊은 작가로 만해문학상을 수상한바, 어두운 리얼리즘 시절 반 고흐(Van Gogh)의 대표작에 감응한 「감자 먹는 사람들」(1996)은 「모여 있는 불빛」(1993)과 함께 계간 『창작과비평』 지면을 빛낸 단편이었다. 이 인연으로 창비도 그의 단편집『오래전 집을 떠날 때』를 내는 행운을 누렸고, 기왕이면 귀신 이야기보다는 상처받은 영혼들을 위무하는 그런 사람 이야기를 표제작으로 삼는『감자 먹는 사람들』이란 개정판이 출판된 것이다.

이응준의 칼럼으로 촉발된 이번 사태에서 가장 뼈아픈 점의 하나는『문예중앙』(2000년 가을호)에 발표된 정문순의 글을 당시 제대로 논의하지 못한 일이다. 인터넷에서는 일부 논란이 있었지만 이른바 오프라인에서는 거의 정적(靜寂)이었다. 문단만이 아니다. 언론도 이 글을 놓쳤다. 말하자면 당시 한국의 글쟁이 사회 전체가 그 글을 바깥으로 돌린 터다.

이번에는 왜 폭발적인가? 작가와 창비의 안이한 초기 대응이 사태를 불린 탓도 적지 않지만 금번의 법정에는 무언가 시대의 증험이 가로놓인 듯도 싶다. 그들이 그럴 만큼 적악을 했다면 모르거니와, 이번 사태는 수구정권들이 저지른/저지르고 있는 참담한 행태를 비롯하여 어디 한구석 마음 부빌 데 없는 최근 한국사회의 교착에 대한 어떤 울분의 집합적 표출일지도 모르겠다는 엉뚱한 생각도 들던 것이다.

그런데 아마도 가장 큰 요인은 그때보다 세상이 평평해졌다는 데 있을 듯하다. 6월항쟁(1987) 이후, 특히 소련의 붕괴(1991)와 문민정부의 출범(1993)으로 기나긴 혁명의 시대가 종언을 고했다. 진정한 의미의 비극은 가각(街角)을 돌아섰다. 김지하의 변신이 아무렇지 않게 일어나는 시절이니 참으로 세상은 납작해진 것이다. 수직을 깎아 수평으로 누운 평준화 덕에 인터넷의 힘이 세졌다. 이제는 오프라인까지 압도한다. 인터넷을 타고 홀연히 출현한 다중(多衆)은 작가를 오로지 숭배하는 왕년의 얌전한 독자가 아니다. 소비자 시대의 진군 속에서 작가/독자의 권력관계가 어느새 기운 것인지도 모르겠다. 이는 한편 민주화가 진전된 표징으로 환영해야 할 바이지만, 다른 한편 생산자 모델에 기초한 고전적 의미의 문학 생산이 불가능한 시절로 진입했음을 고지하는 신호이기도 하다. 구미에서 운위되던 작가의 죽음이라는 강 건너 불이 흑선(黑船)처럼 한국문학의 해안에 표착하였다. 과연 이 양면 가운데 앞으로 무엇이 더 두드러질지는 우리 작가—독자들의 선택에 달렸거니와, 아마도 교착이 쉽사리 결착되지는 않을 듯싶다.

작가주의의 쇠락은 비평의 위기와 손잡고 있다. 지금의 유사—치안상황을 자초한 원천일 그때, 비평이 개입했더라면, "과거를 기억할 수 없는 자들은 숙명적으로 과거를 반복할 뿐"(Those who cannot remember the past are condemned to repeat it)이라는 산타야나(G. Santayana)의 금언이 적중하는 사태를 방지할 수 있었을 터인데, 시대의 징후를 간과했다. 그 바람에 이번에도 법정이 앞섰거니와, 검증은 작가에게만 요구되는 것이 아니다. 표절의 의혹을 제기한 평론가에게도 적용된다. 제3의 비평공간에서 신경숙과 정문순의 교차검증을 통해 신경숙의 그 작품이 표절인지 아닌지, 신중에 신중을 기해 최종판단을 내리고 그 판단이 문단 전체에 공유됐다면, 아마도 그동안의 비의도적 봉쇄에 따른 대폭발은 자제되었을 것이다.

비평문화가 어느덧 허약해졌다. 자신의 정부를 지니지 못한 식민지시대에 이어 민간독재 또는 군사독재가 장기간 지속된 분단시대 남한의 현대사를 거치면서 더욱 각인되었듯이 한국문학은 또 하나의 정부였다. 비평가들은 이 망명정부의 방향타를 기꺼이 자임하였다. 프로문학론을 기원으로 삼는 비평적 토론의 긴 역사는 기실 해방의 이념과 방법을 둘러싼 심각한 정치논쟁의 행진이었으니, 혁명정치가 문학비평의 옷을 입고 있었다고 해도 과언이 아닐 것이다. 저 은성한 정론비평의 시대 또한 1990년대 들어 사그라들기 시작한다. 작가의 황혼과 짝한 비평의 썰물 속에서 다중의 밀물이 저격수처럼 닥친 사태가 우연만은 아닐 터인데, 한국문학이 다른 세상의 출구를 찾아 고투한 그 치열한 계절에는 표절이 쟁점화된 적은 거의 없었지 싶다.

물론 나는 표절을 결코 옹호하지 않는다. 본심을 말하면 표절에 대해서 혹리(酷吏)에 가까운 편이다. 아너 시스템(honor system)으로 훈련된 학창을 보낸 탓인지 좁게는 시험부정, 넓게는 남의 지적재산을 훔치는 행위에 대해 혐오를 참지 못한다. 나의 긴 교단시절에서 학생들의 표절은 대소다과(大小多寡)를 막론하고 일벌백계(一罰百戒)다. 이 가혹행위도 정년이 가까워오자 시나브로 풀어져서 옛날 제자들의 원성을 샀지만, 그럼에도 약간 융통성이 생긴 거지 원칙을 수정한 것은 아니었다. 왜 제자들의 표절에 강경했는가? 글쓰기란 아주 자연스럽게 자기불신을 자기신뢰로 인도하는 최고의 훈련과정이다. 나는 주로 구체적 작품들에 대한 리포트 작성을 과제로 내주곤 했는데, 조건은 단 하나, 남의 논문이나 평론을 읽지 말고 그 작품과 씨름하여 자신이 얻은 그 무엇, 아무리 사소하더라도 그 알맹이를 자기 식으로 길어 오라고 주문했다. 남에게 조종되는 로봇이 아니라 자신의 감각과 사유로 독보(獨步)하는 사람을 기린 것이다. 그러니 이규보(李奎報) 말마따나 '귀신을 수레에 가득 실은(載鬼盈車)' 듯한 리포트보다 감각의 현재에 충성하는 작은 글들이 이쁨을 받았다. 자기를 존중하는 작은 훈련들이 축적되는 과정, 어느 지점에서 활연 문리(文理)가 트면 글의 길이 스스로 열릴 것을 믿었기 때문이다.

나는 모방보다 자득(自得)을 중시한다. 그럼에도 자득의 바탕이 박학(博學)임을 간과하는 무모함을 자랑하는 자는 결코 아니다. 자득과 학습은 쌍방향이어서, 더구나 글 쓰는 일을 전업으로 하는 문필가/학자들에게는 더욱더 미묘할 것이다. 괴상한 천재가 아니라면 뛰어난 학자는 물론이고 위대한 작가들도 대체로 엄청난 독서인이다. 어느 시대든 당대는 기지(旣知)의 감각/사유로 해결되지 않는 미지(未知)일진대, 다른 세상의 현전(現前)을 꿈꾸는 최고의 작가들이 동서고금 최고의 지혜를 찾아 방황하는 것은 당연한 일이다. 이 독서의 과정이란 뉴턴적 의미에서 거인들의 어깨에 올라서는 학습인 동시에, 허공에 일보를 내딛는 신의(新意)의 투기(投企)

일 터인데, 일급 작가들도 학습과 신의의 동시적 성취라는 요술에 항상적으로 성공하는 것은 아니겠다. 대작가에게도 이런 순간은 무수한 실패를 밟고 찾아올 것이거니와, 그 실패들은 표절과 유사하게 보일지도 모른다.

2. 표절과 영향

뒤늦었지만 잠깐 문제의 두 단편을 일별하자. 미시마 유끼오(三島由紀夫, 1925~70)에 대해서 나는 문외한이다. 작가의 자살소동에 질려서인지 읽지도 않고 싫어한 문인인지라 달랑 「우국(憂國)」만 보고, 그것도 번역으로 일독하고 논의한다는 것은 예의가 아니다. 덕분에 『금각사(金閣寺)』도 틈틈이 읽어나가는 중인데, 그냥 철 지난 파시스트로 치부할 작가가 아님은 실감하고 있다. 그동안 판단정지 상태에 방치한 작가에 대해 이제 조금씩 다가가는 정도지만, 부득이 논의를 위해 한국의 독자라는 위치에서 「우국」에 대한 감상의 일단을 밝히는 것이 순서일 듯싶다. 자결을 위한 언어적 예행연습이라고 해도 좋을 이 단편은 내 불편한 마음 탓인지 남녀 주인공의 영웅적 동반자살을 찬미하는 파시즘적 외형에도 불구하고 마초의 꿈이 빚어낸 포르노적 환상에 가깝다는 느낌이었다. 이처럼 주인공들을 작가의 완벽한 로봇으로 만든 예는 드물거니와, "굴종적인 영웅주의"(servile heroism)[1]에 지핀 주인공 사내는 그렇다 쳐도 애꿎은 여성마저 "자신의 쇠사슬을 외경으로 보는 노예의 감정"[2]을 내장한 인형으로 조

---

[1] 주인을 위해 순교자적 의지로 죽어가는 인물의 태도를 가리키는 플레하노프의 용어로, 천황제 파시즘에 대한 충성 또는 굴종을 영웅적으로 수행하는 주인공 다께야마 신지 또한 유사하다. 플레하노프 『주소 없는 편지』, 유염하·이승민 옮김, 사계절 1989, 196면; George V. Plekhanov, *Art and Society*, Oriole Editions Inc. 1974, 46면.

[2] 플레하노프, 앞의 책 195면. 영문본에 따라 번역을 수정했다. 원문은 "those(the feelings — 인용자) of the slave who regards his chains with respectful awe."(George V.

형했는지 화가 날 지경이다. 재독했을 때는 '뭐라고 해도 목숨 걸고 문학한 작가인데'라는 데 미쳐 자제심도 생긴지라 작품의 짜임새나 집중도를 새삼 의식하게 되었지만, 감각과 사유의 결이 촘촘한『금각사』에 비해 자기닦달 탓인지 단순무식해졌다는 점이 더욱 눈에 띄었다. 말하자면 소설이라기보다는 로맨스다. 유혈이 낭자한 불행으로 마무리된 점에서 로맨스에 대한 부정으로 보이기도 하지만, 이 또한 로맨스 특유의 해피엔드와 멀지 않다. 자결 직전 남자가, 여자와 함께 저승에 가면 곧 만나게 될 친구들(2·26쿠데타에 참여했다가 죽은 귀신들)의 '또 동부인이냐'는 놀림을 미리 걱정하는 데서 보듯이, 이승에서 끝난 부부의 연이 죽음을 넘어 영원히 이어지는 거니까, 이 불행하면서도 행복한 언엔딩(unending)은 해피엔드를 가볍게 초과한다. 말하자면 로맨스적 기만 또는 자기기만이 만개한 초(超)로맨스다.

이응준에 의해 신경숙의 기억 여부를 떠나서「전설」이「우국」과 묶인다는 점은 분명해졌다. 그런데 이응준이 지적한 대목은 표절이라고 쳐도 작품 전체를 그리 보기는 어렵다. 물론 일정한 대응관계는 성립한다. 가령 서두에 일종의 요약적 개요를 배치한 점이라든지, 남녀 주인공의 구도, 즉 결혼 뒤 6·25의 발발과 함께 약간은 감상적인 책임감으로 입대한 남주인공이나 그를 기다리다 늙은 아내의 형상들은 우연한 유사성이라기보다는「우국」을 전제할 때 더 자연스럽게 설명된다는 점에서 양자는 거울이다. 그럼에도 두 단편은 같지 않다. 구성과 모티프의 기시감에도 삽화들은 변형되고 그를 실현하는 문체를 비롯한 세부는 사뭇 다르다. 결정적인 것은 작의(作意)다. 이미 지적했듯이 파시즘을 찬미하는「우국」에 비해「전설」은 반전(反戰)이다. 그러고 보면 전자가 단일성에 철저히 지배되는 단편의 정석을 따랐다면 후자는 제목이 가리키듯 이야기로 끓어넘친다. "「전

Plekhanov, 앞의 책 같은 곳)

설」은 내가 겪어보지 않은 전쟁을 어떻게 접근해볼까 궁리하는 중에 나왔다"[3]는 작가의 고백처럼 6·25를 축으로 한국현대사를 학습하는 도정의 산물이니, 장편을 머금은 단편이라 해도 좋다. 요컨대 두 작품은 기본적으로 표절관계가 아니라 영향관계다. 전형적인 프랑스파 비교문학(littérature comparée)의 과제가 아닐 수 없다.

그럼 작품 안으로 조금 더 들어가보자. 솔직히 말해서 이 단편은 신경숙답지 않게 작위적이다. 여주인공을 인상적으로 제시하려는 뜻이 센 프롤로그도 서먹했고 6·25 발발까지의 한국현대사를 빠르게 훑은 1장도 생경하다. 여주인공을 감싸는 사회역사적 맥락을 부각하려는 의도였겠지만 이 병치는 서로를 돕지 않는다. 몸통에 해당하는 2장을 여는 남녀 주인공의 결연도 어색하다. 그녀의 아비가 "조부가 남긴 과수원과 상점을 정리해 칠흑 같은 밤에 만주로 떠났다"[4]는 설정은 그렇다 쳐도, 그 바람에 여주인공이 세살 때 고아가 되었다는 설계는 지나치다. 아무리 일제 경찰이 악독해도 가장이 국외로 떠났다고 그 어머니와 아내를 고문으로 죽여 아기 홀로 남기는 일은 민족주의적 상상의 과잉이기 십상일 터인데, 아마도 그녀를 남주인공의 집으로 들여보내려는 의도 탓일 터다. 그런데 이상한 것은 식민지 부르주아로 행세하는 남주인공의 아비가 "여자를 포대기에 싸 올 때부터 남자의 짝으로 생각해둔 참"(245면)이라는 점이다. 이는 기실 신파 이수일과 심순애의 구도다. 그녀는 남자 이수일인 셈인데, 과연 둘은 아비의 뜻대로 연애-결혼에 이른다. 신파조가 그렇듯이 사랑과 의리가 혼동된다. 전쟁이 발발하면서 혼동은 더욱 순수해진다. "내가 신혼이라 친구들은 내게 말도 없이 자원했소."(249면) 신혼의 주인공을 배려해서 자기들끼리만 쿠데타에 참여한「우국」의 친구들을 연상시키는 대목

---

3 신경숙「개정판을 내면서」,『감자 먹는 사람들』, 창비 2005, 379면.
4 신경숙「전설」, 같은 책 242면. 이하 본문의 인용은 면수만 표기.

이거니와, 회의와 주저를 거쳐 그의 결심에 동의한 그녀는 그래도 남편에 절대 충성하는 「우국」의 여주인공보다는 낫다. 그런데 그가 전장으로 떠난 뒤 그녀의 모습이 이상하다. 그 어떤 위험 속에서도, 그리고 "남자의 실종통지서"(269면)에도 불구하고 그녀의 기나긴 기다림, 그 지독한 일편단심은 불변이다. 의리의 이수일을 버리고 돈의 김중배에 흔들린 심순애 이전, 아니 변사또처럼 집적대는 자도 사라진 춘향 이전으로 후퇴한 셈이니, 중세적 열(烈)의 찬미가로 되고 말았던 것이다. 이 점에서는 「우국」에 못지않게 낙후했다. 그러니 다시 전쟁 이후 한국현대사를 요약하는 3장에서 그녀를 기름 부어 축성(祝聖)하지만, 효과는 요령부득일밖에 없다.

이 단편의 의의라면 신경숙이 한국작가의 사회역사적 책임을 더욱 자각하는 도정에서 나온 일종의 연습작이란 점일 것이다. 그렇더라도 하필 미시마의 「우국」인가? 목숨을 건, 그럼에도 우스꽝스러운 할복소동도 어쩌면 도래한/할 납작한 세상에 대한 가망없는 저항일 터인데, 미시마는 최후의 작가, 작가주의의 황혼을 상징하는지도 모른다. 아마도 신경숙이 그 맥락은 두고 그 자기기만의 허세에 혹 끌렸을 수도 없지 않거니와, 「전설」은 하여튼 혼란한 작품이다. 작가들이란 신비로워서 대단하다고 감탄을 금치 못하는 찰나 푹 가라앉고 이젠 어렵지 않은가 하면 어느 틈에 솟구치는 법인지라, 신경숙이 이런 단편을 썼다고 너무 울퉁불퉁할 필요는 없다. 다만 다시 말하건대 그때 이 작품을 둘러싼 비평적 토론이 부재했다는 점이 뼈아픈 것이다.

3. 독자의 위치

'소 잃고 외양간 고치기'일망정 이제부터라도 외양간 고치는 일에 나설밖에 없다. 답답한 심경에 이 책 저 책 뒤지다가 엘리아스 카네티(Elias

Canetti)의 "품위가 없는 성공에 이르는 모든 것을 피하는 것이 글 쓰는 사람의 일"[5]이라는 문장이 눈에 들었다. 지금은 노벨상 수상자라는 사실도 잊힌 비주류 작가이기 때문에 발화할 만한 지혜를 머금은 이 말에서 특히 '품위없는 성공'이 인상적이다. 이는 "진짜 권력을 쥔 자의 본래의 의도는 '유일한 자'가 되려는 괴상하고도 잘 믿어지지 않는 면에 있다"[6]는 작가의 다른 주장과 호응하는데, 문학적 초심을 회상케 하는 바 없지 않다.

'품위없는 성공'에 대한 저항을 여하히 실천할까? 나로부터 비롯함이 마땅함은 말할 나위도 없는 것이지만, 역시 소설가·시인이 중요롭다. 신과도 같은 창조자로 여기는 낭만주의적 작가관을 지닌 문인은 요즘 거의 없는 셈이다. 그럼에도 그 점을 비교적 투명하게 의식하는 작가가 많지는 않은 듯하다. 사실 미시마의 비극이야말로 그 예증일지도 모르는데, 독자에게 완전한 몰입을 요구하는 그의 자대(自大)란 작가를 창조자로 여기곤 하는 낭만적 유전자이기 십상이다. 그러나 시대는 이미 변했다. 『금각사』 곳곳에 불쑥불쑥 드러나듯 패전과 더불어 철 지난 무사도의 해체가 민주화의 불철저함 속에서도 빠르게 진행되었으니, 천황이 맥아더 앞에서 현인신(現人神)이 아니라고 고백한 굴종의 계절이 도래한 것이다. 이 틈바구니에서, 사무라이의 문학판이라고 할 창조자-작가라는 아우라를 뒤집어쓰고 싶었던 미시마의 불멸-자멸이 발생한 것일지도 모른다. 자본주의사회에서 작가는 벌써, 창조자가 아니라 노동자로 이동했다. 맑스(K. Marx)의 말을 빌리건대, "작가는 그가 사상들을 생산해낸다는 면에서가 아니라 출판업자를 부유하게 하며, 임금노동을 한다는 면에서 하나의 노동자다".[7] 물론 그냥 임금노동자는 아니다. 사상을 생산하는 노동자라는

---

5 엘리아스 카네티 「작가의 사명」(1976), 『말의 양심』, 반성완 옮김, 한길사 1984, 333면.
6 엘리아스 카네티 「권력과 살아남음」(1962), 같은 책 56면.
7 테리 이글턴 『문학비평: 반영이론과 생산이론』, 이경덕 옮김, 까치 1991, 83~84면에서 재인용.

특수성에 주목할 때 생산자ㅡ노동자라는 양면성이 허여하는 어떤 자유의 영토가 상상될 수 있거니와, 양면성에 대한 (자)의식이 이제 한차례 깊어질 단계에 도달하지 않았는가 싶다.

역시 균형은 비평이 잡는 수밖에 없다. 작가들은 울퉁불퉁하게 생기기도 했거니와 또 그래야 작품이란 신비한 물건이 태어나기도 하기 때문이기도 하지만, 누차 지적했듯이 그때의 정적이나 지금의 법정이나 모두 비평의 약골을 공유한 쌍생아라는 점에서도, 비평의 혁신이 화두다. 먼저 비평가란 좋은 독자라는 원칙을 다시 확인하는 데서 출발하고 싶다. 비평가는 따라서 작가의 앞이 아니다. 정론비평의 전통이 깊다가 최근 급속히 비평적 권위의 추락을 겪다보니 그런지, 자기도 모르게 작가 앞에서 자대하는 비평가들이 없지 않다. 그렇다고 비평가가 작가의 뒤도 아니다. 비평의 핵은 뭐라고 해도 비판이다. 젊은 비평에 두드러지듯이 작가에 대해 자소(自小)하는, 비판이 실종된 평론이 범람한다. 평론가가 작가의 눈치를 슬슬 살피며 책 읽은 자랑이나 늘어놓는, 물에 물 탄 듯 술에 술 탄 듯, 요령부득의 글쓰기를 능사로 삼는다면 이 또한 자소와 짝한 자대다. 나도 물론 평론 쓸 때 그 대상자들 눈치를 보긴 본다. 비평은 일종의 협상이다. 살아 있는 작가와의 대화니까 내 글이 그의 다음 창작 내지 그의 문학에 도움이 될 수 있도록 대화를 잘 이끄는 기술이 필요하다. 그러니까 자대도 말고 자소도 말고, 작가의 앞도 아니고 뒤도 아니고, 오로지 독자로서의 책임과 긍지를 지니고 작가와의 협상에 당당히, 그러나 겸허히 임하면 되는 것이다.

1990년대 이전, 한국문학이 한국사회의 미래를 위해 고투할 때는 표절논쟁이 요란하지 않았다고 앞에서 슬쩍 썼다. 표절이 상대적으로 적었다는 뜻이지만, 그 논란이 비평을 대체할 정도로 불타오른 적은 거의 없었다는 뜻이기도 하다. 그 시절은 말하자면 건설기다. 4월혁명이 5·16쿠데타로 배반당한 이래, 혁명과 반혁명이 분단과 착종된 중층(重層) 사이에서 한국문학은 냉전의 섬에 갇힌 1950년대와는 다른 사회/다른 문학을 상상할 중차대한 기로에 봉착한바, 안팎 최고의 문학들을 널리 섭렵하는 영향과 반(反)영향의 방랑 속에서 한국작가들은 집합적 개인방언으로서의 민족/민중문학을 이루려는 서원(誓願)의 (무)의식적 도구였다. 이 자존의 시대에 표절은 아예 부재(不在)다. 영웅적 고투의 시대가 거(去)하고 성공의 덫에 치인 교착의 시절이 내(來)하자 문학도 내파(內破)했다. 이번 사태는 그 단면이다. 다시 문학을 세울 때다. '좋았던 옛날'로 돌아가자는 게 아니다. 우리가 직면한 세상, '불행한 새 시대'를 접수하고 그 바닥에서 새로이 시작하는 것[8]이 두 시대를 잇는 작업으로 되는 역설을 의식하면서 비평의 위치를 재조정할 때다. 불행한 새 시대에 즉응한 문학이 유토피아의 상상적 선취라는 마술에 거듭 실패하여 납작한 주체만을 생산할지라도, 그리하여 디스토피아의 구석구석을 비추는 지루한 작업으로 출구 없는 모색을 거듭할지라도, 이 궁핍한 한국문학의 암중모색에 기꺼이 동반하면서 작가─독자 지평 너머에서 간신히 '꿈 없는 꿈'을 발견할 때 아마 우리 비평도 함께 비로소 부윰할지 모른다.

---

8 "루카치가 '좋았던 옛날 시절'로 돌아가고자 하는 유토피아적 이상주의자인 반면, 브레히트는 벤야민처럼 '불행한 새 시대'에서 출발하여 거기에서 무언가를 만들어야 한다고 믿었다."(같은 책 99면)

다시 찾아온 토론의 시대

◆

『해방전후사의 재인식』을 읽고

1. 대표성의 균열

『해방전후사의 재인식』[1]이 언론의 화려한 조명 속에 2006년 벽두 독서계의 주목을 받았다. 2월 둘째 주에서 3월 셋째 주까지 연속 교보문고 인문과학 분야 베스트셀러에 올랐으니, 2권 합쳐 1500여면에 이르는 방대한 논문선집으로서는 드문 경우라고 할 수 있다. 보수언론의 격고(擊鼓) 소리가 하 요란하기도 하거니와 언론에 노출된 편자들의 태도가 너무 당당하지 않은가 하여 내심 혹 빈 수레가 아닐까 하는 저픔도 없지 않았지만, 짬짬이 완독하고 난 첫 느낌은 꽤 충실한 선집이라는 안도감이다. 실증적 작업을 바탕으로 해방전후사를 새로운 각도에서 파악한 각 논문 필자들의 견해는 그 해석에 대한 동의 여부를 떠나서 신선했다. 과거이되 일정하게 완결된 것이 아니라 너무나 생생해서 오히려 '뜨거운 감자'를 면치

---

1 박지향·김철·김일영·이영훈 엮음 『해방전후사의 재인식』(전2권), 책세상 2006. 이하 『재인식』으로 약칭하고 본문의 인용은 해당 권과 면수만 표기.

못하는 그 시대를 현재적으로 되감아보기를 원하는 인사들에게 이 선집은 앞으로 필수적인 참고점이 될 것이다. 그런데 논문들을 앞뒤로 감싸고 있는 편자들의 주장을 상기하자 슬그머니 한 의심이 떠오른다. 편자들은 과연 이 책의 필자들을 대표할 수 있는가? 편자들과 필자들 사이에 균열이 가로지른다. 논문들을 가려뽑은 편자들의 실제적 안목이 훌륭한 데 비해 그것을 총괄하는 편자들의 시각은 매우 단선적이다. 물론 어떤 편저에도 대표성의 균열이 개재되기 마련이지만 이 책의 편자들이 과도한 대표성을 행사한 것은 아닐까?

편자는 서양사학자 박지향(朴枝香), 한국문학자 김철(金哲), 한국정치학자 김일영(金一榮), 한국경제사학자 이영훈(李榮薰), 네명인데 흥미롭게도 모두 한국사 비전공자다. 그들은 자기 분야에서는 물론 전문가지만 한국근현대사를 전공영역으로 하는 사학자는 아니다. 사학처럼 엄밀한 자료학을 바탕으로 하는 분야에서 비전공자들이 이런 종류의 책을 내는 일에 앞장서는 것은 대단한 용기를 필요로 한다. 충정이 없는 학문은 죽은 것이지만 충정의 과잉도 학문을 맹목으로 만든다. 추상의 정도를 조절하는 절제를 포기하고 과잉결정된 일반화로 치달을 위험에 쉽게 노출되기 때문이다. 특히 일반적 문제에 대해서는 가까스로 얘기하는 것이 귀하다. 요즘 들어 더욱 절감하는바, 단수로 대상을 잡아채려는 주장에 대한 회의가 깊어진다. 대상의 복잡성을 이 불구의 언어로 어떻게, 뱃속 편한 다원주의로 투항하지 않으면서 실답게 드러낼 것인가, 하는 고심으로부터 편자들의 발언은 너무나 자유롭다.

그 주장을 구체적으로 검토하기 전에 먼저 『재인식』의 편자들이 강렬히 부정하는 『해방전후사의 인식』[2]을 잠깐 보자. 『인식』 1권은 1979년

---

2 송건호 외 엮음 『해방전후사의 인식』(전6권), 한길사 1979~89. 이하 『인식』으로 약칭하고 본문의 인용은 해당 권과 면수만 표기.

10월 15일 출간되었다. 반유신투쟁이 민주주의의 승리가 아니라 지배층 내부의 균열 속에 발생한 독재자의 제거라는 매우 불안정한 정변으로 귀결된 10·26사태의 전야에 홀연 나타난 이 책은 필자 가운데 한국사학자가 없다는 사실에서 짐작되듯이 보통의 학술서적이 아니다. 동아일보 해직기자 출신의 김언호가 설립한 한길사는 1970년대 출판운동의 한 거점이었다. 박정희독재에 저항한 재야지식인 송건호, 백기완, 김도현, 염무웅, 임헌영 등을 주축으로, 민주화운동에 직간접으로 참여한 현직교수 진덕규, 김학준, 유인호 등과 친일문제를 선구적으로 천착한 임종국, 그리고 왕년의 혁신계 이동화가 동참한 필진에서 단적으로 드러나듯이 이 책은 1970년대 민주화투쟁이 다시 쓴 일종의 한국근현대사론이다. 지금은 어느덧 다 잊었지만 유신체제는 엄혹했다. 민주주의를 발화하는 일조차 실존적 투여가 요구되는 '겨울공화국'의 시대에 양심적 지식인들은 이 체제의 역사성에 눈뜨기 시작했다. 식민지와 해방, 미소의 분할점령과 분단국가의 출현, 그리고 한국전쟁과 남북의 적대적 공존이라는 일련의 격동 속에 유신체제를 문맥화하면서, 국사 교과서 바깥으로 추방당한 무궁한 이야기의 세계가 발견됐다. '억압당한 것들의 귀환'이 시작된 것이다. 그럼에도 이 책이 '노예의 문자' 즉 엄중한 안팎의 검열과 싸우면서 협상한 결과 획득한 간곡한 마음의 문자로 씌어졌음을 새겨야 한다. 『인식』 1권은 민주주의의 실현을 끊임없이 지연시키는 분단을 의식하면서 유신체제를 넘어 민주주의를 꿈꾸는, 마음과 마음으로 교신되는 상형문자, 또는 한국판 『심야총서(深夜叢書)』였던 것이다. 그후 1985년에 2권이, 1987년에 3권이, 1989년에 4, 5, 6권이 한꺼번에 나왔다. 솔직히 말해 나는 이번에야 『인식』이 6권이나 된다는 것을 처음 알았거니와, 내 마음의 『인식』은 어디까지나 1권이라는 번호 없이, 편자도 없이, 한길사 편집부의 실무적인 머리말만 붙은 채 출간된 그 첫째 권일 뿐이다.

『재인식』의 「머리말」은 "편집위원들을 대신해 박지향"(1권 21면)이 집필한 것으로 이 책 전체의 총론에 해당하는 글이다. 그런데 읽어내기가 쉽지 않다. 그와 견해가 달라서라기보다는 논리의 분열로 논술이 가지런하지 못하기 때문이다. 그는 "균형 잡힌 역사관"(1권 14면)의 회복을 겨냥하는 이 책이 "어디까지나 우리 학계의 학문적 발전을 위한 것이고 어떤 정치적 의도도 가지고 있지 않다는 점"(1권 12면)을 누누이 강조하고, "그동안 일부 언론이 이 책의 내용을 지레짐작해서 이리저리 기사를 써"(같은 곳)왔다고 탓하면서 의도의 순수성을 다시 천명한다. 나도 믿고 싶다. 균형론도 하나의 정치적 태도 표명이라는 근본주의를 들어 그의 순수성을 해체하고 싶은 마음은 추호도 없다. 언론에 의한 오용을 비판하지 못하고 언론에 활용의 기회를 스스로 제공하는 그의 우유부단함을 비판할 뜻도 없다. 그런데 그의 의식적인 선언에도 불구하고 이 글은 바로 정치적이다. 이 글 모두에서 그는 이 책의 기획이 우리 현대사를 부정하는 참여정부 집권층의 역사의식을 교정하기 위한 역사학자의 책임감으로부터 말미암았다고 고백하고 있기 때문이다. 요즘 같은 대중적 역사소비시대에 일종의 유령으로 배회하는 정치적 수사(修辭)를 타격의 대상으로 설정하는 일이 과연 학문적인 것인가? 그와 동지들은 현 집권층에 '못된' 역사의식을 주입한 배후주범으로 『인식』을 고발하기에 이른다. 죄목은 "민족지상주의와 민중혁명 필연론"(1권 13면). 아, 왕년 공안검찰의 논고를 어쩌면 그리 닮았는가! "세계 12위의 수출대국이 된 지금 나라 망할 것을 걱정하느냐는 식의 안일한 태도가 왜 문제인지는 역사상 강대했던 많은 국가들이 어떻게 왜소화되거나 사라져갔는지를 기억하는 것만으로 족할 것이다." (1권 14면) 혁명 전야의 위기에 처한 대한민국을 구원할 잔 다르끄를 자임하는 그의 순진한 우국충정이 놀랍다. 전평(조선노동조합전국평의회)의 붕괴과정을 남로당, 이승만세력, 그리고 미군정 내부 강온파의 대응 속에서 치밀하게 분석한 논문(박지향「한국의 노동운동과 미국, 1945~50」, 『재인식 2』)의 필자가 어떻게 이 머리말에서는 이리 변신할 수 있을까? 이 글에는 사학의 바탕 중의 바탕인 실증적 접근이 부재한다. 이미 지적했듯이『인식』은 단일저작이 아니다. 책임편자도 없다. 더구나 출간연대의 단층이 엄연하다. 우선 엄중한 시기에 나온 1권과 상대적 해빙기에 출현한 나머지 권들 사이를 분간해야 마땅하다. 그리고 무엇보다 누구의 어떤 글이 어떤 점에서 문제인지를 조목조목 따지는 것이 공부하는 사람의 작업방식이 아닐까?『인식』이 정말로 문제라면 총서 6권을 풍문에 의거하여 단매에 뭉뚱그릴 것이 아니라 정밀히 검토해서 '문제의 역사'를 새로이 구성하는 엄격한 선행작업이 요구될 것이다.

이영훈의「왜 다시 해방전후사인가」는『재인식』1권 1부의 머리에 나오지만 1부를 개괄하기보다는「머리말」을 보완하는 또 하나의 총론이다. 나는 평소, 그의 주장에 근본적으로 동의하지 않지만 실증적 작업에 기초한 그의 견해들에 대해서 관련 학계가 성실히 응답하지 않으면 안된다고 생각하곤 했다. 그런데 이번 글은 달랐다. '백두산 이야기'를 탈신화화하는 서두의 해체론 흉내나, 역사가는 "고독한 아웃사이더"(1권 36면)라는 좀 감상적인 명제에 의거하여 장황한 사론을 펼치는 2절 또한 그답지 않거니와,『인식』2권의 총론격인 강만길의「해방전후사 인식의 방향」에서 단 두 대목을 따 이 글을 "민족지상주의"(1권 42면)로 단정하고, 4권의 총설 최장집·정해구의「해방 8년사의 총체적 인식」을 친북혁명론으로 간단히 요약하는 3절에 이르면 당혹스럽기조차 하다. 전자의 핵심은 "분단체제 내적인 시각을 넘어서서 전체 민족적 시각"(『인식 2』 20면) 즉 분단체제의 극복이라는 당면과제에 비추어 기존의 남 중심, 북 중심 시각들을 상대화하여 해방전후사를 다시 보자는 것이지 통일을 절대가치로 모시는 순진한 또는 우직한 민족지상주의는 아니다. 후자에는 분명 편향이 있다. 나 자신도 이 글이 1989년에 총론으로 집필되었다는 데 놀라움을 금치 못한다. 유신체제의 종언이 신군부의 집권으로 귀결된 1980년대 초의 아득한 절망감에서 배태된 급진적 경향의 대두를 당대의 문맥에서 이해할 필요가 있다고 변호하지도 않겠다. 그렇다고 이 글을 "젊은 시절 한때 그 혁명에 영혼이 팔려본 사람이면 누구나 금방 알아차릴 수 있"(1권 45면)다는 식의 독심술까지 동원하여 매도하는 것은 학술적 엄밀성을 누구보다 주창하는 이영훈과 어울리지 않는다. 현존사회주의 붕괴 이후에도 "한국에서 좌파민족주의의 정치적 영향력이 결코 쇠퇴하지 않"(1권 49면)게 된 연유를 탄식 속에 설명하는 대목에서도 민간공안을 뺨친다. "그리고 그들은 소리 없이 대중 속으로 파고들었으며, 드디어 집권세력의 일각을 차지하는 데 성공했다."(1권 49~50면) 그는 급기야 『인식』 전체가 "북한을 민족의 '민주기지'로 평가"하는 것을 전제한 "한국 민중과 미국제국주의의 대립구도"를 기본 축으로 삼는 사회주의혁명론이라는 결론으로 비약한다(1권 47면). 1980년대에 이런 급진적 경향이 대두한 것은 중반경인데(그 갈래는 또 얼마나 복잡한가) 1979년부터 1989년까지 출간된 이 총서 전체를 이렇게 과감히 단수화(單數化)하다니, 이 글이야말로 그가 통탄해 마지않은, "역사와 정치가 구분되지 않"(1권 45면)은 글쓰기의 전형이다.

2. 봉인된 위기 또는 자기갱신

수록된 글들은 대체로 1990년대 이후의 성과들인데, 아주 특이한 예외가 이만갑의 「1950년대 한국 농촌의 사회구조」(1960, 『재인식 2』)다. 이영훈과 류상윤이 요약하고 이영훈이 논평을 붙인 형태로 소개된 이만갑의 선구적 작업을 알게 된 것은 『재인식』을 읽은 보람의 하나다. 경기도 광주군의 6개 촌락을 대상으로 이루어진 현장조사(1958)에 기초한 이만갑의 이 충실한 리포트는 6·25전쟁이 한국사회 특히 농촌에 가한 엄청난 충격에도 불구하고, 이영훈이 지적하고 있듯이, 1950년대가 여전히 "전통사회"(2권 391면)라는 점을 여실히 보여준다. 4월혁명과 5·16쿠데타 이후 한국사회가 본격적 단절의 시대로 이행하기 시작했다는 점을 다시 상기하면, 식민지근대화론 또한 탁상에서 구성된 과잉결정된 담론이 아닐까, 하는 생각이 얼핏 스친다. 침략과 저항, 독재와 반독재, 또는 통일과 반통일이라는 이항대립 속에서만 우리가 통과한 근현대사를 재구성하는 것도 문제지만 그 역도 성립한다. 각 시대를 그 시대의 알맹이를 놓치지 않으면서도 중층적으로 파악하는 복안(複眼)을 훈련하기 위해서도 이만갑의 실사구시적 작업의 종요로움을 다시금 확인하게 된다. 최근 성과를 반영한 국내 연구자들의 논문들 중에서도 생각을 다시 가다듬는 데 유익한 읽을거리가 많았다. 식민지시대를 다룬 주익종, 이철우, 김낙년, 농지개혁을 새로이 정리한 장시원, 그리고 1950년대를 분석한 유영익, 이철순의 글이 특히 그렇다. 역시 난분분한 풍문에 의지하지 말고 텍스트에 직접 귀 기울이는 것이 우선이다. 각 시대를 단선화하지 않는 나름의 논리적 정합성을 갖추고 있어서 앞으로 본격적 토론을 기대할 만하다.

이 선집은 나라 밖의 성과들을 대폭 수용한 것이 큰 특색이다. 국내 한국학과 국외 한국학의 단절은 어제오늘의 일이 아니다. 한국학의 종가를 자부하는 전자는 한반도를 직간접으로 통어하려는 학지(學知)의 축적욕에서 태어난 후자를 못내 의심하면서 괄호 치고, 후자는 후자대로 전자를 민족주의의 과잉으로 부담스러워하는 평행선이 여전한데, 이번에 국외 논문들을 찬찬히 읽어나가면서 이제 그 분절이 극복되어야 한다는 생각이 절실해진다. 특히 후지나가 타께시(藤永壯)의 「상하이의 일본군 위안소와 조선인」(『재인식 1』)은 인상적이다. 상하이에 국한하여 그야말로 신중하고 치밀한 고증작업을 통해 공창제도가 도입되는 1단계, 해군 위안소가 정착하는 2단계, 군 직영의 위안소가 개설되는 3단계를 구분하면서, 이 최종단계에서 민간의 위안소를 운영한 조선인의 존재를 인지한다. 그런데 그는 그것조차도 "조선인 여성을 일본형 매매춘 메커니즘에 편입시킨 조선 식민지지배"(1권 384면)의 문제라는 점을 명확히함으로써 얽힌 삼실을 푸는 데 귀중한 단서를 제공한다. 물론 국외 논문 가운데 단순한 것들도 없지 않다. 키무라 미쯔히꼬(木村光彦)의 「파시즘에서 공산주의로: 북한 집산주의 경제정책의 연속성과 발전」(『재인식 1』)는 그 예의 하나다. "공산주의 러시아와 국가사회주의 독일 두 체제 사이의 혐오스러운 유사성"(1권 737면)을 잣대로 "스탈린주의와 일본의 천황제적 파시즘이라는 두 이데올로기의 혼합이 북한 경제정책의 주류를 형성했다"(1권 760면)는 결론으로 달려간 이 글은 날씬한 해체론 그 이상도 그 이하도 아니다. 객관으로 포장된 이 철저한 타자적 시각은 북에 대한 내재적 접근만큼이나 우리의 성숙한 인식에 적지 않은 장애를 조성하곤 하는 것이다. 개중에는 날가로운 문제제기에도 불구하고 과연 그런가, 갸우뚱하게 하는 경우도 있다. 최정희의 단편 「야국초(野菊抄)」(1942)를 다시 읽은 최경희의 「친일문학의 또다른 층위: 젠더와 「야국초」」(『재인식 1』)를 보자. "'친일파' 연구에 있어서 가장 간과되어온 관점 중 하나는 '젠더'의 관점"(1권 393면)이라는 문제의식으로 그는 이 단편에서 "조선의 어머니들에게 자신의 아들을 전쟁에 내보내도록 독려"(1권 401면)하는 표층서사에 반란하는 하위서사를 간파해낸다. 여주인공은 미혼모요 아들은 사생아라는 설정에 대한 자상한 분석을 통해 이 단편의 하위서사에서 "남자의 무책임성에 대한 페미니즘적 비판"(1권 414면)을 발견하는 그의 독해는 예리하다. 그런데 여기서 더 나아가 "자식이 이른바 성전의 제물이 되는 준비과정에 스스로도 공모자가 되어야만 하는 조선의 어머니의 좌절감"(1권 421면)을 묻어둠으로써 "상반되는 메시지를 위장의 방식으로 전달하는, 일종의 문학적 가장무도회를 연출"(1권 426면)했다는 데 이르면 과잉보호라는 느낌을 지울 수 없다. 젠더를 지렛대로 삼은 절묘한 자기변증에 갇혔다고 보는 것이 더 실상에 가깝지 않은가 한다.

그런데 친일문제를 내재적으로 파악하려는 이 책의 기조에 비추어 볼 때 좀 어긋지는 것이 김철의 「몰락하는 신생: '만주'의 꿈과 「농군」의 오독」(『재인식 1』)이다. 그는 이 글에서 이태준의 「농군」(1939)이 "'만주 경영'이라는 제국주의의 '새로운 시대적 흐름'에 편승한, 다시 말해 당대의 '국책(國策)'에 적극적으로 부응한 소설"(1권 481면)이라고 비판한다. 나는 그의 정치한 고증을 통해 이 단편의 한계가 더욱 분명히 부각된 점은 평가하지만 그럼에도 이 작품을 이처럼 폄하하는 것에는 여전히 동의하기 어렵다. "민족과 제국은 서로 그렇게 길항하면서 협조하는 관계"(『재인식 2』, 626면)라고 좌담에서 그가 지적했듯, 이 단편이야말로 '만주붐'에 의식적·무의식적으로 편승하면서 안으로 식민지 민중의 간난을 발신하는 중층서사의 곤경을 보여주는 것일지도 모른다. 평소 친일문학에 대한 섬세한 접근을 누구보다 주창하는 그가 왜 유독 이 단편에 대해서는 이처럼 단호할까?

이 편저는 1권에 주로 식민지시대를 다룬 논문들을 4부로 나누어 싣고, 2권에는 해방 직후와 1950년대를 분석한 글들을 4부로 편제하였다. 그리고 2권 끝에 편자 4인의 좌담 「해방 전후사의 새로운 지평」을 두어 대미를 장식한다. 이 좌담이 명백히 보여주듯이, 『재인식』의 편자들은 요컨대, 개혁정권들의 연속 속에서 훼손된 한국근현대사의 '적통' 즉 식민지시대와 이승만시대와 박정희시대의 일관성을 총체적으로 복원하고자 한다. 민족해방운동과 반독재민주화운동과 분단극복의 통일운동을 축으로 삼는 진보파의 사관에 대한 전면적인 보수 반격이다. 그런데 진보세력이 이 반동을 자초한 측면이 없지 않다는 점을 먼저 확인하고 싶다. 생활세계의 급진적 변화에 대한 예민한 관찰을 바탕으로 사관과 이념을 재조정하는 중대한 작업에 나태했다. 베를린장벽의 붕괴는 돌발적으로 발생한 것이 아니다. 도처에서 위기의 징후들이 나타났건만 눈이 있어도 보지 못하고 귀가 있어도 듣지 못했다. 위기의 봉인이 『재인식』의 등장으로 열렸다면 오히려 다행이다. 『재인식』에서 주목해야 할 점은 무엇인가를 냉철히 점검하고 『인식』에서 폐기할 것은 무엇인지를 엄정히 분간하면서 진보세력의 자기갱신을 진지하게 실험할 때다. 이 위기국면이 분단체제의 와해와 조응하고 있다는 인식 위에 '지루한 성공'으로 가는 길의 단초를 정성스레 마련하는 간곡한 마음으로 진보세력 안팎의 생산적 토론을 조직하고 성찰적 대안을 합의적으로 구축하는 것이 우리들의 시대에 창조적으로 응답하는 길이라는 점을 다시금 새기고 싶다.

친일문제에 접근하는 다른 길[1]

◆

용서를 위하여

1. 지연(遲延)의 의미

친일반민족행위진상규명위원회(약칭 반민규명위)의 출범(2005.5.31)을 전후하여 우리 사회를 달구었던 친일논쟁이 어느 틈에 잦아들었다. 냄비처럼 달아올랐다가 싱겁게 식어버리곤 하는 한국식 토론(?)의 전철을 이번에도 충실히 밟은 셈이다. 일변에서는 친일파 적발에 급급하고 또 일변에서는 염치없는 변호로 일관하는 이 쟁론에서 우리는 과연 무엇을 얻었는가? 작은 문제일지라도 훌륭한 토론과정을 통과하면 그곳에서 고귀한 인간적 진실을 길어올릴 수도 있거니와, 친일론처럼 예민하고 복잡한 쟁점이란 잘 다루기만 하면 우리 사회의 성숙을 가져올 중요로운 계기로 될 터인데, 그저 편싸움에 그치고 만 것은 안타까운 일이 아닐 수 없다. 흥작

---

1 이 글은 중국 연변대에서 '만주국 시기 조선인 작가 연구'라는 주제로 열린 회의 (2006.8.28~29)에서 기조강연으로 발표한 글을 세교포럼(2006.10.20)을 거쳐 다시 수정한 것이다. 지정토론자 유재건 교수를 비롯한 포럼 회원 여러분의 논평에 깊이 감사한다.

속에서도 유종호(柳宗鎬)의 글 두편, 「안개 속의 길: 친일문제에 대한 소견」(『문학과사회』 2005년 겨울호)과 「친일시에 대한 소견」(『시인세계』 2006년 봄호)이 인상적이었다. 물론 나는, 임종국(林鍾國)의 『친일문학론』(1966)을 원류로 삼는 청산론이 마침내 반민규명위의 탄생으로 구현된 요즘의 흐름을 "역(逆)매카시즘"[2]으로 규정한 그의 지적에 유보적이다. 아서 밀러(Arthur Miller)의 『시련』(*The Crucible*, 1953)이 전율적으로 환기했듯이, 매카시즘(McCarthyism)은 혐의가 상상을 통해 무한증식하여 급기야는 용의자들의 육체와 영혼을 파괴하는 데 이르는 공포의 '빨갱이 청소'(red purge)였다. 과거에는 친일문제 자체가 공공적 의제로 상정되는 것조차 허용하지 않았을 만큼, 그리고 반민규명위의 출범 후에는 청산론자들을 걸핏하면 홍위병으로 몰아갈 만큼, 아직도 한국사회에서 친일파는 힘이 세다. 혹 청산론이 체면불고(體面不顧)의 변호론에 대한 반동으로 사고의 단순화를 부추기는 역매카시즘적 유혹에 굴복할 기미가 보인다면 우리는 그를 엄중히 비판해야 마땅하지만, 여전히 변호론이 강고한 한국에서 친일청산론이 역매카시즘으로 전환할 가능성은 거의 없다고 판단된다. 그럼에도 그의 견해는 충분히 존중되어야 한다. 청산론의 역사적 의의를 긍정하되 그 문제점들을 지적함으로써 합리적 변호론의 한 모범을 보인 그의 토론을 실마리 삼아 이 중차대한 쟁점에 대한 토론을 이어가고 싶다.

먼저 불우(不遇)를 면치 못한 청산론의 역사를 잠깐 살피자. 반민규명위의 정식 발족은 청산론사에서 한 획을 긋기에 충분한 것이다. 이로써 1949년 10월 4일, 고작 1년도 채우지 못한 채 이승만(李承晚)정권(1948~60)에 의해 해체된 반민족행위특별조사위원회(약칭 반민특위)가 반세기 만에 부활한 폭이기 때문이다. 이 정권은 왜 반민특위를 파괴했는가? 이유는 간단하다. 그 기반이 친일파들이기 때문이다. 운동방법에 대한 논란에도

---

2 유종호 「안개 속의 길: 친일문제에 대한 소견」, 348면.

불구하고 우남(雩南) 이승만은 일생을 독립운동에 바친 드문 지사의 하나다. 아니 '그 가운데 하나'가 아니라 좌우파 모두 받드는 '단 하나'의 인물이라고 해도 지나친 말은 아니다. 이러한 위상이 어디에서 말미암은 것인지 불가사의한 일이지만, 그는 한국 독립운동의 상징으로서 그 경력에 걸맞게 집권 이후 대일외교에서도 시종일관 강경한 입장을 견지했다. 그런데 국내적으로는 오히려 친일파들을 대폭 포용했다. 그들을 자기 권력 구축의 중심으로 삼는 동시에 대한민국 건국의 실질적 지주로 세우는 무서운 현실주의를 선택한 것이다. 이 현실주의는 소련군의 북한 점령 및 김일성(金日成)정권의 출현과 연계된다. 전민족적 열망에도 불구하고 한반도에는 1948년, 남의 대한민국과 북의 조선민주주의인민공화국, 두 나라가 차례로 건국되었다. 일찍이 냉전의 낌새를 눈치챈 이승만은 1946년 6월 단정론(單政論)을 과감하게 제기하여 북과의 체제경쟁을 선언했다. 국내 기반이 거의 없는 그에게 친미로 옷을 갈아입고 새 주인을 기다리는 친일파들이야말로 그 안성맞춤의 터전이었던 셈이다. 이들은 결코 일제의 잔재(찌꺼기)가 아니다. 더구나 친일파들이 다시 활개 치는 남한에 실망한 지식인들이 대거 월북한 공백까지 겹쳐, 반공에 철저한 친일파들은 해방(1945) 후의 현실 속에서 안팎의 좌파와 대결할 물질적 힘과 근대제도의 운용력을 지닌 거의 유일한 집단이라고 할 수 있다. 중국혁명의 성공은 남한 친일파들에게 결정적인 복음으로 되었다. 마오 쩌둥(毛澤東)이 1949년 10월 1일, 톈안먼(天安門)광장에서 중화인민공화국의 출범을 30만 군중 앞에서 고지하며 오랜 반식민지상태의 종언을 세계를 향해 선언한 며칠 후, 남한에서 반민특위가 해체된 것은 통렬한 역사의 반어가 아닐 수 없다.[3] 쏘비에뜨연방, 중화인민공화국, 그리고 조선민주주의인민공화

---

3 유재건은 포럼의 토론에서 반민특위의 해체를 중화인민공화국의 출현과 관련짓는 데 대해 의문을 표명하면서 1949년 6월 6일, 경찰의 습격으로 이미 반민특위가 기능을 상실했음을 지적했다. 그렇다고 하더라도 특위의 공식 해체에는 중국혁명의 성공이라

국이라는 북방 삼각구도의 정립 앞에서 미국은 서둘러 동아시아 정책의 보루를 중국 국민당(國民黨)에서 일본 우파로 바꾸었으니, 냉전의 진군이 남한 친일파 부활의 결정적 계기가 되었던 것이다.[4]

이렇게 유보된 친일청산문제는 박정희(朴正熙)정권(1961~79) 때에 더욱 강력한 금기의 영역으로 이동한다. 미국은 북방삼각동맹(북한·중국·소련)에 대처할 남방삼각동맹(한국·일본·미국) 구축을 위한 포석으로 '만주'에서 근무한 일본 육군장교 출신 박정희를 하위파트너로 선택했다. 동아시아 반공포위망 정립에서 일본의 역할을 강조한 미국의 구도 아래 한일협정(1965)이 체결되면서 박정희정권에서 만주인맥은 중흥기를 맞이한다. 한일유착(癒着)이란 말에서 짐작되듯이 일본 자민당의 각별한 후원 속에 2차대전의 패배로 중단된 만주프로젝트가 새로운 층위에서 격렬한 기세로 추진되는 가운데 친일문제는 다시 침묵의 카르텔 속에 잠복한다. 박정희정권의 후계인 신군부시대는 물론이고, 남한 민주화가 새 단계로 진전되는 김영삼(金泳三)정부(1993~98)와 김대중(金大中)정부(1998~2003) 시대에도 이 문제에 관한 한, 큰 변화를 보이지 않는 점이 주목된다. 박정희 독재에 저항한 김영삼과 김대중의 뿌리, 한민당(韓民黨)도 친일인맥으로부터 자유롭지 않기 때문이다. 한민당이 식민지시대의 지주와 관료들을 바탕으로 창립되었다는 점을 상기할 때 두 야당지도자의 연속집권은 건국 이후부터 지연된 한민당의 때늦은 집권으로 볼 수도 있을 것이다.

는 외재적 요인이 가세했을 것으로 짐작된다. 실제로 이승만은 마오의 승리에 큰 충격을 받아 반공통일전선을 겨냥한 태평양동맹의 결성을 다시 추진한바, 이 구도 속에서 1950년 2월 16일 일본을 방문하면서 기존의 대일 강경자세를 누그러뜨리고 한일 간 과거사문제의 전향적 해결이라는 올리브가지를 쳐들었던 것이다(이에 대해서는 박진희 「이승만의 대일인식과 태평양동맹 구상」, 『역사비평』 2006년 겨울호 102~105면 참조).

4 반공을 내세운 남한 역대 독재정권들이 바로 그 '공산정권들'과 상호의존적이라는 점은 매우 시사적이다. 이 적대적 공존은 부활한 남한 친일파와 북방에 출현한 사회주의 정권들 사이에서도 성립한다.

참여정부에 이르러 우여곡절 끝일망정 반민규명위가 출범했다는 것은 노무현(盧武鉉)정부가 선행한 민주정부들과 연속적임에도 불구하고 또 그만큼 비연속적임을 웅변한다. 다시 말하면 노무현정부는 독재정권이건 민주정부건 남한 역대정권들이 그 덫에 치인 일본콤플렉스로부터 일정하게 자유롭다는 뜻이다.

어떻게 그것이 가능하게 되었을까? 첫째는 노무현정부의 출현이 야기한 세대교체의 효과를 들 수 있다. 이 정부 탄생에는 해방 전후에 태어난 세대의 보스들에 대한 반란이 저류에서 움직인다. 무쇠 뚜껑이 열리면서 친일파문제라는 최후의 마지노선에도 마침내 균열이 발생한 것이다. 둘째는 탈냉전시대의 도래 속에서 분단체제가 드디어 요동을 시작했다는 점이다. 분단을 먹이로 성장했던 남한의 지배써클이 탈분단의 경향 속에서 그 강력한 현실성을 점차 상실해가는 도정에 들어선 것이다. 말하자면 천황제군국주의와 그 변종으로 출현한 반공독재에 의거한 20세기형 한반도 발전기제가 이제 그 효율성을 거의 소진하면서 반민특위의 지연이 더 이상 가능하지 않게 된 시점에 우리 사회는 도달했다고 할까.

2. 고통의 축제

반민규명위의 공식적 출범을 앞두고 과거사의 망령들이 사방에서 출몰한다. 친일논쟁이 재연(再燃)되면서 6·25전쟁 때의 '부역(附逆)'행위에 대한 조사도 병행하자는 맞불이 붙는가 하면, 과거사 정리로 풍파가 일어나는 것은 적절치 않다는 주장도 일어난다. 마침맞게 중국은 동북공정(東北工程)으로, 일본은 야스꾸니(靖國)와 역사 교과서로 한국을 압박하는 외환(外患)상태를 상기하면, 북핵을 축으로, 그리고 과거로부터 이월된 쟁점들마저 가세하여 남남갈등을 증폭시키곤 하는 우리 안의 내전을 하루

빨리 종식시켜야 한다는 주장에 일리가 없지는 않다. 그런데 과거사 정리는 오히려 위기의 시대를 돌파하려는 충정에서 기원하는 경우가 적지 않다는 점에 유의해야 한다. 『삼국사기(三國史記)』나 『삼국유사(三國遺事)』는 태평성대의 소산이 아니다. 고려가 직면한 안팎의 위기를 배경으로 이 역사서들이 출현했다는 점에 주목하자. 이런 고려의 역사의식이 계승되면서 조선왕조는 개국 초에 고려사 정리에 착수하여 『고려사(高麗史)』와 『고려사절요(高麗史節要)』를 편찬하였던 것이다. 이 점에서 건국 50년이 넘은 현재도 정사(正史)체제의 조선왕조사와 식민지시대사를 가지고 있지 못한 것은 부끄러운 일이 아닐 수 없다. 이미 지적했듯이 그 지연의 주요 원인은 해방 이후 한반도가 분단된 데 있을 것이다. 그리고 그 분단이 해방을 자주적으로 이루지 못한 내부요인에도 말미암았다는 점에 착목하자. 일제의 장기간에 걸친 혹독한 지배 아래 민족해방을 위한 간난한 투쟁에도 불구하고 한반도는 결국 미소연합군에 의해 분단된 채 해방되었다. 그래서 우리에게 해방은 함석헌(咸錫憲)의 말대로 도둑처럼 찾아온 것이다. 광복군이 전혀 참여하지 못한 채 맞은 일제의 항복 소식에 김구(金九)가 통탄했다는 일화는 상징적이다. 분할점령의 조건을 창조적으로 극복한 통일국가 건설이 아니라 분단정권 수립으로 귀결된 것은 설상가상의 악재다. 이 분열 속에 남북의 체제경쟁이 가속화되었으니, 친일문제를 핵으로 하는 식민지시대사 정리가 흐지부지되고 말았던 것이다. 미소연합군에 의한 해방이라는 외삽성(外揷性)이 친일문제를 제대로 처리하지 못하게 된 근인(根因)이라는 점을 침통히 응시할 때 친일을 오로지 우리 바깥에 두려는 배제의 유혹으로부터 자유로울 수 있을 것인데, 친일은 우리 안에도 엄연하다. 사실 조선왕조가 근대로 이행하는 데 성공했다면 친일파의 발생 또한 원천에서 봉쇄되었을 터다. 친일파 발생에서 드러난 내재성이 그 처리에서도 어김없이 복제된다. 처리는커녕 친일문제 자체를 괄호 침으로써 정리조차 끊임없이 미끄러뜨리곤 했던 한반도 분단의 교묘함은 정말로 '역사의 간지(奸智)'를 실감케 하고도 남음이 있다.

흔히 2차대전 후 나찌부역자들을 엄격하게 처리한 프랑스의 예를 들어 친일파들을 제대로 숙정하지 못한 한국과 비교하곤 한다. 그런데 프랑스와 같은 층위에서 논의하는 것은 부적절하다. 나찌의 프랑스 점령(1940~44)은 고작 4년인데 더구나 남부프랑스는 비록 괴뢰정권일망정 비시(Vichy)정부(1940~42)가 관할하였다.[5] 더욱이 드골(De Gaulle)의 자유프랑스군이 군색할망정 연합군의 일원으로서, 그리고 국내의 레지스땅스운동과 연합하여 빠리를 해방한 점이 결정적 차이다. 바로 이 해방세력들이 전후에 프랑스공화국을 재건하는 과정에서 나찌부역자들에 대한 처리가 신속하고 단호하게 이루어졌으니, 35년에 걸친 길고도 엄혹한 식민지 지배 끝에 도둑처럼 내습한 해방을 맞이한 한반도와는 차원을 달리한다고 보아야 하지 않을까?

그런데 프랑스의 경우도 그 안을 살피면 간단치가 않다. 빠리 해방 후 나찌부역자 문제를 둘러싸고 벌어진 모리아끄(F. Mauriac)와 까뮈(A. Camus)의 논쟁은 이 문제를 해결하는 일의 어려움을 잘 보여준다. 엄격한 처벌을 주장했던 모리아끄는 약식처형과 여론재판이 횡행하는 현실 속에서 "사이비종교가 득세할 때는 온 힘을 다해 그것을 부정해야 하겠지만, 그것의 패배가 임박했을 때라면 그 종교를 믿던 이교도들의 용서를 심각하게 고려해야 한다"는 장 뽈랑(Jean Paulhan)의 조언에 따라 "죽음의 쳇바퀴를 돌리는 대신 그리스도의 자비를 베풀자"며 관용론으로 선회한다. "청산작업에 실패한 나라는 결국 스스로의 쇄신에 실패할 준비를

---

5 나찌의 프랑스 점령이 나찌가 통할한 직접 지배지역과 비시정부가 관할한 간접 지배 지역으로 분할되어 있었다는 점은 저항운동의 가능성을 그만큼 증대시키는 요인이다. 괴뢰내각일망정 토착정권이 존재했던 통감부시대(1905~1910)에 합법적·비합법적 국권회복운동이 고조되었던 것과는 달리, 이완용(李完用)정권마저 붕괴한 총독부시대, 특히 초기의 무단통치시대에 국내운동은 일단 거의 절멸하게 된다는 점을 상기하기 바란다.

하고 있는 것"이라고 모리아끄를 비판한 까뮈는 불관용의 청산론을 강력히 제기했다. 그러나 강경파를 대변했던 까뮈도 현실로 나타난 부역자 재판에 제기되는 형평성의 불균형 앞에서 모리아끄가 옳았다고 고백함으로써 논쟁은 용두사미로 종결된다.[6] 청산론의 현실태(現實態)에 대한 실망으로 관용론이 대세로 되는 형국에서 프랑스정부는 1951년 나찌부역자에 대한 대사면을 서둘러 단행한다. 사면을 통해 실현되는 화해조치란 항상 정치적 타협의 산물이기는 하지만, 프랑스는 왜 이처럼 총총히 판을 종결한 것인가? 공산주의의 위협이란 긴급한 사태 앞에서 모든 반공투사들을 민족공동체 안에 결집해야 한다는 명분을 내세워 부역문제를 중동무이하고 말았던 터다.[7] 초기의 초법적 단계에서 사법적 계단으로 급기야 반공을 내세운 대사면으로 귀결된 프랑스의 경우도 나찌부역문제에 대한 성숙한 처리에 성공적이었다고 보기는 어렵다. 유재건(柳在建)이 토론에서 제기했듯이, 그 처리의 불철저성이 식민지문제에 대한 자가당착적 강경책으로 나타난바, 프랑스 식민주의는 디엔비엔푸의 패배(1954)에 이어 알제리민족해방전쟁(1954~62)에서도 치욕적으로 패퇴하였던 것이다. 진정한 청산에 실패한 프랑스의 과거처리 방식도 타산지석이지 우리가 따를 만한 본은 아니다.

프랑스도 이러했거늘, 뒤늦게 이 일에 착수한 한국에서 그 작업이 더욱 지난할 것은 불을 보듯 환하다. 35년이란 시간이 무섭다. 자유로운 조건에서도 시간은 인간적 삶의 의미를 단숨에 삭탈하려는 음흉한 음모꾼이 되기 쉬운 터인데, 집단적 부자유가 일상으로 된 식민지체제 아래에서 시간이란 순식간에 사람을 갉아먹는 황폐한 기계일 수 있다. 이 때문에 해방

---

6 유진현 「프랑스의 과거사 청산과 모리악-카뮈 논쟁」, 『본질과현상』 2006년 봄호 158~61면.

7 Jacques Derrida, *On Cosmopolitanism and Forgiveness*, trans. by Mark Dooley and Michael Hughes, Routledge 2001, 40면.

운동에 투신한 많은 이들이 시간의 덫에 걸려 메피스토펠레스와 계약했다. 때로는 역의 과정을 밟은 이들도 없지 않다. 또 어떤 이들은 양극 사이를 왕복하기도 했다. 나는 먼저 친일문제에 자기를 치는 심정으로 접근해야 한다는 점을 강조하고 싶다. 목숨 가진 것들에 대한 근원적인 연민으로부터 가까운 미래, 그 터널 끝의 빛을 찾는 간절한 기구(祈求)의 마음자리에서 친일의 망령들을 탈영토화하고, 기구한 우리 역사 속에 재영토화하는 훈련을 시작하자. 20세기 한반도사의 실패를 반복하지 않겠다는 우리의 다짐과 21세기로 가는 출구를 창조적으로 모색하려는 우리의 정성이야말로 그 악몽에서 솟아난 역사의 망령들을 천도하는 첫걸음이 될 것이다. 과거사 정리는 과거를 터는 과정을 거쳐 이루어진 대통합의 힘으로 미래로 함께 나아가기 위한 고통의 축제이기 때문이다.[8]

3. 용서로 가는 길

해방 직후 또는 건국 직후에 이루어졌어야 마땅한 친일문제의 처리를 지금 다시 거론할 때 유의점은 무엇인가? 최소의 배제를 통한 최대의 통합 즉 사회대통합에 목적을 둔다는 인식을 우리 모두 확인하고 공유하는 것이 핵심이다. 우선 강조하고 싶은 것은 반민특위의 형식을 반복하는 것은 가능하지도 않고 바람직하지도 않다는 점이다. 이미 시시비비의 당사자들이 거의 사망했기 때문에 그들을 현실의 법정은 물론이고 역사의 법정에 세우는 것도 어렵다. 죽은 자는 말이 없다. 그렇다고 그 자손들을 호출할까? 모든 연좌제는 악이라는 점에서 이 역시 아니다.

그렇다고 친일행적에 대한 조사마저 그만두자는 얘기는 아니다. 조사

---

8 졸고 「'국민통합'이 목적이다」, 동아일보 '월요포럼' 2004.8.30.

는 철저히 이루어져야 한다. 아무리 사소한 것일지라도 정밀하게 거둬서 완벽한 목록을 만드는 집합적 노력이 요구된다. 문제는 그 목록 작성 이후의 판정과정이다. 민족문학작가회의는 2002년 8월 14일 친일문인 42인의 명단을 발표했다. 중일전쟁(1937) 이후 해방까지, '내선일체의 황국신민화론'과 '대동아공영권의 전쟁동원론'을 주장한 글들을 친일문학으로 규정한 이 발표는 선정기준을 명백히 밝힘으로써 기존의 논의를 한걸음 진전시킨 것인데, 월북문인도 검토 대상으로 삼은 점이 우선 주목된다. 이로써 우파문인들에게만 친일의 낙인을 찍는다는 일각의 비난을 회피할수 있게 되었다. "일본어로 작품활동을 했거나 친일단체 참여, 창씨개명을 했다는 것 등은 친일 여부를 판단함에 있어 참고만 하였다"는 언술도이 발표의 신뢰도를 높이는 데 적절히 기여하였다. 설령 일본어로 창작되어 '국책'매체에 발표되었다고 할지라도 그 글의 실상에 접근해 판정하려는 성실성으로 일부 작품 또는 문인들이 친일의 굴레로부터 구원되었다.[9] '암흑기의 문학'이란 모호한 용어로 친일문학의 존재 자체를 은폐하거나, 그러한 기도에 맞서 그 존재를 드러냄으로써 고발하거나 하는 과거와 달리, 그를 하나의 분석단위로 삼아 실상에 직핍하려는 최근의 논의는 그동안 유기되었던 친일문학을 한국문학으로 영토화하는 고통의 입사식인지도 모른다. 이 지점에서 친일문학도 한국문학이라는 인식을 확인하고싶다. 친일문학도 우리 문학의 어두운 얼굴 중 하나라는 점에 유의하면서 쯔루미 슌스께(鶴見俊輔)의 말을 음미하자. "만일 우리들이 1931년에서 45년에 일본에서 일어난 전향 현상 전체에 배반이라는 호칭을 붙여서악으로 간주해버린다면, 우리들은 오류 속에 있는 진리를 떠올릴 수 있는기회를 잃게 되고 마는 것입니다. 제가 전향 연구에 가치있다고 생각하는

---

9 이 작업을 주도한 김재용(金在湧)의 『협력과 저항: 일제 말 사회와 문학』(소명출판 2004)은 그 대표적 업적이다.

것은 잘못 속에 포함되어 있는 진실이, 진실 속에 포함되어 있는 진실보다 우리들에게 소중하다고 생각하기 때문인 것입니다."[10] 글 쓰는 일의 엄중함에 누구보다 예민한 식민지시대의 지식인 또는 문인들이 집단적 주박(呪縛)상태에 지핀 그 참담한 진실의 내면을 천착함으로써 오늘의 나를 성찰하는 것은 친일문학 연구 최고의 보람이 아닐까?

그런데 문제는 계량적 판정이다. 친일문인 여부를 3편 이상의 발표글을 기준으로 삼았는데, 모든 계량화가 그렇듯 피상적이기 쉽다. 작가적 양심에 괴로워하면서 그럼에도 그런 종류의 글을 발표하지 않을 수 없는 곤경에 대한 연민으로부터 되도록 옹호적으로 독해하는 자세가 절실하다.[11] 물론 내적 곤경이 결여된 글까지 그리하자는 것은 아니다. 특히 친일파들이 해방 후 자신 또는 조상을 항일로 변조하는 경우는 용서하기 어렵다.[12] 그런데 이런 예들 때문에 친일파 또는 친일문인들의 목록을 확장하려는 유혹에 빠지는 것은 친일문제를 모더니티 일반으로 해소함으로써[13] 면죄부를 발행하는 것으로 귀결되는 탈민족주의적 경향만큼이나 위험할 수 있다.

요컨대 친일문인 42인의 명단은 재검토에 붙이는 것이 좋겠다. 친일에 나선 행위나 글의 수량보다는 신념 여부 또는 그 질이 친일문인 판정에 더욱 중요할 것인데, 명단 가운데는 선뜻 동의하기 어려운 경우가 적지 않다. 채만식(蔡萬植)은 대표적일 것이다. 그는 분명 일제 말 친일행각

---

10 쓰루미 슌스케 『전향: 쓰루미 슌스케의 전시기 일본정신사 강의 1931~1945』, 최영호 옮김, 논형 2005, 35면.
11 유종호는 친일시로 분류된 정지용의 「이토(異土)」(1942)와 이용악의 「길」(1942)을 곤경에 유의해 옹호적으로 독해하면서 친일문학 판정에서 경직성의 회피를 제기한다.(「친일시에 대한 소견」, 『시인세계』 2006년 봄호 28~34면)
12 졸고 「한국문학의 근대성을 다시 생각한다」(1994), 『생산적 대화를 위하여』, 창작과 비평사 1997, 29~31면.
13 한수영 『친일문학의 재인식』, 소명출판 2005, 7~8면.

에 글과 강연으로 가담했다. 이에 대해 김재용은 중국에서 왕 징웨이(汪精衛) 친일정권이 출범한 1940년 이후 채만식의 사상적 전환이 발생했다고 지적했고,[14] 한수영은 '신체제'의 진군 앞에서 맑스주의와의 "등가교환"이 이루어짐으로써, "어떤 주저와 동요도 없이 일관된 협력과 동의의 태도를 유지한다"고 분석한다.[15] 친일현상을 내재적으로 파악해들어가는 이 새로운 접근으로 당대 식민지 지식인들이 겪은 내적 혼란의 실상이 드러난 점은 주목할 일이다. 생활세계의 혁명적 재편 속에 지식인들을 압도한 '신체제'의 현전에 무감각하다면 그 또한 일종의 직무유기라는 점에서 동요 자체를 비판할 필요는 없다. 사실 옥중에서 끝까지 전향을 거부한 공산주의자들보다 파시즘과 타협하면서 다른 길을 모색한 근대초극론자들이 지금 더 유효할 수 있다는 점을 상기하기 바란다. 그런데 과연 채만식에게 내면적 전향이 일어났을까? 그가 맑스주의를 절대적 진리의 위상에 두었다는 한수영의 지적을 나는 의심한다. 『태평천하』(1938)의 결말이 보여주듯이, 맑스주의자 종학은 오로지 풍문으로만 존재한다. 그는 말하자면 유령이다. 드디어 「치숙(痴叔)」(1938)에 살아 있는 육체로 드러난 공산주의자는 얼마나 철부지인가? 맑스주의든 '신체제'든 소설가적 의심을 과도히 타고난 그에게 종교는 없다. 이러니 전자에서 후자로 개종하는 일도 없다. 그가 남긴 친일 글들을 읽어보면 '신체제'에 대한 전면적 수용이라는 지적에 일견 수긍하게 된다. 그런데 바로 이 점이 전향의 무발생을 반증하는 것인지도 모른다. 그의 글에서 '신체제'는 어디까지나 외재적이다. 우리는 그가 '신체제'와 대결하는 내적 고투에까지 이르지 못했다고 비판할 수는 있어도, 그에 온몸으로 투항했다고 비난할 수는 없을 것이다. 더구나 그는 해방 직후, 유일하게 자신의 친일을 고백함으로써 친일

---

14 김재용, 앞의 책 99~114면.
15 한수영, 앞의 책 55~76면.

문제를 공론에 붙였다. 「역로(歷路)」(1946)와 「민족의 죄인」(1948)에서 거듭 제기했으나, 좌익도 우익도 중도파도 모두 묵살했다. 후자는 이 문제에 관한 가장 중요한 텍스트지만, 우리가 간과하기 쉬운 문제, 즉 "소위 군소급의 죄인들"[16]이란 명제가 제출된 후자도 못지않다. 도마에 오른 '괴수'들의 구명행태도 희극적이거니와, 어제의 '협력'을 우정 망각한 채 건국운동에 더욱 매진하는 군소급 인사들의 변신을 유야무야 덮어두는 사회심리의 형성을 그는 충심으로 우려한다. '괴수'들에게 전가하려는 정치적 무의식의 자욱한 안개 속에서 그는 "일정한 형식을 통해서 공공연하게 작죄의 경위를 밝히구 죄에 상당한 증계를 받구 그래야만 떳떳하구 속두 후련한 법"[17]이라며 청산의 절차가 자기구원이기도 하다는 점을 정확히 지적한 것이다. 이 관점에 서면 반민특위의 해체를 이승만정권 탓으로만 돌릴 수 없음을 깨닫게 된다. 묵은 상처를 덧내고 싶지 않은 광범한 군소급의 암묵이 해체를 소리없이 받치고 있었던 것이다.

해방 직후의 실패를 반복하지 않기 위해서 무엇보다 먼저 우리가 그 혹독한 시대에 부재했다는 자각을 엄중히 가다듬을 필요가 있다. 시험받지 않은 몸으로 식민지시대를 통과한 누더기 몸들을 판단한다는 실존적 감각을 끊임없이 일깨움으로써 자기를 통과한 진실로 만드는 진정성이 요체다. 이 마음자리에 선다면 친일파의 불필요한 확장은 발생하지 않을 터인데, 나는 특히 '온건친일파'의 존재를 드러내고 싶다. 식민지 지배체제와 일정하게 타협하면서 식민지 민중 또는 시민의 이익을 그 한계 안에서나마 확보하려고 애쓴 「몽조(夢潮)」(1907)의 작가 반아(槃阿) 석진형(石鎭衡)은 대표적이다.[18] 반아보다 더 적극적이고 따라서 더욱 논쟁적인 예는 고우(古友) 최린(崔麟)일 것이다. 3·1운동(1919) 후 천도교 신파의 수령으

---

16 『채만식 전집 8』, 창작과비평사 1989, 275면.
17 같은 책 277면.
18 졸고 「반아 석진형의 「몽조」」(1997), 『한국계몽주의문학사론』, 소명출판 2002, 295면.

로서 일제와의 비타협을 견지한 구파와 달리, 총독부와의 타협 아래 국내 운동을 발전시킨 그는 결국 반민특위에 호출될 정도로 친일파로 낙인찍혔다. 일제에 대한 비타협을 관철한 구파의 수령 위창(葦滄) 오세창(吳世昌)은 대단하다. 그런데 천도교 신파가 맑스주의와 함께 가장 탄탄한 운동조직을 마련한 바탕이 그 수령 고우의 친일행위라는 방패였다는 점에 유의해야 한다. 위창은 절(節)을 지켰으나 운동을 상실했고 고우는 훼절의 오명을 뒤집어썼으나 운동을 살렸다. 난문(難問)이다.

이 점에서도 친일문제를 개인별 적발 위주로 이끄는 것보다는 구조적으로 접근하는 것이 합리적일 듯싶다. 이 문제를 개인적 차원으로만 환원하려는 욕망에서 일단 자유로워질 필요가 절실하다. 우리 근대성이 처한 곤경이라는 큰 문맥 안에서 '민족'의 무게를 감량하는 훈련을 통해 친일문제를 다시 파악함으로써 개별적 접근과 함께 기관들의 참회운동을 일으키는 것이 대안일 수 있다. 각 종교교단, 각 언론기관, 문인단체를 비롯한 각계각층에서 친일을 고백함으로써 용서로 가는 길을 예비하자는 것이다. 백낙청(白樂晴)이 토론에서 제기했듯이, 기관참회가 일종의 수사(修辭)로 떨어질 염려가 없지 않다. 그럼에도 친일을 완강히 부인하거나 또는 그 문제를 아예 괄호 쳐버리는 기관들이 이 문제에 대해 공개적 사과를 표명하는 것은 그 진정성 여부를 떠나서 일단 큰 진전이라고 할 수 있다. 이를 위해서는 추궁하는 측도 자세를 가다듬을 필요가 긴절하다. 일부를 들어 한 인간 또는 그 기관 전체를 친일로 몰규정하려는 유혹으로부터 놓여나 백지 반장의 차이도 분간하려는 미시적 자세가 요구된다. 우리가 이 문제에 대해 신중에 신중을 거듭하지 않을 수 없는 이유는 사실 더 근본적인 곳에 있다. "만약 누군가 용서할 권한이 있다면 그것은 피해자지, 제3의 기관이 아니다."[19] 그런데 그 피해자는 십중팔구 이승에 없기 십상

---

19 J. Derrida, 앞의 책 44면.

이다. 용서의 진정한 주체가 부재한다는 부조리한 상황에서 대리의 위기가 발생한다. 순수한 용서의 원천적 불가능성과 정치적 타협의 산물로서 주어지는 화해의 현실태 사이의 그 무시무시한 간극을 묵상하는 윤리적 주저 없는 청산론과 변호론의 대립이란 어쩌면 헛것인지도 모른다.

악령처럼 따라붙는 친일귀신으로부터 놓여나는 근본적 길은, 용서와 화해를 바탕으로 동아시아와 함께 21세기를 여는 작업에 한국이 동참하는 데 있을 터인데, 판정 또는 해결을 서두르지 말고 진실의 다른 측면을 사유함으로써 인간과 문학에 대한 더욱 깊은 이해로 인도하는 연옥(煉獄)의 토론이 당분간 필요한 것인지도 모른다. 그 토론과정의 어느 순간에 매듭의 때는 찾아올 것이다. 끝없는 유예 속에 친일의 멍에로부터 놓여나지 못하는 고통의 무한지속에 한계를 짓는다는 점에서도 매듭짓기는 용서의 다른 이름일 수 있을 것인데, 지리한 지연을 오히려 우리 사회를 새롭게 갱신할 성숙한 매듭의 계기로 삼는다면 더없이 좋은 일이다.

민(民)의 자치[1]

1. 유구한 심층구조

올해(2015)는 지방의회 의원뿐만 아니라 지방자치단체장도 선출함으로써 본격적 지방시대를 연 지 20년이 되는 해다.[2] 여러모로 새겨야 할 쟁점임에도 워낙 한국사회가 요동하는 탓인지 별로 주목받지 못한바, 민선자치단체장시대가 열린 7월 1일을 기해 특집을 마련한 동아일보가 일별할 만하다. 17개 광역단체장을 대상으로 한 설문에 의거, 지방자치를 저해하는 3요소를 들건대, 재정난, 중앙정부의 간섭과 통제, 국민의 무관심 순이었다. 어느 것이나 치명적이지만 두번째가 고질인데, 특히 서병수 부산시

---

[1] 이 글은 세교연구소와 농정연구센터가 공동 주최한 심포지엄 '진화하는 지역, 도농관계의 전환'(서울글로벌센터 2015.9.18)에서 행한 기조발제다.

[2] 노태우(盧泰愚)정부는 6·29선언과 1987년 대선 공약이었던 지방자치제의 실시를 미루다가 1991년, 단체장 선거는 연기하고 지방의회 선거만 치름으로써(구로역사연구소 『우리 나라 지방자치제의 역사』, 겨를 1990, 7면) 지방자치시대를 반쪽만 열었다. 문민정부 들어 1995년 단체장과 지방의원들을 모두 민선으로 뽑는 본격적 지방자치시대가 개막한 것이다.

장의 발언이 생생하다. "지자체 업무 중 국가사무(73%)의 비중이 지방사무(27%)보다 커 실질적인 자치가 어렵다." 김병준 교수 말마따나 현 지방자치는 "중앙정부의 지역사무소"를 크게 벗어나지 못했다고 해도 과언이 아닐 것이다.

어떻게 행정의 분권화라는 조롱을 넘어 진정한 분권을 실현할 지방정부를 건설할 것인가? 이렇게 공자님 말씀을 해놓고 나니 갑자기 뒤가 켕긴다.

30일 행정자치부에 따르면 1995년부터 지난해까지 형사처벌로 물러난 자치단체장(광역기초 포함)은 102명이었고 지난해 6·4지방선거에서 당선된 지자체장 중 선거법위반 등으로 재판을 받는 단체장도 34명이나 된다. 1991년 4월 시작된 1기 지방의원부터 2012년 6월까지 임기 중 사법처리된 지방의원은 1200명이 넘는다. (같은 신문)

물론 이중에는 무고한 이들도 없지 않을 테고, 사법처리로부터 안전했다고 다 좋은 자치인이라고 말하기도 어렵다. 그럼에도 지방자치가 부정부패의 심화확대에 기여한 점을 상기하면 지방분권이 덜 된 게 다행일지도 모르겠다. 사실 첫번째로 꼽힌 지방재정난도 그들 스스로 키운 몫이 적지 않다. 아시아드주경기장을 새로 건설해 재정난이 더욱 악화한 인천시가 가리키듯, 체육대회다 엑스포다 온갖 대형대회를 유치해 재정적자를 자초한 지방도시들의 행태를 우리는 신물나게 목격해오고 있기 때문이다.

현행 지방자치는 기본적으로 1991년 첫 지방의회 선거 결과의 연장이다. 이 선거에서 지방자치는 정치와 무관한 생활자치라는 민자당의 공세에 여당이 압승했다. '비정치로 위장한 정치'로 지방시대를 연 탓에 우리 지방자치는 처음부터 '지방정치'의 안정적 재생산을 강화하는 데로 굴러

갔던 것이다.[3] "한국사회에서 지방정치는 존재하지 않는다"고 명토 박은 신광영 교수는 지방정치의 두 형태를 가른다. 하나는 종친회, 향우회, 동창회 중심으로 작동하는 "선거유세와 투표기간에만 존재하는" "지역선거정치"요, 다른 하나는 민주평화통일자문회의, 새마을운동중앙회, 바르게살기운동협의회, 한국자유총연맹 등 관변단체에 이름을 건 "지역유지정치"인데, 바로 후자에 속한 집단이 전자를 배경으로 첫 지방선거에서 대거 진출하였다.[4] 중앙의 독재정치를 지방에서 받치던 그들에게 지방자치가 꽃을 달아준 격이요, 무명의 헌신을 유명(有名)의 자리로 부양(浮揚)한 택이다. 이런 지방자치에 대해 국민이 무관심으로 응답한 것은 너무나 당연하다. 그런데 이는 그들이 바라 마지않는 조건이니, '당신들의 천국'은 더욱 요지부동으로 굳어진 터다.

지방자치의 악순환에 균열을 낼 숨구멍은 6월항쟁 이후 열린 시민운동이었다. 여야는 물론 혁명운동에도 유구한 중앙주의에 눌린 소수자의 입에 혀가 달리면서 지방에서도 제3의 영역이 조금씩 그러나 빠르게 개척되기 시작하였다. 지방의 어린 시민사회는 비록 지방정치의 구도를 단번에 흔들 수는 없었을지라도 새로이 깨어난 활력을 바탕으로 그 철벽을 뚫고 자신의 영토를 구축하기 시작한바, 때로는 지방정치를 개혁할 강력한 추진력으로 전화되기도 하였다. 예컨대 문민정부시절, 전국구 토호라고 해도 조금도 모자람이 없는 선인재단의 학원분규사태를 인천시민사회와 최기선(崔箕善) 시장의 협치(協治)로 해결한 예는 대표적일 것이다. 그러나

---

3 이는 대한민국 최초의 지방선거(1952)가 이승만(李承晚)정권의 집권연장을 위해 실시되었던 예를 상기케 한다. 이승만은 제헌의회가 1949년 공포한 지방자치제법을 거의 방치한 채 두었다가 개헌안이 국회에서 부결되자 공포 분위기 속에 지방선거를 치러 압승했다. 그 지방정치로 중앙정치를 압박하여 드디어 재집권에 성공한 것이다. 구로역사연구소, 앞의 책 107~113면.
4 신광영 「지방, 지방정치, 지역시민사회의 현실과 과제」, 나라정책연구회 엮음 『한국형 지방자치의 청사진』, 길벗 1995, 67~68면.

그 힘도 어느덧 완강한 지방정치의 구도 안으로 포섭되었다고 할밖에 없다.[5] 지방선거가 거듭될수록 유지연합이 자치의 이름으로 더욱 공고해지는 역설이 뚜렷하거니와, 정말로 "지방자치 선거 실시 전에 반드시 이루어졌어야 할 지방행정개혁이 방기"[6]된 바람에 지방을 지배해온 심층구조는 냇물 속의 돌처럼 의연하였던 것이다. "지방자치는 정치라는 바다 위에 떠 있다."[7] 정치발전 없이 지방자치도 없다.

2. 지방자치의 변경(邊境)

서점에 갔다가 기이한 제목의 책이 눈에 들었다. 『지방 소멸』[8]? 이와떼(岩手)현 지사와 총무장관을 역임한 마스다 히로야(增田寬也)의 저작으로 작년에 출간되어 일본에서 크게 주목받았다는데, 지방자치 출범 즈음에 흥미롭게 읽었던 『지방의 논리』[9]가 떠올랐다. '정치는 지방에 맡겨라'란 부제가 보여주듯 메이지(明治) 이래의 중앙집권주의에 대한 신선한 도전을 선언한 이 책은 1991년 '시골의 논리'란 제목으로 출간되어 일본 독서계를 강타한바,[10] 원저자들의 경력도 재미있다. 자민당 개혁파에 속하는 호소까와 모리히로(細川護熙)는 1983년 고향 쿠마모또(熊本)에서 현지사

---

5 물론 모두 포섭된 것은 아니다. 그러나 설령 그 바깥에 위치할지라도 지방정치를 흔들 자립성에는 미치지 못한다. 이 점이 지방시민사회의 대두 초기와 크게 달라진 바가 아닐까 싶다.

6 양건 「『한국형 지방자치의 청사진』을 발간하며」, 나라정책연구회 엮음, 앞의 책 1면.

7 노무현 「지방자치와 정당 및 정치발전의 상호관계」, 같은 책 432면.

8 마스다 히로야 『지방 소멸─인구감소로 연쇄붕괴하는 도시와 지방의 생존전략』, 김정환 옮김, 와이즈베리 2015.

9 호소카와 모리히로·이와쿠니 데쓴도 『지방의 논리─정치는 지방에 맡겨라』, 김재환 옮김, 삶과꿈 1993.

10 김재환 「역자 후기」, 같은 책 231~32면.

로 선출되었고, 이와꾸니 데쓴도(岩國哲人)는 메릴린치사 본사 수석부사장으로 활약하다가 귀국, 1988년 이즈모(出雲)시장으로 전신하였으니, 동경에서, 뉴욕에서, 일본의 변경으로 자발적으로 하방(下放)한 자치파들이었다. 특히 "나라가 변화하지 않으면 지방을 바꾸겠다"[11]는 표어 아래 메이지유신(明治維新, 1868)의 폐번치현(廢藩置縣)을 전복한 폐현치번(廢縣置藩),[12] 또는 지방에 굳건히 발디딘 신쇄국(新鎖國)[13]을 21세기 일본이 나아갈 방향으로 선언한 호소까와의 주장이 인상적이었다. 과연 그는 이 지방 실험을 바탕으로 중앙을 변혁하는 일에 나서 드디어 1993년 8월 비자민당 출신 최초로 총리가 됨으로써 '55년체제'의 붕괴를 주도했다. 김영삼(金泳三) 대통령과의 회담에서 일본의 식민지배를 "진심으로 반성하고 깊이 사죄"한다는 발언으로 한국인의 마음을 얻는 데도 섬세했던 호소까와 내각은 그러나 고작 8개월 만에 종언을 고했다. 메이지 이래 일본을 지배해온 중앙집권적 개발주의를 개혁할 새로운 지방의 힘, 또는 자치에 바탕한 정치의 귀환을 표상한 호소까와의 실패[14] 이후, 다른 방향에서 55년체제에 도전한 하또야마 유끼오(鳩山由紀夫)의 민주당 내각이 주목된다. 호소까와의 신쇄국에서 더 나아가 후꾸자와 유끼찌(福澤諭吉)의 탈아입구(脫亞入歐)를 뒤집은 탈구입아(脫歐入亞)라고 해도 좋을 '이웃 아시아와의 화해'를 슬로건으로 2009년 출범한 하또야마 내각, 이 두번째 도전도 안팎의 견제 속에서 역시 1년도 안돼 붕괴했고 후속 민주당 내각들도 지지부진 끝에 2012년 자민당에 정권을 반환했다. 하여튼 "1978년 가나가와(神奈川)현 지사가 제창한 '지방시대'라는 용어가 삽시간에 유행어가 되

---

11 같은 책 1면.
12 같은 책 194면.
13 같은 책 200면.
14 물론 호소까와가 물러난 뒤에도 사회당의 무라야마 토미이찌(村山富市) 연립내각 (1994~96)에까지 흐름이 이어졌지만 1996년 다시 자민당 주도로 55년체제는 부활했다.

면서"[15] 불어온 지방 바람, 55년체제에 대한 그 첫 도전은 호소까와 내각을 절정으로 서서히 내리막을 걸었던 것이다.

『시골의 논리』이후 20여년 만에 지방이 열쇳말로 다시 등장한『지방 소멸』은 제목부터 견인적이다. 그러나 정작, 아이는 줄고 노인은 늘어나는 '소자고령화(少子高齡化)' 현상을 중심에 두고 지방문제를 정책적으로 접근하고 있는지라 나로서는 재미가 적었다. 다만 하나 "지방에 주목하는 정책"을 수립하는 데 있어 "기존의 지방분권론을 뛰어넘는 논의가 필요하다"[16]는 의견은 경청할 만하다.

> 그러나 이 과제를 단순히 '중앙정부 대 지방자치단체'의 구도로 몰아가거나 중앙정부의 권한을 지방자치단체에 이양한다고 해서 문제가 해결되는 것도 아니다. 고이즈미 준이치로(小泉純一郎) 정권이 '삼위일체 개혁'을 통해 재원을 지방에 이양한 것이 자치단체의 세수 격차를 부추기는 결과를 낳았듯이, 단순히 지방에 권한을 이양하기만 해서는 대도시권으로 인구가 집중되는 현상을 막을 수 없다. 아니, 오히려 그 진행 속도를 가속화할 위험성이 있다.[17]

이런 논의가 지방분권론 무용화에 악용되어서는 안된다. 제대로 설계해서 제대로 시행하지 않아서 그렇지 분권적 지방자치의 이상은 여전히 절실하다. 그럼에도 분권론이 만병통치약은 아니라는 점에도 유의해야 할 터인데, 실시 이후 실망이 커진 지방자치제의 현실에다 파멸적인 인구혁명조차 가세했기 때문이다.

또한 이 책의 부록, 재정파탄에 빠진 성남시를 복지도시로 개혁한 경위

---

15 김도형「일본 지역산업정책의 실상과 교훈」, 나라정책연구회 엮음, 앞의 책 231면.
16 마스다 히로야, 앞의 책 47면.
17 같은 책 47~48면.

를 밝힌 이재명 시장의 문서가 흥미롭다. 그러고 보면 심층구조의 불변에 비해 기초/광역자치단체장 급에는 여야를 막론하고 개혁적 자치파들이 포진하고 있어 앞으로 그들이 호소까와의 실패를 어떻게 뛰어넘을지 향방이 주목될 터다. 알다시피 호소까와는 메이지유신으로 폐번된 옛 다이묘오(大名)의 후손이다. 그의 도전은 유신에 대한 뒤늦은 반란처럼 보이기도 하는데, 그 본원적 보수성이 미국, 자본주의, 그리고 결정적으로 민주주의에 대한 투철한 이해에 장애를 조성한 바다. 말하자면 그는 오늘날 이 복잡계 자본주의를 돌파하기에는 너무 순수한 지방주의자였다. 그에 비하면 봉건적 분권이 결여된 채, 민주화와 탈민주화[18]가 겹고틀면서 요동쳐온 한국현대사의 극적 전개 덕인지 우리 개혁적 자치파에는 저처럼 철저한 지방주의자는 없다. 분단체제의 저주와 축복에 말미암은 양면성이 우리 지방자치의 변경에도 어두운 입구 옆에 미지의 출구를 마련해두었는지도 모르겠다.

3. 자치와 정치

실망이 희망을 초과한 남한 지방자치의 이력에서 우리가 얻을 최고의 교훈은 정치 없이 자치도 없다는 점일 것이다. 분단체제의 변혁이라는 큰 정치적 전망 속에서 탈민주화를 숙고하는 민주주의의 전진이 도모될 때 왜곡된 지방정치를 반영하는 현행 지방자치도 주민자치를 지향하는 진정한 (지방)정치로 전환할 계기를 파지할 것이다. 이 점에서 자치와 정치를 구분하는 논의의 정치성이 폭로되었다는 것이 성과라면 성과다. 앞에서

---

18 김종엽은 "민주화를 지속적인 과정, 항상 '탈민주화'(de-democratization)가 일어날 수 있는 역동적 과정으로 이해하는 게" 오늘의 한국정치를 더 잘 설명할 수 있다는 점에서 '탈민주화'를 제기하였다. 「바꾸거나, 천천히 죽거나」, 『창작과비평』 2015 가을호 20면.

지적했듯이 이는 '비정치로 위장한 정치'에 지나지 않으매, 여야를 막론하고 정치권은 속종으로 정치와 자치의 의도적/비의도적 혼동을 자행함으로써 지방정치의 왜곡을 재생산해왔기 때문이다. 공천권을 둘러싼 먹이사슬 속에서 진정한 자치파의 지방의회 진출은 봉쇄되기 마련이니, 자치와 정치가 둘이 아니라는 점을 명념할 터다. 그럼 자치와 정치는 하나인가? 현실이 그 모양이어서 그렇지 동네일 하는 전자와 나랏일 하는 후자는 하나가 아닐 것이다.[19] 물론 지치(至治)의 시절에 이르면 자치가 정치가 되고 정치가 자치가 되겠지만, 이 어지러운 과도기에는 양자의 일정한 구별이 오히려 유효하다. 실제 지방자치를 일종의 사다리로 여기는 자치꾼(정치꾼)들이 문제다. 구의원 하면 시의원 하고 싶고, 시의원 하면 구청장, 시장 또는 국회의원 하고 싶고, 꼭 '말 타면 견마 잡히고 싶은' 격으로 이 방랑자들이 지방자치에 대한 환멸을 부추긴 형편이다.

나에게 지방 또는 지방자치 문제의 지표는 어떻게 그곳에서 품위있게 살 수 있는가, 여부다. 지금 한국사회 가장 큰 문제의 하나는 자기가 딛고 사는 땅과의 소외다. 유구한 중앙집권의 관철 탓에 몸은 그곳에 있어도 혼은 고속도로를 방황하는 게 오늘날 한국인의 평균적 삶이다. 그들을 탓할 수도 없다. 지방에 사는 순간 품위있게 살기가 상대적으로 어렵다. 품위는 우선 항산(恒産)에서 온다. 서울이라고 경제적 격차 문제에서 자유롭지는 않지만 지방경제는 거의 균빈(均貧)이다. 설령 항산을 갖춘들 성품대로 자유롭게 사람다움을 실현할 문화가 부재이기 일쑤다. '말은 제주로 보내고 사람은 서울로 보내라'는 옛말이 여전히 진리다. 이 악순환 속에서 지방이 지방을 돌아보지 아니하고 서울만 바라보게 되는 것이다. 그나마 파이가 적다보니 지방에는 곧잘 토박이 중심 향토주의와 뜨내기 중

---

19 양자가 칼같이 구분되는 것은 아니다. 어느정도의 중복은 불가피하지만, 그러나 국회의원 뽑는 데 지역일꾼론으로 시종하는 일이 비일비재한 것은 자치와 정치 양자 모두를 해치는 일이다.

심 탈향토주의 사이의 혈투가 벌어지는데, 전자의 폐색과 후자의 유목은 자치를 해치는 점에서 같다. "토박이도 아닌 뜨내기도 아닌, '동료시민들' (fellow-citizens)[20]로 거듭나는 것"[21]이 열쇠다.

그곳 사람들이 '동료시민들'로 황홀하게 변신할 묘처는 어디인가? "민중이 스스로 다스리는 대안적 질서 내지 '체계에 대한 경륜'이 마련되지 않고는 평등을 위한 싸움이 성공하기 어려움"[22]을 감안컨대 지방자치라는 목표를 넘는 근본적 차원을 상정하는 것이 중요롭다. 아마도 그것이 '민(民)의 자치'일지도 모르겠다. 지방자치보다 깊은 심급을 흔히 주민자치라고 일컬었다. 그런데 그 '주민'은 너무 생활적이다. 생활을 초과하는 생활, 다시 말하면 생활이 자치가 되고 정치도 되는, 소국과민(小國寡民)[23]의 지극한 다스림의 시절을 내다보는 일종의 이념형을 '민의 자치'로 잠정하고 싶다.

민중이 스스로 다스리는 '민의 자치'는 주인과 노예의 변증법을 회피한다. 민은 주인이 아니다. 따라서 민은 타자를 노예로 삼지 아니한다. 나는 주인이 아니다. 따라서 나는 남을 노예로 삼지 아니한다. 또한 나는 나의 주인이 아니다. 따라서 나는 내 안의 타자를 노예로 삼지 아니한다. 그러나 '민의 자치'가 이룩될 때까지 현실로 존재하는 위계를 완전히 폐기하는 것은 비현실적이다. 내 안의 타자를 환대함으로써 내 밖의 타자를 손님으로 환대하는 주인다운 주인을 기리는 것이 '민의 자치'를 내다보는 지금 이곳, 지방자치의 실천이 아닐까?

---

20 Jacques Derrida, *On Cosmopolitanism and Forgiveness*, trans. by Mark Dooley and Michael Hughes, Routledge 2001, 20면.
21 졸고 「문자공화국의 꿈」, 『제3회 중한일 동아시아문학포럼 발표 문집』, 한국조직위원회 2015, 8면.
22 백낙청 외 지음 『백낙청이 대전환의 길을 묻다』, 창비 2015, 39면.
23 노자의 '소국과민'을 바탕으로 소국주의의 재창안을 모색한 졸고 「대국과 소국의 상호진화」(『제국 이후의 동아시아』, 창비 2009, 13~32면)를 참조.

제2부

한국소설의 지평

민족문학과 디아스포라

◆

해외동포들의 작품을 읽고

1. 이 땅에 살기 위하여

이 따홀 ㅂ리곡 어드리 가늘뎌   (이 땅을 버리고 어디로 가겠는가

홀뎌 나락 디니기 알고다   할진댄 나라 보전할 것을 알리라)[1]

8세기의 향가 「안민가(安民歌)」의 한 대목이다. 『삼국유사(三國遺事)』는 경덕왕(景德王)과 충담사(忠談師)의 파격적 만남에서 기원한 이 노래의 발생담을 다음과 같이 전한다. 때는 강남 갔던 제비 돌아온다는 삼짇날(음 3월 3일), 왕이 귀정문(歸正門) 다락에 나아가 영복승(榮服僧)을 맞아오라 이른다. 마침 길에서 잘 차려입은 고승을 만나 데려오지만 왕은 물리친다. 이어 남쪽으로부터 걸어오는 남루한 스님을 왕이 발견하고 모신다. 스님

---

1 김완진(金完鎭)『향가해독법연구(鄕歌解讀法研究)』, 서울대출판부 1981, 71면과 80면. 원래 내 입에 익숙한 것은 양주동(梁柱東)의 해독이지만(『고가연구(古歌研究)』 재판, 博文出版社 1954), 양주동의 해독을 일보 발전시켰을 뿐만 아니라 결정적으로 '홀뎌'에서 행갈이한 김완진의 해독이 더 시적이라 이를 취했다.

은 남산 삼화령(三花嶺) 미륵세존께 삼짇날을 맞이하여 차를 올리고 돌아오는 길이었다. 「찬기파랑가(讚耆婆郞歌)」로 이름 높은 충담사라는 사실을 인지한 왕은 그에게 백성이 편안히 살도록 다스리는 이치를 밝히는 노래를 지어달라고 청한다. 이렇게 해서 「안민가」가 탄생했던 것이다. 이 노래에 감동한 왕이 즉석에서 그를 왕사(王師)로 봉하자 스님이 고사함으로써 이 만남은 아름답게 마무리된다(『三國遺事』 卷第二 紀異第二 景德王·忠談師·表訓大德).

이 노래는 표면적으로는 매우 체제적이다. '임금은 아비, 신하는 어미, 백성은 아이'라는 안분(安分)의 권력논리가 전경화하고 있기 때문이다. 그런데 텍스트의 내면에는 위기의식이 팽팽하다. 인용한 대목도 그렇거니와, 그 바로 앞 대목에도 주목해야 한다. "구릿 대흘 나히 고이솜 갓나희/이흘 머거디 다스라라(륜회輪廻의 차축車軸을 괴고 있는 갓난이/이들을 먹여서 편안히 하여라)."[2] 나라의 기초인 '갓난이(아이)' 즉 백성에게는 밥이 곧 하늘인데, 당대 신라가 이들을 먹이는 것이 문제로 된 사회임을 이 노래는 강력히 암시하고 있다.

경덕왕(재위 742~765)대는 '통일신라'의 전성기지만, 이미 퇴폐의 하대(下代)로 가는 입구였다. 『삼국유사』는 충담사 이야기를 이렇게 시작한다. "왕이 나라를 다스린 지 24년에 오악삼산(五嶽三山)의 신들이 때로 나타나 전정(殿庭)에서 모셨다." 신라의 수호신들이 초대받지 않은 세속의 시간 속으로 출몰한다는 것은 상서롭지 않은 조짐이다. 권력에 주는 경고의 의미가 큰 것이다. 왕권에 도전하는 귀족세력을 견제하기 위해 강력한 당화(唐化), 즉 '국제화'정책을 폈던 경덕왕은 난관에 봉착했다. 돌파구는 어디에 있는가? 왕이 삼짇날 귀정문에 나아가 영복승을 만나고자 기원한 것도 바로 이런 위기의식의 산물이었으니, 신수 좋은 '고승'을 물리치

---

2 홍기문 『향가해석』, 평양: 조선민주주의인민공화국 과학원 1956, 122~23면.

고 남루한 재야지식인, 시인 충담사를 백성(하늘)의 소리를 듣는 파트너로 삼았던 것이다. 그러나 이미 때는 늦었다. 이 일이 일어난 해가 경덕왕 24년(765) 3월인데, 석달 뒤 6월에 왕은 승하한다. 그의 아들 혜공왕(惠恭王, 재위 765~780)은 즉위 초부터 반란에 시달리다가 결국 살해된바 이로써 중대(中代)가 종언을 고하고, 귀족들의 상호항쟁 속에 인민이 도탄에 빠지는 대동란의 하대가 열리는 것이다.

충담사 이야기 뒤에는 경덕왕이 승려 표훈(表訓)의 매개로 혜공왕을 얻는 단락이 붙어 있다. 아들을 얻으면 나라가 위태로워진다는 하느님(上帝)의 경고에도 불구하고 대를 이으면 족하다며 나라 대신에 아들을 선택한 경덕왕의 졸렬함은 통일시대의 문무왕(文武王, 재위 661~681)과 천양지차다. 당과 '함께' 백제와 고구려를 차례로 멸했던 제1차 통일전쟁에 이어, 신라마저도 '식민화'하려는 당에 맞서 고구려·백제의 유민들과 힘을 합쳐 제국을 물리친 제2차 통일전쟁을 승리로 이끈 문무왕은 거대한 능 대신에 화장을 선택했던 진정한 영웅이었다. 골회를 동해에 뿌려주면 왜를 지키는 호국룡이 되겠다고 다짐한 문무왕이야말로 미륵신앙 최고의 실천자가 아닐 수 없다. 삼국 가운데 가장 낙후한 신라로 하여금 통일의 역사(役事)를 감당하게 만든 힘의 근원에 미래불 미륵을 현세불로 재창안해 신라를, 나아가 삼국 전체를 일통하는 대규모의 불국토(佛國土) 건설운동으로 발전시킨 미륵신앙이 있다. 소년미륵 또는 청년미륵을 자임했던 화랑은 그 운동의 중심이거니와, 미륵신앙이라는 형태로 표현된 지상천국 건설사상을 바탕으로 통일시대의 신라사회는 절명의 위기를 창조적 기회로 전환할 수 있었던 것이다. 그런데 통일 이후 신라사회는 타력(他力)의 정토신앙으로 탈주한다.[3] '지금 이곳'의 실존적 감각을 여의고 구세의 다

---

3 특히 통일 이후의 정토교신앙에 대해서는 에다 토시오(江田俊雄)가 『삼국유사』의 여러 기록을 통해 정리한 것이 유용하다. 『朝鮮佛教史の研究』, 東京: 圖書刊行會 1977, 144~47면.

리를 건너 저 언덕, 피안(彼岸)으로, 서방정토, 내세로의 '휴거(携擧)'를 꿈꿨던 것이다. 마음의 디아스포라는 몸의 디아스포라를 동반한다. 지배층·지식층의 유학(留學)이 크게 유행한다. 제국의 코즈모폴리턴들에게 서방정토는 어쩌면 당이라는 세계제국이었는지도 모른다. 이 자기망각 속에서 인민은 이산한다.

이 문맥에서 충담사가 매년 삼짇날과 중양절(重陽節, 음 9월 9일)에 삼화령 미륵세존께 차 공양을 계속해왔다는 점에 유의할 필요가 있다. 삼화령 미륵은 어떤 분인가? 『삼국유사』를 다시 보자. 선덕여왕(善德女王, 재위 632~647) 때 도중사(道中寺)의 생의(生義)란 스님이 꿈의 계시에 따라 남산의 남동(南洞)에서 땅속에 묻힌 돌미륵을 꺼내 삼화령 위에 모시고 여왕 13년(644)에 절을 창건하였다고 일연(一然)은 기록한다(『三國遺事』卷第三 塔像第四 生義寺石彌勒). 미륵 자신의 예언에 따라 땅속에서 일어나 삼화령에 모셔진 이 미륵불은 통일시대의 기틀이 마련된 선덕여왕시대의 푯대였다. 통일 이후의 안정 속에 온 세상이 정토의 아편에 취해 미륵의 시간을 망각한 때 충담은 홀로 기파랑을 추모하고 미륵을 기억한다.

제국의 시대에 반도의 시인 충담은 무엇을 기억하고자 하는가? 제국의 드높은 파도가 삼국을 해체의 위기로 몰아넣은 그때에 신라는 제국의 질서에 순응하는 일변 저항하면서, 옛 고구려 영토 대부분을 포기한 소국주의적 통일을 성취하였다. 고구려와 백제 유민들의 격동적 디아스포라를 상기하면 신라의 '통일'이 삼국 인민 전체의 영구적 디아스포라를 막은 절체절명의 대사업이었음을 새삼 깨닫게 된다. 당·고구려·백제 그리고 바다 건너 왜에 포위된 약소국 신라가 직면한 디아스포라의 위기를 극복하게 만든 힘의 원천이 미륵신앙이다. 공포 속에 떠나야 할 땅이 아니라 고통의 이 땅이 곧 낙토라는 적극적 인식의 전환이 신라만이 아니라 반도 전체의 디아스포라를 막아낸 것이다. 충담은 다시 해체로 가는 비상등이 깜박이는 시대에, 누더기를 입고 광야에서 출현한 『구약』의 예언자처럼 속으로 절규한다. 탈주하는 영혼들이여, 다시 이 땅으로 돌아오라!

「안민가」는 한국문학의 가장 오롯한 원형의 하나다. 이 노래는 시간의 바다들을 건너 유전한다. 제국들의 명멸 속에서도 반도의 일정한 독자성을 간난하게 유지시켜온 힘이 '지금 이곳'의 실존적 '장소의 혼'임을 상기할 때, 남한 민주화와 분단극복을 두 축으로 발진한 1970년대 민족문학운동은 새로운 미륵운동은 아니었을까?

2. 민족주의와 탈민족주의

4월혁명은 1970년대 민족문학운동의 미륵이다. 미국이라는 피안, 서양이라는 서방정토가 남한 국민의 몸과 마음을 지배하면서 상상적 또는 실제적 디아스포라가 횡행하던 시대에 폭발한 4월혁명은 우리가 딛고 사는 이 땅에 대한 실존적 감각을 회복시켰다. 이 땅에 살기 위한, 이 땅에서 자유롭고 평등하게 살기 위한, 새나라 건설을 위한 남한 민중의 투쟁이 이로써 새로운 차원에서 발진하였다.

이 때문에 민족문학운동에는 디아스포라에 대한 아주 강력한 저항이 존재한다. 디아스포라를 제어할 통일된 국민국가/국민문학의 건설을 목표로 삼은 민족문학운동은, 따라서, 민족주의적이라고 할 수 있다. 그럼에도 민족주의라는 용어를 극도로 자제하는 데서 나타나듯이 민족문학론자들은 민족주의에 비판적이다. 그 내면에는, 대한민국 건국 이래 남한 지배층의 '민족주의'에 대한 비판이 잠재해 있다. 친일파가 친미파로 의상을 갈아입고 남한의 주류로 떠오르면서 내건 1950년대의 '민족주의'는 아주 기괴한 것이었다. '자유진영'의 최전위를 즐겨 자임한 그들은 세계시민의 이름으로 백범(白凡) 김구(金九)로 대표되는 임시정부 계통의 적통 민족주의마저 억압하면서 '그들의 천국'을 건설하였다. 그럼에도 이승만독재체제를, 미국의 세계전략에 적응한 특수한 국가주의적 민족주의로 이해할 수는 있다. 친일파를 정권의 기반으로 삼았음에도 반일적 경향을 견지한 이승만(李承晚)체제가, 동아시아 반공네트워크 재구축에서 일본 우익의 역할을 강화하고자 한 미국의 동아시아정책의 변화 속에서 걸림돌이 되자, 그 대안으로 출현한 박정희(朴正熙) 군사독재체제는 앞 시기의 친미적 요소를 일변 계승하면서도 친일적 경향을 적극화하였다. 그럼에도 박정권은 이완용(李完用) 내각이 아니다. 옛 총독부, 중앙청 건물이 있던 때의 세종로의 기이한 상징배치를 상기하자. 한일협정 이후 일본이 몰려오자 중앙청 앞에는 총독부가 헐어버린 광화문을 시멘트로나마 복원하고 세종로 한복판에는 임진왜란의 영웅 이순신장군 동상을 비록 사무라이풍이지만 건립했던 것이다.[4] 4월혁명을 탈취했기 때문에 혁명으로 분출된 민족주의 에네르기를 일정하게 수용할 수밖에 없었던 박정희체제 또한 미국의 세계전략에 새롭게 적응한 특수한 국가주의적 민족주의의 표출로 볼 수도 있을 것이다. 그러나 두 체제는 안으로 민중을 억압하고 밖으로는 북을 타자로 조정한 불구의 민족주의였기에, 민족문학운동은 이들 '민족주의'에 반대했던 것이다.

그럼 민족문학운동은 식민지시대의 독립운동을 계승한 정통 민족주의에 대해서는 긍정적인가? 일면, 그렇다. 이 시기에 백범이 발견되었다. 남한단독정부 수립에 반대하면서 38선을 베고 쓰러진 만년의 백범을 들어올림으로써 친미·친일·반북·반공적인 박정희체제를 비판하는 한 거점으로 삼았던 것이다. 1950년대에 평화통일을 주창한 죽산(竹山) 조봉암(曺奉岩)을 용공으로 몰아 처형할 만큼 레드콤플렉스가 지배하는 남한사회에

---

4 경복궁은 복원되는데 박정희의 서툰 현판을 단 시멘트 광화문에 대해서는 왜 말이 없을까? 독재자를 복제한 '구리 이순신' 대신에 영웅의 진면목에 꿉진한 우리의 조각상을 가지자는 논의는 왜 나오지 않을까? 키치적 상징물이 아니라 나라의 얼굴을 다시 조형하는 세종로의 재배치가 절실하다.

서 철저한 반공에 섰던 백범을 내세우는 것은 체제 측의 색깔공세를 막을 절호의 방패였던 것이다. 물론 단순한 전술적 선택은 아니었지만, 반공적 이념과 함께 주로 테러에 의존한 방법의 측면에서도 백범은 민족문학운동에 모순적이다. 테러는 조직적 반동을 초래한다는 원칙을 슬그머니 확인한 것도 백범에 대한 거리를 묻어두는 방편이었다. 이런 상황에서 단재(丹齋) 신채호(申采浩)가 재발견되었다. 임시정부의 해체와 재조직을 주장한 창조파의 맹장으로 활약하면서 국수주의적 민족주의로부터 탈각하여 무정부주의로 사상적 거처를 이동한 단재는 매력적이었다. 그런데 후기 단재의 무정부주의를 드러내놓고 강조할 수는 없는 노릇인지라 무정부주의자 단재보다는 비타협적 민족주의자 단재를 전경화하는 방향이 자연스레 나타났다. 그럼에도 전기 단재의 지독한 국수주의와 후기 단재의 고독한 테러리즘은 역시 부담인데, 민족문학운동에서 민족주의는 이처럼 야누스적이다.

그럼 민족문학운동에서 민족주의는 검열을 의식한 '노예의 문자'인가? 그 측면이 없지 않다. 민족문학운동은 6·25 이후 침강한 해방 직후 조선문학가동맹(약칭 문맹)의 민족문학운동과 일정하게 연속적이기 때문이다. 알다시피 해방 직후 문맹은 국민국가 건설이라는 민족주의적 과제를 과소평가한 식민지시대 카프운동의 교조성을 자기비판하면서 민족문학론을 제출한 바 있다. 그런데 이는 좌익헤게모니 관철에 입각한 당시 조선공산당의 2단계혁명론에 긴박되어 있었기 때문에, 목표가 성취되는 순간 폐기되는 매우 유동적인 명목이었다.[5] 그 유동성은 1970년대 민족문학운동에도 유전되지만, 운동이 진전되면서 양자 사이의 비연속성이 더욱 두드러지게 된다. 운동의 현실적 조건에 대한 숙고를 통해 민족주의와 사회주의

---

5 이에 대한 자세한 분석은 졸고 「프로문학과 프로문학 이후」, 『민족문학사연구』 제21호 (2002년 하반기) 10~17면 참조.

를 동시에 넘어서는 제3의 선택을 모색하는 과정에서 제출된 백낙청(白樂晴)의 분단체제론은 대표적이다. 민족적 현실에 충실하되 민족주의를 역사의 종말로 삼지 않는 동시에, 20세기 사회주의로 투항하지도 않는 절묘한 입지를 파지함으로써 우리 시대의 민족문학운동은 문맹의 민족문학론과 비연속적 관계를 획득하게 된다. 이념적 금기가 오히려 이념에 대한 더욱 사려 깊은 모색을 가능하게 만드는 역설은 당 없는 시대, 민족문학운동의 진정한 보람이 아닐 수 없다.

문맹의 민족문학론에 대한 비연속성이 강화된 1990년대 이후의 민족문학론에도 민족주의에 대한 일정한 함몰이 존재한다. 근대국민국가 건설에 실패하고 2차대전 전에는 식민지로, 다시 전후에는 분단국으로 떨어진 간난한 역사적 경험을 상고(詳考)할 때 그것은 불가피하고도 필연적이기조차 하다. 여기서 우리는 민족주의에 대해서 가장 부정적인 사회주의, 특히 20세기 사회주의가 내적으로는 강렬한 민족주의적 요구의 분출이란 점에 유의할 필요가 있다. 20세기 사회주의의 기원으로 된 레닌주의가 오히려 와해의 위기에 처한 러시아제국을 구원했다는 역설을 상기하자. 국제주의로부터 슬라브 애국주의로 유턴한 스탈린주의는 레닌주의에 잠재해 있던 민족주의의 노골화일 터인데, 동아시아 사회주의들은 스탈린주의의 현지화라고 해도 지나친 말은 아니다. "나를 레닌과 제3인터내셔널로 이끈 것은 맑시즘이 아니라 애국심이었다." 호찌민(胡志明)의 이 통렬한 고백이야말로 동아시아 사회주의의 핵심을 웅변하는 것이다.

최근 한국에서도 근대·국민국가 모형에 대한 공격과 함께 민족주의 비판이 유행을 타고 있다.[6] 민족주의가 '없다'는 주장에 대해서 '있다'고 맞받고 싶지는 않다. 민족주의가 근본적으로 극복되어야 한다는 점, 다시 말

---

6 '탈민족주의'를 비판한 것으로는 유재건 「통일시대의 개혁과 진보」(『창작과비평』 2002년 여름호)와 백낙청 「한반도에 '일류사회'를 만들기 위해」(『창작과비평』 2002년 겨울호) 참조.

하면 지구적 규모의 대동세상으로 가기 위해서는 충돌적인 민족주의를 넘어서야 한다는 데 반대하는 자는 거의 없을 터이다. '있다/없다'의 형이상학이 아니라 '있고도 없는' 민족주의가 지금 이곳에서 얼마만큼 쓸모가 있는지를 따지는 근사(近思)가 요구된다. 근사란 몸(나), 집, 나라, 세계로 가까운 데서 차츰 먼 데로 밀어나가는 실천의 원심적 확장을 뜻하는 유교적 사유의 핵심인데, 마침내 도달해야 할 천하위공(天下爲公)의 평천하(平天下)를 내다보되, '나'와 '세계' 사이의 단위들 특히 '나라'에 대한 숙고는 건너뛸 수 없는 실천의 징검다리일 것이다. 자본의 포섭력이 강화되면서 가족과 지방이 해체되는 경향 속에 나라 안팎으로 디아스포라가 항상적으로 진행되는 남의 형국과, 인민을 먹여 살리는 기본이 흔들리면서 야기된 참담한 탈북행렬이 이어지는 최근 북의 상황을 아울러 볼 때, 한반도에 더 멋진 나라를 세우는 작업의 중요성을 망각할 수 없다. 탈민족주의가 민족·국가문제를 괄호 치는 편향을 일방적으로 밀어붙일 때, 혹 백인 여성들의 페미니즘이 걸었던 전철을 되밟을지도 모른다. 공민권투쟁에 나선 백인 여성 페미니스트들은 "성차의 편견 때문에 자기들의 투표권은 거부되고 흑인 남성들만 투표권을 얻을 가능성에 직면하게 되자 백인 우월주의의 기치 아래 단결하여 남성들과 동맹하는 쪽을 선택"하였으니, "젠더와 함께 인종을 고려하는 것이 아니라 인종을 지워버리고 젠더만 부각시키는 운동"으로 선회하였다. 인종을 괄호 치고 "자매애의 유토피아적 비전"을 외치는 것이 어떻게 위험한 관념으로 전락했는가를 상기하면,[7] 현단계에서 민족·국가를 지우는 탈민족주의론이 자칫 지구자본의 요구에 순응하는 무의식적 도구로 떨어질 가능성도 없지 않다는 점을 인식할 필요가 있다. 민족주의 비판이 방편이 아니라 그 자체로 목적이 될 때 그 또한 지혜로 이르는 길을 차단하는 걸림돌이 될 것이다.

---

7 벨 훅스 『행복한 페미니즘』, 박정애 옮김, 백년글사랑 2002, 129~31면.

탈민족주의론을 해독제로 삼아 민족문학론의 몸 안에 무의식으로 각인된 민족주의를 이제는 더 명확히 의식할 필요가 커진다. 사실 민족주의도 지구자본에 대한 꼭, 저항만은 아니다. 자본은 저항적이든 침략적이든 민족주의를 도구로 자기를 관철해왔기 때문이다. 민족주의가 보존하면서 폐기하는 방편이라는 점을 다시금 명념(銘念)하면서 민족주의 너머를 진지하게 사유할 시점이 아닐 수 없다. '나, 집, 나라, 세계'로 확장되는 실천의 단계에서 '나라' 전후에 '지방'과 '지역'을 새로 삽입하여 지방분권과 동아시아를 중요한 화두로 둔 것도 그 일환인데, 우리 사회에서는 약간의 경멸로 거론되는 코즈모폴리터니즘을 다시 생각하는 것도 한 방편이다. 자끄 데리다(Jacques Derrida)는 가망없는 국가정치를 횡단하는 "새로운 세계주의정치"(a new cosmopolitics)를 제안하면서, 그 근거지로 "국가정치를 재조정할 새로운 피난도시들" 즉 '자유도시'(une ville franche)의 탄생을 꿈꾼다.[8] 토박이와 이방인이 주객의 경계마저 넘어서 공생하는 '자유도시'는 "바울 세계주의의 세속판"(the secularized version of Pauline cosmopolitanism)인데, 바울의 「에베소서」를 소의처(所依處)로 밝히고 있다.[9] "이제부터 너희가 외인도 아니요 손도 아니요 오직 성도들과 동일한 시민이요 하나님의 권속이라."(「에베소서」 2장 19절) 일찍이 이방선교로 방향을 잡고, 아시아 로마권역의 수도인 에베소를 거점으로 기독교를 유럽으로 이월하는 데 성공한 바울의 세계주의를 영감의 원천으로 삼은 데리다의 제안은 자유도시의 새로운 영성(靈性)이 모호하긴 하지만 흥미롭다. 그런데 더욱 큰 문제는 국가정치에 대한 절망이다. "우리가 국가보다는 도시에 기대를 거는 것은 국가가 도시의 새로운 상을 창조할 수 있다는 희망을 포기했기 때문이다."[10] '나라' 밖에서 꿈꿀 게 아니라 '나라'와 함

---

8 Jacques Derrida, *On Cosmopolitanism and Forgiveness*, trans. by Mark Dooley and Michael Hughes, Routledge 2001, 4~5면.

9 같은 책 20면.

께 숙고하는 것이 지금 우리에게 생산적이다. 민족주의와 탈민족주의를 '하나도 아니고 둘도 아닌[不一不二]' 무애(無碍)의 감각으로 동시에 여의는 정신의 훈련이 관건이다.

3. '자유도시'를 위하여

'본국인'들은 대체로 이 땅을 '버리고' 떠난 해외동포들을 약간은 고의적인 무관심으로 대해온 것이 사실이다. 그것은 아마도, 해방 이후 미국과 다양하고도 기발하기조차 한 방법으로 연결을 맺으려고 안달한 한국 지배층의 행태와, 1960년대 중반 이후 몰아친, 먹고살 만한 사람들의 미국 이민 물결[11]에 대한 속 깊은 냉소에 말미암을 것이다. 그런데 이 강고한 민족주의감정이 최근에는 부메랑이 되어 우리를 치고 있다. 한국이 세계체제의 주변부에서 반주변부로 올라서면서 저항적 민족주의가 어느 틈에, 외국인노동자는 물론이고 해외와 북(또는 북 출신)의 동포들에게도 무차별적인 천민자본의 공격적 민족주의로 변화되는 조짐을 곳곳에서 보여준다.

식민지화를 전후하여 주로 정치·경제적 이유로 대규모의 망명 또는 이주가 시작된 이래, 현재 해외에 거주하는 동포가 151개국 565만명을 상회한다고 한다. 인도(480만명)나 일본(260만명)의 해외동포보다 많은 숫자다. 한민족 전체(7500만명) 가운데 외국 거주율이 7.5%, 중국의 1.8%를 훨씬 넘는 대단한 비율이다.[12] 그럼에도 불구하고 해외동포사회와 모국 사

---

10 같은 책 6면.

11 1960년 현재 한국계 미국인은 약 1만명에 지나지 않았다. 아시아계 이민을 촉진한 1965년 하트-쎌러법(the Hart-Celler Act)이 통과하면서 한국계 미국인이 1985년에 50만명에 이르도록 폭증하였다. Lan Cao and Himilee Novas, *Everything You Need to Know about Asian-American History*, A Plume Book 1996, 252면.

12 정영훈 「한민족공동체 형성 과제와 민족정체성 문제」,『재외한인학회 연례학술대회

이의 관계가 원활치 못한 이유에는 '본국인'들의 뿌리 깊은 일국주의와 함께 분단이 개재하고 있다. 냉전시대의 남북정권은 분단체제의 유지를 위한 이데올로기적 동원이란 시각에서 해외동포문제에 접근함으로써 해외동포사회의 분열을 조장한 측면이 없지 않다. 안으로는 남한 민주화가 새로운 전환점에 들어서고 밖으로는 탈냉전의 물결이 일어나기 시작한 1989년, 한국정부가 한민족공동체 통일방안을 통해, 통일을 촉진하는 남북 교류협력 증대의 매개로서 해외동포에 새로이 주목한 것은 매우 암시적이다.[13] 그러나 남북의 주민과 전체 해외한인동포를 포괄하는 한민족공동체론이 새로운 차원에서 민족주의의 영토를 확장하려는 기도로만 제한된다면 이는 대단히 위험하다. 이주경험이 이미 깊어진 해외동포들에게 실제적 또는 상상적 귀속의지를 촉구하는 일은 비현실적일뿐더러 통일사업에도 유익하지 않다. 통일한반도의 출현에 대해 주저하는 주변 4강의 의구를 더욱 부추길 것이기 때문이다. 이 점에서 한민족공동체를 '문화공동체'[14]로, 열린 문화코드로 접근할 필요가 절실하다.

그 훈련의 일환으로 나는 그동안 민족문학론이 소홀히 대한 해외동포들의 문학을 '근사'의 감각으로 읽고자 한다. 대상은 영어로 작품을 쓰는 미국동포 쑤전 최(Susan Choi)의 『외국인 학생』, 한글로 작품활동을 하는 중국 길림(吉林)의 동포작가 박선석(朴善錫)의 『쓴웃음』, 그리고 일본어로 창작하는 재일동포 현월(玄月)의 『그늘의 집』이다. 국적을 고려했지만 작

<hr />

발표논문집』, 재외한인학회 2002, 2면.

13 이종훈「한민족공동체와 한국정부의 역할」, 같은 책 27~28면.

14 같은 글 30면. 그는 한민족공동체가 '다국가 다국적 민족공동체'에 해당하기 때문에 정치공동체보다는 '문화적·경제적 공동체'를 지향하는 것이 바람직하다고 밝히면서, 문화공동체 형성의 장애로 "각 지역공동체의 문화적 이질화"를 들고 있다. 나는 '이질화'를 너무 염려할 필요는 없다고 생각한다. 존이구동(存異求同, 이견은 남겨두고 합의점을 추구함)의 정신으로 교류를 확대·심화한다면 그 차이는 오히려 풍요로운 자산이 될 수도 있다.

품에 나타난 이주경험의 단계들도 참조했다. 쑤전 최가 한국에서 탈주하여 막 미국에 진입한 1세대를 다뤘다면, 박선석은 이미 본국과의 연계가 거의 끊어진 문화혁명시기 중국의 동포사회를 관찰했고, 현월은 '자이니찌(在日)'라는 조건을 고뇌하는 2세의 경험에 충실하다. 다른 계단들을 다루고 있음에도 그들은 모두 2세다. 그것은, 이 땅을 버릴 수밖에 없는 상황에서 이주했더라도 그 귀환점은 언제나 모국이었던 사람들, 또는 귀국을 포기했지만 여전히 모국에 대한 강한 연계의식을 지닌 사람들이 아니라, 이주한 땅에서 살 수밖에 없는 사람들이란 것을 뜻한다. 2세들이 각기 다른 언어로 이주경험의 층위들을 골똘히 사유하고 있다. 이 고투 앞에서, 나는 한국문학의 범위 및 그 편입 여부를 둘러싼 형이상학적 논의를 접고, 다만 그들과 존이구동의 대화를 나누고 싶다.

3-1. 탈주와 진입의 경계에서

쑤전 최(1967년 미국 인디애나 생)의 『외국인 학생』(전2권, 문학세계사 1999)[15]은 뜻밖에도 정통 사실주의기법으로 씌어졌다. 그녀는 왜 고전적 내러티브의 붕괴가 예찬되는 시대에 재현의 기술에 충실했을까?

6·25전쟁의 폐허에서 가까스로 탈주하여 1955년 미국 남부의 소도시 스와니에 유학생으로 도착한 한국인 안창이 백인 부르주아의 딸 캐서린 먼로와 인종/계급의 장애를 넘어 연애/결혼에 '성공'하는 줄거리를 축으로 삼는 이 작품은 미국판 『춘향전』이다. 말하자면 정통 로맨스다. 그럼에도 내면의 결을 살피면 꿈결 같은 천상의 로맨스가 아니라 악몽 같은 지

---

15 원본(Susan Choi, *The Foreign Student: A Novel*, Harper Perennial 1998)도 참고하였다. 이 작품에 대한 분석으로는 유희석 「한국계 미국작가들의 현주소: 민족문학의 현단계 과제와 관련하여」(『창작과비평』 2002년 여름호) 참조.

옥의 로맨스다.

이 장편은 남주인공 창과 여주인공 캐서린의 공동전기의 형태를 취하고 있다. 이미 첨예한 갈등의 복화(複化)를 품고 있는 이 문제아적 주인공 남녀의 만남과 연애의 과정을 현재로 놓고 섬세히 따라가는 것을 주선으로 하면서 작가는 만남 이전 두 상처받은 영혼이 통과해온 지옥의 계절을 거의 동일한 비중으로 교직한다. 현재로 끊임없이 틈입하는 두 주인공의 과거를 통해서 6·25전쟁 발발 전후의 격동하는 한반도와 미국 남부의 속물적 백인 부르주아사회, 두 장소의 이데올로기적 지형이 정교하게 탐사되고 있다. 이 소설에서 연애는 한국과 미국, 두 국민의 자서전이 충돌하면서 상호침투하는 미묘한 섭촉점을 이루는데, 뛰어난 연애소설이 가장 날카로운 사회소설로 되는 한 전범을 보여주었다.

나는 앞에서 이 작품을 미국판 『춘향전』으로 볼 수 있다고 지적했는데, 그것은 어디까지나 안창의 이야기 즉 인물의 초점을 남주인공에 둘 때 그렇다는 것이다. 혈혈단신으로 미국에 도착한 창의 '성공담'은 천민신분으로 이몽룡을 만난 춘향이 이야기와 유사하기 때문이다. 물론 여기에도 단서가 붙는다. 창과 춘향의 견줌은 한국을 탈주하여 미국에 도착한 이후의 창에만 해당되는 것이다. 아버지가 저명한 영문학 교수요 서숙부(庶叔父)는 잘나가는 국회의원일 뿐 아니라 창 자신도 일본 유학의 경험을 지닌 엘리트로서 미국정보기관에서 일했으니, 그는 엄연한 한국 지배블록의 일원인 것이다. 그럼에도 그는 아버지의 친일경력에 괴로워하며 부르주아가족으로부터 자발적으로 이탈한다. 공산주의운동에 일정한 동감을 표시하면서도 그의 유일한 벗 김재성처럼 좌익에 투신하지는 않는다. 미국에 협조하는 것으로 생애하면서도 미국에도 비판적이다. 그는 근본적으로 외톨이다. 작가는 이 대목들에서 매우 절제된 균형감각으로 당대 한반도의 상황을 기술한다. 정교한 재문맥화를 통해 존재의 모순 속에 비꼬인 창을 야만적인 국가폭력에 의해 몸과 마음이 함께 파괴되게 '공작'

함으로써 작가는 결국 그로 하여금 미국으로 탈주케 한다. 아무리 지독한 민족주의자일지라도 창의 탈주를 '용서'할 수밖에 없게 만들 정도로 이 과정은 핍진하다. 그래서 창에게 미국은 희망의 땅이 아니라, 악몽의 한반도로부터 탈출할 우연한 피난처에 가깝다. 이 지점에서 이 작품은 탈주의 순간 자살한 최인훈(崔仁勳)의 『광장』과 접속된다. 그런데 이방인과 토박이의 위계가 엄격한 스와니, '자유도시'와는 거리가 먼 이 소도시에서 영위되는 탈주 이후 창의 이야기가 보여주는 탁월함과 비교할 때, 탈주 이전은 역시 실감이 덜하다. 그 이유는 더러더러 보이는 역사적 불일치에도 기인하지만, 탈주를 위한 변증이라는 구성적 제약에 더 말미암을 것이다.

이 소설은 캐서린의 이야기이기도 하다. 창과 만나기 전과 이후로 분절되는 그녀의 삶에 대한 작가의 깊은 통찰을 통해 미국사회의 내면으로 육박해가는 이 대목은 이 장편의 압권이다. 부르주아의 고명딸로 태어났으되 그 속물성에 반항하며 아버지의 친구 찰스 에디슨 교수와 조숙한 성적 유희에 빠짐으로써 지배질서 밖으로 탈락하는 캐서린의 어두운 연애는 너무나 생생하다. 사실, 내면적으로는 문제아로되 표면적으로는 현실을 일단 수락하면서 생활했던 창보다 '롤리타'의 행각이라는 악마적 방법으로 타락한, 부르주아사회의 속물성에 반항하는 캐서린이야말로 루카치(G. Lukács)적 의미의 문제아적 주인공에 더욱 가깝다. 독신의 영문학 교수 찰스의 형상 또한 얼마나 절실한가. 세련된 반속주의자 찰스가 내면에 웅크린 어두운 욕망의 심연에 지펴 헐떡이는 잔인한 장면들을 통해 작가는 부르주아 반속주의도 그 노골적인 속물주의와 마찬가지로 삶의 근원적 무의미성에 시달리고 있음을 예리하게 부조해낸다. 나보꼬프(V. Nabokov)의 『롤리타』(Lolita)를 반추하는 캐서린 이야기는 찰스와의 결혼을 포기하고 창을 선택하는 결말에서 다시 반전한다. 미국사회의 타자, 아시아계 소수자와의 결혼이라는 더 심각한 문제적 상황에 자신을 밀어넣는 순간, 캐서린의 긴 반항은 완성되는 것이다.

쑤전 최는 한국인 아버지와 미국인 어머니 사이에서 태어났다. 남주인 공 안창의 모델은 작가의 아버지 최창(현재 인디애나주립대학 추상수학과 교수)인데, 최창의 아버지는 한국의 대표적 비평가 최재서(崔載瑞)다.[16] 모더니즘이론가에서 친일문학자로 전신한 최재서의 양면성을 고려하면, 아들의 탈주란 전도된 오이디푸스적 충동의 표출에 가깝다. 아버지에게 반역하지 못하고 아버지로부터 도망친 아들이 수학에 매료되는 것 또한 그 증후가 아닐까? 수학은 이데올로기의 흔적들이 임리(淋漓)한 인간학으로부터 자유로운 가치중립의 환상을 제공하는 데 알맞은 분과학일 수 있기 때문이다. 이 범상치 않은 가족사를 상기할 때, 이 작품이 작가를 엄습한 정체성의 위기를 종자로 삼아 부풀어올랐음을 짐작할 수 있다. 2세로서 작가는 1세의 경험을 추체험한다. 이 장편은 말하자면, 자신의 기원으로 거슬러올라가는 일종의 내면적 답사기다. 그런데 그 기원은 자신의 일부이면서도 의식 아래 잠긴 타자다. 6·25전쟁 전후의 한반도라는 미지의 타자를 탐사하려는 작가의 학습열이 바로, 이 장편을 사실주의로 기울게 한 것인가? 가족사의 상처를 직시하는 작가의 용기에도 불구하고 이 장편에서 캐서린의 이야기가 창의 이야기를 압도한다. 전자가 후자를 흡수하는 형태로 귀결된 이 소설은 결국 제국의 서사다. 로맨스를 전복한 작가의 역량으로 볼 때, 나는 그녀가 제국의 서사를 또 한번 멋지게 해체할 것을 믿는다.

3-2. 이국에서 조선동포로 살기

박선석(1945년 길림 생)의 『쓴웃음』은 중화인민공화국 수립(1949) 이후, 격변의 중국현대사를 조선족 마을, 팔방이라는 거울을 통해 들여다본 대

---

16 이 작품 하권에 붙인 역자 최인자의 해설 「이방인의 사랑」, 285면.

하소설이다. 토지개혁(1950)에서 이야기가 비롯되는 이 장편은 1995년부터 『장백산』(장춘長春에서 발행되는 조선어 격월간지)에 연재되기 시작했는데, 둥베이(東北)지방 동포들 사이에서 큰 반향을 불러일으키고 있다고 한다. 그중 문화대혁명(1966~76) 초기를 다룬 부분이 한국에서 출간되었다.[17]

　고(故) 김학철의 후계자가 출현했음을 고지하는 이 장편은 우선, 독자를 강력하게 흡인한다. 현지 애독자는 말한다. "저는 『장백산』에 연재되는 박선석의 장편소설 『쓴웃음』을 매번 2차례 이상 읽습니다. 원래 '책귀신'이 아니었던 제가 어찌하여 박선석의 『쓴웃음』에 매혹되어 '책귀신'이 되었는가. 그것은 작가가 우리 주변에서 발생했던 사실을 너무도 재치 있는 필치로 생동감 있게 엮었기 때문이 아닌가 싶습니다. 그러기에 어느 기(期, 잡지의 호 ─ 인용자)를 막론하고 읽을 때마다 혼자서 웃어보지 않은 적이 없습니다. 때로는 크게 소리 내어 웃기도 합니다."[18] 요즘 소설이 누리기 힘든, 독자와의 이 강력한 교감은 이 작품이 중국동포들의 집합적 자서전이라는 점에 말미암는다. 과연 이 작품에는 뚜렷한 중심인물이 없다. 둥베이지방의 동포사회 전체가 주인공인 셈이다. 그런데 이 특징이, 뤼시앵 골드만(Lucien Goldmann)이 말하는, 개인전기적 성격이 강한 19세기 서구소설의 20세기적 해체의 한 경향으로 대두한 집단적 주인공의 소설과 상통하느냐 하면 꼭 그렇지는 않다. 물론 중국이라는 사회주의 사회에서 생산되었다는 점과 이 장편의 집합성이 아주 무관하지는 않을지라도, 그 특성은 오히려 근대소설(novel) 이전의 구전서사체와 더 연관될 것이다. 박선석은 판마당의 청중을 울리고 웃기면서 지혜를 나누는 전통적 이야기꾼에 가깝다고 보아도 좋다. 벤야민(W. Benjamin) 식으로 말하면, 경험적 가치의 하락과 이야기의 소멸이 동반관계를 이루는 우리들

---

17 박선석 『쓴웃음』 제1권, 파주: 자유로 2000. 이하 본문의 인용은 면수만 표기.
18 남영전 「광란의 연대」, 같은 책 13면.

의 시대에, 현대소설의 실험으로부터 희귀하게 보호된 이 무진장한 이야기의 세계가 중국동포문학에 생생하게 살아 있다는 사실은 하나의 경이다. 이는 중국혁명 성공 이후의 중국사회의 격절과 중국어에 포위된 '조선족 말'의 고도적(孤島的) 성격의 복합에도 말미암을 것인데, 대중과 교통하는 서사의 시원적 형태에 대한 회상을 다시금 일깨우고 있다. 이 때문에 이 작품의 실감은 중국동포사회 밖으로도 너끈히 이월된다. 나는 오랜만에, 할머니 무릎에서 이야기의 다음을 다그치는 아이와 같은 조급함에 빠지는 '행복'을 만끽할 수 있었다.

한국출판본은 문화대혁명(약칭 문혁)이 시작된 1966년 중반부터 이듬해 초까지 베이징(北京)에서 불어온 조반(造反)의 광풍이 변방의 팔방마을을 훑고 지나가는 과정에서 벌어진 지옥의 풍경을 일류의 풍자와 해학으로 서사한다. 나는 이 작품을 통해서 문혁을 비로소 제대로 이해할 수 있었다. 당내 집권파를 주자파(走資派)로 비판하면서 대중의 자기해방론에 입각한 빠리꼬뮌형의 새로운 권력기관을 만들어낸다는 마오 쩌뚱(毛澤東)의 '이상'[19]에도 불구하고 문혁은 계급투쟁의 외투를 입은 권력투쟁, 즉 실세한 마오의 권력복귀운동으로 귀결됨으로써 중국 전체를 항상적인 '만인의 만인에 대한 투쟁' 상태로 몰아갔던 터이다. 작가는 그럴듯한 이론으로 포장되어 그 실상이 잘 드러나지 않는 문혁을 중앙이 아니라 먼 변방, 그것도 한족에 대한 절대적 소수자집단인 '조선족마을'에 들이댐으로써 그 본질을 적나라하게 드러낸다. 문혁을 팔방 인민의 일상생활 속에 복원하는 서사전략으로 작가는 경험주의에 함몰되지 않은 채 경험적 가치 스스로 진실을 드러내게 하는 뛰어난 이야기꾼의 솜씨를 능란하게 구사한다. 그런데 문혁을 통해 이루어진 일군만민(一君萬民)의 세계에서는 일군을 제외하고 그 누구도 안전하지 않다는 것을 예리하게 보여준 점이

---

19 小島晉治・丸山松幸『中國近現代史』, 박원효 옮김, 지식산업사 1996, 222면.

특히 인상적이다. 문혁 바람을 타고 사청(四淸)운동[20]을 다시 조직하고자, 무수한 '아퀘이(阿Q)'를 만들어내면서 팔방의 '주자파'를 축출한 공작원 백명길 또한 홍위병에 의해 반동으로 몰려 '투쟁당하는' 사건은 전형적이다. "백명길만 모주석 어록을 이용하던 때는 지나갔다."(278면) 사제들(당 간부들)이 『성경』(마오의 어록)을 독점하던 구교의 시대는 가고 인민마다 성경을 장악한 신교의 시기가 도래한 것이다. 문혁이 낳은 망외의 효과가 아닐 수 없다. 조반이 조반을 낳고 그 조반이 다시 조반을 낳는 형국 속에서 홍위병도 십자군처럼 타락한다. 엄격한 정치심사 때문에 홍위병 조직에 들지 못한 학생들이 마오의 이름 아래 새로운 홍위병을 조직하면서 등장한 파벌들의 발생으로 '주자파'의 자식들도 역량강화를 구실로 "다투어 받아들였"(286면)던 것이다. 전인민의 홍위병화라는 착종 속에 실제로 지방에서는 '문혁파'와 '주자파'의 투쟁이, 마치 6·25전쟁 당시 한반도의 좌우익 투쟁상황과 유사한 형태로 일진일퇴를 거듭했음을 이 작품은 잘 보여준다. 인민의 조반을 부추긴 '문혁파'가 바로 그 인민에 의해 타격받을 것임을 우리는 문혁 초기의 변방을 다룬 이 작품에서도 이미 짐작할수 있다. 이 작품은 이처럼 공적인 역사에 의해 억압된 사적 기억을 전경화함으로써 '엘리트들 사이의 권력의 교체서사'로 시종하는 지배서사를 풍자하는 하위자(subaltern)서사의 한 전범을 보여준다.

이 작품의 거의 모든 인물이 모국의 기억, 아니 문혁 이전의 기억조차 거세된 채 제시된다는 점은 매우 주목할 특징의 하나다. 영어소설 『외국인 학생』이 모국의 기억을 탐사하는 데 공을 들이는 것에 대비할 때 조선족마을을 꾸리고 조선어로 생활하는 중국동포를 그린 한글소설 『쓴웃음』의 이러한 특징은 기이하기조차 하다. 인물들은 오직 현재의 흐름에

---

20 사청운동(1964~66)은 마오의 주도 아래 이루어진 농촌의 사회주의교육운동으로 문혁의 전초전이다.

종속된다. 그것은 아마도 당이 인민의 기억을 독점하고 있다는 점에 말미암을 것인데, 인민의 사적 기억은 당에 의해서만 호출된다. 마을의 계급투쟁을 본격적으로 전개하기 직전, 공작원이 주도하는 모임에서 마을사람들이 과거의 고통스러운 기억을 고백하는 제4장 '회억대비'와, '반동'을 잡도리하기 위해 그들의 과거 죄상을 털어놓으라고 다그치는 제6장 '투쟁'은 '기억의 정치'를 보여주는 압권이다. 고백된 사적 기억들에 개입하여 편집과 변조(또는 날조)의 과정을 거쳐 당(또는 그 대리자들)이 인민의 사적 기억을 공적인 역사로 강제 통합하는 과정이 핍진하기 짝이 없다.

그럼에도 이 작품은, 기억의 정치를 기억의 황홀한 연금술로 들어올리는 경지에 이르지는 못했다. 이야기소설의 약점인 시공간에 대한 정밀한 구축이 성긴 것도 그 반영일 것이다. 시간과 장소에 대한 감각의 진전은 소설적 유물론의 핵심의 하나이기 때문이다. '조선족'과 '한족'의 종족적 지표들이 거의 간과된 것도 그렇다. 이 경계에 대한 진지한 사유는 중국동포문학이 제대로 취급할 수 있는 독자적 영역이다. 길항하면서 상호침투하는 이 접촉권역(contact zone)의 기억들을 교차적으로 탐색할 때, 중국사회/문학, 그리고 한반도사회/문학과의 호흡 속에서 이 작품의 즉물적 제약이 한 단계 극복될 터인데, 이제 동포문학과 한국문학의 대화가 새로운 차원에서 진행될 시점에 이르렀다.

3-3. 이국에서 그 나라 사람으로 살기

「그늘의 집」으로 2000년 아꾸따가와(芥川)상을 수상함으로써 한국에도 알려진 현월(본명 현봉호玄峰豪, 1965년 오오사까 생)은 재일동포문학의 전개과정에서 새로운 징후를 보여준다. 오오사까의 코리아타운, 이꾸노구

(生野區) 츠루하시(鶴橋)를 자기 문학의 고향으로 삼고 있지만, 그곳을 한반도와 연관시키기보다는 일본사회 안의 작은 커뮤니티로 상대화한다. 이는 '일본에서[在日]' 조선인 커뮤니티의 일원으로 살아가겠다는 2세대적 다짐과 호응하는 것인데, 1세대 작가들에게 강한 모국/어에 대한 귀속성이 희박하다. 한국어 번역판에 수록된 인터뷰에서 그는 이런 세대적 차별을 명확히 하고 있다. "모든 발상이 민족이란 무엇인가를 자문하며 자신의 아이덴티티를 확립하고자 하는 고민과 갈등에서 비롯"된 1세대 작가들과 달리 그는 "다양한 재일동포의 삶의 모습을 다양한 각도로 그려내되, 재일동포의 특이성에 집착하지 않고 인간의 보편성을 그려내"고자 한다는 것이다.[21] 그의 문학은 일본사회로의 본격적 편입이 새로운 차원에서 강화되고 있는 동포사회의 현상황을 반영한다. 일본사회가 그만큼 국제화되었다는 것과도 무관하지 않다. "우리들 세대에서는 실생활 면에서는 직접적인 차별을 받는 예는 거의 드물다고 봅니다. 물론 제도 면에서는 아직도 뒤떨어져 있는 부분이 많지만, 그러나 그것도 서서히 개선되고 있지요. (…) 바로 그런 점이 '행복한 시대의 재일작가'라는 평을 받는 이유인지도 모르지요."(228면)

2세대 작가의 이탈의 근저에 모국의 실패가 있다. 번역판 머리말에서 그는 "재일동포라는 존재가 한국에서 어떻게 받아들여지고 있는지에 대해, 평소 한국과 인연이 깊은 사람들에게서 이러저런 이야기를 들을 때마다 메울 수 없는 거리감에 때로는 화가 나기도"(7면) 했다고 솔직하게 털어놓는다. 이 노여움으로부터 그는 조국에 대한 '감상적 환상'을 거절한다. "조국은 분명 그리움의 대상이지만, 동시에 극복해야 할 대상"으로 조정되고, "모국어에 대한 열등감" 역시 2세대의 모어(母語)는 일본어라는

---

21 현월 『그늘의 집』, 신은주·홍순애 옮김, 문학동네 2000, 227면. 이하 본문의 인용은 면수만 표기.

사실을 고통스럽게 확인하게 만드는 반전의 계기가 된다(230면). 그런데 2세대의 한국관 역시 소문의 벽에 갇혀 있다. "나를 포함한 2세 이후의 많은 재일동포들은 거의 대부분 한국어를 모르기 때문에, 조국인 한국을 만날 때도 일본, 특히 일본어라는 필터를 통할 수밖에 없는 것이 현실이다."(8면) 한국은 그에게 소문, 일본어라는 필터를 통과한 나쁜 풍문이다. 소문들의 교차 속에 증폭된 '본국인'과 재일동포 사이의 상호무지의 벽을 넘어설 길은 어디에 있는가?

'소파에 누워 소설을 읽는 것보다 더 즐거운 일은 없다.' 이 말은 그의 소설에 거의 해당되지 않는다. 그렇다고 읽히지 않는 소설이란 말은 아니다. 아주 잘 읽힌다. 그런데 신경을 곤두세워도 줄거리를 놓치기 일쑤여서 자주 읽은 부분으로 되돌아가 확인해야 할 만큼 서사의 결이 복잡하다. 리얼리즘이든 (포스트)모더니즘이든 사실주의의 기율이 근본적으로는 존중되는 한국소설과 차이를 드러내는 실험적 서사체를 그는 능란하게 구사한다. 유복한 재일동포 아버지와 제주도에서 시집온/팔려온 어머니 사이에서 태어난 시바꾸사 노조무라는 '갱생한 불량소년'을 주인공으로 한 「무대배우의 고독」이 특히 그렇다. "이 저주받은 땅이 낳은 저주받은 원숭이"(192면)로서 도시의 정글을 배회하는 이 스무살의 청년은 속으로 절규한다. "한번이라도 정말 절실해지고 싶다. 그는 자신의 인생의 무의미함에 눈물이 날 것 같았다."(160면) 진정한 대결의 부단한 지연 속에 도시의 표면을 부유하는 이 청년은 이미 노인이다. 삶의 통일성은 산산이 부서졌다. 이 해체의 감각이 복잡서사의 근원이다.

작가는 「그늘의 집」에서 오오사까 집단촌, 그 '장소의 혼'을 집중적으로 사유함으로써 그 기원으로 소급한다. 70년 전, 할아버지 세대가 습지대에 처음 오두막을 지음으로써 형성되기 시작한 이곳에, "집단촌이 생겼을 때부터 살고 있는 화석"(24면), 서방영감을 인물의 축으로 삼아 작가는 동포사회 내부의 계급분화와 세대적 차별을 지우지 않고 그야말로 동포들을 비집합적으로 형상화한다. 서방영감 같은 일본병사 출신의 룸펜프롤레타리아트가 있는가 하면, 한국말을 못하는 열등감에 시달리는 나가야마 같은, 구두공장으로 성공한 사업가도 있다. 한국말을 하느냐 여부를 거의 의식하지 않는 아들 세대가 아버지 세대와 동거한다. 일본군 전력의 아버지를 부끄러워하며 1960년대 말 학생운동과 민중운동에 투신했다가 죽은 서방의 아들 코오이찌가 있는가 하면, 내과 개업의로 살아가는 코오이찌의 친구 다까모또가 있다. 아들 세대를 대표하는 다까모또는 말한다. "우리들은, 아니 나는, 너무나 무력해요. 적당한 돈과 사회적 지위를 유지하는 것만으로 만족해하며 마음도 몸도 풀릴 대로 풀려버렸어요. 이 나라 하는 꼴에 이러쿵저러쿵 불만을 토로할 자격이 없는 게 아닌가 하는 생각에 빠질 때마다 어찌할 바를 모르고 술이나 퍼마시고. 그러고 나서 깨끗이 잊어버리고, 다시 아무렇지 않게 하루하루를 살아가지요."(83~84면) 이 성공한 의사의 고백은 부랑아 시바꾸사의 절규와 너무나 흡사하다. 성공한 자나 실패한 자나 아버지 세대나 아들 세대나 그들은 모두 숙명의 덫에 치였다. 그것은 거대한 일본 국가체제에 포획된 소수자의 불안일까? 작가는 이 불안이 꼭 재일동포라는 하위자집단에만 미만(彌滿)한 것이 아님을 화사한 일본 부인 사에끼의 삽화를 통해 묻어두었다. 아들을 잃고 독거노인봉사회의 일원으로 집단촌을 방문하는 이 의사 부인 역시 반듯한 허무주의자이기 때문이다. 그럼에도 무의미의 질병은 집합적 정체성이 해체되는 단계의 소수자집단에 더욱 침투적이기 마련인데, 그래서 그들은 가난했지만 공동체가 살아 있던 과거를 추억으로 품고 무의미의 사막을 낙타처럼 횡단한다. 조선인집단촌은 이제 내부로부터 붕괴 직전이다. 이와 함께 주민이 변화하고 있다. 나가야마의 사업이 번창함에 따라, 원주민 재일동포들이 탈출한 자리에 처음에는 한국의 불법취업자들이, 이제는 중국조선족을 비롯한 중국인들이 스며들고 있는 것이다(28면). 마침내 경찰의 철거경고가 내린다. 작품은 서방영감이 경찰의 폭력에 쓰러지는 것으로 종막을 고한다. "집단촌에 숨어 사는 요괴"(37면)가 마침내 쨍쨍한 여름 한낮 강한 햇살 아래 '죽었다'. 이 작품은 '요괴'를 추방하는 축사의식(逐邪儀式)이요, 재일동포사의 한 시대의 종언에 봉헌된 진혼굿이다.

「젖가슴」은 「그늘의 집」 이후, 집단촌에서 나와 일본사회 속으로 다시 '이산'한 동포들의 이야기다. 이 소설의 화자 '나', 유지(38세)는 아버지의 부동산회사를 물려받은 일본인 중산층으로, 외국계 투자회사에서 일하는 재일동포 유꼬(35세)의 남편이다. 이 젊은 부부가 살고 있는 오오사까 교외의 고급주택을 축으로 삼아 전개되는 작품은 그 무대의 제한만큼 연극적인데, 이런 결합에 으레 따르기 마련인 구질구질함이 전혀 없다. 진지한 사유를 정지한 채 비연속적 현재의 표면을 미끄러지듯 살고 있는 남편에게 민족의 차이는 어떤 갈등도 일으키지 않는다. '섹스리스' 부부지만 그들은 친구처럼 다정하다. 남편은 남편대로 아내는 아내대로 거의 공개적으로 외도를 하지만 그것 또한 이 부부를 갈라놓지 못한다. 서로의 사적 영역을 철저히 존중하는 이 세련된 개인주의자들은 도시화의 진전이 야기한, 일체의 집합성으로부터 해방된 개인, 과거 없는 단독자들이다. 두 사람으로 이루어진 이 작은 '자유도시'에 침입자가 방문한다. 유꼬의 중학시절 은사 강이 결혼한 딸과 함께 출현함으로써 이 '도시'에서 추방된 과거의 요괴들이 살아난다. 이시까와현에서 조선학교 교사로 오래 봉직한 전력에서 보이듯, 그는 총련계다. 조직이 교사직을 빼앗자 옛 제자들의 도움으로 맹인 딸 미화와 구차하게 살아가는 50대 전직 교사의 출현으로 유꼬의 과거가 드러난다. 언니가 북송동포라는 사실에서 짐작할 수 있듯이 그녀도 한때는 열렬한 총련계였던 것이다. 이미 유꼬는 이탈했다. 작가는 2년 전의 방문을 삽입함으로써 조직으로부터 쫓겨났음에도 여전히 '조국'에 충성스러운 이 부녀를 내면으로부터 관찰한다. 이 대목에서 유꼬와 강이 북을 선전하는 비디오를 보며 진행된 중학시절의 수업을 재현하는 장면은 각별히 인상적이다. "그 지루했던 수업을 다시 시작해요" (106면), 유꼬의 이 공허하지만 절실한 발언은 단지 옛 스승에 대한 위로인가? 다시는 돌아갈 수 없지만, 비록 그것이 환상이었다 할지라도, 공동체의 충일한 경험으로 행복했던 과거로 두 사람이 떠나는 쓸쓸한 가상여행! 그 여행의 동반자였던 미화는 스스로 유지를 유혹한다. "완전히 자기들만의 세계를 가지고 있는 두 사람을 뒤로하고 나(유지—인용자)는 미화와 우리들의 세계를 만들기 위해 돌아왔다."(109면) 2년 만의 방문을 통해 이 부녀의 이탈도 완성되었음을 작가는 보고한다. 그사이 미화는 점자지도원과 결혼하여 딸을 낳았고, 남편이 출판사 사장의 차남인지라 아버지도 출판사 번역자로 고용되었다. 작가는 이 결혼이 한국 국적 취득을 조건으로 허락되었다고 간략히 덧붙임으로써 마지노선이 붕괴했음을 알린다. 이 점에서 작품 앞머리에 북송 일본인 아내들의 일시 귀국 뉴스가 나오는 것은 복선이다. 이 작품은 북과의 연계 속에서 모국에 대한 강한 귀속성을 견지했던 총련계 동포, 그 마지노선의 위기를 배경으로 삼는 것이다.

북이 일본인 납치를 인정함으로써 총련의 위기가 더욱 확산되고 있는 현재를 상기할 때, 그 선취성이 돋보이는 이 작품은, 그럼에도 근본적으로는 동화 같은 로맨스, '그늘의 집'을 품고 그 지옥의 계절을 통과한 로맨스다. 복잡서사를 즐기는 작가가 이 작품에서는 단순서사를 채택한 것도 그 반증이다. 또한 유꼬와 유지의 결혼이나, 미화의 결혼도 동화적이다. 특히 아기에게 수유하기 위해 당당히 노출된 미화의 젖가슴은 이 불모의 '자유도시'를 '풍요의 왕국'으로 축복하는 로맨스적 마법의 압권이다. "미화는, 내게는 마치 마법처럼 보였는데, 블라우스의 가슴 언저리에서 손가락을 조금 움직이는 것만으로 왼쪽 젖가슴을 출렁하며 통째로 내놓았다."(123면) 그런데 작가는 이 마법의 전이를 중지시킴으로써 소설적 체면을 차린다. "아기 엄마로서 미화의 절대적인 존재감에 압도"(125면)된 유지의 접근을 유꼬가 거절함으로써 불모를 품은 이 유쾌한 '자유도시'는 한동안 유지될 것이다. 그럼에도 이 '자유도시'가 열국체제를 넘어 새로운 시민, 새로운 도시들의 연합을 이끌 종자로 될지는 차치하고, 이 동화 같은 장소의 현실성 자체가 나에게는 여전히 불안하다.

확실히 현월은 디아스포라문학의 새 국면을 보여준다. 그런데 곰곰이 살피면 주장과는 달리 그의 소설 역시 1세대처럼 정체성의 위기를 핵으로 삼는다. 다만 다른 차원으로 진행된 위기일 뿐이다. 일본이라는 거대국가 체제에 속절없이 흡수되는 소수자의 불안에 뿌리박은 허무주의와 어떻게 싸우는가, 재일동포문학이 당면해온 이 '세계사적' 문제는 분단체제를 극복하고 한반도에 새 나라를 건설하려 고투해온 한국문인들의 싸움과 분리돼 있는 것이 아니다. 모국과 제국의 경계에서 하위자로서 끊임없이 자신의 이중정체성을 묻는 존재론적 사유를 수행하지 않을 수 없는 미국과 중국의 동포문학이 벌여온 힘겨운 투쟁 또한 저 언덕의 불이 아니다. 개혁정권 10년을 비판적으로 계승하는 새 정부의 탄생으로 한국민주주의가 뜻깊은 진전을 기록하면서, 분단시대의 해소가 새 단계를 맞이하고 있다. 무력에 의한 신라의 반쪽 통일이 다시 재현될 가능성은 거의 사라졌다고 보아도 좋다. 그리고 무엇보다 길고 지루한 고통의 터널을 통과하여 우리는, 그동안 남과 북이 각기 추동했던 일방적 흡수통일도 아닌, 남과 북이 '하나도 아니고 둘도 아닌' 성숙한 공생에 입각한 통일에 대한 낙관이 비관에 승리하는 전망에 가까스로 도달했다. 이 지점에서, 한국문학은 해외 동포문학을 거울로 민족주의적 함몰을 해독하고 또 후자는 전자를 거울로 탈민족주의적 탈주를 돌아보는 상호균형을 위해 더 늦기 전에 만날 때가 되었다. 차이에 저항하지 않으면서 그럼에도 차이에 투항하지 않는 황금의 고리는 어디에 있을까? 상호이해의 전진 속에 토박이와 이방인의 경계가 사라지는 대동세상을 내다보며 각기 자기가 속한 사회의 경험에 충실한 문학/사회를 생산/창조하려는 도정에서 함께 만나는 일이 '지상(地上)의 길'을 건설하는 작업의 시작이다.

민주적 사회주의자의 길

◆

『김학철 전집』 발간에 부쳐

연변에서 부쳐온 『김학철 전집』 여덟권[1]을 받아들고 새삼 선생을 추모하는 마음 가이없다. 식민지시대에는 중국에서 일제와 투쟁했고, 해방 직후에는 서울에서 미군정에 저항했고, 월북해서는 조선민주주의인민공화국과 불화했고, 중화인민공화국에서는 중국공산당을 비판한 고매한 사회주의 전사 김학철(金學鐵, 1916~2001) 선생! 태극기와 붉은기, 애국애족과 사회주의국제주의가 걸림 없는 자유의 경지에서 따듯하게 제휴한 경우는 일찍이 없었거늘, 이 깨끗한 마음이사 일체의 전제(專制)에 저항하는 신비로운 원천일지도 모른다. 민주적 사회주의의 길 위에서 일생을 불굴의 혁명적 낙관주의를 품성대로 견지해오신 선생은, 아, 최후의 순간, "희망이 없어"라고 뇌시며 운명하셨다. 노혁명가의 탄식 앞에서 모든 말길이

---

1 연변인민출판사에서 2010년 간행을 시작해 총 12권으로 완간 예정인 이 전집의 목록은 다음과 같다. 1권 『격정시대』 상, 2권 『격정시대』 하, 3권 『사또님 말씀이야 늘 옳습지』, 4권 『태항산록』, 5권 『나의 길』, 6권 『천당과 지옥 사이』, 7권 『항전별곡』, 8권 『해란강아 말하라』(이상 기간행), 9권 『범람』, 10권 『추리구의 겨울』, 11권 『최후의 분대장』, 12권 『20세기의 신화』. 이하 전집으로 약칭.

끊어진다.

1. 김학철 귀국기

『격정시대』가 한국에서 처음 출간되었을 때, "이 책은 현재 중국 연변 조선족 자치주에서 활동하고 있는 노작가 김학철의 자전적 장편소설이 다"[2]로 시작되는 서문을 읽고 나는 내 눈을 의심했다. 그가 연변에 생존하고 있다니! 해방 직후에 나타났다 홀연 사라진 김학철을 남한으로 불러낸 6월항쟁의 마술에 감사하는 한편, 중국공산당의 국제전사인 그가 바로 그 중국에서 '반동작가'로 지목, 4인방 몰락(1976) 이후에야 해금, 그 결실이 1986년 중국료녕민족출판사에서 간행된 『격정시대』라는 대목(1권 7면)에 이르러 당혹을 금치 못했던 것이다.

서문에서도 언급되듯이 앞선 소개들이 없지 않았다. 선편(先鞭)은 이정식(李庭植)·한홍구(韓洪九)가 엮은 『항전별곡』이다.[3] '조선독립동맹 자료 I'이란 부제가 보여주듯 1942년 중국공산당과 연계, 화북(華北)에서 민족해방단체로 결성된 조선독립동맹과 그 군사조직 조선의용군(조선의용대의 후신)에 대한 최초의 본격적인 소개인데, 6·25 이후 한국에서 철저히 봉인된 사회주의민족해방투쟁사의 뚜껑을 여는 역사적인 문헌이 아닐 수 없다. 이 책 속에 김학철이 껴묻어 한국에 상륙한바, 그 실질적 편집자 한홍구는 말한다.

---

2 풀빛 편집부 「이 책을 읽는 이들에게」, 『격정시대 1』(전3권), 풀빛 1988, 7면. 이 글의 필 자는 아마도 김명인(金明仁)일 것이다. 이하 이 책의 인용은 각권의 면수만 표기.
3 한홍구에 의하면 모리까와 노부아끼(森川展昭)로부터 김학철의 『항전별곡』을 비롯한 자료들을 받아 1986년 출판했다고 하는데, 모리까와는 이 책에 「조선독립동맹의 성립과 활동에 관하여」를 기고했다.

여기에 수록된 김학철의 『항전별곡』(흑룡강 조선민족출판사 1983)(…)은 바로 오랜 침묵 끝에 나온 의용군 자신의 기록이라는 점에서 대단히 귀중한 것이다. 주목할 사실은 이와 같은 역사 기록이 1980년대에 가서야 간행될 수 있었다는 점이다. 독립동맹과 의용군 출신들은 북한에서뿐 아니라 중공에서도 상당한 어려움을 겪었다. 특히 문화혁명은 이들에게 큰 시련이었다. 문화혁명의 성격은 (…) 국내의 소수민족에 대해서는 한족에 대한 동화정책이었다는 측면도 간과할 수는 없다. (…) 특히 독립동맹 출신들은 이 정책에서 두드러진 표적이 되었다고 할 수 있다. (…) 독립동맹 출신 중 상당수가 이 기간 중에 투옥되기도 했고 독립동맹 당시의 사료들이 상당히 훼멸되었다고 한다. 결국 이들의 역사는 70년대 후반 4인방 축출 이후에야 빛을 보게 되었다.[4]

조선독립동맹이 남에서는 좌익으로, 북에서는 연안파로, 그리고 중국에서는 '지방민족주의'로 몰린 맥락이 드러나거니와, 1935년 중국 망명-의열단-1938년 조선의용대-1941년 호가장(胡家莊)전투에서 부상으로 포로-나가사끼(長崎) 감옥-왼쪽 다리 절단-해방 직후 서울로 귀환한 김학철의 "소설적인 삶"이 파노라마로 제시되던 것이다(328~29면).

그후 김희민(김재용金在湧의 가명)이 엮은 『해방 3년의 소설문학』(세계 1987)에 김학철의 단편 「균열(龜裂)」(1946)과 「밤에 잡은 부로(俘虜)」(1946)가 선보인다. 아마도 당시에는 편자가 연변 김학철의 존재를 인지하지 못한 듯싶은데, 해방 직후의 진보적 문학 전통을 새로이 발굴한 이 소설집에 껴묻어 김학철의 단편이 40여년 만에 햇빛을 봤으니 이 또한 1980년대 젊은 운동의 성과다.

---

4 한홍구 「『항전별곡』을 엮고 나서」, 『항전별곡』 328면. 이하 이 책의 인용은 면수만 표기.

이처럼 한홍구와 김재용에 의해 슬그머니 한국으로 스며든 김학철의 귀환을 결정적 사건으로 매긴 것은 물론 『격정시대』다. 풀빛은 『격정시대』에 이어 『해란강아 말하라』(1988)를 출간함으로써 김학철 붐을 확정한다. 그 경위가 흥미롭다.

이 소설은 원래 1954년 중국 연변 조선족 자치주 연길시의 연변교육출판사에서 3권으로 출간된 것인데 편의상 이를 상·하 두권으로 재편집하여 발간하게 되었다. (…) 30년이 넘어 구하기 힘든 이 책의 원본을 (…) 흔쾌히 제공해주시고 옥고까지 보내주신 일본 와세다대학의 오오무라(大村益夫) 교수님과, 일본 여행 중 바쁜 여정에도 불구하고 이 책을 수소문하여 찾아 전달해주신 황석영 선생의 애정 어린 도움이 없었으면 이 책의 발간은 불가능했다는 것을 밝혀둔다.[5]

오오무라 마스오와 황석영(黃晳暎)의 주선이 빛난다. 오오무라는 이 책에 부친 「김학철 선생의 발자취」를 통해 작가의 생애, 특히 월북 이후를 개관함으로써 퍼즐을 완성했다. 1946년 월북─1951년 북경(北京) 이주─1952년 이래 연길(延吉) 정착을 밝힌 위에 그 고초의 내막을 구체적으로 알린다.

1957년의 반우파투쟁(反右派鬪爭)에서 비판받고 이후 실로 24년간에 걸쳐 작품을 발표할 기회를 얻지 못하였다. 게다가 문화대혁명 기간에는 '반혁명 스파이'로 몰려 10년간(1967~77)이나 옥고를 치르기도 했다.
1980년에 와서야 비로소 사회활동에의 복귀를 허락받아 (…) 창작활동

---

5 풀빛 편집부 「이 책을 읽는 이들에게」, 『해란강아 말하라』 상(전2권), 풀빛 1988, 5면. 이 글의 필자 역시 김명인일 것이다. 이하 이 책의 인용은 해당 권과 면수만 표기.

에 몰두하고 있다. 1985년에 중국국적을 획득한 이래 정식으로 중국작가협회 연변분회에 가입 (…) 연변분회의 부주석의 한 사람으로서 선출되었다. (하권 293면)

"외발의 항일영웅"(하권 292면)이라는 애칭을 헌정한 오오무라의 국제적 우정으로 김학철의 한국 귀환이 획을 그었다는 것은 시사적인데, 이를 김정한(金廷漢, 1908~1996)의 복귀에 비긴 황석영[6]의 지적은 정곡을 찌른 것이다. 김정한이 오랜 침묵을 깨고 「모래톱 이야기」(1966)로 서울문단에 돌아왔을 때 일본 맑스주의와 연계된 식민지시대 프로문학의 봉인이 따진 것이라면, 김학철의 귀환은 중국혁명과 직결된 좌익무장투쟁에 혀를 단 것이다. 두 거인의 등장은 과거에서 온 현재였다. 전자가 1970년대 민족문학으로 진전될 1960년대 참여문학에 기름을 부은 것이라면, 후자는 1970년대를 다시 급진화한 1980년대 문학운동에 날개를 다는 것이었기 때문이다. 이렇게 20년을 격하여 차례로 돌아온 두 문학은 당대 한국문학을 추동한 살아 있는 역사로 되었던 것이다.

귀환의 절정은 『20세기의 신화』(창작과비평사 1996)다. 내 책 갈피에서 발견된 출판기념회(프레스센터 20층, 1996.12.12) 초대장을 보니 감회가 새롭다. 그 문안에 가로되, "중국 문화대혁명 때 필화사건을 불러일으킨 김학철 선생의 장편소설 『20세기의 신화』가 탈고한 지 31년 9개월 만에 드디어 햇빛을 보게 되었습니다. 이에 김학철 선생이 부상당한 날이자 태항산(太行山) 항일전투 55주년이 되는 12월 12일 출판기념회를 마련하오니 꼭 참석하셔서 자리를 빛내주시기 바랍니다". 초대장에 식순과 메모가 합철된 걸 보니 그때 주간으로 사회를 본 기억이 아슴푸레 떠오른다. 여러 필적

---

6 황석영 「이제 우리는 김학철을 만날 차례입니다: 항쟁 이후의 문학」, 『김학철 2: 조선의 용군 최후의 분대장』, 연변인민출판사 2005, 128면.

의 수정이 가해진 이 문헌에 의거, 실제 식순을 복원하는바, '인사말(백낙청)—김학철 선생 약력 소개(이시영)—축사(이수성·고은·강만길)—김학철 선생 답사—축전 소개—꽃다발 증정(사원 신수진)—케이크 커팅—소연—건배 제의(이호철)—폐회.' 중국이 아니라 결국 한국에서 초판이 간행되는 운명을 맞은 이 소설의 출판기념회는 시종일관 긴장이었다. 특히 이후 혹 작가에게 어떤 위험이 닥칠지도 모르겠다는 선생의 담담한 답사는 감히 누구도 범할 수 없는 문학적 위엄 그 자체였다.

2. 전사/작가의 역정

문학적 원점: 해방 직후의 단편들

건준(조선건국준비위원회의 약칭) 시모노세끼(下關) 지부의 주선으로 귀국, 조공(원문에는 남로당으로 나오나 이때는 조선공산당) 부위원장의 안내로 1945년 10월 서울에 자리 잡은(동아일보 1989.11.24) 그는 드디어 그해 12월 첫 단편 「지네」[7]를 발표함으로써 서울문단에 데뷔, 「야맹증」(1947)에 이르기까지 무려 아홉편을 발표한다. 1946년 11월에 월북한 것을 상기할 때 1년 남짓에 이만한 규모면 거의 폭발에 가깝다. 우선 주목할 바는 호가장전투에서 부상으로 피로(被虜)됨으로써 그의 육체적 혁명투쟁이 일단 굴절되었다는 점이다. 꼭 그 때문만은 아니겠지만 외발이라는 실존이 그에게 문학이라는 기억의 전쟁 또는 언어투쟁에 더 경사케 한바, 죄송스럽게도 그를 소설로 인도한 태항산은 우리 문학에는 축복이었다.

이번 전집에는 4권 『태항산록』(2011)에 그의 단편들이 수습되었는데,

---

7 이 작품의 출전은 연보마다 혼란이다. 이번에 전집 4권에 실린 「나의 처녀작」(연변일보 1986.1.30)에 정확한 정보가 나온다. "서울에서 발간되는 반월간지 『건설』(주필 조벽암)에 실린 나의 단편소설 「지네」".(362면)

웬일인지 서울 발표작은 겨우 두편, 「균열」과 「담배국」(1946)만 실렸다. 다행히 연세국학총서 중국조선족문학대계 13권 『김학철·김광주 외』[8]에 아홉편이 모두 거두어져 편리하다. 그런데 그는 평양 시절(1946~50)에도 중편 『범람』(1947)을 비롯한 단편들을 발표했거니와, 바라건대 전집 완간 때에는 평양 작품들도 읽을 수 있기를 기대한다.

문학적 원점에 해당하는 서울 단편들은 모두가 자신이 복무한 중국항일혁명의 경험에서 취재하였다. 살아온 이력을 써내면 소설이 된다고 부러움을 산 최서해(崔曙海, 1901~1932)에 비길 예거니와, 조선의용대에 대한 오마주임에도 불구하고 이상주의로 질주하지 않은 점도 흥미롭다. 닭 잡는 장면을 외면할 정도로 소심한 김분대장을 주인공으로 한 「지네」로부터 밤만 되면 움츠러드는 전사 이지성을 주인공으로 한 「야맹증」까지 도처에 해학이 반짝인다. 그러나 전체적으로는 이원조(李源朝, 1909~1955)의 지적(「창작합평회」, 『신문학』 1946.6)이 맞춤할 것이다. "전번 간담회 때 (…) 작가가 문학하는 이유를 일장 연설했으나 그때 나는 (…) 작가라기보다 의용군의 한 사람이라는 느낌을 가졌습니다. 그러나 작품을 읽어보니 작가가 확실히 작가로서의 역량을 가지려고 노력한 흔적이 뵈입디다."[9] 의용대에서 작가로 이월하는 도정, 즉 뒤늦은 습작기였던 것이다.

조선족 서사시: 『해란강아 말하라』(1954)

만주사변(1931) 전후 '간도' 농민들의 투쟁을 묘파한 이 작품은 그의 첫 장편일 뿐만 아니라 "중국 조선족문학사에서 최초로 되는 장편소설"[10]이다. 초판 서문이 간명하다. "이 소설은 나 한 사람의 창작이 아닙니다. 내

---

8 김동훈·허경진·허휘훈 엮음 『김학철·김광주 외』, 보고사 2007.
9 같은 책 164면.
10 서령 「중국 조선족문학의 '중국화'문제: 김학철과 윤일산의 전쟁제재 장편소설을 중심으로」, 『한국학연구』 33집, 인하대 한국학연구소 2014, 179면.

가 한 일이란 오직 허다한 자유를 사랑하는 사람들에 의하여, 심지어는 그것을 위하여 자기의 귀중한 생명까지를 내바친 선열들에 의하여 이미 엮어진 역사 사실을, 그도 극히 적은 일부분을 추려내어 정리하여 알기 쉽게 하였음에 불과합니다."(상권 6면) 농민투쟁의 역사가 주체고 작가는 서기에 지나지 않는다는 겸사가 꼭 겸사만은 아니다. "옹근 두달 동안, 자기의 바쁜 농삿일을 제껴놓아가며까지 나의 생활을 돌"본 김신숙, 먼 길을 마다 않고 찾아와 "나의 물음에 밤을 새워가며 대답"한 김치옥, "당시의 삐오넬[11]이던 이삼달, 황사길, 그때 벌써 적의 주목을 받아 숨어서 다"닌 진원묵, "적의 감옥에서 억울한 노역에 종사"한 경험을 지닌 김덕순, 그리고 초고를 놓고 "수십차의 토론"을 벌인 최채 등등(상권 7면), 집단창작에 가깝다. 이미 지적했듯이 그는 1952년 연길시에 정착하였다. 관내(關內)에서 활동하던 그에게 연변은 낯선 관외(關外)니, 작가 개인적으로 이 장편은 새로이 살아갈 연변, 그 '장소의 혼'(genius loci)에 대한 첫 입맞춤이요, 해란강 인민의 투쟁에 경배하는 입사식이다. 그 통과의례를 거쳐 중화인민공화국 연변조선족 자치구의 탄생을 기리는 서사시적 소설이 탄생한 점이 흥미롭거니와, 그럼에도 민족적 지평에 갇혀 있지 않다. "간도 인민의 투쟁의 역사는 즉 중국공산당의 투쟁의 역사인 것입니다."(상권 6면) 사회주의국제주의에 투철하다. 지주연합에 중국인과 조선인이 함께하듯 그 투쟁에도 민족의 구분은 없다. 뜻을 같이하는 조선인과 중국인이 동지적으로 협동한다. 중국공산당의 영도(領導)에 대한 신뢰가 확고한 것이다. 알다시피 1952년 9월 3일 연변조선족자치구가 설립되었다. 자치구란 격이 높은 단위인데, 항일투쟁을 비롯해서 이후 국공내전과 '항미원조(抗美援朝)전쟁'에서 조선족이 맡은 공헌에 대한 중국공산당의 높은 평가를

---

11 삐오넬은 러시아어로 적색소년단 또는 노동소년단을 지칭함. 1922년 소련에서 공산당의 지도 아래 8~17세의 소년소녀들을 조직한 데서 기원함. 유영우(劉永祐)·장계춘(張桂春) 엮음 『사회과학사전』, 노농사 1947, 113면.

반영하는 것이다. 그러나 1955년 조선족 비율이 낮은 돈화(敦化)현[12]이 편입되면서 자치주로 격하한 데서 이미 짐작되듯이 전후 조선족의 지위는 벌써 상대화하기 시작한다. 이 장편이 출간된 1954년은 작가와 중국공산당과 조선족이 행복하게 제휴한 그 절정의 해였다.

이 장편은 총 60장으로 구성되었는데, 조선농민들이 집단거주하는, "해란강 동안에 위치한"(상권 28면) 버드나뭇골(중국명 유수툰)이 주무대다. 일본 영사관 경찰서가 소재한 국자가(局子街) 곧 연길이 "25리 떨어"(같은 곳)져 있고, 마반산에는 "청천백일기 그린 회색 벽돌 담장"을 두른 중국 공안국 분주소가(상권 83면), 또 "버드나뭇골에서 십리가량 떨어진 산골 동네" 화련에는 중국공산당 동만 특위 해란구 구위원회가(상권 100면) 잠복한바, 더구나 "쏘련서는 농민이 밭구실 단련을 받지 않게 된"(상권 96면) 소문이 "아랫강동"(상권 97면)으로 불린 연해주에서 솔솔 들려오고 있으니, 그곳은 일종의 화점(火點)이다. 만주사변(1931.9.18)이 도화선이다(상권 144면). 사변으로 장작림(張作霖, 1873~1928)·학량(學良, 1898~2001) 부자로 이어지는 '만주'군벌의 지배에 마침표가 찍혔다. "9·18의 시퍼런 도끼날이 농민들의 보수와 주저의 갑문을 단대에 찍어 갈라, 오랜 동안 거기 고여서 충충하던 그들의 새 소작제도──삼칠제──에 대한 욕망의 분류를 터뜨려놓았다."(상권 147면) 옛 권력은 무너졌으나 새 권력은 도착하지 않은 그 공백에서 농민투쟁의 발화(發火)를 파악한 작가의 리얼리즘이 빛난다. 일본군이 곳곳에 밀고 들어온 "32년 늦은 봄에서 겨울에 걸"친 "반동의 고조기"(하권 132면)에 제한된 승리를 뒤로하고 농민지도부가 당과 함께 정든 마을을 떠나 유격근거지로 이동하는 데서 작품은 끝나니, 전형적 운동소설이다.

1931년 가을 추수투쟁으로 점화, 1932년 봄의 춘황(春荒)투쟁까지 이어

---

12 연길과 장춘(長春) 사이에 위치한 돈화는 생활권이 전자보다는 후자에 가깝다.

진 '간도' 농민들의 대규모 운동을 반영한 『해란강아 말하라』는 집단적 주인공, 더 나아가 (중국)공산당이 그대로 주인공이 되는 정통 사회주의 사실주의다. 계급 따라 인물을 요소요소에 배치하는 틀인지라 과도한 데가 없지 않다. 가령 중농 김행석의 아들이지만 진보적인 달삼이 소시민적 한계로 끝내 배신자로 전락하는 대목(하권 209면)이라든가, 나루터 사공 출신의 최원갑을 전형적 룸펜프로로 설정, 마침내 적위대장 임장검으로 하여금 처단하게 하는 대목(하권 265면) 등은 구소설적이다. 특히 후자는 처벌의 교육적 효과조차 의심스러울 정도로 악이 지나치게 비범하다. 당의 무오류성이란 명제가 우뚝한 머리에 당의 안팎이 칼처럼 갈라선 것이다.

그럼에도 그 공식성을 받치는 토대는 생동한다. 빈농 출신의 노총각 한영수와 젊은 과부 허연하가 밭갈이하는 장면에 아들 친구인 영수를 질투하는 달삼의 아버지 김행석이 등장하는 기묘한 조합에 대한 동네 사람들의 쑥덕공론으로 열리는 1장 '소결이'[13]부터 느낌의 현재가 생생하다. 구어로부터 풍속에 이르기까지 연변의 속내를 속속들이 조사한 작가의 노고로 이 장편은 하나의 민족지로서도 손색이 없다. 운동법칙이 아니라 생활세계로부터 버드나뭇골을 파악해간 시각이 그만큼 민중적인 것이다. 인민과 함께 투쟁하던 시기의 공산당 전사가 지닌 높은 도덕성을 건국 이후에도 여전히 견지한 작가의 자세가 첫 장편에 우련하다.

그뿐인가, 관점이 살아 있다. 가령 한영수는 부농 박승화만이 아니고 중농 김행석에게까지 투쟁함으로써 "중립은 세울 가능성이 있던 사람을, 아주 저 켠에 넘겨 보내고"(상권 167면) 만 점을 자책할 정도로 깊다. 군중심리가 자칫 야기할 좌편향에 대한 경계가 인상적이거니와, '부이데기(중국군)'와 일본군을 구분하여 농민들이 전자와 충돌하는 것을 만류하는 중국인 공산당원 장극민의 지도(상권 187면) 또한 맥락을 같이한다. 1928년

---

13 소겨리란 논밭을 갈기 위해 쟁기에 두마리의 소를 짝을 지어 묶는 일.

6월 일본군의 공작에 의해 폭사한 장작림을 이어 간신히 후계자로 된 학량은 그해 12월 북양정부의 오색기 대신에 국민당의 청천백일기를 게양하는 '역치(易幟)'를 단행했으니, 비록 자신의 동북지배를 위한달지라도 서안사변(1936)의 씨앗이다. 부이데기의 갈래인 '삼림둥이'에 대한 독자적 파악 또한 중요롭다. 9·18 이후 괴뢰군으로 재편된 오른쪽의 보안대에서 갈라져나와 '녹림형제' 즉 의적으로 행세하는 그들은 왼쪽은 왼쪽이되 기본적으로는 이익 따라 움직이는 룸펜프로 집단이다. 장극민이, "장작림의 부대에서 오랜 동안 퇀(연대)부관을 하다가 9·18의 패배와 함께 관내로 이동하는 주력에서 탈리하여 독립의 기치를"(하권 172면) 든 등충의 부대를 설득하여 중국인 대지주 호가를 투쟁하는 전말을 다룬 장들(하권 47~49장)은 삼림둥이의 조직과 행태가 아마도 처음으로 드러난 것이 아닌가 싶은데, 중국현대사의 일각을 비추는 희귀한 등불로 되고 있다.

이 장편에 여성주의도 숨 쉬는 것이야말로 놀랍다. 1932년 춘황투쟁을 "3·8부녀절(국제여성의날 — 인용자)을 계기로 거사"(상권 256면)할 것을 결의한 동만 특위의 지침에 따라 벌어진 부녀절의 마을 풍경을 그려낸 30장 '여성천하'는 걸작이다. "해란강의 어름이 쩍쩍 갈라져"(상권 260면)나가는 요란한 소리와 함께 찾아온 부녀절 아침은 여성들의 밥 짓기 거부로부터 열리던 것인데, 남편의 태업에 애태우다 아이들 우는 소리에 남몰래 아궁이 앞에 앉은 유서방댁부터 "옹근 사흘 동안 3·8절 밥 안 짓기 내기를 견지한 독한 여성"(상권 263면)에 이르기까지 천태만상이다. 작은마누라를 거느린 남자들을 여성들이 몰려가 투쟁하는 일들도 새삼스럽거니와, 박좌수댁 작은마누라가 오히려 늙은 남편을 옹호하는 데 부녀회가 경악하는 삽화 또한 리얼하다. 작가는 넌지시 "버드나뭇골 부녀회는, 자기의 '좌'적 편향을 바로잡음에 따라 차츰 넓고 평탄한 길로 나서게 되었다"(같은 곳)는 논평을 잊지 않음으로써 그 대두 즈음의 해학적 소란을 흐뭇하게 바라보는 것이다.

『해란강아 말하라』는 김동환(金東煥, 1901~1958)과 이용악(李庸岳, 1914~71)에 의해 개척된 두만강문학의 계보를 잇되, 제목이 가리키듯 두 만강에서 해란강으로 이동했다. 두만강문학이 조선 유이민의 문학이라 면 해란강문학은 중국조선족의 문학이다. 중화인민공화국의 건국과 함께 조선인에서 조선족으로 거듭난 역사에 헌정된 『해란강아 말하라』는 이후 연변에서 서사시적 장편들을 불러왔거니와, 흥미롭게도 1970년대에 각광 받은 『피바다』를 비롯한 북의 항일혁명문학에 끈을 닿는다. 또한 이 작품 은 '간도'를 다룬 남한 작품들의 선구다. 안수길(安壽吉, 1911~77)의 『북간 도』(1959~67)는 대표적인데, 함경도와 두만강과 연변의 연속성 위에 구축 된 『북간도』는 손사 이창윤을 중심에 둔 가족사소설에 가깝거니와, 그나 마 4부 이후 급격히 수척해져 5부는 그냥 겉핥기 강사(講史)로 종결된지 라 손색이 없지 않다. 요컨대 중국·한국·북조선 세 나라 문학에 두루 걸 친 『해란강아 말하라』야말로 효시답게 그 한계까지 포함하여[14] 연변 이야 기의 한 표준인 것이다.

수용소문학: 『20세기의 신화』(1965)

1957년 반우파투쟁의 시작과 함께, '지방민족주의'를 반대한다는 명분 아래 "소수민족에 대한 강압적인 동화정책이 노골화"[15]한 정풍(整風)운동 마저 겹쳐, 작가와 당과의 밀월은 끝났다. 백화제방(百花齊放)을 지식인 탄압의 도구로 사용하여 약 55만명을 우파로 도장 찍은 반우파투쟁, 자력 갱생의 깃발 아래 무려 2~3천만이 아사에 몰린 대약진운동, 그리고 50만 에서 300만까지 막대한 희생자를 낸 문화대혁명, 이 비극적인 사건들은,

---

14 작가조차 스스로 "선전부에서 임무를 맡겨 쓴" 것이라고 그 가치를 부정한(서령, 앞 의 글 184면) 탓인지, 비판적인 평가가 일반적인데, 그렇게만 볼 작품은 결코 아니다.
15 서령, 앞의 글 192면.

작가의 용어를 빌리건대 "사회주의식 서낭당"[16] 즉 일인숭배의 조화였다. 모택동(毛澤東)의 죽음(1976)으로 긴 '혁명'이 끝나고 이듬해 겨울 작가는 출옥한다. 어찌 이런 사태들이 접종(接踵)했는지 참으로 난해한 국면이다. 여기서 우리는 핵개발에 대한 시모또마이 노부오(下斗米伸夫)의 지적에 유의할 필요가 있다. "소련은 전후 1946~47년에 기근이 발생하여, 약 1~2백만인 규모의 아사자가 나왔다. 이 기아와 핵개발의 관련을 최초로 지적한 것은 러시아 역사가 V. F. 지마다. 중국의 50년대 말의 핵개발과 대약진기의 2~3천만인으로 상정되는 대량의 기아, 그리고 90년대 북조선에서의 핵문제와, 아사자가 2백만에 이르는 기아와의 관계"[17]를 상기컨대, 이 극단적 선택이 자본의 포위라는 기본조건에 중소분쟁까지 교차하면서 이루어진 필사의 생존술에서 말미암았음을 요해하게 된다.

이 장편은 무엇보다도 기나긴 '혁명'의 기점 반우파투쟁의 속내를 잘 보여준다. 불씨는 헝가리에서 날아왔다. "작가들의 회관인 페퇴피 구락부에서 헝가리폭동(1956.10 — 인용자)의 첫 불집이 터진 것을 보시고 모교(毛教 — 인용자)의 교조(敎祖)이신 위대한 모택동 태양께서는"[18] — 김지하(金芝河) 담시의 선구라고 해도 좋을 풍자적 수사가 일품이다. "헝가리 지식인들 특히 '헝가리작가동맹(MISZ)'과 대학생들의 토론조직인 '페퇴피 서클(Petöfi Circle)'", 민주화와 자주화를 공개적으로 요구한 그들의 활동이 봉기의 시발이었던 것이다.[19] 스물여섯의 나이로 혁명전쟁에서 전사한 헝가리 국민시인 페퇴피(S. Petöfi, 1823~49)가 봉기의 영혼인 점이야말로 주목할 일이거니와, 그는 김학철을 매혹했다. 내 서가에는 1957년 연변인민출판사에서 간행된 『뻬떼삐 시선집』 복사본이 한권 있다. 서지를 살펴

---

16 김학철『최후의 분대장』, 문학과지성사 1995, 393면.
17 下斗米伸夫『アジア冷戦史』, 中央公論社 2004, 180~81면.
18 김학철『20세기의 신화』, 창작과비평사 1996, 20면. 이하 본문의 인용은 면수만 표기.
19 이상협『헝가리史』, 대한교과서주식회사 1996, 263면.

건대, 모스끄바에서 1955년에 발간된 본을 이듬해 평양에서 홍종린이 번역, 조선국립출판사에서 내고 그 평양본을 연변에서 다시 출판한 것으로 짐작된다. 그런데 판권란 위 여백에 김학철의 필적으로 추정되는 감격의 시 「어이 이 책을 사랑하지 않으랴!」가 보인다. "나의 충실한 벗이/희망의 고지로 돌진하라고/보내준 이 책을/뜨거운 마음으로/고이 두 손에 받았을 때/어이 이 책을/사랑하지 않으랴/그대의 기대 굳게 지켜/인민을 노래하는/시인으로 되리라!"

더 깊은 불씨는 1956년 2월에 열린 "소련공산당의 역사적인 제20차 대회"(23면)다. 평화공존론을 제창한 흐루쇼프(N. S. Khrushchyov, 1894~1971)는 내회 마지막 날 비공개회의에서 스탈린(I. V. Stalin, 1878~1953)을 비판함으로써 민주주의가 거의 실종된 '현존사회주의'를 구할 가능성을 열었다. 그 파장 속에 발생한 헝가리봉기를 진압함으로써 그 한계가 뻔하게 드러났음에도 이후 소련사회는 일종의 해빙기에 접어들었다. 당연히 중국공산당은 그 영향을 차단하는 데 주력했다. 수용소 안에서 "61년 겨울부터는 (…) 반소문건의 학습이 제철을 만났다"(115면)는 데서 보이듯, 두 사회주의 대국 소련과 중국의 갈등이 노골화했으니, 이 일이 『20세기의 신화』의 국제정치적 배경이다.

이런 안팎의 요인이 중첩, 지식인과 인민을 빈사로 모는 사태들이 엄습한바, 투쟁하는 태항산의 공동체를 생생한 현실로 기억하는 작가에게 이 기막힌 반전이 혁명에 대한 배신으로 비치리라는 점 또한 이해될 터다. 그리하여 "나는 밤 시간을 최대한으로 이용해 신들린 듯이 볼펜을 달렸다. 꼭 1년 걸려 전·후편 도합 1350매를 탈고했다."(「후기」 359면) 1965년 3월, 양심이 공포를 이기고 이렇게 "분노에 찬 정치소설"(「부록」 356면)이 탄생하였던 것이다.

전편 '강제노동수용소', 후편 '수용소 이후'로 구성된 『20세기의 신화』는 임일평(林一平)을 비롯한 연변자치주 문인/지식인들의 수용소 생활과 출소한 뒤의 후일담을 그린, 세계적으로도 드문 수용소문학이다. 알다시피 수용소는 '현존사회주의' 사회들 속에서 부재의 존재다. 없는 것을 있다고 말만 해도 문제인데, 그 실상을 그린다는 것은 역린(逆鱗)이다. 스탈린은 죽었으니 그렇다 쳐도 살아 있는 권력 모택동과 김일성(金日成, 1912~94)을 겁없이 비판하는 그 무서운 용기는 어디에서 오는가? 김학철의 분신 심조광(沈朝光)을 빌려 작가는 외친다.

이제부터는 객관의 현실을 있는 그대루 반영합시다. 진실을 씁시다. 날조두 하지 말구 조작두 하지 맙시다. 제가 저를 속이지 맙시다. 20세기의 신화를 꾸며내지 맙시다.

(…)

문학작품이 다 선전물루 될 수는 있습니다. 그러나 선전물이 죄다 문학작품으루 될 수는 없습니다. 우리는 선전물을 쓰지 말구 문학작품을 씁시다. 진실을 씁시다. (132면)

중국에서마저도 인민독재가 인민에 대한 독재로 전락하는 위기 속에서 혁명 이후를 기리는 신화가 아니라 혁명기의 진실로 돌아갈 것을 호소하는 작가의 메시지가 절박하다. 김학철은 이미 폐퇴퍼의 명령에만 복종하기로 다짐한 것이다.

그러나 직접적 정치논평이 과잉인 이 작품에는 생활이 모자란다. 솔제니쩐(A. Solzhenitsyn, 1918~2008)의 『이반 데니소비치의 하루』(1962)와 대비된다.[20] 주인공 슈호프의 기상에서 취침까지 수용소의 하루, 그 굴종을 극사실적으로 묘사한 이 놀라운 소설에서는 풍자조차 극히 절제되거니와, 마무리에 붙인 짤막한 서술이 압권이다. "이렇게 슈호프는 그의 형기

---

20 실제 『20세기의 신화』에는 이 중편이 직접 언급된다.(104면)

가 시작되어 끝나는 날까지 무려 십년을, 그러니까 날수로 계산하면 삼천육백오십삼일을 보냈다. 사흘을 더 수용소에서 보낸 것은 그 사이에 윤년이 들어 있었기 때문이었다."[21] 솔제니쩐의 능청스런 시치미에 대해 김학철은 위험한 풍자로 내디딘 터인데, 이 점에서 스페인내전(1936~39)을 겪고 『동물농장』(1945)과 『1984』(1949)의 우화로 나아간 조지 오웰(George Orwell, 1903~1950)과 유사한 듯도 하다. 그의 말이 떠오른다. "1936년(스페인내전―인용자) 이후 내가 진지하게 쓴 작품들은 그 한줄 한줄이 모두 직접적으로나 간접적으로나 전체주의에 반대하고 내가 아는 민주적 사회주의를 위해 씌어졌다."[22] 오웰이 1937년 아나키즘계 공화파 의용군으로 바르셀로나전선에서 부상한 뒤 좌익 내부투쟁의 와중에서 간신히 귀국, 『까딸로니아 찬가』(Homage to Catalonia, 1938)를 출판할 무렵, 중국공산당원으로서 태항산에서 항일전쟁을 수행한 김학철은 한점의 회의도 없었다. 해방 이후 혁명이 체제로 변신하는 과정 속에서 환멸이 뒤늦게 엄습한바, 『20세기의 신화』는 그 첫 기록이다. 수용소를 "공산주의농장"(25면)으로 지칭하는 대목이 곳곳에 나오는 점을 염두에 두면 『20세기의 신화』가 중국판 『동물농장』, 중국판 『1984』일지도 모르겠다.

태항산공동체의 기억: 『항전별곡』(1983)

복권 뒤 첫 작업이 『항전별곡』임은 각별하다. 서울시절의 단편 작업을 계승하고 있지만 '작가―되기'가 더 움직인 그때와 달라졌다. 조선의용대/군 동지들의 기억을 보존하는 일을 살아남은 자의 다급한 책무로 수락한바, 다시 그는 서기를 자임한 것이다. 총 5장으로 구성된 이 책은 그

---

21 알렉산드르 솔제니친 『이반 데니소비치, 수용소의 하루』, 이영의 옮김, 민음사 1998, 208면.

22 정영목 「옮긴이의 말」, 조지 오웰 『카탈로니아 찬가』, 민음사 2001, 305면에서 재인용. 원문은 George Orwell, "Why I write"(1946), Why I Write, Penguin Books 1984, 8면.

래서 소설이 아니라 전기, 그것도 집단전기 즉 열전(列傳)이다. 서른넷의 나이로 태항산에서 전사한 의용군의 숨은 일꾼 김학무(金學武)에 헌정된 「무명용사」, 상해(上海) 후지모리 자동차부 노동자 강병한에서 공산당 전사로 진화한 장중광을 초상한 「두름길」, 여성적 용모 아래 혁명적 낙관주의의 불꽃을 조용히 간직한 강진세에게 바쳐진 「작은 아씨」, 다들 어려워하는 그 "김선생(한글학자 출신의 혁명가 김두봉金枓奉 ── 인용자)하고 농담을 할 수 있는"(233면) 유일한 인물 문정일을 불러낸 「맹진나루」, 그리고 서울 의사집안의 아들로 항일전쟁에 복무한 김원으로부터 해방구로 탈출 직전 배반 도주한 황기봉에 이르기까지 기억의 조각들을 가능한 한 수집한 「항전별곡」까지 망각의 강을 건너려는 작가의 뜻이 행간에 자욱하다.

압권은 대홍산 홍군 종대사령부에 도착한 이튿날 저녁의 집회다. "내가 평생을 두고 잊지 못할 것은 개회벽두에 전체가 기립하여 「인터내셔널」을 부른 것이다. 그것은 내가 생후 처음 공개적인 집회에서 마음껏 큰 소리로 불러본 「인터내셔널」이었다."(217~18면) 국민당 지역을 탈출하여 팔로군 해방구로 진입하는 데 성공한 조선의용대를 환영한 팽덕회(彭德懷, 1898~1974)의 연설은 또 어떠한가? 빈농의 아들로 "밤낮 무거운 짐을 지고 메고 하다보니"(223면) 등이 굽은 이 병사/장군은 말한다. "우리의 전사들은 자신의 해방을 위해서 싸우고 있습니다. 이것이 바로 우리가 반드시 이길 힘의 원천입니다!"(222면) 민중의 자기조직화에 기초한 인민군대의 영혼이 정확히 지적되고 있으니, "태항산의 자유로운 공기가, 해방구의 친절한 분위기가 샴페인처럼 상쾌한 향미"(221면)로 감각되는 것이다.

곳곳에 뿌려진 일화들이 보석이다. 김학무의 윤봉길(尹奉吉, 1908~32) 이야기는 감동적이다. 프랑스 조계 아파트 뒷방에서 "김학무가 낮은 목소리로 「인터내셔널」을 부를 때면 윤봉길은 격앙하게 '애국가'를 부르곤 하였다"(132면). 이처럼 항일의 길에서 좌우로 갈림에도 불구하고 김학무는 윤봉길을 존경했으니, 1932년 4월 29일 "윤봉길의 사형을 보도한 그 마이니찌신문을 펼쳐든 채 사나이 울음을"(133면) 울던 것이다. 그는 또한 의열단 단장 약산(若山) 김원봉(金元鳳, 1898~1958)에 대해서도 각근하다. 김학무가 밀정 이웅에 속아 장개석(蔣介石, 1887~1975)을 암살하려한 데 대한 약산의 충고는 역전의 노장답다. 장개석을 제거해 항일전선을 파탄시키려는 일제의 간계를 지적함으로써 김학무의 좌경적 오류를 교정한바, 약산과 후일 갈라진 뒤에도 그 일에 대하여는 죽는 날까지 감사해 마지않았다(136면). 장개석의 일화도 인상적이다. 윤봉길 사건 이후 일본의 항의에 대처하는 그의 능침은 얼마나 해학적인가. "중앙육군군관학교(즉 원래의 황포군관학교)에 재학 중인 (…) 조선학생 전부를 출학처분"하고는 "다음날 도로 다 뒷문으로 불러들"(135면)이는데, 이름을 중국식으로 바꾸는 편법을 베푼 것이다. 뭐라고 해도 항일전쟁을 승리로 이끈 장개석은 역시 장개석이다. 얼핏 스치는 일본인 "데라모도 아사꼬(조선의용대에서 활약한 일본여성으로서 조선 이름은 권혁)"(252면)도 반짝인다. 반도가 숨죽인 그 시절 태항산은 동아시아 혁명의 빛나는 회통처였던 것이다.

이번 전집의 『항전별곡』(2012)은 결정판이다. 애초 중국에서 출판이 거부된 이 전기는 우여곡절 끝에 '김두봉, 김원봉'에서 한글자씩을 가리고야 간행되었다는데(한겨레 1989.11.18) 전집에서 완벽히 복원되었다. 본문 안에 빼곡한 백화(白話)로 단 주와 사진들이 귀중하다. 조선의용대/군의 살아 있는 백과사전으로 장엄한 전집 최고의 성과다.

사회주의교양소설: 『격정시대』(1986)

"소설의 형식을 빌려서 엮어놓은 전기문학"(3권 305~306면)이라고 작가 후기에서 밝히고 있듯이, 이 장편 역시 태항산에 바쳐진 것이다. 작품은 과연 김학철의 영구혁명이 도달한 절정일 호가장전투에서 갑자기 마무리된바, 이 중단은 조선의용군의 기억을 삭제하려는 기도에 맞서 외로운 투쟁을 지속한 김학철 문학의 총화적 상징이다. 그런데 이 장편에는 다른 층위가 숨 쉰다. '인물의 초점'이 살아 있다. 물론 원산(元山)의 노동자들, 상해의 테러리스트들, 그리고 태항산 전사들이 집단적 주인공이지만, 근본적으로는 이 모두를 꿰뚫는 서선장의 이야기인 것이다. '문제아적 주인공'이 축으로 되는 고전적 장편으로 복귀한 폭이다.

총 65장으로 구성된 『격정시대』는 주인공의 가출을 다룬 30장을 고비로 전후반으로 나뉜다. 원산과 경성(京城)을 배경으로 한 전반이 천방지축 선장이의 소년기와 유학시절을 다뤘다면, 중국을 배경으로 한 후반은 망명 이후 무정부주의를 거쳐 공산주의 전사로 진화한 청년기를 서사한바, 『격정시대』를 "혁명성장소설"로 소개한 풀빛 서문(1권 7면)은 정곡을 찌른 것이다. 그러고 보면 이 작품의 전반이 이른바 '가족사소설'로 통용되는 장편들과 혹사하다는 점을 깨닫게 된다. 김남천(金南天)의 『대하(大河)』(1939)로부터 한설야(韓雪野)의 『탑』(1940~41), 이기영(李箕永)의 『봄』(1940~41), 그리고 좀 넓히면 이태준(李泰俊)의 『사상(思想)의 월야(月夜)』(1941)까지 포괄될 터인데, 이 용어가 실은 적절하지 않다. 아마도 유래는 이 장르의 창안자 남천에서 온 것 같다. 그는 『대하』에 대해, "연대기를 가족사의 가운데 현현시킨다"[23]고 밝힌바, 최재서(崔載瑞)가 이어 「토마스 만 『붓덴부로―크일가』」(1940)에서 가족사소설론을 진전시켰다. "가족제도를 옹호한다든가 배격한다든가 하는 사회학적 관심에서 씌어진 것이 아니라, 한 크로니클(연대기)로서 어떤 한 가족의 역사를 삼세대 내지 사세대에 걸쳐 취급하려는 것"[24]으로 규정한 그는 『대하』에 대해 스치듯 언급하였다. "이 작품은 아직도 제1부가 발표되었을 뿐이므로 논평하기를 삼가지만 그 의도나 수법에 있어서 가족사연대기소설이라는 것은 거지반 틀림없다."[25] 그후

---

23 김남천 「작품의 제작과정」(1939), 정호웅·손정수 엮음 『김남천 전집 I』, 박이정 2000, 498면.
24 최재서 『최재서 평론집』, 청운출판사 1961, 236면.
25 같은 책 237면.

언제부터인지 가족사소설론이 '조자룡 헌 창 쓰듯' 휘둘려 염상섭(廉想涉)의 『삼대』(1931)와 채만식(蔡萬植)의 『태평천하』(1938)까지 싸잡아 논하는 일이 횡행하기도 한 터다.[26]

과연 이 장편들은 가족사소설일까? 기중 애비 유춘화에 대한 아들 석림의 비순종성이 약한 『봄』은 가족사소설에 근사(近似)한데, 바로 이 근대주의적 혐의 때문에 작가가 북에서 다시 쓰기를 시도했거니와, 『봄』에 혁명을 더한 것이 『두만강』(1954~61)이다. 그러나 1부의 뛰어남이 2, 3부의 공식성으로 퇴행하였으니, 성공적이라고 보기 어렵다.[27] 이 유형의 소설을 대표하는 『대하』와 『탑』은 애초에 중립적인 가족사소설이 아니다. 식민지부르주아 가문의 기원으로 거스르되, 실제는 이단아 형걸(『대하』)과 우길(『탑』)이 주인공이다. 그들의 가출로 1부가 끝난 채 미완이라 그렇지 만약 이어졌다면 사회주의자로 성장하는 모습을 그렸을 것으로 짐작되는 점에서 사회주의교양소설이 용어로서 더 맞춤할 것이다. 한편 상상의 아버지에 투항한 『사상의 월야』는 타락한 가계를 부정하고 새 세상으로 달려간 『대하』 『탑』과 동렬에 놓기 어렵다. 보통 성장소설인 것이다. 성천(成川)을 배경으로 한 『대하』와 함흥(咸興)을 배경으로 한 『탑』에 이어, 원산을 배경으로 한 『격정시대』는 가출 이후 사회주의전사로 진화하는 도정을 서사한 점에서 미완으로 끝난 『대하』 『탑』을 완성한 것이다. 또한 『격정시대』의 또다른 주인공 씨동이가 『두만강』의 주인공 이름과 같다는 점에 단적으로 드러나듯, 『격정시대』는 『두만강』을 다시 쓴 작품이기도 하다. 요컨대 『격정시대』야말로 모두를 아우른 우리 사회주의교양소

---

26 기중 『대하』 『탑』 『봄』을 교양소설에 미달한 것으로 파악한 서경석의 논의가 재미있다. 그러나 미완의 소설을 두고 미달이라고 평가하는 것도 지나치다. 「자전적 소설의 한 유형: 이기영의 『봄』론」, 정호웅 외 『장편소설로 보는 새로운 민족문학사』, 열음사 1993, 295면.

27 졸고 「소설과 역사적 법칙성: 이기영의 『두만강』을 읽고」, 『한국근대문학을 찾아서』, 인하대출판부 1999, 338~40면.

설의 회통처라고 해도 무방할 것이다.

윤봉길의 의거에 망명을 결심할(1권 76~77면) 만큼 순수한 민족주의 소년에서 무정부주의테러리스트 청년으로 다시 국제공산주의전사로 발전해간 선장이의 각별한 성숙과정을 다룬 이 장편의 절정은 마지막 단계를 기리는 것이다. 그럼에도 첫째와 둘째 단계가 종언을 위해서만 존재하지 않는다. 각 단계는 충일한 시간으로 각기 자립한다. 첫 단계에 드러난 원산과 경성은 선장이의 육체와 영혼을 숙성할 마술적 공간으로 축성되었거니와, 특히 덕원부(德源府)에 딸린 포구에서 자본의 교두보로 일거에 근대로 호출된 개항장 원산이 비로소 한국의 문학지리로 편입되었다. 일본인거리와 조선인거리의 경계, 그리고 조선인거리 안의 계급적 경계조차 깊숙이 파악한 눈매가 촉촉한데, 무정부주의자와 맑스주의자 사이의 내부 모순을 축으로 한 원산총파업(1929)에 대한 서사는 정채다. 더욱 생생한 것은 원산의 생활세계다. 특히 유학생들의 경로에 등장하는 경원선(京元線)과 그 철도를 따라 출현한 경성의 풍경은 각별하다. 광주학생운동(1929) 즈음 경성의 조선학생들 생태도 생동하려니와, 선장이가 기식하고 있는 변호사 집안의 안팎 또한 새롭다. 식민지 부르주아의 공허한 내면을 묘파한 이 대목은 그래도 민족적 양심을 잃지 않은 원산의 한진사와 함께 이 시기 식민지 부르주아의 초상으로 모자람이 없다. "20톤급 발동선의 선장"(1권 11면) 아들로 태어난 주인공은 이렇게 조선의 축도라고 할 원산을 매개로 식민지 상하층을 아울러 경험할 위치의 이로움을 획득했으니, 중도적 주인공에 가깝다. 바로 그 때문에 이 장편의 민중성이 더 빛나던 것이다.

테러리스트로, 중앙군관학교 생도로, 국민당 군대의 장교로, 그리고 마침내 태항산 해방구로 집단 탈출하여 최고의 자유를 누리던 시절에도 공간감은 충만한다. 아마도 상해를 비롯한 중국 관내 곳곳을 이처럼 생생히 그린 작품은 한국은 물론이고 중국에서도 드물지 않을까 싶다. 그처럼 많은 테러리스트와 그처럼 많은 혁명가들의 황홀한 출현 또한 매혹적이다. 연애소설로도 일급이다. 테러리스트들을 방조할 때는 성(性)조차 미끼로 사용하는 상해 메트로폴리탄의 도도한 댄서 송일엽이 첫 임무를 수행한 어린 선장이를 가비얍게 꿰차고 연애로 비등하는 대목(2권 184~85면)은 혁명적 낭만주의의 압권이다. 미인에게만 여성주의가 작동하는 것은 물론 아니다. 박색이라 "전방으루 전방으루 밀려나온"(3권 244면) 조선인 위안부들에 대한 여성대원들의 충고에 선장이를 비롯한 전사들이 "인간수업에서 한 과를 더 배운 것 같아서 숙연들 해졌다"(3권 245면)는 대목은 뭉클하다.

『격정시대』 또한 사회주의국제주의가 도저하다. 원산총파업 때 항구에 정박한 일본화물선 츠루가마루(敦賀丸) 일본선원들의 파업을 응원하는 함성(1권 191면)으로부터 중국 망명의 단계단계마다 작동한 국제주의는 태항산에서 절정에 이르는데, 의용군의 깃발을 정하는 장면은 각별하다. "혁명의 길은 직선이 아니구 곡선"(3권 249면)이라고 다독이며 나라 망하기 전 국기인 태극기를 붉은기 대신 채택하기를 충고하는 팽덕회는 이 장편에서도 여전히 혁명의 아이콘이다. 홍위병에게 모욕당한 채 죽어간 라오펑(老彭)에 대한 김학철의 추모를 묻어둔 것인데, 투쟁 속에서 이루어지는 우애의 공동체, 모든 차이가 홀연히 사라지는 요술 속에 출현하는 유토피아가 바로 태항산이라는 '장소의 혼'이다.

태항산공동체를 단적으로 드러내는 감동적인 삽화가 있다.

조선의용군에서는 조직부성원이건 선전부성원이건 할 것 없이 다 전투에는 일반 대원들과 같이 참가하기로 되어 있었다. 뿐만 아니라 돌격으로 넘어갈 때에는 반드시 지도원이 전투서열 앞에 나서서

"공산당원은 두발자국 앞으루!"

명령하여 공산당원들을 앞장세우는 것이 관례로 되어 있었다. (3권 239면)

'공산당원 2보 앞으로' ― 대중의 전위로서 인민을 철두철미 옹호하는 투쟁기 공산당의 높은 도덕성을 유감없이 보여주는 이 대목이 그가 꿈꾸는 민주적 사회주의의 모태일 것이다.

그러나 병사의 눈으로, 그것도 조선인의 눈으로 중국혁명의 극적 과정들을 파악해간 그 특장은 한편 한계로도 작동했다. 다시 작가 후기를 보자. "그런데 막상 일을 시작하고 보니 당시 조선의용군에서 나의 직위가 워낙 낮았던 탓으로 아는 면이 넓지 못한데다가"(3권 305면), 이 솔직한 고백이 드러내듯, 거대한 중국혁명의 총체성을 파지하기에는 위치에너지가 넉넉지 않았다고 할 수도 있다. 작품은 이미 지적했듯이 호가장에서 멈춘다. 그런데 서선장이 포로로 되지 않고 살아남아서 죽은 동지들을 애도하는 것으로 변경되었으니, 작가는 항상 포로 이야기를 괄호 친다. "태항산에서의 이와 같은 전투의 나날이 언제까지 계속될는지 아무도 몰랐다."(3권 304면) 이 장편 전체를 마감하는 마지막 문장으로는 허술하다는 느낌을 지울 수 없다. 호가장에서 시간이 정지된 이 장편의 공백에는 경험주의도 거들었거니와, "통일의 전제조건은 김일성이 죽는 것"(『한겨레21』 1994.4.14, 90면)이라는 선생의 신념 또한 이와 관련이 없지 않을 것이다. 『격정시대』도 미완이다. 누가 완성할 것인가?

3. 김학철 문학의 귀속

김학철 문학의 소속은 어딜까? 그의 최종국적을 상기하면 중국문학이다. 그가 의거한 언어문자에 유의해 더 정확히 말하면, 중국 소수민족문학의 하나인 조선족문학이다. 그런데 과연 이것으로 마감인가? 의식적으로 조선족문학을 지향한 『해란강아 말하라』조차도 확장적인데, 『20세기의 신화』와 『격정시대』는 중국의 지방문학을 넘어선다. 현존사회주의를 통렬히 비판한 『20세기의 신화』는 오웰과 솔제니쩐을 잇는 정치우화/수용소 문학이요, 식민지시대와 북조선의 '가족사소설'을 사회주의교양소설로 들어올린 『격정시대』는 한반도 민족문학의 명예로운 상속자다. 더구나 다시 중국으로 가기 전 서울에서 데뷔한 그는 1980년대에 한국문학으로 복귀했으니, 애초부터 중한에 양속(兩屬)적이다. 북조선과도 단순치 않다. 평양에서 작품활동을 하기도 했지만, 세 장편 모두 북의 문학어에 빚진 바 적지 않기 때문이다. 원래 원산 출신인데다, 연변은 한중수교(1992) 이전 북의 강력한 영향 아래 있었으니, 세 장편 모두에 북이 껴묻어 있다고 해도 지나치지 않다. 김학철 문학은 중국과 한반도 남북에 걸터앉은 셈이다. 더구나 일본조차 아울렀으니 그의 진짜 소속은 도래할 동아시아일지도 모른다. 전집 완간을 기다린다.

남과 북의 새로운 역사감각들

◆

김영하의 『검은 꽃』과 홍석중의 『황진이』

1. 하위자집단의 반란

최근 역사물이 대유행이다. 「다모(茶母)」(2003)에서 시작하여 「대장금 (大長今)」(2004)으로 이어진 사극열(史劇熱)에는 새로운 역사감각이 준동 하고 있다. 궁중암투극으로 시종하던 기존 역사물에서는 전경(前景)으로 나서기 어려운 다모나 궁녀 또는 의녀(醫女) 같은 하위자들이 드라마의 축으로 떠오른 것은 중세 기사도소설(romance)이 근대 부르주아 서사시 (novel)로 이행한 변화에 준한다고 해도 지나친 말이 아니다. 그런데 왕실 과 양반관인층이 지배하던 궁정사극을 일거에 해체한 이 하위자 반란은 단지 때늦은 부르주아혁명일까? 최근 역사물에 또렷이 드러난 반란적 성 격은 2002년 월드컵에 신화처럼 출현하여 마침내 참여정부를 출범시킨 대중의 문화적 폭발과 일정하게 연락될 것이다. '구텐베르크 은하계'와 경쟁하는 '인터넷 은하계', 이 미지의 영토에 익숙한 이 '대중'은 왕년의 '민중' 즉 민족주의 또는 사회주의 기획에 기초한 역사의식으로 무장한 민중이 아니다. 그것은 민중을 계승하는 한편, 민중의 전위적 성격을 다시 해체하고 있기 때문이다. 저항적 전위가 새로운 지배집단으로 전향하는 것에 대한 거의 무의식적 경계심을 공유하고 있는 새로운 대중 또는 새로운 민중은 근대와 탈근대의 경계에 둥지를 틀고 있는지도 모른다.

대중문화 부문에서 뚜렷한 새로운 역사감각은 역사소설에서 이미 징후를 드러낸 바 있다. 그 앞장에 선 작가가 김탁환(金琸桓)이다. 그는 우리 민족주의서사를 대표하는 이순신(李舜臣) 이야기를 탈신화화한『불멸』(전4권, 1998) 이후,『홍길동전(洪吉童傳)』보다 더 소설적인 작자 허균(許筠) 이야기를 '복원'한『허균, 최후의 19일』(전2권, 1999), 그리고 명·청 교체기의 격동 속에서 좌절한 광해군(光海君) 기획의 전말을 새로 쓴『압록강』(전7권, 2000~2001)에 이르는 "조선중기 비극 3부작"[1]의 완결을 통해, 외롭게 그럼에도 집요하게 이 작업을 추진해왔다. 이 고독한 작업은 또 하나의 '주변인' 김훈(金薰)의 가세로 새로운 국면을 맞이한다. 역시 이순신에서 취재한『칼의 노래』(2001)가 그해 동인문학상 수상작으로 선정되면서 세간의 주목을 받기 시작하더니, 급기야 노무현(盧武鉉) 대통령과 그 참모들의 애독서로 선전되면서, 뜻밖에도 베스트셀러로 떠올랐던 것이다. 이 작품은『불멸』에서 드러나기 시작한 이순신의 탈영웅화를 한 극점까지 끌고 간 소설이다. 그런데 '나, 이순신'의 긴 독백으로 점철된 이 소설에서 독자가 만나는 인물은 이순신인가? 그것은 '김훈의 이순신', 아니 이순신의 의상을 입은 작가 자신일지도 모른다. 김훈은 뛰어난 복화술사(腹話術師)다. 안팎의 적의에 맞서 절대고독 속에서 전쟁을 수행한 비극적 무인의 황량한 내면 풍경을 통해서 작가는 역사를 사적(私的)으로 전유한다. 작가는 말한다. "2000년 가을에 나는 다시 초야로 돌아왔다. 나는 정의로운 자들의 세상과 작별하였다. 나는 내 당대의 어떠한 가치도 긍정할 수 없었다. 제군들은 희망의 힘으로 살아 있는가. 그대들과 나누어 가질

---

1 김탁환「작가의 말」,『압록강 1』, 열음사 2001, 9면.

희망이나 믿음이 나에게는 없다. 그러므로 그대들과 나는 영원한 남으로서 서로 복되다. 나는 나 자신의 절박한 오류들과 더불어 혼자서 살 것이다."[2] 이 멋진 발언의 속뜻은 무엇인가? 작가는 수상 인터뷰에서 이 발언을 감싸고 있는 의고적 감상주의를 벗고 솔직하게 고백한다. "이 작품을 쓰게 된 힘은 이 세상에 대한 증오감"(조선일보 2001.11.7)이라고. 기실 이 작품의 반영웅주의는 영웅주의와 은밀히 제휴하고 있는 것이다. 이 점에서 이순신의 집합적 표상을 개체화하는 해체적 성격에도 불구하고 과거와 현재의 대화를 강잉(强仍)히 놓지 않으려는『불멸』과 차별된다.『칼의 노래』는 이광수(李光洙)의『이순신』(1931)과 닮았다. 박해에도 불구하고 왕조에 충성을 바치는 이순신의 순교자적 면모를 부각함으로써 조선에 저주를 퍼붓는 이 작품에서 이광수는 어느 틈에 '식민지시대의 이순신'으로 자신을 축성(祝聖)한다. 물론『칼의 노래』는 역사의 사적 전유를 민족주의로 포장한 춘원풍(春園風)과는 차별되는 작품이지만, 역사영웅을 작가의 입마개로 바꾸는 변신술은 공통적이다. 이 점에서『칼의 노래』를 전반적으로 지배하고 있는, 독한 허무주의에 기초한 행동주의를 애독자 특히 노대통령에게 환기하는 고언(苦言)이 인터넷에 떠도는 것도 흥미롭다. 바야흐로 새로운 역사감각들이 21세기 벽두의 한국사회를 유령처럼 배회하는 것 또한 우리 시대 넋의 한 모습일 터이다.

그런데 대중적 역사극과 역사소설에서 보이는 새로운 경향의 근원에 이은성(李恩成)의 허준(許浚) 이야기가 놓인다는 점에 유의할 필요가 있다. 천한 신분에서 최고의 의료전문가로 떠오른 허준 이야기를 처음으로 창안한 사극「집념」(1975~76)의 각본을 집필한 그는 그 소설화에 착수,『동의보감』을 1984년부터 연재하는 도중 1988년 서거하였다. 이 미완의 소설이 창비에서 출간되고(1990) 때마침 이 소설에 의거하여 다시 드라마가 꾸

2 김훈「책머리에」,『칼의 노래 1』, 생각의나무 2000, 12면.

며지면서(1991) 소설과 사극 모두 공전(空前)의 열기에 휩싸임으로써 작가의 소설적 죽음을 완성하였던 것이다. 반체제적이든 체제적이든 남성영웅들의 투쟁을 축으로 삼는 사극과 역사소설의 카논(canon)을 파괴하고 '권력의 교체서사' 사이에서 실종된 허준 같은 인물의 숨은 영웅주의를 드러낸 이은성은 역사적 과거의 재현이 아니라 현재의 문화코드로 과거를 재창안하는 퓨전사극 또는 새 역사소설의 길을 열었다.[3] 허준 이야기에서는 보조자에 지나지 않던 의녀가 어의(御醫)로 등극한「대장금」이나, 질서에 대한 도전과 그 수호라는 지극히 남성적인 세계의 가장 깊은 내측에 위치한 규방(閨房)을 규찰하는 특수임무에나 투입되는 다모가 무협멜로의 여주인공으로 화려하게 상승한 「다모」는 허준 이야기를 한층 하방(下放)한 것이다. 물론 후자에는 황석영(黃晳暎)의 의적소설『장길산(張吉山)』(1974~84)도 물리지만, '큰 이야기'로부터 '작은 이야기'로 코드를 바꾼 이은성이 더 직접적 원천으로 될 것이다. 남성 주인공 중심에서 그 하위자인 여성 주인공 중심으로 전환한 것도 그렇거니와, 허준보다 기록이 영성함으로써 상상의 자유를 더욱 누리는 퓨전사극의 등장은 하위자 반란이 새로운 수준으로 진행되고 있음을 잘 보여준다. 역사영웅의 정전을 해체한 김탁환과 김훈의 작업도 속종으로는 하위자 반란과 기맥을 통하는 것이라는 점에서 통속소설과 본격소설의 중간지대에서 대중의 새로운 역사감각을 담아낸 이은성의 위치는 결코 가볍다고 할 수 없다.

우리 시대의 이 흥미로운 역사전쟁에 대해 한편에서는 원본으로서의 역사 또는 대문자 역사가 한줌의 '알푸른 연기'로 사라지는 것이 아닐까 우려하고, 또 한편에서는 그 역사로부터의 탈주에 환호한다. 과연 이 전쟁

---

3 그러나 하위자 반란이 성공담이라는 대중코드에 제약되는 점은 명백히 기억되어야 한다. "고백된 하나의 작은 악이 감춰진 많은 악을 승인하는 것을 구제"(Roland Barthes, *Mythologies*, trans. by Annette Lavers, New York: Hill and Wang, 1972, 42면)함으로써 다른 차원의 체제서사로 떨어지는 한계까지 옹호하는 것은 결코 아니다.

은 어떻게 진행할 것인가? 나는 최근 두편의 역사소설, 김영하(金英夏)의 『검은 꽃』과 홍석중(洪錫中)의 『황진이』를 흥미롭게 읽었다. 두 작품은 여러모로 대조적이다. 대한제국이 반식민지로 전락하기 직전(1905.4) 제물포항을 떠나 아득한 미주대륙으로 팔려간 멕시코 노동이민의 집단적 운명을 추적한 전자와, '조숙한 근대인' 황진이(黃眞伊)의 초상을 16세기 개성(開城)이란 '장소의 혼' 속에 재창안한 후자. 김영하가 1980년대 문학의 과잉사회성에 대한 반란을 주도한 1990년대 남한 신세대 작가의 하나라면, 홍석중은 남한에도 잘 알려진 (북)조선의 중진작가다. 특히 『임꺽정(林巨正)』(1928~40)을 통해 의적소설의 길을 연 벽초(碧初) 홍명희(洪命熹)의 무거운 전통으로부터 대담하게 이탈한 후자는 최근 남한을 떠도는 역사감각이 북에서도 함께 작동하고 있음을 잘 보여준다. 남과 북은 역시 둘이면서 하나다. 새로운 변화의 물결을 타면서도 근본적 질문을 자제하지 않는 본격문학의 응전이라는 성격을 공유하고 있는 두 작품을 자상하게 검토하는 것은 우리 시대, 비평의 즐거운 임무일 터이다.

2. 집합적 자서전의 형식

역사로부터 실종한 멕시코 노동이민의 운명을 다룬 김영하의 『검은 꽃』[4]은 분명 민족서사시를 꿈꾸지 않는다. 한국인에게 멕시코는 지금도 여전히 너무나 멀다. 하와이 노동이민(1902~1905)이 20세기 한미관계의 복합 속에서 모국과의 인연이 단절되지 않은 집단이라면, 그 뻣센 에네껜(henequen, 어저귀, 龍舌蘭)농장으로 팔려간 멕시코 노동이민은 역사의 블랙홀로 사라진 '버림받은 백성'이다. 나라가 버린 또는 나라를 버린

---

4 김영하 『검은 꽃』, 문학동네 2003. 이하 본문의 인용은 면수만 표기.

1033명의 기민들을 운반한 일포드(Ilford)호는 화물선이었다.[5] 화물선에 짐짝처럼 실려 노예처럼 팔려간 이 사건, 귀환의 고리를 잃어버린 분절성으로 디아스포라란 말조차도 호사스러운 이 참담한 사건은 역사적 의미의 생성을 원천적으로 봉쇄한다. '중도적 주인공'을 축으로, 한 시대의 상층과 하층을 동시에 조망함으로써 총체성을 지향하는 루카치(G. Lukács)의 역사소설 모형은 이 소설과 거의 무관하다. 작가는 주인공이 부재하는 이 집단의 이야기를 집합적 자서전의 형식으로 재구성한다. 그렇다고 뤼시앵 골드만(Lucien Goldmann)이 지적한, 주인공 중심 19세기 소설의 20세기적 변형의 하나인 집단적 주인공의 소설도 아니다. 이 경향을 대표하는 벽초의 『임꺽정』이 잘 보여주듯이, 청석골에 모여든 의적은 당대 사회와의 불화라는 들끓는 분노를 공유한 불온한 집단인 데 반해, 『검은 꽃』의 이민단은 도망자들이다. 가슴마다 다른 꿈을 안고 이민선에 까마귀떼처럼 몰려 긴 항해 끝에 멕시코의 어저귀 농장들로 뿔뿔이 흩어진 이 기민은 역사적 의미를 생산하지 못하는 불임(不姙)의 집단인 것이다. 루카치와 골드만의 소설 모형들을 비켜간다는 점에서 이 소설은 최근 역사소설의 경향에 동참한다. 그럼에도 한편으로는 경향성에서 이탈한다. 이 작품에서 역사는 살아 있다. 20세기 초의 격동하는 과거가 한국소설로는 드물게도 세계사적 차원에서 자신의 고유한 빛깔로 생생하다. 과거가 충실한 존재감으로 재현됨으로써 현재와 마주 세워지는 이 소설은 그래서 단순한 소문자 역사로 미끄러지지 않는다. 소문자 역사의 삽화들을 퍼즐 맞추듯 치밀하게 축조함으로써 대문자 역사의 의미를 근원에서 다시 묻는 이 소설은 대문자와 소문자를 횡단하는 새 역사소설의 가능성을 열었던 것이다.

---

5 최근 이 배의 사진과 기초항목이 공개되었다. 영국기선회사(Britain Steamship Co. Ld.) 소유의 일포드호는 1901년 영국 뉴캐슬에서 건조된 총 4266톤의 강철선이다. 오인환·공정자 「발굴 자료로 본 구한말 멕시코 이민사」, 『신동아』 2003년 10월호 601면.

이 작품은 3부로 이루어져 있다. 러일전쟁(1904~1905)의 와중에서 고국을 떠나 멕시코의 어저귀 농장에 팔려가기까지 3년간의 생활을 그린 제1부(1~52장), 1910년 폭발한 멕시코혁명 전후를 배경으로 그 소용돌이에 빨려들어간 이민들의 이야기를 그린 제2부(53~76장), 1916년 멕시코혁명의 여파로 번진 과떼말라혁명에 참여한 한인용병 44인의 '신대한(新大韓)' 건설의 전말을 기록한 제3부(77장), 그리고 살아남은 이민들의 후일담을 점묘적으로 보고한 짤막한 에필로그. 얼핏 보면 이민선의 출발로부터 신대한의 건국과 파멸이라는 절정을 향한 순탄한 연대기적 구성이지만, 내부의 결을 살피면 이야기의 선형성(線形性)이 곳곳에서 파열한다. 우선 부의 구성이 비대칭적이다. 가장 긴 제1부로부터 점점 축소되어 제3부는 단 한장으로 그친다. 과떼말라 밀림에 건설되었다가 흔적없이 사라진 신대한 이야기라는 절정이자 파국, 이 소실점을 향해 소설 전체가 휘우뚱한 바로끄적 구성이다. 각부를 구성하는 장의 길이도 들쭉날쭉이다. 부로서는 가장 짧은 제3부를 구성하는 77장은 장 가운데 가장 길다. 작가는 이와 같이 장과 부의 비대칭성을 의식적으로 조직한 모자이크적 구성을 실험함으로써 리얼리즘 서사와 모더니즘 서사를 횡단하는 것이다.

그런데 이야기와 인물들을 초기 설정하는 앞부분 읽기가 폐롭다. 우선 제목이 수수께끼다. 마지막 장을 덮을 때까지 제목에 대한 그 어떤 암시도 없다. '검은 꽃', 이 불길한 제목은 이 작품의 성취와 어긋나는 일종의 뱀다리다. 정사(正史)에서 침묵당한 소문자 역사의 파국을 드러냄으로써 거꾸로 역사의 꿈을 강렬히 환기하는 이 작품은 물론 기존 역사소설의 틀에 비판적이지만, 그렇다고 역사허무주의를 선전하는 것은 결코 아니기 때문이다.

제목에 대한 의문은 제사(題詞)에 다시 걸린다.

그는 예전의 믿음으로 돌아가 옛날 방식으로 사느니/차라리 가난한 주인의 노예가 되어 흙을 파며 산다든가/또는 다른 끔찍한 일을 견디는 편이/훨씬 낫다고 생각한 것이 아닐까?

— 플라톤 『국가』에서

이는 플라톤의 유명한 '동굴의 비유'에서 따온 것이다. 그런데 어느 번역본인지 너무 의역되었다. 그 대목은 이렇다.

아니면 호메로스의 처지가 되어, '땅뙈기조차 없는 사람의 농노로서 남의 머슴살이를' 몹시도 바랄 것으로, 그리고 그런 것들에 대해 '븨젼(판단)을 가지며'(doxazein) 그런 식으로 사느니보다는 무슨 일이든 겪어내려 할 것으로 생각하는가?[6]

이는 인용문에 보이듯 호메로스를 물고 있다. 오디세우스가 저승에 가서, 사후에도 죽은자들의 통치자로 영광스러운 아킬레우스를 위로하자 아킬레우스는 탄식한다.

죽음에 대해 나를 위로하려 들지 마시오, 영광스런 오뒷세우스여.
나는 이미 죽은 모든 사자(死者)들을 통치하느니,
차라리 시골에서 머슴이 되어,
농토도 없고 가산도 많지 않은 다른 사람 밑에서 품팔이를 하고 싶소.[7]

---

6 플라톤 『국가·政體』, 박종현 역주, 서광사 1997, 452면. 희랍어 원전에서 번역한 이 대목은 난삽하다. 영역본(Plato, *The Republic*, trans. by H. D. P. Lee, Penguin Books 1970, 281면)이 간명하다.

7 호메로스 『오뒷세이아』, 천병희 옮김, 단국대출판부 1996, 177면. 희랍어 원전에서 번역된 이 한글판과 함께 영역본도 참고했다. Homer, *The Odyssey*, trans. by E. V. Rieu, Penguin Books 1958, 184면.

플라톤은 '동굴의 비유'에서 아킬레우스의 탄식 대목을 끌어다가 동굴에서 풀려난 죄수가 동굴 밖의 삶이 아무리 낯설더라도 다시는 동굴 속의 눈먼 행복상태로 돌아가지 않을 것을 변증하였다. 이때 "동굴 안은 가시적인 현상의 세계를, 동굴 밖은 지성에 의해서〔라야〕알 수 있는 실재(實在)의 세계를 각기 비유한 것이다".[8] 그런데 이처럼 진리의 빛에 쏘인 사람(즉 철학자)이 다시 동굴로 돌아가 "혼의 등정"을 이루지 못한 동료들을 위해 봉사해야 한다는 것이 플라톤의 주지라는 점에 유의해야 한다.[9] 김영하가 이 대목을 제사로 삼은 속셈은 아마도 근대라는 불의 세례를 받은 멕시코 난민들의 근원적인 고향상실을 강조하는 데 있을 터인데, 그것은 플라톤과 썩 어울리지 않는다.

작품은 신대한의 최후를 알리는 용병대장 이정의 죽음을 제시한 짧막한 서두(1부 1장)로 시작된다. 그리곤 11년 전 이민들이 모여든 제물포항으로 플래시백하는 낯익은 영화적 전환을 보이는데, 이 장(1부 2장)은 특히 사실들이 부정확하다. 만주군 총사령관 오오야마 이와오(大山巖)를 성을 빼고 이름만 호칭한 것은 차치하고 대한제국의 성립과 미서전쟁의 발발 시기가 맞지 않는다. 제물포를 일본인 거류지와 일본 영사관을 제외하면 볼품없는 "황량한 항구"(13면)로 설정한 것도 그렇다. 개항 20여년이 넘는 1905년이면 인천은, 서울을 향한 비수 같은 지정학적 위치로 말미암아 제국주의 열강이 다투어 진출하여 이미 작은 중국, 작은 일본, 그리고 작은 서양을 품은 '식민지' 국제항으로 흥청거릴 때가 아닌가?

이후 인물들을 소설 속에 처음 앉히는 대목들에서도 갸우뚱한 부분이 없지 않다. 박광수(바오로) 신부의 성당 이탈은 지나치다(1부 5장~6장). 일찍이 말레이반도의 페낭(Penang, 檳榔) 신학교에 유학한 바오로가 당진

---

8 플라톤, 앞의 책 447면.
9 Plato, 앞의 책 278면.

(唐津) 사람들의 교회 공격에 겁먹어 주교[10]의 간곡한 권고에도 불구하고 이민선에 올랐다는 것은 납득하기 어렵다. 우선 이 시기에 성당을 박해하는 사건이 일어날 수 있었을까? 개항 이후, 천주교는 곧 권력으로 이동했다. 왕궁을 내려다보는 종현(鍾峴)에 성당을 건설한 것(명동성당은 1892년에 정초식을 가졌다)은 그 상징인데, 1905년 무렵 천주교의 위치는 이미 공고했다. 천주교도들의 횡포에 분노한 백성들이 봉기한 제주민란(1901)은 희귀한 예외라는 점을 감안할 때 바오로를 이민선에 태우려면 다른 설정이 필요할 것이다. 이민 가운데 가장 신분이 높은 이종도를 황제의 사촌(37면)으로 지정한 것도 과잉이다(1부 11장). 아무리 왕조의 황혼이라고 해도 고종의 지친(至親)이 난민에 드는 것은 실감에서 먼 일이다. 더구나 "어서 서양의 문물을 배"(24면)우기 위해 이민선에 오른 것은 너무 순진하다(1부 7장). 김영하가 멕시코 이민을 처음으로 다룬 이해조(李海朝)의 『월하가인(月下佳人)』(1911)을 참조했더라면 하는 아쉬움이 든다. 충청도 목계(木溪)의 양반 심진사가 갑오년에 봉기한 농민군을 피해 서울로 이사, 서당 훈장으로 연명하다가 그나마도 신식학교에 학생들을 뺏기고 곤궁한 차에 친구의 권유로 이민선에 몸을 싣는 과정이 아주 사실적인데,[11] 허황하기 짝이 없는 이종도와는 천양지차다.

이런 크고 작은 어긋남이 1부 초반에서 단속(斷續)된다. 일본을 개항한 미국의 쿠로후네(黑船)가 '구로카네'(27면)로 오기되었고(1부 8장), 태평양의 명명자는 중국인이다(1부12장). "중국인들은 일찍이 그 바다를 클 태(太), 평평할 평(平), 바다 양(洋) 자를 합하여 '태평양'이라 불렀다."

<hr>

10 이 작품에서는 주교의 이름을 시몬 블랑쉬(21면)라고 밝히고 있는데, 비슷한 이름으로는 7대 주교 블랑 백(J. M. G. Blanc, 白圭三)이 있다. 그런데 그는 이미 1890년 사망하고 뮈뗄(Mutel, 閔孝德)이 8대 주교로 계승하였다. 유홍렬 『한국천주교회사』, 가톨릭출판사 1962, 1073면.
11 졸고 「신소설과 노동이민」, 『한국근대소설사론』, 창작사 1986, 272~81면.

(40~41면) 그러나 이 대양에 '잔잔한 바다'(Oceano Pacifico)라고 이름 붙인 자는 마젤란(Magellan)이다. 중국인이 최초의 명명자라면 아시아가 서양 또는 아서양(亞西洋) 일본에 의한 불의 세례를 받지 않았을 것이다. 이민선에 오른 일군의 군인들을 초기 설정하는 대목에서도 의심스러운 점들은 다시 발견된다(1부 26장). 서기중을 '종성진위대'(83면)로 지정한 것은 아마도 경성진위대의 착오일 것이다. 함경북도에는 종성(鍾城)이 아니라 경성(鏡城)에 진위대를 두었다.[12] 그리고 이 함경도 군인들이 "단발령에 반대하는 의병들 쫓아다"(83면)녔다고 자조하는 것도 자연스럽지 않다. 명성왕후 시해와 단발령 실시에 촉발된 1895년의 을미의병은 주로 경기 이남에서 봉기했다가 사그라든 근왕적(勤王的) 동원이었기 때문에 이 함경도 군인들까지 투입했을 듯싶지 않다. 역사소설은 이래서 쓰기 어렵다. 더구나 한국사는 미시사 분야가 덜 발달했기 때문에 생활이라는 육체성의 두터운 획득을 근간으로 삼는 소설장르에서는 더욱 큰 곤경에 처하게 되는 것이다.

그런데 이 작품은 뒤로 갈수록, 다시 말하면 조선적 흔적들이 지워지면서, 인물들이 작가의 조종술 너머 자신의 생존권을 독자적으로 획득하는 지경에 도달한다. 그 분수령이 한달간의 긴 항해 생활이다. "바다에 떠 있는 영국의 영토"(36면), 이 거대한 강철 화물선에서 유구한 왕조의 질서는 일거에 녹아내린다. 남진우(南眞祐)는 해설에서 이를 "근대적 주체의 탄생"을 상징하는 "새로운 창세기"(331면)라고 지적했는데, 구질서의 강제적 해체과정라고 보는 편이 더 적절하지 싶다. 김이정이 불로 이글거리는 이 배의 거대한 주방을 보고 "지옥"(46면)을 연상했듯이, 이민단은 묵시록적 풍경을 건너 새로운 지옥 멕시코에 상륙한다. 바로 이 지점부터 소설은 한국소설의 새로운 영토로 들어선다. 농장들로 팔려간 이민들의 생활을 생

---

12 육사한국군사연구실『한국군제사(韓國軍制史): 근세조선후기편』, 육군본부 1977, 399면.

생하게 보고한 그 솜씨도 뛰어나지만 농장주들을 개체화하는 데 이 작품의 진정한 새로움이 있다. 특히 첸체 농장주 돈 까를로스 메넴과 부에나비스따 농장주 이그나시오 벨라스께스의 형상은 얼마나 뛰어난가? 바스끄 출신 건달에서 프랑스군 장교가 되어 꼭두각시 황제 막시밀리안을 따라 멕시코에 건너와 멕시코의 지주로 상승한 아버지와 메스띠소(mestizo, 스페인사람과 인디오의 혼혈) 어머니 사이에서 태어난 메넴이나(1부 33장), 예수회 수도사로 멕시코에 건너와 사설군대를 조직, 인디오들의 신앙과 가차없는 투쟁을 벌인 호세의 후손답게 근본주의 신앙을 광적으로 밀어붙이는 벨라스께스, 모두 멕시코의 권력을 독점한 가추삐네스(Gachupines, 스페인 본국에서 태어난 사람들)가 아니라 일종의 진골 또는 육두품에 준하는 끄레올레스(Creoles, 스페인 혈통으로 멕시코에서 태어난 사람들)다. 이 둘은 멕시코혁명에서 다른 길을 걷는다. 영리한 메넴은 더 높은 상승을 위해 혁명에 기웃거리다 금세 꼬리를 내리고, 벨라스께스는 "지주들의 십자군"(271면)으로서 장렬히 반혁명에 순교한다.

바로 이 농장주들을 매개로 각기 다른 길로 멕시코혁명의 불길에 싸여가는 이민들의 모습을 그려낸 제2부에서 작품은 정체를 발한다. 1911년 마데로(Madero)가 이끈 혁명군에 의해 디아스(Díaz)독재가 붕괴함으로써 20세기를 여는 최초의 혁명, 멕시코혁명은 일단 성공한다. 그러나 망명하는 디아스가 "마데로는 호랑이를 풀어놓은 거야"(252면)라고 예언했듯이, 멕시코혁명은 이내 전국시대로 돌입한다. 혁명의 민중적 성격을 대표하는 에밀리아노 사빠따(Emiliano Zapata)와 빤초 비야(Pancho Villa), 그 부르주아적 성격을 대변하는 까란사(Caranza)와 오브레곤(Obregon), 두 진영 사이의 일진일퇴가 흥미진진하다. 작가는 김이정을 빤초 비야의 북부군에, 이정의 애인 이연수(이종도의 딸)가 기구한 유전을 거쳐 마지막으로 안착하는 남편, 대한제국 군인 출신의 박정훈을 오브레곤의 군대에 배치함으로써 멕시코혁명의 핵심에 육박한다. 산적 출신의 까막눈으로 멕시코혁명의 살아 있는 전설이 된 빤초 비야의 질풍노도의 기마대가 기관총과 참호와 가시철조망으로 엄호한 오브레곤의 산문적 보병대에 의해 궤멸하는 1915년 셀라야전투(The battle of Celaya)[13], 멕시코혁명의 운명을 가른 이 전투의 삽화(73장)는 민중적 낭만주의에 대한 부르주아 리얼리즘의 승리를 묘파한 압권이다. 디아스독재에 대한 투쟁에서 시작된 멕시코혁명이 부르주아적 재편으로 귀결되는 결정적 모퉁이를 포착하는 작가의 눈이 서늘하기 짝이 없다.

이 소설을 일관되게 지배하는 화두는 나라다. 이민들은 나라를 버렸다. 그런데 멕시코에서도 나라는 악령처럼 쫓아다닌다. 요시다가 "언제부터 개인이 나라를 선택했지?"(260면)라고 이정에게 반문했듯이, 대한제국이 식민지로 떨어진 이후 이민들은 공적으로 일본제국의 신민이다. 더구나 새로운 거주지로 선택한 멕시코가 '새 나라 만들기'에 돌입함으로써 이민들은 다시 격동한다. 아무리 전사로 참여했어도 이민들에게 멕시코혁명은 남의 떡에 지나지 않는다. 혁명의 타자로부터 탈출하여 근대적 주체로 태어날 마지막 실험이 작품의 최후를 장식하는 신대한 이야기다. 신대한은 멸망했다. 근대적 주체의 탄생은 또다시 좌절했다. 신대한 이야기는 건국신화를 탈신화화하는 단지 포스트주의적 종말론인가? 이 작품은 귀향을 축으로 삼는 오디세이아적 서사를 뒤집고 있다. 그럼에도 반오디세이아적 탈향의 서사를 통해서 오디세이아에 대한 강한 향수를 스스로 어쩌지 못하는 역설이 숨 쉰다. 근대적 주체의 탄생이 끊임없이 유예되는 것은 김이정과 이연수의 연애가 끝없이 지연되는 것과 깊이 조응한다. 우리 소설이 창조한 가장 독창적인 여성의 하나인 이연수의 후일담은 외제니

---

13 이 전투에서 승리함으로써 혁명의 부르주아적 주도권을 장악한 그는 뒤에 대통령이 되었다. 자영 목장주의 아들로 태어나 우수한 기술자로도 활약한 그는 1912년 3백명의 목장주로 구성된 '부자부대'(the Rich Man's Battalion)를 조직하여 혁명에 뛰어들었다. Eric R. Wolf, *Peasant Wars of the Twentieth Century*, Harper & Row 1969, 39면.

그랑데(Eugenie Grandet)의 노년만큼 황폐한 것이다. 애인과 남편을 잃고 고리대금업자가 되어 "어떤 자선사업도 벌이지 않고, 어떤 종교에도 의탁하지 않고, 오직 갈퀴처럼 돈을 긁어들이는 일에만 전념했다"(320면). 연애의 끝없는 지연 속에 사막 같은 여생을 견딘 그녀의 삶이야말로 나라의 꿈을 강렬히 환기하는 아픈 표상이 아닐까?

3. 조숙한 자유인의 초상

홍석중의 『황진이』[14] 이전에도 황진이를 다룬 소설이 없지 않았다. 상허(尙虛) 이태준(李泰俊)의 『황진이』(1935년 연재, 1938년 출간)는 첫 시도다. 그런데 상허의 작품치고는 범작에 그쳤다. 그후 최인호(崔仁浩)가 단편 「황진이 1, 2」(1972)를 발표했지만, 역시 종작이 없는 작품이고, 최근 이 과제에 도전한 김탁환의 『나, 황진이』(2002)는 소설이라기보다는 연구보고서에 가깝다. 나는 벽초의 『임꺽정』에 나오는 황진이의 모습을 사랑한다.[15] 비록 이 장편의 작은 삽화에 불과하지만 벽초는 화담(花潭)써클의 마담, 황진이를 잊을 수 없는 카메오로 부조(浮彫)하는 일류의 터치를 보여주었던 터다.

앞에서 지적했듯이, 벽초는 고전적 자본주의시대의 주인공 중심 소설 (novel)을 사회주의적 지향을 머금은 집단적 주인공 소설로 재창안하였다. 그리고 이 모형은 이후 남북의 역사소설 또는 대하소설의 한 준거로서 작동하였던 바다. 그런데 홍석중은 다시, 조부의 모형을 주인공 중심 개인전으로 분해한다. 이는 다시 근대소설로 돌아가는 것인가? 일면 그

---

14 홍석중『황진이』, 평양: 문학예술출판사 2002. 이하 본문의 인용은 면수만 표기.
15 졸고 「동지(冬至)에 대한 단상: 황진이와 서화담」,『문학의 귀환』, 창작과비평사 2001, 322면.

렇다. 규방에서 몰래 거리로 나선 황진이는 마음으로 절규한다. "오 자유여! 자유로운 귀신이 묶이운 신선보다 낫고 여윈 자유가 살진 종살이보다 낫다."(78면) 아킬레우스의 탄식 대목을 연상시키는 이 외침은 아버지 황진사의 감추인 추악에 접촉되면서 극렬한 우상파괴로 발전한다. "절대적인 것이 선언되는 곳에서 진리는 죽어버린다. 위인이나 성현들이 보여준 아름다운 선행과 놀라운 덕행과 신비한 기적들, 사실은 그것들 모두가 (…) 위선과 거짓에 불과한 것."(140면) 이 작품에도 최근 남한의 역사소설에서처럼 반영웅주의가 작동하고 있는 것이다. 그런데 황진이라는 인물이 복합적이라는 데 유의해야 한다. 그녀는 일면 루카치적 의미의 '문제아적 주인공'이다. 양반신분으로부터 자발적으로 이탈하여 천민 기생으로 하강한 특이한 경력을 지닌 그녀는 신분을 원천적으로 부정한다는 점에서 문제다. 그 때문에 춘향이처럼 신분상승을 도모하지 않는다. 근대소설의 비옥한 토양인 쥘리앵 쏘렐(Julien Sorel)의 욕망을 공유하지 않는 황진이는 그래서 더욱 매력적이다. 사실 쏘렐의 질주를 이해하다가도 우리는 문득 끔찍한 느낌에 사로잡히기도 하는데, 신분상승에 목숨을 건 춘향이의 집심 또한 버금가는 것이다. 신분상승을 중개자로 우회하여 실현하려는 '타락'을 거절함으로써 '욕망의 삼각형'이 구성되지 않는 황진이는 바람처럼 자유롭다. 물론 다른 차원의 '욕망의 삼각형'은 존재한다. 돈 후안(Don Juan)의 여성편력이 모성탐구이듯이, 이 여성 돈 후안의 남성편력은 아버지 또는 남성에 대한 복수의 형식을 빌린 아비찾기의 한 형태다. 그녀는 편력의 끝에서 화담을 만난다. 그런데 그것이 성적 관계가 부정됨으로써 이루어진다는 점에 유의해야 한다. 연애영웅의 연애가 섹스의 부정을 통해 절정에 이르는 역설! 바로 이 지점에서 황진이는 단순한 근대소설의 주인공으로부터 이탈한다. 체제와 반체제 사이의 긴장으로부터 면제된 하위자 황진이는 근대소설의 주인공을 넘어서는 곳에 둥지를 튼 독특한 성격이 아닐 수 없다. 민족의 영웅도, 계급의 영도자도 아닌, 이 모든 남성적 세계를 조롱하는 무정부주의적 자유를 온몸으로 시현했던 16세기에 돌출한 이 조숙한 여성에 대한 작가의 간절한 관심은 최근 북조선문학의 변화의 징조를 예각적으로 드러낸다고 보아도 좋을 것이다.

이 작품의 반영웅주의가 여성주의와 제휴하고 있는 점도 주목할 대목이다. 역사소설의 주인공을 거의 독점하는 남성이 아니라 여성을 주인공으로 내세운 이 작품은 여성주의 텍스트이기도 하다. 황진사 부인이 편지에서 여자로 태어난 운명을 한탄하고 있듯이(138~39면), 작가도 이 점을 명백히 의식한다. 그런데 실제로 소설에서는 그녀의 여성적 지표들에 대한 강조가 지나치다. 전승들이 한결같이 지적하듯이, 그녀는 치장에 무심한 반미인적(反美人的) 기행에 거침이 없었던 것이다. 유몽인(柳夢寅)은 심지어 '임협인(任俠人)' 즉 협객으로 본다.[16] 그녀의 여성성은 남성성과 교착하는 것인데, 산과 물을 함께 노래한 그녀의 시조들은 이 착종을 흥미롭게 드러낸다. 대표적인 작품을 잠깐 보자. "청산리(靑山裏) 벽계수(碧溪水)야 수이 감을 자랑 마라/일도창해(一到滄海)ᄒ면 다시 오기 어려웨라/명월(明月)이 만공산(滿空山)ᄒ니 쉬여간들 엇더리." 자신을 '빈 산'으로 남자는 물로 비유한 이 시는 전통적인 이미지의 전도를 보인다. 그런데 모든 물줄기를 품어안는 산은 남성적이면서 동시에 여성적이다. 어쩌면 그 복합은 황진이의 중성성의 표출인지도 모른다. 이 소설에 황진이의 그런 면모가 생략된 것은 아쉽지만, 남한의 사극들에 하위자 여성들이 횡행하는 것과 기맥을 통하고 있는 점은 단순한 우연은 아닐 것이다.

이 작품은 3편으로 구성돼 있다. 양반집 고명딸로부터 기생으로 전신하는 고비까지 서술한 제1편 '초혼'(전26장), 남성에게 복수하는 편력 끝에 아버지요 스승이자 애인인 화담을 만나는 데 이르는 제2편 '송도 삼절'(전26장), 파국 속에 송도를 떠나는 데서 끝나는 제3편 '달빛 속에 촉혼은 운

---

16 이능화(李能和) 『조선해어화사(朝鮮解語花史)』, 東洋書院 1927, 105면.

다'(전20장), 그리고 3편의 끝에 붙인 '그후의 이야기'(전1장). 작가는 각 편의 시간적 배경을 밝히고 있다. 1편은 '1534년, 갑오년' 즉 중종 29년이고, 2편은 '1539년, 기해년' 즉 중종 34년, 3편은 '1539년(기해년) 겨울에서 1540년(경자년) 봄까지' 즉 중종 34~35년, 그리고 후일담은 '1546년, 병오년 가을' 즉 명종 2년이다.

이제 작가가 황진이를 어떻게 재창안하는지 구체적 경로를 따라가보자. 그녀는 소설의 서두에서 "황진사댁의 고명딸"(13면)로 제시된다. 비록 아버지 황진사는 "진이가 일곱살이 되는 신사년(1524년 중종 20년 — 인용자)"에 "작고"(14면)했지만 그녀는 어머니의 엄격한 보호 아래 반가의 규수로 고이고이 자라난다. 서울 윤승지댁의 도령과 혼약을 약조하는 데까지 그녀의 삶은 순조롭다. 그런데 윤승지댁으로부터 파혼이라는 청천벽력의 기별을 받는 데 이르러 그녀의 숨은 신분이 드러난다. 그녀의 생모는 황진사 부인이 "시집올 때 친정에서 데리고 온 교전비"(131면) 현금(玄琴)이었던 것이다. 겉으로는 도학군자지만, 실은 "아주 흉악한 색마"(133면)인 황진사에게 농락되어 임신한 것을 황진사 부인이 딸의 앞길을 위해 곁을 떠날 것을 강박하여 황진이의 신분이 보호되었던 터다. 그리운 딸의 모습을 멀리서나마 지켜보려고 병든 몸으로 "천리 밖 남도 끝에서 올라"(55면)와 송도 청교방 색주가에 몸을 붙였다 죽는 생모의 감상적 운명을 인지하고 황진이는 스스로 양반신분으로부터 걸어내려가 기생에 투신한다.

작가는 황진이를 가족로맨스를 뒤집은 모세(Moses)형으로 설정하였다. "아이가 부모를 고귀한 신분으로 바꿔버리는 상상"에 기반한 기본형이거나, "형제자매들을 서자(庶子)로 만들어버림으로써 영웅이자 주인공인 자신은 합법성을 얻는" 변형이거나를 막론하고 부모로부터 독립하는 아이의 발달과정에 조응하는 가족로맨스[17]의 일반적 형태에 비추어 모세전승

17 지그문트 프로이트 「가족로맨스」, 『성욕에 관한 세편의 에세이: 프로이트 전집 9』, 김

을 분석한 프로이트는 모세가 이스라엘 노예의 자식이 아니라 "이집트인 (어쩌면 귀족)"[18]이라는 점을 날카롭게 추론한바, 이 작품에도 모세전승의 그런 무리가 엿보인다. 가족로맨스의 전복이 자연스럽지 못한데다가 위선에 대한 작가의 분노로 말미암아 황진사와 그 부인의 형상에는 정치성이 과잉이고, 황진이와 그 생모의 형상에는 생기가 부족이다. 기존전승을 홀대한 결과다. 황진이 어미의 신원에 대해서는 정설이 없지만, 나는 그 이름에서 출발하고 싶다. 그녀의 이름 현금은 거문고를 뜻한다. 허균은 황진이가 공금선가(工琴善歌, 거문고에 공교롭고 소리를 잘함)라고 찬양했다. 송도 아전 진복(陳福)이 황진이의 근족(近族)이라고 기록함으로써 그녀의 신분을 암시한 이덕형(李德泂)은 그 출생담을 알린다. 18살 때, 병부교(兵部橋) 밑에 빨래 갔다 황진사의 그윽한 눈길과 멋진 노래에 반해 황진이를 낳은 현금의 연애담은 근사한 것이다.[19] 이로써 미루건대 딸 못지않게 대담한 여성, 현금은 송도 중인 가계의 예능인이 아닐까 싶다. 이 풋풋한 전승에 비하면 이 소설의 초기 설정은 너무 음울해서 감상에 떨어진 감이 없지 않다.

황진이의 본격적인 남성편력을 그린 제2편은 흥미진진하다. 양반들의 세계가 내재적 시각으로 파악되었는데, 특히 황진이와 수작하는 송도 유수(留守) 김희열은 이 소설의 한 축을 구성하기에 조금도 모자람이 없다. 황진이와 김희열의 연합 속에 그녀의 우상파괴 활동이 전개된다는 점에서 이 대목은 제주목사의 사주 아래 기생 애랑이 군자인 체하는 배비장을 유혹해 망신 주는 『배비장전(裵裨將傳)』과 상호텍스트성을 이루고 있다. 종실(宗室) 벽계수와 지족선사(知足禪師)와 화담, 세 인물과 대거리하면서

정일 옮김, 열린책들 1997, 59~60면.
18 지그문트 프로이트 「인간 모세와 유일신교」, 『종교의 기원: 프로이트 전집 16』, 이윤기 옮김, 열린책들 1997, 21면.
19 이능화, 앞의 책 104~106면.

자신의 여성성을 세워나가는 과정이 충실하다. 그런데 지족 이야기는 사실주의의 기율을 너무 의식해서 오히려 덜 자연스럽다. 황진이를 연모하다 하인들에게 무리매를 맞고 그녀를 잊으려고 긴 면벽수행에 들어가 생불 소리를 듣는 것으로 이면을 붙인 이 설정(283~85면) 역시 위선에 대한 작가의 분노에 강박되었다. 선비의 세계에 대한 곡진한 이해에 비할 때, "큰스님(주지)"(282면)의 예가 단적으로 보여주듯이 불교에 대해서는 데면데면하다.[20] 그리고 화담 이야기도 화담써클의 집합적 호흡 속에 문맥화되지 않고 외따로 놀아 좀 추상적이다. 고려의 터전으로서 조선왕조의 예교질서에 대한 저항이 내면화된 송도라는 장소 가운데서도 특히 형제자매 같은 우애의 세계로 따사로운 화담써클의 자리는 희귀하게 보호된 일종의 시민적 영토인데, 이 점이 잘 부각되지 못해 아쉽다.

작품은 황진이·김희열 연합이 균열하면서 파국으로 치닫는다. 게임을 즐기듯 진이의 자발적 투항을 인내하던 김희열은 그녀의 약점을 기화로 수치심에 전율하는 진이를 강간한다. 표면으로는 자발적이지만 실제는 비자발적인 이 결합은 그녀가 권력에 자신의 육체를 봉헌하는 것이기에 화담의 예와 달리 섹스가 성취되는 순간 둘의 관계는 파열하는 것이다. 그 결정적 계기를 제공한 인물이 남주인공 '놈이'다. 황진사댁의 하인으로 진이와 함께 자란 놈이는 계급적 자의식을 타고난 불온한 민중이지만 그녀에게만은 지순한 사랑을 바치는 수호천사다. 이 작품에서도 둘의 연애는 무한히 지연된다. 단 한번의 성적 결합에서도 연애는 부재한다. 그녀는 기생으로 전신하기를 결심하고 놈이에게 몸을 줌으로써[21] 양반 고명딸

---

20 주지는 살림중(事判僧)의 우두머리지 수행이 높은 큰스님이 아니다.

21 이 장면에서 진이가 놈이에게 '기둥서방'이 돼달라고 청하는데(162면), 이는 의문이다. 이능화에 의하면 서울기생은 유부기(有夫妓, 기둥서방을 둔 기생)고 지방기생은 무부이유모(無夫而有母, 기둥서방이 없고 기생어멈이 있음), 즉 무부기(無夫妓)다. 이능화, 앞의 책 139면.

의 정체성을 반납하는데 놈이는 이 제의(祭儀)에 선택된 희생양인지도 모른다. 이 작품에서 성(性)은 인간들을 결합시키는 것이 아니라 균열 짓는다. 이탈과 복귀를 거듭하던 놈이는 진이의 수호천사직을 벗어버리고 결국 화적패의 두목으로 물러앉는다. 홍길동·임꺽정·장길산보다는 규모가 작지만 이 인물을 통해서 작품은 의적소설을 품는 것인데, 아주 퇴행적 모습이다. 놈이가 괴똥이를 살리기 위해서, 아니 진이를 보호하기 위해서, 관에 자현하여 죽음을 맞이하는 약간은 허탈한 결말을 짓기 때문이다. 이 작품에서 화적당은 연애의 좌절이 흘러들어간 피난처에 지나지 않는바, 이 설정에는 화적패를 혁명가로 오해하지 않는 리얼리즘이 작동하고 있긴 하지만, 그보다는 기존 의적소설에 대한 비판이 승하다고 볼 수 있다. 이 작품에는 놈이를 매개로 하층민의 세계가 풍부하게 펼쳐지는데, 이 점에서 황진이는 일종의 중도적 주인공이다. 물론 황진이는 역사적으로 잘 알려진 인물이기에 허구적 인물인 중도적 주인공이 될 자격이 미달이라고 볼 수도 있지만, 그녀의 삶이 워낙 박명에 싸여 있어 허구적 설정의 여지가 크기 때문에 작가의 역사의식에 의해 중도적 주인공으로 재창안되지 못하란 법도 없다. 작가는 이 작품에서 16세기 조선사회의 상하층을 아울러 조망할 축으로 그녀를 중도적 주인공으로 선택하였던 것이다.

그럼에도 이 역사소설은 루카치형으로부터 이탈한다. 놈이의 허무한 죽음과 함께 진이는 결국 송도를 떠나 종적없이 떠돈다. 어둠에 묻힌 여생을 섬광처럼 비추는 마지막 장 '그후의 이야기'는 송도를 떠난 뒤 황진이의 후일담을 보고한다. 금강산 입구 안교리댁 노마님의 칠순잔치에 선전관 출신 가객 이사종(李士宗)[22]과 함께 거지꼴로 홀연 나타나 노래와 춤으로 좌중을 압도하곤 다시 현실 너머로 사라져간 삽화 속에 그녀의 면모

---

22 이 소설에 나오는 이야기와는 다른 전승을 유몽인(柳夢寅)이 전한다. 이사종과의 연애는 섹스로 남성을 시험하는 벽계수·지족·화담 이야기와는 달리 몸과 마음이 함께하는 황진이 최고의 연애담의 하나다. 이능화, 앞의 책 106면.

가 생생하다. 산수(山水)에 숨어 "하늘을 지붕 삼고 수풀을 벽으로 삼아 천지간에 방랑하는 계집"(523면)을 자처하는 그녀는 결국 '방외인(方外人, 임형택의 개념)'을 자신의 마지막 거처로 삼았다. "산수유람이란 넋이나 혼을 가지고 하는"(526면) 것이라고 이사종이 토로했듯이, 양반에서 기생으로 다시 방외인으로 이동한 황진이는 체제와 반체제의 텍스트 바깥으로 이탈함으로써 도가적 소요유(逍遙遊)의 경계를 거닌다. 화담마저 부정되는 이 절대자유의 경지! 이 지점에서 작품은 신분사회 또는 계급사회의 질곡에 대한 침통한 숙고로 인도하는데, 그것은 자본주의는 물론이고 현존 사회주의 너머로 우리의 사유를 확장시키는 것이기도 하다.

이 작품은 주인공 중심 소설답게 정통적 사실주의의 수법을 십분 활용하였다. 인물들의 성격을 축조하는 방식이나 이야기판을 짜나가는 구성도 정통적이다. 제1편이 발단이라면 제2편은 전개, 제3편은 절정과 결말에 해당하니 충실한 3단 구성이다. 그런데 오직 사실주의로만 시종한 것은 아니다. 소설 곳곳에 사실주의의 흐름을 차단하는 장들이 배치되어 있다. 1편 5장의 말미에 황진이의 긴 독백이 문득 삽입되더니 15장은 아예 장 전체가 그녀의 1인칭 독백이다. 21장은 황진사 부인의 긴 편지로, 24장은 황진이의 짧은 독백으로 이루어졌다. 2편에서도 이러한 실험은 계속된다. 8장은 황진이의 긴 독백, 12장은 놈이의 긴 편지, 21장은 황진이의 긴 일기. 그리고 3편은 6장에 황진이의 긴 독백을 두었다. 황진이의 독백(1편 5장)에서 시작하여 역시 그녀의 독백(3편 6장)으로 마감한 이 장치는 일종의 소격효과를 겨눈다. 물론 독백·편지·일기 같은 고백적 장르들을 삽입한 이 실험이 모두 성공적인 것은 아니다. 고백의 감상성이 때론 거추장스럽기도 하다. 그럼에도 1인칭 서사들을 요소요소에 묻어 3인칭 서사의 통일성 또는 사실주의적 환상의 평면성을 구원하려는 작가의 실험은 주목되어야 한다.

그런데 이 실험보다 더욱 중요로운 것이 두터운 장소감각이다. 이 작품

에서 개성은 마치 컴퓨터 그래픽으로 복원되듯이 골목골목이 되살아난
다. 그 골목들 하나하나에 배인 문화사적 추억과 풍속이 함께 인간화함으
로써 이 작품의 소설적 육체성을 두텁게 받치고 있다. 『임꺽정』에서 중세
조선의 총체를 기억하고자 한 벽초를 이어 작가는 송도에 집중한 가장 탁
월한 인문지리서를 개척하였던 것이다. 그곳에는 벽초와 함께 구보(仇甫)
가 산보한다. 「소설가 구보씨의 일일」(1934) 『천변풍경』(1936~37) 『갑오농
민전쟁』(1977~86)에서 서울의 근대풍경을 탐구한 박태원(朴泰遠)은 우리
소설에 장소감각을 도입하여 사실주의서사의 평면성을 타개한 선구자이
자 일인자인데, 홍석중은 서울과 평양이 아닌 개성, 반수도적(反首都的)
기풍이 농후한 이 도시를 선택, 분권주의적 상상력을 실험함으로써 21세
기 북조선소설, 나아가 남북문학 전체에 말을 걸고 있다. 표면적으로는 소
통이 금지된 남북문학이 이면에서는 변화의 싹을 공유하고 있다는 사실
은 경이로운 것이다. 분단 이후 형성된 자신의 문학적 전통의 독자성에
기반하여 이제는 의식적 소통 속에 남북문학이 함께 한반도 또는 조선반
도 전체를 아우르는 민족문학 건설의 새 시대로 나아갈 때가 도래했다.

초원민주주의와 유목제국주의

◆

김형수의 『조드─가난한 성자들』

1. 두 물음

초원의 푸른 늑대 테무진[1]이 몽골 내부를 통일하고 칭기즈 칸으로 추대된 1206년에서 마무리된 『조드 ─ 가난한 성자들』[2]의 책등에는 '김형수 장편소설'이 뚜렷하다. 굳이 엄밀함을 가장하면, 두개의 의문이 떠오를 수 있다. 『조드』는 한국문학인가? 『조드』는 소설(novel)인가?

김형수(金炯洙)의 몽골 역시 방현석(邦賢奭)의 베트남, 유재현(劉在炫)의 캄보디아, 그리고 전성태(全成太)의 몽골처럼 위기에 함몰한 민중문학의 출구로서 선택된 문학적 장소다.[3] 그런데 『조드』에는 한국/한국인이 완벽히 부재한다. 그런 예로 내전 이후의 캄보디아를 탐사한 유재현의 연

---

1 이를 비롯한 몽골어 발음들은 몽골문학을 공부한 고자연 군에게 자문했다.
2 김형수 『조드 ─ 가난한 성자들』(전2권), 자음과모음 2012. 이하 『조드』라 칭하고 본문의 인용은 각권의 면수만 표기.
3 방현석, 유재현, 전성태에 대한 구체적 분석은 졸고 「동아시아문학의 현재/미래」, 『창작과비평』 2011 겨울호 19~30면 참조.

작『시하눅빌 스토리』(창비 2004)가 없지 않지만, 한국 상품들이 출몰하기도 하고, 캄보디아에 파견된 북조선 군관을 주인공으로 하는 편도 있어, 『조드』에 비하면 양반이다. 김형수의『조드』는 뜻밖에도 자의식이 가장 엷은 편이어서 오히려 젊은 소설가 강영숙(姜英淑)의『리나』(문학동네 2011)와 통하는 바 없지 않다. 어린 탈북자 리나의 파란만장한 도정을 그린 이 장편은 최서해(崔曙海)의「탈출기」(1925) 새 버전이거니와, 그럼에도 그 지향은 해방운동에서 최종적 가능성을 꿈꾸는「탈출기」와 비연속적이다. 과연『리나』의 세상(= 소설) 안에 구원의 희망은 없다. 중국을 떠돌다 한국행을 의도적으로[4] 포기한 채 몽골로 넘어가는 데서 마무리되는『리나』는 탈출 그 자체가 목적이 된 기이한 탈출기다. 그리하여 작가는 끈덕지게도 이 작품에 등장하는 모든 지명, 모든 국명을 지운다. 우리 시대의 보편적 불모성을 환유하는 상징으로 삼으려는 작가의 충정을 이해하지 못할 바는 아니지만 그 고의적 무국적화란 탈북의 소비와 멀지 않을지도 모를 일이다.[5]

물론『리나』의 유사-무국적성은『조드』와 다르다.『조드』에 등장하는 모든 장소는 터주(genius loci)의 영성(靈性)을 둘러쓰고 세심히 특화되어 몽골의 위대한 지리를 화엄(華嚴)한다.『조드』는 몽골에 바쳐진, 한국어 최고의 오마주다. 이 작품에 대한 몽골인의 열광은 대단하다. "소설『조드』가 칭기즈 칸의 전쟁영웅담을 그린 케케묵은 이야기였다면, 유목민들

---

4 겉으로는 여주인공 리나의 의지로 보이지만, 속으로는 리나를 지속적인 유랑상태로 두고자 하는 작가의 개입이 뚜렷하다. 리나의 의지로 위장한 작가의 의도에 가까워, 소설 내적 논리는 그만큼 약화된다.

5 해설자는 이 소설을 '포스트모던 서사시'라고 규정한다. 탈북의 행렬을 그려내는 현실성이 빛나는 대목들이 적지 않기에 이 용어가 온전히 적실한 것은 아니지만, 목적지를 왜곡한다는 점에서 단적으로 드러나듯 근본에 있어서는 '포스트모던적'이다. 다만 이런 식의 포스트모던에 더 수용적인 해설자의 태도에 대해 나는 더 비판적이라는 점은 지적하고 싶다. 소영현 해설「포스트모던 서사시」,『리나』, 문학동네 2011, 361~69면.

의 현란한 기마술과 속도전을 미화하는 전술·전략의 병법서였다면, 몽골의 신화이자 역사인 『몽골비사』를 가공한 역사소설에 불과했다면, 그건 수많은 몽골서사 중의 하나였을지도 모른다. 그러나 『조드』는 첫 장부터 전혀 다른, 매우 새롭고 독특하면서도 유목민의 생각과 삶이 고스란히 재현된 완벽한 '유목'소설이었다."[6] 이 작품은 몽골적인 것이 한국적인 것을 압도한다. 몽골에 대한 경의가 전경화한 『조드』에서 김형수는 한국작가라기보다는 몽골작가다. 강영숙이 의식적으로 무국적이라면, 김형수는 슬그머니 국적을 이월한다.

그럼 『조드』는 몽골문학인가? 물론 아니다. 이 작품이 한국어로 씌어졌다는 점에 새삼 유의할 것인데, 더구나 이 소설의 한국어는 얼마나 각별한가. "새끼 밴 암소처럼 걸음이 더딘 말띠 해, 서력으로 1174년 정월의 일이다."(1권 34면) "말 등뼈 산 안쪽에는 커다란 내장을 구겨넣은 것처럼 둥글고 작은 등성이가 여러겹 포개져 있었다."(1권 45면) "점점 사나워지는 돌개바람에 어둠이 유리처럼 조각난 것 같았다."(1권 139면) "먼저 죽은 세상의 아들은 모두 어머니의 눈 속에 남는다."(1권 210면) "하늘에서 별빛이 거미줄을 타듯이 반짝이며 내려오고 있었다."(1권 266면) "어머니 안에는 언제나 그가 가보지 못한 대륙이 있었다."(1권 290면) "밤이 깊으면 대지는 귀를 닫는다. 그 고요 속에서 메르키드의 노래가 숨질 것이다."(1권 335면) "눈 덮인 광야란 외부가 없는 감옥과 같다."(2권 63면) "달리는 말 위에는 스승이 없다."(2권 147면) "칸! 땅 위의 모든 암컷에게는 수컷을 경쟁시키는 슬기가 있습니다."(2권 234면) "어찌하여 당신의 미래를 공격하는 겁니까?"(2권 255면) "얘야, 물이 법이야. 물을 마셨으면 그곳의 법을 따라야 해."(2권 273면) "오늘은 바람마다 그림자가 지는구려!"(2권 297면) 몽골과 몽골인과 몽골어의 알맹이를 움키려는 노력이 한국어로 이행하는 순간의 스파크

---

6 두게르자브 비지야 「복원된 칭기즈 칸 노마디즘」, 『아시아』 2012년 여름호 351면.

가 눈부시다. 한국어의 영토가 새로이 개척되었다. '불신의 자발적 정지'(willing suspension of disbelief) 상태로 몽골이란 대상에 어린아이처럼 스민 그 마음결로부터 세계사를 진동한 800여년 전 몽골초원의 역사(役事)를 한국어로 파지한 『조드』라는 문학적 사건이 출현한 역설이 종요롭다.

2. 악마론과 영웅론

청기즈 칸 서사는 악마론과 영웅론으로 표나게 갈라진다. 대체로 근대 유럽은 그 침략의 기억을 일방적으로 과장함으로써 악마론에 기울었으니, "칭기즈 칸과 몽골의 잔혹성은 문명화된 잉글랜드, 러시아, 프랑스의 식민주의자들이 아시아를 통치할 수밖에 없는 구실이 되었던 것이다".[7] 그런데 르네상스시대의 작가와 탐험가들은 칭기즈 칸과 몽골을 높이 찬양했으니,[8] 모험적 시민의 시기에는 영웅론, 식민주의적 부르주아 시기에는 악마론으로 그네를 탔던 모양이다. 그때그때 유럽의 내적 요구 따라 칭기즈 칸의 상(像)도 요변을 면치 못한 바이지만, 2차대전 때 독일과 소련에서 일어난 몽골 붐은 양분론을 넘어선다. 탱크를 앞세운 독일의 전격전(Blitzkrieg)이 몽골의 기병전을 응용한 전술이라는 점도 흥미롭거니와, 소련이 러시아군을 격파한 몽골별동대의 깔까(Kalka)강전투(1223)를 모범으로 독일군을 소련 땅 깊숙이 끌어들여 각개격파하는 전술로 최후의 승리를 거두었던 것[9]은 더욱 그렇다. 알다시피 소련은 몽골의 직접적인 지배를 받은 곳이기에 그 증오가 가장 극적이거니와, 오죽하면 그 시기를 '몽골의 멍에'(Mongol Yoke, 1237~1480)라고 지칭할까. 그럼에도 기나긴

---

7 잭 웨더포드 『칭기즈 칸, 잠든 유럽을 깨우다』, 정영목 옮김, 사계절 2005, 365면.
8 같은 책 358면.
9 같은 책 368~69면.

지배의 기점으로 되는 깔까강전투의 교훈을 독일 반격에 활용했으니 참으로 '역사의 간지(奸智)'다.

결국 소련은 (외)몽골을 지배한다. 혁명(1921) 이후, 실제로는 소련의 위성국으로 편입된 몽골에 대해 소련은 철저히 억압적이었다. 칭기즈 칸 탄신 800주년 행사(1962)를 준비하던 투무르오치르가 돌연 숙청당한 사건이 단적으로 보여주듯,[10] 그때 칭기즈 칸은 금기였다. 소련이 해체되고(1991), 몽골이 민주주의 시장경제로 이행하면서(1992), 칭기즈 칸은 다시 몽골로 귀환하였으니, 무려 70년에 긍하는 그 시절을 '소련의 멍에'라 해도 지나치지 않을 터이다. 그런데 중소분쟁의 와중에 몽골논쟁이 발생했다. 1964년 4월, 소련의 기관지 『쁘라우다』(Pravda)가 칭기즈 칸을 비난하자 몽골의 지배 덕분에 더 높은 문화를 알게 되었으니 소련은 몽골에 오히려 감사해야 한다고 중국이 반박한 것이다.[11] 사실 원(元, 1271~1368)을 달가워하지 않는 한족의 중국도 몽골 악마론에 가깝다. 그리하여 몽골에 대해 중국 역시 식민적이었다. 20세기 내내 러시아와 중국은 칭기즈 칸의 고향을 나누어 갖는 협정 — 전자는 고비사막의 북부(漠北)인 외몽골을, 후자는 그 남부(漠南)인 내몽골을 차지한다 — 을 유지해왔던 터다.[12] 마치 무주공산의 상징조작 대상으로 전락한 칭기즈 칸의 운명이 기구하다. 몽골의 침공에 떨었던 유럽과 중국에서 부풀어오른 악마론의 속내는 사실 영웅론과 멀지 않다. 악마론이란 증오로 위장된 영웅론이거니와, 요컨대 악마와 영웅은 하나다. 악마를 응징한다는 명분 아래 바로 그 악마(=영웅)의 뒤를 따라 아시아 또는 약소국을 침략한 자기분열이 무섭다.

이에 비하면, "유럽의 우월성이라는 교조를 반박하는 생생한 증거"[13]로

---

10 그럼에도 오늘날 몽골은 러시아에 우호적이고 중국에 비판적이다. 유원수 『몽골의 언어와 문화』, 소나무 2009, 228면.

11 잭 웨더포드, 앞의 책 371면.

12 같은 책 370면.

서 인도와 일본에서 다시 발견된 칭기즈 칸은 악마론이 배제된 영웅론이다. "유럽의 위대함을 인정하지 않는 태도는 어리석다. 그러나 아시아의 위대함을 잊는 태도 또한 어리석다."[14] 이 성숙한 균형 속에서 영국으로부터의 해방을 꿈꾸며 칭기즈 칸에 푹 빠진 네루(J. Nehrū)의 내면은 단박 짐작되거니와, 일본은 어떠한가? 몽골인·한족/고려인으로 이루어진 혼성군의 일본침략을 '원구(元寇)'라고 낮추면서도 칭기즈 칸은 불세출의 영웅으로 높이는 일본의 정치적 무의식 중에서도 압권은 자살로 생을 마감한 비극적 무장 미나모또노 요시쯔네(源義經, 1159~89) 전설이다. 홋까이도오 개발이 개시된 에도(江戶)시대 초기에는 에조찌(蝦夷地, 오늘의 홋까이도오)를 정복하고 대왕이 되었다는 이야기로, 다시 만몽(滿蒙) 붐이 고조된 메이지(明治) 후기 내지 타이쇼오(大正) 시대에는 몽골로 건너가 칭기즈 칸이 되었다는 황당한 이바구[15]로 발전하니, 그 적층성의 팽창주의가 놀라울 뿐이다. 몽골에 대한 증오를 내장한 '원구'와 그 수령은 숭배하는 칭기즈 칸 붐은 결국 한통속이다. 전자로부터는 카미까제(神風)가 일본을 구원한다는 국가주의가 기원하고,[16] 후자로부터는 초원의 낭만주의로 위장한 침략주의가 종작없이 나부끼고 있기 때문이다. 일본의 논의 역시 침략주의와 분리하기 어렵다는 점에서, 결국 기왕의 칭기즈 칸론은 네루를 예외로 하면 거개가 영웅=악마론으로 수렴됨을 면치 못할 터이다.

칭기즈 칸을 전유/소비하려는 이처럼 분분한 논의 속에서도 한국은 그

---

13 같은 책 365면.

14 같은 책 366면.

15 田村實造 책임편집 『大モンゴル帝國』, 人物往來社 1967, 106~107면.

16 이에 대해서는 이미 하따다 타까시(旗田巍)가 『元寇』(中央公論社 1960)에서 당시 일본을 구원한 힘은 카미까제가 아니라 "아시아 여러 민족, 특히 조선인, 또 중국인이나 베트남인의 저항"이라고 밝힌 바 있다. 졸고 「탈냉전시대와 동아시아적 시각의 모색」(1993), 『제국 이후의 동아시아』, 창비 2009, 152~53면.

동안 적요했다. 아마도 식민지 경험 탓이겠지만, 한국에서 몽골은 고려를 유린한 악마의 군단일 뿐이다. 항몽사관에 정지된 채로,[17] 수교(1990) 이후 몽골의 현재와 이산가족처럼 해후한 한국은 당황한다. 살아 있는 몽골과 접촉하면서 한국인들은 자신이 타락한 몽골인임을 금세 눈치채게 마련이지만, '침략자' 몽골과 오늘의 몽골 사이에는 다리가 없다. 과연 몽골의 현재에서 칭기즈 칸의 과거를 투시한 김형수는 어떤 다리를 놓은 것인가?

3. 초원민주주의의 역동

이 작품은 악마론이 물론 아니다. 그렇다고 영웅론도 아니다. 제목 '조드'가 상징적이다. 몽골 유목민이 가장 두려워하는 조드란 초원을 엄습하는 겨울철의 이상 한파다. 밤에 영하 50도까지 내려가는 강추위가 보통 닷새에서 열흘 정도 계속되는데, 한데서 자라는 몽골의 가축들이 속절없이 동사하는 대참변이 발생하던 것이다.[18] 자무카의 입을 빌려 조드의 종류를 정리하는 대목(1권 116~19면)은 이 소설 속 백미(白眉)의 하나이거니와, 작가는 테무진을 비롯한 어린 영웅들을 몽골의 엄혹한 자연조건 속으로 환원한다. 안팎의 재난에 제대로 대처하지 못한 채, 분열 속에 인민을 도탄에 빠뜨린 족벌적 지도부의 무능이 가장 예각적으로 드러나는 포인트가 조드인 셈인데, 각기 연마한 재능에 따라 몽골인을 형제자매처럼 묶어세운 테무진의 초원민주주의[19]에 앞서 탈신분(脫身分) 공동체를 지향한

---

17 고려의 항몽전쟁을 소중히 갈무리하되 몽골제국의 세계사적 사명에 대한 복합적 이해도 아우르는 복안(複眼)이 중요롭다. 가령 몽골의 서양침략이 자본주의 세계체제의 탄생에 기여했다는 이매뉴얼 월러스틴과 동서시장을 결합한 몽골제국의 붕괴가 아시아의 몰락과 서양의 흥기를 야기했다는 아부-루고드의 분석은 참조할 만한 시각이다. 졸고 「세계체제의 바깥은 없다」(1998), 같은 책 93~94면.

18 어트겅체책 담딘수렌 「한국의 가을 하늘은 '행복의 아이콘'」, 동아일보 2012.9.21.

자무카가 몽골의 새 지도자로 떠오르는 계기 역시 조드로 혼란에 빠진 바로 그 찰나였던 것이다. 솔직히 조드를 칭기즈 칸 출현의 결정적 요인으로 파악하는 그의 견해를 전적으로 수용하기는 어렵지만, 조드의 압도적인 위용을 그려낸 필치도 신통하거니와, 위인전으로 되는 것을 방어하는 방편이라는 점에서 나는 작가를 지지한다.

사실 이 작품, 특히 1권에서 테무진은 영웅적 중심이 아니다. 그의 족보를 서사한 0장은 말하자면 일종의 신화적 배경인데, 저본은 『몽골 비사』다. 민중적 해학으로 소란한, 보돈차르 몽학[20]이라는 바보 할배 이야기가 단적으로 드러내듯 작가는 물론 이 신화를 민중의 눈으로 탈구축했다. 말하사면 유쾌한 민담으로 다시 쓴 것이다. 탈신화로 열리는 이 소설은 전개과정에서도 주인공이 비켜서 있다. 자무카와 말치기 처여로 시작하는 1장으로부터 천신만고 결혼에 성공한 테무진이 메르키드족에 납치당한 아내 버르테를 자무카의 도움으로 겨우 구출하는 데서 마무리되는 5장에 이르기까지 1권 전체에 긍하여 테무진은 어디까지나 조연에 가깝다. 몽골의 어수룩한 신화와 위대한 자연과 간난한 유목민의 형상들이 칭기즈 칸 서사를 끝없이 미끄러지게 함으로써 구성이 헐거운, 정말로 "칭기즈 칸의 이야기이면서 동시에 칭기즈 칸의 이야기가 아"[21]닌 기이한 소설이 탄생한 것이다. 『조드』의 칭기즈 칸은 영웅＝악마라는 독성(獨聖)이 아니라 몽골 유목민의 집합적 또는 평균적 초상으로 해체됐다고 해도 지나친 말이 아니다.

부제 '가난한 성자들'도 암시적이다. 이 구절은 딱 한번 등장한다. 테무

---

19 초원민주주의란 신분 또는 씨족을 비롯한 토착 지표가 아니라 재능에 따라 발탁하는 기회의 균등성과 '말 위에서의 평등'을 사회원리로 실현함으로써 강력한 공동체를 창출한 테무진의 생활정치를 가리켜 임시로 붙인 이름이다.

20 '보돈차르 몽학'에서 '몽학'이 바보라는 뜻의 몽골어다. 유원수 역주, 『몽골 비사』, 사계절 2004, 26면.

21 김영찬 「소통과 관용의 시적 상상력」, 『자음과모음』 2012년 여름호 310면.

진의 어머니 후엘룬을 며느리 버르테가 "인간에게 어떤 올가미도 채우지 않는 가난한 성자"(1권 348~49면)라고 속으로 가만히 되뇌는 것인데, 당시 버르테는 구원의 희망 없이 메르키드에 억류 중이었다. 산달을 앞둔 그녀의 삶을 지키는 최후의 불씨가 바로 시어머니 후엘룬의 기억이다. 신혼길에 테무진의 아버지 예수게이에게 납치당해 온갖 파란을 겪는 삶을 살아낸 후엘룬은 말하자면 삶의 오의(奧義)를 몸 받은 대지모신(Great Earth Mother)이다. 약탈당한 아내 문제로 괴로워하는 아들에게 어머니 후엘룬은 말한다. "자신의 생애에서 일어나는 일을 다 이해하기에 인간은 너무 작아."(1권 290면) 버르테의 납치와 그렇게 태어난 아들 주치는 칭기즈 칸 최대의 콤플렉스다. 이 대목에 대한 처리는 본마다 다를 정도로 예민한데, 김형수는 가장 개방적인 태도를 취한다. 납치당한 버르테가 메르키드 남자의 구애를 자포적으로 받아들이는 대목이나, 테무진이 그런 아내와 그런 아들을 고뇌 끝에 수긍하는 대목이 그럴듯하다. 상처받은 아들과 며느리의 유대를 회복시키는 결정적 매개자 후엘룬이 바로 '가난한 성자'다. '가난한 성자'를 굳이 해설한다면, 나 홀로 고고한 깨달음을 추구하는 소승도 아니지만, 중생을 구원한다고 큰소리치는 대승도 아니다. 가장 비천한 곳에서도 가장 고귀한 인간적 진실을 살아가는 일상의 부처 하나하나를 가리킬진대, 가난한 성자가 비단 후엘룬만 지칭하는 것은 아닐 터이다. 과연 부제에는 복수를 나타내는 '들'이 또렷하다. 그러니 후엘룬도, 버르테도, 테무진도, 나아가 몽골 유목민 모두가 성자다. 『조드』는 가부장 전사(戰士)의 전제(專制)가 관철되는 개인적 주인공 소설이 아니라, 상처마저도 온몸으로 갈무리한 가모(家母)들의 온유한 지도 아래 근기(根機)대로 정진하는 집합적 주인공 소설인 것이다.

그럼에도 문제가 없지는 않다. 『조드』는 실명 소설이다. 오논강 여자, 족제비 할머니, 처여, 그리고 애꾸눈 늑대왕은 허구지만,[21] 나머지는 역사 인물들이다. 이미 지적한대로 작가는 세심하게 칭기즈 칸의 중심성을 분산한다. 그러나 그의 그림자는 너무나 크다. 초원에 흩어진 작은 부족들을 연합의 길로 이끌어 마침내 몽골제국을 세운 '세계사적 개인'인지라 이 소설은 자연스럽게 21세기에 다시 쓴 몽골의 건국신화 또는 건국서사시로 정위되게 마련이다. 정사(正史)의 축 조조(曹操)를 한미한 유비(劉備)로 전복한 『삼국지연의(三國志演義)』보다도 정통적이니, 『조드』는 '중도적 주인공'의 눈으로 그 시대의 상층과 하층을 아우름으로써 총체성을 지향하는 루카치(G. Lukács)의 역사소설 모형에 정면으로 배치(背馳)되는 것이다. 이 기준에 서면 이 작품은 역사소설이 아니다.

과연 서구 근대소설(novel)에 기초한 루카치의 역사소설 모형은 보편적일까? 중도직 주인공은커녕 역사의 수역들이 소설 속에서도 여전히 주역 노릇을 하곤 하는 『삼국지연의』는 함량 부족의 성공 소설에 지나지 않을까? 물론 아니다. 유비 삼형제의 종말도 그러하지만, 성공가도를 질주하던 조조의 끝도 허망하다. 어떤 불세출(不世出)의 영웅도 자기가 맡은 역할을 수행하면 가차없이 퇴장당한다. 역동적 인간학이 탈인간주의와 긴장을 이루고 있다는 점에서 『삼국지연의』의 진정한 주인공은 시간 또는 역사다.[23] 『조드』도 『삼국지연의』를 닮았다. 절대적 평등을 시현한 초원의 법에 따라 질풍같이 일어섰으되 그만큼 빠르게 사라진 전사들의 나라처럼 교훈적인 예는 드물거니와, 『조드』의 숨은 주인공은 가난한 성자들의 집합성을 표상하는 초원일지도 모를 일이다. 『조드』의 가난한 인간주의도 그 상급의 탈인간주의와 때로는 날카롭게 또 때로는 부드럽게 손잡고 있지 않은가.

22 두게르자브 비지야, 앞의 글 354~55면.
23 졸고 「새 시대 새 감각의 『삼국지』 탄생에 부쳐」, 『즐거운 삼국지 탐험』, 창비 2003, 4면.

4. 몽학(蒙學)의 부흥을 위하여

그러나 2권에 들어서면 1권의 탈중심적 구도는 슬그머니 허물어져, 특히 8장 이후에는 칭기즈 칸 중심의 영웅서사로 경사한다. 패장 자무카의 최후를 그린 빛나는 대목(9장)이 없는 것은 아니지만, 테무진은 어느덧 칭기즈 칸이다. 흥미롭게도 몽골에 앞선 유목제국 금(金)은 정착에 겨워 자기 안의 유목을 배신한 적으로 일방적으로 폄하되곤 하는데, 이 또한 칭기즈 칸을 유목 몽골의 화신으로 지나치게 들어올린 탓일 것이다. 한마디로 유목에 대한 이상화가 과잉이다. 유목과 정착도 말하자면 적대적 공생 관계다. 알다시피 13세기 몽골족은 유목민 발전의 정점을 찍었다. 침략한 유럽에 서서히 중심을 내어주고 하강을 거듭하는 과정에서 몽골전사의 광대한 활동 영역이었던 유라시아 북방 초원이 거의 완전히 망각된 사정[24]은 근대 이후의 궁핍한 몽골사가 증거하는 바다. 몽골 본향이 이처럼 활기를 잃은 데는 '초원의 비단길'이 '바다의 비단길'로 대체된 점도 감안해야 하지만, 유목제국주의 따라 전세계로 흩어진 몽골의 전사들이 후계 제국들의 정착 지배자로 전신한 탓도 크다는 점 또한 잊을 수 없다. 금이 유목을 배신했다면 원도 배신했다. 금이 먼저 했을 뿐이다. 이는 모든 유목제국이 부딪친 최대의 난제이니, 유목과 정착을 소통적으로 파악하는 안목이 종요롭다.

유목을 지금 한국에서 불러내는 데 대한 성찰이 더 철저해야 할 것이다. 종작없는 노마디즘(nomadism)의 방패로 선택되기 일쑤인 칭기즈 칸은 자칫 호리병 속에 봉인되었다 풀려난 악마로 변신할 수도 있기 때문이다. 예컨대 몽골의 고려 침략만 해도 그렇다. 그 책임을 지금 몽골에 따질 일은 아니지만 그냥 묻어둘 일도 아니다. 원과 고려의 관계를 큰 시야

---

24 勝藤猛 『成吉思汗: 草原の世界帝國』, 淸水書院 1972, 201면.

에서 다시 보는 일은 그것대로 추진하되 그 침략의 실상을 분석하고 역사적으로 기억하는 일은 칭기즈 칸과 그 군단을 한국의 작가가 다루고자 할 때 명념할 핵심의 하나일 것이다. 이 점에서 이 소설에 대한 몽골인의 열광에 대해서도 분석적일 필요가 없지 않다. 소련 종속기에 철저히 억압된 위대한 영웅의 기억을 되살리는 새로운 기폭제가 될 『조드』는 과연 몽골인들을 어떻게 고무할 것인가?

목하 몽골은 중대한 기로에 서 있다. 러시아와 중국 사이에 위치한 지정학에 자원부국이라는 지경학(地經學)까지 겹쳐 이젠 미국도 넘실댄다. 야당 민주당의 완승에 고무되어 몽골을 방문(2012.7.9)한 힐러리가 "자유와 민주주의가 서방권의 전유물이 아님을 보여주는 탁월한 사례가 몽골"이라고 칭송한 일이 예사롭지 않다. 드디어 몽골에도 본격적 강대국 게임이 시작된 것이다. 지난 6월 국회의원 선거에서 민주화를 이끈 야당이 승리했다. 이미 대통령도 민주당 출신이니, 민주주의 시장경제 도입 이래 인민혁명당(구 공산당)과 엎치락뒤치락하던 몽골 정치가 이제 민주화 트랙에 연착한 것이다.[25] 그러나 민주화가 만병통치는 아니다. 민주화 이후 오히려 양극화가 현안 중의 현안으로 부상한 한국 사정을 상기컨대, 유목에서 정착으로 변화하는 극적인 과정이 급속한 현대화와 중복된 몽골에서 이미 심각한 사회문제가 된 양극화를 어떻게 치유할지 궁금타. 테무진의 초원 민주주의가 칭기즈 칸의 유목제국주의에 승리하는 과정이 되기를 바라는 마음 그지없다. 아마도 그때 몽골과 한국이 동아시아의 동지로서 진정으로 다시 만날 것인데, 올해(2012)는 칭기즈 칸 탄생 850주년이요 한몽수교 22주년이다. 마침맞게 출간된 『조드』는 한몽 우의를 기념할 최고의 선물이다. 2부를 고대한다. 한국 몽학(蒙學)의 부흥을 알린 『조드』가 서구 근대소설을 감싸안으면서 타고 넘어서는 포스트-역사소설로 우뚝하기를!

---

25 이성규 「'민주화의 길'에 들어선 몽골을 다시 보자」, 동아일보 2012.7.11.

도시를 구할 묘약(妙藥)은?[1]

1. '엄마' 또는 낯선 주체

최근 한국에 특별한 징후가 출현했다. 작년 11월 출간된 신경숙(申京淑)의 장편『엄마를 부탁해』(창비 2008)가 올 9월에 100만부를 돌파한 것이다.[2] 비(非)대중문학이 그처럼 빨리 밀리언셀러에 올랐다는 것은 일본을 비롯한 외국 번역소설들의 습격으로 한국소설이 오히려 고전(苦戰)을 면치 못하는 우리 소설시장의 현황에 비추어 볼 때 더욱 놀라운 일이 아닐 수 없다. 그런데 이 소설이 짝을 찾았다. 올 5월에 개봉한 봉준호 감독의 영화「마더」가 41일 만에, 그것도 청소년관람불가 등급 중에서는 유일하게 300만 관객을 불러모은 것이다. 물론 그의 전작들「살인의 추억」(2003)

1 이 글은 인천세계도시인문학대회(하버파크호텔 2009.10.20)에서 발표된 기조강연이다.

2 이 소설은 출간 열달 만에 100쇄 100만부를 넘어섰다. "1990년대 이후 순문학 단행본으로는 가장 짧은 기간"에 이룩된 것도 그렇지만, 작가의 말대로 "형식 면에서나 내용에서나 그리 편한 소설은 아닌데도" 독자들의 호응을 받았다는 점이 더욱 흥미롭다. 「미안함·애틋함… 100만명이 더듬은 '엄마'」한겨레 2009.9.15.

과 「괴물」(2006)에 비하면 손색이 있지만, 한국영화에 대한 호응이 전 같지 않은 요즘의 상황을 감안할 때, 이 영화에 대한 관객의 반응을 과소평가할 이유 또한 없을 터이다.

서울역의 인파 속에서 길을 잃고 도시의 유령으로 떠도는 '엄마'(『엄마를 부탁해』)와 아들을 보호하기 위해 공권력을 대신해 광분(狂奔)하는 홀어미(「마더」), 과연 이 '엄마'들은 누구인가? 어머니-대지-물-달이라는 달원리(lunar principle)에 입각한 이미지의 연쇄 속에서 대지란 생명을 낳는 풍요로운 다산성(多産性)과 생명을 보듬어 키우는 돌봄의 평등성에서, 부권적인 국가 이전 또는 집권적(集權的)인 도시 이전의 모계적 자치사회의 꿈을 간직한 농촌을 가리키기 마련이다. '엄마'와 농촌의 관계가 분명한 『엄마를 부탁해』에 비해, 소도시를 배경으로 하는 「마더」의 홀어미는 농촌적 성격이 약하다. 그럼에도 도시의 신데렐라들, 다시 말하면 대지의 생생력(生生力)을 가부장제에 봉헌한 여성과는 딴판이기도 하고, 약재상(藥材商)이라는 그녀의 직업에서 농촌적 기원 또는 연계가 은근히, 그럼에도 강력히 암시된다. 이 점에서 홀어미가 마치 신들린 것처럼 광막한 초원에서 무도(舞蹈)하는 이 영화의 첫 장면이 흥미롭다. 병든 생명을 치유하는 그녀는 일종의 여성주술사(medicine woman) 즉 무녀(巫女)다. 이 홀어미(「마더」)는 '엄마'(『엄마를 부탁해』)보다 그 원천인 대지모신(大地母神, the Great Earth Mother)에 한층 가까울 것이다.

왜 21세기의 대명천지(大明天地)에 대지모신의 현대판 후예들이 유령처럼 출몰하는가? 연애의 무덤인 결혼 이후 엄마들은 이야기의 중심에서 썰물처럼 빠져나가기 마련이거니와, 그 '엄마'들이 돌연히 주인공으로 출연한다는 자체가 오히려 그 위기의 표현이기 십상일 것이다. 도시와 농촌의 비대칭성이 결정적 분기점에 도달한 최근 한국사회를 염두에 두면, 도시의 유령으로 변해버린 '엄마'들의 표상은 도시라는 악령(惡靈) 또는 '새로이 출현한 연옥(煉獄)'(루카치)에 저항하는 강력한 보루 역할을 했던 농촌이 이제 도시화라는 괴물의 무정한 진군 앞에서 절멸의 위기에 처했음을 알리는 징표일지도 모른다. 도시를 떠나 어머니 대지에 귀의하는 김지하(金芝河)의 시 「결별」로 상징되는 한 시대가 마침내 종언을 고한 것인가? 이제 도시의 악령을 구원할 묘약을 찾는 작업은 한국 사회에서 더이상 미룰 수 없는 실천적 과제의 핵심으로 되는 시점에 우리는 도달했다.

2. 도시와 농촌

도시와 농촌의 이원적 대립은 한국 현대문학 또는 한국 현대문화를 이해하는 열쇳말(keyword) 중의 열쇳말이다. 동아시아에 도착한 서구와 그 학서(學西)의 우등생, 일본의 압도적 현전(presence)으로 특징지어지는 한국근현대사는 농업사회 조선에 대한 상공업사회 서구와 일본의 침탈이었기에, 그 기본적 방향은 내재적이기보다는 외삽적(外揷的) 도시화로 나타났다. 물론 개항(1876) 이전에도 도시화가 부재한 것은 아니다. 특히 18세기에는, 풍속화가 단적으로 증거하듯이, 시정의 공간이 확장되면서 기존의 정치행정도시로부터 탈각하는 서울의 근대적 면모가 중세체제의 틀 안에서도 뚜렷한 바 있었다. 그리고 이런 변화를 바탕으로 억압된 상공업을 들어올림으로써 조선의 발전을 도모하려는 북학파(北學派)가 출현하였다. 청(淸)제국의 번영에 눈뜰 뿐 아니라 그 너머에 강력히 존재하는 서양이라는 다른 '은하계'에 감전(感電)한 북학파는 농촌파가 지배한 유구한 조선에 돌출한 도시파의 남상(濫觴)이라고 할 수 있다. 그럼에도 근대적 맹아는 맹아 이상으로 발전하지 못했고, 북학파 역시 조숙한 몽상가로 억압되곤 했다. 그 결과 조선은 근대일본을 앞잡이로 한 서구자본의 압박 아래 자본주의 세계시장에 강제로 편입되었던 것이다. 개항 이후에도 기회가 없지 않았다. 편입의 불가피성을 수락한 조건에서 상충하는 외세의 대립을 이용하여 그 틈에서 근대국가를 수립하려는 개화파(開化派)가 등장하였던 것이다. 봉건적 막부(幕府)를 폐기하고 서구적 정치체제를 수립한 일본의 메이지유신(明治維新, 1868)을 모델로 삼은 급진개화파거나, 유교적 왕도(王道)라는 중체(中體)를 보위하면서 그 보완을 위해 서양의 기술을 도입한 청의 양무(洋務)개혁을 중시한 온건개화파 또는 동도서기파(東道西器派)거나를 막론하고, 근대국민국가 건설을 뚜렷이 지향한 개화파는 북학파의 계승자였다. 그러나 급진개화파가 중심이 된 갑신정변(甲申政變, 1884)과 온건개화파가 주축이 된 갑오경장(甲午更張, 1894), 이 목숨을 건 시도들이 실패로 돌아감으로써 조선은 결국 일제의 식민지로 전락하였다(1910). 서울은 조선총독부로 상징되는 일제와 그 주구(走狗)들의 서식처였고, 각 도시들은 그 지방판이었다. 이런 상황에서 조선의 도시란 기본적으로 식민주의의 교두보 내지 거점이었으니, 농촌 또는 농촌적인 것이 도시의 식민성에 저항하는 순결한 원천으로 작동한 것은 자연스러운 일이었다.

만약 조선이 근대국가로 연착륙(軟着陸)하는 데 성공했더라면 도시에 대한 부정론만 횡행하지 않았을 것은 이미 앞에서 지적한 북학파나 개화파의 존재에서 짐작할 터이다. 자주적 근대화 또는 주체적 도시화가 아니라 식민주의적 도시화가 야기한 강제성 앞에서 농촌이 과잉한 임무를 짊어지기에 이르렀던 것 또한 그 경착륙(硬着陸)의 부작용이다. 서구의 충격 앞에서 서구를 오히려 양이(洋夷), 곧 서양야만인으로 인식함으로써 문명을 보위하기 위해 의병전쟁[3]의 형태로 서양오랑캐로 변신한 일본에

---

3 위정척사파 유생과 농민들이 결합한 의병전쟁은 명성왕후(明成王后) 시해사건과 단발령에 촉발되어 일어난 을미의병(乙未義兵, 1895)이 효시다. 대한제국이 반(半)식민지로 전락한 1905년 이후 의병전쟁은 다시 불붙어 군대해산(1907)으로 본격화했다가 1910년을 고비로 해외로 이동하였다.

대항한 위정척사파(衛正斥邪派)나, 위정척사파가 옹위하고자 한 중세적 질서에 반대하는 동시에, 척양척왜(斥洋斥倭, 서양을 배척하고 일본을 배척한다)를 절규하며 대규모의 농민전쟁[4]을 일으켰던 동학농민파(東學農民派)나, 모두 농촌이 거점이었던 데에서 잘 보이듯이 농촌 또는 농촌적인 것은 조선근현대사에서 수호할 가치의 원천 노릇을 톡톡히 해냈던 것이다. 그럼에도 도시와 농촌의 단순 이분법이 바람직한 것은 아니다. 도시와 농촌이 유기적 결합 속에서 양자가 각기의 고유한 임무를 찾아 수행하는 협업상태가 이상적이기 때문이다. 물론 이 결합은 말처럼 쉬운 것이 아니다. 인간, 자연, 화폐라는 '상품허구'(commodity fiction)에 기초한 '자기조정 시장의 유토피아'(칼 폴라니)로 질주하기 마련인 서구 자본주의를 발전의 모델로 삼는 순간, 그 유기성은 파괴될 운명에 처할 것이기에, 자주적 근대화나 식민주의적 근대화나 오십보백보로 보일 수도 있다. 그러나 차이를 과소평가하는 어리석음은 회피되어야 한다. 때로는 시작점의 미세한 차이가 종국에는 천국과 지옥의 행로로 인도하기도 한다는 점을 망각할 수 없다. 자주적 근대화의 길을 걸을 때, 서구에서도 낯선 '시장의 유토피아'가 '상품허구'에 대한 감각이 거의 결여된 동아시아, 특히 조선에서 그대로 관철되기는 쉽지 않았을 것이다. 물론 가정이지만, 자주적 근대화가 성공적이었다면, 도시가 농촌을 향해 무한 진군한다든가, 농촌으로 도시를 포위한다든가하는 불행한 이분법이 훨씬 완화되었을 것은 틀림없을 터이다.

조선의 식민지화는 도시와 농촌의 유기성을 파괴하고 이분법의 강화를

---

4 1894년 전라도에서 시작되어 전국적으로 확산된 갑오농민전쟁은 서구의 충격에 대해 날카롭게 반응한 동학교단(東學教團)을 중심으로 전개되었는데, 위정척사파와 달리 중세체제에 대해 근본적 변혁을 주장한 동시에 일본의 침략에 대해서도 단호한 반대의 입장을 취했으나, 청일전쟁(淸日戰爭, 1894~95)에서 승리한 일본군의 토벌로 1896년 완전 궤멸했다.

촉진했다는 점에서도 불행한 일이었다. 그렇다고 이렇게 만들어진 식민지 도시가 식민주의자의 의도대로만 작동한 것은 아니라는 점에 유의해야 한다. 서울을 겨누는 비수와 같은 지정학적 위치로부터 1883년 개항된 인천, 다시 말하면 전형적 식민도시로서 근대로 호출된 인천이 근대도시의 흥미로운 실험실 또는 다양한 해방의 서사들을 발신하는 '열린 도시'로 재창안된 과정은 그 대표적 예가 될 것이다.[5] 이처럼 식민주의 기획으로 추진되었음에도 불구하고 조선의 도시들이 보여준 식민성과 탈식민성의 이중성은 어디에서 기인한 것인가? 도시화가 깊지 않은 전반적 상황을 염두에 둘 때, 식민지 조선의 도시란 광대한 농촌지대 속에 점점이 흩어진 섬에 지나지 않았다는 데 주목해야 한다. 도시의 주민들 또한 주변의 농어촌 출신 이주민이 거개를 차지할 만큼 농촌 의존적이매, 그 시대, 도시의 성격이나 도시에서 일어난 운동들도 농촌과 비교적 긴밀한 연계를 잃지 않았다고 할 수 있다.

한국에서 도농(都農)관계의 획기적 변화는 5·16쿠데타를 통해 집권한 박정희(朴正熙) 개발독재시대에 이루어졌다. 경제개발오개년계획이란 일정표에 따라 강력하게 추진된 내재적 도시화의 폭풍 속에서 한국사회는 근본적 변화를 맞이했기 때문이다. 토지개혁(1950)과 6·25전쟁으로 농업사회 한국을 지배해온 지주들의 영향력이 심각하게 추락하면서 농촌의 분해를 저지할 장애가 제거됐으니, 박정희의 등장은 때를 맞춘 것이다. 이승만(李承晩)독재정권을 붕괴시킨 4월혁명의 승리로 출현한 어린 공화국을 쿠데타로 전복한 박정희정권은 총계획적인 산업화 또는 도시화로 가는 고속도로를 질주했다. 식민주의적 도시화의 외재성과는 판이한 이 내재적 도시화의 파동이 미친 파괴력은 가히 경이적이었다. 내재성은 상대적

---

5 물론 태생적 식민성이 간헐적으로 그리고 지금도 도시의 정체성을 흔들고 있는 점에서 식민성은 근본적으로 문제적이긴 하다.

으로 광범한 자발적 동원을 수행하기 때문이다.

박정희식 개발이 순전히 내재적인 것은 물론 아니다. 이미 지적되었듯이 그 기원은 만주국까지 소급된다. 만주사변(1931)을 통해 출현한 만주국(1932~45)은 비록 일본제국주의의 확전(擴戰)에 종속되었다 할지라도 낙토(樂土) 건설의 실험적 기획이라는 태생적 성격을 흔적처럼 지니고 있었다. 만주군관학교를 졸업하고 만주에서 육군장교로 복무한 박정희의 경력에서 짐작할 수 있듯이, 그의 개발독재란 한국으로 이월된 만주프로젝트가 아닐까? 이 점에서 김일성(金日成)과도 닮았다. 만주에서 중국공산당의 항일 빨치산 활동에 종사한 그 역시 다른 의미에서 만주파다. 해방 직후 토지개혁을 수행하고(1946), 한국전쟁으로 남한보다 더욱 혹독한 폐허로 변한 북조선이야말로 사회주의 낙원 건설을 내건 급진적 도시화를 추동하기 좋은 조건이거니와, 과연 오늘날의 평양은 '과거가 없는'(sans passé) 도시에 가깝다. 김일성정권이 전후에 거둔 성공을 이어서 한발 늦게 출발한 박정희식 개발이 북을 모방하면서 마침내 1970년대를 고비로 북을 추월했다는 점을 상기컨대, 이 두 정권은 쌍생아일지도 모른다는 생각이 더욱 커진다.

북의 급격한 도시화가 안팎의 모순에 치여 주춤하는 사이, 한반도의 남쪽이 북의 배턴을 이어받아 맹렬한 질주를 시작했다. 그런데 북과는 달리 남에서는 이승만독재정권을 붕괴시킨 바 있는 4월혁명을 상상력의 원천으로 삼은 민주화운동이 강력하게 대두하였다. 이는 5·16쿠데타가 4월혁명으로 탄생한 어린 공화국은 파괴할 수 있었지만 그 근원까지 봉쇄할 수 없음을 그대로 드러낸 것이다. 이후 한국사회는 5·16쿠데타로 집권한 개발파에 대한, 4월혁명을 이은 민주파의 긴 항쟁 속으로 진입한다. 그런데 양파가 단지 대립적 관계만 이루고 있었던 것은 아니다. 도시와 농촌의 대립이라는 프리즘에 비춰 봐도, 양자 모두 농촌 기원이 대세다. 개발파를 대표하는 박정희가 단적으로 보여주듯 개발파는 농촌을 보호한다는 주

관적 선의에도 불구하고 도시화 또는 산업화가 불가피하게 초래할 농촌
의 파괴를 조장할 수밖에 없었다. 그래서 그 주관에 관계없이 그들은 농
촌 또는 농민의 꿈을 기반으로 하면서 결국 그를 배반하는 이율배반에 빠
진 것이다. 바로 이 문맥 속에서 민주파가 도약한다. 민주파 역시 오로지
농촌 기원만은 물론 아니다. 그런데 그 기원에 관계없이 민주파는 도시화
또는 시장경제의 일방적 진군에 맞서서, 농촌적인 것으로 대표되는 사회
적 대의를 옹호하였던 것이다. 민주파가 그렇다고 개발에 무조건 반대한
생태주의로 기운 것도 아니다. 사실 그들 또한 일정하게 개화파의 후계자
이기도 하기 때문이다. 양파의 긴장은 한국사회 전체의 방향을 둘러싼 날
카로운 토론인데, 크게 보면 대립 속에서도 전진하는 사회적 역동성의 표
출이기도 하였다.

3. 「결별」의 역사적 지점

바로 이 지점에 김지하의 시 「결별」이 놓인다. 첫 시집 『황토(黃土)』(1970)
에 실린 이 시는 당대 민주파 저항시의 숨결을 단적으로 보여주는 것이다.
우선 전문을 보자.

잘 있거라 잘 있거라
은빛 반짝이는 낮은 구릉을 따라
움직이는 숲그늘 춤추는 꽃들을 따라
멀어져가는 도시여
피투성이 내 청춘을 묻고 온 도시
잘 있거라
낮게 기운 판잣집

무너져 앉은 울타리마다
바람은 끝없이 펄럭거린다
황토에 찢긴 햇살들이 소리 지른다
그 무엇으로도 부실 수 없는 침묵이
가득찬 저 웨침들을 짓누르고
가슴엔 나직이 타는 통곡
닳아빠진 작업복 속에 구겨진 육신 속에 나직이 타는
이 오래고 오랜 통곡
끌 수 없는 통곡
잊음도 죽음도 끌 수 없는 이 설움의 새파란 불길
하루도 술 없이는 잠들 수 없었고
하루도 싸움 없이는 살 수 없었다
삶은 수치였다 모멸이었다 죽을 수도 없었다
남김없이 불사르고 떠나갈 대륙마저 없었다
웨치고 웨치고
짓밟히고 짓밟히고
마지막 남은 한줌의
청춘의 자랑마저 갈래갈래 찢기고
아편을 찔리운 채
무거운 낙인 아래 이윽고 잠들었다
눈빛마저 애잔한 양떼로 바뀌었다
고개를 숙여
내 초라한 그림자에 이별을 고하고
눈을 들어 이제는 차라리 낯선 곳
마을과 숲과 시뻘건 대지를 눈물로 입맞춘다
온몸을 내던져 싸워야 할 대지의 내일의

저 벌거벗은 고통들을 끌어안는다

미친 반역의 가슴 가득가득히 안겨오는 고향이여

짙은, 짙은 흙냄새여, 가슴 가득히

사랑하는 사람들, 아아 가장 척박한 땅에

가장 의연히 버티어 선 사람들

이제 그들 앞에 무릎을 꿇고

다시금 피투성이 쓰라린 긴 세월을

굳게 굳게 껴안으리라 잘 있거라

키 큰 미루나무 달리는 외줄기

눈부신 황톳길 따라 움직이는 숲그늘 따라

멀어져가는 도시여

잘 있거라 잘 있거라.[6]

이 초기시는 사실 김지하가 생산한 최고의 작품군에 속하는 것은 아니다. 시적 자아의 어조가 자주 헝클어져 뜻이 세지기 일쑤이기 때문이다. 요컨대 주의적(主意的)이다. 왜 이처럼 의지가 도드라지는 걸까?

시의 결을 조금 따라가보자. 시적 자아[7]는 막 도시를 떠나고 있다. 그는 무엇을 타고 있을까? 아마도 기차일 것이다. 차창 밖의 풍경들을 레일의 리듬으로 살려낸 이 시의 서두는 기차의 모더니즘을 묻어둔 것인데, 기차라는 근대에 올라 차창 밖을 스치는 풍경을 응시하는 시적 자아의 내적 독백이 이 시의 몸이다. 마침표가 마지막에 딱 하나 찍혀 있다는 점 또한 이 시 전체가 일정하게 지속된 '의식의 흐름'임을 암시하는바, 김지하 저

---

6 『김지하전집(金芝河全集)』東京: 한양사 1975, 87~88면.
7 아마도 이 시의 시적 자아는 시인으로 봐도 무방할 것이다. 저항, 탄압, 수배, 도피, 그리고 수감을 거듭한 시인의 삶에서 서울을 떠나 고향 전라도로 잠행(潛行)한 어느 경험이 이 시의 배경일 터이다.

항시가 자기 안의 모더니즘과 예민한 긴장관계를 이루고 있음을 잘 보여주는 것이다.

청춘을 바친 도시 또는 식민지모더니즘이 지배하는 도시에서 그의 삶은 어떠했는가? '외침'이 '짓밟힘'으로 응답되는 현실에서 그에게 허용된 것은 '술'과 '싸움'이라는 자기파괴적 충동으로 내달리는 길뿐이다. "떠나갈 대륙마저 없었다"는 구절이야말로 이 시대를 날카롭게 요약한다. 분단 이후, 특히 6·25 이후, 북은 휴전선으로 막히고 삼면은 바다로 둘러싸인 남한은 일종의 고도(孤島)였으니, 이 섬 아닌 섬에 사는 주민들은 식민지시기보다 더욱 폐쇄적인 삶을 영위했던 것이다. '대륙'이라는 탈출구마저 봉쇄된 남한에서 "죽을 수도 없었다"는 구절이 환기하는 자기풍자의 비통함이란 그 음화(陰畵)로서 모자람이 없다. 독재에 대한 저항들이 연속적으로 분쇄되는 과정을 거치면서 시적 자아는 이제 "눈빛마저 애잔한 양떼"로 순응하였던 것이다. 죽음조차 유예된, 삶 아닌 삶이 구차하게 지속되는 이 모멸의 찰나에 그는 청춘의 도시에 작별을 고한다. '잘 있거라'가 주조음처럼 반복되는 데서 보이듯, 확고하게 의지적이다. 그런데 도시에 대한 사유에 비해 농촌에 대한 언술이 더 추상적이라는 데 유의하면, 도시와 결별하고 농촌으로 귀의하는 일대의 회향(回向)이 아직은 기틀이 무르익지 않은 채임을 짐작하겠다. "이제는 차라리 낯선 곳/마을과 숲과 시뻘건 대지를 눈물로 입맞춘다"에서 '차라리'가 환기하는 심리복합에 주목하라. 벼랑에 몰린 시적 자아의 마지막 비상구가 농촌 또는 대지일지도 모른다는 점을 숨기지 않은 이 구절에서 우리는 시적 자아의 농촌 귀의가 자기구제적 형태에서 멀지 않음을 깨닫게 된다. 또한 농촌 또는 대지에 대한 경배가 현실이 아니라 아직은 달리는 기차 안에서 이루어진 상상이라는 점도 명념해야 하는데, 그 관념성이 이 시의 과잉한 주의성의 기원으로 된다. 그럼에도 그 조숙한 결단 속에서 한국시사의 대변환을 가르는 민중시가 탄생한 점을 잊을 수 없다. 도시에 대한 환멸 속에 황토 또는 '시뻘건 대지'[8]로 귀의하는 상징 행위를 연출함으로써 한국민중시의 싱싱한 원천이 된 이 시는, 이후 한국시, 한국문학, 나아가 한국의 민주화 운동이 나아갈 방향조차 예고하였다. 도시화의 지층 밑에 억압된 농촌적인 것을 대안적 가치의 광맥으로서 재발견하고, 그 영혼에 풍요로운 육체성을 부여하려는 근본 뜻이 이렇게 대두한 것이다.

4. 유령 '엄마'의 사회학

「결별」을 원천으로 한 민족문학운동 또는 민중문학운동이 박정희 독재와 그 후계체제와 갈등하면서 문학의 위의(威儀)를 높게 지켜나간 점은 널리 알려진바, 개발과 민주라는 두마리 토끼를 잡을 즈음, 한국문학이 위기로 함몰해간 것이야말로 통렬하다. 밖으로는 베를린장벽의 붕괴(1989), 안으로는 문민정부의 출현(1993)이라는 획기적 사건들과 긴밀하게 맞물리면서 전개된 1990년대 한국문학은 그동안의 오랜 정치성으로부터 서서히 그러나 분명히 이탈하는 경향을 보였다. 그 원인에 대해서 다양한 논의가 있을 수 있지만, 도시화의 심화가 우선 주목된다. 한국사회에 대한 자본의 포섭 정도가 깊어짐에 따라, 생활세계의 혁명적 변화로부터 포스트모던이 자연스럽게 대두한 것이다. 도시와 농촌을 잇는 황금의 고리가 본격적으로 헐거워진 1990년대에 상륙한 포스트모던한 도시적 징후는 최근에 오면 올수록 더욱 심화되어 목하(目下) 한국문학은 '신인류'의 바벨탑 또는 외계인의 암호체계을 닮아가고 있는 중이다.

---

8 황토는 누런 흙인데 한국인들에게 붉은 색으로 인지된다. 실제 황토를 봐도 누렇기보다는 붉다. 김지하의 첫 시집의 제목 '황토'는 도시에 대한 농촌, 자본주의에 대한 사회주의를 뜻한다는 점에서 복합적이다. 그런데 양자를 아울러 말하면 농업사회주의의 본격적 출현을 상징하는 것이다.

물론 나는 1990년대 이후 한국문학이 처한 곤경에 말미암은 이 현상을 단지 부정적으로만 보는 것은 아니다. 새 세대 문학이 보여준 탈정치성이란 새로운 상황에 즉응한 다른 정치성의 표현이기도 하거니와, 그 조건에 충실함으로써 그를 넘어서는 탁월한 성취를 이룬 작가와 작품들도 생산되었던 터다. 신경숙은 그 대표적 작가의 하나다. 단편집 『풍금이 있던 자리』(문학과지성사 1993)와 장편 『외딴방』(문학동네 1995)으로 한국문학의 중심으로 진입한 그녀의 문학이, 고향과 맺은 심상치 않은 관계 속에 성장했다는 점이 이채롭다. 일찍이 김지하에 의해 한국문학 부활의 새로운 장소로 축성(祝聖)된 농촌이 그녀의 소설에서도 문제적이다. 그런데 도시와 결별하고 대지로 귀환한 김지하와 달리 그녀는 농촌과 도시 사이에서 끊임없이 흔들린다. 김지하의 농촌이 대문자 즉 역사적 기억으로 충만한 대지라면, 신경숙의 것은 생활의 숨결이 그대로 밴 소문자 농촌이다. 이는 시인과 소설가의 차이에도 말미암겠지만, 김지하에게 살아 있는 농촌 생활의 경험이 그만큼 부족함을 드러내는 것이기도 하다. 신경숙의 농촌은 그래서 어떤 점에서는 김지하보다 리얼하다. 농촌은, 특히 여성에게, 다른 삶의 가능성이 봉쇄된 닫힌 곳이어서 그녀의 소설 속 인물들은 풍금이 들려준 다른 세상의 속삭임에 홀려 속속 도시로 떠나던 것이다. 누가 그들을 탓할 수 있으랴? 그런데 신경숙은 농촌을 버리지 않는다. 아니 농촌은 그녀의 의식 저 아래 자리 잡은 강력한 아비투스(habitus)인지라 버리고자 해도 버릴 수가 없다. 도시의 남자와 외국으로 출분(出奔)하기로 약조한 여성이 그 직전 고향을 찾았다가 결국 약속을 파기하는 이야기를 그린 단편 「풍금이 있던 자리」(1992)는 신경숙 문학의 원형을 보여준다. 요컨대 도시와 농촌의 살아 있는 긴장 속에 신경숙 문학이 진화해왔던 것이다.

　그 신경숙이 『엄마를 부탁해』에서 농촌을 다시 집중적으로 사유한다. 그런데 그 중심에 '엄마'를 둔 점이 흥미롭다. '농촌'이라고 발화하는 순간, 자연스럽게 떠오르는 그 모든 문화사적 추억, 명예에서 굴종에 이르는 갖은 기억을 한 몸에 거느린 농촌 '엄마'를 서사의 주체로 삼는 아슬아슬한 전술에 대해 대중은 열렬히 호응했고 평단은 대체로 냉정했다. 도시화의 심화에 따라 가족의 해체가 맹렬히 진행되는 우리 시대를 거슬러서 '엄마'의 복원을 꿈꾸는 반동을 시도한 것이란 평가가 대세를 이루었던 것이다. 물론 '엄마'라는 위험한 주제의 핵심에 다가선 논의들도 나왔다. 역할의 사회성에 충실한 '엄마'와, '엄마'라는 가면 아래 억압된 실존적 개성 사이의 분열을 생생한 현재로 호출한 점을 평가한 유희석과,[9] '엄마'='작은 나라'에 입각해 "'큰 나라'들의 폭주에 떠밀려 길을 잃은 '작은 나라'의 곤경을 섬뜩하게 증언"한 작품으로 해석한 강경석의 평론[10]이 특히 흥미롭다. 실종이나 되어야 비로소 주인공이 되는 농촌 '엄마' 이야기를 통해 작가가 전하고자 한 메시지는 진정 무엇인가?

이 작품의 숨결을 잠깐 호흡해보자. 에필로그까지 포함해 총 5장으로 이루어진 이 장편은 '엄마'를 주제로 한 심포지엄의 형식이다. 소설가 딸의 눈으로(1장), 큰아들 형철의 눈으로(2장), 남편의 눈으로(3장), '엄마'의 눈으로(4장), 그리고 다시 소설가 딸의 눈으로(에필로그) 실종된 '엄마'를 찾아가는 심리적 여정(旅程)을 통해 가족 각자의 시선 속에 조각난 '엄마'의 모습이 마치 퍼즐 맞추듯 완성되는 것이다. 그런데 가장 인상적인 것은 남편의 회상 속에 드러난 '엄마'의 모습이다. "아내의 손은 무엇이든 다 살려내는 기술을 가졌다"[11]로 시작하는 대목에서 '엄마'는 사람의 자식만이 아니라 강아지, 병아리, 감자, 당근, 고구마, 가지, 고추 등 무릇 모든 생명을 낳고 양육하는 근원적인 어머니, 곧 대지모신의 풍모가 약여하다. '엄마'는 그러나 분열되어 있다. 이미 강경석이 예리하게 파악했듯이, '엄마'

---

9 유희석「'엄마'의 시대적 진실을 찾아서: 『엄마를 부탁해』론」, 『창작과비평』 2009년 여름호 265~87면.
10 강경석「「세상에서 가장 작은 나라'에 관한 수상」, 『작가와비평』 2009년 상반기 74면.
11 신경숙 『엄마를 부탁해』, 창비 2008, 160면. 이하 본문의 인용은 면수만 표기.

는 대지모신의 후예답게 분권적 농경자치사회 곧 작은 나라의 체현자다. 그런데 그녀는 자신을 위해서가 아니라 자식들을 위해 집권적 자본주의 도시에 기초한 큰 나라에 자진해서 투항한다. 사법고시에 실패하고 이제는 "아파트 전문 건설회사의 홍보부장"으로 "송도의 모델하우스"(83면)에서 분주한 큰아들 형철의 경력이 잘 보여주듯, 그녀는 아들들을 속속 큰 나라에 밀어넣는 것이다. 아들만이 아니다. 서울에서 고시공부하는 큰아들에게 중학교 졸업한 딸을 맡기면서 그녀는 말한다. "난 야를 나처럼 살게 할 순 없어야."(109면) 이미 도시에 대한 농촌의 패배가 확연해진 시대에 그녀는 자식들, 특히 딸들도 자신이 걸었던 길에서 이탈하도록 독려한다. 소국 또는 농촌의 체현자지만 대국 또는 도시의 추종자인 '엄마'의 이중성이야말로 이 작품의 핵이다.

그럼 그녀는 오로지 도시의 추종자일 뿐인가? 물론 그녀는 자식들의 미래를 걸고 도시에 영혼을 판 악마의 계약을 맺었을지언정, 속 깊이는 여전히 도시적 삶을 부정한다. 강경석의 지적대로 '엄마'가 소설가 딸에게 "이 세상에서 가장 작은 나라가 어디냐"(57면)고 묻는 장면은 압권이다. 작은 나라들의 폐허 위를 질주하는 큰 나라의 존재를 현실에서는 인정하되 근본적 차원에서는 부정하는 궁핍한 진실을 그녀는 버림받은 소국 곧 농촌에서 그대로 체현하던 것이다. 그녀와 이은규의 관계도 그렇다. 불륜이라고 치우기엔 너무나 자연스러운 그들의 인연 또한 '엄마'의 생생력과 연계되는 것이다. 도둑맞은 함지를 찾으러 그의 집을 찾아갔다가 그의 아내의 출산을 돕는(229~30면) 그녀는 도덕의 피안에서 활동하는 대지모신 그 자체일 것이다. 이 둘의 관계는, "결혼하고 그때까지 내 이름을 물어본 사람은 당신이 처음이었네"(231~32면)라고 '엄마'가 고백했듯, 드물게 평등하다. 오히려 그녀의 주동성이 두드러지는 데서 짐작되듯이, 두 사람의 사회는 모계제에 유사하다. 이는 '엄마'와 남편의 관계와는 극적으로 대비된다. "평생을 넘의 손에 살어서 당신이 헐 줄 아는 게 뭐 있소이"(163면)

라고 질책을 받을 정도로 '엄마'의 남편은 철저히 여성 의존적이다. 게다가 일생을 "떠돌이병"(153면)에 들린 것까지 염두에 두면, 이 부부관계는 가부장제다. 남편은 일종의 대국이다. 남편에 대해서 '엄마'가 대국을 섬기는 소국이라면, 이은규에 대해서 '엄마'는 소국연합을 이끄는 축이라고 할 수 있다. 소국연합이 대국종속을 아래로부터 받치고 있다는 점이 통렬한데, 그토록 따듯한 소국연합이 현실 속에서는 완전히 그림자로만 존재한다는 사실은 더욱 암시적이다.

작은 나라에 기초한 '딴 세상'이 이 작품에 한번 더 나타난다. 그런데 이번에는 도시, 그것도 6월항쟁의 현장에서다. 전두환독재에 대한 저항운동이 한 정점에 오른 이 항쟁은 비록 제한된 승리를 거둔 채 마감되었지만, 그후 민주화로 가는 결정적 길을 열었다. 막내딸을 따라 그 광장에 선 '엄마'는 작은 나라의 꿈을 저버리지 않은 다른 세상의 출현에 감격한다. 그러나 그뿐, 잠깐 열린 하늘은 다시 닫혔다. 그리고 '엄마'에게 "자주 딴 세상을 엿보게 한"(221면) 막내딸도 이젠 대국 또는 도시의 질서 안에 안정했을 뿐이다.

그러면 이제 '엄마'의 작은 나라 또는 딴 세상으로 가는 길은 모두 닫혔는가? 그 가능대가 1장에 등장했다가 에필로그에서 다시 나타나 이야기를 종결짓는 소설가 딸, 지헌이다. 도시에 살고 있지만 그 질서와 그대로 화해할 수 없는 소설가의 길을 걷는 그녀야말로 '엄마'의 진정한 계승자가 될 가능성이 높기 때문이다. 사실 이 작품에서, 드러난 주인공이 '엄마'라면 숨은 주인공은 딸 지헌이다. 다시 말하면 이 소설은 종국에는 딸 지헌의 이야기인 것이다. 따라서 지헌이 아니라 '엄마'에만 집중한 기존의 평가는 이 소설의 중층구조에 현혹되어서 손가락만 봤지 달을 보지 못한 것과 유사할 터인데, 과연 그녀는 '엄마'를 어찌할 것인가, 이것이 이 소설의 비밀을 풀 열쇠다.

'엄마'가 서울역에서 실종된 그때 지헌은 "북경에서 열린 북페어에 동료 작가들과 함께 있었다"(17~18면)는 진술에서 짐작건대 그녀는 '엄마'의 소원대로 도시의 세계시민으로 성장하였다. 그 과정에서 그녀도 다른 자식들처럼 '엄마'를 잊었다. 물론 "이 도시에서 (…) 무언가에 좌절을 겪을 때마다 수화기 저편에 있는 존재"(27면)로서 그녀의 든든한 버팀목이 되어주었지만, 그것은 쥘리앵 쏘렐(Julien Sorel)이 전의(戰意)가 꺾일 때마다 몰래 꺼내보는 나뽈레옹 초상화 같은 일종의 부적이다. 부적으로서만 살아 있던 '엄마'는 실종됨으로써 비로소 소설가 딸의 알뜰한 조명을 받는다. 그 과정에서 그녀는 '엄마'의 진실 즉 작은 나라라는 인류의 오랜 꿈과 소통한다. 과연 이야기는 어떻게 종결될 것인가?

에필로그의 무대는 바티칸이다. '엄마'의 실종에도 불구하고 그녀는 "가족 누구에게도 알리지 않고 로마에서 열리는 세미나에 참석하기 위해 떠나는 그를 따라나섰다"(274면). 이 대목은 도시의 유부남과 외국으로 출분하려다가 고향에 와서 그 약속을 파기하는 것으로 끝나는 단편 「풍금이 있던 자리」와 흥미로운 대조를 보인다. 다시 말하면 이 장편은 「풍금이 있던 자리」의 다시 쓰기라고 해도 무방할 것이다.[12] 고향 또는 '엄마'와의 고리가 아직은 단단하던 「풍금이 있던 자리」에 비해, 『엄마를 부탁해』에서 그녀는 결국 도시의 질서에 충실한 그를 따라 세계도시 로마에 온다. 그녀는 '엄마'를 버린 것인가? 우리는 드디어 이 장편의 마지막 장면에 도착한다. "이 세상의 가장 작은 나라의 성당"(280면) 베드로성당의 피에타상 앞에서 그녀는 성모상에 감전한 채 '엄마'를 축성한다. 이 봉헌의 의미는 무엇인가?

여기서 잠깐 『아버지를 찾습니다』를 참조할 필요가 있다.[13] 1999년 강 출

---

12 정홍수는 등단작에서 최근작까지 "신경숙 소설의 거의 모든 텍스트가 이번 장편 『엄마를 부탁해』에 흐르고 있다"고 해설에서 지적한 바 있다. 「피에타, 그 영원한 귀환」, 신경숙, 앞의 책 290면.

13 백지운은 세교포럼(2009.1.16)에서 『엄마를 부탁해』와 『아버지를 찾습니다』의 관련

판사에서 출간된 이 장편의 원작자는 왕 원싱(王文興), 원제는 '가변(家變)'
으로 1973년 대만에서 출간되었다. 대만 하급공무원 가정의 변고 즉 가출
한 아버지를 찾는 가족의 이야기를 흥미롭게 풀어낸 이 장편은 뚜렷한 이
중구조다. 알파벳 대문자를 붙인 장들과 아라비아숫자로 시작되는 장들이
불규칙적으로 섞여 있는데, 전자가 늙은 아버지 판 민시엔(范閩賢)의 가출
로 말미암은 일련의 추적과정을 담은 현재를 다루고 있다면, 후자는 아들
판 예(范曄)의 유년기로부터 비롯하여 그 성장의 단계들을 보여주는 과거
를 다룬다. 후자가 전자에 비해 훨씬 많은 부분을 차지하고 있는 데서 짐작
되듯이, 이 장편은 아이의 성장을 다룬 교양소설(Bildungsroman)이다. 그
럼에도 아버지로 대표되는 어른의 세계와 타협하는 것으로 끝나는 교양소
설을 비틀었다. 일종의 후일담으로 첨부된 마지막 장(O장)이 보여주듯이,
아들은 결국 아버지 없는 삶을 기쁘게 받아들이고 있기 때문이다.

　　교양소설의 형식을 빌려 교양소설을 부정한 이 장편의 메시지는 무엇
인가? 아버지를 독해하는 것이 지름길이다. 그 이름 가운데 '민'(閩, 푸젠
성福建省의 아칭雅稱)이 가리키듯, 그는 대만 출신 즉 본성인(本省人)이 아
니라 국공내전에서 패한 장 제스(蔣介石)를 따라 대만으로 건너온 외성인
(外省人)이다. "할아버지는 청나라 때 쉰우(巡撫: 청대의 지방 행정장관)를 지
내셨고, 작은 할아버지는 푸젠성(福建省)의 따오타이(道臺: 도원(道員)의 존
칭으로, 청대에 한 성(省)의 각 부처 장관 또는 부(府)나 현(縣)의 행정을 감찰하는 관리)
였으며, 외할아버지 또한 꽝뚱성(廣東省)의 쯔셴(知縣: 청대 현의 지사)을 역
임"[14]했다고, 그의 아내 예 치우팡(葉秋芳)이 아들에게 자랑한 대목이나,
"아버지는 틈만 나면, 즐겨 사(詞)와 곡(曲)을 읊조리곤 하였다"[15]는 아들
의 회상을 참조컨대, 이 하급공무원은 왕조시대의 고급관리를 배출한 독

에 대해 처음 언급했다. 그뒤 정홍수가 이 장편을 읽을 수 있게 해주었다.
14 왕 원싱 『아버지를 찾습니다』, 송승석 옮김, 강 1999, 40~41면.
15 같은 책 70면.

서인 가문 출신인 것이다.

그런데 작품이 전개될수록 다시 말하면 마오마오(毛毛, 판 예의 아명)가 성장하면서 아버지의 우상은 추락한다. 첫 도전자는 이복(異腹)의 둘째 형 판 룬옌(范侖淵)이다. 본성인 여자와의 결혼 문제로 아버지와 갈등한 형은 드디어 절연하고 분가를 결행했던 것이다. 사실 이때 아버지의 우상은 반쯤 해체된 셈인데, 퇴직 후 이루어진 아버지의 가출은 그 완결일지도 모른다. 이미 마오마오는 실상에 눈떠 아버지에 대한 내적 경멸을 금치 못했으니, 그 가출은 자발적인 외양에도 불구하고 일종의 추방이기 때문이다. 물론 아들은 신문광고를 낼 뿐 아니라 대만 곳곳을 다니며 아버지를 열심히 찾는다. 그런데 현주소 타이베이(臺北)에서 신주(新竹), 타이중(臺中), 장화(彰化), 타이난(臺南), 자이(嘉義), 그리고 대만의 남단 가오슝(高雄)에 이르기까지 대만 전체를 종단하는 이 여정은 표면으로는 아비를 찾는 여행이지만 속으로는 마오마오가 대륙의 자식이 아니라 대만의 아들로 다시 태어나기 위한 변신의 답사다. 대만을 대륙으로 돌아가기 위한 임시 거처가 아니라 삶의 실존적 장소로 사유하는 외성인 문학의 새로운 단계를 강력히 암시한『아버지를 찾습니다』는 대륙문학과의 완벽한 단절을 꿈꾸는 독립파와는 다르지만, 대만의 장소성을 더욱 의식한다는 점에서 대만문학의 탄생을 이미 예고하는 것인지도 모른다.

5. 중형국가의 문화도시

『아버지를 찾습니다』의 종결을 생각건대,『엄마를 부탁해』를 마무리하는 피에타상의 의미도 더욱 분명해진다. 그녀는 '엄마'를 버린 것이다. 바티칸은 영토적으로 가장 작은 나라일지라도 실제로는 전세계를 지배하는 네트워크 제국이다. 따라서 그녀는 '엄마'를 축성의 형식으로 머나먼

제국의 심장에 유기(遺棄)한 것이다. 그것은 '엄마'의 소국을 버리고 대국의 질서 안으로 스스로 투항함을 뜻할까? 그렇게 볼 수도 있다. 그런데 대국의 추종자로서 살아온 '엄마'의 삶 또한 마냥 긍정만 할 수 없다는 점에 유의할 때, 다른 해석의 가능성도 열린다. 딸의 삶에 있어서 '엄마'와의 단절은 조만간 마주쳐야 할 역사적 사건이기 때문이다.

그런데 버림이 쌍방향적이라는 점에 더욱 유의해야 한다. 유령 '엄마'가 마지막으로 고향집을 들렀을 때, '엄마'는 단호히 말한다. "죽어서도 이 집 사람으로 있는 것은 벅차고 힘에 겹네."(248면) "그냥 나는 내 집으로 갈라네요. 가서 쉬겠소."(249면) 딸이 버리기 전에 '엄마'가 먼저 이 집을 버렸다. '엄마'가 한없이 헌신했던 가족들을 마지막으로 돌아보는 자리에서 자신의 삶 전체를 무심히 상대화하는 이 발언의 무게는 결코 가볍지 않다. '엄마'는 '내 집' 즉 모든 질곡으로부터 자유로운 자신만의 소국으로 조용히 퇴각하고 마는 것이다.

딸이 '엄마'를 버리기 전에 '엄마'가 먼저 딸을 비롯한 가족을 버렸다는 점에 주목하자. 이 상호부정은 무엇을 말하는가? 이제 더이상 '엄마'식의 가족은 유지되기 어렵다는 추세를 인정하는 것이기도 하지만, 더 적극적으로는 그런 가족형태가 극복되어야 한다는 판단이 내재한다고 볼수도 있다. 희생 위에 구축된 '엄마'의 삶은 물론이고, '엄마'에 의존한 딸의 삶 또한 진정한 자유와는 거리가 멀기 때문이다. '엄마'도 딸도 너무나 익숙해서 새로운 사유의 틈을 내주지 않는 서로로부터 놓여날 필요가 절실하다. 물론 이것이 모녀의 영구분리 — '엄마'의 소국과 딸의 대국 — 로 진전된다면 문제는 심각하다. 그런데 나는 이에 대해 비관적이지 않다. 그녀가 과연 '엄마'를 잊을 수 있을까? 봉헌에 이르는 과정에서 복원된 '엄마'의 육체성은 지우고 싶어도 지워지지 않는 강렬한 에너지인 것을! 아마도 모녀의 상호유기가 이루어진 그 폐허에서 새로운 가족의 상상 또는 새로운 사회의 상상이 새싹처럼 오물거릴 것을 나는 믿는다.

이 소설은 최근 한국사회가 기로에 서 있음을 잘 보여준다. 소국주의의 오랜 전통이 황혼을 맞이한 가운데, 대국주의로 질주하는 패기가 은밀히 준동하는 형국이다. 대국주의는 파경으로 가는 길이고, 소국주의는 민주와 공화의 제휴 속에 이루어질 평화의 길이라는 점에서 한국에서 대국주의는 철저히 회피되어야 마땅하다. 소국주의야말로 '오래된 미래'다. 그런데 현재 한국은 이미 소국이 아니다. 소국주의의 약속으로 가는 길을 제대로 걷기 위해서는 한국이 대국과 소국을 매개하는 중형국가의 소임에 충실하는 것이 현재로서는 현실적이다.[16] 그것은 도시화의 폭주에 대한 철저한 비판적 개입을 모색하면서, 그럼에도 전면적 농촌화로 유턴하는 초월적 욕구를 제어하는 작업을 동시에 밀어나가는 중도적 실천의 길이기도 하다. 중형국가에 걸맞은 도시는 어떻게 출현할 것인가? 경제적 부를 바탕으로 정치적 위상의 제고를 추구하는 국가주의적 도시부흥이 아니라, "기왕의 정치·경제적 접근조차 문화를 축으로 재조직하는 발상의 전환"을 기초로 도시와 농촌, 남자와 여자, 부자와 빈자, 그리고 토박이와 이방인 등, 그 모든 이분법을 해체한 '문화도시'[17] 또한 그 대안의 하나일 수 있다. 도시를 구원할 묘약이 될 미래도시의 도래를 위해, 세계시민의 이름으로, '따로 또 같이' 생각을 가다듬고 실천의 힘을 모을 때가 바야흐로 무르익었다.

---

16 중형국가론에 대해서는 졸저 『제국 이후의 동아시아』, 창비 2009, 13~32면 참조.
17 졸고 「플랫폼에서 문화인천에 오르다」, 『플랫폼』 창간호(2007년 1·2월호), 18면.

노동문학의 오늘

◆

이인휘의 『폐허를 보다』

1

지난해(2016) 우리 문단에서 눈여겨볼 사건의 하나는 이인휘(李仁徽)의 복귀다. 1980년대에 출현한 일군의 노동자 작가로 한창 활약하다 물러난 그가 10여년 만에 소설집 『폐허를 보다』(실천문학사 2016)를 출판한 것이 작년 초였다. 자칫 묻힐 일이 만해문학상 수상으로 빛을 본 것은 천만다행인데, 조용히 발표되는 이인휘의 중단편에 먼저 주목한 평론가 강경석이 고맙다.[1] 더욱 감사할 이는 침묵에서 돌아온 작가임은 물론이다. 위대한 선승 지눌(知訥)의 일갈이 성성하다. "땅에서 넘어진 자 땅을 딛고 일어서라(因地而倒者 因地而起)." 요란하게 절필하고 또 요란하게 복귀한 경우들과는 유(類)를 달리하거니와, 긴 묵언 끝에 희미하게 반짝이는 다른 언어를 개척한 내공이 미쁘다. 뒤늦게 이인휘를 읽고 비망(備忘) 삼아 초하여

---

1 그는 두편의 글, 「모더니즘의 잔해: 정지돈과 이인휘 겹쳐 읽기」(『문학과사회』 2015년 가을호)와 「리얼리티 재장전: 다른 민중, 새로운 현실 그리고 '한국문학'」(『창작과비평』 2016년 여름호)을 잇따라 발표, 이인휘 평가를 선도했다.

나태를 자책한다.

2

이 소설집에는 모두 다섯편이 수록된바, 흥미롭게도 중편인지 단편인지가 분명히 구분되어 있지 않다. E. A. 포의 고전적인 정의에 따르건대, 단편은 "앉은 자리에서"(at one sitting) 단숨에 읽어낼 분량이어야 하는데, 이 소설집의 각편들은 하나같이 넘친다. 그렇다고 또 작가가 중편을 똑 의식한 것 같지도 않다. 우리 소설사에서 중편이 중요한 역할을 논 때는 1970년대로 황석영(黃晳暎)의 「객지」와 「한씨연대기」는 저명한 예이다. 삶의 단면을 예각적으로 저미는 단편의 시적 단일성과 장편의 산문적 총체성 사이를 잇는 다리 역할을 수행한 우리 중편은 1990년대 이후, 특히 최근 들어 그 독자성이 더욱 모호해졌다. 장편의 경량화가 빠르게 자리 잡는 바람에 단·중·장편의 경계가 거의 붕괴함에 따라 단편도 아니고 중편도 아니고 장편도 아닌 혼종의 소설들이 대세다. 그러니 이 소설집에 실린 작품들을 "다섯편의 길고 짧은 단편"[2]이라고 해도 무방할 듯싶다.

3

이 작품들은 모두 근작이다. "삼년 전 공장을 다니면서 공장 일기를 썼다. 그러다가 다시 소설을 쓰게 됐다. 하루 열시간씩 공장에 있으면서 오래전에 써놨던 한편의 소설을 다듬고 네편의 소설을 새로 썼다."[3] 발문에

---

2 강경석 「리얼리티 재장전: 다른 민중, 새로운 현실 그리고 '한국문학'」, 246면.

의하건대, 구작을 수정해 발표한 작품은 「알 수 없어요」다.[4] 새로이 퇴고했다고 해도 이 작품은 역시 실감이 떨어진다.

4

신작 네편 중 복귀에 이르는 저간의 경위를 밝힌 열쇠 같은 작품이 「공장의 불빛」이다. "공장은 끝없이 펼쳐진 논 한쪽에 섬처럼 떠올라 있습니다"(59면)로 시작되는 이 소설도 전작 「알 수 없어요」처럼 '―습니다'를 종결어미로 삼았다. 우호적인 청중 앞에서 자신의 이야기를 들려주는 듯한 문체적 특성에 1인칭 주인공 시점을 더한지라 소통적 분위기는 더욱 상승하게 마련이다. 불임의 소설가라는 강박에 시달리다 다시금 그 길로 들어설 때의 낯섦을 짐작건대 이 작품에 왜 1인칭 구술체라는 장치가 선택되었는지 감득되는 바 없지 않다. 화자이자 주인공인 '나'는 누구인가?[5] "열네살에 공장 문을 들어섰다가 육십이 다 된 나이에 다시 공장에 들어간"(60~61면) 그는 이름도 끝내 없다. 중간쯤 가서야 "이기사"라고 겨우 성만 알려지는데, "현장에서 신참은 무조건 기사로 불렸습니다"(92면)에 의하건대, 노동으로 뼈가 굵었건만 여전히 신참 노동자인 셈이다. 그가 다니는 합판공장 또한 그렇다. "공장을 빙 둘러싼 철조망이 거슬렸으나 남한강 강변 끝까지 펼쳐진 논은 시원했습니다."(66면) 강을 낀 경기도 농촌지대에 자리 잡은, 그래서 "섬처럼"(59면) 고립되고, "교도소처럼 을씨년스러"

---

3 이인휘 「작가의 말」, 『폐허를 보다』, 실천문학사 2016, 340~41면. 이하 이 책의 인용은 면수만 표기.
4 홍인기 발문 「영하의 공장 뒷골목에 그가 나타났다」, 같은 책 324면.
5 '나'는 작가 이인휘를 모델로 삼고 있지만 일정한 가공이 더해진 터라 소설적 장치로서 구성된 작중 화자로 보는 게 수나롭다.

(61면)운 소규모 공장이니, '나'나 공장이나 변두리 신세다.

이 단편의 제목 '공장의 불빛'은 김민기의 노래극 「공장의 불빛」을 반향한다. 독재와 반독재가 격렬하게 부딪친 1970년대, 문학에 「오적」(1970)이 있었다면 음악에 「공장의 불빛」(1978)이 있었다. 그리고 이 비합법 음반이 은밀히 출현하여 내밀히 유통된 이듬해 10월 26일, 박정희(朴正熙)가 횡사했다. 유신의 붕괴를 예고한 「공장의 불빛」은 또한 비범한 출구였다. 인천의 동일방직사건(1978)을 주요한 소재로 죽음과 같은 절망 속에서도 약속처럼 일어서는 노동자들의 투쟁을 노래한 「공장의 불빛」은 이후 1980년대 노동문학의 길을 연 새벽이었기 때문이다. 새벽이 어느새 황혼으로 뒤집혀진 기이한 시점에 다시 노동자가 된 '나'가 문득 먼 기억 속에 잠긴 「공장의 불빛」을 떠올리는데, 잠깐 인용하자.

> 예쁘게 빛나는 불빛
> 공장의 불빛
> 온데간데도 없고 희뿌연 작업등만
> 이대론 못 돌아가지 그리운 고향 마을
> 춥고 지친 밤 여긴 또다른 고향 (60면)

원 가사와는 약간 다르지만, 타이틀 곡 「공장의 불빛」이다. 사뭇 급박한 파업 현장의 날카로운 노래들 속에서 잠깐 휴식하듯 이쁜 이 서정적 노래는 소설 마무리 부분에 다시 인용되거니와(118~19면), '나'는 그때와 지금 사이의 아득한 거리를 반추한다. 1970년대의 「공장의 불빛」이 유신의 심장을 겨눈 비수였다면 40여년 뒤 지금의 「공장의 불빛」은 절정에서 비켜 있다.

소설을 여는 첫 장면 또한 노성(老成)하다. 겨울밤, 지방도로 버스정류장 뒤편, 칠십 넘은 할머니가 꾸려가는 허름한 '오복전방'에서 최성태 과장과 술추렴하는 '나'가 뿌연 창밖으로 공장의 불빛을 바라보는 인상적인 장면을 제시하곤 이를 풀어낼 과거로 문득 플래시백하는데, 요즘 근교 농촌지대에 자리 잡은 소규모 공장들의 생태를 이해할 풍속지로서도 훌륭하다. "시골에서 농사짓다가 온 사람과 도시 변두리에서 공장을 다니다 온""평균 나이는 육십"(83면)의 아주머니들을 주 노동력으로 삼는 식품공장이나, 동네 교회를 매개로 노동자들을 수급·관리하는 합판공장의 작동기제 또한 흥미롭다. 농촌 또는 도시 출신의 젊은 노동력을 흡수한 대도시의 거대공장들 밖에 그로부터 밀려난 농촌과 도시의 노년층을 중심으로 한 나머지 노동력이 시골의 중소공장에 충원되는 최근 한국사회의 변화가 요연(瞭然)하게 포착된 것이다.

합판공장의 세 노동자 강집사, 최과장, 그리고 '나'는 그 전형이다. 강팍한 강집사는 칠십 가까운 노인 기술자다. "황해도에서 월남한"(98면) 부모 따라 이 농촌지대에서 자란 그는 두 형이 서울 공장으로 떠나자 부모를 모시고 농사짓다가 쉰에 공장생활을 시작, 팔년 일해 농협 빚 청산할 정도로 근실했으나 예순 문턱에 공장 부도로 다시 곤경에 처한 중, 목사의 소개로 합판공장에 취직했다 결국 자살로 고단한 생을 마감하는 인물이다. 생의 굴곡 속에서 내상이 깊어 사장은 물론 동료 노동자들에게도 까탈스런 강집사에 비하면 작업대 사수 최과장은 따뜻하다. 이모에게 길러 중학을 졸업하고 금형공장에 들어갔다 감옥에 갔고 출옥 후 여자를 만났다 배신당하고 마침내 읍내 자동차부품공장에서 일하는 형을 좇아 이주했다 합판공장으로 흘러든 30대 기술자 최성태는 "아직도 여자에 대한 무섬증이 사라지지 않아 연애는 생각도 못하"(같은 곳)는 데서 보이듯 그 속내는 강집사 못지않게 아프다.[6]

---

6 강경석은 강집사와 최과장을 각기 '우리가 알고 있던 노동의 종언'을 대표하는 과거의 노동자와 "숙련노동의 종언 이후를 사는 새로운 세대의 젊은 노동자"의 전형으로 파악하는데(「모더니즘의 잔해: 정지돈과 이인휘 겹쳐 읽기」, 565면) 일리가 없지 않다. 그

"돌아보면 내가 만난 가난한 사람들 이야기는 대개가 어둡고 슬픕니다"(101면)라고 한탄하지만, '월남전'에서 돌아온 형의 후원으로 유년노동으로부터 탈출했건만 환갑에 다시 튀김공장을 거쳐 합판공장으로 흘러든 '나' 또한 만만치 않다. 예나 이제나 "왜 공장은 하나같이 현장에서 일하는 사람을 존중하지 않는지"(75면) 하는 분노와, "아내와 살아갈 돈을 벌면서 아무 생각 없이 한 세월 갔으면"(66면) 하는 바람 사이에서 흔들리는데, '나'에게는 남다른 차원이 개재한다. "사실 나는 소설가입니다." 그것도 "한때 문학만이 생의 전부인 것처럼 여"(79면)긴 문학주의자였다. 물론그냥 문학주의자는 아니었다. "특히 우리 사회의 어두운 면을 되짚어보는글을 찾아 헤맸습니다."(같은 곳) 말하자면 1980년대 노동문학 또는 민중문학 대열에 참획한 작가란 고백인데, 반권력에 중독되었다는 뉘앙스까지드러낸 자기성찰이 무섭도록 정직하다. 그런 '나'를 다시 공장으로, 다시문학으로 돌아가게 한 계기는 무엇인가? 아내의 큰 병이다. "다시는 공장에 가서 일하고 싶지 않았지만 아내를 위해서라도 가야만 했습니다. (…)누군가 한 사람에게만이라도 힘이 된다면 그 삶도 좋을 것이라고 다독였습니다."(82~83면) 문학으로부터 삶으로 귀환하는 반전의 순간, "공장이 다시 글을 쓰라고 떠"(118면)밀던 것인데, 소설가, 그것도 혁명에 복무하는 작가라는 이름을 버리고 변두리 공장의 이름없는 노동자로 투신한 그 익명성 속에서 문학이 귀환하는 비밀을 개시(開示)한 역설이 눈부시다. 그 유효성이 이미 거덜났건만, 노동착취를 통한 경제성장을 축으로 삼는 박정희모델이 농촌지대의 중소공장이라는 이 사각지대에서 더욱 적나라하게 관철되는 양태를 경험적 직접성으로 조명함으로써 우리 노동문학의 새 영토를 개척한 이 단편은 바로 이 지점에서 유명(有名)과 무명(無名) 사이에서

___

러나 농사짓다 늦게 공장에 들어온 강집사도 실은 비숙련 노동자에 가깝다는 점에서양자는 신구라기보다는 비정규직 노동자의 두 유형으로 볼 수 있을지도 모른다.

작동하는 문학의 기제를 생생하게 드러낸 예술가소설로서도 중요롭다.

다만 계몽주의가 더욱 절제되어야 할 터이다. 강집사의 자살에 자책하는 최과장에게 "인간이 태어나서 존재에 대한 물음에 답해가며 살 수 있어야 한다고 말해주고 싶었습니다"(같은 곳) 하는 식의 '나'의 충고가 대표적이거니와, 퇴고의 수고가 그 절제에도 기여할 바가 적지 않을 듯싶다.

5

이 소설집에서 가장 긴 「시인, 강이산」 역시 1인칭 시점의 '-습니다' 체다. 그런데 1인칭 주인공 시점이 아니라 1인칭 관찰자 시점에 가깝다. 국어 교사 '나'의 이야기이기도 하지만 역시 그는 어디까지나 강이산의 이야기를 추적하는 관찰자이기 때문이다. 작품 말미에 "『저 꽃이 불편하다』라는 시집을 읽으면서 쓰게 됐습니다"(208면)라고 작가 스스로 밝혔듯이 강이산은 박영근(1958~2006)이 모델이다. 노동시인으로 출발하여 시인으로 요절한 박영근에게 봉헌된 이 소설 곳곳에 인용된 그의 시들을 따라 읽다보면 박영근 시의 해설로도 유용하지만 "강이산의 삶은 박영근 시인이 살아온 삶이 아"(같은 곳)니다. 말하자면 강이산은 격동의 우리 현대사의 압력을 가장 저층에서 온몸으로 감내한 혁명적 노동자들의 집합적 초상이었던 것이다. 강이산 10주기를 마치고 '나'가 인천 화수포구에서 한잔의 소주를 "침묵으로 뒤덮인 어두운 세상의 바다에 뿌리고 또 뿌"(207~208면)리면서 마무리되는 데서 뚜렷하듯 이 작품은 그 가없는 헌신에 바쳐진 어두운 진혼곡이다. 그럼에도 급속히 망각되는 한 시대를 필사적으로 복원하려는 격정으로 문체의 절제가 더욱 풀어진 점이 눈에 띄어 아쉽다. 사실 서술의 조직적 짜임에 더·유의할 수 있었다면 이 작품뿐 아니라 이 소설집 각편 모두 길이가 한결 짧아질 것도 기대되는 터이다.

6

「그 여자의 세상」에서 작가는 처음으로 '-습니다' 체에서 벗어났다. 그리고 처음으로 3인칭시점을 채택했다. 작가는 여홍녀(呂紅女)라는 이름보다 '점박이 여자'라는 별명이 더 어울리는, 소수자 중의 소수자인 어느 여성의 초상에 처음으로 집중한다. 그런데 '여자의 일생' 유(類)의 소설이 자칫 그러했듯, "태어난 것부터 잘못"(230면)인 출생 이후 사망에 이르기까지 남한사회에서 겪을 수 있는 모든 타락의 절차를 밟아나가는 점에서 전형적인 자연주의다. 그럼에도 딸의 성장에 따라 비천한 곳에서 일어서 마침내 "대한민국에서 열세번째 여자 용접공"(256면)으로 다시 태어난 도약의 과정을 삽입한 데 이르면 반자연주의이기도 하다. 이와 같은 절충에 통상적인 때로는 선정적이기조차 한 결구(結構)가 중첩되어 줄거리가 모호하다. 여성 주인공의 삶에 더 내재적으로 접근했더라면, 그리고 인물들이 살아갈 장소들이 좀더 구체화되었더라면, 이 훌륭한 소재가 훨씬 살아나지 않았을까.

7

「그 여자의 세상」처럼 3인칭 비(非)경어체를 채택한 표제작 「폐허를 보다」에서 작가는 문득 시간을 거슬러 김대중(金大中)정부 초기를 뒤흔든 1998년 울산 현대자동차 파업을 들여다본다. 한여름에 무려 한달 넘게 지속된 이 공장 점거 파업은 IMF사태(1997)로 닥친 정리해고, 즉 "정부와 기업이 부패와 무능으로 나라를 망쳐놓고 노동자들의 희생만 강요"(303면)한 데에 반대해 조직된 대규모 투쟁으로 한국 노동운동사에 빛나는 한 장이었다. 그러나 "38일이 되는 날 새벽, 조합원들의 의견도 묻지 않고 위원장의 직권조인으로 파업은 끝났다"(308면). 이 어이없는 종료의 결과는 냉혹했다. 작중인물 선경의 입을 통해 작가는 말한다.

"구팔년 파업 때 모든 것이 죽었어. 그때 만명이 넘는 노동자들이 회사에서 퇴출됐어. 퇴직금 받고 쫓겨난 그 사람들, 다들 비참하게 살아. (⋯) 마지막 해고된 사람들 중에 태반이 사수대 사람들이었고, 식당 아주머니들이었어. 당시 위원장이 직권조인을 하면서 가장 강한 사람들과 가장 약한 사람들을 쫓겨나게 만든 거야."(293면)

분단체세 아래서는 좀체 어려운 수평적 정권교체의 산물로 태어난 '국민의 정부', 바로 그 정부 아래 한국 노동운동은 치명적 내상을 입었으니, 선경의 외마디가 촌철살인이다.

"가장 열심히 싸운 사람들을 내쫓은 노동조합을 보며 누가 싸우려고 할까? 그들은 엄청난 교훈을 얻은 거야. '싸우면 쫓겨난다!'라는 무서운 교훈이지."(294면)

이렇게 한국 노동운동은 절정을 넘어 순치되었다. 이 작품의 제목이 왜 '폐허를 보다'인지 요해될 듯싶다. 1998년 파업이야말로 그 '폐허'의 기원이었던 것이다. 작가는 마침내 그 폐허에 직면한다.

이 작품의 주인공은 3명의 여성이다. 파업 당시 가족대책위원장 선경, 사수대 조직자 해민의 처 정희, 그리고 사수대 행동대장 칠성의 처 승자. 이중 선경은 "학생운동 출신으로 1987년 노동자대투쟁 때 울산에 내려와 노동자 교육을 하다가 지금의 남편을 만났"(291면)으니, 공장으로 하방한 1980년대형 급진파다. 그녀는 조직가답게 부산에서 출판사 다니는 정희와 울산 자동차공장 노동자 해민을 맺어준다. 선경의 남편이 "이해민과 같은 조직 라인 사람"(같은 곳)인 점을 염두에 두면 일종의 포섭이라고 해도 지나치지 않을 것인데, 당시 정희는 겨우 안정을 찾은 형편이었다. 미장이 아비의 고단한 딸로 태어난 정희를 다시 선진적 노동자의 처라는 파란의 역정으로 들이민 계기를 바로 선경이 제공한 셈이기 때문이다. 칠성과 승자의 이야기는 더욱 극적이다. 칠성은 원래 알아주는 "지역 건달"(286면)이었다. 도끼 들고 회칼 물고 노조위원장실로 쳐들어왔다가 감복해 해민을 돕는 심복으로 변신한 칠성도 그렇지만 목사 아버지의 위선에 질려 가출, "고등학교 시절부터 술집을 전전"(290면)한 승자 또한 한 성격이거니와, 그런 승자가 칠성의 구애를 받아들이는 장면은 압권이다.

> 그러던 어느날 그가 건달 생활을 청산했다고 말했다.
> "앞으론 노동자들을 위해 자본가 놈들과 싸울 거다!"
> 승자는 칠성의 입에서 쏟아져나온 말이 웃겨서 "맘대로 사셔" 하면서 피식거렸다.
> "사람답게 살고 싶어서 그런다니까!"
> 칠성이 성질을 냈지만 승자는 알았다며 일축해버렸다. 그러자 며칠 뒤 이해민을 데리고 나타났다. 그제야 승자는 칠성의 말이 거짓이 아님을 확인하고 그의 과격한 사랑을 받아들였다. (같은 곳)

선경이 해민과 정희를 묶고 다시 해민이 칠성과 승자의 결연에 고리가 됨으로써 울산 노동운동의 핵이 구성된 것인데, 과연 대파업 때 그 효력은 여지없이 발휘된다. 그러나 이후 그들의 운명은 가혹했다. 울산을 떠난 해민은 "삼년 전" "미안하다"(271면)란 말을 남기고 병사하고, "술로 세월을 보내던 승자 남편은 오년 전 승용차를 끌고 바다에 몸을 던졌다"(270면). 남자들이 역사 속으로 사라진 뒤 남겨진 여자들의 고단한 삶을 전경화한 이 작품은 전형적인 후일담소설이다.

그 축이 선경과 승자를 매개하는 고리인 정희다. 남편마저 여읜 정희가 덕주 언니의 권유로 뛰어든 공장 생활의 다양한 면모가 후일담의 고갱이다. 일찍이 대공장 노조의 핵심과 함께한 기억을 떨치고 스스로 작은 노동자로 전신한 정희의 모습은 「공장의 불빛」에서 이미 본 이기사와 방불한데, "이 공장 저 공장을 떠돌거나 밭일을 다니다가 들어온" "대부분 예순이 넘은 아주머니들"(277면)을 동원한 핫도그공장은 더욱이 그렇다. 울퉁불퉁한 장소들을 순식간에 균질적 공간으로 바꾸는 자본의 마술이 더욱 강화된 시절에 과거를 잊고 익명의 노동자로 살아갈 것을 다짐한 그녀의 소망은 안녕할까? 과연 작은 저항이 참담한 보복으로 응답되는 데 이르러 그녀는 불쑥 울산으로 향하는데, 선경의 집에서 승자까지 합류한 세 여성의 만남이 서사의 현재다. "칠성을 깡패들 속에서 끌어내고 자신을 술집에서 건져내줘서 고맙다고 환하게 웃던"(302면) 승자는 다시 술집 생활로 돌아갔고, 세 여자의 지도자 격인 선경마저 "노동자의 해고를 자유롭게 하겠다는 뉴스를 보면서도 멍하니 화면만 바라보며 늙어가는 주부"(299~300면)일 뿐이라고 고백한다. 그 회색의 현재에서 여성의 눈으로 1998년을 다시 보는 것이니, 표면은 후일담인데 이면은 노동문학으로 겉과 속이 서로를 비추는 겹의 구조다. 그 마주 보기를 통해 작가는 끝내 무엇을 내다보는가?

소설의 처음과 끝을 장식하는 굴뚝 장면이 종요롭다. 여름밤을 배경으로 울산 자동차공장의 거대한 굴뚝을 오르는 한 여성을 제시하는 돌올한 장면으로 열린 이 작품은 바로 플래시백으로 1998년 파업 전후를 줄거리로 중심인물들의 삶을 갈피갈피 서려넣는 주름진 구성을 거쳐 다시 첫 장면으로 돌아와 대단원을 고하는데, 이에 이르러 독자는 정희가 함께 술 마시다 홀로 선경의 집을 나와 1998년의 현장들을 더듬는 일종의 폐허순례에 나섰음을 깨닫던 것이다. 마침내 그녀는 자동차공장 정문에 이른다. 그리고 "작은 희망이라도 만날 수 있을지 모른다는 간절함"(316면)에 떠

밀려 굴뚝 꼭대기로 오른다. 그러나 그곳에서 그녀는 희망 대신 환청을 듣는다. "자본의 세계에 태어나 자본이 가르쳐준 세상만 보고 죽는구나." (318면) 남편의 일기장에 기록된 무서운 문장이었다. 환청은 다시 들린다.

'노동자 여러분 안녕하십니까.'
느닷없이 등 뒤에서 남편의 목소리가 들려왔다. 그녀는 굴뚝 아래를 내려다봤다. 정문 안으로 여자 둘이 뛰어들어오고 있었다. 승자가 비명을 지르며 달려오고 있었다. (320면)

소설의 대미를 장식하는 이 대목은 착잡하다. 과연 정희는 투신할까? 남편의 선택을 다시 새기며 이 도저한 절망의 밑바닥에서 "작은 희망이라도" 건지려는 최후의 행동에 투신했건만 그곳에서도 희망은 숨었다. 정희에게 가탁하여 폐허 이후를 가늠하는 「폐허를 보다」는 후일담의 형태로 후일담을 해체하는 점에서도 다시 또 겹인 희귀한 작품이거니와, 그만큼 희망을 무서워할 줄 아는 작가의식이 무겁다.

8

거의 바닥 모를 추락을 거듭하던 한국사회가 촛불대중의 홀연한 출현 속에 바야흐로 다른 출구 언저리에 선 이 결절점에 다시 등장한 이인휘의 때가 맞춤이다. 낙관과 비관 어느 한쪽으로 쉽게 경사하지 않고 지금 이곳의 현재를 여여히 보고자 하는 강렬한 도덕적 탐구의 자세로 우리 노동현실의 실상을 날카롭게 드러낸 소설집 『폐허를 보다』는 노동문학의 귀환을 고지하는 일대 사건이다. 그런데 독자들은 그 공장 굴뚝에서 다시 떼는 유쾌하기조차 한 한걸음이 보고 싶은 것이다. 4차 산업혁명의 침침한 습격이라는 배경 아래 대공장 조직노동자 중심의 노동운동이 후퇴하면서 심지어 소비자와 생산자의 경계조차 무너지는 도정에서 발생한 또는 발생할 "우리 사회의 민중적 감수성에 닥쳐오기 시작한 더 큰 변화"[7]에 구멍을 내는 것이 문제이거니와, 특히 여성의 눈이 썩 잘 감촉되지 않는다. 가령 「폐허를 보다」는 정희의 시각으로 1998년과 그 이후를 다시 보는 각별한 설정임에도 그녀는 결국 아버지와 남편의 삶과 죽음을 애도하는 분신을 넘어서지 못한다. 분신에서 대신(代身)으로 그리고 마침내 대안으로 가는 지루한 성공의 길, 다시 말하면 후일담 이후를 내다보는 고투에 작은 틈이라도 낸다면 또한 그에 걸맞은 형식조차 개척한다면 금상첨화나. 촛불에 응답할 우리 노동문학의 새로운 진화를 기루며 작가 이인휘의 복귀를 다시 한번 축하한다.

---

7 강경석 「리얼리티 재장전: 다른 민중, 새로운 현실 그리고 '한국문학'」, 248면.

리얼리즘의 임계점

◆

『아들의 아버지─아버지의 시대, 아들의 유년』과 『밤의 눈』

1. 리얼리즘의 역습?

'인공서사'[1]가 대세인 요즘 작단에 철 지난(?) 리얼리즘 장편 두권이 출간되었다. 조갑상(曺甲相)의 『밤의 눈』(2012)과 김원일(金源一)의 『아들의 아버지』(2013)는 공교롭게도 작품 배경조차 같다. 전자의 소설 속 무대는 '대진'이지만, 구모룡이 해설에서 밝혔듯, '대진'은 "'진영'일 가능성이 높다."[2] 후자는 아예 "진영읍(進永邑)"[3]이 배경임을 실명으로 밝힌다. 지금은 경상남도 김해시 진영읍인데, 당시에는 김해군 진영읍이었다. 시간적 배경 또한 비슷하다. 6·25전쟁 직후 발생한 민간인 학살사건 즈음이 전자

---

1 서사성이 극히 약화된 최근 한국 젊은 소설의 경향을 가리키는 필자의 용어로, '현실'이라기보다는 주로 '2차현실'(문학, 영화, 미술, 음악 등)에서 촉발되어 구성된 서사라는 뜻이다. 졸저 『문학』, 소화 2012, 260~64면.
2 구모룡 해설 「슬픈 국민의 증언」, 조갑상 『밤의 눈』, 산지니 2012, 383면. 이하 이 책의 인용은 면수만 표기.
3 김원일 『아들의 아버지 ─ 아버지의 시대, 아들의 유년』, 문학과지성사 2013, 12면. 이하 『아들의 아버지』라 칭하고 본문의 인용은 면수만 표기.

의 핵심적 배경이라면, 후자는 "작가가 태어난 1942년부터 아버지가 월북하는 6·25전쟁 무렵까지"[4]다. 전쟁 발발 전후, 진영읍을 축으로 한국현대사 연표를 재구성하려는 의욕을 공유하는 두 장편은 이른바 현실로 직핍한다.

특히 남로당(남조선노동당의 약칭)에서 활동한 아버지를 실명 '김종표'로 호출한 후자는 "전기 형식을 띤"(「머리글」 7면) 장편이다. 작가가 인터뷰에서 밝히고 있듯, 일정한 허구화가 개재함에도 이 작품은 기본적으로 자전적 소설이다. "내년이 아버지(1914년생)가 태어난 지 100주년이 되는 해이기도 해서 한번쯤 아버지 얘기를 정리하고 넘어가야겠다는 생각"[5]에 골똘한 그 완결판인 셈이다. 김원일은 중간파다. "나는 사회주의 정치체제에 동조하거나 그들의 이념 쪽을 기웃거려본 적이 없다. 좌와 우, 진보와 보수, 어느 쪽도 아닌 중도를 걸어오며 다만 '아버지와 닮은 삶을 살지는 않겠다'라며 이 나이가 되도록 조신하게 지내왔다."(「머리글」 8~9면) '조신'이란 단어가 전하는 울림이 새삼 절실하거니와, 작가의 정치적 입장을 선험적으로 제한할 만큼 작가에게 아버지는 정치적 망령이었다. 아버지와 아버지의 시대를 이해하기 위해 그리하여 그 정치적 무의식으로부터 해방되기 위해, 때로는 논문, 때로는 르뽀, 때로는 신문, 때로는 인터뷰, 또 때로는 허구까지 활용하여 벌거벗은 사실에 객관적으로 다가가고자 한 후자에 비하면, 전자는 몰입적이다. 제3자임에도 불구하고 지금부터 60여년 전에 발생한 학살사건에 몰두한다. 그 사건을 진실의 법정에 소환하려는 염원이 크므로 일변 다큐의 형식을 뒤집어썼다. 그럼에도 다큐는 아니다. 이 작품에 그려진 화폭은 선택적이다. 작은 당사자로서 우정 소설적 장치마저 자제한 채, 남로당을 중심으로 진영의 전모를 보여준 후자와 비

---

4 작가 인터뷰, 동아일보 2013.10.9.
5 같은 신문.

교하면 전자에서 남로당은 배경으로 물러앉고 주로 '회색분자' 또는 중간 파의 수난이 초점이다. 중간파 김원일은 정통 좌파를 다루고 진보파 조갑상은 중간파를 집중적으로 파악한 역설이 흥미롭거니와, 말하자면 남로 당을 무당파성으로 접근한 작품이 전자라면 중간파를 중간파 당파성으로 육박한 작품이 후자라고 할 수도 있다. 두 장편 모두 "시대의 거대한 문제들에 뿌리내리고 현실의 진정한 본질을 가차없이 재현하는"[6] 루카치(G. Lukács)식 정통 리얼리즘에서 한걸음 비켜나 있다는 뜻이다. 무엇이 달라졌는가? 달라졌다면 그 특성은 후퇴인가, 갱신인가?

오랜만에 소설 읽고 많이 배웠다. 우선, 지리상의 발견이라고 해도 지나치지 않을 만큼 진영을 제대로 알게 되었다. 진영이 배출한 인물의 목록은 녹록지 않다. 『아들의 아버지』에 나오듯, 진영의 대창국민학교는 "노무현대통령의 모교이고 노대통령 부인 권양숙씨, 김영삼대통령 부인 손명순씨도 이 학교 출신이다. 만화 「코주부」로 알려진 김용환씨가 아버지 1년 선배였고, 아동문학가 마해송씨 부인인 현대무용가 박외선씨도 이 학교를 졸업했다"(25면). 만화가 김용환(金龍煥, 1912~98)이 국민보도연맹(약칭 보련) 출신자(260면)라는 점도 흥미롭지만, 전설적인 최승희(崔承喜, 1911~67)에 대한 흠모로 춤에 입문했다고 알려진 현대무용가 박외선(朴外仙, 1915~2011)도 진영 출신임은 더욱 인상적이다. 이뿐이 아니다. "제3차 공산당대회(1926)에서 책임비서로 선출"(131면)된 안광천(安光泉)이야말로 진영의 숨은 혼이다. 대한제국 시의(侍醫)의 아들로 태어나 경성의전을 졸업하고 진영 자혜의원에 근무하다가 1923년 김해청년회에 참여하면서 사회주의에 눈떠 일본 유학을 거쳐 조선공산당의 핵심으로 활동한 안광천은 진영의 좌익을 대표한다고 봐도 좋을 것이다.

---

6 김동수 「발자끄와 리얼리즘: '리얼리즘의 승리'를 다시 생각한다」, 『창작과비평』 2013년 겨울호 47면에서 재인용.

왜 근대 이후 진영에서 인물들이 족출했을까? "일제의 토지조사사업 (1910~18) 직후부터 시작된 농지개량사업으로 전천후 수리답이 된 진영·대산벌(진영평야)은 그 넓이가 5천정보라. (…) 7천정보로 알려진 김해평야에 버금가는 면적이다. 경부선이 개통된 해(1905)에 삼랑진에서 마산까지 (…) 첫 구간도 개통되었는데, 그때 진영역이 생겼고 진영읍은 부산과 마산을 연결하는 국도가 통과하면서 교통의 요충지가 되었다."(12면) 삼랑진과 마산을 연결하는 마산선(1905)에 이어 부산과 마산을 잇는 신작로의 완공으로 진영은 철도와 도로가 중첩된 요지로 떠오른 터다. 말할 것도 없이 김해평야에 버금가는 진영평야 덕이다. 바다로부터 불어온 근내가 요술을 부리면서 가난한 산골마을 진영은 1928년 면(面)으로, 다시 1942년 읍으로 승격한바(53~54면), 제국주의와 식민지가 만나는 이 독특한 접촉권역(contact zone)에서 인물이 다수 배출된 것은 어쩌면 당연한 일인지도 모른다.

정공법으로 치고 들어간 『아들의 아버지』와 조금 다르게 『밤의 눈』은 '대진'이라는 이름을 가공함으로써 진영의 속내를 더욱 문학적으로 드러냈거니와, 약간 대조적인 구축을 보여준 두 장편을 통해 우리 문학지리 바깥에 위치하던 진영이 깊은 내면을 지닌 한국문학의 판도로 명예롭게 편입되던 것이다. 정공법이라 했지만, 사실 『아들의 아버지』는 남로당의 인간화라 할까, 다시 말하면 어떤 이가 남로당 지방조직 혁명가로 헌신했는지 구체적으로 알게 해준다는 점에서는 우회적이기도 하다. 박헌영(朴憲永)·이승엽(李承燁)·이강국(李康國)·이주하(李舟河)·김삼룡(金三龍) 등 기라성 같은 남로의 영웅들과 달리 김종표는 비전설적이다. "아버지는 일제하 공산주의운동에 몸 바친 자로서 이름을 남긴 인물이 아니었다."(134면) 영웅들의 남로당이 아니라 무명씨의 남로당을 발견한 점에서, 후자와 멀지 않다.

『밤의 눈』은 보련의 인간화다. 국가보안법(1949)에 근거하여 발족한 보련은 전향공작을 구사한 일제의 수법을 모방한 단체로 전쟁 발발과 함께 그 가입자들에 대한 참혹한 학살이 자행된 터다. 『밤의 눈』에는 이른바 빨갱이로 통칭되던 보련 사람들의 실상이 고스란히 드러난다. 구장의 농간으로 멋모르고 가입원서에 도장 찍는 바람에 보련 맹원이 된, 실은 "무식하고 가진 기 없으이 당한"(61면) 고시돌의 아버지는 악명 높은 할당제의 덫에 걸린 대표적인 경우거니와, 보련 자체를 희화화하는 이런 어처구니없는 사례가 어떤 점에서는 그 실체를 가차없이 폭로한다는 역설을 잘 보여주기도 하는 것이다. 물론 그는 보련 맹원의 전형이 아니다. "인민위원회 시절 갈천리 부녀회 책임자"(170면) 조금자 같은 인물이 그 표준에 더 가까울 것이다. 그러나 "새빠지게 일만 하고 살"던 농촌 여성으로 "해방 뒤에 논밭을 공짜로 준다 카이 귀가 솔깃했던 기고, 나설 사람이 없어 (…) 이름을 얹은"(200면) 그녀 또한 고시돌의 아버지와 의외로 가깝다. 서울에서 떵떵거리는 친일파 집안의 아들로 진영에 숨어 의사로 생애하는 민지태 원장은 또 어떠한가? 해방 후 경남인민위원회에 이름을 올렸다가 보련 가입자가 되어 학살당한 그는 일본 유학시절 한때 "사회주의 심퍼(동조자)"(140면)였다.[7] 그러니 민원장도 좌익이라기보다는 양심적 중간파에 근사(近似)할 터다. 작가는 낙동강전선의 배후에서 자행된 혹독한 민간인 학살, 그 '짐승의 시간'(『밤의 눈』속 소제목)을 침통히 진혼하던 것이다.

그렇다고 그 신원(伸冤)에만 매달렸다는 것은 아니다. 국가폭력의 표적이 된 '빨갱이'가 얼마나 비실체적인가를 폭로하되, 그러한 맹목의 폭력을 야기한 공포의 근원일 민중의 오랜 비원(悲願)이 당시 얼마나 깊고 넓게 자리 잡고 있는지를 또렷이 보여주기 때문이다. 다른 세상에 대한 강렬한 희망을 품고 있는 저수지가 민중이요 적절한 계기만 주어지면 언제

---

7 '심퍼'는 sympathiser의 약어로 동반자(fellow traveler)와 유사하다. 사회주의자로서 내놓고 활동하지는 않지만 사회주의에 대해서 공감하는 중간파 또는 양심적 부르주아 지식인을 가리킨다.

든지 혁명으로 폭발한 기운의 저장소가 민중이다. 그러니까 민중은 잠재적으로 좌익이다.[8] 그 불의 시간을 다른 방식으로 재현한 두 장편을 읽고 참으로 오랜만에 뭉클했다. '원래 소설이란 게, 문학이란 게 이런 것이었지' 하는 감회가 새삼스럽지 않을 수 없었다. 우리 소설은 지금 무엇을 잃고 있는가?

2. 무명씨의 혁명

총 22장으로 이루어신 『아들의 아버지』는 부제 '아버지의 시대, 아들의 유년'이 가리키듯, 장성한 아들이 유년의 기억만 남기고 역사 속으로 사라진 아버지를 탐색하는 성실한 보고서다. 그 인간을 이해하기 위해서는 무엇보다 먼저 그가 살았던 시간과 공간을 파악해야 한다는 역사주의에 투철한바, 특히 '장소의 혼'에 예민하다. 작가가 고향에 바친 오마주라고 할 이 장편에서 진영은 본격적 탐사의 대상인데, 1장 서두부터 등장하여 4장과 5장에 걸쳐 본격적으로 소개되는 진영은 어떤 장소인가? 일언이폐지(一言以蔽之)하면 일제의 식민지 교두보로 근대에 급히 호출된 곳이다. 앞에서도 잠깐 지적했듯이 역이 생기기 전 진영은 가난한 산골 마을이었다. "산비탈을 개간해 밭농사에 매여 살던"(53면) 진영리보다는, "1666년(현종 7년)에 납세물을 수납하던 창고가 있었"(54면)던 설창리(雪倉里)가 격이 높았다. 그런데 1928년 "진영면으로 이름을 얻자 면사무소와

---

8 이러한 민중관에 대해 두 작가 사이에 분명한 온도 차가 있기는 하다. 조갑상에 비해 김
  원일은 당시의 혁명운동에 대해 더 비판적이다. 남로당 혁명가를 아버지로 둔 4인의
  소설가 가운데 이문구(李文求, 1941~2003)와 김성동(金聖東)이 진보라면 이문열(李文
  烈)은 보수고 김원일은 중도에 가깝다. 『아들의 아버지』역시 근본적으로 중도다. 그런
  데 그 탐구의 도정에서 작가가 때로 자신의 정치를 넘어서곤 한다는 점 또한 유의할 것
  이다.

오일장(…)이 설창리에서 기차역이 있는 진영리로 이전"(54면)했으니, 식민지근대의 마술이 설창리와 진영리의 운명을 갈랐다. 단감도 한몫을 했다. "1927년 일본인이 단감 묘목을 들여와 선달바우산 입구에 집을 짓고 단감나무 과수원을 조성한 게 전국 최초의 단감밭이다."(54면) 진영 단감의 효시요 우리나라 단감 재배의 시초다. 일본제국주의의 조선 침략 과정에서 다시 만들어진 진영읍은 생활의 장소(place)라기보다는 급조된 공간(space)이라고 해도 지나치지 않다. 이 공간이 모든 장소 곧 고향들을 분해하면서 사람들을 불러 모으는 것이 근대일진대, 그 중심에 시장이 자리잡고 있다. '나'의 가족이 이 진영장터를 터전으로 삼고 있는 점은 상징적이다. "내가 태어난 진영장터는 1920년대 후반 외지에서 들어온 장사치들이 장터 주위에 날림집을 짓고 터를 잡은 급조된 마을이기에 (…) 지주나 양반(…)이 살았을 고색창연한 기와집이 없"(59면)다. 이주하는 순간 전통적 표지들이 가뭇없이 지워지는 장터 자체가 평등주의적이지만, 진영장터는 역의 설치를 따라 만들어진 날림인지라 더욱이 민낯이다.

원래 울주 깊으내의 농민 출신 조부가 일제 초 언양 면사무소에 취직했다가(22면) 진영에 전근, 은퇴 후 대서소로 눌러앉은 '나'의 친가나, 장터 사람의 중매로 울산에서 진영으로 시집온 어머니 강정댁의 친정아버지가 향교 부근에서 훈장으로 생애했다는 데서(16면) 짐작되는 외가나, 양가다 평균적인데, 특히 친가는 전형적 소시민 가계다. 이런 집안의 외아들로서 아버지 또한 초년에는 그에 걸맞은 생애를 살았다. 진영 대창보통학교를 졸업하고 마산으로 유학, 마산공립상업학교(약칭 마상)를 다녔는데, 아동문학가 이원수(李元壽, 1911~81)와 동기동창이었다(26면). 마상을 졸업하고(1932) 청진의 금융조합에 취직, 찬 북방에서 폐결핵을 얻어 마산결핵요양소에서 1년을 지내곤, 회복한 뒤 바로 고향 금융조합 서기로 다시 취직(29면), 1935년에는 결혼까지 했으니 이때까지는 식민주의의 하위협력자로서 평범한 생을 누렸던 바다. 그런데 결혼 이듬해 아버지는 안정된 직장을 사직하고 돌연 일본 유학길에 올랐다. 드디어 서기의 반란이 시작된 것이다. 1940년 귀국한 그는 진영 출신 유학생들과 읍내 철하(鐵下)에 거푸집 형태의 교실 몇개를 짓고 사설강습소를 꾸린다(40면). 계몽운동과 연계된 농민운동의 거점으로 성장하던 강습소에 대해 일제는 1941년 폐쇄조치를 내린다(42면). 이후 애인과 부산으로 출분(出奔)한 그는 짐꾼 노릇을 하면서 부두노동자 대상의 비밀 독서회 항심회(恒心會)를 조직, 활동하다가 투옥되니(128면), 그의 운동은 확실한 단계를 밟아나가는 터다. 해방 후 부산형무소에 출옥한 그는 이제 단연 혁명가의 길을 걷게 된다. 서울의 조직과 연계하여 부산에서 조선공산당 청년동맹 경남지부를 결성한(154면) 것을 기섬으로 민애청(1947년 결성된 조선민주애국청년동맹의 약칭) 경남지부 지도위원에(206면), 이어서 남로당 경남도당 책임지도원에(176면), 인공(북의 서울점령기)시절에는 서울시당 재정경리부 부부장(182면)으로, 월북해서는 연락부 지도원(같은 곳)으로 봉직하다가 결국 "금강산 부근 요양소에서"(381면) 남로당 출신이 겪게 마련인 고독한 죽음을 맞이한다.

그의 일생을 돌아볼 때, 그 영구혁명을 가능하게 한 동력이 무엇이었는지 차라리 신비롭기조차 하다. 개인적이건 집단적이건 어떤 보상도 없는 그 긴 고난의 연쇄를 겪어낸 힘은 과연 어디에서 말미암은 것인가? 마산요양소 생활의 독서가 첫 씨앗이다. 마산에서 진영으로 돌아올 때, "큰 트렁크 두개가 책으로 꽉 차 기차역에서 내려선 지게꾼을 불러 트렁크를 집으로 옮겼"는데, 주로 "일본판 문학 서적들"(28~29면)이라는 고모의 증언대로 독서, 특히 문학 독서가 그로 하여금 다른 세상에 대한 감각을 날카롭게 일깨웠던 것이다. 식민주의와 인민이 일상적으로 접촉하는 말초는 그 관철만큼이나 반란도 발생하기 쉬운 취약점이다. 말초는 예민한지라, 아니 생활의 촉수인지라, 한번 불붙으면 쉽게 꺼지지 않는 법이다. 혁명이 나날의 삶 속에 있기 때문이다. 더구나 토지를 둘러싼 지주와 소작인 사이의 계급적 긴장이 항상적인 진영 농민의 불온한 분위기는 서기의 반란을 촉발할 비옥한 사회적 공기(空氣)였음에랴.

비전설적이기 때문에 더욱이 전설적인 남로 혁명가의 새로운 초상을 제시한 이 장편의 미덕은 이상주의를 절제한 작가의 리얼리스트적 면모에 크게 말미암는다. 작가는 아버지를 영웅화하지 않는다. 정말로 "이 글은 작가가 현실을 포장해서 주근깨와 여드름에 눈을 감는 소설이 아니"[9]다. 가령 아버지의 여자 문제에 대해 작가는 놀랍도록 솔직하다. "피부가 가무잡잡하다 해서 '구롬보'('검다'는 일본 말)"(39면)라는 별명으로 불린 신여성은 단연 압도적이다. 부산으로 출분하여 아들까지 둘 정도로 지속적 동거상태를 유지한 그녀는 "일찍 일본으로 들어가 솥 만드는 주물업으로 크게 성공하여 돈을 벌어 환고향해선, 여래리에 큰 집을 짓고"(같은 곳) 사는 부잣집 고명딸로 동경 유학생 출신이니 남부러울 것 없는 여성이다. 아버지의 강습소에 참여한 그녀는 그 폐쇄 후 함께 부산으로 가 온갖 고초를 겪고 마침내, 아버지가 부산형무소에 갇힌 뒤 차츰 소식을 끊더니 아버지와 살던 서대신동 문간방에서 몰래 이사해버림으로써(151면) 아버지와의 긴 악연을 끊는데, 사실 친정에서도 파문당해 오갈 데 없는 그녀의 앞날에 깊은 연민을 금할 길 없다. 「조신몽(調信夢)」에 가까운 구롬보 이야기와 달리, 삽화 같은 진주 기생 이야기는 『구운몽(九雲夢)』처럼 따뜻하다. 1946년 8월 하순 어름 "읍내의 죽마고우 다섯과 어울려 진주로 물놀이"(171면) 간 아버지가 엿새 만의 귀갓길에 달고 온 진주 기생은 "건넌방을 차지하고 들어앉"(173면)아 무려 한달을 묵새기다가 고향 산청으로 간다고 산뜻하게 인사하고 떠나던 것이다(183면). 이 소설에는 또 하나의 묘한 삽화가 있다. 대구 어느 집 문간채에서 어머니의 삯바느질로 호구하던 1955년 봄, 홀연 찾아와 하룻밤 묵고 어머니에게 "이래 떠나모 성님을 또 언제 뵈오리오. 험한 세월 자슥들 데불고 부디 편히 사십시오"(322면), 깍

---

9 마샤두 지 아시스 『브라스 꾸바스의 사후 회고록』, 박원복 옮김, 창비 2013, 98면.

듯이 인사하고 떠난 새댁 또한 쉽게 잊지지 않는다. "읍내 변두리에서 기와공장 하던 집안의 딸"로 아버지를 따르던 남편이 보련사람으로 6·25 직후 학살당해 과수가 되었다는데, 하필 "니 애비 소식이나 들을까 싶어서 찾아왔"(같은 곳)다는 어머니의 퉁명스런 언급에서 짐작되듯, 그녀도 아마 아버지의 여자일지도 모른다. 아버지는 북에서도 결혼했다. 개풍(開豊) 출신 여자와 재혼해 1남 1녀를 두었다(380면). 이래저래 여복이 많은 분인데, 최고는 처복이다. 모든 고난을 넘어, 특히 서울에서 남편 따라 북으로 가지 않고 거꾸로 진영으로 남하하기를 결정함으로써 가족을 보호, 마침내 아들 둘을 소설가로 키운 어머니 강정댁이야말로 아버지 최대의 비판자임에도 불구하고 결과적으로 그 최고의 찬미자가 되었다. 강정댁 모자가 없었다면 누가 무명씨의 혁명이 그토록일 줄 짐작이나 했겠는가.

이 소설은 과연 누구의 이야기인가? 겉으로 보면 아버지의 이야기다. 아들인 '나'가 주인공인 아버지의 삶을 퍼즐 맞추듯 재구축하는 구성을 취하고 있으니, 전형적인 1인칭 관찰자 시점이라 하겠다. 그런데 속으로 살피면 '내'가 단지 관찰자는 아니다. 같이 살 때나 같이 살지 않을 때나를 막론하고 부재하기 마련인 아버지를 바라보는 또는 추적하는 아들의 다중적 시선을 상기할 때 그 아버지는 제목대로 어디까지나 '아들의 아버지'인 것이다. '아들'과 '아버지'를 잇는 '의'는 착잡하기 그지없다. 아버지와 아들은 천륜인지라 특히 아들의 경우 더욱 비선택적이다. 이처럼 비주체적인데도 아버지의 무게는 이 엄격한 반공국가에서 천근만근이다. 그 고통을 감내하면서 "불행한 시대의 어둠 뒤편으로 사라진 서러운 영혼에게 바쳐"(「머리글」 9면)진 한편의 진혼곡을 완성한 아들이야말로 이 소설의 진짜 주인공이다. 비록 현실로 이어지는 통로가 부재한다 하더라도, 이 소설의 완성 자체가 진보가 아닐까. 때로는 동결도 진보다.

3. 중간파의 파괴

조갑상의 『밤의 눈』은 5장으로 구성되었다.

> 망자가 산 사람을 만나게 하다 1972년
> 그해 여름 1950년
> 유족회 1960년
> 표적 1961~1968년
> 긴 하루 1972년
> 밤하늘에 새기다 1979년

소제목과 연도를 병기한 데서 드러나듯 일종의 현대사 연표다. 10월유신에서 시작하여 6·25, 4월혁명, 5·16쿠데타, 다시 10월유신, 그리고 부마(釜馬)항쟁으로 마무리되는 이 연표의 축을 이루는 사건은 '그해 여름 1950년'의 학살이다. 각 장의 분량을 보건대, 12/230/48/50/20면으로 '그해 여름 1950년'이 중심이다. 소설의 제목이 그 장의 여덟번째 절의 제목이기도 한데, 그 절에 해당 구절이 직접 등장한다.

> 몇 사람이 소리치며 몸을 일으키고, 같이 묶인 사람들이 비명을 내지르는 순간, 땅! 하는 소리가 울렸다. 한용범은 그 순간 자신도 모르게 달을 보았다. 밤의 눈. (…) 그는 달이 공포가 아니라 밤의 눈으로 자기를 지켜보고 있음을 의식을 놓기 직전에야 알았다. (149면)

'밤의 눈'은 달이다. 그 고독한 학살의 현장을 지켜본 유일한 목격자가 달이라는 이 통렬한 반어가 가리키듯, 작가는 그 깊은 침묵에 혀를 달고자, 은폐된 국가폭력의 전형을 진실의 법정에 소환하고자 큰 원력을 세운 것이다.

그럼에도 이 작품에 복원된 '그해 여름'을 사실(事實)로만 여겨서는 곤란하다. 『아들의 아버지』는 19장에서 진영 민간인학살사건을 서술하고 있는데, 이를 『밤의 눈』과 대조컨대, 상당한 허구화가 이루어졌음을 인지하게 된다. 단적으로 『밤의 눈』의 주인공 한용범이 『아들의 아버지』에서는 지나가는 삽화처럼 등장한 보련 가맹자 김영봉에 비정되는바, 그 편차는 크다. 이 점에서 『밤의 눈』 차례 앞면에 실린, 이슬람 이야기꾼과 청중의 대화라는 의뭉스런 제사(題詞)를 다시 보게 된다.

> "여러분들에게 이야기를 하나 들려주지."
> "그래, 좋지."
> "내가 하는 이야기가 다 진짜는 아니지."
> "그럼."
> "그렇다고 다 거짓말도 아니지."
> "그럼." (5면에서 재인용)

하여튼 소설가란 믿을 사람들이 못된다. 『밤의 눈』은 어디까지나 소설인 것이다. 오랜 현장답사를 기반으로, 냉전의 약한 고리에서 폭발한 국제적 내전이라는 예외상황에 흉포하게 말려든 대진의 지옥도를 고도의 집중력으로 형상화한 이 장편에서 작가는 가장 비천한 현실에서 가장 고귀한 문학적 진실을 길어올리는 데 일정한 성취를 이루었다고 해도 무방할 것이다. 느닷없이 국가폭력에 노출된 희생자들은 물론이고 가해자들의 형상 또한 약여하다. 전쟁 발발과 함께 진해에서 진주한 첩보대를 비롯한 외지인들과 그에 의존하는 척 기실 그들을 악용하여 지방을 장악하려는 소패권주의를 악랄하게 추구하는 토박이들을 가려서 살려낸 작가의 눈썰미가 예리하다.

특히 전황(戰況)과 학살의 관계는 침통하기 그지없다. '첫 처형'은 대진에서 예비검속된 민간인들에 대한 첫번째 학살을 다룬 절인데, "7월 15일 그날은 충청도의 금강 방어선이 무너진 날이었다"(46면). 그런데 이는 대진의 독자적 판단이 아니다. "금강전선이 무너졌을 때 첫번째 대규모 처형명령이 내려"(191면)왔다는 데서 알 수 있듯, 상부의 조직적 지시에 의한 것이었다. 물론 처형의 규모와 범위는 각 지방의 몫인데, 이 틈이 문제적이다. 본부 작전참모실의 탁중사의 청탁으로 문궁채가 처형에서 제외되는 대목은 그 험한 세월에도, 아니 그렇기 때문에 더욱 정실과 뇌물이 채를 잡게 되는 사정을 실감나게 보여준다. 대진에서 주인공 한용범을 끼워 넣은 두번째 처형이 발생한 7월 25일, "그 무렵 북한군 6사단은 전라남도를 지나 서부경남으로 넘어갈 준비를 하고 있었으며, 정면의 4사단은 낙동강 중류를 바짝 압박하고 있었다"(119면). 공포를 빌미로 처형의 규모와 범위가 넘친 것이다. "경남 서부지역에 처음 투입된 미군이 하동전투에서 패한 뒤로, 마산까지 밀릴지도 모른다는 불안감"(175면) 속에 남상택 목사가 학살되었고, "요 위에 합천이 떨어졌"(191면)을 때 다시 대규모 처형명령이 떨어진다. 북한군이 하동에 침입한 때는 7월 26일이고,[10] 이어서 7월 31일 합천이 함락되었다.[11] 최후의 저지선 낙동강전선이 위기에 함몰하면 할수록 학살의 신은 광기를 더한 터인데, 인천상륙작전의 성공(9.15)으로 전황이 바뀌면서, 지서 주임·부읍장·청년방위대장·의용경찰대장 등 대진의 4인방이 남목사와 한시명 살해 혐의로 피체, 군사재판에 회부되는 역전이 일어난다(235면). 물론 지서 주임만 빼고 나머지는 석방된다. 전쟁은 힘이 세다. 정말이지 "학살은 전황과 맞물려 있었다"(306면). 전세가 다급한 서울을 비롯한 중부보다 오히려 후방인 "낙동강전선 이남의 경상남

---

10 이중근(李重根) 편저 『6·25전쟁 1129일』, 우정문고 2013, 75면.
11 같은 책 78면.

북도에서 광범위하고 조직적으로 이루어졌"(같은 곳)으니, "이런 판에 이 새끼들이라도 죽여야 반분이 풀리지"(191면)하는 특무대 상사의 지껄임은 우리 현대사의 독한 농담이 아닐 수 없다.

바로 이 비꼬임 속에서 낙동강전투의 바로 배후인 경상도에서 민간인에 대한 더욱 혹독한 국가폭력이 발생한바, 이 소설은 『아들의 아버지』와 달리 남로가 아니라 중간파의 운명을 전경화한다. 그것은 아마도 남로의 중심들이 이미 잠적한 뒤, 그 주변이나 중간파가 주로 검속된 현실을 반영할 터이다. 물론 이 작품에도 남로에 가까운 인물들이 나온다. 한용범의 고등보통학교 동기 최연중은 대표적이다. "수리조합 서기로 일하다 치안유지법 위반으로 그만두고 해방 뒤에는 청년운동과 인민위원회에서 활동한"(71면) 경력자로 전쟁 직후 도피했다가 부친이 볼모 삼아 잡혀갔다는 데 자수하여(136~37면) 처형당한 그도 남로의 핵심은 아니겠지만 그냥 중간파도 아닐 것이다. 그런데 그가 수리조합 서기로 봉직한 점이 흥미롭다. 조선의 농지 확보와 수확량 증대를 목적으로 한 농지개량사업, 특히 관개용 저수지와 제방의 축조·관리를 목적으로 설치된 수리조합은 일본인 대지주의 이익에 봉사하기 마련인지라 그 반대운동이 활발한 데서 보듯이 반농민적인 기관이었다. 그런 기관의 서기가 오히려 혁명에 참가·동조하는 역설이 흥미로운데, 그러고 보면 『아들의 아버지』에 나오는 고모부도 수리조합 서기(63면)였다. 좌익은 아니지만 남로당 처남을 고초 속에서도 보호한 인물인데, 그냥 인척이라 그런 것만은 아니다. "밭농사에 매인 두메는 지주가 넘보지 않으니 자급자족하며 굶주리기사 않는다지만, 평야지대는 달라. 관과 토호세력, 지주들이 나서서 마구 땅을 사들이고 빚을 앵겨 땅을 뺏아. 진영평야에 소작붙이들이사 가축이지 뭐."(같은 곳) 이처럼 말초의 감각으로 조선농민의 간난을 온몸으로 체감하고 있는 것이다. 서기의 반란이 부풀어나올 그 지점이 오롯하다. 주지하듯이 『아들의 아버지』는 아예 금융조합 서기 출신이 주인공이다. 토지의 자금화와 농산물의 화폐경제로의 편입을 적극적으로 도모하기 위해 설립된 금융조합은 총독부가 직접 통제한다는 점에서 수리조합보다 더 식민지적 말단기관이었다. 진보파 아동문학가 이원수도 금융조합에 근무했음을 상기하면, 그 시절 금융조합과 수리조합의 조선인 서기들의 위치가 중요롭다. 식민지 지배기구의 하위협력자들이 뜻밖에 혁명적 또는 동반자적일 만큼 일제의 통치가 가혹했다는 반증일 터인데, 한편 그만큼 중간계급의 활동영역이 만들어졌다는 점도 가리킬 것이다. 그 중간계가 일제 식민지교육의 결과라는 점이야말로 최고의 역설이다.

『밤의 눈』에는 두 명부가 등장한다. 하나는 '보도연맹부'라고 부기된 '부역자 명부'요(32면), 다른 하나는 '중간파(회색분자) 명부'다(34면). 대진 4인방 가운데서도 중심이라 할 지서 주임 이주호가 첩보대 권혁 중사에게 두 명부를 차례로 내밀면서 하는 말이 무섭다. 전자에 대해서는 "그래도 손바닥 안"(33면)이라고 능치며 "문제는, 명부에 오른 이놈들이 아니고 회색, 의심분자들"(33~34면)이라며 후자에 대해 더 강경하다. 중간파 또는 회색분자란 과연 누구인가? 그들은 일정한 부(富)를 기반으로 학식을 갖춘 교양과 양심적 정치 판단을 추구하는 재지(在地) 지식인들의 다른 이름이다. 각기 토박이와 외지인을 대표하는, 일본 유학생 출신의 지주 한용범과 역시 일본에서 신학교를 나온 목사 남상택은 4인방의 표적이다. 부산 다대포의 역관 가계에서 일어난 신흥 부르주아로 을사년(1905) 나라가 기울자 자신의 외가인 대진으로 낙향하여 지주로 자리 잡은 조부(69면)의 후예답게 한용범은 온건하지만 양심적인, 말하자면 일종의 '참회귀족'과 같은 풍모를 지닌 중도파다. 건국준비위원회와 배정식 수장사건 진상위원회에만 이름을 올린(같은 곳) 데서 짐작되듯, 한용범은 정치와는 되도록 선을 긋는, 특히 행동에 극히 신중한 인물이다. 이에 비해 민중에서 몸을 일으킨 남목사는 전투적이다. "일본으로 건너가 순전히 고학으로 신학대학을 마치고" 일찍이 야학을 열었던 대진으로 와 민중교회운동을 실천하는 남목사는 말하자면 기독교사회주의자에 근사할 터인데, 한때 "대진읍에서 가까운 면의 금융조합에서 근무"(179면)했다는 경력이 주목된다. 남목사는 김종표의 기독판일지도 모르는데, 서기의 반란은 이만큼 넓다.

『아들의 아버지』에서도 그러했지만, 『밤의 눈』에서도 해방 직후 좌와 우 사이에 꽤 넓은 중간계가 존재했다는 점이 다시 확인된다. 좌우이념투쟁으로 점철되었다는 상(象)이 어쩌면 상(相)일 수도 있다는 가정도 가능할지도 모르거니와, 제헌의회(1948.5.10) 선거 결과에 유의하자. 4·3의 여파로 선거가 치러지지 못한 제주 2석을 제외하고, 총 198석에서 독촉(대한독립촉성국민회의 약칭)이 54석, 한민당(한국민주당의 약칭)이 20석인데, 무소속은 총 84석에 이른다. 제주 재선거 후 무소속과 독촉이 1석씩을 보태 무소속은 85석이니, 남북협상파와 좌익이 총선에 불참한 걸 참조하면 당시 국민여론의 향방이 참으로 흥미롭다. 독촉과 한민당을 거절하는 이 광범한 중간계가 그렇다면 전쟁으로 말미암아 급속히 해체되었다는 가설을 세워봄직하다.

중간파의 분해를 주도한 자들은 누구인가? 대진 4인방의 일원인 청년 방위대장 김기환이 "일본군 하사관"(101면) 출신이며 그 간부들도 "주로 일본군에 복무한 자들"(25면)이라는 데서 단적으로 드러나듯, 그들은 파시스트적 면모가 물씬 풍긴다. 실상 그 지방 주인의 지위에 있는 중간파에 대한 열등감에서 비롯된 노골적 질투와 그 주인들의 가면을 벗기고 싶은 노비의 반역심리가 복합된 소패권주의의 무자비한 추구에 있어서 전쟁, 특히 전황이 악화일로에 있던 전쟁 초기의 낙동강전선 안쪽 지방들은 그들이 창궐할 비옥한 토양을 제공하였던 것이다. 그리하여 이 작은 파시스트들은 보련보다 잠재적 경쟁자인 중간파들을 회색분자로 멸칭(蔑稱)함으로써 노예들의 반란을 축복한다. 한용범의 누이 시명이 이 못난 남자들의 윤간 속에 학살되는 장면은 이 소설에서 가장 끔찍한 것인데, 이주호의 발언은 더욱 그렇다. "한시명이 그년, (…) 지금 와서 풀어주기는 너무

늦어버렸다. 송산댁인가 하는 년이야 죽이든 살리든 별 문제가 아닌데, 송산댁 그년은 풀어줘봤자 평생 빨갱이 여편네로 엎드려 살겠지만, 한시명이는 아니다 말이다."(205면) 전황의 악화라는 예외상황이 해지되면 다시 주인의 지위에 오를 중간파에 대한 두려움을 솔직하게 토로한 그자의 현실주의가 무섭다. 과연 송산댁은 석방되고 무고한 여교사 한시명은 무참히 살해되었다. 중간파들이 전쟁 속에서 어떻게 해체되었는지 침통히 증언하는 이 소설은 왜 남과 북의 독재체제가 오히려 전쟁 이후 강고해지는지를 능히 가늠케 한다.

이 소설은 '그해 여름 1950년'을 둘러싸고 네개의 짧은 장들이 배치된 꼴을 취하고 있는바, 프롤로그라 할 '망자가 산 사람을 만나게 하다 1972년'에 한용범과 함께 등장한 옥구열이 이 소설의 또다른 주인공이다. 영화로 말하면 버디무비(buddy movie)다. 학살에서 살아남은 한용범과 학살된 이의 아들인 옥구열이 짝을 이루는 2인소설인 셈인데, 대진학살사건을 진실의 법정에 세우려는 기나긴 투쟁을 간헐적으로 지속하는 후자가 더 주도적이긴 하다. 아시다시피 진상 규명은 역전 속에 한없이 지연되고 만다. 4월혁명으로 결성된 유족회가 5·16으로 탄압되면서 그리고 남북관계가 진동하면서 옥구열과 한용범이 겪는 고초는 반복되거니와, 전후에도 예외상황이 그대로 지속되었던 것이다. 이 점에서 한시명을 학살하기로 마음먹으면서 내뱉은 이주호의 말은 틀렸다. 전후에도, 아니 유신체제가 시퍼렇던 1970년대에도 한용범과 옥구열은 지위를 회복하기는커녕 여전히 굴욕적이니 말이다.

과연 이 예외상황의 장기 지속을 끝낼 출구는 어디에 있는가? 에필로그에 해당하는 '밤하늘에 새기다 1979년'은 유신체제의 조종을 울린 부마항쟁이 배경이다. 거듭된 탄압 속에 부산 수정시장 채소장수로 영락한 옥구열이 부산 시위를 목격하며 저절로 유로(流露)되는 독백이 이 장편의 대미다. "참으로 십수년 만에 느껴보는 자유였다. (…) 갑자기 눈물이 쏟아졌다. (…) 무한한 건 인간에 대한 신뢰, 자신이 사는 이 세상과 내일에 대한 믿음이었다."(379면) 그럼에도 미쁘지 않다. 신군부에 의한 1980년의 역전을 생각하면 그가 또 겪었을 고초를 상기하는 것만으로도 괴롭다. 분단체제라는 괴물의 기원을 드러내는 본풀이로서 사실주의의 모범을 보인 이 소설이 바로 그 지점에서 교착상태에 빠진 것을 궁구할 때, 무언가 쇄신이 요구된다. 6·25를 기원으로 삼는 1953년체제가 여전히 위세를 떨치는 현실을 상기컨대, 그때와 지금을 잇는 통로를 찾는 고투가 내용과 형식 양면에서, 특히 '형식의 앙가주망'이란 급진적 차원에서 새로이 개척되어야 할 것이다.

4. 형식의 앙가주망

통일시대는 고사하고 민주주의가 새삼 문제로 된 지금, 우리 문학은 다시 기로에 섰다. 사람 하나하나가 고유한 위엄을 갖춘 소우주라는 차별없는 시선의 오래된 옹호에도 불구하고 인간의 단독성을 신분·젠더·계급의 관점에서 침식하는 현실주의가 양극화의 심화와 더불어 점점 승리하는 걸음이다. 중간계의 분해를 매개로 급기야 우리 사회 전체의 파괴로 행진할 그 행보를 정지시킬 문학의 역할이 종요롭다.

그런데 이는 문학 바깥의 일만이 아니다. 우리 문학 또한 교착상태에 빠져 있다. 1970년대 민족문학/민중문학의 싱싱한 행보와 짝을 이룬 '리얼리즘'이 민주정부의 전진 속에서 오히려 수그러지고 어느덧 (포스트)모더니즘이 풍미하는 형국이다. 왜 이런 사태에 직면하게 되었는가? 한국자본주의의 위상 변화와 맞물린 운동/혁명의 연쇄가 가볍지 않은 환멸로 귀결한 최근 남한의 정치가 박정희의 망령을 부활시킨 상황과 무관하지 않을 것이다. 한마디로 민주세력도 그 책임에서 면제되지 못할 터, 이는 문학에서도 유사하겠다. 김지하(金芝河)의 「풍자냐 자살이냐」(1970)는 김수영(金洙暎, 1921~68)을 넘어, 모더니즘을 넘어, 그리고 소시민을 넘어, 민족문학/민중문학/리얼리즘의 새 시대를 선언한 이정표였다. 우리가 믿어 의심치 않았던 그 선언은 과연 오늘날에도 여전히 유효한가? 김지하는 과연 김수영을 극복했는가? '20세기 사회주의'가 자본주의를 극복했다는 자처가 1992년으로 허풍이란 점이 폭로되었듯이 그 선언도 이젠 덧없다.

김수영을 다시 읽을 때다, 김수영으로 돌아가기 위해서가 아니라 김수영을 제대로 극복하기 위해서. 모더니스트이자 리얼리스트였던 이 희귀한 시인의 지적 모험은 냉전이 열전으로 폭발한 6·25, 그 지옥의 현장을 통과하면서 단련된 육체와 정신으로 전후의 상황적 전개에 육박해간 장관(壯觀)일진대, 특히 그의 산문이 중요롭다. 이승만독재를 붕괴시킨 4월혁명과 그로써 태어난 어린 공화국을 파괴한 5·16쿠데타를 획으로 더욱 예리하면서도 깊어진 산문들 가운데서도, 「시여, 침을 뱉어라」(1968)는 화룡점정이다.

시는 온몸으로 바로 온몸으로 밀고 나가는 것이다. 그것은 그림자를 의식하지 않는다. 그림자에조차도 의지하지 않는다. 시의 형식은 내용에 의지하지 않고 그 내용은 형식에 의지하지 않는다. (…) 시는 문화를 염두에 두지 않고, 민족을 염두에 두지 않고, 인류를 염두에 두지 않는다. 그러면서도 그것은 문화와 민족과 인류에 공헌하고 평화에 공헌한다. 바로 그처럼 형식은 내용이 되고 내용은 형식이 된다. 시는 온몸으로 바로 온몸으로 밀고나가는 것이다.[12]

'그림자'란 몸과 밖을 연결하는 매개다. 그런데 시인은 그림자를 의식

---

12 김수영 「시여, 침을 뱉어라」, 『김수영 전집 2: 산문』, 민음사 2018, 502~503면.

하지도 않겠다고 거듭 다짐한다. 시인은 시의 바깥을 의식하지 않음으로써 다시 말하면 오로지 실존에 전적으로 투기(投企)함으로써 시의 타자성을 시현하는 역설을 연출한다. 그림자 즉 상(相)에 홀려 밖으로 내달리는 마음을 잘라버리는 선(禪) 수행의 지극한 경지마저 머금고 있는 이 대목은 기세(棄世)하기 직전 그가 도달한 감성적 사유의 절정일 터. 내용이 형식이 되고 형식이 내용이 되는 그 경지가 형식의 앙가주망일 것인데, 여기서 한걸음만 더 나아간다면, 내용과 형식은 둘도 아니고 하나도 아니다. 회통론의 정수다. 리얼리즘과 모더니즘이 서로의 발생근거인 그 사회문학적 맥락을 소통적으로 이해하면서 대화를 지속할 때 '기우뚱한 균형'(김진석) 속에 서로가 서로를 머금은 무언가 새로운 문학이 탄생하지 않을까? 벌써 그 대화는 시작되었다. 다만 좀더 의식할 필요가 커졌다는 뜻이다. 『장자(莊子)』에 나오던가, 잘 맞는 신은 마치 안 신은 듯하다고. 하루빨리 그 신을 신고 다른 문학, 다른 세상으로 가고 싶다.

우리 시대 한국문학의 두 촉

◆

한강과 권여선

1. 생각들

글을 쓰기 겁나는 시절이다. 전에는 전언(傳言)이 설령 흐릿하달지라도 써지는 도중에 명확해지는 경우가 왕왕이라 일단 시작하고 보는 편이었다. 사실 글쓰기란 원래 무슨 해답이 미리 주어져서가 아니라 출발하던 때에는 예상도 못한 지점으로 우리를 데려가기도 하는 발견여행의 성격으로 쓰는 자들을 매료하기도 하기 때문이다.

요즘 같은 때는 일찍이 없었다. 그들의 사이비-쿠데타를 중지시킨 지난 총선 이후에도 지지부진을 면치 못하더니 기어코 박근혜식 막무가내 행진이 파탄에 이르렀다. 그거야 자작지얼이라 하릴없다손 쳐도 정치가 귀환하는 걸음이 크게 들리지 않으니 곤혹한 일이다.

문학은 어디에 있을까? 탁함을 빈틈없이 뒤집어쓴 사람일지라도 진지한 상호교육 과정을 통해 변할 수도 있다는 믿음이야말로 문학의 원점일 터인데, 이 근본이 흔들린다. 교육 없는 욕망이 문제다. 성진(性眞)처럼 화려한 꿈을 꾸거나(『구운몽』), 조신(調信)처럼 악몽을 꾸거나(「조신몽」) 간에,

일단 한점의 욕(欲)이 불쑥 일어나면 그 욕망의 연기(緣起) 따라 세상들을 구을러야 깨달음 근처에 드는 것인가? 수구정권 10년에 온 한국사회가 꿈을 잃어버린 탓이 크지만 이제는 대증(對症)으로는 문제가 해결되지 않는 복잡계에 벌써 들어섰나보다.

나는 요즘, 일본은 물론 식민지 조선의 지식인을 격동한 카와까미 하지메(河上肇, 1879~1946)의 『빈곤론(貧乏物語)』(1916)을 지각독서하고 있다. "1950년대 중반, 청계천의 고서점에서 (…) 자장면 한그릇 값을 주고 산 이 책을 밤 새워 읽고 난 뒤 눈앞에 새로운 세계가 펼쳐지는 것을 느꼈"[1]다는 신경림(申庚林) 시인의 추천사가 새롭거니와, "놀랍게도 오늘날 문명국에 사는 수많은 사람들이 가난하다"[2]는 문장으로 기필(起筆)하여 "얼마나 많은 사람들이 가난한가(상편), 왜 많은 사람들이 가난한가(중편), 어떻게 해야 가난을 근본적으로 퇴치할 수 있는가(하편)"[3]라는 세개의 큰 질문을 축으로 가난을 집중적으로 사유한 부르주아 경제학자, 하지만 곧 독창적 맑스주의자로 진화할 카와까미의 논술은 상기도 압도적이다. 이 책은 오늘의 한국사회로 직핍하는데, "자본가의 탐욕을 충족시키기 위해 일으킨 명분 없는 전쟁"[4]이라고 보어전쟁을 맹렬히 반대한 영국의 정치가 로이드조지(David Lloyd George, 1863~1945)를 새로 알게 된 것도 고맙다. 1909년 재무장관 시절 제안한 증세안에 대한 의회 연설의 마무리를 잠깐 인용하자.

이것은 하나의 전쟁 예산입니다. 가난과 가차없는 전쟁을 하는 데 필요

---

1 가와카미 하지메『빈곤론』, 송태욱 옮김, 꾸리에 2009, 7면.
2 같은 책 31면.
3 나로서는 유가적 교양과 서양식 논리학이 긴밀히 협동한 상편이 가장 감동적이었다. 중·하편은 꼭 맑스주의 이전이기 때문만은 아니지만, 반(反)인간주의가 너무나 결여된 윤리주의의 과잉으로 논술도 덜 주밀한 느낌이다.
4 같은 책 225면.

한 자금을 조달하기 위한 예산입니다. 저는 우리가 살고 있는 동안 사회가 커다란 약진을 하여 가난과 불행, 그리고 반드시 이에 수반되어 생기는 인간의 타락이, 일찍이 숲에 살던 늑대가 쫓겨나듯이, 완전히 이 나라의 국민으로부터 추방되는 경사스러운 날을 맞이하기를 간절히 바라고 또 믿고 있습니다.[5]

이 연설에 카와까미는 다음과 같이 주석했다. "그는 영국의 해안을 바깥으로부터 위협하는 독일의 무시무시함을 알았고, 동시에 국가를 내부로부터 부식시키는 빈곤이 더욱 무서운 적이라는 것을 발견한 것이다."[6] 이 점에서 『빈곤론』은 로이드조지의 연설을 조술(祖述)했다고 해도 지나치지 않거니와, 나는 백년 전의 책을 읽으며 가난의 문제가 1920년대 신문학운동 이후, 특히 1970년대 민족문학/민중문학의 원천이었음을 화들짝 깨닫고, 그사이 우리가 얼마나 이로부터 유리되었는지 다시금 놀라던 것이다.

정말 하비(David Harvey)처럼 말해야 할 때지 싶다. "네, 복잡한 것은 나도 압니다. 그렇지만 '왜'라는 질문에 대해서도 답해야만 합니다."[7] 물론 복잡성은 존중되어 마땅하다, 우리를 다른 곳으로 이끌 뜻밖의 손님이 그곳에 기다리고 있을지도 모르기 때문에. 그런데 그 손님을 단박에 알아채기 위해서도 그 '왜'를 성성(醒醒)히 또 적적(寂寂)히 눈여겨보지 않으면 안될 터이다.

엉뚱하지만 우리 현대문학의 원천인 가난 문제를 원경(遠景)에 걸어두고 당대문학의 첨병일 한강(韓江)의 『채식주의자』(창비 2007)와 『소년이 온

---

5 같은 책 217~18면에서 재인용.
6 같은 책 218면.
7 데이비드 하비 「실현의 위기와 일상생활의 변모」, 백영경 옮김, 『창작과비평』 2016년 가을호 69면.

다』(창비 2014), 그리고 권여선(權汝宣)의 『안녕 주정뱅이』(창비 2016)를 중심으로 최근 우리 소설의 예민한 촉에 감응하고 싶다. 두 작가는 1990년대에 등단했으나 2000년대 들어 더욱 드러난 경우이거니와, 저 '불의 80년대'를 제가끔 독특하게 통과했다. 1980년대의 격렬한 학생운동 경험을 깊숙이 지닌 채 90년대 중반에 등단한 권여선은 크게 보면 후일담이되 작게 보면 후일담이 아닌 좀 까다로운 작업을 고되게 밀어오고 있다. 이에 비해 20대 초에 일찌감치 등단한 한강은 얼핏 '문학주의'로 보였던 게 사실이다, 『소년이 온다』를 출간하기 전까지는. 이 장편에 나는 괄목(刮目)했다. 그동안 한강을 덜 본 데 대해 자책하면서 비로소 그녀가 어린 시절 광주(光州), ㄱ 항쟁, 그 학살의 날들로 그예 돌아간 애옥함이 아처롭다고 속으로 위로했다. 그 위로는 정말 대단한 일을 해냈다는 경의의 다른 이름임은 물론이겠다.

2. 견인주의의 끝: 『채식주의자』[8]

세편의 중편 「채식주의자」(2004) 「몽고반점」(2004) 「나무 불꽃」(2005)으로 구성된 이 연작집의 운명은 재미있다. 올 맨부커 인터내셔널상 수상이 가리키듯 서양에서 더 주목된 터인데, 일본에서도 작은 규모지만 비슷한 일이 발생했다. 토오꾜오의 한국문학 전문출판사 쿠온이 '새로운 한국문학시리즈'를 2010년 『채식주의자』로 시작한바, "시리즈 중에서 가장 많이 팔렸다"(한겨레 2016.8.1)는 것이다. 물론 국내 시장에서도 반짝 눈길을 끈 적은 있다. 소설집으로 출간되기 전, 연작 가운데 두번째에 해당할 「몽

---

8 이 장은 졸고 「시적 탈주와 산문적 수락 사이: 한강의 『채식주의자』」(『푸른 연금술사』 2016년 7·8월호 22~25면)에 기반한 것이다. 지난 글이 해설적이었다면 이번 글은 주관적이다.

고반점」이 2005년 이상문학상 수상작으로 뽑혔고, 『채식주의자』 출간 2년 뒤에는 임우성(林雨成) 감독에 의해 영화화, 2009년 부산국제영화제에 진출했다. 더욱이 2010년 썬댄스영화제에 초청되기까지 하였으니, 맨부커 인터내셔널상 이전에 이미 영화로 서양에 들른 것이다. 영화 얘기가 나왔으니 말이지, 이 연작이 발표되기 시작한 2004년은 한국영화가 서양에서 새로이 주목된 시절로, 특히 박찬욱(朴贊郁) 감독의 「올드보이」(2003)가 대표적이다. 이듬해 깐에서 상을 탄 것도 탄 것이지만 국내 관객수도 3백만을 상회했다. 서양에서 더 통하던 포스트모던이 이로써 한국에서도 중요한 경향으로 자리 잡게 되었으니, 「취화선(醉畵仙)」(임권택 연출, 2002)식 향토주의로 서구를 두드린 기존의 흐름과 날카로운 비연속을 이룬 터다. 멀쩡하게 잘 살던 소시민 주부 영혜가 갑자기 육식을 거부하고 이윽고 단식으로 빈사(瀕死)에 이르는 이야기를 묶은 『채식주의자』에 서양이나 일본의 독자들이 매혹된 데에는 김기덕(金基德)·홍상수(洪常秀)·박찬욱 감독의 영화들이 앞서 길을 다져놓은 덕도 없지 않을 터인데, 그렇다고 이 연작이 영화의 일방적 영향 아래 있었다는 것은 아니다. 『채식주의자』는 작가가 밝혔듯이 단편 「내 여자의 열매」(1997)가 종자다.[9] 이미 1990년대에 이처럼 기이한 이야기를 구성했으니 당대 영화와 동행이다. 다만 「내 여자의 열매」에 비해 『채식주의자』는 한결 독해져서 이행과정에 김기덕 감독류(流)의 잔혹이 더해진 듯도 싶다.

이 연작은 생물처럼 진화한다. 모호한 「채식주의자」에서 선정적인 「몽고반점」을 거쳐 「나무 불꽃」에 이르러 연작 전체의 뜻이 명확해진다. 작가가 작품을 이끄는 작가주의가 아니라, 이야기가 이야기를 머금는 연속/비연속의 흐름에 작가 자신을 싣는 탈작가주의를 실험한바, 편을 거듭하면서 이야기의 핵심에 가까워졌던 게다. 이야기의 비일상성과 동행한 형

---

9 한강 「작가의 말」, 『채식주의자』, 창비 2007, 245면. 이하 이 책의 인용은 면수만 표기.

식실험이 나라 바깥에서 먹힌 것인데, 그 바람에 작품의 핵심이 덜 드러나기도 한 터다.

좀 거칠게 요약한다면 이 연작의 핵은 여주인공 영혜의 끈질긴 자기폭력이다.[10] 그녀는 평화의 채식주의자가 아니다. 악몽을 오독한 바람에 채식으로 들어섰다가 급기야 나무가 되겠다는 일념에 단식으로 거의 죽음에 이르는 과정을 서사한 이 중편연작집은 변신담을 빌린 점진적 자살담이다. 단식은 약자가 막다른 골목에서 취할 최후의 저항 형식이매, 영혜의 내향적 폭력은 실상 항거다. 한편 이 연작에 정작 '영혜'는 없다는 점에도 주목해야 한다. 1인칭 남편(「채식주의자」), 3인칭 형부(「몽고반점」), 그리고 3인칭 언니(「나무 불꽃」)의 눈으로 관찰된 또는 분할된 '영혜들'이 존재할 뿐이다. 과연 영혜는 누구인가?

"아내가 채식을 시작하기 전까지 나는 그녀가 특별한 사람이라고 생각한 적이 없었다."(9면) 「내 여자의 열매」처럼 남편이 1인칭으로 서사하는 「채식주의자」의 이 인상적인 서두가 분명히 제시하듯, 영혜는 소시민의 삶에 최적화한 평범 그 자체였다. 집안 역시 그렇다. "소도시에서 목재소와 구멍가게를 하는 장인 장모"(25면)에서 짐작되듯이 그들은 소시민이다. 그런 집에서 태어나 그렇게 자라 또 그렇게 결혼한 영혜가 갑자기 육식을 거부하면서 분란이 발생한다. 채식주의로 오해된 이 돌발행동은 무엇을 가리킬까? "월남전에 참전해 무공훈장까지 받은 것을 가장 큰 자랑으로 여기는"(38면) 영혜 아버지의 폭력성을 흔히들 부각하지만, 초점은 가부장적 폭력의 거부라기보다는 지독하게 평범한 산문적 일상에 대한 거절이다. 가까스로 도달한 소시민적 질서로부터 이탈하려는 이 불온성에 가족들이 소스라쳐 영혜를 응징하려고 했던 것인데, 영혜는 자신의 손목을 그

---

10 나는 물론 영혜에게 가해지는 여러 종류의 폭력을 부정하는 것이 아니다. 그럼에도 불구하고 그녀의 대응이 밖이 아니라 '나'로 내파하는 경향을 더 중시한 것이다.

어 저항한다. 이에 남편은, 「몽고반점」 초반에 인혜의 입을 통해 밝혀지듯이, 단호하게 영혜와 이혼한다(79면).

"아내와 다섯살 난 아들"(70면)을 둔 비디오아티스트 형부의 눈으로 처제를 관찰한 3인칭 서사 「몽고반점」은 복잡한 장치로 현란하지만 핵심은 형부에 의한 처제의 성적 착취다.[11] 물론 처음부터 영혜를 그리 여긴 것은 아니다. "교육자와 의사가 대부분인 (…) 집안"(「나무 불꽃」 193면) 출신의 형부는 서울의 정통 중산층이다. 안정된 중산층의 틀에서 이탈하여 예술가로 떠도는 자체가 일종의 반란인데, 한창때는 "강직한 성직자 이미지"(135면)의 진지한 예술가였던 그가 영혜의 저항에 동병상련한 것은 어쩌면 당연한 일인지도 모른다. 그러나 어느새 "삶이 넌더리"(83면) 난 "중년의 남자"(71면)로 돌아선바, 이 위기에서 몽고반점을 욕망한다. 몽고반점은 무엇인가? "태고의 것, 진화 전의 것, 혹은 광합성의 흔적 같은 것"(101면), 다시 말하면 자본에 길든 소시민적 틀 속에서 닳아 없어진 원초적 생명의 불꽃일 터에, 처제는 놀랍게도 어른이 되어서도 여전히 유년의 푸른 반점을 선명히 지녔던 것이다. 형부는 일종의 유사-파우스트다. '회색 이론'의 서재에서 탈주하여 '황금나무의 푸른 삶'에서 새로운 구원을 찾으려 한 파우스트처럼 예술을 빙자하여 "가지를 치지 않은 야생의 나무 같은"(78면) 영혜를 욕망한다. 처제와의 불륜은 소시민적 틀을 위기에 빠트리는 제도다. 긴급조치를 발동하여 그들을 정신병원에 가두는 것으로 위기를 수습하는 이 마무리에 이르러 인혜가 연작 전체를 지배하는 '인물의 초점'임이 뚜렷이 드러난다.

연작을 총괄할 「나무 불꽃」은 3인칭 인혜의 시각이다. 영혜가 저항하자 바로 냉정하게 그녀 곁을 떠난, 꿈이 작은 소시민 정서방(「채식주의자」)

---

11 물론 그 과정에 영혜가 뜻밖에도 적극적으로 협력했고 순간적으로는 해방적 성격도 없지 않았다. 그럼에도 기본적으로는 성적 욕망을 예술(나는 솔직히 그게 예술인지도 모르겠다)로 자기기만하는 형부에 의한 성폭력인 점이 바뀌는 것은 아니다.

과, 처제를 동정하는 듯 착취한 교양속물 형부(「몽고반점」)에 이어, 영혜와 가장 깊이 맺어진 인혜는 이 일탈자를 어떻게 처리할 것인가? "열아홉살에 집을 떠난 뒤 누구의 힘도 빌지 않고 서울생활을 헤쳐나온"(161면), 지금은 "대학가에서 화장품가게를 운영"(「몽고반점」 77면)하며 예술가 남편을 보호하는 '21세기 허생의 처' 인혜는 무섭다. "집안 분위기"(193면)에 끌려 비디오아티스트와 결혼한 것도 서울의 중산층으로 편입되기 위한 그녀의 길고 지루한 노고의 일환이었으니, "그녀는 살아본 적이 없었다. 기억할 수 있는 오래전의 어린 시절부터, 다만 견뎌왔을 뿐이었다"(197면). 말하자면 인혜는 애써 구축한 소시민의 지위를 위협하는 안팎의 요인들을 감시하는 작은 규모의 '빅 브라더'다. 그럼에도 무자비한 권력자는 아니다. 인혜는 사실 영혜의 일탈을 속 깊이 이해하고 있다. "기껏 해칠 수 있는 건 네 몸이지. 네 뜻대로 할 수 있는 유일한 게 그거지. 그런데 그것도 마음대로 되지 않지."(214면) 소시민적 삶의 찌르는 듯한 무의미를 누구보다 깊이 실감하고 있기에 영혜의 저항을 온몸으로 이해하면서도 그녀의 종언을 재촉하는 인혜, 이 견인주의자(堅忍主義者)야말로 이 연작의 진정한 주인공이다.

이 작품집 속에 집중적으로 조명되는 인물이지만 영혜는 주체가 아니라 대상이다. 사실 그녀의 저항이란 저항이 아니다. 자살테러에도 한참 못 미치는 자기폭력이란 한없는 수동성 즉 저항의 포기에 가깝다. 그나마도 영혜의 일탈은 특히 언니에 의해 간단없이 저지당한바, 이 산문적 자본주의 도시의 주변부에 포박된 소시민의 삶으로부터의 찬란한 탈주를 꿈꾸지만 이미 세상은 견고해 '보바리 부인'의 바람조차 허용되지 않는다. 영혜의 기괴한 자기폭력이란 보바리슴(bovarysme)의 종말적 형태일지도 모르거니와, 인혜는 영혜의 낭만주의가 어떻게 불가능한 것인가를 꼼꼼히 기억함으로써 이 지옥 바깥은 없다는 점, 그래서 그 지옥을 견딜 수밖에 없다고 스스로를 달래던 것이다.

그런데 「나무 불꽃」의 마지막 문장이 반항한다. 죽어가는 영혜를 싣고 달리는 앰뷸런스 안에서 창밖 나무들을 보던 인혜의 모습을 '내포저자'는 요약한다. "대답을 기다리듯, 아니, 무엇인가에 항의하듯 그녀의 눈길은 어둡고 끈질기다."(221면) 이는 지금까지 그녀가 견지하던 견인주의자의 눈길이 아니다. 인혜가 영혜에게 튜브식(食)을 강제하던 의사의 행위를 거세게 중지시키면서 발생한 미묘한 변화가 암시하고 있듯이, 인혜는 뜻밖에도 그녀가 그토록 경계하던 영혜와 닮아 있다. 가난의 문제가 제대로 해결되지 않음으로써 상대적으로 가난한 소시민의 삶 역시 황폐할 수밖에 없음을 반어적으로 드러낸 이 연작의 자리가 중요롭다. 『채식주의자』의 견인주의와 『소년이 온다』의 탈견인주의 사이에 깊은 단절이 있음을 잊어서는 안되지만, 「나무 불꽃」에 이르러 『소년이 온다』로 가는 길이 이미 움직이고 있음을 간과해서도 안될 터이다.

3. 오지 않은 현재: 『소년이 온다』

광주항쟁(1980)을 다룬 이 장편은 "세월호 참사가 일어나고 아직도 배 안에 갇혀 있던 희생자들에 대한 민간잠수사들의 목숨을 건 수습이 진행되던 2014년 5월 19일에 발간되었다".[12] 1980년 5월 18일 광주항쟁과 2014년 4월 16일 세월호 침몰의 이 공교로운 겹침은 이 작품의 4장 '쇠와 피', 그리고 5장 '밤의 눈동자'와도 만나니, 전자는 중편 「순이삼촌」(1978)으로 4·3항쟁(1948)이라는 지옥의 문을 연 현기영(玄基榮)의 또다른 명편 「쇠와 살」(1992)에, 후자는 6·25전쟁 무렵 낙동강전선 안쪽 대진읍을 무대로 한

---

12 김명인 「기억과 애도의 문학, 혹은 정치학: 한강의 『소년이 온다』」, 『작가들』(인천작가회의) 2016년 가을호 207면.

보도연맹원 학살을 침통히 추적한 조갑상(曺甲相)의 장편 『밤의 눈』(2012)에 대한 오마주다. 요컨대 한국 또는 세계 도처에서 지금도 "수없이 되태어나 살해되"[13]고 있는 광주는 현재다. 이 장편의 제목 '소년이 온다'가 관건이다. 그 '온다'는 유예된 과거의 귀환도 아니고 먼저 온 미래는 더욱 아니다. '소년'으로 상징되는 가장 순수한 시간이 스스로 빛을 발하며 찰나찰나 떠오르는 생생한 현재들이기 때문이다. 그럼에도 현재는 아직 도래하지 않았다. 세월의 복수가 아직 미숙한 탓으로 소년 또는 현재는 드물게, 그것도 간절한 이들에게만 아주 잠깐 현현하기 때문이다.

이 복합적 시간의 좌표 속에서 작가의 서사전술은 가히 '형식의 앙가주망'이라고 칭해도 모자라지 않을 만큼 복잡하고 정교하다.[14] 잠깐 개관해보자. 항쟁의 현장으로 훅 들어간 1장 '어린 새'는 2인칭으로, '너'는 소년 동호, 당시 중3이다. 끝내 '내포저자'로 짐작되는 1인칭 '나'가 드러나지 않는 1장에 반해, 2장 '검은 숨'은 처음부터 '나'를 노출한 1인칭이다. '나'는 시위 중에 이미 죽은 동호의 친구 정대다. 그러다 중간에 슬그머니 '너'(49면)가 등장해 2인칭인가 싶지만, 정대의 독백 속에서 동호를 '너'로 호명한 것이매 전체적으로는 정대의 1인칭이다. 항쟁 이후 살아남은 자의 간난을 서사한 3장 '일곱개의 뺨'은 1980년대 중반, 서울의 출판사 직원으로 생애하는 은숙의 3인칭 제한시점이다. 은숙은 항쟁 당시 여고 3년생이었다. 그런데 이 장에서도 '너'(89면)가 불쑥 끼어든다. '너'는 물론 동호다. 이 역시 2인칭으로 보기보다는 '자유간접화법' 또는 '내적 독백'에 가까울 것이다. 1990년대 광주를 배경으로 한 4장 '쇠와 피' 또한 도청에서

---

13 한강 『소년이 온다』, 창비 2014, 207면. 이하 본문의 인용은 면수만 표기.

14 이 작품에도 티가 있다. 참고로 밝혀둔다. 서울시청에 마련된 검열과에 출판사 직원 은숙이 직접 출두하여 검열을 받는 장면(76~79면)이 생생한데, 이시영에 의하면 이 살벌한 풍경은 1981년 1월 24일 계엄이 해제될 때까지다. 1980년에 고3이던 은숙이 재수해 대학에 들어간 게 4년 전(76면)으로 설정된바, 이 장면은 그러매 1980년대 중반쯤으로 될 것이다.

살아남은 대학생들의 후일담이다. 도청 소회의실 조장이었던 '나'가 조원 진수의 황폐한 삶을 알려주는데, 이 장에도 동호가 "중학생"(111면)으로 반짝 등장한다. 또다른 살아남은 자를 보여주는 5장 '밤의 눈동자'는 1장처럼 '나'가 드러나지 않는 2인칭으로 복귀했다. '당신'은 『채식주의자』의 인혜를 연상시킬 만큼 엄격한 견인주의를 실천하는 노동자 출신 선주다. 왜 '너' 대신 '당신'일까? 2000년대 서울의 시민단체에서 중독된 기계처럼 일하는 그녀는 이미 "만 사십삼세"(146면), 동호와 달리 어른이라는 점뿐 아니라, 찢겨진 성자처럼 살아가는 여성노동자에 대한 경의 또한 내포되었지 싶다. 처음으로 노동자의 세계가 집중적으로 포착된 5장에서 노조와 소시민의 꿈 사이에서 갈등하던 정대의 누나 정미의 숨은 면모가 드러남과 함께 동호가 또 '너'(172면)로 등장한다. 6장 '꽃 핀 쪽으로'는 동호의 모친 1인칭이다. 이미 30년이 지난 광주, 처음으로 사투리가 지배한다. 동호가 2인칭으로 첫대목부터 등장함(178면)은 물론이다. 작품 제작기라고 할 에필로그 '눈 덮인 램프'의 '나'는 작가 한강이라고 보아도 좋을 만큼 민얼굴이지만 그래도 소설가란 완전히 믿기는 어려운 이야기꾼인지라, '내포저자'로 여기는 게 일관적이겠다. 역시 동호가 중심 대상이다.

　이상에서 보듯, 에필로그까지 포함한 모든 장에 학살된 소년 동호가 등장한다. 『채식주의자』가 영혜를 추적한다면 『소년이 온다』는 동호를 추구한다. 그렇다면 동호가 '인물의 초점'인가? 동호는 리얼리즘 소설의 '문제아적 주인공'이 아니다. 주인공이라기보다는 오히려 각 장 또는 다른 인물들을 매개하는 플랫폼에 가까워, 결과적으로는 광주항쟁의 작은 집합적 초상이 구축된 것이다. 물론 '집단적 주인공'의 사회주의리얼리즘 소설 또한 아니다. 노동자의 세계도 핍진하게 그려냈지만 실제로 존재한/존재하는 어떤 사회주의와도 거의 무관하거니와, 단일성이야말로 이 소설이 배제한 첫번째 적이다. 그렇다면 동호라는 플랫폼에서 여러 인물들 속으로 흩어지는 포스트모던 소설인가? 진실의 다중성을 빙자하여 '개와

늑대의 시간'을 농하는 포스트모던 또한 아니다. 한강은 이미 『채식주의
자』로 포스트모던을 졸업했다. 진실들에 이르기 위한 다중적 접근을 허락
하되 진리의 형이상학에 굴복하지 않는 데 둥지를 튼, 그리하여 1인 주인
공 소설과 집단적 주인공 소설을 가로지른 이 소설의 자리는 묘하다.

조금 더 톺아보자. 1장의 시간은 "지난 일주일이 실감되지 않는"(24면)
다는 데 유의하건대, 5월 25일 즈음이다. 5월 21일 계엄군이 철수한 이후,
5월 27일 도청이 함락되기 이전이니까, 시민자치가 한창인 때다. 작은형
이 삼수생이고 큰형은 "서울에서 9급 공무원으로 일"(30면)한다는 데서
짐작되듯 평범한 소시민 가정 출신의 중학생 동호는 왜 상무관에서 학살
된 시체들을 보살피는 일을 돕게 되었나? "학년에서 제일 작은"(51면) 친
구 정대와 "스무살 (⋯) 키가 작"(37면)은 방직공장 여공인 그의 누나 정
미, 이 '작은 신의 아이들'은 동호 집에서 자취한다. "일요일(5월 18일—인
용자)부터 안 들어"(14면)오는 정미 찾으러 정대와 거리에 나갔다 시위에
합류한 동호는 총격에 "모로 넘어진 정대를 뒤로하고"(31면) 도망친 '죄의
식'에 정대 찾으러 상무관에 왔다가 은숙(수피아여고 3학년)과 한 조로 일하
는 선주(충장로 양장점 미싱사)의 권유로 상무관 일을 돕던 것인데, 그곳에서
"서울에서 대학을 다니다 휴교령 때문에 내려"(16면)온 대학 신입생 진수
도 만난 것이다. 동호가 플랫폼이듯 이후 각 장으로 독립될 주요인물들이
거의 다 등장하는 1장도 일종의 플랫폼이다.

2장에서 5장까지는 1장에 등장한 인물들의 각 편으로 죽은 정대가 화
자로 나오는 2장은 1장의 짝이다. 정대는 정미와 동호의 죽음을 강력히 암
시한다. "누나는 죽었어"(50면), 그리고 5월 27일 도청의 새벽, "그때 너(동
호—인용자)는 죽었어"(64면). 3장에서 5장까지는 도청 진압 이후 살아남은
은숙, 진수, 선주의 후일담으로 그들의 기억 속에 흩어진 동호, 그 죽음에
이르는 도정이 퍼즐처럼 맞추어진다. 3장의 주인공 은숙 또한 투사가 아
니다. 마지막 밤 진수의 호위 아래 도청을 빠져나오다가 "좁은 어깨에 총

을 메고서 고개를 끄덕이고 있는"(89면) 동호를 발견하고 그녀는 경악한다. 그러나 "데리고 가려 하자 너는 계단으로 날쌔게 달아났다"(92면). 4장은 진수의 이야기다. 그의 이야기를 항쟁 당시 교대 복학생 '나'가 들려주는데, 끝내 '나'의 이름은 익명이다. "초등학교 교사가 되는 게 인생의 목표였던"(112면) '나'나, "아직 뺨에 솜털이 나 있"(109면)는 대학 신입생 진수 또한 투사가 아니었다. 그리고 동호의 끔찍한 최후가 마침내 드러난다. "씨팔, 내가 월남 갔다 온 사람이야."(133면) 야비하게 외치던 한 장교가 두 손 들고 내려오는 동호를 비롯한 어린 학생들을 총격으로 학살한 것이다. 결국 진수는 자살로 폐허의 삶을 마감한다.

미싱사 선주의 이야기를 풀어낸 5장은 각별하다. 그녀는 원래 서울과 인천에서 두번 해고된 노동자다. "성희 언니의 옥탑방"에서 열리던 "노조 소모임"(136면)에 막내로 참여함으로써 1970년대의 치열한 여성노동운동에 입문한 그녀는 복직투쟁 대신 귀향하여 양장점 미싱사로 새출발했는데, 그러는 사이 성희와 연락이 끊어진 상태였다. 그런 그녀가, "양장점 주인이 대학생 아들을 데리고 영암의 동생네로 내려가버린 화창한 봄날"(158면), 하릴없이 거리를 걷다가 전남방직 여공을 가득 태운 버스가 눈에 들어, 그녀들이 부르는 투쟁가, "그 노래를 따라, 당신은 홀린 듯"(159면) 시위에 합류한다. 냉담자의 전환이다. 도청 마지막 밤의 가두방송에 나선 후 그녀가 겪은 지옥은 "*몸을 증오하게 되었다*"(167면)라는 말로 요약되거니와, 출옥 후 금남로에서 맞닥뜨린 동호의 주검 사진에서 그녀는 "*고통의 힘, 분노의 힘으로*"(173면) 삽시간에 부활한다. 그럼에도 이후 재회한, 노동운동가로 진화한 성희와 뜨악하다. "희생자가 되어선 안돼,라고 성희 언니는 말했다. *우리들을 희생자라고 부르도록 놔둬선 안돼.*"(175면) 도청을 지킬 이들을 희생자라고 명명한 성희에 대해 선주는 온몸으로 저항한다. '희생'이라고 발화하는 순간 위계제에 포박되는 딱딱한 기제 대신에 그녀는 "끝까지 남겠다고 가만히 손을 들었던 마지막 밤"(같은 곳)의 무서운 우정을 옹호한 것이다. 그럼에도 그녀의 삶은 가엽다. 중학교 졸업한 학기를 앞두고 일에 뛰어든 이후 교도소 1년을 제외하곤 40대에 이르기까지 "노동을 멈춘 적이 없"(154면)는 선주는 위태롭다. *"죽지 말아요."*(177면) 5장을 마감하는 선주의 이 외침은 성희와의 화해를 위한 전언이지만 한편 자신에게 던지는 외마디이기도 한 것이니, 가난을 파악해가는 작가의 눈매가 깊다. 노동자, 특히 여성노동자들이야말로 "최소한의 생계비" 곧 빈곤선(poverty line) 아래에 해당하는 가난한 사람의 핵심[15]이기 때문이다.

6장과 에필로그는 일종의 부록으로 묶을 수도 있겠다. 우선 어조가 밝아졌다. 농호 어머니의 전라도 사투리 때문만은 아니다. 조임을 풀 때도 됐지만, 이미 5장에 예각적으로 드러난, 도청을 지킨 사람들의 뜻을 뭉뚱그려 헤아리는 매듭이 환해진 까닭이다.

> 패배할 것을 알면서 왜 남았느냐는 질문에, 살아남은 증언자들은 모두 비슷하게 대답했다. *모르겠습니다. 그냥 그래야 할 것 같았습니다.*
> 그들이 희생자라고 생각했던 것은 내 오해였다. 그들은 희생자가 되기를 원하지 않았기 때문에 거기 남았다. (212~13면)

마지막 밤을 함께한 것은 뜻밖에도 마음이다. 교대 복학생의 말 그대로 "그 양심의 보석을 죽음과 맞바꿔도 좋다고 판단"(116면)한 그 무서운 밤은 결단의 참여라기보다는 노예선에 동승한 사람들의 남을 사람들에 대한 측은지심(惻隱之心), 그 자리를 빠져나갈 때 엄습할 수오지심(羞惡之心)일지도 모른다. 항쟁 중 학살당한 자도, 학살에서 살아남아 죽은 자보

---

15 카와까미 하지메는 가난한 사람을 첫째, 부자에 비해 가난한 사람, 둘째, 구휼을 받는 사람, 셋째, 빈곤선 아래 있는 경제학적 의미의 가난한 사람으로 나누고 세번째를 중심으로 삼았다. 『빈곤론』 32~40면.

다 더 깊은 지옥에 빠진 자도, 그 고갱이는, 그 어떤 훼손에도 저항하는, 아니 훼손 속에서도 훼손될 수 없는 고갱이는 사람됨(humanitas)의 끝〔端〕이었다. 그런데 그냥 그렇게 함께 있음을 실행한 자들은 지배와 피지배, 또는 위계에서 배제된 소수자들, 동호, 정대, 정미, 은숙, 진수, 선주 들이었다. "진정한 행동은 그 어느 것이나 이 세상에서 또 이 세상의 도래를 위해 익명으로 성취된다."(들뢰즈)[16]

이 장편은 내포저자의 망월동 참배로 끝난다. "기도하지 않았다. 눈을 감고 묵념하지도 않았다."(215면) 문득 올해 작가회의 회원들과 망월동을 찾았을 때 눈 감고 묵념하고 기도한 일이 부끄러워졌다. 한편 비(非)총체성을 지독한 고투로 성취한 이 특이한 장편이, 사실은 『채식주의자』도 그 때문에 시적인지라, 소설적 육체가 수척한 점이 걸린다. 시간의 복수가 현재의 눈부신 귀환으로 성숙할 한강의 이후 작업을 고대한다.

4. 서둘지 말라: 『안녕 주정뱅이』

워낙 구성이나 문체가 조밀해서 평론가들 골탕 먹기 십상인 게 권여선의 단편들이다. 최근작 7편을 모은 『안녕 주정뱅이』 또한 기대를 저버리지 않는데, "잔혹한 농담을 하는 인생의 입"[17]들을 보물찾기 하듯 짚어낸 신형철(申亨澈)의 해설 「'호모 파티엔스'(homo patiens)에게 바치는 경의」가 미쁘다. 마침 읽은 이경재(李京在)의 서평도 유익했다. '그날' 이후의 삶에 스민 퇴폐에 곤고하는 권여선 문학의 과거 피구속성(被拘束性)이 이 단편집에서 미묘하게 변화하고 있음을 지적한바,[18] 새 국면의 임박성

---

16 진은영 「출구 찾기 혹은 새로운 탈영토화: 카프카의 단편소설 2」, 『들뢰즈와 문학-기계』, 소명출판 2002, 399면에서 재인용.
17 권여선 『안녕 주정뱅이』, 창비 2016, 248면. 이하 본문의 인용은 면수만 표기.

을 머금은 한 국면의 종언을 가리킬 제목 '안녕 주정뱅이'가 이미 강력한 암시다.

이 단편집에도 과거는 열쇳말의 핵이기는 하다. 특히 규와 주란 부부의 이별여행에 낀 훈, 세 친구의 동행을 서사한 「삼인행」은 전형적이다. 규가 원주의 만종분기점을 지날 때면 "항상 박종철 열사가 생각난다는 뜬금없는 소리"(49면)를 하는 데에서 짐작되듯, 그들은 1980년대 학생운동에 직간접적으로 연계된 인물들이기 십상이다. 훈이 파탄에 이른 이 부부를 "가엾고 기괴한 잔여물"(62면)이라고 내심 한탄하고, 그날밤 셋이 한데 엉켜 말다툼하다 드디어 "너도 독재, 나도 독재, 주란도 독재. 알고 보면 우리 다 독재나"(67면)라고 폭발할 때, 이 작품의 후일담적 성격은 남김없이 드러난다. 그리고 겉으로는 너무나 평온한 다음날 아침의 해장, 이 마무리를 신형철은 "어떤 체념적 평온함"(258면)으로 명명했거니와, 안으로 고요히 부패하는 삶의 편재(遍在)를 우리 시대의 묵시록적 풍경으로 갈아앉힌 권여선의 눈매가 불상(不祥)하다. 이 단편의 제목은 『논어(論語)』 삼인장(三人章)의 패러디다. "세 사람이 가는 데에 반드시 나의 스승이 있나니, 그 착한 자를(것을) 가려서 따르고, 그 착하지 못한 자는(것은) 고치느니라."[19] 이상국가의 건설을 위해 천하를 철환(轍環)하던 시절, 그 고난의 행로에서 공자(孔子)가 길어올린 지혜의 낙관주의를 작가는 "눈 내리는 창백한 회색 풍경"(73면)으로 전복한다.

「역광」은 과거로부터 비교적 자유로운 신인 소설가 '그녀'를 주인공으로 한 단편임에도 「삼인행」 못지않게 잿빛이다. 그 설계 또한 복잡해서 위현이라는 인물이 그녀의 환상이라는 점이 밝혀졌을 때는 권여선마저 믿

---

18 이경재 「기억의 형질변환: 권여선 소설집 『안녕 주정뱅이』」, 『문학의오늘』 2016년 가을호 285~92면.

19 정요일 『논어강의』 天, 새문사 2009, 533면. 참고로 원문을 들어둔다. "子曰 三人行 必有我師焉 擇其善者而從之 其不善者而改之." 여기서 '고친다'는 물론 내성(內省)이다.

을 수 없는 화자인가, 하는 약간의 배신감마저 들던 것인데, 이 복잡한 기계를 신형철과 이경재는 정말 잘 분해했다. 특히 '그녀'를 "자기를 속이느라 타인들을 잃어버린 인간"(255면)이라고 정리한 신형철의 분석이 그럴듯했다. 그런데 나는 이 단편의 공간, '예술인 레지던스'에 주목한다. 도시에서 떨어진 산마을, 그 입구에서 다시 "1킬로미터 넘게 걷는"(140면) 곳에 자리 잡은 이 외딴 숙소에는 별난 예술가들이 우글거리는바, 이는 사실 현대의 낯선 풍경이다. "그날은 며칠 새 기온이 급속히 올라 모든 꽃들이 서수적 시간에 항거하듯 일시에 꽃망울을 터뜨린 날이었다."(161면) 이 숙소에 스스로 갇혀 종작없이 꽃망울을 터뜨리는 예술가들만큼 자본주의 예술시장체제를 환유하는 존재들도 드물거니와, 사육된 문학이 이르게 될 자기소외의 도정에 대한 작가의 알아챔이 무의식적이기도 한지라 이처럼 기괴한 단편이 생산된 것이다.

과거에 묶였든(「삼인행」), 과거로부터 자유롭든(「역광」), 자본의 포섭이 강화되는 우리들의 시대, 그 묵시록의 풍경을 귀신같이 그려냈는데, 신분 또는 계급에 대한 은밀한 촉이 움직이는 작품들 또한 새롭다. "가난하고 못 배우고 생각 없는 사람들이 미워요"(133면)라는 대담한 발언이 등장하는 「카메라」도 흥미롭지만, 결이 다른 여성들의 우정을 분석한 「실내화 한켤레」와 비대칭의 연애를 다룬 「층」이 맞춤이다. 14년 만에 재회한 강남의 여고 동창생 혜련, 선미, 경안 사이에는 '실내화 한켤레'라는 선(線)이 가로놓였다. 혜련과 선미가 경안을 돌려놓고 둘이서만 춤추러 간 때, 그 학교 현관에 놓였던 경안의 실내화는 비단 노는 애와 공부하는 애 사이의 분리만은 아닐 터이다. 예쁨과 끼로 한패처럼 보이던 혜련과 선미 사이에도 숨은 선이 존재한다. 선미는 강남 본바닥 애가 아니었던 것이다. 드디어 선미는 혜련의 치명적 섹스를 방치함으로써 오랜 짝패 혜련조차 선 밖으로 내몬다. 실은 고교 때 경안을 혜련으로부터 떼어놓은 주동자도 선미니, 그녀야말로 사람들 사이를 가르는 선 긋기의 대행자였다. 그런데 진짜

선은 이 한심한 강남아줌마들과 경안 사이에 존재한다는 반전이 통렬하다. 좋은 대학 나와서 시나리오 작가로 행세하는 경안이야말로 그렇고 그런 혜련과 선미가 범할 수 없는 너머에서 그녀들의 딱한 삶을 내려다보고 있기 때문이다.

이 예민한 문제가 「층」에서는 남녀 사이로 이동한다. 뼈다귀만 추리면 서울 중산층의 딸로 박사과정을 마치고 대학강사 노릇을 하는 예연과 헬스트레이너였다가 이자까야를 했다가 지금은 초밥집을 연 인태 사이의 연애 전말기(顚末記)다. '층'이 다른 남녀의 연애라는 주제에 관한 한 이미 고전이라 할 황석영(黃晳暎)의 「섬섬옥수」(1973)처럼 노골적인 것은 아니지만,[20] 「층」에서도 연애는 실패한다. "끝까지 시치미를 떼다 뒤통수를 치는" "예연은 개년이다"(230면)라고 욕하면서도 미련을 버리지 못하는 인태도 그렇지만, "거칠고 팍팍했을 것이 분명한 그의 삶이 무섭게 느껴졌다"(237면)고 발을 빼면서도 어떤 속물성에 괴로워하는 예연도 아처롭다. 그녀가 속한 세상도 교수·강사 모임 장면에서 폭로되었듯이 인태 쪽에 비해 나을 게 없음에도 그로부터 후퇴하는 그녀를 나는 솔직히 비난만할 수 없다. 상대적 가난이든 절대적 가난이든 이 근본문제가 유예된 현실에서는 계급이 가장 날카롭게 교차하는 연애 또는 결혼이라는 장의 불건강성이 치유될 단초조차 찾아지기 어렵다는 것을 여성의 눈으로 「섬섬옥수」를 되감아 반추한 이 단편은 다시금 일깨우던 것이다.

두루 회자되듯이 이 단편집의 백미는 「봄밤」과 「이모」다. "과거가 아닌 현재에 충실한 인간들이 등장하기 시작한"[21] 징후로 주목받은 전자는 과연 후일담이 아니다. 요양원에서 '알류커플'로 애칭되는 알코올중독자 영

---

20 부르주아 출신 여대생 미리와 배관공 상수의 연애 전말을 그린 「섬섬옥수」에서 여주인공은 처음부터 상수를 시골집 잡종견처럼 여겼고, 상수 또한 미리를 통쾌하게 거절하는 것으로 마무리한 점에서 「층」에 비해서는 결이 덜 복잡하다고 하겠다.
21 이경재, 앞의 글 291면.

경과 류머티즘 환자 수환의 죽음에 이르는 연애담인데, 사실 둘 사이에도 선이 있다. 영경은 국어 교사 출신이고 수환은 쇳일로 생애한 자인데, 그야말로 과거로 대변되는 모든 제도를 넘어 그들은 12년 전 "일주일 만에 수환이 옥탑방을 정리하고 영경의 아파트로 들어오면서"(10면) 전광석화처럼 결합한다. 둘 다 결혼에 실패한 전력을 공유한 중년이라는 점도 작용이야 했겠지만 그것만으로는 설명되지 않는 무엇이 있다. 앞에서 연애 담이라고 했지만 둘의 관계는 연애이면서 연애가 아니다. 이윽고 수환도 죽고 의식불명인 채 요양원으로 실려온 영경도 죽는다. 술 마시러 나간 바람에 수환의 임종을 지키지 못한 영경에게 요양원 사람들이 지녔던 적의는, 몸이 좀 회복된 뒤 수환의 기억을 잃은 채로 온 병실을 헤매는 영경의 모습에서 눈 녹듯 사라진다. "영경의 온전치 못한 정신이 수환을 보낼 때까지 죽을힘을 다해 견뎠다는 것을, 그리고 수환이 떠난 후에야 비로소 안심하고 죽어버렸다는 것을, 늙은 그들은 본능적으로 알았다."(39면) 그 성스럽기까지 한 유대는 연애니 사랑 따위는 가비얍게 초과하는, 빛나는 정치적 우애가 아닐까.

「삼인행」과 「층」을 전복한 것이 「봄밤」이라면, 「실내화 한켤레」를 뒤집은 것이 「이모」다. '나'의 시이모 윤경호의 짧지만 개결한 만년을 인상적으로 부조한 「이모」 또한 후일담이 아니다. 대학 1학년 때 아비가 술에 취해 급사하는 바람에 가장 역할을 떠맡아 일생을 독신으로 친정 뒷바라지에 골몰한 그녀는 현대판 심청이다. 심청이 심봉사를 버리고 인당수에 빠지듯 윤경호도 "쉰다섯살에 홀연 사라"(87면)진다. 어린 심청에게 열린 가능성은 이미 노년을 코앞에 둔 윤경호에겐 부재한다. 그럼에도 그녀의 자발적 실종은 아름답다. 비록 암으로 겨우 2년밖에 허용되지 않았을지언정 수녀처럼 조찰한 삶을 살아온 윤경호는 온 세상에 편만한 비천함을 견디라고 속삭이는 견인주의를 마침내 거절한 조용한 반역의 아이콘인저. 자칫 지워질 그녀의 고결한 만년이 글 쓰는 '나'에 의해 드러났으니, '나'와

이모 사이의 세대를 넘어선, 우정보다 깊은 자매애가 기룹다.

　권여선의 문학에 우애와 자매애가 봉긋한 현재의 촉이 움직이기 시작했다. 물론 불치병으로 뒤틀린 현재이거나(「봄밤」), 겨우 2년의 현재이거나(「이모」), 아직은 궁핍하지만, 그게 뭐 대수랴. "이제 시작일 뿐이라고, 서둘지 말자고 스스로를 타"(「봄밤」33면)이르며, 죽음들을 예감한 영경이 나직이 읊조린 김수영(金洙暎)의 시 「봄밤」(1957)이 스승이다.

　　애타도록 마음에 서둘지 말라
　　강물 위에 떨어진 불빛처럼
　　赫赫한 業績을 바라지 말라
　　개가 울고 종이 들리고 달이 떠도
　　너는 조금도 당황하지 말라
　　술에서 깨어난 무거운 몸이여
　　오오 봄이여

　　한없이 풀어지는 피곤한 마음에도
　　너는 결코 서둘지 말라
　　너의 꿈이 달의 行路와 비슷한 廻轉을 하더라도
　　개가 울고 종이 들리고
　　기적소리가 과연 슬프다 하더라도
　　너는 결코 서둘지 말라
　　서둘지 말라 나의 빛이여
　　오오 人生이여

　　災殃과 不幸과 格鬪와 靑春과 千萬人의 生活과
　　그러한 모든 것이 보이는 밤

눈을 뜨지 않은 땅속의 벌레같이
아둔하고 가난한 마음은 서둘지 말라
애타도록 마음에 서둘지 말라
節制여
나의 귀여운 아들이여
오오 나의 靈感이여[22]

    얼핏 전란에 황폐한 시인의 삶에 바치는 노성한 위로인가 싶지만, 아니다, 뜻밖에 어조는 나직이 단호하다. 의용군과 거제도포로수용소 사이에서 격렬하게 요철한 뒤 마침내 새로 둥지를 튼 한강변 구수동(舊水洞) 집, 시인에게 찾아온 어떤 위로를 알아챈 작가의 눈이 미쁘다. 실상 이 단편 집 전체가 김수영에 대한 오마주다. 전후의 폐허에 바친 김수영의 위로를 권여선은 다시 우리들의 시대, 그 비천함 속에서도 간신히 은은한 우애에 헌정한 것인데, 우애는 이미 정치다. 우애가 '층' 저쪽, 가난한 사람들에게까지 어찌 확장될지는 까다로운 문제지만, 정말 '주정뱅이'는 '안녕'이다.

---

22 김수영 『달나라의 장난』, 춘조사 1959, 50~51면.

제 3 부

시 와 정 치

자력갱생의 시학

1. 독자의 위기

문학의 위기론이 유행처럼 번질 때도 시는 그다지 큰 영향을 받지는 않았다. 문학의 위기는 영상언어와 힘겨운 경쟁을 벌이는 소설에 더욱 관계되기 때문이다. 귀족적 기원을 가진 시는 일찍이, 천출(賤出)에서 근 대문학의 왕자(王者)로 등극한 소설에 그 지위를 양도하였기에 독자 또는 시장과 그만큼 깊은 관련을 가지고 있지는 않다. 그렇다고 시가 독자의 집중적 시선 바깥에만 있었다는 얘기는 아니다. 예컨대 목숨을 건 반유신투쟁으로 나라 안팎의 주목을 받았던 김지하(金芝河)는 대표적이다. 그럼에도 그것은 어디까지나 한국민주주의의 운명이라는 서사시적 위용과 관계되는 것이지, 시장적 요소의 발현은 아니었다. 때로는 시도 최영미(崔英美)의 『서른, 잔치는 끝났다』(창비 1994)처럼 독자의 총아가 되기도 했다. 그런데 이 역시 단지 시장적 현상이라기보다는 전도된 정치성의 표출에 가깝다. 그것은 1990년대라는 회색지대, 그 정치성과 탈정치성의 경계에서 피어난 낙조의 찬란한 스러짐, 다시 말하면 이행단계에 놓인 김지하적인 것의 최종 발현일 터이다. 이 점에서 변함없이 그리고 지속적으로 각광 속에 화려한 것은 소설 쪽이다. 그런데 시는 근대에 들어서 소설에 지배적 지위를 양보하고 하야한 바로 그 점 때문에 소설이 들쭉날쭉 요철의 행진으로 불안할 때도 오히려 항심(恒心)의 길을 미쁘게 걸어왔던 것이다.

최근의 시적 상황은 뭔가 중대한 변화를 보이는 것 같다. 시 독자가 급감하고 있다고 한다. 한국시의 지속적 성숙을 지지해온 적정한 시 독자층의 급속한 분해는 심각한 문제가 아닐 수 없다. 시인들 사이에서만 고독하게 교신되는 비밀의 상형문자 상태로 우리 시를 끌어갈지도 모를 이 불길한 조짐은 시 쪽에만 해당되는 것은 물론 아니다. 이제는 식상한 이야기지만 영상의 지배력이 강화되면서 소설에서도 독자의 전반적 이탈이 두드러지고 있기는 하다. 그런데 소설가 또는 평론가들이 이미지의 범람에 탓을 돌리는 논의들도 신물나거니와, 시 독자의 격감을 또 문학 일반의 상태로 환원해버리는 것도 무책임하다. 다시 반복건대 시는 시장적 요소에 덜 연동된 장르이기 때문이다. '귀명창이 명창을 만든다.' 이는 판소리계의 금언이다. 판소리는 그 맛을 제대로 음미하고 평가할 줄 아는 최고의 청중 즉 귀명창들의 존재에 결정적으로 의존해왔다. 시장의 변덕에도 불구하고 한국시를 변함없이 지지해온 그 귀명창들이 시나브로 빠져나가는 오늘의 썰물에 어떻게 대처할 것인가?

시 독자의 급감과 함께 눈여겨봐야 할 점은 그럼에도 시인 지망자의 수는 여전하다는 사실이다. 신진 시인을 등용하는 온갖 종류의 제도들은 폭주하는 시인 지망자들로 호황을 누리고 있다. 이 반어적 상황은 무엇을 가리키는가? 한국사회의 이 각별한 시열(詩熱)은 시의 소외 속에 본격문학의 쇠퇴를 확인하고 있는 선진자본주의사회를 추종하지 않을 한국문학의 건강한 지표라고 볼 수도 있다. 다른 나라들에 비해 아직도 한국시는 상대적으로 양호하지만, 시인 지망자의 양적인 규모가 좋은 시를 알아보고 즐기는 과정에서 한국시를 부축하는 양질의 독자층의 유지를 보장하지 못한다는 점에서 문제다. 감소하는 시 독자층에 대한 시인 및 그 지망자의 과잉이라는 이 부조화! 과문한 탓이기를 바라지만, 선후배 시인 사이에서 이루어지는 치열하고도 정다운 토론이 거의 적막강산이다. 무성한 뒷공론이 양명(亮明)한 토의로 이행하지 못하는 우리 시단의 행태는 공공선에 대한 충성을 바탕으로 한 대화정신의 부족과 연관되는 것은 아닐까? 어쩌면 시 독자의 감소와 시인 지망자의 과잉은 동전의 양면을 이루는지도 모른다. 그리하여 '나의 시'를 앞세우는 풍조는 독자의 위기로 전이된다. 좋은 독자가 되기보다는 너도나도 시인이 되려고만 한다. 이 경향성은 어디에서 기원한 것일까? 한국사회는 아직도 계급 또는 계층 이동이 상대적으로 수월한 편이지만, 그럼에도 양극화의 심화 속에 이랑과 고랑의 고착이 날로 심화되어가는 추세에서 문학은 그 벽을 단숨에 넘을 가능성을 품은 일종의 벤처다. 소설보다는 덜하지만 시 쪽에도 평등주의 확대의 일환으로서 신데렐라콤플렉스가 작동한다. 이 점에서 비록 소수지만 정예의 독자층을 거느린 선진자본주의 나라들보다 어쩌면 상황이 더 나쁜지도 모른다.

마침내 한국시에도 도래한 독자의 위기를 어떻게 극복할 것인가? 세태의 경박함에 탓을 돌리는 사이비 귀족주의는 정말 사절이다. 독자란 바람 같은 존재다. 재미있고 유익하면 모이고, 지루하고 무익하면 흩어진다. 이것은 단지 난해의 문제가 아니다. 진짜 난해시는 그 자체만으로도 고맙다. 골방에서 웅얼거리는 난해시의 아류도 고통이지만, 쉬우면서도 지루한 시는 못내 괴롭다. 공연히 행갈이를 포기하고 김빠진 맥주 같은 산문한토막을 시의 이름으로 양산하는 최근 산문시는 더욱 질색이다. 도시의 산문을 전복적으로 모방함으로써 도시의 악령적 성격을 비판하는 일종의 게릴라로 출현한 산문시는 요즘 한국시에서는 그저 나른한 도시의 노스탤지어로 전락하기 일쑤다. 나는 시 독자로서 무엇보다 지금 우리 시가 직면한 독자의 위기를 극복하기 위해서 생산자이자 발신자인 시인들이 먼저 자기 시를 갱신할 새로운 언어, 새로운 리듬을 찾는 모험에 나서야 함을 강조하고 싶다. 그것은 시인사회 내부의 끊어진 대화의 다리를 재건하는 일과도 무관한 것이 아니다. 선배들은 후배들에게 유산을 계승하라고 강제하지 않는다. 또한 후배들도 선배들에게 시대를 이월하라고 요구하지 않는다. 선후배 시인들 모두, 시대의 호흡에 대한 자기 나름의 긴장을 획득하는 독자적 싸움을 전개하면서 존이구동(存異求同)의 대화를 나눌 때, 다시 말하면 양자 모두 각자의 '님'으로 귀환할 때, 한국시는 미래로 가는 새로운 통로에서 함께 만날 수 있을 터이다.

2. 시와 평등주의

독자의 감소에도 불구하고 시인은 쏟아지고 시집은 범람하고 산문시가 유행하는 데서 짐작되듯이, 한국시는 최근 전반적 이완의 경향을 보인다. 물론 어느 시대에나, 특히 근대 이후 그런 흐름이 감지되지만, 독자와의 소통을 거의 방기한 채 자기표출에 급급한 최근의 경향은 각별한 것이다. 이는 아마도 한국사회의 민주화가 더이상 군부독재 또는 유사 군부독재로 회귀할 수 없는 결정적 반환점을 돈 것과 연관될 터이다. 참여정부의 출범과 더불어 그동안 우리 사회를 무겁게 눌러왔던 무쇠 뚜껑이 열리면서 대중의 반란이 처처에서 분출했다. 4월혁명과 5·16쿠데타 직후, 체제와 반체제를 막론하고 사회의 중추로 등장한 새 세대가 거의 40년간 한국을 이끌면서 고착된 구조가 보스들의 퇴장을 고비로 급속히 해체의 길로 들어섰다. 그 힘의 공백지대로 풍요사회의 자식들이 답지하고 있다. 혁명적 지식인들의 자기복제에 가까운 민중도 아닌, 지배엘리트에 조종되는 순종적 대중도 아닌, 그럼에도 양자의 특성을 일부분 계승한 이 새로운 다중은 권력의 교체서사 바깥에 있었다는 점에서는 하위자지만 새로운 정치성으로 단지 하위자에 머무르지 않는 독특한 한국적 집단이 아닐 수 없다. IT로 무장한 몽골 기병단(騎兵團)의 출현 속에서 한국사회의 엘리트주의는 민주화의 전진과 더불어 급속히 평등주의로 이행 중이다. 또 끄빌(A. Tocqueville, 1805~59)은 민주주의의 확대로 귀결된 유럽에서의 혁명과 반혁명의 긴 투쟁의 와중에서 문학이 "약한 자와 가난한 자가 그로부터 매일 무기를 끌어내고자 하는 모든 이에게 열린 병기고"[1]가 되었다고 지적한바, 그것은 4월혁명의 자식들과 쿠데타 세력 사이의 기나긴, 그럼으로써 더욱 복잡한 싸움의 양상으로 전개된 20세기 후반 한국에서 그대로 실현되었다고 해도 지나친 말이 결코 아니다. 민주주의의 반대자 또한 민주주의의 발전에 기여한[2] 절차적 민주화 과정이 일단락된 이후 닥쳐온 문학의 위기는 무엇인가? 이미 그때도 예감되었지만 문학이라는 병기고에서 무기를 제공받던 시민들이 이제는 스스로 무기를 제조하게 되었다. 문학의 위기란 실상 문학의 민주화 또는 대중화의 다른 이름이었으니, 그 최후 단계로 드디어 시의 위기 즉 시의 대중화 현상이 재래하였던 것이다. 이 평등주의의 거센 바람 속에서 시의 미래는 어디에 있는가? 평등주의를 선도한 민중시에서조차 숨은 표적으로 간직된 시의 귀족적 낙인이 해체될 때, 시는 어떤 모습으로 나타날까?

위대한 문학을 "의미로 충전된 언어"(language charged with meaning)로 정의한 파운드(E. Pound)는 그중에서도 "언어표현의 가장 응축된 형식"(the most concentrated form of verbal expression)인 시를 충전도 최고로 간주했다.[3] 그의 교과서적 정의야 새삼스러울 게 없는 것이지만, 양

---

1 Alexis de Tocqueville, *Democracy in America*, trans. by Arthur Goldhammer, New York: The Library of America 2004, 5면.

2 같은 책 6면.

3 Ezra Pound, *ABC of Reading*, New York: New Directions 1987, 36면.

(洋)의 동서를 막론하고 공통적인, 시에 대한 이 오래된 사유를 지금 한 번쯤 상기할 필요가 없지 않다. 파운드는 특히 파노포이아(phanopoeia, 시각적 상상) 측면에서 최고의 시로 한시(漢詩)를 드는데,[4] 당시(唐詩)야말로 시가 고도로 충전된 언어조직이라는 점을 잘 보여준다. 백거이(白居易, 772~846)의 시 「유십구에게 묻노라(問劉十九)」[5]를 읽어보자.

綠螘新醅酒	녹의신배주	녹색의 개미들, 진국의 새 술
紅泥小火爐	홍니소화로	붉은 진흙, 작은 화로
晚來天欲雪	만래천욕설	해 저물자 하늘은 눈이 오려는데
能飲一杯無	능음일배무[6]	한잔 술을 마시지 않겠나?

'녹의(綠螘)'는 술항아리 위로 보글보글 끓어오르는 거품이 마치 푸른 개미떼 같다는 비유다. 거르지도 않은 진국이니 그 향기는 또 얼마나 복욱(馥郁)할 것인가? 뛰어난 시인답게 백거이는 느낌의 현재에서 문득 시작한다. 이 생생한 즉물성은 다음 행으로 연결된다. 붉은 진흙으로 구운 작은 화로. 술을 데우는 화로의 배치를 통해 시인은 겨울 속에 봄을 마련한다. 그런데 1행의 '녹의'처럼 2행에서는 '홍니(紅泥)'를 앞세운다. 녹색과 홍색의 선명한 대비가 눈부시다. 그래서 나는 이 두행을 통사적으로 불완전한 그대로 명사형 이미지들의 병치로 번역했다.[7] 시인은 3, 4행에서

---

4 같은 책 42면.

5 유십구는 시인 유우석(劉禹錫, 772~842), 십구는 항렬을 나타낸다. 이 허물없는 호칭에서도 둘 사이의 자별함을 짐작할 수 있겠다.

6 邱燮友 譯註 『新譯唐詩三百首』, 臺北: 三民書局 1976, 338면.

7 고립된 명사형 이미지들의 병치로 이루어진 행들을 통사적으로 완결된 문장으로 푸는 번역의 관행이 당시의 이해를 가로막는다는 점을 깨닫게 된 것은 Yu-Kung Kao(高友工)·Tsu-Lin Mei(梅祖麟), "Syntax, Diction, and Imagery in T'ang Poetry"(*Harvard Journal of Asian Studies*, Vol. 31(1971)를 읽은 덕이다. 텍스트는 이장우(李章佑) 교수가 영남대 중문과 교재로 편집한 영인본이다(영남서원 1979).

는 앞의 행들과 달리 통사적으로 완결된 문장을 배치한다. 이 변화 속에
서도 저물녘의 눈을 머금은 하늘의 이미지는 앞의 밝은 이미지를 타고 가
면서 뒤집힌다. 눈이 내리는 것이 아니라 눈 내리기 직전의 하늘, 눈의 예
감으로 침침한 하늘의 오묘한 그늘에서 오는 긴장은 1행에서 환기된 술에
대한 행동을 지정하는 4행의 엇물림을 통해 근사하게 해소된다. 이미지가
이미지를 어떻게 타고 넘어가는가를[8] 그대로 보여준 시가 아닐 수 없다.
이미지의 계단이 안에서 밖으로, 사물에서 인간으로, 불완전한 통사에서
완결된 통사로 이행하는 견고한 논리적 구축을 보여주는 이 멋진 초청장
은 사람과 사람 사이에서 이루어지는 소통의 순간이 천지자연의 운행과
어떻게 협동하여 시적 스파크를 일으키는지를 그대로 현현함으로써 이
지극히 사적인 순간을 신화적 아우라로 축복한다.

　　그러나 이 시가 아무리 훌륭해도 우리 한국인 또는 외국인은 이 시의
온전한 향수자가 되기 어렵다. 시는 운명적으로 언어의 경계에 속박되기
때문이다. 오언절구(五言絶句)라는 고도의 정형시에 장치된 소리와 이미
지와 통사의 정교한 조직을 한국식으로 읽어서는 온전히 접수하기 어렵
다. 파운드는 한시를 파노포이아 측면에서 최고라고 평가했지만,[9] 멜로포
이아(melopoeia, 음악성)로서도 최고다. 중국어를 모르는 파운드는 당시(唐
詩)에서 울리는 불멸의 음악에 둔감했던 것이다.

　　나는 지금 한국시가 당시로 돌아가야 한다고 주장하는 것은 물론 아니
다. 우리 시는 우리 시대로 우리의 방언에 즉하여 불멸의 음악을 탄주해
왔다. 그리고 최고의 시들은 불멸의 음악으로 우리가 그것과 관계하지 아

8 김지하는 최근 우리 젊은 시에 대해 다음과 같이 지적하였다. "재능있는 이들은 많지만
　이미지 범벅입니다. 행갈이가 안돼요. 행갈이는 침묵이 언어 속에 개입하는 것이고, 동
　양 산수의 여백, 무(無)이지요. 소리를 이어가다가 뚝 끊고 놓아버리는 '묵(默)', 그 순
　간의 미학에 미숙하다는 겁니다. 시란 이미지를 타고 가는 것이지만 이미지가 범벅이
　되면 안됩니다."(한국일보 2004.12.1)
9 E. Pound, 앞의 책 42면.

니하고는 우리 존재 전체가 무로 환원되는 '님' 앞에 우리를 끊임없이 불러세웠다. 그런데 최근 한국시는 님에 대한 감각 자체를 잊었다. 아니 잊었다는 사실조차 잊었다. 그렇다고 내가 만해(卍海)의 '믿습니다'로 복귀하자는 것도 물론 아니다. 소월(素月)을 다시 생각한다. 미치도록 믿고 싶었지만 님과 '나' 사이의 무한거리에 아득하여 그 끊어진 다리의 이음새를 불멸의 음악으로 노래한 소월은 단순한 낭만주의자가 결코 아니다. 한국 근대시의 건설자인 소월은 이미, 시를 집어삼킬지도 모를 대중화의 위험을 알아차린 천재적 예견자일까. 요즘 한국시는 대중화의 물결에 함몰하였다. 대중은 시로부터 시의 오랜 고향인 과거를 박탈한다. 과거를 잃은 자는 미래도 잃는다. 이 황당한 사태 앞에서 민중시는 거의 멸종했다. 판소리에서는 뜻이 세면 소리가 죽는다고 한다. 민중도 잃고 시도 잃은 민중시가 그 짝이다. 그 와중에 새 뜻이 높이 들렸다. 생태시와 여성시의 깃발이 대유행이다. 민중시의 무덤에서 태어난 이들 또한 뜻이 센 시가 되기 십상이다. 시는 뜻에 의지하는 게 아니다. 뜻에 의지한다는 것은 현재에 대한 부적응의 한 표현이라는 점에서 현재에 대한 긴장을 회복하는 것이 관건이다. 현재로부터 탈주하는 것이 아닌, 현재에 압도되는 것도 아닌, '현재의 시'는 어디에 있을까, 우리 모두 깊이 생각할 문제다.

3. 비평의 자리

최근, 문학지들이 앞다퉈 시 특집을 마련하고 있다. 우리 시가 어떤 고비에 처했음을 상징적으로 보여주는 것인데, 정작 비평의 자기점검은 소홀하다. 과연 평론가들은 제 역할을 제대로 수행했는가? 나 자신을 돌아봐도 그렇지만, 한국의 시 비평은 위기적 징후를 드러내고 있다. 한국처럼 시인이 많은 나라도 드문 터인데, 얼핏 엿보아도 자기 규모대로 단단한 시세계를 갖춘 시인 또한 적지 않다. 그런데 우리 비평은 소설 쪽에 편중되어 시를 전문으로 다루는 평론가가 절대적으로 부족하다. 사실 비평을 시와 소설로 구분하는 것도 우습긴 하지만, 그 관행 또한 완강해서 시 비평을 더욱 제약한다. 시의 방대한 영토에 대한 비평의 양적 불균형이 급기야 시 비평을 전반적 평면화로 이끌고 있는 형국이다.

비평의 핵은 평가다. 좋은 시와 그렇지 않은 시를 한눈에 알아보는 안목이야말로 종요롭다. 해석은 그 눈을 논리화한다는 점에서 부차적이다. 물론 해석과 평가는 일종의 대화적 관계이기에 그 과정을 통과하면서 상호수정되게 마련이지만 안목이야말로 이 대화를 끌어나가는 축이다. 그런데 최근 시 비평에서 평가가 실종되기 일쑤다. 주문배수(注文拜受)의 해설이 비평을 대체하고 있다. 해설이 그 시인 또는 그 시집에 대한 성실한 탐사라면 의의가 없지 않지만 외부, 대체로 서양에서 빌려온 준거에 입각하여 그 시인 또는 그 시집을 부적절하게 단수화(單數化)할 때 독자의 시 읽기를 오히려 방해한다. 어느 틈에 한국 비평은, 서구문학을 오로지 부정함으로써 '반서구중심적 서구중심주의'로 떨어진 내재적 발전론에 대한 전면적 반동 속에 한국문학을 서구문학의 식민지로 타자화하는 낡은 비교문학론으로 복귀했다. 작품의 실상에 즉해서 우리 시 비평의 고투의 경험으로부터 우러난 감각으로 그 시인 또는 그 시집(들)의 본질로 귀환하는 시론이 아쉽다. 남의 눈 뒤에 눈치꾸러기로 숨는 타력신앙에서 벗어나 작품들 사이를 가로지르는 '혼의 모험' 도정에서 훈련된 직관에 기초한 자력갱생(自力更生)의 길을 찾을 일이다. 낡은 시학은 사라지고 새로운 시학은 도래하지 않은 이 회색의 때에 누군들 자신있게 자력을 말할 수 있을까만, 촉수(觸手)를 예민히 하여 자력의 빛을 강잉(强仍)히라도 밝힐 수밖에 없을 터. 남무아미타불을 아무리 외워도 이미 부처는 응감하지 않는다. 부처를 만나면 부처를 죽이고 조사(祖師)를 만나면 조사를 죽이는, 백척간두(百尺竿頭)에서 한발 허공으로 내딛는 자력신앙이 유일한 구원이다.

자력갱생의 시학 245

그렇다고 자력신앙이 자력주의에 갇히자는 것은 물론 아니다. '거인의 어깨 위에서 내다본다.' 지적 거인들에 대한 학습은 자력의 기초다. 그런데 해석의 두터운 전통을 자기 안에 섭수하는 학습과정에 기초한 서구의 해석학이 성경학에서 연유했다는[10] 점을 주목해야 한다. 해석학의 일종인 비평 역시 님 앞에 우리를 소환하는 경전연구의 세속적 형태라고 할 수도 있다. 유교와 불교 경전을 둘러싼 아시아의 그 치열한 해석의 역사를 상기할 때 학습의 핵을 이루는 해석학 훈련이란 지식정보의 충정 없는 섭렵이 결코 아니다. 물론 경전암송은 더욱 아니다. "배우기만 하고 생각하지 않으면 그 배움이 공허하고 생각하기만 하고 배우지 않으면 그 생각이 위태롭다(學而不思則罔 思而不學則殆, 『論語』 爲政篇)." '학(學)'을 타력으로 '사(思)'를 자력으로 바꾸면, 학과 사의 균형, 즉 타력을 바탕으로 한 자력의 구축이야말로 종요롭다. 시를 자기 눈으로 해석하고 평가하는 자력을 키우는 비평적 훈련이란 그러므로 평생학습 프로그램이라고 할 수 있을 터인데, 비평가란 스스로 자력을 밝힘으로써 일반독자의 자력을 북돋우는 것을 돕는 전문적 독자이다.

비평의 위기는 독자의 위기의 한 표현이다. 시와 독자 사이에서 조정자 역할을 맡아야 할 비평이 단지 순종적 소비자로 시종할 때 비평의 위기는 발생한다. 시인에 대해 감독자 행세를 하는 비평도 우습지만 이 과공(過恭)도 문제다. 과공의 소비자나 으스대는 감독자나 모두 비평적 '나'가 부실한 데서 온다는 점에서 양자는 어쩌면 쌍생아일지도 모른다. 나의 해체를 열반으로 삼는 불교가 나를 세우는 데 공력을 들이는 역설을 상기하자. 나 없이 나를 넘을 수 없다. '일고수 이명창(一鼓手二名唱).' 판소리 공연에서 고수는 단지 반주자에 머무르지 않는다. 소리광대가 자기 기량을

---

10 Martin Heidegger, "A Dialogue on Language", *On the Way to Language*, trans. by Peter D. Hertz, Harper & Row 1982, 10면.

최대한 나눌 수 있도록 그 역량에 맞춰 공연을 이끄는 지휘자요 연출가이면서 전문적 청중 즉 귀명창으로 공연에 동참한다. 바로 소리광대와 청중 사이에 자리한 고수의 역할이 비평의 자리가 아닐까? 천대에 대한 울화로 북채를 던지고 소리광대로 일어선 고수들의 옛 일화처럼 시의 대중화 경향 속에서 고수들이 자꾸 자리를 뜬다. 생산자 시인과 소비자 독자가 비평이라는 사제를 거치지 않은 채 직거래하면서, 또는 시인과 독자가 자유롭게 자리를 이동하면서, 일종의 종교개혁으로 사제들이 성전 밖으로 밀려난 것인가? 솔직히 말해서 요즘의 그 많은 시 특집에서 주목할 글이 그리 많지 않았다. 시 비평이야말로 위기다. 시로부터 잠재적 독자들을 못 쫓아서 안달이 난 듯한 우리 시 교육의 빈곤도 바로 이런 탈과 연동된 것이라는 점을 상기하면 더욱 아득해진다.

　여기에는 시인비평가(poet-critic)의 대두도 걸려 있다. 이론구성력이 뛰어난 젊은 시인들이 적지 않다. 비평의 힘을 빌리지 않고 시인이 작품 바깥에서 직접 말한다. 예컨대 김행숙(金杏淑). 『시와사람』(2005년 봄호)이 마련한 특집 '한국 현대시와 판타지'에서 비평가들의 글보다 시인 김행숙의 「환상의 힘」이 자기 세대의 시론을 천명한 평론으로 주목된다. 그녀는 먼저 우리 근대시의 모태인 1920년대 낭만주의 시를 '계몽의 유토피아'와 '미적 유토피아'의 '첫번째 균열'(132면)로 적극적으로 재해석함으로써 그에서 병적인 데까당이란 부정적 낙인을 제거한다. 나아가 상상력을 환상의 우위에 배치한 콜리지(S. T. Coleridge)의 위계제를 전복하는 해체전술을 통해 "근대를 관리해온 동일성의 이데올로기가 그 균열을 은폐하고 봉쇄"(142면)해왔음을 비판한다. 그리하여 '동일성의 시학'과 날카롭게 구분되는 '균열의 시학'을 지향하는 자기 세대의 시를 '환상의 두번째 도전'으로 선언한다. "'균열'을 드러내고 과시하고 즐기는 것, 그 자체가 미적인 성취 이전에 '해방의 에너지'를 품고 있다."(같은 곳) 균열을 즐긴다고, 균열의 표면을 미끄러지겠다고 다소 위악적으로 발언함으로써 미리, 통합이란 말 자체를 괄호 쳐버린 이 균열의 탈근대시론은 최근 시의 뜻을 전형적으로 보여주는 것이다.

그런데 찬찬히 살피면 김행숙의 문제설정 방식은 뜻밖에 단순하다. 물론 이 글이 자신의 시적 기획을 점검하고 다짐하는 창작노트적 성격을 다분히 지닌 점을 감안하더라도 자기 세대 이전의 시들을 '동일성의 시학'으로 일괄 규정한 것은 지나치다. 돌이켜보건대 우리 근대시 자체가 님이 부재하는 시대 또는 님이 침묵하는 시대, 그 균열의 언어가 아닌가? 1920년대 낭만주의 시조차도 최량의 작품에서는 균열을 충실히 살았다. 균열에 충실할 때 님에 대한 갈애(渴愛)도 적적성성(寂寂醒醒)한 것이매, 김행숙이 첫번째 균열의 조짐으로 지적한 「나의 침실로」(1923)의 시인 이상화(李相和)가 곧 「빼앗긴 들에도 봄은 오는가」(1926)로 이행한 것은 전형적이다. 이런 일은 우리 시사에서 자주 반복되곤 했다. 균열의 경험이 더욱 심화된 시대에 즉하여 출현한 1930년대 모더니즘이 곧 침통한 자기 모색 속에 어떻게 변화해갔는지는 주지하는 터다. 균열과 통합은 둘이면서 하나이고 하나이면서 둘인, 아니, 둘도 아니고 하나도 아닌[不二不一], 기실 함께 움직이는 그 무엇이다. 때로는 전자가 또 때로는 후자가 전경화하지만 저 깊은 곳에서 희망과 절망이 손잡듯 호응한다. 우리가 경계해야 할 것은 충정 없이 님의 품으로 가벼이 초월하는 가짜 통합의 전도사요, 님이 죽었다고 그 사망을 호들갑 떠는 가짜 균열의 부흥사다. 김행숙 세대는 앞의 세대가 부딪혔던 균열보다 훨씬 강화된 조건에 갇혀 있다. 균열의 운명에 충실하지 않은 채 쉽게 다른 시대로 가는 새 통로를 찾았다고 외치는 자들을 경계해야 마땅하지만, 그렇다고 가짜 전도사들에 지레 질려서 의제설정을 단순화하는 것은 오히려 '반(反)동일성의 동일성'에 포획될 우려가 없지 않다는 점에도 유의해야 한다.

어떠한 경향이든 최량의 시는 자기동일성으로 닫혀 있지 않고 복수의 층위를 이룬다. 나는 비운의 천재 작곡가 김순남(金順男, 1917~86)의 가곡

「진달래꽃」(1947)을 듣고 소월의 이 시를 해석할 새 단서를 보았다. 김순남의 곡에서 놀라운 것은 화자의 무겁지 않은 풍자적 어조다. 그러고 보면 5월에 서릿발 치는 여인의 한 맺힌 노래로 푸는 통상적 해석이 거의 오독에 가깝다는 사실이다. 이 시는 부재하는 님에 대한 타는 듯한 갈애를 노래한 소월 시의 일반적 정황과 달리 님과 함께 있다. "나 보기가 역겨워/가실 때에는"에서 확연히 나타나듯이, 이 시에서 이별은 상상이지 아직 현실이 아니다. 이 기본적인 상황설정을 우리가 깜빡했던 것이다. 꽃피는 봄날 님과 함께하는 이 기적 같은 행복이 깨질지도 모른다는 두려움에서 오는 가벼운 풍자적 어조로 화자는 님에게 일종의 투정을 부리는 시적 설정으로 보아도 좋겠다. 이때 「진달래꽃」(1922)은 지겨운 한(恨)의 시에서 벗어나 우리 앞에 새 모습을 드러낸다. 만남은 항상 헤어짐으로 마감된다는 점에 대한 아처로움에서 기원한 깊은 슬픔을 그 안에 머금어서 더욱 따뜻한 한편의 아름다운 사랑노래를 우리는 김순남 덕분에 가질 수 있게 되었다. 이런 복수성은 최량의 시·시집·시인의 특성이다. 닫힌 동일성은 2류 시의 특징이 아닐까?

　모든 시 텍스트는 기본적으로 비연속이다. 이 비연속성 또는 균열의 텍스트에 연속성을 부여하는 것은 틈을 메꾸며 통합적으로 읽는 독자의 몫이다. 우리는 왜 시를 읽는가? 산문적으로 분해된 일상 속에서 뛰어난 시를 읽을 때 발생하는 집중의 경험은 생활선(禪)에 가까울 것인데, 고도로 충전된 언어조직을 곰곰이 살펴 읽어내는 기쁜 긴장을 통해 독자들은 세상살이에서 좀체 맛볼 수 없는 상상의 자기동일성을 실현한다. 이 드문 틈의 시간은 일상 속에 문득 구현된 유토피아의 꿈, 즉 다른 세상으로 가는 통로에 대한 묵상의 거룩한 찰나다. 사무사(思無邪)란 이 오묘한 순간을 지칭할 터인데, 이 경지를 독자적으로 공유할 수 있도록 돕는 것이 전문적 읽기, 비평의 장소다.

4. 토론을 위하여

최근에 발표된 평론 가운데 민중시와 생태시를 논쟁적으로 토론한 황종연(黃鍾淵)의 「민주화 이후의 정치와 문학」[11]과 김수이(金壽伊)의 「자연의 매트릭스에 갇힌 서정시」[12]는 비판 없는 해설 또는 죽은 평화가 넘치는 요즘 시평단에서 단연 돋보이는 것이다.

먼저 김수이를 보자. 『파라21』의 특집 '한국시의 현재'는 여러모로 유익한데, 그중에서도 김수이의 글은 각별하다. 서양에서 유행하는 핵심어를 성경구절 인용하듯 모셔놓고 우리 시를 그 제단에 봉헌한다든가, 자신의 유사담론(類似談論) 구성을 위한 장식으로 시를 적당히 동원한다든가, 맥 빠진 개괄에 시종하든가, 그 반대로 답답한 편집(偏執)에 빠지든가 하는 최근 시 비평의 경향에서 그녀의 글은 일단 자유롭다. 그녀는 단기필마로 오늘의 한국문학을 향해 돌진하여 역사로 망명한 소설, 자연에 귀의한 시라는 경향성을 단칼에 짚는다. '역사의 매트릭스'와 '자연의 매트릭스'에 갇힌 최근 문학의 흐름은 1980년대 문학의 이데올로기 과잉에 대한 반동으로 1990년대에 주류화한 디테일에 대한 집착과 연속성을 이룬다고 그녀는 판단한다. 그런데 80년대식 이데올로기를 해체하려는 90년대식 탈이데올로기가 그렇듯이, 이 또한 이데올로기 비판의 이데올로기라고 못 박는 점이 흥미롭다. 그녀에 의하면 거대담론을 해체하는 새로운 이데올로기의 창궐 속에 90년대 문학은 새로운 난관에 봉착했다. 소설에서는 서사가 실종되고, 시에서는 서정이 빈곤해졌다. 바로 이 난관의 타개책으로 소설에서는 역사, 시에서는 자연이 호출되었다는 것이다. 이 두 경향이

---

11 황종연 「민주화 이후의 정치와 문학」, 『문학동네』 2004년 겨울호. 이하 본문의 인용은 면수만 표기.

12 김수이 「자연의 매트릭스에 갇힌 서정시」, 『파라 21』 2004년 겨울호. 이하 본문의 인용은 면수만 표기.

250 제3부 시와 정치

탈주의 욕망이라는 하나의 뿌리에 기원하고 있음을 통찰한 그녀는 이 돌파구들을 다시 비판한다. "역사가 아닌, 역사의 매트릭스 속에서 씌어진 소설은 현실세계의 질문 앞에서는 한없이 무력해진다. 애초에 그 질문에 맞섰던 적이 없는 까닭이다."(62면) 자연을 순수의 유토피아로 상정한 생태시 역시 마찬가지다. "이 투명하고 거대한 '자연의 매트릭스'는 시인들이 배제한 현실의 모순과 상처를 정반대의 영상으로 보여주"(같은 곳)는 허구의 정원에 지나지 않는다는 것이다.

최근 문학에 대한 이런 전망 아래 그녀는 역사의 주박(呪縛)에서 해방된 90년대라는 문맥에서 생태시의 대두와 그 문제를 집중적으로 검토한다. 그런데 "의외로 이런 변화를 주도했던 것은 민중시의 선두에 섰던 시인들"(같은 곳)이다. 민중시가 거의 멸종된 현실을 감안하면 뼈아픈 대목이다. 80년대식 민중시의 해체는 자연스럽다면 자연스러운 것이거니와 그렇다고 민중시를 하나의 역사적 추억으로 돌려도 좋을까? 새로운 상황에 즉해 새로운 민중시를 시의 이름으로 발전시키지 못한 책임을 자각할 필요가 절실하다. 민중시 스스로 무장해제하는 경향 속에 안팎의 시어미가 사라진 90년대에 생태시가 일종의 패션이 되었다. 바로 이 한계 속에서 생태시가 "현실인식의 결핍과 미학의 협소성"(66면)으로 이데올로기적 왜곡에 자발적으로 투항했다고 그녀는 비판한다(73면). 그리하여 생태시인들에게 자연의 매트릭스를 해체하기 위해 "순정하고 따듯한 시선이 아니라, '교묘하고 삐딱한 시선'"(같은 곳)으로 질문하라고 요구한다. "자연을 노래할 때 시인들은 어느 시간 어느 장소에 있는가? 그곳에는 시인의 현실도 함께 있는가? 무엇보다 '그 아름다운 곳'은 자연의 매트릭스가 아닌, 현실의 온갖 문제와 욕망이 교차하는 실제의 '자연'인가? 이 질문을 해체하고 재구성하는 것은 다시 시인들의 몫이다."(74면)

의제를 설정하는 능력이 뛰어난 글이다. 아쉬운 점이 있다면 생태시를 단순화한 것이다. 물론 나희덕(羅喜德)과 하종오(河鍾五)의 시에 보이는 생태시의 균열에 주목한 논의가 없지 않지만, 생태시가 복수로 존재한다는 인식이 깊지 않다. 생태시들의 현재태를 고구함으로써 생태시에서 버릴 것과 이을 것을 분별하는 구체적 분석이 요구된다. 비연속의 텍스트인 시 또는 시집을 마치 연속적인 서사로 취급하는 관습을 넘어 시 비평의 독자성을 방법적으로 자각하는 일이 절실하다. "시는 음성적, 즉 육체적 예술이다. 시의 매체는 사람의 몸, 바로 후두(喉頭)와 혀에서 뜻을 지닌 소리로 꼴을 갖추는, 가슴 속의 공기기둥이다. 이런 의미에서 시는 무용처럼 형이하적 또는 육체적 예술이다. (…) 그 매체는 발레처럼 전문가의 몸이 아니다. 시에서 그 매체는 청중의 몸이다. (…) 독자의 호흡과 듣기가 시인의 단어들을 구현한다. 이것이 시예술을 신체적이고 친밀하고 음성적이고 그리고 개인적인 것으로 만든다."[13] 시는 무엇보다도 소리의 조직이라는 것, 그리고 시인의 발화가 독자의 몸을 통해 구현된다는 것을 섬세하게 분별하면서 시를 대하는 일이야말로 시읽기의 출발이다. 공들인 분석에 기초하지 않은 시 비평의 횡행이 오늘의 위기를 불러오는 데 일조했다는 점을 함께 기억하자.

더욱이 생태적인 것은 무조건 해체의 대상이 아니라는 점을 지적하고 싶다. 이제 생태적인 것에 대한 관심은 지구시민의 실천적 기본 덕목이다. 생태주의로 날아가지 않으면서 생태를 오늘의 우리 문학담론 안에 어떻게 포용할 것인가를 고민할 때 김수이의 날카로운 비판이 또 하나의 해체주의로 떨어지지 않을 것이다. 이 점에서 생태시로 전향(?)한 민중시에 대해 암시만 하고 넘어간 게 걸린다. 그 양상에 주목하면서 지난 시대의 민중시, 나아가 민족문학운동을 오늘의 관점에서 본격적으로 검토하는 작업은 그녀의 대담한 비평기획을 보완하는 한 핵심이 될 것이다.

---

[13] Robert Pinsky, *The Sounds of Poetry: A Brief Guide*, New York: Farrar, Straus and Giroux 1998, 8면.

고은(高銀)의 『만인보(萬人譜)』(1986~2010)를 비판함으로써 살아 있는 민중시의 전통에 본격적으로 접근한 황종연은 이 방대한 시집을 "7,80년 대를 통해 (…) 정립된 민중상의 자유로운 종합"(395면)이라고 평가하면서 이 시집의 이분법에 주목한다. "만인보는 한국의 역대 상층계급 엘리트들에게서 외세를 주인으로 섬긴 노예의 행적을 읽어내는 반면, 하층계급 민중에서는 자주적인 민족의식의 요새와 독립운동가들의 요람을 발견한다. 80년대를 풍미한 민족사의 주역으로서의 민중이라는 관념에 투철한 셈이다."(396면) 요컨대 민중에 기초한 국민국가 건설이라는 민족주의에 방점이 찍힌 이 시집에 민주주의의 바탕인 "개인의 문화가 누락"(400면)되었다는 것이다. 그리하여 그는 고은이 "정치적으로는 서정주와 대극적인 위치에 섰지만 민족을 일체화하는 (…) 경향을 띠고 있다는 점에서는 서정주와 다르지 않다"(407면)고 비판한다.

하정일(河晸一)에 대한 반론에서 더 명료하게 충정을 토로하고 있듯이, 황종연은 "다원적 민주주의에 걸맞은 새로운 민중 이해를 위한 그 80년대적 민중상의 탈물신화(脫物神化)"[14]를 겨냥한다. 왕년에 횡행한 마녀사냥식 민중시 비판과는 차원이 다른 이 글은 경청할 만한 대목도 적지 않다. 그럼에도 그의 판단에 근본적으로 동의하기는 어렵다. 우선 이 방대한 시집이 이처럼 정연하게 요약될 단일 텍스트가 아니라는 점이다. 6월 항쟁 이후 우리 사회가 통과한 그 드라마들의 흔적이 생생한 현재로서 맥맥한 이 시집에는 민주화 이후, 그리고 지구화 이후, 민족문학인들이 부딪힌 고민과 모색이 배면에 깔려 있다. 고은은 결코 순진한 민중주의자 또는 단순한 민족주의자가 아니다. 사실 이 시집의 기획 자체가 기존 민중상의 탈구축적 재구축이라는 측면을 내포한다는 점에 유의해야 한다. 이

---

14 황종연 「민중상(民衆像)의 탈물신화 필요… 자유주의로 90년대 문학 조명 못해」, 교수신문 2004.12.16.

시집은 일견 종합이지만 한편 해체다. 추상적 민중을 살아 있는 개별적 인물들 속으로 놓아버린 이 시집의 기획에는 『전원시편』(『신동아』 1984~85)에서 싹튼 자기비판이 함께 움직인다. "안성으로 낙향한 후 그곳 농민들과의 속 깊은 친교 속에서 이루어진 농촌체험"[15]을 바탕으로 한 『전원시편』은 일종의 하방(下放)이다. 유신체제의 붕괴가 광주항쟁을 압살한 신군부의 집권으로 귀결된 1980년의 배신은 한편 1970년대 민족문학운동의 패배였으니, 80년대라는 새로운 상황에 직면한 민족문학은 슬픔을 먹이로 70년대의 어떤 추상으로부터 살아 있는 민중 속으로 귀향하였다. 이 귀환은 80년대를 풍미한 탈중심화와 병렬을 이룬다. 새 세대의 급진적 전위주의로 훗날 이데올로기의 화신으로 조롱받기에 이르지만, 80년대가 오로지 이념으로만 규정되는 시대는 아니다. 경제적 호황을 바탕으로 생활세계의 혁명적 재편이 진전되면서 대중 또는 대중문화가 새로운 차원에서 움직이기 시작했으니, 소장파의 급진주의조차도 대중현상의 일환으로 볼 소지가 없지 않은 것이다.[16] 『만인보』가 70년대를 자기비판하면서 80년대에 새로이 즉응하는 『전원시편』의 지향을 더욱 구상화하는 지점에서 탄생했다는 점을 상기하고 싶다. 가령 1권(창작사 1986)만 일별해도 우리는 황종연의 요약과 충돌하는 시편들을 어렵지 않게 만나게 된다. 구두쇠 영감과 과부의 불륜을 다룬 「장복이」(33면), 늙은 주모 옥선이의 삶을 점묘한 「삼거리 주막」(38면), 군산형무소에서 만난 아비와 아들을 그린 「소도둑」(144면) 등등, 생활의 문맥 속에 생동하는 민중을 실상에서 파악하는 탈신화화가 이 시집을 끌어가는 또 하나의 축이다. 물론 이는 재구축을 위한 방법적 해체에 가깝지만, 그 또한 센 뜻에 얽매인 것은 아니다. 더구나 민주화와 지구화의 심화를 직접 체험하면서 그의 시적 사유가 지금도 변화

---

15 졸고 「일이 결코 기쁨인 나라」, 고은 『전원시편』, 민음사 1986, 262면.
16 졸고 「프로문학과 프로문학 이후」, 『민족문학사연구』 제21호, 민족문학사연구소 2002, 15~16면.

하는 중이 아닌가? 요컨대 이 시집은 민중주의와 탈민중주의, 민족주의와 탈민족주의 사이에서 균열하는 복합텍스트인 것이다.

나는 이 시집이 긴 도정 끝에 결국 어떻게 이 균열을 수습할 것인지 깊은 관심을 가지고 지켜보고 있거니와, 이 점에서 미당(未堂) 서정주(徐廷柱)와 고은을 그대로 등치하는 것은 무모하다는 느낌을 지울 수 없다. 두 시인이 어떤 점에서 다르지 않은지 설득력 있는 구체적 분석이 없기 때문이다. 고은을 민족주의로 단수화할 수 없듯이 미당 역시 '신라정신' 하나로 정렬할 수 없다. 황종연의 글도 어떤 예단 아래 그 시인 또는 그 시집을 단일 텍스트로 묶는 최근 시 비평의 통폐에서 자유롭지 못하다.

그럼에도 황종연이 제기한 핵심적 쟁점, 즉 고은을 비롯한 민중시에 민족주의는 과잉인 반면, 개인의 문화에 기초한 민주주의가 부족하다는 점, 즉 근대성(모더니티)의 결여 문제는 집중적 토론감이다. 그런데 그가 주장한 "더욱 철저한 민주화"(387면) 또는 "다원적 민주주의의 모색"(388면)은 과연 근본적 해결책일까? 나 역시 우리가 이룩한 민주화가 더욱 내실 있게 진전되어야 한다는 데 동의하지만, 개인의 탄생을 내세운 구미 자본주의사회가 개인의 무덤 위에 세워진 엘리트지배로 귀결된 사정을 상기하면 착잡해진다. 공공선에 충성하는 계급연합적 공화(共和)에 의해 제어되지 않는다면 민주주의의 전진은 제국의 출현 또는 국가의 붕괴를 오히려 도울 수도 있는 것이다. 시장의 자유가 환상이듯이 자율적 개인의 탄생 역시 공상에 가깝다. 개인을 세우면서 동시에 개인을 넘어서는 도덕의 계보를 어떻게 구축하느냐가 문제다. 이 점에서 이 문제도 한국 또는 한반도라는 텍스트 안에서 재문맥화해야 하지 않을까? 분단 한반도의 남쪽에서 살아가는 민중/시민이라는 자각 없이 이 문제에 접근할 때 우리는 서구주의의 매트릭스에 갇히기 쉽다. 민족주의는 근본에서 극복되어야 할 낡은 이념이지만 민족 또는 민족적인 것에 대한 궁리는 천하위공(天下爲公)의 대동세상이 도래하기 전까지, 아니 그 실현을 위하여 우리가 직면하지 않을 수 없는 선차적 고려 사항의 하나다. 민족문학은 아직도 부득이 유효하다. 남의 한국문학과 북의 조선문학을 아우를 용어로서 민족문학 이외의 선택지가 없다는 차원만이 아니다. 분단체제의 요동과 깊이 연동된 한반도 주변 4강의 움직임이 전에 없이 활동적인 작금의 정세를 살펴건대, 이 난해한 매듭을 어떻게 풀어 통일시대로 평화적으로 이행할 것인가, 이것이 관건이다. 고르디아스(Gordias)의 매듭을 칼로 쳐 풀어낸 알렉산드로스(Alexandros)대왕의 해법은 해법이 아니다. 민족주의도, 20세기형 사회주의도, 구미형 민주주의도 이미 낡아버리고, 그 모든 포스트주의도 패션으로 전락한 우리들의 시대에 모든 것을 의심하되 긍정의 용기를 갈무리하는 비평적 성찰은 더욱 절실한 것이다. 이 의문에 독자적으로 그리고 창조적으로 육박해가는 모색이 우리 비평을 구원하고 우리 시를 살리는 자력갱생의 길을 여는 단초가 될지도 모르겠다는 엉뚱한 생각이 슬그머니 솟는다.

농업적 상상력의 골독한 산책

◆

이시영 『하동』

친구 사이에 누구야 누구야 홀으로 이름 부르는 게 좀 상없다는 느낌이 드는 걸 보니 나이를 먹긴 먹었나보다. 이시영(李時英)의 호(號)가 '산화(山話)'다. 고은(高銀) 선생이 내린 것인데 가끔 나나 부르지 세상 구경을 거의 못하지만, 이 시집에서는 맞춤이다. 이미 상경한 지 반세기가 가까워도 그는 여전히 구례 사람이다. 서울을 배회하는 외로운 늑대인 양, 간곡하되 서늘한 눈매로 이 화려하게 천박한 도회의 풍경 속에서 구례의 흔적을 발견하고 지리산의 족보를 상상한다. 그 골독한 마음의 끝에 헌정된 이 시집은 그럼에도 귀거래사(歸去來辭)가 아니다. 하동쯤으로 낙향할까 진지하게 꿈꾸지만 그 불가능성을 몸이 먼저 알아채는 반어가 통렬하거니와, 서울에서 구례를 사는 이중성, 이 기묘한 긴장 속에 『하동』(창비 2017)의 현대성이 백석(白石)의 『사슴』(1936)처럼 반짝인다.

『하동』에는 행도 갈고 연도 구분하고 무엇보다 시적 주체가 뚜렷한 '서정시'는 거의 실종이다. 억압과 질곡을 넘어 자유와 해방의 새 세상을 노래하는 정동(情動)의 서정시, 1970년대에 굴기하여 1980년대에 절정에 올랐다가 1990년대 중반 이후 서서히 사라진 민중시를 특징짓는 이 유형의

서정시가 이젠 천연기념물이 된 세태가 새삼 기이타. 첫 시집 『만월』(창작
과비평사 1976)이 대표하듯 민중시의 만만치 않은 개척을 수행한 산화의 시
작(詩作)에도 '서정시'가 사라진 지 오램을 새삼 깨닫는데, 그는 1990년대
중반쯤부터 단시(短時) 실험에 본격적으로 골몰해왔다.

『하동』에는 단시 못지않게 산문시가 많다. 산화 특유의 산문시도 단시
실험과 비슷한 시기에 나타났다고 기억되거니와, 산문시 역시 단시의 연
장이기 십상이다. 단적으로 「산동 애가」를 보자.

> 내 고향 구례군 산동면은 산수유가 아름다운 곳. 1949년 3월, 전주농림
> 출신 나의 매형 이상직 서기(21세)는 젊은 아내의 배웅을 받으며 고구마가
> 담긴 밤참 도시락을 들고 산동금융조합 숙직을 서러 갔다. 남원 쪽 뱀사골
> 에 은거 중인 빨치산이 금융조합을 습격한 것은 정확히 밤 11시 48분. 금고
> 열쇠를 빼앗긴 이상직 서기는 이튿날 오전 조합 마당에서 빨치산 토벌대에
> 의해 즉결처분되었다. 소식을 듣고 달려간 아내가 가마니에 둘둘 말린 시
> 신을 확인한 것은 다음다음 날 저녁 어스름. 그때도 산수유는 노랗게 망울
> 을 터뜨리며 산천을 환하게 물들였다.

산화가 태어나기도 전, 육친에게 닥친 흉보를 마치 신문기사인 양 육
하원칙에 입각해 건조하게 기술한 이 줄글은 희한하게도 시다. 배경은 물
론 여순사건. 제주 토벌을 거부한 국군 제14연대의 반란으로 시작되어 여
수, 순천, 광양, 보성, 하동, 남원, 구례, 곡성으로 번진 이 사건은 지리산 야
산대의 기원일 뿐만 아니라 대한민국의 고임돌이 된바, 특히 진압군과 빨
치산 사이의 전투가 치열했던 구례는 좌익 폭력과 우익 폭력이 부딪친 최
고의 전선이었다.[1] 물론 이 전선은 처음부터 기울어진 운동장이매 승자는

---

1 김득중 『'빨갱이'의 탄생: 여순사건과 반공 국가의 형성』, 선인 2009.

이미 정해진 거나 다름없었다. 체제 안의 조합 서기조차 토벌대에 처형되는 통렬한 삽화를 통해 여순사건 직후 지리산 자락에 만연한 국가폭력의 숨은 민낯을 폭로한 이 시만큼 대한민국, 아니 무릇 국가의 탄생과 국가폭력이 어떻게 깊은 공모 관계인지를 드러낸 예는 많지 않다. 그 통렬한 순간을 무심히 잡아챌 줄 아는 시인의 솜씨가 날래거니와, 더욱이 한 글자도 뺄 수 없고 한 글자도 더할 수 없는 팽팽한 언어의 경제는 또 어떤가. 그 자체로도 이미 시이지만 시인은 결정적 장치 하나를 더한다. '산수유'로 열고 '산수유'로 닫은 그 얼개가 종요롭다. 아름다운 자연과 누추한 인간의 대비도 인상적인데 그 인간사에 무심한 자연의 비정이 더욱 날카롭다. 탈인간주의로 위장한 인간주의가 절제 속에 빛나는 산문시의 모범이 아닐 수 없거늘, 그렇게 산화의 산문시는 단시의 짝이다.

1990년대 중반 이후 산화는 정동의 서정시에서 탈정동의 단시로 이동한다. 전자가 농업으로 도시를 치는 것이라면 후자는 도시 곳곳에서 농업의 순간들을 발견하는 것인데, 때로는 하이꾸(俳句)처럼 너무 금속성이 아닌가 저어한바, 가령 지난 시집 『호야네 말』(창비 2014)에 실린 「우수(雨水) 지나」가 대표적일 것이다.

2월 27일 자정 정남방, 마른 나뭇가지 사이로
누가 상큼하게 베어 먹은 듯한 시린 하현달이 뜨고
주위엔 뿌연 달무리
그 달무리를 물고 또록한 샛별 하나 돋아
매서웁게 푸른 밤하늘을 비추다

그 어떤 이미지스트 고수도 울고 갈 똑 따먹은 사물시다. 대동강 물도 풀린다는 우수 무렵, 봄을 머금었지만 아직 겨울인, 그럼에도 겨울의 공격이 이미 종언에 다다른, 겨울과 봄 사이의 기묘한 긴장을 완벽하게 사생한 이 시에는 산화의 득의가 오연히 노출된다. 세상 사람들이 돼지처럼 잠잘 때 시인은 우주의 상형문자를 홀로 수신한다. 고독하게 상승하는 시인의 정신, 범접을 불허하는 그 탈인간주의는 자칫 문학주의로 함몰할 위험도 없지 않다는 점에서 뭔가 정지가 필요하지 않을까 싶기도 했다.

이번 시집 『하동』에도 단시와 그 짝인 산문시가 거개인지라 처음 읽어나갈 때는 또 그런가 했다. 그런데 어딘가 풀어졌다. 물론 이미지 사냥꾼 풍의 단시들이 없는 것은 아니지만, 「산동 애가」에서 짐작되듯이 그사이 사라진 사람 냄새가 돌아왔다. 「무제」가 폭로적이다.

> 겨울 속의 목련나무에 꽃망울이 맺혔다.
> 세상엔 이런 작은 기쁨도 있는가

사실 2행은 사족인데, 시인은 왜 굳이 뱀발을 덧댔을까? 같은 단시라도 이 시는 근원이 다르다. '무제'라는 제목 아닌 제목도 징후적이다. 이 시는 이상기후 탓에 꽃들도 때를 잃고 방황하는 세태를 비판하는 사회생태시도 아니고 이미지를 착취하는 사생시는 더욱 아니다. 겨울의 복판에서 문득 목련 꽃망울을 만났을 때의 순진한 기쁨, 그 기쁨을 사람들과 나누고 싶다는 소박한 소망을 그냥 진술했을 따름이다. 빛나는 이미지고 정교한 운율이고 그 어떤 운산도 다 던졌다. 시를 잊고 삶을 얻었다고 할까. 삶 대신 시를 얻은 「우수 지나」와 반대다. 요컨대 실러(F. Schiller) 식으로 「무제」가 인간과 자연이 무사기(無邪氣)하게 소통하는 '소박한 시'라면 「우수 지나」는 인간과 자연이 분리된 '감상적 시'일지도 모르겠다.

그런데 「무제」는 1990년대 이후 단시 작업의 속셈을 가늠하게 한다는 점에서도 흥미롭다. 2행에서 분명히 밝혔듯이, '세상의 작은 기쁨'이 열쇳말이다. 알다시피 민중시는 인류해방의 대합창을 꿈꾸는 거대담론, 거대서사, 또는 큰 이야기를 지향한다. 산화의 단시 작업은 바로 미시담론, 미시서사, 또는 작은 이야기와 연계된바, 이 전환이 처음부터 의식적이었는지는 확언할 수 없지만 아마도 시나브로에 가까웠을 터다. 요컨대 큰 이야기에 묻힌 작은 이야기들의 귀환을 정성스레 갈무리하려는 시인의 뜻, 바로 그 근처가 산화 단시의 둥지가 아닐까 싶다.

그 때문에 이 시집의 지리산은 민중시 시절의 지리산이 아니다. 그 지리산이 빨치산의 산, 패배 자체가 승리이기도 한 해방의 환유인 데 비해 『하동』의 산은 큰 이야기 속에 침묵당한 서발턴(subaltern), 곧 소수자의 산이다. 앞에서 거론한 「산동 애가」는 소수자의 귀환을 단적으로 보여주거니와, 지리산은 더욱이 생활하는 민중의 산이다. 가령 「구례 장에서」를 보자.

　흰옷은 정결하다

　마지막 조선의 할머니가

　외로 앉아서 파릇한 봄 냉이를 판다

구례 장터 한켠에서 냉이를 파는 할머니를 꾸밈새 없는 단 두 문장으로 요약한 이 단시는 구상(具象)이 생략되었음에도 놀랍게도 초상(肖像)이다. 자칫 심심할 뻔한 귀글에 제자리 찾아 들어앉은 "외로 앉아서"는 화룡점정이다. 그런데 이 단시는 장터를 배경으로 하였음에도 전혀 장터 같지 않은 게 수상하다. 그리고 보면 3행을 다 독립된 연으로 구분한 것도 그렇다. 말하자면 산문적 소란을 연과 연 사이의 여백에 봉인하고 그로부터 가장 순수한 시를 길어올렸으니, 할머니는 마침내 장터를 이륙한다. 흰 옷의 할머니, "마지막 조선의 할머니"는 바로 지리산 성모 마고할미인가. 생활하는 민중 속에서 할미신의 아우라를 알아채는 시인의 눈매는 이미지

사냥꾼의 사오나온 눈매가 아니다. 이야기의 크고 작음을 떠나서 모든 이
야기를 존중의 눈으로 받드는 시인의 마음이 배어나오매 단시 작업이 꼭
작은 이야기로 그치는 것이 아님을 이 시는 잘 보여준다.

이 시집은 말하자면 소수자의 집합적 초상이라고 할 수도 있을 터인
데, 산문의 희생을 감수한 「구례 장에서」가 오히려 예외다. 「홍대 이셴」
을 보자.

> 도장방 마루엔 고봉으로 차려진 밥상에 짠지
> 그리고 어쩌다 장날이면 비린 갈치 한토막
> 쓰나 달나 통 말이 없었다
> 아침이면 바지게 지고 나가 풀짐 가득 해 와 거름자리에 붓고
> 저녁이면 종일 논갈이한 소를 끌고 와 쇠죽을 쑤었다
> 그리고 자신은 거북발로 또 마루에 올라 고봉밥을 먹었다
> 쓰다 달다 통 말이 없었다

이 짧은 시에 "통 말이 없었다"가 두번 나온다. 끝내 침묵하는 그는 누
구인가? 시인에게 물었다. '홍대 이셴'은 '홍대리 출신 아낙을 얻은 이
생원'이란 뜻이란다. 결혼해 따로 나가 살지만 여전히 주인집에 출입하
며 노동을 바치는 그는 솔거(率居) 노비가 아니라 외거(外居) 노비의 후
신인 셈인데, '홍대 이셴'이란 지칭이 사실은 이름이 아니라는 점에도 유
의할 일이다. 그에게는 '소수자'라는 말도 사치인바, 권력교체의 역사에
서 완벽히 지워진 '나머지'다. 산화는 『만월』시절에도 집안 안팎의 일꾼
들을 곧잘 노래했다. 「정님이」가 대표적이다. 그런데 「홍대 이셴」은 「정님
이」와 비연속이다. 주인집을 뛰쳐나와 식모로 여공으로 급기야 창녀로 전
락할 서울살이일망정 정님이는 변화의 물결에 몸을 맡겼다. 그리고 그 끝
은 누구도 장담할 수 없을 만큼 도회의 삶은 기회적이다. 그런데 '홍대 이

센'은 그곳에서 한발짝도 떼지 않은 채 마치 노동하는 기계인 양 이름없는 생존을 침묵 속에 지속하고 있는 것이다. 시인은 변화의 작은 징조조차 봉쇄된 그 서발턴의 전형을 정동적인「정님이」와 달리 최고의 절제 속에 재현한다. 그럼에도「우수 지나」의 사생과는 천양지차다. 그 놀라운 탈정동 속에 '홍대 이센'의 가이없는 삶에 대한 한없는 애도와 기억의 정치가 따듯하게 작동하고 있으니 한국사, 아니 인류사 속의 모든 '홍대 이센'에게 헌정된 이 시는 이만큼 근본적이다.

「학재 당숙모」는 이 시집의 또다른 축인 여성 이야기를 대표한다. 권력교체의 남성서사를 밑바닥에서 받치는 무명의 노동이 '홍대 이센'들이라면 안에서 지탱하는 무언의 기둥은 여성들이다. 기출(己出)은 물론이고 작은댁 자식들까지 정성껏 길러낸 '학재 당숙모' 역시 "저녁을 자시면 끙하고 일어나 작은댁으로 기침도 없이 사라지는 당숙에게도 쓴말 군말 한마디 없었다". '홍대 이센'과 다른 점은 "같은 처지인 우리 큰어머니"라는 출구가 존재한다는 것이다. "긴긴 겨울밤" "실꾸러미 들고 와 밤새워 도란도란 옛이야기 나누다 감던 실을 도로 풀던 당숙모". 그녀의 끝 또한 조찰했다. "추석 맞아 내려와 곤히 잠든 자식들 다리 사이를 조심조심 건너다 쓰러지고 말았"으니 "향년 91세. 본명 조아기". 그녀의 삶에 바친 시인의 경건이 아름답다. 그 오마주는 기실 큰어머니를 향한 것이기도 하거니와, 구례 반가(班家) 여성들의 초상을 산화가 아니면 누가 침묵에서 구원할 것인가?

큰 이야기들 사이로 조붓하게 난 지리산 자락의 침묵들에 이처럼 정성스럽게 혀를 단 시인은 이 시집 전체를 요약한 한 공안(公案)에 도달한다.

> 형의 어깨 뒤에 기대어 저무는 아우 능선의 모습은 아름답다
> 어느 저녁이 와서 저들의 아슬한 평화를 깰 것인가
>
> ─「능선」 전문

해거름에 손잡고 귀가하는 형제가 연상되는 1행도 기룹지만 옅은 불안에 더욱 간절한 2행이 절묘하다. 아무리 못된 저녁인들 설마 저 평화를 깰 것인가 하는 아슬한 믿음과 그럼에도 결국엔 무정한 저녁이 닥쳐 평화가 깨질 것이란 불편한 예감 사이를 가로지르는 2행 덕에 시가 스스로 완성됐다. 이 시는 산사람으로 체포된 아우를 위하여 탄원서 냈다가 순천형무소까지 출입한 아버지의 종제에 대한 각별한 우애를 기린 산문시 「형제를 위하여」를 머금고 있다. 험한 일을 겪은 뒤에도 종형제 사이가 일생 각근했음을 새기건대, 「능선」의 2행도 그냥 간절함만으로 그치는 것은 아니겠다. 설령 필연적 전개 속에 평화가 깨지더라도 바로 그 순간 불확실성을 더듬어 복원의 길을 제겨디디리라는 무서운 희망을 묻어둔 이 시집 최고의 시다. 그러고 보면 「학재 당숙모」의 자매애와 짝을 이룬 「능선」의 형제애가 새삼 눈에 뜨인다. 아마도 촛불에 강력히 감염된 모양이다. 큰 이야기로 시작하여 작은 이야기를 거쳐 다시 두 이야기가 회통하는 입구에 가까스로 도착한 산화의 촉수는 아직도 살아 있다. 감축할 일이 아닐 수 없다.

하산(下山)하는 마음

◆

신대철『누구인지 몰라도 그대를 사랑한다』

1. 탈주의 끝

신대철(申大澈) 시인의 두번째 시집『개마고원에서 온 친구에게』(문학과지성사 2000)를 받아들고, 오래 소식 끊긴 벗으로부터 편지를 받았을 때처럼 반가웠던 기억이 떠오른다. 첫 시집『무인도를 위하여』(문학과지성사 1977) 이후 얼마 만인가? 유신체제가 막바지를 향해 치닫던 시기에 출현한 이 시집은 돌올하다. 그런데 인간 바깥의 세계로 탈주하려는 비원(悲願)에 지핀 이 시집의 초절적(超絶的) 지향이 귀족적 고답(高踏)에서 온 것이 아니라는 점이 흥미로웠다. 남북이 날카롭게 대치한 군사분계선의 군대 체험에서 우러나온「X」와「우리들의 땅」이 단적으로 보여주듯이, 그는 결코 청록파 또는 전원파의 아류가 아니다. 그럼에도 언뜻언뜻 비치는 강렬한 사회성을 상쇄하는 초월에 대한 의식적·무의식적 지향 또한 너무나 치열해서 기묘한 모더니스트라는 느낌도 없지 않았다.

그런데 건조한 모더니스트라기에는 그의 서정은 너무나 근원적이다. 가령『무인도를 위하여』를 여는 시「흰나비를 잡으러 간 소년은 흰나비로 날아와 앉고」를 보자.

> 죽은 사람이 살다 간 南向을 묻기 위해
> 사람들은 앞산에 모여 있습니다.

> 죽은 사람은 죽은 사람, 소년들은 잎 피는 소리에 취해 山 아래로 천개의 시냇물을 띄웁니다. 아롱아롱 山울림에 실리어 떠가는 물빛, 흰나비를 잡으러 간 소년은 흰나비로 날아와 앉고 저 아래 저 아래 개나리꽃을 피우며 활짝 핀 누가 사는지?

> 조금씩 햇빛은 물살에 깎이어갑니다, 우리 살아 있는 자리도 깎이어 물 밑바닥에 밀리는 흰 모래알로 부숴집니다.
> 죽은 사람은 죽은 사람,
> 흰 모래 사이 피라미는 거슬러오르고
> 죽은 사람은 죽은 사람,
> 그대를 위해 사람들은 앞산 양지 쪽에 모여 있습니다.

1970년대에 생산된 가장 아름다운 서정시의 하나로 꼽힐 이 시는 "앞산 양지 쪽"에 옹기중기 모여 죽은 이의 무덤을 남향받이에 모시는 간소한 장례 풍경을 따듯하기 그지없는 어조로 노래한다. 그런데 2연이 암시하고 있듯이, 이 장례식은 "저 아래" 즉 개나리꽃 만발한 산 아랫동네가 아니라 그로부터 소외된 외딴 산촌의 행사다. 소년들이 산 아래로 천개의 시냇물을 띄워 보낸다는 것이 "저 아래"에 대한 안타까운 동경을 상징할진대, 마을에서 쫓겨온 산촌 사람들의 이 조촐한 장례는 또 얼마나 가여운 일인가? 세상과 격절된 채 이름없이 죽어간 망자를 묻는 산촌의 가난한 행사에 저 아래에서는 오직 피라미 한마리만 거슬러오른다. 소년마저 흰나비로 날아와 앉음으로써 풍경은 완성된다. 장례 행렬의 앞에 나타나곤 하는 흰나비를 죽은 조상의 넋으로 여기는 속설을 감안할 때, 흰나비가 된 소년의 형상에서 우리는 이 아름다운 서정시를 아련히 감싸는 찌르는 듯한 비애의 고갱이에 감촉할 것이다. 이 시는 일종의 진혼곡이다. 그런데 삶에 틈입하여 삶을 "깎"고 "부숴"버리는 죽음 일반이 아니라 무명(無名)의 죽음에 헌정된 것이다. 시인은 몇번이고 다짐한다, "죽은 사람은 죽은 사람"이라고. 그것은 삶과 죽음을 칼같이 가르는 무정한 상징행위가 아니라 비애는 비애대로 간직하되 살아남은 자는 삶에 순명(順命)하는 지극한 수락의 순간을 드러내는 터다. 도대체 이 시인을 사로잡은 그늘의 정체는 무엇일까? 나는 그것이 늘 궁금했다.

무려 23년 만에 긴 침묵의 강을 넘은 그의 두번째 시집은 거친 유랑의 흔적으로 임리(淋漓)하다. 백두대간의 모든 능선을 답파하는 이 고독한 빨치산의 잠행(潛行)은 세계의 오지로 확대된다. 탈주는 여전히 진행 중이었던 것이다. 그런데 알래스카 연작이 잘 보여주듯이, 그의 탈주는 늘 실패한다. "모든 시간은 태초로 되돌아가고/툰드라엔 광물질만 남는 고독"(「금강의 개마고원에서: 개마고원에서 온 친구에게 2」)의 극지에서도 시인은 운명처럼 한반도와 해후한다. 알래스카 최북단 배로곶에서 시인은 남과 북의 이탈자들과 눈물겨운 친교를 나누니, 참으로 가이없는 일이다. "조국과 멀어질수록/조국과 가장 가까워지는"(「Sam and Lee」) 이 진부한 역설이 악령처럼 생생하다.

기실 오지 여행은 시간 여행이다. 악몽의 기억으로부터 탈출하려는 염원과 그 기억의 정체와 대면하려는 의지 사이의 무한한 분열 속에서도 이 시집은 첫 시집에서 한걸음 나아간다. 시인은 자신의 상처, 특히 유년의 기억에 대해 이야기하기 시작한다. 셰에라자드가 이야기를 통해 상처받은 샤리아르왕의 내면을 치료하는 『천일야화(千一夜話)』를 상기하면, 시인이 이야기하기를 시도한다는 의미가 짐작될 것이다. 「수각화(水刻畵) 1」에 암시되듯이 그는 화전민이었다. 아버지의 부재로 말미암아 산골로 쫓겨온 파산의 경험은 그의 시에 있어서 원초적 질병이다. 그런데 "종적 없는 아버지"가 환기하듯이, 이 경험은 해방 직후에서 6·25에 이르는 치열한 좌우익 갈등과 무관한 것이 아니다. 유년의 상처와 대면하는 작업을 중핵으로 하는 이 시집에서 시인은 매우 독특한 방법을 실험한다. "언제나 나 없이 완성된 풍경이 나를 기억하고 불러들인다"(「첫 기억」). 기억의 복원을 위해 시인은 서재에서 연필을 드는 대신 답사를 선택한다. 그곳에 가서 그 장소의 혼에 의지하여 기억이 스스로 복원되기를 기다림으로써 잃어버린 기억의 고리를 찾아내는 방식이다. '사료가 나를 통해 말하게 한다'는 톰슨(E. P. Thompson)과 상통하는 방법으로 시인은 기억의 자의성을 제어하면서 기억을 역사로 들어올리는 것이다.

이 과정에서 가장 생생한 한국전쟁의 삽화들이 제출된다. 사랑에 빠져 탈영한 인민군 남녀의 전말을 노래한 「황해 1」은 압권이다.

(……)젊은 남녀는 뙤약볕 속에 찢어진 텐트 하나 치고 낮에는 숨어서 훗날 노모와 함께 평강고원 초록빛 구릉에 옥수수 잎 넘실거리는 긴 밭고랑 풀 매는 꿈을 꾸고 저녁에는 될수록 멀디먼 동네를 돌고 돌아 구걸했습니다, 날이 지나면서 꼴 베는 동네일도 거들어 주민들 얼굴에 얼굴을 익혔습니다. 푸른 강 푸른 하늘이 짙푸르러지는 곳에서 동네 아이들과 헤엄치며 슬슬 다가오는 먹구름떼를 시커먼 송사리떼 속으로 줄줄이 몰아붙이고 한 옥타브 높아가는 종달새 노래에 실어 송장메뚜기도 높이 날렸습니다, 그날 밤이던가요, 젊은 남녀가 아이들의 꿈결 속에서 송장메뚜기를 끝없이 날리고 있을 동안 낙동강전투에서 피투성이가 되어 막 돌아온 마을 청년이 어둠속을 낮은 포복으로 기어갔습니다. 탕! 탕! 탕, 마지막 총성은 끝내 들리지 않았습니다.

금강은 그 총구멍 속을 유유히 흘러흘러 바다로 나갑니다, 파도가 없어도 울렁이는 황해로요.

이 슬프게 아름다운 산문시 역시 진혼곡이다. 시인은 6·25의 피비린내 속에서 간신히 보호된 위생병과 간호원 출신 인민군 남녀의 '오래된 정원'이 맞이한 파국을 앨쓴 절제로 진혼한다. 아마도 시인은 그들과 즐거이 헤엄치던 동네 아이였을 터인데, 시인은 파국의 집행자, 마을 청년을 용서한 것일까? 문득 그 청년이 "인민군과 싸우다 부상당한 삼촌"(「첫 기억의 끝」)일지도 모르겠다는 엉뚱한 생각도 슬그머니 든다. 이 산문시의 핵은 마을 청년이다. 미친 세월의 바람에 씌어 이 연인들을 살해한 그의 불쌍한 영혼을 시인은 이제 진혼하는 것일까? "파도가 없어도 울렁이는 황해"로 "유유히 흘러"가는 금강을 바라보면서 시인은 기억 속에 되살아난 피살자와 살해자의 영혼을 함께 천도한다.

2. 작별의 예식, 또는 귀환의 노래

두번째 시집을 낸 이후 시인은 그동안 차마 이야기하지 못했던 가장 깊은 슬픔을 마침내 풀어내기 시작한다. 그는 북파공작원을 넘기고 받는 비무장지대 최전선 GP 장교였던 것이다. 이제야 그를 오지로 몰아넣은 악몽의 정체가 드러났다. 제3시집 『누구인지 몰라도 그대를 사랑한다』(창비 2005)의 「시인의 말」에서 시인은 마침내 그 일을 발화한다.

사방에 파놓은 비트를 들락거리며 밤새워 공작원을 넘기고 기다리던 그 하루하루, 그때 나는 살기 위해서 틈만 나면 안전소로를 확보하려고 자주 분계선을 넘나들었다. 세상에서 고립된 채 혼자서 오직 작전 준비에만 몰두하였다. 작전이 끝나면 돌아오면서 길을 폐쇄하려고 수십개의 지뢰와 부비트랩을 매설하였다. 매설하고 제거하고 매설하고 제거하기를 수십번, 그러나 정작 GP를 철수할 때에는 너무 긴급하여 지뢰와 부비트랩을 제거하지 못한 채 목측과 지도 표기로만 인계인수를 하고 비무장지대를 벗어나왔다.

그리고 악몽이 시작되었다. 피투성이가 된 공작원과 GP 요원들이 수시로 찾아왔다. (…) 나는 시를 버렸다.

영화 「실미도」(2003)로 이제는 널리 알려진 북파공작원은 그동안 우리 사회에서 침묵 속에 억압되었던 가장 은밀한 하위자(subaltern)였다. 존재와 비존재의 경계에서 마치 유령처럼 떠돌던 그들이 민주화의 진전 속에서 하나의 집합적 기억으로 복권되고 있다. 이 과정에서 시인도 자기 안에 억압된 것들에 혀를 다는 작업을 간신히 시작한다. 「마지막 그분」은 기억의 금고에서 조심스레 꺼낸 대표적 시다.

7부 능선에서
개활지로 강가로 내려오던 밤

누가 누군지 알 수 없지만
앞선 순서대로 이름 떠올리며
일렬로 숨죽이며 헤쳐가던 길

그분은 맨 끝에 매달려 왔다
질퍽거리는 갈대숲에서
몇번 수신호를 보내도
한발자국도 움직이지 않았다
깜깜한 어둠속을 한동안 응시하다

군사분계선을 넘어갔다
함께 가자 위협하지도 않고
뒤돌아보지도 않았다

작전에 돌입하기 직전
손마디를 하나하나 맞추며
수고스럽지만 하다가
다시 만나겠지요 하던 그분
숨소리 짜릿짜릿하던 그 순간에
무슨 말을 하려다 그만두었을까
그게 그분의 마지막 말일 수도 있는데
나는 왜 가만히 듣고만 있었을까

창 흔들리다 어두워지고
천장에 달라붙은
천둥 번개 물러가지 않는다

아마도 천둥 번개 치는 불면의 밤, 빈 방에 누워 어떤 북파 행렬 속에 또렷이 살아 오는 '그분'과의 마지막 작별을 생생하게 재현하고 있는 이 시를 통해 북파공작원이 우리 문학에서 처음으로 유령에서 사람으로 변신한다. 무슨 부탁을 시인에게 하려다가 그 부질없음에 "다시 만나겠지요"라고 더듬듯 말을 돌려막은 이 기막힌 작별 속에 시인은 '살아남은 자의 슬픔'을 자신의 몫으로 고스란히 떠맡을 뿐이다. 어떤 의지가 있어 시인을 분단체제의 가장 은밀한 악령의 목격자로 예비해두었을까? 지옥의 강을 건네는 비통한 차사(差使)로 차출된 시인에 의해 한국현대사의 가장 깊은 어둠이 섬광처럼 드러났던 것이다.

그러나 아직 시인은 자유롭지 못하다. 내면의 격정을 높은 절제 속에 평담한 경지로 들어올림으로써 사건의 비극성을 전달하는 데 성공한 「마지막 그분」과 달리, 북파공작에서 취재한 여타 시들, 예컨대 「그대가 누구인지 몰라도 그대를 사랑한다」와 「실미도」가 시적 압축에 실패한 데서 드러나듯이, 시인은 여전히 그 경험에 압도되어 있는 것이다. 말이 쉽지 어찌 그러지 않을 수 있으랴? 지금 우리가 주목할 점은 그가 긴 탈주의 끝에서 이 악몽의 기억과 혼신의 힘으로 대면하기 시작했다는 점이다.

이 시집 도처에서 우리는 귀환의 의지를 읽는다. "저 물소리 당신의 메아리로 들리면 메아리 울리는 동안 천천히 뒤돌아보며 협곡을 빠져나가고 싶습니다"(「협곡 1」). 운명의 덫에 치여 출구 없는 협곡에 빠져 방황하던 시인은 마침내 "협곡을 빠져나가고 싶"다고 희망한다. 이 희망이 중요롭다. 협곡에 빠진 것은 비의지적이었지만 협곡에서 방황한 것은 살아남은 자의 의지적 자책에 말미암은 바 크기에 이 희망은 새 단계를 머금은 것이다. 더구나 "천천히 뒤돌아보"면서 나오겠다는 것은 그의 정신이 한결 평형을 찾았음을 의미한다. 시인은 말하자면 회복기에 들어선 것이다. 그리하여 시인은 악몽의 기억들에 작별을 고한다. "나보다 먼저/바람에 불려가는 그대여/잘 가거라/길 가다 온몸 아려오면/그대 스친 줄 알리"(「바람불이 2」). 그런데 악몽들과 완벽한 단절을 꿈꾸는 것은 아니라는 점에 유의해야 한다. '나'와 '그대'는 아주 자연스럽게 그리고 따뜻하게 교감한다. 나아가 시인은 저 높은 산정에서 중음신으로 떠도는 망령들에게도 부드럽고 간절하게 하산을 권고한다. "그만 내려오세요 할머니/길 묻히고 아주 지워지기 전에요"(「패랭이꽃: 지평선 마을 1」). 이는 죽은 혼에 주는 것이자 시인 자신에게 건네는 말이기도 하다. 절정에서 절정으로, 극지에서 극지로, 그리고 오지에서 오지로만 떠돌던 시인의 비통한 편력기가 이제 종언을 고하는 단계에 이르렀음을 암시하는 것이다.

「물돌이동」은 그 모든 망령들과 함께 하산하는 시인의 귀환을 상징적으로 보여준다.

> 개 짖는 소리
> 사람 부르는 소리
> 노란 호박꽃 속에 잉잉거리는 마을
> 호박꽃술 묻히고 들어서면
> 어디든 문이 열렸습니다.

강남에서 온 제비는 문패 위에 벌써 둥지를 틀었군요. 한 배 불려 그 옆에 새 둥지를 트는군요. 개흙 바르고 지푸라기 물어 오고 흐르는 마음도 물어 가는군요.

우리는 무심히 강남 쪽을 바라보았습니다. 물길 따라 소나기 몰려가다 갑자기 사라지던 곳, 제비 날개에 무지개 걸리고 따발총 소리 울려오고 숨막혀오던 곳, 그 아득해진 곳에서 제비만 돌아와 있군요.

> 흰 구름 밑으로
> 우리도 돌아오는 중일까요
> 물소리 흔들며 흘러온 목소리들
> 아르방 다리 부근에서 잔잔해지고 있습니다.

"모든 산봉우리 위에는/고요"(Über allen Gipfeln/Ist Ruh)라고 읊조리며 질풍노도시대를 마치고 자신의 운명과 화해한 괴테(J. W. Goethe)처럼, 시인도 "흰 구름 밑" 인간의 마을로 귀환 중이다. 유년을 습격한 6·25, 또 한번의 6·25였던 북파공작의 악몽들을 다스리고 이제 지상으로 귀환한 시인이 어떤 시의 집을 건축할지 벌써 궁금해진다.

시와 정치

◆

도종환 『사월 바다』

도종환(都鍾煥) 시인은 이제 재선 의원이다. 2012년 19대 총선에서 비례대표로 국회에 진출한 그가 올(2016) 총선에서는 지역구 의원으로 재선에 올랐다. 아무리 '민주화 이후'라고 친다손, 야당 후보로 지역구에서 당선되기란 역시 어려운 법이다. 비례대표와 지역구를 특채와 공채 차별하듯 하는 건 한국정치 후진성의 징표이긴 하지만, 내 제한된 경험에 의해도 확실히 지역구 의원은 다르긴 다르다. 유권자들과 직접 부딪쳐 민주주의를 겪어낸 자들만이 지니는 어떤 위의(威儀)를 두르기 십상인 때문이다.

그가 새 시집 『사월 바다』(창비 2016)를 상재한다. 의원 되기 전 마지막으로 낸 시집이 『세시에서 다섯시 사이』(창비 2011)이니 5년 만인데, 그사이는 보통의 한국인에게도 정치적 허무였으매 하물며 야당 정치인에게랴. 실정(失政)에도 불구하고 다시 여당에 권력을 허용한 18대 대선으로 상기도 그 혹독한 댓가의 지칠 줄 모르는 행진을 목격하게 되는 소극(笑劇)의 한복판에서 그는 어떻게 시를 쓸 수 있었을까?

정치인이 현역에서 시를 쓰고 더욱이 시집까지 출판하는 일은, 시와 정치가 동행한 왕조시대라면 몰라도, 근대 이후는 매우 드물었다. 정치가 원

천적으로 봉쇄된 식민지시대에는 물론이고 현실정치가 열린 해방 이후에
도 거의 없었다고 해도 무방할 터다. 송아(頌兒) 주요한(朱耀翰)과 이산(怡
山) 김광섭(金珖燮)의 경우가 있기는 하다. 일찍이 한국 근대시를 연 송아
는 1950년대 후반 야당으로 민의원에 당선하고 1960년 4월혁명 직후 출범
한 민주당 정권에서는 장관까지 지냈지만, 시에서는 멀찍이 물러난 뒤였
다. 말하자면 '시 이후의 정치'다. 해방 직후 미군정청을 거쳐 이승만정부
에 투신한 경험을 지닌 이산은 중풍을 딛고 솟은 「성북동 비둘기」 이후에
야 '시인'으로 올랐으니, 송아와 달리 '정치 이후의 시'라고 할 수 있겠다.
이만큼 시와 현실정치는 거의 상극이다.

　반면 한국 근현대시사에서 시와 혁명은 긴밀했다. 일본제국주의와 그
후계 체제라 할 남한 역대 독재정권에 대한 길고 긴 투쟁에 참여한 시인
들의 목록은 간단없다. 이상화(李相和)에서 김남주(金南柱)까지 합법/비
합법의 공간을 넘나들며 자신을 큰 민주주의를 위한 혁명의 제단에 봉헌
한 시인들은 그 경험을 바탕으로 '문학의 정치'를 구극(究極)으로 실현할
고투에까지 아득히 이르렀거니, 어쩌면 혁명 이후, 그 지루한 산문을 목숨
처럼 여기는 오늘의 우리 문학, 특히 시가 불쌍타.

　『분단시대』 동인 출신 도종환 역시 저 '불의 80년대'에 혁명정치의 세
례를 깊숙이 받은 시인이다. 『창작과비평』이 사라진 1980년대에는 등단
이란 제도적 경로에 비의존적인 소집단들이 동인의 형태로 지방 곳곳에
서 출몰한바, 주로 청주·대구 출신으로 이루어진 『분단시대』 또한 그 하
나였다. 그런데 1987년 6월항쟁과 1991년 소련 해체 이후 시나브로 시의
혁명정치는 수그렸다. 시집 속의 어느 시 제목 그대로 "그는 가고 나는 남
았다". "한 시대가 그와 함께 가버"린 뒤 찾아온 "길고 남루"한 날들에 시
가 갈 법한 길은 두갈래다. 모든 정치를 시에서 추방하고 순수시의 이데
아로 탈주하는 정치로부터의 자유의 길 즉 탈정치화와, 연막 속으로 희미
해진 혁명을 다시 소환하여 시를 재건하는 정치적 자유의 길 즉 재정치화

다. 시인은 묻는다. "왜 그는 가고 나는 남았을까"(「그는 가고 나는 남았다」).
이 물음이 이 시집의 축이다. 이는 물론 그만의 것은 아니다. 1980년대에
등단하여 1990년대 이후를 살아가는 시인들의 공유일 터인데, 왜 그가 주
목되는가? 현실정치 속에서 탈정치화와 재정치화를 가로질러 위태로운
제3의 길을 점수(漸修)하고 있기 때문이다.

이 시집에서 새로 배운 말들이 있다. 구례 화엄사에서 세간(世間)과 출
세간(出世間)의 날카로운 대척을 사유하는 「화엄 장정」에 나오는 '겁탁
(劫濁)'과 '견탁(見濁)'이다.

> 연꽃 피는 연못 밖은
> 오늘도 겁탁(劫濁)의 세상입니다
> 생사의 고통은 갈수록 깊어지고
> 역병은 창궐하며
> 견탁(見濁)의 삿된 말들은
> 끓는 물처럼 흘러넘칩니다

악한 세상을 구성하는 '오탁(五濁)'의 두 흐림인 겁탁과 견탁을 빌려 오
늘의 한국정치와 한국사회를 침통히 요약한 이 대목에 돌올히 드러난 이
두 말은 「서유기 3」에 다시 등장한다.

> 우리는 지금 겁탁의 세상에 산다
> 굶주림과 전쟁과 질병과 재앙이 끝없는 시대
> 그릇된 믿음과
> 밑도 끝도 없는 적개심과 사악함이
> 도처에 출몰하는 견탁의 세상에 산다

재난의 끝없는 진행으로 특정되는 겁탁이 중생에 외재적이라면, 삿된 말에 미혹하여 선한 이들을 핍박하는 견탁은 중생에 내재적이다. 안팎의 흐림이 마주쳐 온 세상을 악세(惡世)로 몰아가는 말법(末法)의 시절을 요약할 '탁'이야말로 이 시집의 열쇳말이다.

"야만의 시대가 치욕의 시대로 이어지는 동안/날은 저물고 해가 바뀌었다"(「눈」). 민주화가 탈민주화로 엇섞이는 계절이 진전되면서 벌어진 한국사회의 퇴폐라는 큰 배경 아래 현실정치의 탁이 가로놓인다. 이 시집에는 타고난 교사요 착한 시인인 도종환이 한반도는커니와 나라조차 제대로 생각하는지 의심스러운 정치공학만 난무하는 오늘날 한국의 정치판에서 겪은 내상의 흔적들이 도처에 임리(淋漓)하다. "사람에게서 위로보다는 상처를 더 많이 받는 날/해장국 한그릇보다 따뜻한 사람이 많지 않은 날/세상에서 받은 쓰라린 것들을 뜨거움으로 가라앉히며/매 맞은 듯 얼얼한 몸 깊은 곳으로 내려갈/한순갈의 떨림에 가만히 눈을 감는/늦은 아침"의 「해장국」도 절실하지만,「병든 짐승」에 이르면 읽는 이들도 아프게 마련이다.

산짐승은 몸에 병이 들면 가만히 웅크리고 있는다
숲이 내려보내는 바람 소리에 귀를 세우고
제 혀로 상처를 핥으며
아픈 시간이 몸을 지나가길 기다린다

나도 가만히 있자

그런데 탁을 보는 시인의 눈이 미묘하게 갈라진다.「화엄 장정」이 출세간의 입장에서 세간을 부정하는 이법계(理法界)에 매여 "화엄은 오래전에 이 땅을 떠난 건 아닐까" 하며 엷은 비관으로 떨어지는 것과 달리,「서유기 3」은 "그대도 나도 사오정이다"라는 대담한 긍정으로 올라선다. 이 점에서 손오공, 저팔계, 사오정을 거쳐 삼장법사로 마무리한 「서유기」 연작이 예사롭지 않다. 대뜸 "내 안에도 저런 원숭이 같은 게 있으리라"로 시작하는 「서유기 1」은 "쉽게 격해지고 잘 참으려 하지 않는/여의봉 쥐고 바닥을 땅땅 치며 자만에 넘치는" "그렇게 세상을 들었다 놓았다 하고 싶은/호가호위하고 싶은/내가 지금 누구를 모시고 가는지 보여주고 싶은" 그런 탁을 손오공에서 보는데, 놀라운 점은 오공(悟空)을 내재화하는 정직한 자기성찰에 있다. 탁을 외부화함으로써 나를 구원하는 양분법에서 나의 근원적 흐림을 세상과 공유하는 계단으로 성큼 오른바, 세간과 출세간이 회통한 이 연작의 낙관이 귀한 것이다. 물론 그들을 짐승으로만, 또는 윤리적 덕목의 우의(寓意)로만 보는 데 나는 주저한다. 단적으로 옥황상제의 천계(天界)란 에둘러진 조정이니 그를 교란한 손오공은 일대의 혁명가요, 식탐의 대명사 저팔계는 그의 쇠스랑을 유념컨대 굶주린 농민의 표상이기도 한 때문이다. 그럼에도 이 소설은 근본적으로는 민중이 꿈꿔온 대자유의 땅을 탐색하는 위대한 구도(求道)의 서사인지라 시인이 이 '짐승들'을 방편으로 지루한 이분법에서 멋지게 탈주할 수 있다면 이 또한 축복이 아닐 수 없다. 과연 시인은 낙관도 비관도 아닌 여여(如如)한 중도(中道)의 한 소식에 도착한다. "그 짐승들 데리고 천축까지 간다/(…)/ 그래서 멀다, 천축"(「서유기 4」).

탁에 대한 시적 사유가 깊어진 덕에 이 시집에는 도종환의 숨은 면모가 얼핏 드러나는 모퉁이들이 있다. 소년 도종환의 쓸쓸함이 아처로운 「슬픔의 현」도 그렇지만, 청년 도종환의 뜻밖의 불량기가 돌출한 「골목」은 '지하생활자의 수기'인 양 먹먹하다. 악한 구석이라고는 찾아보려야 찾을 수 없어 오히려 걱정인 그에게 "서툴고 미숙하고 기우뚱한 (…) 분노"에 찬 이런 골목이 웅크리고 있었다니 사람은 깊다. 아니, 그래서 시인이다. 일찍이 혁명 이후를 악령처럼 견뎌낸 도스또옙스끼를 예각적으로 포착한

「도스또옙스끼 이후의 날들」 또한 이 어두운 골목의 소산일진대, 이 시들은 도종환 특유의 교훈시에서 벗어나 시원하기조차 하다. 나도 그렇지만 선생들은 가르치려는 의욕이 고황(膏肓)이다. 내남직없이 계몽을 자제하는 노력이 절실한 때다.

　이 시집의 정채(精彩)는 물론, 시를 보호하기 위한 눈물겨운 노력 속에 탄생한 일류의 서정시들이다. 「어느 저녁」은 이 시집 최고의 서정시인데, 여기서는 또다른 탁이 등장하는 「겨울 저녁」을 보자.

> 찬술 한잔으로 몸이 뜨거워지는 겨울밤은 좋다
> 그러나 눈 내리는 저녁에는 차를 끓이는 것도 좋다
> 뜨거움이 왜 따뜻함이 되어야 하는지 생각하며
> 찻잔을 두 손으로 깜싸쥐고 있는 겨울 저녁
> 거세개탁(擧世皆濁)이라 쓰던 붓과 화선지도 밀어놓고
> 쌓인 눈 위에 찍힌 산짐승 발자국 위로
> 다시 내리는 눈발을 바라본다
> 대숲을 흔들던 바람이 산을 넘어간 뒤
> 숲에는 바람 소리도 흔적 없고
> 상심한 짐승들은 모습을 보이지 않은 지 여러날
> 그동안 너무 뜨거웠으므로
> 딱딱한 찻잎을 눅이며 천천히 열기를 낮추는 다기처럼
> 나도 몸을 눅이며 가만히 눈을 감는다

　'거세개탁'은 굴원(屈原)의 「어부사(漁父辭)」에 나오는 유명한 구절이다. 사(辭)란 시적 산문 또는 산문시이거니, 초(楚)에서 쫓겨나 강가를 배회하는 굴원과 그를 알아본 어부의 대화체로 된 「어부사」는 텍스트가 겹이다. "온 세상이 탁한데 나 홀로 맑다(擧世皆濁我獨淸)"는 굴원의 말에

"성인(聖人)은 (…) 능히 세상과 더불어 변통하여 나아간다"고 어부가 대꾸하고, 다시 굴원이 탁과는 어울릴 수 없다고 고결을 강조하자 어부가 빙그레 웃고 돛대를 두드려 노래하며 떠나는데, 가로되 "창랑의 물이 맑으면 내 갓끈을 씻고 창랑의 물이 흐리면 내 발을 닦으리라(滄浪之水淸兮 可以濯吾纓 滄浪之水濁兮 可以濯吾足)"라는 명구다. 어부란 어은(漁隱)이다. 탁한 세상을 탁한 대로 살고도 싶은 굴원의 내심이 어부에 비치는 듯도 하거니와, 시인 안에서 일어나는 유가(儒家)와 도가(道家)의 투쟁이 예리하기조차 하다. 이 시는 과연 누구에 방점을 찍는가? 텍스트 안에서 굴원은 좁고 어부는 멋있다. 그런데 「어부사」는 텍스트 바깥으로 연락된다. 굴원은 독한 자기풍자를 딛고 멱라(汨羅)에 투신한바, 그리하여 어부를 밀고 불멸에 들었다. 사실 굴원보다 어부가 더 '독청(獨淸)'이다.

도종환은 누구를 따르는가? "거세개탁(擧世皆濁)이라 쓰던 붓과 화선지도 밀어놓고"라고 했으니 굴원의 길은 아니다. 정치판에서 훈습(薰習)된 탁기를 숲속의 오두막에서 정동(情動)의 술이 아니라 평담(平淡)의 차로 다스리는 모습은 방황하는 굴원보다 내공의 어부에 가깝기도 하지만, 도종환이 탁한 세상은 밀어두고 어부로 숨는 도가를 꿈꾸는 것은 물론 아니다. 탁세(濁世)에 대한 저항으로 자결을 선택한 굴원의 물속도 아니고 탁세를 수용하면서 거부하는 내적 망명의 길을 작작히 걸어간 어부의 물가도 아닌 곳, 도종환의 거처는 위태롭다. 전투에서 돌아와 다시 그 끔찍한 싸움터로 나서기 직전 자신의 몸과 마음을 다스리는 그 어름이 시인-정치가 도종환의 서정시가 탄생하는 묘처이거니와, 그 생산의 비밀을 단적으로 보여주는 시가 바로 「겨울 저녁」인 셈이다.

한편 이 시집에 가톨릭이 종요롭다. 서정시와 가톨릭이 만난 뜻깊은 시편들로 기록될 「존 리 신부」나 특히 「십일조」가 감동적이다. 엄혹한 시절, 자기구제에 골몰한 정지용(鄭芝溶)의 가톨릭을 넘어 '세속 안에서의 자유'를 다짐한 도종환의 가톨릭은 자기구제와 사회구제의 이분법을 가로

지른다. "남을 위해 기도하고 세상을 위해 일하며/인생의 십분의 일을 바치"겠다는 다짐이 "어머니가 늘 나를 위해 기도하시므로"의 뒤에 놓여 오히려 미쁘다. 그야말로 도산(島山)의 애기애타(愛己愛他)다. 가톨릭 안에 유불도(儒佛道)를 녹이고, 다시 가톨릭을 유불도로 되감은 도종환의 경건이 탁 속에서 탁을 뒤집어쓰고 탁 바깥을 사유하는 간난한 시의 길을 감내케 할 고갱이일까보다.

　도종환은 이 시집을 통해 현실정치의 탁 속에서도 시의 위의를 견지할 수 있음을 훌륭하게 보여주었다. 사실 이것만으로도 대단하다. 그러나 단 한번의 빛나는 폭발로 불멸에 드는 짧은 길이 아니라 "그 짐승들 데리고 천축까지"(「서유기 4」) 먼 길을 가겠다는 시인의 서원을 상기할 때, 시를 방어하려는 '앨쓴' 고투로부터 이젠 더 자유로워져야 할 듯싶다. '5월 광주'에서 '4월 세월호'로 이동 중인 사회시는 아직 언어 근처다. 21세기 한국의 운명을 가를 엄중한 시간이 다가오고 있음에도 정치도 거의 부재다. "천국으로 가는 가장 유효한 방법은 지옥으로 가는 길을 숙지하는 것"(마끼아벨리)이라는 말을 빌릴 것도 없이, 한국의 정치는 도종환 시인의 현실이다. 어느새 가망없는 지경에 몰린 이 나라를 구원할 정치의 귀환이 그의 시적 실험과 간신히 간신히 만나기를 기대하면서, '지루한 성공'으로 가는 시인-정치가 도종환의 여정이 일로순풍(一路順風)하기를 기도한다.

중(中)문자 시

◆

김사인『어린 당나귀 곁에서』

1

이상하게도 김사인(金思寅) 형에게는 '사인아, 사인아' 하고 막 부르지
는 못해도 조금 구부려서 '사인이, 사인이' 하게 된다. 6년 밑이면 이젠 곰
비임비인데 홀으로 이름 부르는 실례를 저지르니 호상간에 딱한 일이다.
나는 손아래라고 대뜸 반말하는 부류가 아니다. 아마도 믿는 구석이 있는
모양이다. 국문과 후배라는 점도 작용했을 것이다. 더구나 우리는 같은 연
구실 출신이다. 일모(一茅) 정한모(鄭漢模) 선생은 깊은 분이셨다. 학부생
을 연구실에 두는 일은 거의 없는 법인데, 일모는 어찌 '사인이'를 문하에
거두었을까? 당시 석사생으로 연구실을 지킨 강영주 교수의 전언에 따르
면, '시'와 '데모' 사이에서 고민하다가 긴급조치로 붙잡혀간 그의 선택
이나, 결국 역사라는 노예선에 동승할밖에 없던 그 어린 제자를 바라보는
일모의 눈길이나, 박정희 유신독재가 끼친 풍경이 애틋하기조차 하다. 그
뿐인가, 전두환 때는『시와경제』동인으로, 노태우 때는『노동해방문학』
의 발행인으로 험함을 피하지 않던 제자를 공인의 몸으로도 포용한 스승

의 마음 또한 가없을 터, 아마도 이러한 간접체험이 그에 대한 나의 투항을 도왔을 것이다.

그런데 희한한 것은 내가 예전에 술 좀 마시던 시절에도 창비 일로 따로 만난 적이 더러 있긴 했어도, 그와 가까이 잔을 나눈 기억이 거의 없다는 점이다. 부러 피한 것도 아니지만 부러 만들려고도 하지 않았던 것 같다, 피차. 그래 추억이 가난하다. 『노동해방문학』으로 수배되었을 때, 어느날 불쑥 인천에 나타나 우리집 이층에서 하룻밤 묵고는 새벽에 말도 없이 덤덤히 사라진 일이 떠오르지만, 이 역시 추억에는 미달이다. 그 대신 한 장면, 아니 한 순간을 잊을 수 없다. 글 쓰는 이들 여럿이 술 마신 일만 생각나고 언제인지 어느 곳인지는 까맣다. 왁자하니 떠들썩한데 얼핏 그쪽으로 시선을 돌리니, '세수 안한 사슴 낯'이라고 칭송되던 그의 얼굴 중에도 왠지 이슬이라도 맺힌 듯한 그 눈매가 일순, 사오납기 짝이 없는, 그런데 뭔가 처연함조차 머금은 범의 눈매로 치환되는 그 찰나가 내게 달려들던 것이다. 그 숨은 촉의 서늘함이라니! 눈길에 칼을 품은 자는 호락호락하지 않음을 나는 믿었다.

그럼에도 한편 저픔도 없지 않았다. 신인 평론가로 촉망받던 것에 비하면 뒤가 허전한데, 얼핏 보니 뜨문뜨문 시도 발표하던 것이다. 그때는 그가 『대학신문』에 시를 기고하고 『시와경제』로 등단한 시인이라는 사실을 잊고 으레 후배 평론가로만 여긴 것이다. 그러다 어느날 잡지에 실린 그의 시 한편을 읽고 잠깐 멍했다. 아, 그게 다 시인이려고 그랬나? 평론가 몫이 아닌데 횡봤군, 하는 생각이 시나브로 들던 것이다. 인생은 공평한지라 하나를 잃으면 하나를 얻는다. 그래 그런지 더욱이 최근 그의 시는 그 사람처럼 배어든다. 마침 세번째 시집을 상재하면서 해설이든 발문이든 졸문을 청탁한다는 소식이다. 아무리 바빠도 어찌 거절할 수 있으랴? 평론가가 아니라 시인 김사인, 그 시인의 마음을 한번 골똘히 들여다보고 싶은 욕구가 저절로 움직인다.

2

새 시집 원고를 통독하곤 새삼 기간(旣刊) 시집들이 궁금해졌다. 서고를 뒤지니 겨우 두권이다. 『밤에 쓰는 편지』(청사 1987)와 『가만히 좋아하는』(창비 2006)을 다시 읽는다. 첫 시집은 불의 시대를 겪은 시인답게 군부독재에 저항하는 민중시선이다. 그럼에도 시집 제목이 가리키듯 바탕이 서정시인이다. 엉터리 화가 히틀러 이후 꽃 피는 사과나무에 대한 감동을 노래할 수 없다고 탄식한 브레히트(B. Brecht)처럼 김사인 서정시의 운명 또한 박정희를 만나 저항시로 꺾였다. 그럼에도 흥미로운 것은 그가 서정시를 포기하지 않았다는 점이다. 그의 내면에서 일어난 두 사조의 투쟁, 즉 서정시와 민중시의 길항이 곳곳에서 드러나는 첫 시집은 1987년 6월항쟁과 대선 사이, 10월에 출간되었다. 유신독재─박정희의 죽음─서울의 봄─광주학살─전두환독재─6월항쟁으로 이어진 숨 가쁜 역사가 다시 민주주의의 패배로 곤두박질하기 직전이니, 지옥과 천국이 손잡고 행진한 요철의 현대사가 시집에 자욱하다.

그럼에도 『밤에 쓰는 편지』가 이후의 행보까지 머금은 시집이라는 점을 기억해야 한다. 가령 「내 고향동네」는 대표적이다.

　　내 고향동네 썩 들어서면
　　첫째 집에는
　　큰아들은 백령도 가서 고기 잡고 작은아들은 사람 때려 징역에 들락날락
　　더 썩을 속도 없는 유씨네가 막걸리 판다.
　　둘째 집에는
　　고등고시한다는 큰아들 뒷바라지에 속아 한살림 말아올리고 밑에 애들은 다 국민학교만 끄을러 객지로 떠나보낸
　　문씨네 늙은 내외가 점방을 한다

셋째 집은

마누라 바람나서 내뺀 지 삼년째인 홀아비네 칼판집

아직 앳된 맏딸이 제 남편 데리고 돌아와서 술도 팔고 고기도 판다

넷째 집에는

일곱 동생 제금 내주랴 자식들 학비 대랴 등골이 빠져

키조차 작달막한 박대목네 내외가 면서기 지서 순경 하숙 쳐서 산다

다섯째 집에는

서른 전에 혼자된 동네 누님 하나가 애들 둘 바라보며 가게를 하고

여섯째 집은

데모쟁이 대학생 아들놈 덕에 십년은 땡겨 파싹 늙은 약방집 김씨 내외

이 시는 첫행부터 호기롭다. 분노하는, 그럼에도 무력감에 시달리는 냉소적 어조나 호소하는, 그럼에도 왠지 가엾는 비애의 어조가 지배적인 이 시집에서 이 작품의 분위기는 물 만난 고기 격으로 썩썩하다. 이 드문 어조가 고향마을과 그 토박이들을 이상화하는 목가적 정조(情操)에서 유래하는 것이 아님은 물론이다. 그렇다고 농촌과 농민의 참상을 분노의 먹이로 삼아 자본주의 또는 독재권력에 대한 저항을 불러일으키는 민중시의 전술에서 비롯하는 것도 아니다. '문지방 넘으면 다 같다'는 말처럼 집집마다 우환을 안고 사는 켯속을 리얼하게 접수한 이 시는 지배/피지배의 계급 언저리 또는 그 바깥에 둥지를 틀고 있다. 탐냄과 화냄과 어리석음의 연기(緣起) 따라 윤회의 바퀴를 굴리는, 사람 사는 세상을 여여(如如)하게, 또는 엄숙하게 수락하는 마음자리가 김사인 시의 본향(本鄕)이다. '박정희들'에 대한 저항의 뿌리도 아마도 이 근처에서 멀지 않을 터인데, '못난이=부처'는 그의 피붙이들이다. 그런데 2연에서 본향은 교란된다.

옛 마을은 다 물속으로 거꾸러지고

산날망 한 귀퉁이로 쪼그라붙은
내 고향동네 휘 둘러보면
하늘은 더 낮게 내려앉아 있고
사람들의 눈은 더 깊이 꺼져 있고
무너지고 남은 부스러기들만 꺼칠하게 산다
헌 바지저고리
삭막한 바람과 때없이 짖어대는 똥개 몇마리가 산다

2연을 통해 1연이 상상 여행임이 드러나거니와, 문제는 설명으로 떨어
진다는 점이다. 1연의 생기 대신 들어선 탄식은 낯설다. 첫 시집의 곤경을
단적으로 드러낸 이 시야말로 『밤에 쓰는 편지』 이후의 향방을 암시하는
것인지도 모른다.

무려 19년 만에 묶인 『가만히 좋아하는』에는 첫 시집의 균열이 씻은듯
이 사라졌다. 이미 지적했듯이 『노동해방문학』으로 고초를 겪은 것을 비
롯하여 참여의 대오에 여전함에도 시에서는 「내 고향동네」, 그 1연의 세
계로 침잠, 천착을 거듭하던 것이다. 「여수(麗水)」를 보자.

함바 구들장은 쩔쩔 끓고
순천 석수 정씨는 종일 잠만 잔다
신월동 바닷가 겨울 저녁
광주로 공부 나간 둘째는
끼니나 제대로 찾아먹는가
몸만 상하고
돈은 마음같이 모이질 않고
간조가 아직도 닷새나 남았는데
땡겨먹은 외상값은 쌓여만 간다

바다는 출랑출랑 무언가를 졸라대고
개들은 바람을 좇아 컹컹컹 짖고

잠이 깬 정씨가 바다 쪽으로 부스스 괴타리를 푼다
힘없이 오줌이 옆으로 날린다

한 노동자의 초상이 핍진한 민중시다. 그런데 계몽적 민중시가 아니다. 계몽 이후의 민중시라고 할까, 생활하는 민중, 또는 민중의 일상성을 가만히 모시는 시인의 자세가 겸허하다. 말하자면 대문자 시의 바깥에서 움직이는 미시(微詩)의 시학을 조심스럽게 세우는데, 이 시집의 맨 앞에 놓인 「풍경의 깊이」는 그 나지막한 매니페스토다. "그 가녀린 것들의 생의 한 순간,/의 외로운 떨림들로 해서/우주의 저녁 한때가 비로소 저물어간다." 미시는 그냥 작은 시가 아니다. "그 작은 목숨들의 더듬이나 날개나 앳된 다리에 실려온 낯익은 냄새가/어느 생에선가 한결 깊어진 그대의 눈빛인 걸 알아보게" 된다는 마무리에서 더욱 분명히 확인되듯이, 대문자 시가 해체된 곳에서 종용히 움직이기 시작하는 미시가 곧 시라는 자부가 오롯한 바다. 그런데 두번째 시집은 이 지점에서 과하다. 거의 완벽한 두시(杜詩)라고 해도 지나치지 않은 「늦가을」의 고담(枯淡)이나, 「여수」 2연의 지극한 수동(受動)이 환기하듯 시가 너무 순정해졌다.

3

다시 9년 만에 내는 세번째 시집에서 그는 어떤 시인일까? 무엇보다 시가 생동한다. 「통영」을 보자.

설거지를 마치고
어린 섬들을 안고 어둑하게 돌아앉습니다.
어둠이 하나씩 젖을 물립니다.

저녁비 호젓한 서호시장
김밥 좌판을 거두어 인 너우니댁이
도구통같이 튼실한 허리로 끙차, 일어서자

미륵산 비알 올망졸망 누워 계시던 먼촌 처가 할매 할배들께서도
억세고 정겨운 통영 말로 봄장마를 고시랑고시랑 나무라시며
흰 뼈들 다시 접으며
끙, 돌아눕는 저녁입니다.

여기까지는 크게 새로울 것이 없다. 두번째 시집에서 내세운 미시다. 물
론 한결 정련되었다. 그런데 후반으로 꺾이는 4연에서 어조가 돌연 변주
된다.

저로 말씀드리면, 이래 봬도
충청도 보은극장 앞에서 한때는 놀던 몸
허리에 걸리는 저기압대에 홀려서
앳된 보슬비 업고 걸려 민주지산 덕유산 지나 지리산 끼고 돌아 진양 산
청 진주 남강 훌쩍 건너 단숨에 통영 충렬사까지 들이닥친 속없는 건달입
네다만,

어진 막내처제가 있어
형부! 하고 쫓아나올 것 같은 명정골 따뜻한 골목입니다.

동백도 벚꽃도 이젠 지엽고

몸 안쪽 어디선가 씨릉씨릉

여치가 하나 자꾸만 우는 저녁 바다입니다.

「가루지기타령」에 나옴직한 웬 건달의 노정기(路程記)가 통영/통영 바다의 저무는 풍경 속으로 거침없이 들어서자 아연 역동하는 양이 막내처제와의 연애조차 허락하고 마는 것이다. 우리말 의성의태어의 육체성은 익히 알려진 바이지만, "씨릉씨릉"은 읽는 이의 마음속 금선(琴線)조차 움킨다. 미시의 외로운 떨림이 아니라 도저한 탄주(彈奏)다. 이런 경지를 아마도 선인들은 신운이 생동한다고 일렀을 터인데, 그러고 보면 앞부분도 그냥 미시가 아니다. "씨릉씨릉"이 1연의 의태어들, 특히 "끙차"와 지호지간(指呼之間)인 데서 드러나듯 이미 생활의 운율로 따듯하게 출렁인다. 좋은 징조다.

미시의 환골탈태 과정을 그대로 보여주는 새 시집은 그래서 재미있다. 슬쩍 욕도 하는데(「에이 시브럴」), 인간의 성욕, 그 지독한 육식성조차 시적 사유의 골독한 대상으로 삼는다(「먹는다는 것」). 그런가 하면 타고난 토박이가 척양(斥洋)에서도 이탈한다. 양인(洋人)을 주제로 한 「뵈르스마르트 스체게드」를 쓸 정도로 개명했다. 이뿐인가, 개의 죽음을 큰스님 열반에 든 듯 그려낸 「좌탈(坐脫)」은 해학과 경건이 결합한 고결한 중생시다. 짐승의 어원이 중생인 점을 감안컨대, 시인의 자비심이 대발(大發)이거니와, 「좌탈」은 그 인간 버전 「허공장경(虛空藏經)」과 짝한다. 서울 공사판을 떠돌다 결국 자살로 마감한 어느 빈농 출신 노동자의 40여년 삶을 연보 적듯 요약함으로써 리얼리즘 시의 새로운 전형을 세운 「허공장경」에는 「여수」의 연민 대신 비극을 비극으로 엄숙히 수락하는 운명애(amor fati)가 장엄하기조차 하다. 한마디로 이 시집에서 그는 미시조차 '할(喝)!'하며 걸림 없는 자유의 경지에 한발, 그 일보를 내디딘 것이다.

이 시집이 보여주는 발발함은 오랜 앓이 끝에 내상(內傷)으로부터 이제
금 벗어나고 있다는 징후일 터인데, 과연 연행(連行)의 기억을 복원한 「일
기장 악몽」이 눈에 띈다.

　　또 잡아갈라 또 탈탈 털어가서는
　　시월 이십구일 다섯시부터 일곱시 사이에 뭘 했는지
　　시월 한달 뭘 했는지 하나도 빼지 말고 전부 쓰라고
　　언제 어디서 누구하고 무엇을 육하원칙대로 다 쓰라고

　　속을 들여다보는 눈빛을 하고 다 안다는 눈빛을 하고
　　때가 되면 육개장을 된장국을 먹여가며 을러가며
　　다시 쓰라고
　　또 다시 쓰라고

　　촘촘하기 짝이 없다. 그 팽팽함은 어디에서 오는가? 심문자, 그 '악의
평범성'에서 발화되는 언술이 간접화법으로 등장하는 이 건조한 장면에
서 화자는 오로지 명령 속에서 유령처럼 존재할 뿐이다. 심문자는 간접화
법 속에서 전경화하고 그 권력에 포획된 피심문자는 변형된 자유간접화
법 속에서 타자화되는 위계(位階)를 그대로 제시한 이 서두는 극적이다.

　　콧속으로 물이 입으로도, 비명을, 숨이 ……비명을, ……컥!
　　칠성판에 묶여 개구리처럼 빠둥거리다
　　넙치처럼 도다리처럼
　　오줌을 싸며 기절하는 거 아닐까
　　모를 리 없다고 모를 리가 없다고
　　잘 생각해보라고

친구 꾐에 빠졌을 뿐

너는 억울한 줄 우리가 잘 안다고

그러니 솔직히 그놈이 뭐라고 했는지

그놈이 무슨 생각이었는지 말해보라고

진술서 작성 다음은 고문이다. '그놈'과 '너'를 분리하려는 간계에도 불구하고 심문자의 발화는 더욱 나긋하다. '악의 평범성'이 뽐내진다. 피심문자는 와중에도 모욕된 육체의 적나라한 전시를 걱정한다. 이 지점에서 고문 장면이 실제라기보다는 피심문자의 공포에서 환시(幻視)한 것일지도 모른다는 생각이 들기도 하는데, 시적 모호성이라고 해도 좋다. 고문이 실제든 가정이든 마찬가지다. 전자는 그래서 고통이고, 후자라면 곧 닥칠 일이기 때문에 더욱 압도적 현실이다.

시는 반전으로 마무리된다. "식은땀 흘리며 벌떡 깨네 벌써 삼십년/말발타 살발타!" 몽유(夢遊)였던 것이다. 이 소스라치는 마무리에 이르러서야 첫행 "또 잡아갈라 또 탈탈 털어가서는"의 암시를 요해하게 되는데, 30년이 지나도 여전한 마음의 지옥을 섬뜩하게 그려낸 이 시는 그럼에도 명징하다. 진술서를 작성하는 '너'와 그 '너'를 강잉히 지켜보는 '너'의 분리에 성공함으로써 리얼리즘의 승리가 불각(不覺)에 성취되고 있거니와, 시인은 비로소 내상에 직면한 것이다.

두번째 시집에서 실종된 치안이 뒷문을 열고 입장하면서, 정치도 귀환한다. 이 시집의 제3부에서 시인은 오랜만에 시적 정치성을 실험한다. 앞에 든 「일기장 악몽」도 3부에 거두어졌거니와, 국정원을 다룬 「내곡동 블루스」, 광주항쟁을 다시 들여다본 「오월유사(五月遺事)」, 그리고 혁명 이후를 침통히 사유하는 「한국사」 등, 미시로부터 진화한 정치시가 개화했다. 그렇다고 대문자 정치시로 복귀한 것은 아니다. '중(中)문자 시'라고 할까. 독특한 정치시 「내곡동 블루스」를 잠깐 보자.

국정원은 내곡동에 있고

뭐랄 수도 없는 국정원은 내곡동에나 있고

모두 무서워만 하는 국정원은 알 사람이나 아는 내곡동에 박혀 있고

　'국정원은 내곡동에 있다'는 말을 3행에 걸쳐 변주한 1연은 화자의 더
듬거리는 말씨를 환기하는데, '내곡동(內谷洞)'이란 지명이 맞춤이다. '민
주화' 이후 국정원은 왕년의 정보부/안기부가 아니다. 그럼에도 국가폭력
의 최전선에 웅크린 그 치명적 위치가 변화한 것은 아니기에 국정원은 여
전히 정보부/안기부다.

　이어지는 긴 2연은 1연의 눌변과 달리 자동기술에 가까운 말놀음(pun)
의 연쇄다. "국정원은 내 친구 박정원과 이름이 같고/제자 전정원은 아직
도 시집을 못 갔을 것 같고/최정원 김정원도 여럿이었고/성이 국씨가 아
닌 줄은 알지만/그러나 정원이란 이름은 얼마나 품위있고 서정적인가/정
다울 정 집 원, 비원 곁에 있음직한 이름/나라 국은 또 얼마나 장중한 관형
어인가". 여전히 무서운 국정원과 화해(?)하기 위해 화자는 '국정원'을 가
지고 논다. 이 말놀음 속에서 어느덧 국정원은 한결 만만해진다. 더구나
비 내리는 내곡동 국정원 정문에는 "바바리 깃을 세운 「카사블랑카」의 주
인공"이나 '007들' 대신 "어깨에 뽕을 넣은 깍둑머리 젊은 병사가/충성을
외칠 뿐"이니, 호랑이를 고양이로 변용한 민화의 수법이다. 그리하여 장
난감 병정 같은 그 보초의 "저 우울하고 뻣뻣한 목과 어깨와 눈빛에 대고/
그 또한 나쁘지 않다고 위로하고 싶은 것이고/자신도 자기가 하는 일이
무슨 일인지 모른다고 하니/오른손도 모르게 하라는 성경 말씀과 같고/
음지에서 일하고 양지를 지향한다고 하니/좀 음산하지만 또 겸허하게도
느껴지고", 이처럼 옹송거리는 캐리커처로 공포를 다스리면서 포즈로나
마 화자와 국정원은 가까스로 대등해지는 것이다. 그러나 그 순간 '빅 브

라더'가 가로막는다.

> 원격 투시하는 천안통 빅 브라더께서는?
> 그러나 그이야 관심이나 있을까
> 내곡동의 비에 대해
> 내뿜는 담배연기에 대해
> 우수 어린 내곡동 바바리코트에 대해
> 신경질적인 가래침에 대해
> 하느님은 아실까
> 그러나 그걸 알 사람도 또한 국정원뿐
> 그러나 내곡동엔 다만 비가 내릴 뿐

빅 브라더, 심지어 하느님도 천안통(天眼通)이 아니다. '민주화' 이후 한국사회의 부분화 또는 파편화가 초래한 불가시성으로 최고권력도 왕년의 독재자처럼 통제적이지 못하다. "그걸 알 사람도 또한 국정원뿐"이 환기하듯, 빅 브라더의 비통제성으로 하부권력의 자율성이 증대한 역설이 통렬하다. 그 누구도 상황을 온전히 장악하지 못한 채 각자도생의 길로 뿔뿔이 흩어진 한국사회는 세월호가 상징하듯 위험사회로 진입했다. 이 저강도 풍자시는 우리가 오늘날 직면한 위기를 선취한 일종의 시참(詩讖)이다.

처음 시를 쓰고 운동을 시작한 (유사)군사독재 때와 연속되는 듯 비연속을 이루는 특별한 시대를 통과하고 있다는 예감 속에서 시인의 촉은 예민하다. 우리의 그라운드제로는 어디인가? 무엇이, 진보도 보수도, 노동자도 자본가도, 심지어는 그 사이에서 배제되는 하위자(subaltern)조차도 순식간에 안개로 휩싸는가? 「내곡동 블루스」가 상징하듯 정보가 유령이다. 정보는 오로지 태어난 그 순간만을 산다고 발터 벤야민(Walter

Benjamin)은 지적했지만, 지혜를 나누는 경험과 그 바탕에서 이룩되는 연대를 절단하는 정보의 습격에 전면 노출된 오늘, 시인은 누구인가? 민중시인이자 모더니스트이자 심지어는 포스트모더니스트로 처처에 나투어 "인간이 사라진 고독한 신의 토지"(박인환)를 낮게 방황하는 시인은 더 이상 임계점의 서정시인이 아니다. 절망을 수락하되 절망에 투항하지 않는, 희망을 무서워하는 것 자체가 희망에 대한 억누를 수 없는 갈애(渴愛)로 되는 혼의 모험에 노고한 이 시집에서, 김사인은 마침내 시인이다!

바다가 가난한 나라의 시

◆

이세기 『먹염바다』

1. 먹염바다에 바치다

이세기(李世起) 시인의 시집 『먹염바다』(실천문학사 2005)를 원고 상태로 통독하곤 나는 그와 짧지 않게 통화했다. 해설을 쓰기 위해 시인으로부터 직접 도움받는 것을 반칙 비슷하게 여겨왔던 터인데, 이번에는 오직 시집 그 자체와 씨름한다는 원칙을 스스로 포기하지 않을 수 없었다. 이 시집에 어업노동에 관련한, 모를 우리말이 너무나 풍부하다. 갱물, 아홉만날, 무쉬날, 두무날, 갯티, 굴구적, 게통배, 조새, 돌중게, 선새미, 깐팽이, 팔랭이 등등, 이 시집은 작은 어업사전으로서도 손색이 없다. 또한 이 시집에는 섬사람들의 생활에 아로새긴 무늬로 빛나는 지명들이 곳곳에 보석처럼 박혀 있다. 먹염, 어리뿌리, 어루너머, 호망너머, 긴뿌리, 해주 까마개, 동막, 굴업도, 이작도, 새섬, 할미염뿌리, 당섬, 소야도 등등, 인천 앞바다에 점점이 흩은 섬들의 성좌도(星座圖)가 아름답다.

시인은 인천의 서쪽 경계에 위치한 덕적군도(德積群島)의 하나인 문갑도(文甲島) 태생이다. 문갑도 가까이 먹염 또는 묵도(墨島)란 이름의 무인도가 있다. 어부들은 바위로 된 작은 섬을 '염'으로 부름으로써 사람이 사는 섬과 구분했던 것인데, 이 시집의 표제로 선택된 '먹염바다'는 바로 먹염 주변, 문갑도 앞바다를 이르는 것이다. 시인은 그의 고향 바다, 이 가난한 바다를 우리 시의 영토로 축성(祝聖)한다. 내륙지향적 조선왕조가 고려의 해양성을 봉쇄하는 강력한 해금(海禁)정책을 펴는 바람에 모든 섬들은 유형의 땅으로 소외되었다. 지금도 알게 모르게 유전되는 이 고루한 정치적 무의식으로 말미암아 우리는 바다와 그를 터전으로 살아가는 사람들을 은근히 괄호 친다. 왕조의 텍스트 바깥에 내쳐진 섬들은 서양 또는 일본이라는 근대가 바다를 통해 도착하면서 들끓기 시작한다. 인천을 근거지로 활동한 남로당의 이승엽(李承燁, 1905~1953)이 영흥도, 진보당의 조봉암(曺奉岩, 1898~1959)이 강화도 출신이라는 사실은 섬의 근대정치학을 단적으로 상징하는 것이다. 이원규의 장편 『황해』(1990)가 잘 보여주었듯이, 인천 앞바다 섬들은 해방에서 6·25에 이르는 격동기를 통과하면서 이데올로기적 쟁투의 임계점에 오른다. 먹염바다는 이 시기 덕적군도 일대에서 활동한 좌익들을 수장한 곳, 그 시체들이 문갑도로 떠내려왔다고 시인은 말한다. 반란의 땅, 섬들은 6·25 이후 서해바다에 금 없는 금이 그어지면서 다시 아득한 변방으로 가라앉는다. 엄격한 반공체제 아래 접적지역(接敵地域)의 섬 주민들은 잠재적 위반자로 간주되곤 했는데, 바다의 가난은 의연하였던 것이다.

시인은 한 시대의 기억에 포박된 이 바다를 골똘히 사유하면서, 끝없는 이야기들을 머금은 채 침묵하는 먹염바다에 간신히 혀를 달기 시작한다.

밤바다
밤 물때 이는 소리

밀려오고

밀려오는

이 밤 여기 서 있으면

멀리
가까이

무엇인가 울고
무엇인가 흐느끼는
숨소리

오렴
오렴
어서 오렴

밤바다
슬프고 아름다운

밤 물때
이는 소리

—「밤 물때」 전문

시집을 여는 이 시는 절제된 단순성으로 우리를 매혹한다. 1연을 변주한 연들을 마지막 부분에 두어 앞과 뒤가 서로를 머금은 순환적 형태를 취한 이 서시는 짧은 시행들을 촘촘히 행갈이 하면서 그리고 가벼운 연들을 성글게 배치함으로써 밤바다의 조수가 밀고 써는 모양을 시각적으로 모방한다. 또한 이 시를 가만히 읊조리다보면 음보(音步)의 조직이 심장 박동을 닮은 조수의 2박자를 미묘하게 재현하고 있음을 깨닫게 되는데, 이 시는 그야말로 육체적인 '음성예술'(a vocal art)에 핍진하고 있는 것이다.[1] 반란하는 바다, 진압 이후 다시 침묵에 빠진 바다, 그럼에도 때로 응답 없는 암호로 웅얼거리는 바다. 시인은 바다가 송출하는 소리의 상형문자를 골똘히 독해한다. 이 시집은 시인이 독해한 먹염바다에 대한 첫 보고서다.

2. 바다의 산문

육당(六堂) 최남선(崔南善)의 「海에게서 少年에게」(1908) 이후 한국 현대 시사에서 바다는 내륙에 봉금된 조선을 쇄신할 소통의 공간이었다. 계몽주의의 표상이었던 '문명의 바다'는 계몽주의의 새로운 단계를 표시하는 카프시대에도 의상을 갈아입고 변주된다. 바다의 낭만주의를 격정적으로 노래한 임화(林和)의 『현해탄』(1938)은 대표적이다. 탈계몽주의를 명백히 의식한 모더니즘 시, 특히 정지용(鄭芝溶)의 일련의 바다시편들에서도, 표면으로는 문명론이 탈색되었어도 빛나는 감각으로 포착된 심상들이 빚어내는 그 영롱함으로 바다는 매혹적이다. 바다의 공포가 처음으로 드러난 김기림(金起林)의 「바다와 나비」(1939)가 예외적인데, 그럼에도 이 시의 바다도 날카로운 이미지와 제휴한 지적 우수(憂愁)로 마치 '치명적 여인'(femme fatale)처럼 여전히 매력을 발산한다.

그런데 이세기 시인의 바다는 다르다. 그의 바다를 통해 우리는 이전의

---

1 Robert Pinsky, *The Sounds of Poetry: A Brief Guide*, New York: Farrar, Straus and Giroux 1998, 8면.

바다들이 하나의 관념적 바다라는 점을 새삼 깨닫게 되거니와, 이세기의
바다는 이를 터전으로 살아갔던 사람들의 내음으로 리얼하다.

거미가 집을 짓는다
노을이 지는 바닷가에 거미는 그의 집을 마지막 손길로 어루만지며
집을 짓는다

누군가 오리라

누군가 오리라

(…)
그믐의 어둠하며
마파람에 휘어지는 굴거리나무하며
갱물이 든 내 손하며
그 사이사이 엮여지는 무서운 생각들이 떠오르기도 하고

거미집에는 나의 우둔이며 근심이며 두려움이
그물같이 촘촘히 엮여 있다
그러다 거미집을 보는 것이다

거미가 지은 집에 누군가 오리라

(…)
바닷가 그 오랜 집에 갯일 나가 빈집에

집을 지키는 거미 마냥

처마 밑에 앉아

거미가 왕거미가 집을 다 지을 무렵

나도 그 집에 가는 것이다

—「거미집」 부분

　백석(白石)의 체취가 느껴지는 이 시의 상황은 우리가 어렸을 때 불렀던 동요 「섬집 아기」(이흥렬 작곡, 한인현 작사)와 유사하다. "엄마가 섬그늘에 굴 따러 가면/아기가 혼자 남아 집을 보다가/바다가 불러주는 자장 노래에/팔 베고 스르르르 잠이 듭니다//아기는 잠을 곤히 자고 있지만/갈매기 울음소리 맘이 설레어/다 못 찬 굴 바구니 머리에 이고/엄마는 모랫길을 달려옵니다." 아비는 무서운 바다로 일 나가고 어미는 굴 따러 갯티에 나서 나홀로 집에 남은 아기를 노래한 이 동요는 어촌의 곤궁한 현실에서 취재한 드문 작품이지만, 그럼에도 그 정황을 낭만화하고 있다는 점에서 「거미집」과 다르다. 이세기의 시는 '바다의 교향시'가 해체된 바로 그곳에서 탄생한 '바다의 산문'이다. 이 새로운 문맥 속에 그의 시는 충전된다. 흉보(凶報)의 가능성을 항상적으로 품고 있는 바다로 간 부모를 하염없이 기다리며 거미가 집 짓는 것을 하냥 바라보는 소년의 우수, 이 골똘한 응시 속에서 소년은 거미가 된다. 그리하여 마침내 소년은 캄캄한 그믐날, 굴거리나무마저 휘게 하는 마파람이 환기하는 방정맞은 생각을 떨치고 '누군가 오리라'를 되뇌며 상상적으로 거미집에 간다. 부모의 안전한 귀가를 간절히 바라는 소년의 마음을 표상하는 이 뛰어난 마무리를 통해 우리는 이세기의 바다, 다시 말하면, 민중이 생활의 터전으로 삼는 '바다의 산문'을 생생히 경험하게 되는 것이다.

　그의 가족사는 우리나라 어부의 생애가 그러하듯 흉보로 가득하다. "배를 타고 월북을 하였던 둘째 작은아버지는 반공법"에 묶이고, "배를 타지 못한/흐냉이 삼촌은 끝내 죽"음에 이르고, "배를 탈 수 없었던/털보 작은 아버지와 넙적이 작은아버지는/인천으로/아버지는 목포로 갔"던 것이다 (「서쪽」). 이 지역 어부들은 그들이 의지한 배가 바로 죽음의 칠성판으로 변모하는 자연의 재해보다 더 무서운 인간의 재해에 시달렸다. 지도를 보면 남한의 서해쪽 영토는 장산곶과 마주한 백령도에 이르기까지 북으로 깊숙하다. 연평도 근해에서 벌어진 남북해군의 교전사태(1999년과 2002년)에서 보았듯, 이 지역 어부들은 군사적 충돌로 비화될 수 있는 이데올로기의 금기에 항상적으로 노출되는 위험 속에 생활하는 일종의 경계인들이다. "조깃배를 타던 쌍둥이 아들이/월경을 하였다는/소문이 들리던 그 겨울 이후/그 집에는 밤마다 부엉이가 운다고 하였다"(「당 너머 집」). 이 구절과 그의 가족사를 함께 참고하면 물고기떼를 따라 항로를 정하는 어부들의 생태가 한편 그 금기로부터 상대적으로 자유롭다는 것을 짐작할 수 있다. 따라서 설령 의도적인 월북이라 할지라도 그것이 심각한 이데올로기적 선택이라고 말하기는 어려울 터이다. 그럼에도 그 댓가는 비싸다. 쌍둥이 아들처럼 월경했다 귀환하지 못하는/않는 경우도 적지 않지만, 남으로 귀환하는 그 복잡한 절차는 또 얼마나 곡경(曲境)인가? 그리하여 덕적군도 일대에는 금기의 덫에 봉인된 하위자(subaltern)의 산문적 오디세이가 곳곳에 안개처럼 자욱하다.

"삶은 항시 변두리를 거니는가"(「저기 귤현이 가깝다」)라고 시인이 나직이 탄식하고 있듯이, 시인은 서사시적 위엄의 결여를 명백히 의식한다. 그 점은 이 시집의 시적 주인공이 오디세우스(아버지)도, 페넬로페(어머니)도 아닌 '나' 즉 부모를 기다리는 아이로 설정된 것과 일정하게 조응한다. 그런데 '나'는 어머니보다 아버지의 세계에 지펴 있다. 이 바다에서는 집 떠난 오디세우스를 기다리며 가정을 지키는 영웅서사시 속의 왕비 페넬로페와 달리 어머니도 생활을 위해 항상 집을 비운다. 그럼에도 상대적으로 안전한 갯티에서 일하는 어머니보다 난바다에서 싸우는 아버지의 운명이 가족 전체의 명운에 결정적 영향을 미치매, 이 시집에서 어미는 시적 조명의 중심에서 벗어난다. 그리하여 남성 시인으로서는 드물게도 이 시집은 어미보다는 아비에게 봉헌되었던 것이다. 「애비」는 대표적이다.

　조금엔 나간다고 하고
　그믐엔 들어온다고 했지

　애비야
　상수리나무 숲 위
　만월이 뜰 때
　소소한 바람은 애이파리 흔들고

　기다린
　눈 허옇게 기다린
　올 줄 모르는 긴 긴 새벽

　초사흘 열여드렛날이라 했나

　동지나해 그 갈매빛 파도
　칼날 치듯
　칼날 치듯 한데

　애비야
　그믐엔 들어오고
　조금엔 나간다고 했지

상수리나무 숲 위

만월은 뜨고

그런데 '동지나해' 난바다의 칼날 같은 파도에 몸을 맡길 수밖에 없는
이 나라 간난한 어부들의 생애를 소월풍(素月風)으로 노래한 이 시를 가
만히 살피면 그 핵심이 아비가 아니라 아비를 기다리는 시적 화자의 정서
에 놓임을 깨닫게 된다. 자연이라는 소여(所與)의 조건이 압도적인 섬사
람들의 생활에서는 어떤 숙명감이 배어나오게 마련이지만, 철저한 수동
성이 일종의 체질처럼 지배하는 이 시집은 각별하다. 언제 어디서 흉보가
당도할지 모르는 이 불안한 기다림에서 번져나온 염세적 비애가 시집 전
체를 속 깊이 물들이고 있는 것이다. 나는 이 점이 걸린다.

3. 아시아의 근대성엔 자비가 없다

최근 우리 시가 거둔 가장 독특한 성과의 하나로 기록될 이 시집이 그
렇다고 비애에 함몰되었다는 것은 물론 아니다. 나는 「싸락눈」의 따듯함
을 사랑한다.

이번 겨울만큼은 부디 사그러들지 말거라 개오동나무야 하니

그러마 한다

할머니 감자탕집 뒷간 지키는 강아지도 그러마 하고 이마를 스치는 바
람도 그러마 한다

꾸벅꾸벅 조는 할매야 미안타 영하까지 내려온 이 한밤 녹아내리는 한
밤인데

한잔 더 묵자 할매야 하니

그러마 한다

흐릿한 유리창 밖 네거리 싸락눈만 내리고

싸락눈이 흐릿한 유리창을 치는 겨울밤, 허름한 감자탕집을 배경으로
홀로 술을 마시며 오동도 못되는 개오동, 뒷간을 지키는 강아지, 이마를
스치는 바람, 그리고 졸음에 겨운 주모 할매 등등, 이 세상 모든 짝퉁이들
과 나누는 교감이 한없이 포시랍다. 이런 시는 아무나 쓸 수 없다. 시인은
그들과 생래적으로 소통할 능력을 지닌 내부자(內部者)인 것이다. 비애로
부터 드물게 보호된 이 시의 따뜻함은 바깥과 날카롭게 단절된 채 이루어
졌다는 점에서 이 시집을 전반적으로 지배하는 비애의 다른 표출일 것이
다. 그렇다고 그의 비애가 순전히 정서적 상태에 머무른다는 것은 아니다.
사실 그의 비애에는 강렬한 윤리적 충동이 움직인다. 쿠르베(G. Courbet)
의 그림 같은 「염장」을 보자.

저녁이 내리는

빈 바다에

뱃사람 둘이

잡어를 염장한다

한명은 언청이고

한명은

누비잠바때기다

둘 다

얼굴이 검다

백중사리 물때가

컴컴이

저녁 바다로

오고 있다

　사의(寫意)에 치중된 이 시집에서 드물게 탁월한 사생력을 보여주는 이 시는 시적 화자의 정서를 철저히 숨김으로써 '권력의 교체서사'와는 전혀 무관한, 그럼에도 고기 잡는 노동의 원초성으로 우리 사회를 밑으로부터 받치고 있는 하위자들에 대한 시인의 경의가 강렬하게 전달된다. 이 점에서 제목 '염장'도 예사롭지 않은데, 그 원초성에도 불구하고 그들의 궁핍은 의연하다. 어부는 어부대로 어부의 아내는 아내대로 고된 노동에 묵묵히 순종할 뿐이니, 칠순 어머니는 "시퍼런 손아귀가 시"리도록 "흐릿한 삼십촉 전구 아래/굴봉을" 까는 고단한 노동을 이 첨단을 걷는 오늘에도 여전히 계속하던 것이다(「겨울밤」). 이 하위자들에 대한 시인의 비애에 겨운 응시에는 이 사회에 대한 강력한 항의와 그 어떤 세상이 와도 그들의 곤핍은 개선되지 않을지도 모른다는 체념이 제휴한 채 깔려 있다.

나는 시인이 이 단계에서 한걸음 더 내딛기를 희망한다. 유년의 기억에 지핀 이 시집에 현재가 부족하다. 그것은 그가 지금 딛고 사는 인천이 부재하는 것과 호응한다. 나는, 짐짓 압도적인 현실을 무시하고 그 중압 속에 침묵낭한 이야기들에 집중하는 전략을 선택한 시인의 의도를 이해한다. 그런데 가난한 바다 이야기가 온전함을 얻기 위해서는 바다가 가난할 수밖에 없었던/없는 이 나라의 오늘을 고구하지 않으면 아니된다는 무서운 역설에 유의할 필요가 있다. 물론 이 시집에 오늘의 현실을 다룬 시들이 없는 것은 아니다. 그럼에도 그 시들은 유년의 기억의 한 연장(延長)에 그치기 일쑤이다. 공포의 잡식성을 자랑하는 도시화의 물결 속에 주변으로 주변으로 몰리는 하위자들에 대한 따듯하지만 쓸쓸한 만가적(輓歌的) 정서에 경도되었던 것이다. 이 점에서 만가풍을 벗어난 「백령도」는 흥미롭다. 육체를 얻지 못한 관념의 과다로 비록 성공적인 작품이 되지 못했지만, 시인이 겪은 이 바다의 가난을 사회적 시야 속에 파악하고자 하는 이 시의 실험이 중요롭다. 이 시에서 시인은 침통한 명제를 제출한다. '아시아의 근대성엔 자비가 없다.' 서구에서 기원한 근대가 아시아를 격동시키면서 아시아의 후발 근대는 서구 따라잡기의 열망 속에서 근대의 흉포성을 더욱 적나라하게 전시했으니, 식민지와 분단과 국제적 내전과 남북 간의 치열한 체제경쟁을 압축적으로 통과한 한국은 그 무자비한 아시아 근대성의 전시창일 것이다. 시인이 성장한 먹염바다는 그 숨은 전장이었다. 모쪼록 이 침통한 명제를 더욱 궁구하여 그의 시세계가 진정한 의미의 '바다의 산문' 또는 새로운 위엄으로 빛나는 '하위자 오디세이'로 성숙하기를 기대하는 것으로 드물게 민중시의 계보를 계승하는 이세기 시인을 만난 기쁨을 대신하고자 한다.

시를 기다리며

총선 뒤끝이 흐릿한 차에 에른스트 슈마허(Ernst Friedrich Schumacher, 1911~77)의 강연집 『굿 워크』(*Good Work*)[1]가 위안이다. 처음엔 『작은 것이 아름답다』(*Small is Beautiful*)로 유명한 저자에 대한 호기심 반으로 집어 들었지만, 생태계의 파괴를 바탕으로 권력과 자본에 대한 봉사를 훈육하는 대형기술이 아니라, 자연에 대한 경청을 토대로 생활하는 민중에 귀의하는 '중간기술'(intermediate technology)을 제안한 그 겸허한 호소에 꼬여 거의 단숨에 통독했다. 과연 무신론에서 불교를 거쳐 가톨릭에 귀의한 영혼의 순례자라는 명성 그대로다. 때론 가톨릭적 결론이 좀 걸리긴 해도, 소승(小乘)의 돈독한 아라한을 연상시키는 영성(靈性)의 빛이 은은하게 부신 이 온유한 실천사상가를 뒤늦게나마 만난 일에 감사하는 마음 그지 없다.

특히 7장 '작은 일터가 일자리를 만든다'의 서두가 인상적이다. "잔치는 끝났고, 이제 우리는 잔치 이후 무슨 일이 벌어지고 있는지 봐야 합니

---

1 에른스트 슈마허 『굿 워크』, 박혜영 옮김, 느린걸음 2011.

다. 제 말은 세상의 종말이 임박했다는 뜻이 아닙니다. 지난 수백년 동안 값싸고 풍부한 화석연료와 몇가지 환상 덕분에 우리 사회에 형성되었던 어떤 특이한 생활방식이 이제 끝나간다는 의미입니다."[2] 만년의 강연을 모은 이 책이 출간된 때가 1979년이니, 그는 이미 30여년 전에 잔치의 끝을 온몸으로 예감했던 것이다. 그럼에도 그는 종말론자가 아니다. 홀연 광야에서 나타나 왕과 인민의 타락을 질타한 선지자들과 달리, 그는 잔치 이후의 삶을 깊이 궁리하고 찬찬히 실천한다. 일역본 제목 '잔치 뒤의 경제학(宴のあとの経濟學)'은 이 점에서 적실하거니와, 사실 그동안 얼마나 많은 가짜 선지자들이 명멸했던가?

최영미 시집 『서른, 잔치는 끝났다』(창비 1994)가 생각난다. 소련이 해체되고(1991), 문민정부가 출범한(1993) 즈음의 어떤 공백감에 때맞춘 일종의 종언론으로 널리 수용되었는데, 1980년대, 그 불의 시대를 온몸으로 겪은 급진적 학생운동에서 기원한 시집인지라 그 느낌은 더욱 강렬하던 것이다. 표제시 「서른, 잔치는 끝났다」의 앞부분을 보자. "잔치는 끝났다/술 떨어지고, 사람들은 하나둘 지갑을 챙기고 마침내 그도 갔지만" ── 잔치란 곧 운동이다. 그 주동자 '그'마저도 떠났으니, 볼장 다 본 셈이다. 그러나 시는 여기서 끝나지 않는다. "여기 홀로 누군가 마지막까지 남아/주인 대신 상을 치우고/그 모든 걸 기억해내며 뜨거운 눈물 흘리리란 걸//(…) 누군가 그 대신 상을 차리고, 새벽이 오기 전에/(…)/환하게 불 밝히고 무대를 다시 꾸미리라//그러나 대체 무슨 상관이란 말인가" ── 이 시는 종말론의 포교가 아니다. 시인은 잔치의 허망한 끝에서 강렬한 희망의 정수 박이를 들어올린 것이다. 물론 '그' 다음에 올 '누군가'(이를 만해와 소월식으로 번역하면 '님'일 것)는 현실이 아니라 꿈이기 때문에, 그리고 시를 마감하는 "그러나 대체 무슨 상관이란 말인가"가 환기하는 가벼운 자기

2 같은 책 165면.

풍자 어조에 휘둘려, 희망의 불씨를 부정할지도 모른다. 그런데 절망을 모르는 희망이 아니라 절망을 겪은 희망으로 다시 단련하기 위해서 그 희망을 우정 조롱하는 지적 포즈를 강하게 환기하는 마지막 구절은 오히려 희망의 강렬함을 반어적으로 드러낸다고 보아도 좋다.

정작 문제는 그 이후다. 과연 그 '누군가' 또는 '님'은 오셨는가? '국민의정부'와 '참여정부'가 길항 속에서도 이어지고, 그 과정에서 6·15선언 등 남북관계의 획기적 이정표가 건설되면서, 언뜻언뜻 '님'의 얼굴이 빛나는가 싶더니, 그때마다 반전이 발생, 마침내는 지금 우리가 직면하고 있는 소용돌이에 빠지고야 만 터다. 그리고 아뿔싸, 민주주의의 울퉁불퉁한 걸음이 진행되는 사이, 부세하는 '님'의 황홀한 귀환에 대한 고대를 알맹이로 삼는 한국 현대시의 중심축이 슬그머니 미끄러졌다. 고은, 김지하, 김남주, 박노해, 그리고 백무산으로 이어지는 투시자(透視者, voyant) 또는 저항시인의 계보는 송경동에 엷은 그림자를 드리운 채, 꼬리를 내리는 중이고, 대신 미래파로 표상되는 기이한 활기가 한동안 요란하더니 그마저도 요즘은 진정되는 기미다. '진정'이란 미래파적 감각의 일상화이기도 하려니와, 미래파의 돌연한 풍미란 한국시를 양분해온 리얼리즘/모더니즘 이분법을 넘어 한국 현대시 그 자체에 대한 급진적 이의제기라고 해도 좋다.

그렇다고 한국시가 드디어 선진자본주의 나라들처럼 쇠퇴의 길로 들어섰다는 뜻은 결코 아니다. 시집 판매량의 급감에도 불구하고 한국시는 목하 성업 중이다. 시집은 여전히 쏟아져나오고 시잡지는 끊임없이 창간되고 시인 지망생은 온 나라에 넘친다. 빈곤 속에서도 풍요롭고 풍요 속에서 빈곤한 이 이율배반을 상기하면 한국에서 시의 위기 또는 문학의 죽음을 섣불리 판단할 수 없다. 거의 비밀결사 수준으로 문학의 전경에서 물러난 일본 현대시의 상황과는 비교가 어렵다. 좀 엉뚱한 생각이지만 시조와 하이꾸의 엇갈린 운명이 한일 두 나라 현대시의 행로에 영향을 미치지 않았는지. 알다시피 후자는 중세에서 근대로 이행하는 데 성공했다. 만약 한국에서도 전자가 후자처럼 혁신에 성공해 일종의 국민시처럼 되었더라면 한국 현대시도 일본을 따라갔을지도 모를 일이다. 하여튼 한국인은 내남직없이 독자가 되기보다는 작자가, 청중이 되기보다는 가수가 되고픈 욕구가 센 편인데, 약점인 동시에 장점인 이 특성이 한국을 시의 나라로 만드는 데 적지 않이 기여했다. 이제는 그 약점인 측면에도 더욱 주목할 필요가 있다. '귀명창이 명창을 만든다'는 판소리의 금언을 상기할 때, 시를 알아보는 높은 안목을 지닌 독자들이야말로 시의 진정한 기초다. 이런 시 독자들은 하루아침에 만들어지는 게 아니다. 시를 읽고, 때로는 따져서 읽기도 하는 습관이 몸에 밴 독자들이 널리 둘러쌀 때 시는 진정한 위엄을 자랑처럼 둘러쓸 것이다.

그동안 우리 시는 너무 예언자적이었다. 정치적 격동이라는 조건이 그 불가피성을 배양한 측면이 없지 않은데, 시가 독자 앞에 멀찍이 독행(獨行)하는 바람에 시에 대한 숭배가 거꾸로 '시인-되기'를 고무한 면이 없지 않은 것이다. 이 점에서 미래파도 속으로 따지면 연속적이다. 이제야말로 정치시도 아니고 탈정치시는 더욱 아닌 시, 우리가 직면한 시대의 끝을 제대로 응시하되, 너무 과장하지도 또 너무 위축되지도 말며, 크고 작은 광신에서 벗어나, 자비와 정의와 지혜에서 우러난, 그리하여 독자와 함께 대화하는 그런 중간시, 아니, 시가 종이에 물 스미듯 은은히 퍼지기를 기원한다.

제4부

동아시아문학이라는 퍼즐

동아시아국제주의의 이상과 현실[1]

◆

국제(國際)와 민제(民際)

1. 국제주의 다시보기

1864년 런던에서 창립된 국제노동자연합(International Working Men's Association)을 '인터내셔널'로 약칭한 이후, 한때 인터내셔널은 인류의 위대한 진보를 열정 속에 환기하는 빛나는 정언(定言)이었다. 1889년 빠리에서 창립된 제2인터내셔널(Socialist International)은 물론이거니와, 1919년 소련 주도로 출범한 제3인터내셔널(Communist International, 코민테른) 역시 그 이름을 승계했으니, 이 시기에는 국제주의적 이상에 대한 신뢰가 우여곡절 속에서도 살아 있었던 것이다. 그 상징이 바로 빠리꼬뮌(1871)의 바리케이드 위에서 태어난 혁명가요 「랭테르나시오날」(L' Internationale)이다. 스탈린(I. V. Stalin, 1879~1953)은 1944년, 소련의 국

1 이 글은 몽주문교기금회(夢周文敎基金會)가 후원하고 창비와 인터아시아스쿨이 주최한 '동아시아 비판적 잡지 회의'(연세대 장기원국제회의실 2012.6.29)에서 행한 주제발표를 개고한 것이다. 내 발제에 대한 토론자 여러분의 논평을 깊이 새기며, 개고의 기회를 베푼 『대만사회연구』에 감사한다.

가(國歌)로 채택된 「인터내셔널」을 공식적으로 폐기한다. 그에 앞서 연합국들의 우려를 불식시킨다는 명분으로 코민테른을 해체한바(1943), 2차대전의 승리를 목전에 두고 이루어진 두 인터내셔널의 폐기는 예언적이다. 「소련찬가」가 새 국가로 된 그 어름이 사회주의국제주의의 오랜 전통이 일국사회주의가 슬라브민족주의 속으로 실종되는 변곡점(變曲點)이거니와, 이제 소련 공산당 중앙위원회가 새 황제다.

국제주의가 좌익의 독점물은 물론 아니다. 국제주의의 원조는 자본주의다. 인터내셔널은 글자 그대로 '네이션 사이'니, "국민국가들의 관계를 일컫는" 인터내셔널리즘은 "결코 내셔널리즘의 대립항이 아니다".[2] 다시 말하면 인터내셔널의 기초는 네이션 곧 국민국가인 셈인데, 국제주의는 국민국가를 창출한 민족주의와 대립하는 듯 공조적이다. 국내시장의 통일과 세계단일시장의 완성을 향해 동시적으로 또는 순차적으로 작동하는 자본주의가 민족주의와 국제주의를 때맞춰 구사하면서 지그재그 진전을 거듭한 것은 주지하는바, 서세동점(西勢東漸)시대의 국제주의는 일본이 비서구국가로서 유일하게 참여한 서구패권국들의 폐쇄적 리그에 지나지 않았다. 이 도도한 서풍의 시대에 아시아·아프리카·라틴아메리카는 국제주의의 이름 아래 거의 대부분 서구 또는 일본의 식민지로 전락했으니, 그 국제주의란 '당신들의 천국'[3]이었던 것이다. 그렇다고 '천국' 안이 마냥 행복했던 것만은 아니다. 식민지는 물론 식민 모국 안에서도 인터내셔널이라는 요괴가 출몰하고 있었기 때문이다.

이 점에서 2차대전이 중요하다. 종전 후 식민지들의 대규모 독립으로 리그의 폐쇄성이 더이상 견지될 수 없게 되면서 국제질서의 위계제에 대한 본격적 도전이 개시되었다. 1955년 반둥회의를 계기로 대두한 비동맹

---

2 레이먼드 윌리엄스 『키워드』(*Keywords*), 김성기·유리 옮김, 민음사 2010, 325면.
3 이청준(李淸俊, 1939~2008)의 장편 『당신들의 천국』(1976)에서 따온 것.

은 그 결정적 지표다. 반식민지 상태에서 벗어난 중화인민공화국과 식민지에서 해방된 인도 및 인도네시아를 비롯한 비동맹 세력은 미국으로 대표되는 자본주의는 물론이고 소련으로 대변되는 사회주의에 대해서도 일정한 거리를 취했다. 사실 비동맹 세력은 후자에 더 가까웠다. 명백히 사회주의혁명을 겪어 탄생한 중국은 차치하더라도, 인도나 인도네시아도 사회주의적이었기 때문이다. 그럼에도 소련에 대해서 비동맹을 표방한 것은 실질적으로는 국제주의를 포기한 일국사회주의에 대한 경계가 내재되어 있었다고 봄직하다. 아시아의 세 나라가 지도적 위치에 선 비동맹은 기왕의 두 국제주의를 대신할 국제주의의 새로운 실험이었던 것이다. 그러나 제3의 국제주의 또는 비동맹국제주의 역시 순탄치 않았다. 중국과의 국경분쟁 후유증 속에 네루(J. Nehru, 1889~1964)가 서거하고, 친미적 군부에 의해 수카르노(A. Sukarno, 1901~70)가 실각하고(1967), 핑퐁외교(1971)로 중국이 중미수교(1979)로 나아가면서 비동맹은 시나브로 사그러들고 말았으니, 미국의 패권이라는 부처님 손바닥 안에서 벌어진 중국과 인도/중국과 소련의 갈등이라는 사회주의 형제국 또는 사회주의 대국들 사이의 충돌이 비동맹국제주의조차 주저앉힌 것이다.

그사이 소련을 비롯한 동구 전체를 해체한(1991) 자본주의는 국제주의로부터 세계주의(globalism)로 질주했다. 주로 국민국가를 통해서 행사되던 자본이 이제 그조차 성가신 장애로 여기는 단계로 진입한 것이다. 국민국가를 장기판의 졸(卒)로 보는 논의들이 무성했지만 과연 국민국가는 여하(如何)한가? 국민국가의 경계를 안과 밖에서 두드리는 지방(locality)과 지역(region)이 국제주의시대보다 부상하긴 했어도 국민국가가 졸로 떨어진 것은 아니다. 어떤 점에서는 자본 앞에 그대로 노출된 지구화시대의 막막함이 국민국가에 대한 의존을 더욱 심화시킨 면도 없지 않은 것이다. 국제주의로부터 세계주의로 진전한 데는 '현존사회주의'의 붕괴를 야기한 자본의 승리감이 가로놓여 있다. 그런데 자본주의로 하여금 가끔 주위를 돌아보게도 만든 동구 사회주의진영이 도괴(倒壞)한 이후 오히려 '자기조정시장의 실패'(칼 폴라니) 속에서 유럽은 물론 미국도 제국의 황혼을 면치 못한다. 미국은 목하 태평양을 도하 중이다. 인도를 거쳐 동남아시아에 도착한 영국이 1842년 중국을, 대륙을 횡단한 미국이 태평양 건너 1854년 일본을, 그리고 마지막으로 일본이 미국의 함포외교를 본떠 1876년 최후의 은둔국 조선을 개항함으로써, 세계단일시장의 고리가 완결되었던 사정은 이미 주지하는바, 21세기의 동아시아는 식민주의의 마지막 사냥터로 밀려난 '극동'(Far East)이 아니라, 세계(경제)를 지탱하는 활동적 축의 하나로 현전(現前)한다.

역동적인 만큼 불안정 요소도 크다. 지역주의의 진행이 비교적 순조로운 동남아시아와 달리 대국들이 겯고트는 동북아시아가 특히 그러한데, 분단체제(백낙청)의 변경이 가시화하고 있는 한반도가 더욱 문제다. 분단이란 조건이 주변 4강의 개입을 유혹하는 한반도문제의 평화적 해결을 위해서도 지역 전체의 화해가 종요롭다. 정부 간 화해 못지않게 국민 간 화해가 핵심이다. 어차피 정부와 정부 사이의 관계란 정치적인 데서 자유로울 수가 없다. 충돌하면서 협상하고 협상하면서 충돌하는 요철 속에서 대화로 나아가면 그나마 다행이거니와, '국제'의 불안정성을 교정할 굳건한 터전은 국민들 사이의 화해가 아닐 수 없다. 이 화해야말로 "시민권을 '국가의 시티즌십'으로 환원시"켜 "국민의 권리를 넘어선 '근본적인 인간의 권리'를 사유할 지평을 닫는"[4] 민족주의를 넘어서 진정한 의미의 국제적 시민을 교양할 것이기 때문이다. 다행히 오늘날 동아시아는 그 어느 때보다도 시민적 교류가 활발하다. 호감은 물론 비호감조차도 교류의 확대와 심화를 반영하거니와, 생활세계에서 동아시아 각국은 이미 상호침

---

4 오길영 「시민문학과 정치: 백낙청의 「시민문학론」을 다시 읽으며」, 『크리티카』 Vol. 4, 사피엔스21 2010, 43면.

투적이다. 이 점을 더욱 의식한다면 국가 사이에서 생활/사유하는 시민의 탄생도 기대함직하다. 탈국가적 시민이 아니라 국가의 시민이면서 동시에 국가 사이의 시민이라는 이중성을 생활/사유하는 새로운 동아시아 시민이 점점 늘어난다면 '다른 동아시아'의 탄생 또한 머지않으려니와, 이런 동아시아 시민을 호명할 담론을, 기왕의 국제주의와 세계주의를 타고 넘어설 동아시아국제주의라고 불러도 좋겠다.[5]

2. 동아시아국제주의의 조건들

동아시아국제주의가 기왕의 국제주의들이 밟은 실패를 반복하지 않기 위해서는 무엇보다 먼저 '국제'를 국가 간 관계에 한정하지 않는다는 점을 원칙으로 삼는 게 요구된다. 이는 한국의 경험에서 우러난 것이다. 한국은 대표성의 위기를 항상적으로 겪은/는 대표적 나라의 하나다. 일본이 최고이사회의 일원으로 참여한 빠리강화회의(1919~20)에 파견된 임시정부 대표가 문전박대된 것을 비롯해, 나라 또는 민족의 운명을 결정하는 중요한 국제회의에 한국은 입장이 자주 거부되곤 했다. 이는 식민지시대만이 아니다. 상임이사국 소련의 거부권 행사로 한국은 북조선과 함께 1991년에야 동시가입으로 회원국이 되었다. 1949년 처음 가입 신청한 지무려 40여년 만의 일이다. 이뿐인가, 한국은 비동맹운동 시절에도 초대받지 못한 손님이었다. 사실 '국가'를 엄격히 해석하면 한국은 북조선과 함께 단독적으로는 옹근 나라가 아니다.[6] 남북은 나라 사이의 관계도 아니

---

5 1장은 나의 기조발제문 「文學: munhak, bungaku, wen xue」(『동아시아국제주의의 복원을 위하여』(2010동아시아한국학 국제학술회의 발제집), 인하대BK사업단 2010)의 서론(1~4면)을 손질한 것이다.

6 그렇다고 해서 남과 북이 하나가 되는 전통적 통일론을 지지한다는 것은 물론 아니다.

고 나라 안의 관계도 아니다. 또는 나라 사이의 관계인 동시에 나라 안의 관계일 수도 있다. 이 역설은 남북이 지금도 대표성의 위기로부터 자유롭지 못함을 그대로 가리킨다. 동아시아에는 식민주의 및 신식민주의의 유제로 말미암아 끼쳐진, 한반도의 남과 북에 준하는 나라 또는 지방들이 적지 않으므로 '나라'의 유연화가 동아시아국제주의 제1의 조건으로 될 것이다. 대국이든 소국이든, 옹근 국가든 부분국가든, 주류민족이든 소수민족이든을 막론하고, 각급 대표의 참여가 자유롭게 허용되어야 할 터인데, 사까모또 요시까즈(坂本義和)가 일찍이 제안한 '민제(民際)'가 중요롭다. '민제'를 거점으로 '국제(國際)'를 조망함으로써 후자의 과잉대표성을 억제하고 그 자연스런 결과로 경계를 넘는 시민적/민중적 우애가 이룩된다면 그야말로 꽃이다.[7] 민제가 이처럼 꽃피려면 각 나라 시민/민중의 그 나라/정부에 대한 책임 또한 만만치 않을 정도로 진화해야 하거니와, 한 사회의 민주역량이 결국 민제의 든든한 기초다.

그렇다고 국제의 현실 즉 현상태의 나라들과 그 관계를 무시하자는 게 아니다. 동아시아국제주의는 이상주의는 이상주의로되 현실주의적 접근을 중시하매, 이상주의가 자칫 기울 경직성은 가능한 한 회피되어야 한다. 목하 동아시아는 복잡계다. 중국의 부상과 함께 미국의 (동)아시아 귀환이 촘촘해지면서 잃어버린 영향력을 그리워하는 러시아는 러시아대로 동

최근 한국에서는 무력이든 자본이든 일방에 의한 타방의 흡수를 지지하는 통일론보다는 평화에 입각해 통일을 다시 정의하는 논의들이 대세다. 남북연합이라는 국가연합(confederation) 건설을 당면과제로 삼는 백낙청의 한반도통일론은 대표적이다.

7 홍콩 링난(嶺南)대학의 뤄 용셩(羅永生) 교수는 그다음 날 종합토론에서 민제가 두터워지면 국제도 좋아진다는 일반론이 홍콩의 경우에는 잘 맞지 않는다고 지적했다. 반환 이후 대륙인들의 이주가 가속화하면서 오히려 이주인들과 홍콩인들과의 관계가 갈등적이라는데, 더욱이 국가주의가 강화되는 경향도 두드러진다는 것이다. 민제가 우애뿐 아니라 분쟁도 유발한다는 점을 다시 생각하게 하는 예이지만, 대륙/홍콩 관계의 특수성을 염두에 둘 필요가 있지 않을까 한다. 말하자면 그 비대칭성 또는 현저한 일방성이 진정한 민제를 저해한다고 보이기 때문이다.

(북)아시아로 감아들고, 이 난국에서 탈주하려는 일본은 일본대로 태평양국가라는 정체성으로 동아시아를 상대화하는 등, 바야흐로 이중/다중 정체성을 무기로 한 합종연횡(合從連衡)이 춤춘다. 동아시아의 혼전은 대(對) 중국이 주동선일 테지만, 중국에 있어서도 출구이기도 한 북조선 내지 한반도 문제 또한 숨은 동선일 것이다. 한반도를 전장으로 한 큰 전쟁들이 접종(接踵)한 데서 보이듯, 한반도는 동북아시아의 결절점이다. 4강의 교착은 바로 한반도를 초점으로 삼는 것이라고 해도 지나친 말이 아닌데, 더욱 문제는 왕년처럼 뚜렷한 패권국이 부재한다는 점이다. 미국이 여전히 강력하지만 예전의 제국은 아니고 중국은 다시 부상하고 있지만 아직 패권국이 아니다. 'G제로시대'[8]란 조어가 출현할 정도로 극(極)이 흩어진 때란 위험지수가 더욱 높아질 가능성도 없지 않거니와, 그에 따라 동아시아국제주의도 한결 신축적이어야 할 터다.

다름 아니라 미국과 러시아를 어떻게 조정하느냐는 문제다. 혹자는 당연히 제외해야 한다고 주장한다. 모호함이 한결 회피된다는 점에서 맞는 말이다. 미국은 원래 바다를 건너온 이방(異邦)이고, 러시아 또한 유럽의 변방에서 몽골의 침략 루트를 되짚어 동아시아에 도착한지라, 양자 모두 근본적으로는 동아시아의 손님들이다. 그럼에도 우리가 직면한 이 모호한 시대의 정체를 제대로 알기 위해서도 모호함을 적극 포옹해야 하기도 하지만, 사실 미·러는 동아시아의 완벽한 이방이 아니다. 미국은 바다로, 러시아는 대륙으로 동아시아와 연결된바, 대서양정체성을 더욱 드러내던 미국이 태평양정체성을 강조하고, 유럽중심적 러시아가 '유럽과 아시아의 다리'라는 다른 정체성을 들어올리며 동아시아에 참예하겠다면, 꼭 나쁜 일이라고만 할 수 없다. '오는 사람 막지 말고 가는 사람 잡지 말라'는

---

8 'G-Zero(G0)시대'란 미국의 쇠퇴 이후 글로벌 리더십을 발휘할 국가가 부재하는 시대로 진입했다는 『포린폴리시』(Foreign Policy)의 용어다.

한국 속담대로 미·러를 오히려 그때그때 관계의 동반자로 삼는 편이 떳떳할 것이다.

중국과 일본도 마찬가지다. 중국은 동으로 북조선, 서로 중앙아시아 3국(카자흐스탄·타지키스탄·키르기스스탄), 남으로 서남아시아 5국(인도·파키스탄·네팔·부탄·아프가니스탄)과 동남아시아 3국(버마·라오스·베트남), 북으로 몽골·러시아 등, 총 14개국과 접경한 대국이다.[9] 그야말로 사통팔달의 아시아 국가로서 동아시아로 한정되지 않는 G2다. 브릭스(BRICS)와 상하이협력기구(SCO)는 그러한 중국의 위상을 잘 보여준다. 2009년 브라질·러시아·인도·중국 등, 신흥경제대국 4개국으로 출발한 BRICs는 2010년 남아프리카공화국이 참여함으로써 BRICS 5개국으로 확대된바, 2012년 3월 뉴델리에서 4차 정상회의를 열어 그 존재감을 과시했다. 바깥에서 구미를 느슨하게 포위하는 대국외교가 브릭스라면, 상하이협력기구는 짐짓 서진(西進)하는 중국의 주도권이 더욱 뚜렷하다. 중국·러시아·카자흐스탄·키르기스스탄·타지키스탄 5개국으로 이루어진 '상하이 파이브'(Shanghai 5)[10]를 모태로 2001년 우즈베키스탄을 더하여 정식 출범한 상하이협력기구는 회원국 외에 옵저버국가로 인도·몽골·이란·파키스탄, 대화상대(dialogue partners)로 스리랑카·벨라루스까지 포괄한바, 올 6월 베이징에서 열린 연례회의에는 아프가니스탄이 옵저버국가로, 터키도 대화상대로 참여했다. 2014년 아프가니스탄에서 미군 철수

---

9 중국은 티베트자치구와 접경한 시킴(Sikkim)을 더하여 총 15개국이라고 말하기도 한다. 히말라야 동부에 자리 잡은 전략적 요충 시킴은 독립왕국이었으나 보호령을 거쳐 1975년 주민선거로 인도의 한 주로 편입되었다. 중국은 그럼에도 시킴을 인도에 의해 점령된 독립국으로 간주했으나, 2003년 티베트자치구의 중국영유를 인정하는 조건으로 시킴의 인도귀속을 마침내 승인하였다.

10 '상하이 파이브'는 1996년 상하이(上海)에서 "러시아 및 구 소련 3국(카자흐스탄, 키르기스스탄, 타지키스탄)과 중국 간의 국경문제의 해결을 위해 결성"되었다. 백지운(白池雲) 「상하이협력기구는 21세기 실크로드가 될 것인가」, 『서남뉴스레터』 145호, 2011.7.25.

가 완료될 예정이고, 터키는 북대서양조약기구(NATO)의 회원국이라는 점에서 이번 회의에 두 나라가 새로 참여하는 의의는 결코 작다고 보기 어렵다. 한·미·일 삼각협력이 목하 강화되는 동쪽을 의식하면서 중국의 서진정책을 상징하는 상하이협력기구는 바야흐로 확대일로다.

일찍이 탈아입구(脫亞入歐)를 내건 일본 역시 동아시아에 국한되지 않는 나라지만, 최근에는 부쩍 태평양을 강조하면서 동진(東進)/남진(南進)하는 형국이다. 서쪽의 중국을 의식하는 것이다. 작년 말 일본 수상 노다 요시히꼬(野田佳彦)는 돌연 환태평양경제동반자협정(TPP, Trans-Pacific Partnership Agreement) 협상 참여를 선언했다. 2005년 뉴질랜드의 발의로 싱가포르·칠레·브루나이가 가담한 4국 체제로 출범한 TPP는 그뒤 미국·호주·베트남·페루·말레이시아·캐나다·멕시코 등이 협상에 참여하면서 다자간자유무역지대로서 덩치를 키워왔는데, 강도 높은 농수산물 개방 압력으로 일본은 그동안 참여를 미뤄왔던 터다. 국내의 반대 여론에 직면할 게 뻔한데도 구석에 몰린 일본정부는 결국 중국과 미국을 번갈아 의식하며 태평양으로 달려가는 도박을 한 셈이다. "TPP 교섭에 참가하면 일본은 태평양 국가와 아시아 국가를 잇는 가교라는 세계사적 역할을 담당하게 된다"[11]는 변증(辨證)에도 불구하고 일본은 아직도 협상에 정식으로 참여하지도 못하고 있는 상태이거니와,[12] 그럼에도 태평양정체성은 최근 더욱 강조된다. 2012년 5월 오끼나와 나고시에서 열린 제6회 태평양·섬 정상회의 또한 일본의 태평양 행보를 잘 보여주는 예이다. 미국 대표가 처음 참석함으로써 돌연 각광을 받은 이 회의는 태평양제도포럼(PIF, Pacific Islands Forum)의 수뇌들을 일본이 초청하는 형태다. 1971년 뉴질랜드가 발의하여 호주·피지·사모아 등 7개국으로 출범한 남태평양포럼

---

11 오꼬노기 마사오(小此木政夫)「日은 왜 TPP참여를 결심했나」, 동아일보 2011.11.15.
12 농업 개방으로 농어민 표 이탈을 우려한 일본은 결국 협상 참여를 사실상 유보했다. 동아일보 2012.8.11.

이 2000년에 PIF로 다시 출범한바 현재 회원 16개국이다. 1997년 토오꾜 오에서 첫 정상회의를 가진 뒤 3년마다 여는데, 이 회의의 호스트 일본의 속셈은 '미국령 호수' 태평양에 자신의 항적(航跡)을 명확히 그려넣기 위한 것일 테다.[13] 미국이 돌연 참여한 데서 보이듯, "'항행의 자유'의 확보를 포함한 해양규칙의 순수(順守)"를 수뇌선언으로 채택한 올 회의는 각별히 정치적이다. 노다 수상은 폐막 연설에서 특정국을 염두에 둔 선언이 아님을 강조했지만 이는 명백히 태평양으로 진출하려는 중국을 의식한 것이다.[14]

오래된 제국, 중국의 대륙성만큼이나 일본 또한 7대 해양국가답게 해양성이 농후하니, 두 나라 역시 동아시아로만 제약되지 않음을 특히 동아시아정체성에 충실한 한국이 유념할 필요가 크다. 그럼에도 중국의 서진이나 일본의 동진/남진이나 궁극적으로는 황해(黃海)에서 대만해협과 남중국해에 이르는 동아시아의 긴 띠를 겨냥한다는 점은 강조되어야 한다. 요컨대 중국과 일본의 머리가 동아시아에 있음 또한 부인할 수 없으매 중일을 배제한 동아시아국제주의란 성립하기 어렵다. 아니 중국의 동향에 가장 민감한 나라가 일본이란 점에서 중일은 동아시아국제주의의 축이다. 이 축은 서진하는 미국과 남진·동진하는 러시아와 중첩하거니와, 중·일·미·러 4강이 만나는 그 중간에 한반도의 남과 북이 놓였다는 점에서 양안문제까지 연관된 동북아시아는 풍운의 핵이다. 물론 동아시아국제주의는 동남아시아를 중시한다. 동남아시아는 동북아시아와 함께 동아시아를 구성하는 지역이기도 하지만, 아세안(ASEAN)이라는 지역통합의 모범을 훌륭하게 운영함으로써 동아시아국제주의에 생생한 영감을 선사하는 원천으로서 더욱 존중되어 마땅하다. 그럼에도 동북아시아가 문제적이므로 동

---

13 이 회의의 진짜 속셈은 이 섬나라들의 자원적·전략적 가치에 더하여 일본의 UN안보리 상임이사국 진출이라는 대만(臺灣) 신문의 분석도 있다. 自由時報(電子報) 2012.5.25.
14 東京新聞 2012.5.27.

아시아국제주의는 미·러를 대화상대로 두고 양안(중국과 대만)·일본·한반도(남과 북) 사이가 우선협상의 초점이 되어야 하지 않을까? 최근 섬들의 영유권을 둘러싸고 벌어진 남중국해 분쟁 또한 동북아시아에서 이월된 것이거니와, 그 근원에는 옛 일본제국의 '대동아(大東亞)'라는 일장춘몽이 깔려 있는 것이다. 일본에 의해 식민화 또는 준식민화한 조선과 대만과 오끼나와 등에서 보듯, 서구식민지와 비서구식민지가 공존 또는 경쟁한 동아시아의 상황이 오늘날까지도 동아시아를 복잡계로 만든다는 점에서 동북아시아는 정녕 문제다. 바로 이 문제성이 일본의 성공과 실패로부터 살아 있는 교훈을 학습함으로써 다른 동아시아의 출현을 꿈꾸는 동아시아국제주의를 지금 이곳 동북아시아에서 불러내는 원천으로 될 터이다.

3. 큰 국제주의와 작은 국제주의

동아시아국제주의는 대승(大乘)인가? 전(全)인류적 해방의 대합창이 폭발하는 '그날'에 대해 판단정지한다는 점에서 대승이 아니다. 또한 전세계적 차원의 국제주의보다는 동아시아, 특히 동북아시아에 우선 집중한다는 점에서도 대승이 아니다. 동아시아국제주의는 소승(小乘)인가? 한 나라/한 국민/한 지방/한 민족의 구원만을 목표로 하지 않는다는 점에서 소승이 아니다. 나아가 동아시아라는 지역의 집합적 패권을 거절한다는 점에서 더욱 소승이 아니다. 대승도 소승도 아니라면 중승(中乘)인가? 이 말은 그냥 조어다. 따라서 죽도 밥도 아닌 중승은 없다. 대승과 소승 모두 유토피아로 가는 길을 사유하는 방편일진대, 그곳에 무슨 중간이며 무슨 절충이 있을까? 그래서 동아시아국제주의는 문자 그대로 대승도 아니고 소승도 아니다. 조금 풀어서 말하면, 소승에서 출발하되 대승을 내다보지 않고, 소승에 투철함으로써 소승을 넘어선다.

동아시아국제주의는 불가피하게 소승적이다. 소국주의[15]의 이상에 입각한 작은 국제주의의 실현 없이 동아시아국제주의의 개화는 없기 때문이다. 물론 이 소국주의는 오늘의 동아시아 각 상황에 맞춰 다시 해석된 소국주의임은 말할 것도 없거니와, 만약 이 엄숙한 책무를 방기한다면 동아시아국제주의는 세계 형성의 새로운 가능성으로 될 동아시아의 집합적 대두는커녕 그 자기파괴로 귀결될 가능성도 없지 않을 것이다. 동아시아는 알다시피 세계적인 중무장지역이다. 옛 제국과 새 제국들이 얽혀드는 가운데 자위(自衛)와 선망으로 분열된 소국들 역시 가만히 또는 공공연히 '강성대국'을 꿈꾸는 형국이니 '아시아의 발칸'이라는 수사가 말로 그치지 않을 위험도 없지 않다. 석극석 평화의 구축은 동아시아국제주의의 성수(成遂)에 필수 중의 필수인데, 이는 단순한 당위론이 아니다. '대국/제국-되기'가 거의 불가능한 한반도는 물론이거니와, 한반도 주변 4강 모두, 제국 또는 대국 체제를 조정해야 할 시점이다. 'G제로시대'를 자인할 정도의 미국, 이미 제국에서 내려온 러시아, 메이지(明治) 이래의 엔진 자체를 재점검해야 할 3·11 이후의 일본, 그리고 개혁개방 이후의 고도성장 자체를 반성하지 않을 수 없는 지점에 도착한 중국을 상기컨대, 이미 대국주의의 질주 자체를 안팎에서 감당할 수 없는 지경에 이르렀기 때문이다. 소국주의의 재평가는 필지(必至)다.

더구나 동아시아국제주의는 벌써 현실이다. 국적이 장애로 되지 않는, 오히려 차이가 즐거운 상호학습으로 인도하는 작은 유토피아들이 곳곳에 시현된다. 경험에 의하건대 동아시아 지식인들의 교류 모임에서 나는

---

15 졸고 「대국과 소국의 상호진화」, 『제국 이후의 동아시아』, 창비 2009, 13~32면. 이 글의 중역본은 「大國與小國相互演進」(徐黎明·趙莉 譯, 계간 『台灣社會硏究』 제84기, 2011.9)을, 일역본은 「小國主義の再構成のために」(『東アジア文學空間の創造』, 靑柳優子 譯, 岩波書店 2008)를 참조. 일역본은 제1회 동아시아문학포럼(2008)의 발제문 「소국주의의 재구성을 위하여」가 저본인데, 이를 다시 고친 것이 「대국과 소국의 상호진화」이다.

거의 국적을 의식하지 못한다. 물론 언어를 비롯한 여러 지표들이 국적을 깜빡깜빡 환기시키지만, 어느 틈에 우리는 '나라' 같은 건 버리고 만다. 이는 시민적 교류에서도 유사하게 반복되는바, 특히 한류(韓流) 이후 문화적 혼종현상의 심화에 힘입어 상대방 나라의 언어/문화를 배우는 시민들이 알게 모르게 증가하면서 무국적의 기적이 곧잘 발생하던 것이다. 물론 그늘도 있다. 여론조사는 여전히 긍정적이지 않다. 특히 한중일 세 나라 국민 사이의 상호호감도가 전체적으로 좀체 나아지지 않는 형편이다.[16] 구체적 접촉과 달리 추상적 접촉에서는 국가이성의 간섭에 더 직접적으로 노출되는 양상을 보이거니와, '국제'가 병통이다. '민제'의 우애가 국제는 물론이고 인터넷 같은 비대면 접촉에서는 갑자기 나라 대표로 자신을 유사–상정하는 기제가 작동하던 것이다. 민제에서 반짝 열린 작은 유토피아들, 이 아름다운 소국들을 어떻게 지속가능한 사회로 이행시키는가, 이것이 문제다.

혹자는 동아시아공동체의 조속한 결성에서 답을 구한다. 결론부터 말하면 나는 또 '지루한 성공'(버나드 쇼)으로 가는 길을 선호하고 싶다. 최근 EU의 위기를 봐도 공동체가 꼭 이상적일까? 애초에 독일·프랑스·네델란드 등 비교적 건실한 국가들부터 결합하려 한 유로존이 그만, 불참하면 2등국가로 전락한다는 강박관념에 지쳐 이태리·스페인 등 총 11개국으로 출범한 뒤, 그리스까지 참여하는 바람에 오늘의 위기가 야기[17]된 것

---

16 한국의 동아일보, 일본의 아사히(朝日)신문, 중국의 베이징스옌(北京世研)이 공동으로 발표한 여론조사에 의하면, 한국인의 중국 호감도는 2005년 20%에서 2011년 12월 12%로 줄고, 비호감도는 24%에서 40%로 늘었다. 한국인의 일본 호감도는 8%에서 12%로 늘고, 비호감도는 63%에서 50%로 줄었지만 전체적으로는 여전히 낮은 수준이다. 일본인의 중국 비호감도는 역시 절반에 가까웠고, 중국인의 일본 비호감도도 비슷했다. 반면 일본인의 한국에 대한 호감도와 비호감도는 각각 17%고, 중국인의 한국 호감도와 비호감도는 각기 44%와 17%다. 동아일보 2012.1.6.
17 유재동 「유로존의 비극」, 동아일보 2012.5.24.

이고 보면, 더욱 타산지석이다.[18] 또한 동아시아는 EU와 다르다는 지적도 이미 제기된 터인데, 그 차이의 핵심은 한반도와 같은 분단국이 부재한다는 점이다. 독일 통일에 대한 프랑스의 동의와 그뒤의 양국 화해가 유럽통합의 씨앗이 되었다는 점을 감안하고, 아세안의 순항을 결정지은 고비도 통일베트남의 영입이라는 점까지 상기하면, 동아시아공동체운동의 미래도 한반도문제의 동아시아적 해결에 달려 있을지도 모른다. 영웅적 통일보다는 산문적 남북연합의 결성을 한반도통일운동의 중심에 놓듯, 동아시아도 공동체라는 종결자보다는 빽빽하지 않은 네트워크의 강화에 더 주력해야 할 듯싶다. 문화를 매개로 한 상호무지의 극복을 통해 역내(域內) 국민/시민들이 서로를 인지하는 정도를 점진적으로 높이는 것이 관건이거니와, 어떤 점에서는 그 점진주의가 이 지역 국가들만큼이나 자기망각적인 동아시아 시민들의 서구중독을 치유하는 지름길일지도 모를 일이다. 차이를 서둘러 지우기보다는 차이를 음미함으로써 대화의 어머니로 삼고, 분쟁을 겉으로 봉합하는 데 힘쓰기보다는 분쟁을 숙고함으로써 평화의 아버지로 섬기는 과정을 통해서 자연스럽게 동도(同道) 즉 이상의 공유가 종이에 물 스미듯 이루어질 그때가 바로 민제로 국제를 교정할 절

_____

18 일본 도시샤(同志社)대학의 토미야마 이찌로오(富山一郎) 교수는 그날 토론에서 EU 위기의 근원은 금융자본의 국가화라는 점을 지적함으로써 국가의 외부성 또는 적대성에 대한 인식의 중요성을 강조하였다. 말하자면 나의 사유가 나라라는 틀에 너무 매여 있다는 것에 대한 우회적 비판인 셈인데, 이 근본적 문제를 다시 일깨워준 데 대해서는 감사한 마음이다. 나 역시 이에 대해 원칙적으로 동의하는 바지만, 나라라는 심급(審級)을 자주 건너뛰곤 하는 진보적 사유 습관에 대해서는 비판적이다. 나를 넘어서기 위해 나를 세우는 일을 중시하듯, 나라다운 나라를 건설하는 작업이야말로 나라 없는 대동(大同)세상으로 가는 첩경일 수도 있을 것이다. 물론 만만한 일은 아니다. 일단 성립한 제도, 특히 폭력을 내장한 채 건설되기 마련인 국가란 좋은 의미건 나쁜 의미건 매우 강렬한 자율성을 행사하기 때문이다. 그럼에도 모호성의 정체가 불확정한 오늘의 시점에서는 소국주의적 이상을 실천하는 것이 나라를 긍정하면서 부정하는 역설에 다가가는 현실적 길이 아닌가 한다.

호의 기회로 될 터이다. 국민/시민 사이는 나라/도시/지방[19] 사이를 아래로부터 지지하는 동아시아연대의 기초 층위다. 요컨대 민제를 풀어야 국제도 풀린다.

---

19 '도시/지방' 사이의 월경적 교류를 '나라'에 이어붙인 이유는 아직은 그 양상이 대체로 국가 간 관계에 긴박되어 있는 경우가 대부분인 게 현실이기 때문이다.

다시 살아난 불씨[1]

1. 회상

제2회 인천 AALA[2]문학포럼에서 기조강연을 맡게 된 것은 제게 큰 명예입니다. 그러나 원체 견문이 좁아서 불감당입니다. 그럼에도 이 자리에 감히 나선 데에는 아시아, 아프리카, 그리고 라틴아메리카에서 오신 귀한 작가분들을 뵙고 싶은 소망이 크기도 했지만, 한편 AALA에 대한 작은 부채가 있기 때문이기도 합니다.

1984년 11월 1일부터 4일까지 일본 카와사끼(川崎)시에서 제2회 AALA 문화회의가 열렸습니다. 한국에서는 시인 신경림(申庚林), 소설가 송기원(宋基元) 그리고 제가 초청되었습니다. 앞의 두분은 반독재투쟁의 선봉이었던 자유실천문인협의회(1974년 거리에서 창립되어, 1987년 민족문학작가회의로 개편하고, 2007년 한국작가회의로 다시 개명함. 약칭 자실)의 핵심이니 더 말할 나위

---

1 이 글은 제2회 인천 AALA문학포럼(하버파크호텔 2011.4.28)에서 발표한 기조강연이다.
2 'AALA'는 아시아·아프리카·라틴아메리카의 약어이다.

가 없지만 제 경우는 젊은 평론가에게 세상공부의 기회를 부여하려는 자실 지도부의 배려 덕분일 것입니다. 당시는 전두환정권 시절입니다. 독재자 박정희의 피살(1979)로 잠깐 열린 '서울의 봄'은 신군부의 폭력적 집권으로 귀결되었으니, 1980년대는 한국현대사에서도 천국과 지옥이 손잡고 나아간 가장 극적인 시절이었습니다. 결국 당국의 방해로 우리는 참가할 수 없게 되었습니다. 오늘 저는 무려 27년 만에 AALA에 출석한 것입니다.

여기서 잠깐 AALA의 연원을 일별합시다. AALA라는 명칭이 문학/문화운동 차원에서 처음 사용된 것은 아마도 1981년, 역시 카와사끼에서 열린 제1회 AALA문화회의가 아닌가 합니다. 당시 일본 아시아·아프리카 작가회의 의장으로서 제1회 AALA문화회의를 주최한 소설가 홋따 요시에(堀田善衛)는 개회사에서 말합니다. "이번 회의는 분명히 아시아·아프리카 작가운동에 있어 획기적인 사건이 될 것입니다. 그것은 단지 새로이 라틴아메리카의 친구들을 맞아들였대서만이 아니라, 문화에 관한 회의의 스타일을 일신했다는 의미에서도 그렇게 말해질 수 있다고 생각합니다."[3] 1981년 회의에서 비로소 라틴아메리카가 동참하고, 작가뿐만 아니라 문화운동가들이 초청되었던 것입니다. 일본 아시아·아프리카 작가회의는 왜 이런 갱신을 기획했을까? 다시 홋따의 말, "'민중의 문화가 세계를 바꾸기 위하여'라는 이 회의 표어는 정치의 한계, 정치의 불가사의한 배반을 경험하고 목격한 우리들의 기도와 같은 염원을 나타내고 있습니다"(7면). "정치의 불가사의한 배반"은 무엇을 가리키는가? 그것은 아마도 그동안 아시아·아프리카 작가회의(이하 AA작가회의로 약칭)가 겪은 내부갈등, 즉 중소대립으로 촉발된 분란을 우회적으로 지적한 듯싶습니다.

알다시피, 중소대립은 1956년 흐루쇼프(N. S. Khrushchyov, 1894~1971)

---

3 홋따 요시에 「25년의 세월과 함께」, 『민중문화와 제3세계: AALA 문화회의 기록』, 신경림 옮김, 일본 아시아·아프리카 작가회의 편, 창작과비평사 1983, 6~7면.

가 소련공산당 제20차 전당대회에서 7시간에 걸친 비밀보고를 통해 스탈린(I. V. Stalin, 1879~1953)을 전면적으로 비판한 사건을 씨앗으로 1960년대에 발화(發火)하였습니다. 1960년 중국공산당이 소련을 수정주의로 비판하자, 소련이 중국을 교조주의로 맞받아치는 격렬한 논쟁이 진행되는 와중에 흐루쇼프가 실각합니다(1964). 브레즈네프(L. I. Brezhnev, 1906~82)를 서기로 한 새 지도부가 출범(1965)한 뒤에도 완화는커녕 더욱 격화하여, 1969년에 들어서는 우수리강(烏蘇里江)과 신장(新疆)에서 국경충돌로까지 비화했습니다. 1983년 이후에야 점차 양국관계가 회복되기 시작했지만, 사회주의 형제국 사이에서 벌어진 이 놀라운 사건은 사회주의국제주의에 깊숙한 내상이 되었습니다. 더구나 중국과 인도의 국경충돌(1959-62)이 중복되면서 인도를 두둔한 소련에 대한 중국의 반감은 증폭되었거니와, 그 와중에 네루(J. Nehru, 1889~1964)가 서거함으로써 중국과 인도가 갈라서게 된 것은 더욱 나쁜 일이었습니다. 이 어름에 북한이 중립에서 친중으로 기울어 소련과 인도를 격렬히 비판한 것도 유의할 대목인데, 흐루쇼프 실각 후 조소(朝蘇)관계가 왕년과는 달리 비종속적으로 복원되었다는 점이야말로 흥미롭습니다. 그리하여 북한이 주체사상으로 질주하고, 핑퐁외교(1971)를 단서로 중국과 미국이 수교하고(1979), 중국과 통일베트남이 충돌했으니(1979), 중소분쟁의 파장은 꼬리가 길었습니다.

바로 이 분쟁으로 비동맹운동[4]은 물론, AA작가회의도 교착에 빠졌습니다. 아시아·아프리카 회의라는 별칭처럼 2차대전 후 독립한 두 대륙 신생국가들의 역사적인 회동인 반둥회의(1955)를 모태로 1956년 인도의 뉴

---

4 비동맹운동(Non-Aligned Movement, NAM)회의는 티토(Tito, 1892~1980)의 제창으로 1961년 유고슬라비아의 베오그라드에서 제1회 수뇌회의가 열렸다. 인도의 네루, 유고슬라비아의 티토, 인도네시아의 수카르노(A. Sukarno, 1901~70), 아랍연합의 나세르(G. A. Nasser, 1918~70) 등이 주도한 이 회의는 25개의 회원국으로 출범했는데 이때 라틴아메리카도 처음으로 합류했다. 반둥회의의 중심축의 하나인 중국은 결석했다.

델리에서 제1회 아시아작가회의가 탄생하였습니다. 이 회의의 결정으로 1958년 우즈베키스탄의 타슈켄트에서 제1회 아시아·아프리카 작가회의가 개최되면서 비로소 AA작가회의가 본격적으로 출범하였던 것입니다.[5] 이처럼 각광 속에 발진한 AA작가회의도 중소대립이란 암초에 부딪쳐 분열합니다. 1962년 카이로에서 열린 제2회 대회 즈음부터 영향이 미쳐 1966년 6월 베이징(北京)에서 열린 긴급집회가 반소(反蘇)캠페인의 장으로 화하자, 그에 반대하는 그룹은 1966년 8월 아제르바이잔의 바쿠에서 긴급집회를 열었던 것입니다. 그 이듬해, 중국과 그를 지지하는 그룹의 불참 속에 강행된 제3회 베이루트 대회를 즈음하여 문화대혁명의 와중으로 휩쓸린 중국이 운동으로부터 이탈함으로써, AA작가회의의 행보는 적지 않은 차질을 빚게 되었습니다.

반둥회의는 중립을 독립 인도 외교의 근간으로 삼은 네루의 아시아 구상의 산물이었습니다. 미국과 소련이라는 냉전의 양축으로부터 일정하게 자유로운 '중립아시아'의 건설을 꿈꾼 네루는 인도네시아와 중국이라는 아시아의 대국들과 제휴하는 현실주의를 선택했습니다. "아시아 방식에 의한 아시아 문제해결"을 주장한 수카르노의 인도네시아와 결연하는 한편, 스탈린의 죽음(1953.3)과 6·25전쟁의 휴전(1953.7)으로 신생 공화국을 무겁게 누른 두 고삐로부터 풀린 중국 또한 국제적 고립을 돌파할 새로운 카드로 네루의 아시아론에 공명했습니다. 그런데, "아시아의 사무는 아시아 인민 스스로 관리해야 한다"는 마오 쩌둥(毛澤東, 1893~1976)의 발언이 1950년 6월 회의석상에서 나온 점은 중국도 이미 준비되었다는 것을 암시한바, 인도와 중국의 대국적(大局的) 화해와 그를 절묘하게 매개한 인도네시아라는 3자의 제휴 속에 역사적인 반둥회의는 출범한 것입니다.[6] 모

5 「아시아·아프리카 작가운동 연혁 20년」, 고은 외 『문학과 예술의 실천논리』, 실천문학사 1983, 296면.
6 이병한 「'두개의 중국'과 화교정책의 분기: 반둥회의(1955) 전후를 중심으로」, 연세대

처럼 아시아로 귀환한 중국이 결국 중소대립 이후 인도와는 국경분쟁, 인도네시아와는 화교폭동문제로 갈등을 겪으며 비동맹운동으로부터 이탈함으로써 아시아의 이웃으로 거듭나는 데 실패한 것은 참으로 애석한 일입니다. 자본주의에도 사회주의에도 그 대안으로 출현한 비동맹에도, 국가이성은 요괴입니다. 중국의 이탈과 네루의 죽음에 이어, 반둥에 마침표를 찍은 사건이 친미적 군부에 의한 수카르노의 실각(1967)이라는 점을 상기하면, 이 그림의 배경에 미소냉전이 버티고 있었다는 것 또한 잊을 수 없습니다.

그 모태인 비동맹운동이 이처럼 흔들리니 AA작가회의가 순조로이 발전하지 못한 것은 당연할지도 모릅니다. 한마디로 정치가 과잉입니다. 2회 대회에서 결정된 상임이사국의 명단을 봅시다. 카메룬, 실론(현재 스리랑카), 중국, 가나, 인도네시아, 수단, 인도, 소련, 아랍연합, 일본, 이상 10개국입니다. 그중 중국, 일본, 소련이 상임이사국인 점이 이채롭습니다. 앞에서 지적했듯이, 이 시기에 소련을 필두로 한 사회주의 블럭으로부터 이탈, 독자적인 행보를 모색하면서 반둥에 주도적으로 합류한 사정을 새기면 중국의 경우는 이해될 터인데, 강력한 친미 자본주의국가인 일본은 어찌 된 일인가? 중국의 참가를 열렬히 주장한 네루는 일본의 참석에도 우호적이었습니다. "아시아의 대국인 중국과 일본이 소련과 미국으로부터 독자성을 확보하여, 아시아에서의 평화를 도모하는 것이 냉전을 돌파해갈"[7] 출구라고 여긴 네루 구상의 연장선에서 일본이 AA작가회의에서도 상임이사국의 지위를 차지한 것입니다. 그럼 참가 자격조차 의심스러운 소련은 어떻게 AA작가회의 상임이사국이 되었을까? 아마도 소련이 AA작가회의에 참여한 연방 소속 중앙아시아의 공화국들을 지렛대로 개입

석사논문 2009, 25~34면.
7 같은 글 30면.

을 마다하지 않은 듯합니다. 소련이 반둥 이후 제3세계에 대한 '전진정책'을 취하고 있었다는 점을 감안하면 그 개연성은 한층 높아집니다. 소련으로서는 제3세계의 대두가 서구의 동맹체제를 약화시킴으로써 이 지역에 대한 소련의 진출을 용이하게 할 터이기에 나쁠 게 없다는 계산이거니와, 중소대립 이후에는 더욱이 중국의 도전을 물리치는 작업도 더하여 '전진정책'에 적극적이었던 것입니다. 특히 소련과 인도는 각별합니다. 1955년 12월 흐루쇼프의 인도 방문이 상징하듯 비동맹의 기수인 인도가 대표적 친소국가이기도 한 점은 주지하는 바입니다. 인도뿐만이 아닙니다. 나세르의 아랍연합을 비롯한 AA나라들에 대한 소련의 영향력은 막강한 바 있습니다.[8] 요컨대, 현실주의적 고려에서 배태된 갈등요소들이 국제적 냉전과 중소대립과 아시아 내부분쟁과 착종되면서 AA작가회의의 순항에 장애를 조성하곤 한 것입니다.

AA작가회의는 1988년 튀니지의 튀니스에서 대회가 열리기까지 어려움 속에서도 지속되고 있었지만, 그 이후의 행방은 묘연합니다. 아마도 이 점진적 퇴조를 거슬러 운동의 돌파구를 모색하는 새로운 기획으로 AALA문화회의가 1981년에 출현한 듯싶습니다. 이 회의가 일본에서 주도된 점도 흥미롭거니와, 한국이 처음 초청된 것도 그렇습니다. 한국정부는 일본보다 더욱 친미반공적 경향을 띠었기도 하고, 1986년 평양에서 AA작가회의가 개최될 정도로 북한의 존재감이 작지 않았기 때문에 그동안 한국작가들은 소외되었습니다. 일본이 AALA문화회의를 통해 새로운 주도력으로 부상한 것 자체가 AA작가회의의 변화를 실증할지도 모릅니다만, AALA문화회의도 제3회 대회가 열렸는지 알 수 없습니다. 일본에서 발간되던 계간 『aala』가 1997년 2월로 종간되고, 일본 아시아·아프리카 작가회의도 해산했다는 소식을 감안컨대, 일본의 상황도 그닥 좋았다고 하기 어

---

8 김학준 『러시아사』, 대한교과서주식회사 1999, 350~58면.

렵습니다. AA작가회의의 재편으로서 기획된 AALA문화회의도 그 쇠퇴를
막지는 못했다고 하겠습니다.

이렇게 제3의 국제주의도 슬그머니 퇴장한 셈입니다. 아시아, 아프리
카, 라틴아메리카를 노예화한 자본주의국제주의가 제1의 국제주의였다
면, 러시아혁명(1917) 이후 대두한 사회주의국제주의 즉 제2의 국제주의
또한 소련의 일국사회주의가 횡행하면서 그 대안적 가치를 급속히 잃어
버린 것은 주지하는 터입니다. 이 점에서 반둥회의를 통해 출현한 비동맹
회의는 기존의 두 국제주의를 근본적으로 조망할 제3의 국제주의 물결이
라고 할 수 있습니다. 아시아의 세 나라가 지도적 위치에 선 비동맹은 기
왕의 두 국제주의를 대신할 국제주의의 새로운 실험임에도 미소냉전이라
는 큰 그림에서 말미암은 냉엄한 국가이성의 덫에 치여 결국 다시 좌절했
던 것입니다.[9]

2. 약속

한국에서 AA작가회의는 오랫동안 금기였습니다. 김지하 시인이
1975년 로터스상을 수상하면서 AA작가회의의 봉쇄에 금이 가기 시작
했습니다. 1969년에 제정되어 팔레스타나의 시인 마흐무드 다르위시
(Mahmoud Darwish, 1941~2008)를 비롯한 4인의 수상자를 낸 로터스상은
제3세계의 노벨문학상으로서 더욱 명예로운바, 한국의 시인 김지하가 나
이지리아의 소설가 치누아 아체베(Chinua Achebe) 등과 함께 수상의 영
예를 누린 것입니다. "제가 처음 로터스상 수상 결정을 접한 것은 1975년

---

9 졸고 「文學: munhak, bungaku, wen xue」, 『동아시아국제주의의 복원을 위하여』(2010
동아시아한국학 국제학술회의 발제집), 인하대BK사업단 2010, 1~3면.

가을, 감옥에서였습니다"라고 밝히고 있듯이, 그는 당시 영어(囹圄)의 몸이었습니다. 아마 옥중이 아니라도 수상식에 참석할 수 없었을 것인데, 지학순(池學淳) 주교가 로터스상을 보관했다가 시인이 출옥한 뒤 원주교구 가톨릭센터에서 뒤늦은 수상식(1981.12.2)을 치렀습니다.[10] 이 사건으로 말미암아 한국의 참여문학은 미국도 아니고 소련도 아닌 AALA라는 제3의 대륙과 해후하게 되었으니, 좀 과장하면 한국문학의 새로운 '지리상의 발견'이라고 해도 지나치지 않을 것입니다.

그런데 흥미로운 것은 한국에서는 AA보다는 AALA였습니다. "위대한 아시아·아프리카·라틴아메리카 전체 민중의 이름으로 이루어지는 아시아·아프리카 작가회의의 결정"(김지하 수상연설)이란 구절이 보여주듯, AALA입니다. AALA가 선호되니까 '제3세계'라는 용어도 1970년대 말에는 한국에서 이미 널리 쓰였습니다. 앞에서 보았듯이, AA작가회의가 A에서 출발하여 AA로, 다시 AALA로 진화하는 데 무려 25년이 걸렸습니다만, 정작 제3세계론에 대해서는 정비가 덜 된 채라는 점은 놀랍습니다. 가령 제1회 AALA문화회의에서 이루어진 토론을 보면, "인구로 보면 첫째이니까, 제1세계의 작가라고 불리어지고 싶"다는 필리핀 작가 시오닐 호세(F. Sionil José)의 부정론에서부터, 정치적인 것이 아니라 "문화적 개념으로서의 제3세계"론을 제기한 재일동포 작가 김달수(金達壽)의 수정론에 이르기까지,[11] 이 용어에 대한 기본적 합의조차 이루지지 않았을 정도입니다.

여기서 잠깐 '제3세계'(Third World)의 연원도 살펴봅시다. 이 말의 창안자는 프랑스의 인구통계학자 알프레드 쏘비(Alfred Sauvy)입니다. 1952년 8월 14일 잡지『옵세르바뙤르』(L'Observateur)에 기고한 글에서 자

---

10 「로터스상 수상자들」, 고은 외, 앞의 책 327~28면.
11 신경림 옮김, 앞의 책 171~76면.

본진영(제1세계)에도 공산진영(제2세계)에도 속하지 않는 나라들을 가리켜 제3세계(Le Tiers-Monde)라고 지칭한 것입니다. 프랑스혁명 이전 사제와 귀족으로 대표되는 특권신분이 아닌 비특권 평민을 가리키는 '제3신분'(Tiers État)을 모방하여 만들어진 데서 짐작되듯이, 이 말은 중동, 남아시아, 라틴아메리카, 아프리카, 오세아니아의 저개발국들을 가리키는 편의적 용어였습니다. 이 때문인지 정작 제3세계에서는 이 말을 즐겨 쓰지 않은 듯합니다. 그 말에 밴 뉘앙스에 오히려 거부하는 분위기가 지배적이었던 것입니다. 반둥에서도 이 말이 사용되지 않았습니다. "우리는 공산주의의 가르침에 동의하지 않습니다, 또한 우리는 반공산주의 가르침에도 동의하지 않습니다." 네루는 분명히 비동맹을 밝히고 있습니다만, 제3세계로는 자임하지 않았습니다. 그런데 흐루쇼프는 다릅니다. 서구제국주의에 대항하는 제3세계를 '평화지대'로 칭송하면서, 사회주의진영을 대표하는 소련은 제3세계를 지원함으로써 세계평화에 이바지해야 한다고 역설했던 것입니다.[12] 흐루쇼프의 평화공존론 아래 제3세계에 대한 미국과 소련의 영향력 경쟁은 더욱 치열했음을 상기할 때, 제3세계가 냉전시대의 산물이라는 점에도 유념할 필요가 없지 않습니다. 마오 쩌둥이야말로 탈냉전적 제3세계론의 효시입니다. 알다시피 그는 1974년 2월 22일 아프리카 잠비아의 대통령을 만난 자리에서 예의 제3세계론을 펼칩니다. 미국과 소련은 제1세계, 일본 유럽 호주 캐나다는 제2세계, 일본을 제외한 아시아 아프리카 라틴아메리카는 제3세계. 기존의 구분을 넘어서 미국과 소련을 함께 묶음으로써 제3세계와 대척점에 놓는 그의 새로운 발상은 "대미관계를 회복할 전략적 결정"과 맞물리거니와, 제3세계의 지도자로서 중국을 상정하는 "전통적 중화주의의 혁명버전"이기도 한 것입니다.[13]

---

12 김학준, 앞의 책 352면.
13 첸 리췬(錢理群) 「중국 국내문제의 냉전시대적 배경: 중화주의와 국가주의에 대한 성찰」, 『창작과비평』 2011년 봄호 123~27면.

농촌으로 도시를 포위하는 마오주의를 제갈량(諸葛亮)의 천하삼분지계(天下三分之計)에 비춰 세계혁명론으로 재창안한 마오의 제3세계론은 그 한계에도 불구하고 중미수교가 그러했듯이 탈냉전시대의 도래를 고지하는 큰 담론이 아닐 수 없습니다. 이렇게 마오에 이르러 AALA는 목적어가 아니라 주어로 전환한 것입니다.

외부와 철저히 차단된 한국에서 AALA를 주어로 하는 제3세계론이 지배적인 점은 참으로 흥미롭습니다. 앞에서 김지하를 예로 들었지만, 백낙청(白樂晴) 또한 두 제3세계론을 갈라서 설명하고 우리 문단의 제3세계론은 후자라는 점을 명백하게 짚었습니다.[14] 새로운 제3세계론이 마오로부터 비롯된 것을 당시 한국의 민족문학자들(한국의 참여문학론은 1970년대에 민족문학론으로 발전함)이 인지하고 있었는지는 명확지 않습니다만, AALA와 그를 주어로 하는 제3세계론을 민족문학운동의 새로운 출구로 적극적으로 사유한 것은 매우 고무적인 일입니다. 그리고 그 과정에서 다듬어진 백낙청의 지적은 다시금 새롭습니다. 제3세계론은 "세계를 셋으로 갈라놓는 말이라기보다는 오히려 하나로 묶어서 보는 데 그 참뜻이 있는 것이며, 하나로 묶어서 보되 제1세계 또는 제2세계의 강자와 부자의 입장에서 보지 말고 민중의 입장에서 보자는 것이다".[15] 이 시각의 장점이 여럿 있지만, 그중에서도 으뜸은 모든 종류의 국가주의와 그에 부속하는 중심주의를 회피할 수 있게 해준다는 것입니다. 미국중심주의, 그에 도전한 소련중심주의, 양자를 모두 배격하는 제3세계중심주의, 그리고 제3세계 내부의 작은 중심주의들이 AA작가회의와 AALA문화회의조차 쇠퇴시킨 요인임을 염두에 둘 때 더욱 그렇습니다.

---

14 백낙청 「한국문학과 제3세계문학의 사명」(1978), 『민족문학과 세계문학Ⅱ』, 창작과비평사 1985, 263면.

15 백낙청 「제3세계와 민중문학」(1979), 『인간해방의 논리를 찾아서』, 시인사 1979, 178면.

인천에서 AALA가 문학포럼이란 형태로 부활을 모색하는 작은 행보를 시작한 일은 참으로 다행입니다.[16] 그사이 소련을 비롯한 동구 전체를 해체한 자본주의는 국제주의로부터 세계주의로 질주했습니다. 질주가 질주를 반성하듯, 소련의 붕괴가 뜻밖에 미국의 황혼을 불러온 기이한 형국에 우리는 처했습니다. 서양의 협객들에게 이 세상을 맡긴 신의 뜻[17]이 다한 때인가 봅니다. 일찍이 반둥과 비동맹과 탈냉전적 제3세계론은 다른 세상을 품은 소중한 불씨였습니다. 그 불씨는 안팎의 불화 속에서 한줌의 재로 변했습니다. 인류의 새 길을 함께 모색하는 고매한 이상주의의 고양(高揚)이 절실히 요구되는 지금, 그 잿더미 속에 숨은 불씨가 "마침내 저버리지 못할 약속"[18]처럼 살아나고 있습니다. 정치를 잊지는 말되 정치를 버립시다. 나라를 기억하되 나라를 잊읍시다. 대륙을 잊지는 말되 대륙도 떠납시다. 이 역설이야말로 우리가 지난 시대 제3세계론의 잿더미에서 찾은 최고의 교훈일 것인데, 우리를 이 자리에 한데 모은 문학이야말로 입구이자 출구입니다. 정치로부터의 자유도 아니고, 정치를 대변하는 것도 아닌, 문학성의 극진한 드러남이 최고의 정치성 그 자체로 되는 그런 문학이야말로 다른 평화 또는 다른 세상을 여는 운하가 될지도 모릅니다. 모쪼록 이 작은 모임이 그 약속의 운하를 함께 건설하는 겸허한 단초가 되기를 기쁘게 기원하는 바입니다. 감사합니다.

---

16 이에 앞서 2007년 한국의 전주에서 아시아·아프리카 작가페스티벌(AALF)이 열렸다. 1988년 튀니스 대회 이후 끊어진 AA작가회의의 계승이라고 할 AALF는 그동안 소외된 한국이 주최한 점뿐만 아니라 "진영대립보다는 부국과 빈국 간을 '친서방적 중진국'(의 별로 친서방적이지 않은 작가들)이 매개"(조직위원장 백낙청)한 데에서 새롭다. 인천 AALA문학포럼은 AALF의 후계적 위치라고 할 수 있다.

17 라빈드라나트 타고르 「동양과 서양」, 손석주 옮김, 『아시아』 2011년 봄호 29면.

18 이는 해방 1년을 앞두고 옥사한 한국의 아나키스트 시인 이육사(李陸史, 1904~1944)의 절명시 「꽃」에서 따온 구절이다.

동아시아문학의 현재/미래

1. '동아시아'와 '문학' 사이

 "아시아는 현재에 있지 않고 미래에 있다(亞洲者 不在現在 在未來也)."
일본을 앞세운 서세동점(西勢東漸)의 도도한 바람 아래 중국을 비롯한 아
시아 전체가 굴종하던 시기에도 량 치차오(梁啓超, 1873~1929)는 미래 아
시아에 희망을 가탁했다. 목하(目下) 아시아는 현재인가, 미래인가? 동아
시아로 좁히면 아시아는 살아 있는 현재 또는 가까운 미래다. 그렇다고
다른 지역들을 흘러간 과거 또는 까마득한 미래로 치부하자는 것은 결코
아니다. 아직도 그런 인종주의적/계급적 편견과 제휴한 위계적 사유가 곳
곳에 복재(伏在)하고 있긴 하지만, 그래도 이제 세상은 그만큼은 번해진
듯싶다. 만약 기왕의 패권주의를 복제한 짝퉁이라면 나는 그런 (동)아시
아론에 천번이라도 반대할 것이다. 예컨대 '중국의 평화'(Pax Sinica) 또
는 '일본의 평화'(Pax Japonica) 또는 '아시아의 평화'(Pax Asiana)로 표현
될 법한 새로운 중심주의는 참된 (동)아시아론이 아니거니와, 모든 지역/
모든 나라, 모든 국민/모든 종족은 하나하나 그 자체로 불멸의 현재요 불

사(不死)의 미래이기 때문이다.

동아시아가 살아 있는 현재라고 해서 순풍일로(順風一路)라는 것은 물론 아니다. 6·25전쟁과 베트남전쟁 이후 상대적 안정기를 누린 동아시아는 탈냉전시대의 진전 속에서 불안정성도 속종으로 증대하고 있는 실정이다. 비록 냉전에 의해 지지될망정 이 지역 부흥의 바탕으로 된 역내의 평화가 한반도 분단선의 조정 가능성에 따라 흔들리고 있기 때문이다. 분단체제의 요동이라는 조건이 미국의 일극지배를 먹어가는 중국의 부상[1]과 엇물리면서 동북아시아가 급속히 내연(內燃)한다. 미국의 서퇴동진(西退東進)과 중국의 동세서점(東勢西漸)이 교차하는 전환기적 쟁투 속에서 내국들이 겨뉴느 동북아시아는 예측불허의 도가니다. 미국과 중국이라는 주 동선에, 질주의 끝에서 주춤하고 있지만 상기도 강력한 일본, '유럽과 아시아의 다리'를 자처하며 동아시아로 복귀하는 러시아[2]까지 중첩한 동북아시아는 과연 세계사적 뇌관이다. 대륙으로 진입하는 교두보요 대양으로 진출하는 나루라 할 한반도, 4강이 집주(集注)하는 이 결절점이 과연 어떤 역할을 놀 것인지, 낙관과 비관이 비등한다.

동북아시아는 다시 20세기를 반복할 것인가? 비관을 억제하는 낙관의 징후들 또한 뚜렷하다. 무엇보다 동아시아가 서로를, 아니, 스스로를 보기 시작했다. 부정적이든 긍정적이든 미국만 바라보는 시선이 아직도 강력

---

1 그렇다고 중국에 문제가 없다는 것은 물론 아니다. 정치적 과두제와 사회적 양극화 같은 현안을 보전(補塡)한 경제성장도 경착륙의 위험을 안고 있다는 예측이 중국 안에서도 나오는 실정이기 때문이다.
2 러시아의 동아시아 복귀를 전통적인 방아론(防俄論)의 입장에서만 볼 필요는 없다. 최근 러시아가 주도하는 가스관과 철도 사업 논의에서 보듯이 남북을 잇는 러시아의 역할은 종요롭다. 애초 소련의 기술과 자본으로 이룩된 북의 중공업시설들을 다시 움직일 수 있는 열쇠를 쥐고 있는 점, 미국·중국·일본과 달리 한반도의 통일로 이득을 볼 수 있는 나라라는 점, 그리고 러시아의 중재 없이 북핵문제의 해결 또한 어렵다는 점을 상기시키면서 '신북방시대'의 도래에 대비하기 위한 한국의 러시아 공부를 강조한 박종수(쌍뜨뻬쩨르부르끄 대학)의 충고는 경청에 값하는 것이다. 한겨레 2011.10.12.

하지만, 경제적 상호의존의 심화에 기초한 생활세계의 상호침투, 스밈과 번짐이 그 이전으로 되돌릴 수 없을 만큼 진전된 형편인지라 이제 동아시아는 '하나의 텍스트'에 가까워졌다고 보아도 좋다. 혐한류(嫌韓流)의 대두야말로 동아시아 시민의 교제가 정상상태로 들어섰다는 움직일 수 없는 방증이다. 접촉과 교류가 깊어지면 다툼이 일어나는 것은 자연스런 일이기 때문이다. 알다시피 임진왜란 이후 동아시아는 거의 쇄국상태였기에 국민들 사이의 교류가 거의 없었다. 근대 이전에는 중국문명의 우월성에서 우러난, 근대 이후에는 일본의 아시아 침략과 동반한, 문화적 일방통행만 횡행했다. 이 점에서 최근 동아시아에 두드러진 문화적 쌍방향성 바람의 의의는 아무리 강조해도 지나침이 없다.

이에 비하면 동아시아문학은 현재가 아니다. '동아시아'와 '문학' 사이에는 이제 겨우 디딤돌이 놓인 형편이니, 단적으로 최초의 다자간 교류라 할 '동아시아문학포럼'이 얼추 2회를 넘긴 형편이다.[3] 한·중·일 세 나라 문인들 사이의 쌍무적 접촉이 3자 관계로 진화한 동아시아문학포럼의 출범은 획기적이지만, 여백은 넓다. 동남아시아의 제외는 차치하고라도 동북아시아에서도 북조선이 배제된 것은 문제다. 그렇다고 당장 포럼의 문호를 개방한다고 해결될 일은 아니다. 우선은 3자 관계를 더욱 우애적으로 진전시키는 데 주력하면서 차츰차츰 결합의 범위와 정도를 상응적으로 높여나가는 절충을 택할 수밖에 없는 형편이다.

경제협력의 증대에도 불구하고 정치적 갈등은 날카로운 최근 한·중 관계를 중국 언론에서는 정랭경렬(政冷經熱)로 요약하거니와, 이는 동북아시아에 두루 사용해도 무방하겠다. 그런데 문학도 정치 못지않다. 이를테

---

3 한·중·일 세 나라 문인들이 대산문화재단 주도로 서울에서 첫 모임을 가진 게 2008년이다. 2년마다 나라를 달리해 열기로 한 포럼은 2010년 2회 대회가 나라들 사이의 분쟁에도 불구하고 일본의 키따뀨우슈우시(北九州市)에서 개최됨으로써 고비를 넘겼고 내년 중국에서 3회를 맞이하면 더욱 안정될 것으로 기대된다.

면 문랭(文冷)이다. 갈등 속에서도 접촉이 빈번한 역내정치에 비할 때, 상호무지에 대한 알아차림조차 은폐된 지역문학 쪽이 더 냉랭한지도 모른다. 아니 문학과 이웃인 문화, 특히 대중문화의 열은 두고라도, 역내 지식인들 사이의 식견교류(識見交流)[4]도 점차 넓고 높게 이루어지는 추세에 들어선 점을 감안하면 지역문학의 냉기는 유별나다고 아니할 수 없다.

이는 말을 다루는 문인들 사이의 월경(越境)적 교류와 협력이 지닌 까다로움을 상기시킨다. '종족의 방언'을 경계로 삼는 각 국민문학의 의식적·무의식적 도구인 문인들은 모국어 최후의 수호자다. 아무리 단독자적 경향이 온몸에 전 작가라도 그 '방언'을 자신의 문학어로 선택하는 순간 그는 그 사명으로부터 탈주할 수 없다. 물론 문학은 경계를 넘어서려는 충동 또한 지니고 있다. 특히 근대 이후 독서시장의 팽창 속에서 통역, 번역, 번안, 그리고 문학상 등의 형태로 문학은 방언의 경계를 이월한다. 그런데 이 월경은 어느 방언의 확장이지 다른 방언과의 진정한 접촉이라고 하기 어렵다. 뜻밖에 문학은 정치만큼 영토적이다. 각 국민문학의 영토성을 탈영토화하기 위해서는 다른 동아시아의 도래를 꿈꾸는 정치적 상상력이 요구될 터인데, 그것은 동아시아를 각 방언의 경계 바깥 또는 그 경계들 위에 설정할 담대한 사유와 긴밀히 물리는 것이다. 어떤 점에서 '정랭'과 '문랭'은 동전의 양면일지도 모른다. '정랭'이 풀려야 '문랭'이 풀리고, '문랭'이 풀려야 '정랭'도 풀린다. 아마도 동아시아문학의 출현은 그 최후의 단계 또는 최고의 단계를 가리킬 것이매, 기왕의 쌍무적 관계들은 그것대로 진전시키면서 새로이 출범한 다자간 교류 또한 때맞춰 잘 살려내는 작업이 무엇보다 절실하다.

---

4 이 말의 창안자는 고(故) 오다 마꼬또(小田實)다. 그는 이를 슬로건으로 내세운 잡지 『식견교류』(2002. 6)를 낸바, 안타깝게도 창간호가 종간호가 되고 말았다.

2. 지역문학의 현재: 방현석, 유재현, 전성태, 김연수

동아시아문학의 미래를 내다보면서 본격적 논의의 바탕을 마련하는 기초적 작업으로 우선 지역문학이 어떻게 서로를 의식하고 있는지, 동아시아가 의미있는 문학적 장소로 탐구된 작품들이 집중적으로 나타나기 시작한 21세기 초의 한국소설을 중심으로 따져보려고 한다.[5]

그 선편을 쥔 게 방현석(邦賢奭)의 중편집 『랍스터를 먹는 시간』[6]이다. 80년대 노동문학을 결산한 『내일을 여는 집』(창비 1991) 출간 이후 긴 침묵에 빠져들었던지라 이 작품집에 대한 주목은 비상했다. 노동운동을 다룬 「겨우살이」(1996) 「겨울 미포만」(1997)과 베트남에서 취재한 「존재의 형식」(2002) 「랍스터를 먹는 시간」(2003) 등, 확연히 구분되는 두 계열의 중편을 수록한 이 소설집은 노동문학의 출구가 베트남이라는 점을 한눈에 드러낸다. 그렇다고 「겨우살이」와 「겨울 미포만」이 단지 출구 노릇만 했다는 것은 아니다. 복직한 전교조 교사의 눈으로 '문민정부'시절 한국사회의 속물성을 묘파한 전자나, 안팎의 조건 변화 속에서 하강하는 노동운동을 정면에서 파악한 후자 또한 퇴조기의 문학적 응전으로서 손색이 없다. 그럼에도 후자에서는 자기연민과 제휴한 관념론이 안개처럼 스며 있다. 사람도 문학도 대책없이 건강한 방현석마저 시대의 바이러스에 감염되고 말았던 것이다. 「겨울 미포만」의 젊은 노동자의 자조 — "구십년대야 원래 뭐가 있나요. 팔십년대에 딸린 별책부록이지."(295면) — 가 환기하듯, 이 와중에 노동문학도 슬그머니 '별책부록'으로 이동해버렸던 터다.

---

5 탈북자를 비롯한 분단과 관련한 주제를 다룬 소설, 한국 안의 이주노동자를 다룬 소설, 그리고 한국/조선 디아스포라 문제를 다룬 소설, 그리고 황석영의 『심청』(2003)이나 김인숙의 『소현』(2010) 같은 역사소설 또한 제외한다. 이 주제들은 하나하나가 독립적이고 종합적인 조명이 필요하기 때문이다.
6 방현석 『랍스터를 먹는 시간』, 창비 2003. 이하 본문의 인용은 면수만 표기.

베트남 계열은 어떤가? 실은 이도 '별책부록' 즉 (베트남전쟁의) 후일 담이다. 전쟁 이후 전사(戰士)에서 작가로 전신한 반 레(Van Le)와 노동문학 이후 새 길을 모색하는 방현석의 만남을 축으로 두 나라 후일담이 교직되는 베트남 계열 소설들은 이중의 후일담인 셈이다. 그럼에도 값싼 후일담과는 인연이 멀다. 작가는 말한다. "기웃거린 지 10년이 되어서야 겨우 베트남을 무대로 한 이야기를 쓸 엄두를 냈다. (…) 멀리 우회하는 동안 바래고 찢긴 내 문학의 남루한 깃발이 부끄럽다. 하지만 괜찮다. 비록 더 뜨겁게 사랑하진 못했지만 한때 열렬히 사랑했던 것들을 욕보이지 않고 견뎠다. 비록 우회하였지만 투항하지 않고 버텼다. 비록 미지근하지만 예전에 사랑하지 못했던 것들을 사랑할 수 있게 되었다. 견디는 것이 쉽지만은 않았지만 부질없는 것도 아니었다."(「작가의 말」 330~31면) 황석영(黃晳暎)의 『무기의 그늘』(『월간조선』 연재 1985~88)로 대표되는 참전세대의 베트남소설과는 다른, 새 세대의 베트남소설이 탄생하는 고통의 과정을 감동적으로 증언하는데, 이는 한국의 민족문학/노동문학이 동아시아로 이월하는 첫 이정표였다.

「랍스터를 먹는 시간」은 「겨울 미포만」과 경향적으로 유사하다. 이 중편의 주인공은 베트남에 진출한 한국 조선소의 과장 최건석이다. 비참전세대로서 베트남통인 건석은 한국인 관리직과 현지 직원 내지 당국 사이에 일어나는 갈등의 조정자다. 그의 위치는 중립이다. 여전히 베트남에 대한 편견을 속 깊이 지닌 관리직들에게 비판적이지만, 베트남전쟁에서 저지른 한국군의 역할로 말미암아 발생한 나쁜 유산을 젊은 세대의 한국인에게도 무의식적으로 적용하려는 베트남 참전세대의 시선에 대해서도, "내가 하지 않은 일에 대해서 나에게 말하지 마라"(79면)라고 응답할 정도로 냉철하기 때문이다. 소설은 김부장과 보 반 러이의 싸움으로 본격 점화된다. 도이머이(Doi Moi, 시장개혁)의 물결을 타고 다시 베트남으로 돌아온 한국군 출신 김부장과 불굴의 전사로 이제는 그 회사의 직원으로 생존하는 러이의 대결은 말하자면 신판 베트남전쟁이다. 갈등의 지점들이 생생한 소설의 초반은 팽팽하다. 그런데 최과장이 사직한 러이의 고향 자딘을 찾아가는 작은 여행을 통해 '박정희군대'의 학살이라는 참혹한 진실에 눈뜬 이후 오히려 긴장이 풀린다. 한국과 베트남 모두 전쟁의 희생자이니 과거를 털고 미래로 가자고 러이를 설득하는 건석의 발언(150~51면)은 주객이 전도되었다. 화해 또는 용서는 가해자 한국이 아니라 피해자 베트남이 주체다. 직접적 가해자가 아닌 건석에게 책임을 묻는 일이 무조건 허용되어서는 아니되겠지만, 그렇다고 건석이 러이에게 화해를 강제할 수는 없다. 왜 이와 같은 전도가 일어났을까? 주 동선과 중첩되는 보조 동선, 즉 노동운동 과정에서 죽은 D중공업 노동자 형 건찬이 지닌 이중성에 유의할 필요가 있다. 건석이 그토록 싫어하던 건찬은 참전군인 아버지와 베트남 여성 사이에서 태어난 아들이었으니, 형은 노동운동이자 베트남인민의 환유다. 그 형은 노동운동 과정에서 의문사했다. 건석이 아무리 형의 제삿날을 챙기며 추모의 정을 어쩌지 못해도 형과의 화해는 불가능하다. 죽은 자는 산 자를 용서할 수 없다. 누가 그 용서를 대신할 수도 없다. 형의 죽음으로 영원히 유보된 형과의 화해를 러이와의 화해로 보상하려는 감상(感傷)이 전도의 포인트일 것이다. 타자의 고통을 자기 안으로 들이는 것이 아니라 자신의 고통을 오히려 타자에게 전가하는 교환으로 말미암아 결국 베트남인민과의 화해는 미봉에 그치고 만다. 이 작품의 한계는 한·베 수교(1992)의 문제점과도 연관된다. 한·일 사이의 그 오랜 길항을 생각할 때 승자의 관용이란 수사로 미화되면서 베트남전쟁에 대한 한국의 책임문제가 제대로 따져지지 않았으니, 이는 한·베 관계의 우애적 수립뿐만 아니라 양국 내부의 개혁을 위해서도 마이너스 유산으로 되었던 것이다.

「존재의 형식」은 「랍스터를 먹는 시간」보다 허구성이 적다. 대신 장소성은 두텁다. '레 러이 거리'(74면)에서 시작되는 점으로 보아 후자의 공간적 배경은 호찌민시로 짐작되는데, 웬일인지 '꽝떠이성'(99면) 또는 '꽝떠이'(164면)로 설정되었다. 그런데 꽝떠이(성)는 베트남에 없다. 에데족의 산악마을로 제시된 러이의 고향 '자딘'도 좀 이상하다. '자딘'은 사이공 내지 남베트남을 가리키기 때문이다. 이에 비해, 「존재의 형식」은 처음부터 '사이공'(10면) 즉 호찌민시를 노출하는데, 그중에서도 베트남전쟁에서 취재한 한국감독의 시나리오를 베트남어로 번역하는 3인의 공동작업이 이루어지는 주인공 강재우의 거처를 생생히 접사(接寫)한다. 베트남 말을 모르는, 아마도 조감독으로 짐작되는 이희은과 한국말을 모르는 베트남 해방영화사 감독 레지투이와 이 사이에서 두 언어를 매개하는 강재우. 이 흥미로운 트로이카가 시나리오 속의 한국말들 하나하나를 궁구하며 그에 딱 맞는 단 하나의 베트남 말을 찾아가는 토론과정 자체가 플로베르(G. Flaubert)의 '일물일어설'(mots justes)이 지닌 편집증과는 차원이 다른 문학적 구도(求道)로 되는 설정 자체가 상징적이다. 그 쌍방향의 통역과정은 한국어와 베트남어가 만나는 빛나는 점화인 동시에 한국과 베트남이 서로에 번지고 스미는 상호소통의 재생의식이다. 번역실로 변신한 재우의 사이공 거처는 적으로 대치했던 베트남이라는 낯선 공간을 아시아적 우애로 따뜻한 삶의 장소로 다시 창조하는 신비로운 공작실로 떠오르는데, 어떤 영성(靈性)의 보관(寶冠)마저 두른 듯 '장소의 혼'(genius loci)이 눈부시게 작동한다.

　「존재의 형식」도 「랍스터를 먹는 시간」처럼 베트남과 운동에 대한 이중의 화해를 추구한다. 베트남과의 화해가 주 동선이라면 한국의 혁명운동 문제는 보조 동선인데, 이 작품에서도 보조 동선이 말썽이다. 강재우는 후일담을 앓는다. 물론 레지투이도 더러더러 겪긴 하지만, 운동의 현장에서 이탈한 재우가 겪는 고통에는 비할 바가 없다. 과거로부터 간헐적으로 불어오는 바람의 근원에 지금은 갈라선 벗들 ── 변호사로 변신한 문태, 여전히 현장을 지키는 창은, 그리고 베트남통으로 전신한 재우 ──

이 존재한다. 이 운동의 트로이카 가운데 문태가 사이공에 출현하면서 숨은 상처가 노출되거니와, 창은에 대한 죄의식과 문태에 대한 노여움 사이에서 분열된 재우의 정신적 치유가 구성의 초점이다. 그 담당 의사가 레지투이 곧 반 레[7]다. 그는 작품 후반부를 지배한다. "친구가 친구를 이해해주지 않으면 누구와 더불어 세상을 살아갈 수 있겠나."(66면) 전장에서 단련된 작은 지혜의 말씀에 쪼이면서 재우는 골프 치러 간 일행과 헤어져 홀로 구찌땅굴을 찾은 문태와 화해하고, 창은에 대한 속죄의식으로부터 놓여난다. 반 레 덕분에 번역의 트로이카는 물론이고 운동의 트로이카 역시 화해에 도달하는 이 작품의 마무리는 교양소설을 상기시킨다. 패배와 승리의 이분법을 여의고 '지금, 여기'라는 조건에 즉응한 새로운 마음가짐을 챙기는 이 작품, 아니 이 작품집 전체가 뒤늦은 성장서사임을 깨닫게 된다. 그런데 이 지점에서 문제가 발생한다. 반 레를 멘토로 삼는 일종의 컬트가 오히려 베트남에 대한 소설적 접근을 제한할 수 있다는 점이다. "내가 알고 싶었던 것은 처음부터 베트남이 아니고 여기, 지금의 우리였다"(330면)는 작가의 말처럼, 자기에 골몰하는 바람에 정작 주 동선인 베트남이 후경으로 물러선 것이다.[8] 긍정과 부정의 양변을 여의는 비평적 태도야말로 베트남과 한국의 우애를 건설하기 위한 호혜적 태도의 핵이라는 점을 다시금 새기고 싶다.

『랍스터를 먹는 시간』에 이어서 유재현(劉在炫)의 『시하눅빌 스토리』[9]

---

7 1949년 북베트남 닌빈성에서 태어난 반 레는 1966년 고등학교 졸업 후 17세의 나이로 자원 입대, 1975년 전쟁이 끝날 때까지 전사로 싸웠다. 전후 시인, 소설가, 영화감독으로 활동한 베트남 최고의 작가다. 본명은 레 찌 투이인데, 시인의 꿈을 품고 전사한 동지의 이름 반 레를 필명으로 삼았다. 2003년 방한한 바 있다.

8 가령 이 작품의 무대 사이공의 특성이 거의 드러나지 않은 점도 그렇다. 통일 후 호찌민으로 바뀐 사이공에 어떤 변화가 있었는지, 혹 곤경은 없는지 등등, 북베트남에 의한 무력통일이 초래할 수 있는 문제점을 소설적으로 파악한다면, 한반도문제를 해결하는 데 훌륭한 타산지석이 될 것이기 때문이다.

9 유재현『시하눅빌 스토리』, 창비 2004. 이하 본문의 인용은 면수만 표기.

라는 연작소설집이 출간되었다. 작가의 경력이 흥미롭다. 운동권 출신으로 1992년에 등단했지만 소련의 해체로 말미암은 방황으로 IT일에 종사하다가 1990년대 말 훌쩍 동남아시아로 떠나 인도차이나를 떠돈 끝에 1999년 다시 작품을 쓸 요량으로 캄보디아를 찾았으니,[10] 이번에는 캄보디아가 노동문학의 출구 역할을 맡은 셈이다. '베트남을 이해하려는 젊은 작가들의 모임'(1994)을 중심으로 뜸 들이며 준비한 방현석과 달리 유재현은 외로운 유격대다. 방법도 사뭇 다르다. 방현석이 베트남을 둥지로 삼아 자기 문제의 해결을 궁리했다면, 유재현은 자기를 괄호 친 채 캄보디아를 탐색한다. "노동소설에 자신이 없었지만 그렇다고 시간이 정지한 '후일담소설'에 갇히기는 더 싫었다"[11]는 진술에서 짐작되듯이, 노동문학의 곤경 속에서 한국인이 한명도 등장하지 않는 기이한 소설집이 탄생한 것이다. 이런 소설을 한국문학으로 볼 수 있을지 의문이 제기된 것은 어쩌면 당연하다. 그러나 한국인이 한국어로 썼는데 한국인이 나오지 않는다고 한국소설이 아니라고 할 수는 없다. 그뿐만이 아니다. 시하눅빌이라는 창(窓)으로 내전 이후의 캄보디아를 골똘히 들여다보는 작가의 포즈를 상상하노라면, 이 소설집도 이중의 후일담임을 깨닫게 된다. 후일담을 앓는 한국작가가 역시 후일담을 앓는 캄보디아를 관찰하고 있기 때문이다.

앞의 세 연작 「쏨산과 뚜이안」 「대마는 자란다」 「그래도 대마는 자란다」는 내전을 수습하고 가까스로 출범한 캄보디아왕국(1993)이 직면한 시장개방의 혼란에 함몰된 "시하눅빌의 비루한 일상"[12]을 생생하게 묘파한다. 그 장소로 선택된 시하눅빌도 맞춤이다. 1964년 캄보디아 유일의 심항(deep-water port)으로 건설되어, 관광휴양지로 다시 개발되고 있는 캄보디아 제3의 도시, 시하눅빌은 매춘과 마약과 부패와 배신의 잔혹극, 아니

---

10 「첫 연작소설집 『시하눅빌 스토리』 낸 유재현씨」, 서울신문 2004.6.4.
11 같은 신문.
12 같은 신문.

크메르루주 혁명군과 마약상의 호환(互換)마저 자유로운 포스트모던 잔혹극이 일상화한 지옥이다. 이 암흑소설을 읽어나가면서 나는 지옥이 혹작가의 마음속에 있지 않은가 의심했다. 그런데 이 연작에 한국상품들이 등장하는 점이 각별했다. "'山頂窟樂城'이라는 붉은 글자를 새긴 한국산 승합차"(49면)와 "한국산 대림 오토바이"(98면)가 작품 속을 달린다. 한국은 엄연히 존재한다, 사람이 아니라 상품으로. 사람보다 먼저 도착한 한국 자본이 이 오지(?)를 질주한다는 점이 이 연작이 지닌 독창성의 징표라는 반어가 왠지 가엾다.

넷째 연작 「조선민주주의인민공화국에서 온 사나이」는 설정 자체가 재미있다. 북녘 동포와 해후해서만은 아니다. 기층의 아귀다툼만 보다가 프놈펜의 정치가 개입하자 캄보디아가 조금 더 환하게 보이기 때문이다. 전체적 시야가 결여된 미시서사는 답답하다. 프놈펜과 각별한 우의를 나눈 평양의 시각으로 시하눅빌을 바라보는 지점이 절묘한데, 그 축이 시하눅빌에서 통일도장을 운영하는 주인공 이욱조 상위(上尉)다. '조국통일전쟁' 즉 6·25전쟁 중 전사한 인민군 '영웅'의 손자로 공화국에 대한 충성이 남다른 그가 어찌하여 이곳에서 태권도 사범으로 소일하고 있는가? 원래 그는 "김일성 수령이 생전에 시하누크왕의 안전을 위해 친히 보낸"(151면) 왕실 특수경호대 소속이다. "평화협정의 성사로 총선을 앞둔"(160면) 1993년, 프놈펜에 도착한 그는 수상의 경호원 팔목을 꺾는 사고로 견책성 휴가를 얻어 고향 함흥 비슷한 이 해안도시에 와서 어슬렁거리던 것이다. 더구나 왕의 반대에도 불구하고 수상이 추진한 한국과의 수교(1996)는 개방 이후 캄보디아의 향방을 극명히 드러내거니와, 사실 이욱조의 묘한 휴가도 친사회주의적 시하누크왕의 카리스마 쇠퇴를 반영하는 것이다. 하지만 이 근사한 구도에 비해 이후는 지지부진이다. 도장에 하나뿐인 캄보디아인 제자를 시범공연 중 실수로 죽이고 익사를 암시하는 것으로 마감하는 서사의 진행은 허술하고 허망하다. 북조선이라는 온실에서 갑자기

꺼내져 독한 외기를 쏘이고 고사해가는 이욱조란 인물을 이렇게 낭비하다니, 너무나 아깝다.

다섯째 연작 「시하눅빌 러브 어페어」는 이 소설집을 대표하는 수작이다. 이 단편의 주인공은 7년 전 지뢰로 남편을 잃고 작은 과일가게로 생애하는 과부 찬나와 앙코르 주조공장 여공으로 뽑힌 딸 쎙라이다. 구성의 초점은 박색이지만 똑똑한 쎙라이와 미남이지만 단순한 모또택시 운전사 라차니가 결연(結緣)에 성공할 것인가다. 찬나가 이 결혼에 데릴사위라는 조건을 걸었기 때문이다. 혼사장애는 오토바이 보관소 주인 다마라에 의해 해결된다. 천상의 처녀가 지상에 내려오는 모하상끄란의 날 아침, 다마라가 찬나에게 재혼을 권한 것이다. "험한 세월이 언제 끝날지도 알 수 없는 일"이지만 "남은 사람들끼리 서로 기대고 어려운 세상 헤쳐나"(229면)가자는 농부 마카라의 나직한 청혼에 찬나도 부처님의 뜻으로 수긍하니, 두 모녀가 한날한시에 결혼식을 올리는 희한한 일이 "시하눅빌 사람들 모두의 잔치인 양"(231면) 치러지던 것이다. 장모가 깐뗑(캄보디아 전통 나무집) 하나 장만해주지 않는다고 입이 부은 라차니가 술에 취해 떨어지고 "웬수도 이런 웬수가 없었다"(232면)고 여기며 쎙라이가 긴 첫날밤을 꼬박 새우는 마무리의 작은 소란이 더 이쁘다. 이 따뜻한 단편은 비천 속에서도 고귀한 시하눅빌의 민중에게 바치는 최고의 헌사이거니와, 한국과 캄보디아 사이에 건축된 최초의 문학적 교량으로 손색이 없다.

전성태(全成太)의 『늑대』[13]는 총 10편 가운데 6편이 몽골에서 취재한 몽골단편집이다. "2005년 가을부터 이듬해 봄까지 반년을 몽골에서 지낸 인연"에서 태어난 이 작품집은 "사회주의에서 시장경제로 이행한 몽골사회"를 "우리 사회를 되비춰주는 거울"(「작가의 말」 300면)로 의식하는 점에서 (문학)운동의 곤경으로부터 인도차이나를 사유한 방현석·유재현과

---

13 전성태 『늑대』, 창비 2009. 이하 본문의 인용은 면수만 표기.

유사하다. 등단(1994) 이후 줄곧 농민문학/농촌문학을 천착해온 토착파가 멀리 몽골로 이동한 것을 보면 "상복을 못 벗은 상주처럼"[14] 서성였던 그 때 작가의 모습이 얼핏 감지된다. 농민문학의 출구로 몽골을 집중적으로 사유한 『늑대』 이전, 예비적 시도들이 있었다. 동명의 소설집에 실린 「국경을 넘는 일」(2004)은 첫 실험이다. 캄보디아에서 태국으로 넘어가는 여행에 동행한 박이 일본여성 나오꼬와 벌이는 짧은 정사를 중심으로 분단에 동정하는 동독 출신 일본 유학생 얀과 한·일 관계에 관심을 가진 일본 대학생 구로다 등과의 지루한 대화를 짜깁기한 이 단편은 관념을 다루는 데 미숙해서 준비적 의의만 두드러진 편이다. 『늑대』에 실린 「강을 건너는 사람들」(2005)은 그 후속으로 탈북의 순간을 파착(把捉)했다. 이 단편의 문제는 "중국교포"(184면)라는 말에 집약된다. '교(僑)'는 임시거처다. 타향/타국에 사는 뜨내기를 가리키는 '교포'란 말을 이제는 자제해야 하는데, 엄연히 중국인인 조선족에게는 특히 그렇다. '교포 사내'란 말이 무수히 나오는 이 단편은 바로 이 때문에 추상으로 멀어진다. 월경을 과잉 의식한 탓이다. 뜻이 세지면 소리가 죽는다는 판소리의 금언은 역시 명언이다.

이에 비해 몽골 계열은 환골탈태다. 무엇보다 "남과 북의 점이지대(漸移地帶)로서 몽골을 포착"[15]한 점이 돋보인다. 그 중요한 장소가 「목란식당」과 「남방식물」의 배경인 울란바토르의 '목란식당'이다. "평양에서 젊은 부부가 직접 나와 관리"(75면)하는 이 식당은 "이년 전에 개업"(18면)했다. 소련에 이어 두번째로 그 지원에 힘입어 사회주의국가가 된 몽골인민공화국(1924)은 일찍이 북조선과 수교(1948)했다. 그런데 1990년 구 공산권 국가 중 제일 먼저 한국과 수교하더니 2년 뒤 시장경제체제로 전환했

---

14 전성태 「연이 생각」(2001), 『국경을 넘는 일』, 창비 2005, 115면.
15 오창은 「공간의 감수성과 제국의 감각」, 『모욕당한 자들을 위한 자유』, 실천문학사 2011, 99면.

다. 북이 빠져나간 자리에 남이 밀고 들어왔다. '목란식당'은 철수했던 북의 복귀이지만 그것은 승리적이 아니라 후퇴적이다. 한국 여행객과 교민들이 주 고객인 이 식당에서 발생하는 크고 작은 분란들을 생생하게 그려낸 「목란식당」과 「남방식물」은 상시적 남북접촉의 실험실로서 점이지대에 주목한 첫 성과다. 다만 식당 이야기를 싸고도는 겉 이야기가 좀 장황하고 때로 부자연스럽다. 가령 10여년 전 민간특사로 북에 다녀온 뒤 자신의 실수로 북의 관계자들이 징계를 받은 데 충격을 받아 화업(畫業)도 그만둔 채 울란바토르에서 살아가는 「목란식당」의 삼촌이 대표적인데, 식당을 "분단 장사"(18면, 76면)라고 거듭 강조하는 것도 '목란식당'의 복합적 생태와 썩 어울리지 않는 것이다.

「두번째 왈츠」 또한 점이지대 몽골의 특성을 잘 보여준다. 이 단편의 배경은 울란바토르가 아니라 소련군이 개발한 북부 도시 볼강이다. "그들이 떠난 1980년대 중후반의 시간 속에 머물러 있는" 듯한 "작고 낡은 잿빛 도시"(142면) 볼강에서 한국 소설가 '나'가 방송국의 부탁으로 '북한 할머니'를 찾아가는 과정에서 조·몽 관계의 숨은 보석이 드러난다. 1952년 북의 전쟁고아 197명을 돌봐준 몽골정부의 호의로 울란바토르에서 자란 그녀는 1959년 귀국했다. 1985년 40대의 미망인 약사로 다시 몽골을 찾은 그녀는 북부 탄광도시 에르데네트에 배속되어 북의 광산노동자들을 돌본다. 1992년 몽골의 체제 변화로 북의 인력이 철수했지만(132~33면), 그녀는 초원의 목자와 사랑에 빠져 몽골에 잔류한다. 이 삽화와 함께 드러난 몽골문학의 상황도 흥미롭다. 민족을 부정한 친소 인민문학이 지배하던 사회주의독재 시절, 사막의 유형지에서 자유와 조국을 노래한 저항시인의 존재를 알린 삽화도 흥미롭거니와(136면), "들려주는 시가 아니라 읽히는 시"(135면)를 주장하는 'Blue Sky'야말로 새 세대를 대표한다. 몽골에도 드디어 모더니즘이 상륙한 것이다. '나'는 어떤가? "나는 조국이라는 말에 일종의 후진성을 느꼈고, 그것을 훼손해보고 싶은 욕망에서 자유롭지 못했다."(140면) 이 어정쩡한 포즈 속에서 당대 몽골뿐만 아니라 점이지대 몽골의 고갱이가 정채있게 파악되지 못한 게 아깝다.

이 소설집 최고의 단편은 「중국산 폭죽」과 「늑대」다. 개방 이후 도시에 넘쳐나는 부랑아들을 한국인 목사의 눈으로 파악해간 전자는 목사와 부랑아 사이, 그리고 부랑아 내부의 갈등을 다루는 솜씨가 자위가 돌듯 적실한데, 특히 인민궁전 광장에 새까맣게 모여든 아이들이 제야의 종이 울리자 일제히, 죽은 아이들의 영혼을 위무하는 폭죽을 쏘아올리는 결말이 감동적이다. 경찰차들이 달려오자, "아이들은 불꽃이 솟구치는 중심을 향해 더욱 단단하게 모여들었다"(177면)는 마지막 문장은 얼마나 절묘한가. 이 아이들이야말로 몽골의 미래다. 「중국산 폭죽」이 시장의 산문에 저항하는 도시의 시라면, 「늑대」는 초원의 시다. 야생의 자유에 바치는 낭만적 송가가 아니라, 시장의 진군 속에서 파괴되는 자유를 애도하는 조시(弔詩)다. 그 중심에 길들여지지 않은 초원의 악령 검은 늑대가 준동한다. 악령은 악령을 부른다. 이 수컷 늑대에 매혹된 한국인 사업가, "성스런 하늘과 대지와 신들"(39면)에 맞서는 이 늙은 사냥꾼은 자본의 악령이다. 자본의 악령이 초원의 악령을 추적하는 헌팅파티, 그믐밤의 사냥잔치가 이야기의 핵이다. "그믐에 죽음을 당한 영혼은 어둠속을 영원히 헤매"(42면)기 때문에, 그믐 살생은 초원의 금기다. 초원에 유전되는 이 오랜 금기를 파괴하는 자본의 헌팅파티에 사원도, 촌장 하산도, 촌장의 딸 치무게도, 카자흐 목자 카사르도, 운전사 바이락도, 사육사 촐롱도, 그리고 벙어리 처녀 허와도 조력자다. 그리하여 검은 늑대의 저주는 질투에 눈먼 늙은 사냥꾼이 사랑하는 허와를 살해하는 광기로 종결된다. 작가는 악을 악으로 단순화하지 않았다. "초원을 가로지르는 아스팔트 포장길" "그 검은 혓바닥"(38면)을 따라 들어온 자본의 악령에 초원이 이미 매혹되었기 때문이다. 또한 이 저주받은 매혹을 몽골 초원의 시로 들어올린 이 단편의 성과가 새로운 형식실험을 통해 이루어졌다는 점이야말로 귀중하다. 이 단편은 균일하지 않은 여섯 부분의 1인칭 독백으로 구성된다. 촌장, 사원의 승려, 사냥꾼, 카자흐 목자, 벙어리 애인, 각각의 1인칭 서사들에 이어, 늑대와 치무게와 허와와 사냥꾼의 짧은 1인칭 독백과 상황을 맺는 3인칭 마무리, 이 정교한 배치로 이 눈부신 초원의 시는 완결된다. 복수(複數)의 '나'에도 불구하고 문체가 단일한 게 흠이지만, 문학적 월경에 상응하는 형식적 모험으로서 단연 돋보인다. 자기가 과잉한 방현석과 자기가 생략된 유재현과 달리, 자기와 대상 사이에 시적 균형을 취한 전성태의「늑대」는 최고의 성과다.

　김연수(金衍洙) 소설집『나는 유령작가입니다』[16]는 가장 큰 월경의 폭을 보여준다. 공산석으로는 영국(「그건 새였을까, 네즈미」)·중국(「뿌넝쉬」「이등박문을, 쏘지 못하다」)·미국/일본(「거짓된 마음의 역사」)·파키스탄(「다시 한달을 가서 설산을 넘으면」), 시간적으로도 조선후기(「남원고사에 관한 세개의 이야기와 한개의 주석」)·1888년(「거짓된 마음의 역사」)·일제시대(「연애인 것을 깨닫자마자」)·6·25전쟁기(「이렇게 한낮 속에 서 있다」) 등, 가히 동서고금을 종횡한다. 그럼에도 축이 없는 것이 아니다.「그건 새였을까, 네즈미」는 런던이 배경이되 작중 화자는 일본인이고,「거짓된 마음의 역사」의 주인공은 조선에 온 미국인이니 초점은 결국 한국을 비롯한 아시아로 모아지는 것이다. 방현석·유재현·전성태가 사실주의 모델에 의거, 베트남과 캄보디아와 몽골을 골독히 사유했다면, 김연수는 가비얍게 미국과 영국, 중국과 일본 등 대국의 세계를 넘나든다. 그런데 김연수의 이국적 공간들과 이질적 시간들은 실존의 조건이라기보다는 "세계를 재구성하려는"[17] 즉 자명한 것들을 낯설게 하는 도구적 장치에 가깝다. 근대문학이 추구하는 합의적 단일성의 진실을 균열하는 복수의 이본(異本) 또는 대체역사들을 상상하는 서

16 김연수『나는 유령작가입니다』, 창비 2005. 이하 본문의 인용은 면수만 표기.
17 김병익 해설「말해질 수 없는 삶을 위하여」, 같은 책 252면.

사전략은 이 작품집의 키워드 '유령작가'에 집약된다. 유령이 된 작가란 근대적 작가의 죽음과 연계될진대, 이 소설집은 리얼리즘으로부터의 자유를 모색하는 김연수의 (포스트)모더니즘 메타소설집으로 되는 것이다.

모더니스트의 (동)아시아는 어떤 모양인지, 아시아인 또는 아시아를 배경으로 한 몇 작품을 점검해보자. 런던을 배경으로 어린 일본인 유학생과 동거하는 30대 중반의 한국인 유학생 언니와 남편을 잃고 언니에게 잠깐 다니러 온 동생, 이 자매 이야기를 바로 그 일본인 '나'의 눈으로 들려주는 「그건 새였을까, 네즈미」는 매우 현학적이다. 한국인과 일본인이 만날 때 발생되곤 하는 역사의 습기가 깨끗이 제거된 이 소설은 작가가 고안한 가상공간 속의 급진적 실험인바, 런던은 국적세탁소다. 이러한 지적 조작은 실제 역사를 다룬 「뿌넝숴(不能說)」에서는 어떻게 나타날까? 이 단편은 연길(延吉) 인민로 중국은행 앞에서 10년째 점 보는 일로 생애하는 노인 '나'가 한국인 소설가에게 무용담을 들려주는 형식을 취하고 있다. 그는 내전이 끝나자 다시 '조선전쟁'에 투입된 40군의 전사였다. 지평리전투에서 부상당한 그를 구원한 조선인 여성 구호원과의 절망적 연애 뒤 자신만 살아 포로로 잡혔다는 이야기를 장황히 늘어놓으며, "인간의 몸에 기록"(70면)된 역사만이 진실임을 강조한다. 작가는 노전사의 입을 빌려 거대서사를 단칼에 베어내지만, 이 노인의 이야기도 거짓말일 공산이 크매, 거대든 미시든 모든 역사는 농담임을 선언한 셈이다. 그러나 이 단편의 지적 공작은 「그건 새였을까, 네즈미」만큼 성공적이지 못하다. 변형이 과도하기 때문이다. 이 노인의 모델은 연변 조선족이어야 아귀가 맞을 터인데, 끝내 한족의 가면을 벗지 않는다. 내전에 동원된 조선족이 다시 '조선전쟁'에 투입된 이야기, 특히 그중에서도 귀환포로에 대한 사회적 따돌림 이야기는 연변의 역사 가운데서도 가장 예민한 트라우마의 하나다. 개방 이후 적과 동지가 혼동된 현실 앞에서 노인이 느꼈을 법한 당혹을 빙자하여 이런 식의 농담공정을 수행하는 일은 연변에 대한 예의가 아닐뿐더러 포스트모던에 대해서도 반칙이다. 이에 비하면 보스턴 출신의 탐정 스티븐슨이 남부인 브룩스의 의뢰를 받아 조선으로 사라진 약혼녀 닷지를 찾아나서는 탐색담 「거짓된 마음의 역사」는 19세기 말 태평양 양안의 풍경을 배경으로 날짜변경선의 비밀을 예리하게 포착한 수작이다. 수신인을 브룩스로 하는 총 7통의 편지로 구성한 것도 그렇지만, 여섯번째 편지만 발신인을 바꿔 반전을 준비하는 솜씨도 노련하다. 쌘프란시스코에서 출발, 요꼬하마·나가사끼·제물포를 거쳐 서울로 오는 스티븐슨의 여정 따라 배치된 편지들은 그대로 동아시아를 바라보는 평균적 미국인의 시각을 생생히 보여준다. "남부를 재건했듯이" 세계의 변방들을 아우르는 "위대한 미합중국의 시대를 만들어갈 것"(87면)을 믿어 의심치 않는 양키 제국주의자 스티븐슨은 당연히 중국을 경멸하고 일본을 깔보고 조선을 모멸한다. 그러나 의뢰인의 약혼녀와 결혼한 후 서울에 눌러앉은, 스티븐슨의 농담 같은 깜짝 전환으로 소설은 끝난다. 작가는 그의 변신담을 통해 "이 세계는 상상하는 대로 구성"된다는 포스트모던을 다시 확인하거니와, "누구도 온전한 존재로 날짜변경선을 넘어올 수는 없는 게 아닌가"(103면) 하는 여운을 남기던 것이다. 그럼에도 이 묘한 말은 스티븐슨의 서울 정착이 미 제국주의의 무의식적 완성일 수 있다는 반어를 품고 있지는 못한 듯싶다.

산악원정대에서 취재한 「다시 한달을 가서 설산을 넘으면」은 복잡한 속내를 드러내는 정교한 작품이다.[18] '88올림픽'과 변혁운동의 길항적 관계를 머나먼 설산에서 1980년대 학생운동의 부재자라는 자의식에 지핀

---

[18] 이 작품의 배경 파키스탄을 "동남아시아"(113면)라고 한 것은 실수다. 또한 변사또를 변호하는 이본을 꾸린 단편 「남원고사(南原古詞)에 관한 세개의 이야기와 한개의 주석」에도 재고해야 될 데가 두 대목이다. 첫째는 '기둥서방'(165면)인데, 서울 기생은 유부기(有夫妓) 즉 기둥서방을 두지만, 지방 기생은 무부기(無夫妓)이므로, 남원 기생은 기둥서방이 없다. 둘째는 "어미 따라 기생 된다는 말이 있을 수 없다"(168면)고 했는데, 천민은 종모법(從母法)을 따르기 때문에 그럴 수 있다.

소설가 '나'의 시각으로 곰곰이 반추하는 이 단편은 김연수 글쓰기의 원점, 그 포스트모던의 기원을 잘 보여주는데, 그 종점이 하얼빈을 무대로 한 「이등박문을, 쏘지 못하다」다. 41살의 노총각 동생에게 조선족 신부를 얻어주려는 성재의 우울한 북국 기행을 보여주는 이 소설 역시 심란하기 짝이 없다. 안중근의 영웅서사를 우연으로 상대화하려는 그의 충동이란 기실 거대서사에 대한 의문이다. 인민들에게 비루한 삶밖에 허락하지 않는 그 빛나는 혁명들은 도대체 다 뭣하는 물건이란 말인가? 중국은 「뿌넝쉬」에서처럼 역사와 운동에 대한 이러한 회의를 정당화하는 보편공간으로 차용되었을 뿐이니, 밤하늘을 배경으로 "성재의 등 뒤로 거대한 물음표처럼 성쏘피아교당 둥근 지붕이 서 있었다"(202면)는 마지막 문장은 통렬하다. 그 통렬함은 김연수의 실험이 이제 세계의 변화가능성에 대한 예정된 절망이라는 막다른 골목에 안착했음을 고지하는 상징이기도 하다. 『나는 유령작가입니다』는 리얼리스트뿐만 아니라 모더니스트에게도 동아시아가 출구였음을 잘 보여준다. 그의 실험은 나의 구원에 집중한다는 점에서는 방현석과 닮았다. 물론 꼭 부정적인 것만 아니다. 그들의 개척적 실험 덕에 다른 모색을 시도해볼 만한 비빌 언덕이 이만큼 돋워졌기 때문이다.

3. 동아시아문학의 뜻

유중하(柳中夏)에 의하면 '동아시아문학'이란 용어가 한국에서 처음 쓰인 예는 『전환기의 동아시아문학』(임형택·최원식 엮음, 창비 1985)이다. 한·중·일 3국 문학의 근대적 전환과정을 다룬 이 책은 우선 3국 문학을 하나로 묶어서 보려고 했다는 점이 눈에 띄는데, 그러자니 자연히 '동아시아문학'이란 용어가 발명된 것이다. 최초의 동아시아문학론으로 될 임형택

(林熒澤)의 「머리말」을 일별하자. 그는 먼저 "역사상 장구히 한자문화를 공유한 하나의 세계"였던 동아시아가 현재는 "통일적으로 의식되지 않을 뿐 아니라" 낯선 공간으로까지 멀어졌다는 점에 착목한다. 이처럼 중국은 "가장 멀고도 으스스한 곳"으로, 일본은 "민중의 무한한 반감을 일으키는" 나라로 표상되는 동아시아의 부자연스러운 분열을 극복할 길은 어디에 있는가? "한반도의 분계선상에 쳐진 철조망", 이 매듭을 푸는 것이 관건이다. 이 임무를 제대로 수행하기 위한, "동아시아 세계에 대한 주체적 인식과 유기적 이해"를 위한 수로 안내의 일환으로 이 책을 펴냈다는 주지가 선명하다. 1993년 『창작과비평』 봄호 특집(졸고 「탈냉전시대와 동아시아석 시각의 모색」)을 계기로 본격화한 동아시아론의 예고인 셈인데, 동아시아 문학론은 동아시아론과 동전의 양면인 것이다. 또 하나 이 서문에서 유의할 대목은 "중국문학과 일본문학을 보다 주체적으로 밀도 높게 다루지 못한 점"에 대한 반성이다. "서구문학의 언저리는 열심히 맴돌면서 조상 대대로 축적해온 지적 전통을 내팽개친" 탓에 수준 높은 우리 중국(문)학의 학적 수준이 근대 이후 줄곧 추락한 사정을 질타하며, 중국뿐 아니라 일본(문)학에 대한 "과학적·체계적 인식"의 제고를 제기한 이 글은 새로운 동아시아의 출현을 위한 동아시아 학지(學知)의 실천적 축적을 촉구한 선구적 문자다.

다음은 졸고 「동아시아문학론의 당면과제」(1994). "각기 따로따로 고찰되어왔던 한·중·일 세 나라의 문학을 한덩어리로 함께 묶어서 생각하자는 것"이 동아시아문학론의 출발임을 더욱 분명히 한 이 글은 남/북한 문학과 중국/대만 문학을 분별함으로써 "겉으로는 세 나라지만 실제로는 다섯 나라의 문학으로 구성"[19]되는 동아시아 내부의 복합성에 주목하였다. 자본주의와 사회주의라는 체제가 대칭적으로 또는 비대칭적으로 교

---

19 졸저 「동아시아문학론의 당면과제」, 『생산적 대화를 위하여』, 창비 1997, 417면.

차하는 한반도와 양안(兩岸)도 그렇지만, 탈아(脫亞)의 길을 걸어온 일본과 그 침략의 대상으로 된 나머지 나라들을 하나로 볼 수 있을까? 이 예상질문에 대해서 "현존 사회주의"가 "근대의 극복이 아니라, 기실은 사회주의의 이름을 빌린 근대성의 다른 표현"이라는 점에서, 그리고 일본 또한 "메이지유신 이후 일본사회의 비원(悲願)이 일본의 독립"[20]이라는 점에서, 셋이면서 다섯인 한·중·일 문학을 하나로 묶어서 보는 훈련을 본격적으로 실천하자는 게 주지다. 그럼에도 자칫 "새로운 지역패권주의로 나아갈"지도 모를 동아시아주의는 경계하며, 이 "지역에서 미국과 러시아가 차지하고 있는 엄연한 현실성"[21]을 감안하여 동아시아를 신축적으로 상정하자고 제안한다. 여전히 동남아시아를 간과한 것은 한계다. 방법론도 언급된다. '맹목적 근대추종'에 근거한 제국주의적 비교문학론과 '낭만적 근대부정'에 대응하는 내재적 발전론을 가로지르는 제3의 선택으로서 동아시아문학론을 위치 지우는 태도를 볼진대, 당시 동아시아문학론이 비평적이라기보다는 문학사적 접근에 가까움를 보여준다. 물론 현재로 연접된다. 동아시아문학론이라는 시좌(視座)가 길게는 "이 지역에 근본적 평화"[22]를 구축하는 데 기여할 것을 숨기지 않거니와, 구경(究竟)에는 서도(西道)의 황혼을 넘어설 문명적 대안으로서 세계사/세계문학에 당당히 참여할 것을 꿈꾸기 때문이다.

유중하의 「세계문학, 민족문학 그리고 동아시아문학」[23]은 동아시아문학이라는 고리를 세계문학/민족문학의 매개항으로서 적극적으로 사유한 글이다. 다시 말하면 분단체제론과 동아시아론의 접합을 시도한바, 출발은 중국과 한국의 문학적 변화다. "리얼리즘 독존론(獨尊論)에 대한 비

---

20 같은 글 418면.
21 같은 곳.
22 같은 글 419면.
23 유중하 「세계문학, 민족문학 그리고 동아시아문학」, 『황해문화』 2000년 여름호.

판"[24]과 함께 독자적 시대구분을 폐기하고 '20세기 중국문학'이란 키워드로 '문학사 다시 쓰기'가 실험되는[25] 개방 이후 중국의 문학계와, "민족문학(론)이 종래 구축해온 진영의 '내파'"[26]를 바탕으로 한 새로운 문학구도를 모색하는 탈냉전시대의 한국문단에서 발현되는 동시성에 주목한 것이다. 체제를 달리하는 한·중 문학을 아울러 볼 논거를 발견한 그는 이어 남북관계의 해빙과 대만 민진당(民進黨)의 승리라는 극적인 변화에 힘입어, 분단체제와 양안체제를 "하나로 꿰어 볼 줄 아는 시좌"[27]의 확보라는 새로운 접근구도를 제안하기에 이른다. 남/북한 문학과 중국/대만 문학이라는 변별을 한걸음 전진시킨 그의 논의는 두 체제를 연관적으로 파악함으로써 동아시아에 드리운 냉전체제의 종식을 꿈꾼바, 그를 위한 문학적 실천으로서 "세계문학·동아시아문학·민족문학이라는 삼중의 겹으로" 된 "설계도"[28]의 구축을 요구한다. 백영서(白永瑞)의 「중국에 '아시아'가 있는가」(『동아시아의 귀환』, 창비 2000)라는 물음에도 고무된 유중하의 토론은, 한·중에만 집중한 한계에도 불구하고, 한반도를 축으로 한 동아시아문학론이 풀어야 할 양안이라는 새로운 축을 환기한 것만으로도 소중하다.

백낙청(白樂晴)은 「세계화와 문학」(2010)에서 세계문학과 국민/민족문학 담론을 바탕으로 지역문학으로서의 동아시아문학이란 화두를 던진다. "'문학의 세계공화국'의 불평등구조에 저항하는 데 남다른 위력을 발휘할 수 있기 때문"이라는 판단에 근거하여, "지난날의 유교문명권 내지 한자문명권 유산의 상속자인 중국과 일본, 한반도, 베트남 등의 국민/민족

---

24 같은 글 47면.
25 같은 글 46면.
26 같은 글 49면.
27 같은 글 53면.
28 같은 글 55면.

문학들"을 지역문학의 기본 구성으로 삼는다.[29] 지금으로서는 지극히 현실적이다. 불평등구조 속에서도 한·중·일 문학이 그나마 조금 나은 대접을 받기도 하려니와, 지역문학운동을 지지할 물적 토대를 갖춘 곳이기에, 지역문학이 성숙해갈 상당한 기간 동안 이 기본 구성이 축 노릇을 감당할 수밖에 없을 것이다. 그만큼 "동아시아는 유럽 지역문학이나 영어권 지역문학에 비해 훨씬 뒤떨어"졌는데, "북조선의 고립과 궁핍"[30]으로 대표되는 내부의 격차도 심각하다. 따라서 안으로는 "여러 차원에서 동아시아연대를 적극 추진함으로써 격차를 극소화하려는 노력을 진행"[31]하면서, "유럽중심적인 '세계공화국'"을 넘어서 "다극화된 '연방공화국'"의 한 축으로서 동아시아 지역문학의 건설에 나서야 한다는 것이 골자다.[32]

고문(古文)을 매개로 한 동아시아 공동 문어문학이 해체된 이후 뿔뿔이 갈라선 동아시아 각국 근현대문학을 하나로 묶어보려는 데서 출발한 동아시아문학론은 이제 지역문학이라는 목표를 뚜렷이 의식하는 단계에 도착했다. 토대는 갖춘 셈이다. 동아시아는 이제 지역의 생활세계 깊숙이 교착하고 있기 때문이다. 그럼에도 이 목표는 그 당위성과 시급성에 비할 때, 아직은 선언적이다. 무엇이 요구되는가? 문화가 생활이라면 문학은 그를 들어올린 의식이자 운동이다. 생활세계와 운동의 분리 또는 대중과 지식인의 분절을 넘어서는 것이 요체다. 문화와 문학의 의식적 접합이 목숨을 건 도약처럼 요구되는데, 동아시아에 대한 우리의 무딘 감각을 깨우는 일이 선차적이다. 소로우(H. D. Thoreau)가 종요로이 여기는 "무의식적 생활의 아름다움"[33]이야말로 모든 상부구조의 내발적 종자(種子)이거

---

29 백낙청 「세계화와 문학」, 『문학이 무엇인지 다시 묻는 일』, 창비 2011, 103면.
30 같은 글 106면.
31 같은 곳.
32 같은 글 106~107면.
33 헨리 데이빗 소로우 『월든』, 강승영 옮김, 은행나무 2011, 77면.

니와, 예컨대 한국인이, 중국인이, 그리고 일본인이 나라의 국민인 동시에 동아시아의 시민이라는 공감각을 지니게 될 때, 동아시아문학은 "꾀꼬리 목청이 제철에 트이듯"[34] 오롯이 출현할 터이기 때문이다. 이 점에서 마음에 아시아가 부재하는, '서구'가 고황(膏肓)에 든 지식인/문인사회의 큰 회향이 무엇보다 먼저 요구된다. 동아시아문학은 '세계문학'이란 구체제를 해체하되 아시아의 눈으로 그를 재조정하여 감싸안는 공생의 전략이기 때문이다.

동학(東學)과 서학(西學)의 새로운 만남 위에 구축될 동아시아문학의 도래를 촉진하기 위한 공동작업에서 다자협력을 조정하는 아세안(ASEAN)의 역할을 놀아야 할 한국작가들의 책임이 무겁다. 사실 사대교린(事大交隣)의 시대에도 중국과 일본에 대한 조선의 학지(學知)/문학은 만만치 않았다. 예컨대, 일본학의 선구인 『해동제국기(海東諸國記)』나, 중국을 사유한 최고의 문자인 『열하일기(熱河日記)』를 상기하라. 국가이성적 접촉의 건조한 기록으로 되기 쉬운 연행록(燕行錄)과 해사록(海槎錄) 형태의 사행(使行)문학, 이 좁은 틈에서 저 대문학이 출현했다는 것 자체가 놀라운 일이다. 그런데 탈중화(脫中華)와 중첩된 일제의 동아시아 침략으로 말미암은 상호부정의 교환 속에서 근대 이후 중국과 일본에 대한 한국의 학지와 감각은 오히려 빈약해졌다. 일본 유학생이 그렇게 많았어도 일본을 제대로 다룬 작품은 드물기 짝이 없고, 중국문화에 익은 지식인들의 그토록 접종(接踵)한 망명에도 불구하고 중국을 배경으로 한 작품조차 영성(零星)하다.[35] 남한이 고도(孤島)로 외떨어진 냉전시대를 거치며

---

34 정지용 「시와 발표」, 이숭원 엮음 『꾀꼬리와 국화: 정지용 산문집』, 깊은샘 2011, 318면.

35 물론 그 역도 성립한다. 태평양전쟁에서 취재한 오오오까 쇼오헤이(大岡昇平)의 『들불(野火)』(1952)은 필리핀 민중의 고통보다는 자기연민의 형이상학에 기울었고, 이노우에 야스시(井上靖)의 역사소설 『둔황(敦煌)』(1959)은 중국을 빌려 전쟁에 동원된 자기변증에 몰두한 감이 없지 않다. 일본 전후문학의 대표작들에 드러난 동아시아 인

더욱 악화된 아시아 망각을 염두에 둘 때, 탈냉전의 물결 속에서 2000년대 한국문학이 이만한 문학적 월경을 성취한 것은 작은 기적이라고 해도 지나치지 않다.

　그만큼 민족민중문학으로부터 파생된 문학의 위기가 절박했다는 것이다. 위기는 한국문학의 탈경계화를 촉진했다. 말하자면 동아시아는 한국문학의 비상구였던 것이다. 위기가 기회가 된 셈인데, 이를 바탕으로 새로운 이정표를 의식할 필요가 있다. 우선 중국과 일본을 다룬 작품이 매우 드물다는 점이다. 중·일은 한눈에 꿰기가 어려운 탓이겠지만, 이 세계사적 국가들에 대한 문학적 파악은 관건적이다. 한반도의 21세기를 가를 운명에 연계된 점뿐만 아니라 이 두 나라를 탐색하는 작업 자체가 우리 안의 아시아를 깨우는 기쁜 여행이기 때문이다. 또한 동남아시아는 '동아시아'에 걸맞기 위해서도 더 큰 배려가 주어져야 마땅하다. 다자협력의 선생이라는 실용성만이 아니라 동북아시아를 상대화할 다른 원천들을 풍요롭게 지니고 있기 때문이다. 인도/유럽과 깊이 연관된 동남아시아는 중국/미국에 치우친 동북아시아와 흥미로운 짝을 이룬다. 동남아시아와 동북아시아를 거울로 세울 때, 양자 사이를 매개하는 대만이나 오끼나와(沖繩) 같은 부분국가 또는 독특한 지방의 의의가 동아시아 전체의 문맥 속에서 한층 선명히 살아나는 이점도 잊을 수 없다. 끝으로 미학문제에 대한 소홀을 반성하고 싶다. 동아시아를 새로운 문학적 의미로 재창안하기 위해서 그 공감각을 구현할 새로운 형식실험이 종요롭다. 전성태의 「늑대」와 같은 시도가 더욱 활성화하여 동아시아 미학으로 구축된다면 금상첨화다.

　마침, 일찍이 포스트모던의 습격을 겪은 일본문학은 물론이고, 개방의

───────

식의 한계를 생각건대, 1949년 이후 오랜 은둔기를 거쳐 이제 외출이 시작된 중국문학의 사정이 더 나을 듯하지는 않다.

충격 속에 혼동된 중국문학도 임비곰비로 위기를 앓았던 조건도 동아시아문학에 전화위복으로 되었다. 한·중·일 세 나라 문인들의 만남이 시작되는 것과 문학의 위기가 중첩된 점이 드러내듯, 서구문학 해바라기 속에서 엷은 피로에 싸인 한·중·일 각 국민문학의 상태가 오히려 탈경계의 대화를 촉진하는 기회를 제공한 셈이다. 독자들의 자국문학 편식에 포만한 채 좀체 바깥, 특히 이웃 아시아를 보지 않은 일본문학도 그렇지만, 이러한 '갈라파고스 증후군'[36]에 갇혀 있기로는 중국과 한국도 못지않기에, 동아시아문학이라는 다자협력의 장들이 열린 일 자체가 징후적이다. 쌍무적이 아니라 다자간 관계로 나아간다는 것은 무엇을 가리키는가? 그것은 무엇보다 먼저 동아시아라는 지역을 하나의 문학적 장소로 설정한다는 뜻이다. 갈라파고스 현상을 넘어서 동아시아를 사유한다는 것은 운동한다는 것, 곧 세계사적 대안의 가능성으로서 다른 동아시아의 도래를 위해 따로 또 같이 나아감을 지칭할 터이다.

2011년은 튀니지의 재스민혁명(1월)으로 촉발된 '아랍의 봄'으로 열려 후꾸시마(3월)를 거쳐 제국의 심장에서 벌어진 축제 같은 월가점령시위로 들레는 '미국의 가을'로 마감 중이다. 청년층의 불안과 분노를 불씨로 한 전지구적 반란의 확산으로 바야흐로 세계는 대전환의 초기단계에 들어선 듯, 후천개벽의 예후가 날카롭다. 동아시아의 책임이 가볍지 않다. 낡은 '세계문학'을 갱신할 분권의 창조적 장소로 호명될 동아시아문학 건설의 뜻을 새기자. 뜻을 세우는 것이 지루한 성공으로 가는 지름길이다. 동아시아 작가들, 특히 한국작가들의 높은 자각이 그 어느 때보다도 절실하다.

---

36 갈라파고스 증후군(Galápagos syndrome)은 1990년대 이후 일본 제조업이 국내시장만 고집한 결과 세계시장으로부터 고립된 현상을 일컫는 용어다. 이 용어의 기원인 남미 동태평양의 갈라파고스제도는 1835년 찰스 다윈(Charles Darwin, 1809~1882)의 방문으로 유명해졌다. 육지로부터 오래 고립된 덕에 특이한 생태계가 만들어진 이곳에서 다윈은 진화론의 구상을 다듬었다.

보론

나는 지난 연말 베이징 중앙민족대학에서 열린 회의(2011.11.26)에서 '동아시아문학의 현재/미래'란 제목으로 발제했다. 그런데 이는 『창작과비평』 2011년 겨울호에 막 실린 글을 바탕으로 한 것이었다. 그 저녁 자리에서 오양호(吳養鎬) 교수가 조동일(趙東一) 교수의 논의들은 참고가 되지 않느냐고 물었다. 가슴이 뜨끔했다. 귀국한 뒤 그의 저서 3권 『동아시아문학사 비교론』,[37] 『동아시아 구비서사시의 양상과 변천』,[38] 그리고 『하나이면서 여럿인 동아시아문학』[39]을 다시금 통독하고 이에 뒤늦게나마 보론을 붙인다.

"동아시아의 네 나라 한국·중국·일본·월남의 문학사 서술과 문학사 전개를 비교해 고찰"(『머리말』 iii)한 『동아시아문학사 비교론』은 그야말로 선구적이고 개척적인 업적이다. 내재적 발전론을 기본으로 방대한 『한국문학통사』를 완성한 그는 왜 동아시아문학사로 이행했을까? "민족국가끼리의 우월감 경쟁을 청산하고, 보편적인 원리의 인식과 실현에 적극적으로 기여하기 위한 선의의 협동을 힘써 하는 데 민족문화운동의 기수였던 문학사 연구가 앞장설 필요가 있다."(같은 곳) 국민문학사 또는 국민문학이 국민국가 건설 또는 국민의 탄생에 관건적 역할을 놓았다는 인식은 널리 인정되거니와, 그는 이제 그 너머를 전망한 것이다. 물론 통사를 체계화하는 과정에서 자연스럽게 우러난 터이지만, 탈냉전시대의 전개가 동아시아문학사라는 시야의 획득에 직접적 동기를 제공한 듯싶다. "근래 중국 및

---

37 조동일 『동아시아문학사 비교론』, 서울대학교출판부 1993. 이하 본문의 인용은 면수만 표기.
38 조동일 『동아시아 구비서사시의 양상과 변천』, 문학과지성사 1997. 이하 본문의 인용은 면수만 표기.
39 조동일 『하나이면서 여럿인 동아시아문학』, 지식산업사 1999. 이하 본문의 인용은 면수만 표기.

월남과의 외교관계가 수립되어 다행"(「머리말」iv)이라는 대목이나, "통일의 시대를 맞이해 남북에서 써온 문학사를 근접시키기 위해서"(「머리말」v)라는 대목을 상기컨대, 동아시아문학사론이 『전환기의 동아시아문학』이 제기한 문제의식과 호응적임을 인지할 바이다.

이 책은 3부 즉 '1. 문학사 서술 경과 검토', '2. 문학사 서술 방법 비교', '3. 문학사 전개 비교 가능성'으로 구성된다. 말하자면 연구사와 방법론과 시대별 개관을 둠으로써 동아시아문학사 정립의 가능성을 탐구하는 것이다. 그런데 1장은 '유럽 각국 문학사'를 검토하는 것으로 시작된다. "자국 문학사라는 개념과 서술 방법은 근대 유럽의 산물"(31면)이라는 점을 냉철히 인지한 터인데, 이는 1970년대 말, 대구에서 그가 주도한 공동작업을 연상시킨다. 주로 계명대(啓明大) 문학 교수들을 주축으로 한 『비교문학총서 1: 문학·장르·문학사』(동서문화연구소 편, 계명대출판부 1979)가 그것이다. 한·중·일과 불·영·독 문학연구자들이 참여하여, '문학' '장르' '문학사' '문학비평' 등 기본개념을 각국의 용례에 따라 기술하고, 동양끼리/서양끼리 비교한 뒤, 동서양을 뭉뚱그려 대비하는 것으로 총괄하는 서술 방식을 택한 이 대항목주의 사전은 서구근대문학을 유일한 기원으로 경배하도록 훈육하는 프랑스파 비교문학(littérature comparée)을 비판하면서 민족문학적 비교문학론을 모색한 점에서, 『동아시아문학사 비교론』의 밑그림임을 새삼 깨닫게 된다.

왕년의 공동작업을 단독으로 추진한 셈임에도 이 책 곳곳에 통찰이 빛난다. 가령 중국문학사 부분을 마무리하는 대목이 특히 그렇다. "중국 안의 모든 민족문학사를 서로 대등하게 보고 그 공통점과 차이점을 찾아 문학사를 쓰는 작업은 중국문학사라는 틀을 넘어서서 동아시아문학사를 인식하는 데까지 필연적으로 확대된다. 그래야 중국 안팎에 거주하는 여러 민족의 문학이 제대로 처리된다. (…) 중국은 오래고 큰 나라이므로 자랑스럽다는 배타적인 대국주의를 청산하고, 동아시아문학사로, 세계문학사로 나아가지 않고서는 중국문학사 서술이 이론이나 방법에서 정체되어 있는 난관을 돌파할 수 없다."(109~110면) 한족을 비롯한 중국 56개 민족의 문학을 대등하게 취급하라는 주문(자칫 大중국주의로 수용될 수도 있다)이나, 중국문학의 동아시아문학적 연관만을 강조하는 대목(중국은 동아시아만이 아니라 유라시아와 두루 접경한다)은 재고의 여지가 적지 않지만, 중국문학사를 민족문학의 구도를 넘어서는 시야에서 보아야 실상에 다가갈 수 있다는 지적은 소중하다. 그렇다고 민족/국민문학의 관점을 포기하는 것이 능사는 아니다. 근대 이후 중국사는 바깥이 부재하는 제국에서 하나의 국민국가로 자신을 조정하는 겸허하고도 험난한 과정을 통과해왔기 때문에 중국문학사의 얼개는 국민문학/아시아문학/세계문학이란 3중의 구도 속에 시도됨직하다.

이 책은 시론이되, 쟁점들에 대한 정치토론 즉 사론(史論)이 절제되고 있다. 왜 그런가? "문학사 논란이 당면한 정치 정세에 좌우되지 말아야 한다고 선언할 필요가 있다. 기본전제에 관한 서론부터 시비하지 말고, 문학사 서술이 실제로 어떻게 이루어졌으며, 그래서 무엇이 문제인가 검토하는 데 힘써야 한다."(「머리말」 iv) 이제 막 탈냉전의 물결이 밀어오는 1993년의 시점에서 그는 "실사구시의 정신"(같은 꽃)을 옹호한 것이다. '이론학'을 미루고 '자료학'에 치중한 셈인데, 후자 또한 만만한 일이 아닌지라, 그의 첫걸음이 무겁고도 가볍다.

『동아시아문학사 비교론』이후 4년 만에 출간된『동아시아 구비서사시의 양상과 변천』은 "세계문학사의 이론 정립을 위한 일련의 저서 가운데 세번째"(「시작하는 말」 5면)라는 그의 말처럼 전자와 직접적으로 연결되는 것은 아니다. 그러나 동아시아문학사론 역시 궁극적으로는 서구 중심의 문학사상(像)을 극복하기 위한 반성적 모색의 일환이기에 후자를 전자의 초점적 구체화라고 보아도 무방할 것이다. 제주도의 구비서사시로부터 출발하여 동서고금을 종횡하는데, 그 핵심은 "고대그리스의 서사시가 서사시의 전범이라고 하는 관습"(6면)을 철저히 상대화하는 데 있다. 이 점에서 유럽의 문학사 연구를 선차적으로 검토한 전자보다 급진적이다. "정치적인 패권을 장악해 이웃 민족을 지배하는 민족이 자기 서사시를 잃는 것과 다르게"(13면), 피지배민족 또는 소수민족에 오히려 구비서사시 전승이 풍요롭다는 데 이르러 그는 제3세계문학론을 넘어 '제4세계문학론'(같은 곳)을 강조한다.("'제4세계the Fourth World'는 미국 원주민과 그 문학을 다룬 G. Brotherston의 용어다." 30면) 국민국가의 하위에 또는 국민국가들 사이에 존재하는 소수민족의 서사시를 중심에 두는 시각은 "그 이상 단위의 문명권문학"(26면)에 대한 주목과 호응한다. 국민국가/문학의 안과 밖을 소수자와 지역(region)이라는 축으로 다시 봄으로써 현행 서구주의적 세계문학을 전복하려는 의도는 "(1)문명권문학, (2)민족국가문학, (3)민족국가문학 이하 단위의 개별민족문학 또는 지방문학의 세 등급"(32면)으로 이루어진 세계문학사론으로 드러나는 터이다.

 "유럽문명권중심주의의 편향성을 시정하기 위해서, 유럽문명권문학과 다른 문명권문학을 대등한 위치에 놓고 서로 비교해서 고찰하는 것이 새로운 과제"(27면)라는 대목에서 분명하듯이, 이 구도 속에서 (1)은 특히 핵심적이다. 그런데 "동아시아에서는 동아시아문명권문학을 통괄해서 이해하려고 하지는 않고, 유럽문명권문학과 자국 문학을 같은 위치에 놓고 살피는 풍조가 유행하고 있다. 중국에서는 '중서(中西)비교문학', 일본에서는 '일본문학과 서양문학의 비교'에만 관심을 모으면서, 자기 나라가 동아시아를 대표하거나 동아시아에서 으뜸이라고 자부하려고 한다. 그렇지만 비교의 대상을 서로 대등하지 못하게 설정한 탓에 유럽문명권과 자기 나라 사이에 선진과 후진, 보편과 특수, 위대한 것과 초라한 것의 차이가 있다는 선입견을 불식하지 못하는 탓에, 자기 나라를 높이려는 의도를 스스로 무색하게 하고 만다"(같은 곳). 구체적 비교에 들어가기 전, 코드(code)를 먼저 점검해야 한다는 예리한 지적이다. 문학 연구의 충실성을 위해서도 동아시아지역문학의 시각이 제대로 다듬어져야 한다는 안목이 설득적이다. 그럼에도 이 책 역시 근본적으로는 실사구시의 자료학을 크게 벗어난 듯싶지는 않다. "어느 지역에 살고 있는 어떤 집단, 어느 민족이라도 인류는 서로 대등하고 문화 창조에서 각기 소중한 구실을 한다는 것을 (…) 입증"(45면)했다는 결론도 소박하다. 세계문학사의 구도에 대한 날카로운 통찰에 비해 문명권문학 즉 지역문학, 특히 기존의 세계문학을 쇄신할 동아시아문학의 이념이 논쟁적으로 토론되지 않았기 때문인지도 모른다.

『하나이면서 여럿인 동아시아문학』은 "『동아시아문학사 비교론』의 속편"(4면)인데, 실은 결산편이기도 하다. "동아시아문학은 하나이면서 여럿이고, 여럿이면서 하나이다."(86면) '하나'와 '여럿'을 상호적으로 파악하는 균형을 바탕으로 하되, 방점은 역시 후자에 둔다. "중세보편주의의 공통된 이상을 여러 민족이 각기 다르게 구현"(5면)한 바로 그 "양상에 대한 더욱 정밀한 이해"(4면)를 위해 물론 '민족'이란 용어를 이렇게 무규정적으로 사용하는 것은 문제가 없지 않다. 동아시아에서는 '민족'(nation)의 탄생을 근대적 소산으로만 치부할 수 없지만 그냥 중세에도 옹근 의미의 '민족'이 작동했다고 보는 것도 무리이기 때문이다. 그럼에도 그가 이 책에서 "'국문학'을 '한국문학'으로 고쳐 일컬을 필요"(13면)를 이미 제기한 데 주목해야 한다. "나라 안의 학문에 머무르는 '국문학 연구'를 넘어서서, 나라 안팎에서 함께하는 '한국문학 연구'에 힘써야 할 때가 되었다."(14면) 전적으로 공감이다. 일본과 그 식민지(한국과 대만)에서만 통용되는 '국문학'을 '한국문학'으로 바꾸는 일(正名)은 태생적 민족주의와 허황한 세계주의를 동시에 넘어설 길을 여는 시작일 것이기 때문이다. 그리하여 그는 '한국문학'이 "근대를 비판하고 중세를 계승해 새로운 역사 창조의 발판으로 삼는 작업을 진행시켜"(24면)야 함을 강조한다. 이중 '중세 계승'이 이채롭다. 근대 극복의 힘을 중세에서 찾는다는 발상은 아날학파의 암시이거니와, 시조신화·대장경·한시·민족어시·번역이라는 5개의 열 쇳말을 축으로 동아시아 중세문학의 다양성을 탐구하는 것이 이 책의 몸 통이다. 음미할 통찰이 적지 않은데, 가령 "한국에서는『三國志演義』를, 일 본에서는『水滸傳』을, 월남에서는『西遊記』를 애호했다"(498면)는 대목이 특히 그렇다. 다만 끝내 베트남을 월남으로 호칭하는 점이 걸린다. 물론 한자문화권의 일원임을 의식한 것이긴 해도 '월남전'을 연상시키는 그 이 름을 굳이 견지할 필요는 없지 않은가 한다. 상호존중이야말로 동아시아 문학론의 바탕이기 때문이다. 나의 서툰 검토는 여기서 멈출 수밖에 없다. 그는 "동아시아문학에 두루 통달한 학자"의 출현을 "다음 세대"에 기대한 다고 겸사했지만(7면), 그의 방대한 저서들을 제대로 살필 후학도 아마 다 음 세대에 출현할 것이다.

문자공화국의 꿈[1]

1. 삼이란 숫자

존경하는 중국작가 여러분, 경애하는 일본작가 여러분, 그리고 우리 한국작가 여러분, 베이징(北京)에서 만나니 더욱 반갑습니다. 드디어 오늘의 개막으로 동아시아문학포럼이 막 한바퀴를 돌았습니다. 서울에서 시작하여(2008), 키따뀨우슈우(北九州)를 거쳐(2010), 이제 베이징에서 둥근원이 완성된 것입니다.

한국인들은 '3'이란 숫자를 좋아합니다. 생명을 주관하는 여신을 삼신(三神)할미[2]라 부르는 데서 단적으로 드러납니다만, 이는 신이 셋이라기

---

1 이 글은 제3회 동아시아문학포럼(북경국제호텔 2015.6.13)에서 발표한 기조강연이다. 원래 2012년 10월 10일에 열릴 예정이었으나 베이징 대회가 2015년 6월 13일에야 열려 지각 발표되었다. 발표 당시에는 현장에서 말로 약간의 수정을 가했으나 출판은 2012년 원문 그대로였다. 한국 출판에서도 원문을 살리는 의의에서 2012년본을 그대로 싣기로 한다.
2 이 '삼'을 '태(胎)'로 풀기도 하지만, '三'으로 새기는 것이 더 일반적인데, 아마도 양자를 겸할 터이다.

보다는, 새로운 생명을 잉태하는 과정 그 자체를 가리킬 것입니다. 일(一) 과 이(二), 즉 양(陽)과 음(陰)이 어우러 삼(三), 곧 새 생명이 창조됩니다. 삼은 일과 이를 포괄하되 양자 모두를 초과하는 그 무엇입니다. 이 점에 서 이번 포럼이 예감적입니다. 아시다시피 갈라파고스처럼 분리되었던 세 나라 문학은 동아시아문학포럼에서 처음으로 다중 접촉했습니다. 물 론 그사이 양자교류는 적지 않았습니다. 그 축적이 삼자교류로 이월케 한 터전이거니와, 사실 이는 일종의 비약입니다. 우리가 절감하고 있듯이, 삼 자교류는 양자교류보다 훨씬 품이 많이 듭니다. 더구나 세계의 이목이 집 중되는 지역인지라, 외풍(外風)도 더 탑니다. 새삼 제2회 포럼(2010.12) 때 가 생각납니다. 영토문세로 중일관계가 악화일로를 밟는 와중, 연평도(延 坪島) 포격사건마저 겹쳐,[3] 일말의 우려가 없지 않았습니다. 다행히 기우 로 그쳤습니다. 나라들 사이가 화평할 때보다도 갈등할 때가 작가들이 만 나야 할 바로 그때라는 듯, 분쟁의 바다들을 건너온 중국과 한국의 손님 들을 일본 작가단과 키따뀨우슈우 시민들은 오히려 충심으로 환대했습니 다. 정말 감동적인 장면이 아닐 수 없습니다. 그리하여 키따뀨우슈우는 홀 연 세 나라 작가들의 작은 '문자공화국'[4]으로 변신하였던 것입니다. 이 자 리를 빌려 다시 한번, 자유를 행사하여 포럼을 지지한 일본위원회의 헌신 에 깊은 감사를 전하는바, 중국공산당 창건 90주년(2011)을 전후하여 나라

---

3 2010년 9월, 중국 어선과 일본 순시선의 충돌로 재연(再燃)된 댜오위다오(釣漁島) 또 는 센까꾸(尖閣) 분쟁이 확산되는 가운데, 같은 해 11월, 북한이 남한의 연평도에 포격 을 가해 아연(俄然) 한반도 정세가 긴장되었다.

4 이 말은 칼 폴라니(Karl Polanyi, 1886~1964)의 것이다. 그 부분을 인용해둔다. "학문 과 예술은 어떠한 권위에도 위축되는 일 없이 오로지 문자공화국의 통치만을 받아야 한다. 절대적인 강제 따위는 결단코 사라져야만 한다. 모든 '반대자'들은 숨어들 수 있 는 공간이 제공되어야 하며, 계속 삶을 영위할 수 있도록 선택할 수 있는 '차선'의 선 택지가 주어져야만 한다. 그리하여 순응을 거부할 권리는 자유로운 사회의 본질적 특 징으로서 자리를 굳히게 될 것이다."(칼 폴라니 『거대한 전환』(1944), 홍기빈 옮김, 길 2009, 596면)

의 일들이 중중(重重)한 가운데에도 이번 포럼을 이처럼 훌륭하게 마련하신 중국위원회에 대해서도 더욱 정중한 인사를 드립니다.

2. 토박이와 뜨내기

제가 개인적으로 고민하는 문제의 하나가 '토박이와 뜨내기' 또는 '주인과 손님'입니다. 저는 지금 고향에 살고 있습니다. 고향이라고 했지만 시골은 아니고 항구도시 인천입니다. 물론 제 집안도 인천 토박이가 아닙니다. 증조부께서 19세기 말, 중국과 접경한 의주(義州)에서 내려오셨으니까요. 그렇지만 워낙 뜨내기가 많은 대도시이다보니 저 정도면 인천에서는 토박이 행세를 하는 셈입니다. 뜨내기들이 모여 새로운 도시를 만들어나간다는 근대적 경험의 일반성에 비추어 볼 때 도시에서 토박이를 따지는 게 우스운 일이지만, 냉전시대에 위축되었던 인천이 탈냉전시대를 맞이하여 대(對)중국/북조선 창구로 다시 부상하면서 토박이 논쟁이 내연(內燃)하던 것입니다. 토박이들은 '굴러온 돌이 박힌 돌 빼낸다'고 뜨내기들에게 불평하고, 뜨내기들은 텃세가 준동하면 시의 활기에 문제가 발생할 것이라고 우려합니다. 향토주의와 탈향토주의의 대립입니다. 저는 가운데서 우왕좌왕입니다. 뜨내기들의 지나친 유동성이 시의 정주성(定住性)을 훼손한다 싶으면 향토주의로, 토박이들의 텃세가 뜨내기들의 활력을 차단하는 데 이르면 탈향토주의로 기울곤 합니다.

그런데 조금만 거슬러오르면, '토박이'들도 대개는 뜨내기였으니, 인천에서 토박이 논쟁이란 '도토리 키 재기'일 따름입니다. 이 토론이 곧잘 정체성이란 유령과 손잡기 십상이거니와, 그래 어느덧 정체성만 나오면 신물이 날 지경이 되었습니다. '정체성'을 발화하는 순간, 대체로 복고적이 되기 쉽습니다. 마치 예전에는 있었는데 근래 훼손되었으니 다시 회복해

야 한다는 식으로 논리가 전개되곤 하기 때문입니다. 일리가 없지 않음에
도 이래서는 문제를 풀 수 없습니다. 굳이 '정체성'을 피할 수 없을 경우
는 그걸 과거가 아니라 미래로 던져두자고, 다시 말하면 앞으로 형성/구
성해야 할 공동의 실천의제로 삼는 게 좋겠다고 능칩니다. 그러고 보면
요즘에 저는 점점 후자로 기운 듯싶습니다.

향토주의의 이름으로 배외성을 고취하는 논의를 비판할 제 귀중한 전
거가 이사(李斯)의 「간축객서(諫逐客書)」입니다. 본디 초(楚)나라 사람으
로 진(秦)의 객경(客卿)으로 봉직하다가 축객령(逐客令)으로 추방되던 길
에 후일 진시황(秦始皇)으로 불릴 영정(嬴政)에게 올린 이 명문은 자칫 기
득권 수호로 악용될 향토주의 내지 국수주의의 폐단을 밝힘으로써 축객
령을 거두게 한 불후의 문장입니다. 나라 밖에서도 널리 인재를 구해 진
을 중흥한 역대 군주들의 예를 들면서 "가부를 묻지 않고 곡직을 논하지
않고 진나라 사람이 아니면 물리치고 다른 나라 출신이면 쫓아내(不問可
否 不論曲直 非秦者去 爲客者逐)" 결국 "적국에 보탬이 되(以資敵國)"[5]게 하
는 축객령의 부당성을 조목조목 설파한 이사의 논리는 제게 너무도 성성
(醒醒)합니다.

그런데 때로는 '주인'으로, 또 때로는 '손님'으로 번역되는 프랑스 말
'오뜨'(hôte)도 흥미롭습니다. 그 이중성에 주목한 자끄 데리다(Jacques
Derrida, 1930~2004)는 말합니다. "결국 인질이 되는 (…) 것은 주인, 초
대하는 자, 초대하는 주인(hôte)이다. 그리고 손님(hôte), 초대받은 인질
(guest)은 초대하는 자의 초대하는 자가 된다. 주인(hôte)의 어른이 된다.
주인(hôte)은 손님(hôte)의 손님(hôte)이 된다. 손님(hôte; guest)은 주인
(hôte; host)의 주인(host)이 된다. (주인이 손님이 되고 손님이 주인이 되
는) 이러한 치환들은 모두를, 그리고 각자를 상대방의 인질로 만든다. 환

---

5 『古文眞寶』後集, 서울: 世昌書舘 1966, 10~11면.

대의 법들이 그러하다."[6] 이 대목은 제2회 포럼을 다시 생각케 합니다. 말하자면, 중국작가들과 한국작가들은 기꺼이 일본작가들의 인질이 되고 또 거꾸로 일본작가들은 중국/한국작가들의 인질이 됨으로써 키따뀨우슈우에서의 환대가 가능했는지도 모릅니다. 주인과 손님이 기실 둘이 아니라 하나라는 이 기묘한 호환성(互換性)은 주인의 내부성과 손님의 외부성/적대성[7]을 슬그머니 해체한바, 이로써 주인과 노예의 순환하는 적대성을 변주(變奏)한 주객이원론으로부터 기쁘게 해탈할 수 있습니다. 그렇습니다. 주인은 먼저 온 손님입니다.

3. 열린 도시의 시민들

일본작가들과 한국작가들은 오늘 베이징에서 '먼저 온 손님'의 손님으로서 그리고 귀환한 객경으로서 중국작가들의 환대를 누리고 있습니다만, 그럼에도 주인과 손님의 이분법적 분리가 노골적으로 또는 은밀히 작동하고 있는 현실을 외면할 수는 없습니다. 이 나쁜 이분법은 요즘 새로운 가면을 뒤집어쓰고 나타나기도 합니다. 노마디즘(nomadism) 또는 유목주의(遊牧主義)가 그것입니다. 먼저 온 손님이라는 겸허한 자각을 새기며 모든 손님들을 환대하는 착한 주인들마저 추방하여 온 세상을 뜨내기 천지로 만들려는 자본의 어떤 책동조차 유목주의의 이름 아래 찬미되곤 합니다. 저는 물론 노마디즘을 일괄 부정하는 것이 아닙니다. 68혁명의 혁신적 분위기에서 태어난 새로움은 평가되어 마땅하지만, 이제는 그마저도 절정을 향해 치닫는 디지털자본주의의 상품 세상 속으로 거의 실종된

---

6 자크 데리다 『환대에 대하여』(De l'hospitalité), 남수인 옮김, 東文選 2004, 135면.
7 라틴어 'hostis'는 '적' 또는 '외지인'을 가리킨다고 한다. 같은 책 68면.

것이 아닌가 합니다.

이미 19세기 초에 고매한 공상적 사회주의자 로버트 오언(Robert Owen, 1771~1858)은 "사회 전체를 이득과 이윤의 원리에 따라 새롭게 조직"한 시장경제의 본격적 도입 이후 서구의 인류가 직면한 끔찍한 현실을 직감한 바 있습니다. "일정한 지역에 정착하여 살아온 사람들은 대대로 물려내려온 성격이 파괴당하고 새로운 종류의 인간으로 변이를 일으키고 있으니, 유목민처럼 떠돌아다니며 자긍심도 없고 자신에 대해 엄격한 기율을 들일 줄도 모르는 뜨내기로 바뀌고 있으며, 그러한 거칠고 무표정한 존재들의 산 예가 바로 지금의 자본가들과 노동자들"[8]이라고 칼 폴라니는 오언의 관찰을 침통히 요약했습니다. 19세기 서구에서 시작된 '자기조정시장(自己調整市場)'(칼 폴라니)이란 괴물의 작동이 이젠 세계화의 미명 아래 온 세상을 거친 떠돌이의 세계로 만든 것입니다.

유동성에 대한 저항이 요구됩니다. 자본의 텅 빈 공간(space)이 아니라 삶으로 충일한 장소(place)를 다시 구축하는 작업이야말로 그 시작입니다. 온 세상을 야한 뜨내기 천지로 만들려는 유목주의에 대한 비순응(非順應)이 종요롭습니다. 그것이 토박이의 승리로만 경사(傾斜)되는 일은 물론 회피되어야 마땅합니다. 토박이와 뜨내기가 자기 고유의 정체성을 내세운 채 배타적으로 부딪치는 것이 아니라, 토박이는 토박이대로 뜨내기는 뜨내기대로, 각자 자기의 본질로 귀환함으로써, 토박이도 아닌 뜨내기도 아닌, "동료시민들"(fellow-citizens)[9]로 거듭나는 것이야말로 황금의 고리입니다. 그때야 비로소 그 도시는 제국 또는 국가의 안에 있되 또한 바깥이기도 한 '열린 도시들'(open cities) 또는 '피난도시들'(refuge cities)로 구현될 것인데, 나라의 경계 사이에 걸터앉은 '문자공화국'이라

---

8 칼 폴라니, 앞의 책 368면.

9 Jacques Derrida, *On Cosmopolitanism and Forgiveness*, trans. by Mark Dooley and Michael Hughes, Routledge 2001, 20면.

고 해도 좋을 동아시아문학포럼은 그 전형이 아닐까 싶습니다.

회를 거듭할수록 가상도시의 꼴이 야금야금 갖춰지는 '지루한 성공'의 과정을 목격하면서 저는 타자 또는 소수자를 옹호하는 일을 작가의 고귀한 책무로 삼는 문자공화국의 현실이행 가능성을 감히 다시 생각하게 되었습니다. 저는 문학이 세상을 단박에 바꿀 수 있다고 결코 여기지 않습니다. 그렇다고 문학의 바깥이 없는 듯 안으로만 감도는 태도에도 전적으로 동의하기 어렵습니다. 문학의 유용(有用)/무용(無用)을 가로질러 여여(如如)한 중도(中道)를 어떻게 파지(把持)하는가? 루쉰(魯迅, 1881~1936)의 말이 번개처럼 떠오릅니다. "절망은 허망하다. 희망이 그러하듯."¹⁰ 너무나 쨍쨍해서 섣불리 용훼(容喙)할 엄두도 나지 않는 "강철로 된 무지개"¹¹의 언어입니다. 희망을 무서워하면서도 희망하는 정신의 미묘한 운동에 의거하여, '문자공화국'의 꿈을 공유해도 좋을 계단에 우리는 간신히 도달한 것이 아닌가 합니다. 그 과정에서 토박이와 뜨내기가 끊임없이 다투는 동아시아가 아니라, 열린 도시의 시민들로 우애가 넘치는 동아시아가 문득 열린다면 이야말로 예상치 않은 손님, 그래서 더욱 기쁜 손님일 것입니다. 한중수교 20주년/중일수교 40주년을 맞이하는 올 포럼에, 그 손님이 언제라도 들어오실 수 있도록 문을 활짝 열어둡시다. 감사합니다.

---

10 루쉰『들풀』, 이욱연 옮김, 문학동네 2011, 39면. 원문은 다음과 같다. "絶望之爲虛妄, 正與希望上同!"(『魯迅作品集』, 太原: 北岳文藝出版社 2002, 319면)

11 베이징 일본영사관 감옥에서 순국한 한국의 저항시인 이육사(1904~1944)의 시「절정」의 마지막 행 "겨울은 강철로 된 무지갠가보다"에서 인용했다.

요산 김정한 문학과 동아시아[1]

1. 혁명을 꿈꾼 '선비'

「그물」(1932)에서 「슬픈 해후」(1985)까지 총 52편의 장·중·단편을 통독한 첫 느낌은 중국에 루쉰(魯迅, 1881~1936)이라면 우리에게는 요산(樂山)이구나 하는 일종의 자긍이다. 루쉰은 일찍이 식민지 내지 반-식민지 인민에게 요구되는 가장 큰 덕목은 철저한 비타협이라고 갈파한바, 민중해방이라는 대의에 자신을 간난(艱難)히 봉헌한 탁월한 리얼리스트 김정한(金廷漢, 1908~1996)이야말로 맞춤이다. 구십 평생 내내 삶과 문학 양면에서 반골(反骨)로 일이관지(一以貫之)한 점 감탄불이(不已)다. 일제 35년만도 길다. 수많은 이들이 절(節)을 굽혀 오명을 뒤집어쓴 일이 허다하거니와, 요산은 일제의 혹독한 압박을 의연히 겪어냈다. 더욱 놀라운 일은 일제 이후 찾아온 그보다 더 긴 어둠에 맞서서도 조금도 물러서지 않은 점이다. 일제와 그 후계체제라 할 남한의 독재들에 대한 요산의 지구전은

---

1 이 글은 제19회 요산문학축전 심포지엄(요산문학관 2016.11.5)에서 행한 기조발제다.

세계적으로도 유례를 찾기 어려운 일인데, 새삼 「슬픈 해후」(1985)에 실린 시가 사무친다.

　　눈 덮인 들을 가도다
　　함부로 걷지 말라
　　오늘 나의 이 행적은
　　반드시 뒷사람의 이정표가 되리라[2]

　김구(金九, 1876~1949) 주석이 1948년 남북협상 무렵 애송한 너무나 유명한 한시, "답설야중거 불수호란행 금일아행적 수작후인정(踏雪野中去 不須胡亂行 今日我行跡 遂作後人程)"의 번역이다. 이 시의 역이 여럿 있지만 이 번역이 최고다. 6·25가 발발하자 예비검속을 피해 엄궁으로 숨은 주인공과 그 가족의 수난을 핍진하게 그린 「슬픈 해후」[3]는 예언적이다. 마지막 길을 떠난 백범(白凡)의 뜻과 몰록 해후하면서 탄생한 이 명역을 가만히 읊조리건대, 자신의 작품 인생을 마감하는 요산의 개결(介潔)한 마음이 우련히 스민다.

　나는 요산 서거 바로 전후에 좌파적 면모를 부각한 두편의 글을 기고했다. 첫번째는 조갑상 교수의 안내로 병상의 요산을 찾아뵌 인터뷰 「그 편안함 뒤에 대쪽: 요산 김정한 선생 방문기」이고, 두번째는 평론을 빌린 추

2　조갑상·황국명·이순욱 엮음 『김정한 전집 4』(전5권), 작가마을 2008, 307면. 이하 본문의 인용은 해당 권과 면수만 표기. 아울러 어려움 속에서도 전집을 펴낸 요산기념사업회와 새 작품을 다수 발굴한 세 편자에게 감사한다. 하루빨리 전집이 완간되기를 고대한다.

3　요산의 마지막 작품인 이 단편은 자전적이다. 6·25가 발발하자 엄궁(현 부산 북구)으로 피신했다가 특무대에 체포, 처남의 도움으로 그해 11월쯤 출옥한 경험이 이 단편의 종자다. 졸고 「그 편안함 뒤에 대쪽: 요산 김정한 선생 방문기」, 『민족문학사연구』 3호, 민족문학사연구소 1993, 286면.

도문 「90년대에 다시 읽는 요산」⁴이다. 동아시아를 열쇳말로 요산을 다시 독해하라는 요산기념사업회/부산작가회의의 의도는 도전적이다. 과연 요산은 또 어떤 비밀을 새로이 드러낼 것인가? 엉뚱하게도 이번에 나는 요산 문학의 요체의 하나가 '선비'임을 새삼 깨달았다. 인터뷰의 한 대목이 떠오른다. 탁영(濯纓)의 후예라는 점에 대한 높은 자부⁵를 감추지 않아 내가 오히려 놀란 기억이 지금도 생생한데, 그는 누구인가? 점필재(佔畢齋) 김종직(金宗直, 1431~92)의 제자로 이름 높은 김해인(金海人) 김일손(金馹孫, 1464~98)은 훈구파의 부패를 거침없이 비판한 언관이요, 세조의 쿠데타에조차 불관용을 견지한 사관이었다. 결국 신진사류는 훈구파의 반격으로 사대사화의 비로섬인 무오사화(戊午士禍, 1498)의 피바람 속에 말려들었으니, 현대한국사를 온몸으로 받아낸 요산은 20세기의 국사(國士)였다.⁶ 혁명을 꿈꾼 선비와 동아시아는 어떤 연관을 짓고 있을 것인가?

2. 동아시아적인 것의 지표

요산 문학에서 동아시아를 점검할 때⁷ 우선 떠오르는 지표는 나라를 넘

---

4 졸고 「90년대에 다시 읽는 요산」(1997), 『문학의 귀환』, 창비 2001.

5 「그 편안함 뒤에 대쪽: 요산 김정한 선생 방문기」, 289면.

6 나는 「90년대에 다시 읽는 요산」에서 "농업사회주의"에 기반한 "자본에 대한 농민적 저항"으로 일관된 요산 문학의 미덕이 한편 자본에 대한 우회일 수 있다는 점에서 한계라고 지적한 바(245면), 이번에 그 뿌리가 '선비'임을 확연히 깨달았다.

7 문예진흥원이 지원한 민족문학대계 제9권으로 1977년 동화출판공사에서 출판된 미완의 장편 『삼별초』는 논의에서 제외한다. 나 또한 이 장편에 비판적인 김한식에 기본적으로 동의하기 때문이다.(「민족 수난과 민중사의 기록: 김정한의 『삼별초』 연구」, 강진호 엮음 『김정한』, 291~94면) 단일성에 저항하던 요산이 이 작품에서는 그러지 못했다. 세계주의의 첨병일 몽골은 일방적으로 추문화하고 무인정권의 친위세력으로 출발한 삼별초는 일방적으로 이상화했다. 시각뿐 아니라 형상에서도 세부와 생활이 부족

어선 운동적/인간적 연대의 양상들이다. 가령 식민지시대라면 일제 또는 일본인 자본가/일본인 지주 그리고 그 하위협력자인 친일파/조선인 자본가/조선인 지주에 대한 한일 민중의 연합투쟁일 것인데, 이를 뒤집으면 나라를 넘어선 탄압의 공동전선이다. 후자에는 일본 통치기구의 말단에서 더욱 직접적으로 조선 민중을 억압한 조선인들, 예컨대 순사·순사보·헌병·헌병보조원·군(郡)고원·면서기 등등의 양태에 세심히 주목해야 하거니와, 사실 요산 문학에는 이에 대한 강조가 넘친다. 일찍이 사회주의국제주의의 세례를 받은 요산은 식민지문제를 일본제국주의 탓에만 돌리는 제한적 민족주의자가 결코 아니었으매, 그의 문학 전체가 내부의 크고 작은 협력자들에 대한 높은 고발로 시종하고 있다고 해도 지나치지 않다.

이 점을 전제로 나는 이 글에서는 전자에 중점을 두고 싶다. 인터뷰에서 내게 가장 인상적인 대목은 동래고보의 후지따니(藤谷) 교장이다. 동맹휴교로 학생들이 유치장에 갇혔을 때 서장에게 "왜 우리 아이들을 마음대로 가두냐고 호통을" 쳐서 제자들을 빼내온 이 일본인 교육자를 요산은 서슴없이 "의인"이라고 칭송한다. 신의주고보 교장으로 패전을 맞은 후지따니 교장을 "신의주에서 38선까지는 이북의 동래고보 출신들이 보호하고 38선에서는 이남의 동래고보 출신들이 인계해서 부산에서 곱게 배태워 보내드린" 졸업생들의 남북 띠잇기 호송작전[8]은 일본/일본인에 대한 적의가 넘치던 시절에 이루어진 가장 조숙한 동아시아연대로 요산 동아시아의 종자가 아닐 수 없다.

얼빠진 친일파들의 일본 긍정과 일국(一國)적 민족주의자들의 일본 부정이라는 양극화를 가로질러 단일한 일본상에 균열을 낸 요산의 작품으로는 철도노동자로 일하다 부상당한 후 조선인 빈촌에 눌러앉아 조선 농

한 줄거리 중심으로 떨어졌다. 요컨대 동아시아가 미숙이다.

8 「그 편안함 뒤에 대쪽: 요산 김정한 선생 방문기」, 291면.

민들과 고난을 함께한 일본인 이리에 가족을 감동적으로 그려낸 「산서동(山西洞) 뒷이야기」(1971)와, 오끼나와 사탕수수밭 계절노동자로 팔려간 강원도 광부의 딸 복진이를 통해 정신대(挺身隊) 문제를 반추한 「오끼나와에서 온 편지」(1977)가 단연 우뚝하다. 이 두 단편에 대해서는 "민족주의를 넘어서 새로운 한일관계를 사유하고 있는" 점에 주목하여 이미 「90년대에 다시 읽는 요산」[9]에서 간략히 언급했고, 후자에 대해서는 「오끼나와에 온 까닭」(2008)[10]에서 더 구체적으로 분석한바, 나는 여기서 우선 산서동 또는 동아시아에 이르는 전사(前史), 그 징검돌들을 점검하고자 한다.

3. 산서동으로 가는 길

「산서동 뒷이야기」가 나오기까지 요산의 작품은 대체로 일국적이었다. 그럼에도 '산서동'의 맹아는 이미 초기부터 곳곳에 작동하고 있었다. 첫 맹아는 1930년대를 대표하는 단편 「사하촌(寺下村)」(1936)의 또쭐이다. 보광사(普光寺)라는 사찰 지주에 대한 성동리 농민들의 봉기에 이르는 과정을 치밀히 묘파한 이 단편에서 또쭐이는 별명 "까만딱지"가 암시하듯, "일본서 탄광밥 먹다 온"(1권 62면) 인물로 쟁의의 자연발생적 숙성을 돕는다. 절에서 간평(看坪) 나온 날, 술판만 벌이는 간평원들에 대한 농민들의 불평 장면에 처음 출현한 또쭐이는 쟁의의 자연스러운 모의처인 야학당 장면에 다시 나타나 마을 밖 소식을 전한다. 성동리 농민들은 "또쭐이로부터 일본의 탄광 이야기도 듣고, 또 이곳저곳에서 일어나는 소작쟁

---

9 『문학의 귀환』, 243~44면 참조.
10 졸저 『제국 이후의 동아시아』, 창비 2009, 169~76면 참조.

의 얘기도 들었다. 더구나 소작쟁의에 관한 이야기는 마치 자기들의 일같이 눈을 끔벅거리며, 혹은 입을 다물고 들었다"(1권 64면). 그리하여 "밤이면 야학당에 모여드는 친구들이 부쩍 늘어갔"(1권 65면)는데, 이제 또쭐이는 고정 출석이다. 드디어 쟁의 날 "또쭐이, 들깨, 철한이, 봉구―이들 장정을 선두로 빈 짚단을 든 무리들은 어느새 동네 뒤 산길을 더우잡았다"(1권 70면). 또쭐이를 선봉으로 농민들의 투쟁이 타올랐거니, 성동리에 일본 바람 한점을 붙여놓은 작가의 배치가 예리하다. 그런데 첫 단편「그물」(1932)의 주인공이 또쭐이인 점이 흥미롭다. "돌아간 송치삼 노인의 둘째 아들"(1권 22면)로 설정되었는데,「사하촌」의 주인공 들깨의 아버지가 치삼노인인 점을 상기하면, 두 단편은 일종의 연작이다. 지주 박양산의 마름 김주사 농간에 분노한 그가 "어째도 내가 원수는 갚고야 말 것이다"(1권 32면)라고 외치더니, 일본 노동판에서 닦은 경험을 바탕으로 한층 성숙한 모습으로「사하촌」에 다시 등장, 지주에 대한 투쟁을 근사하게 이끄는 인물로 성장한 것이다.

일본 바람을 식민지 농촌의 현실에 즉응하여 새로이 파악한 미완의 장편『농촌세시기』(1955~56)[11]도 새로이 주목된다. 배경은 3·1운동이 발생한 3년 뒤인 1922년, "으슥한 산골짜기"의 농촌 밤싯골[12]의 생태를 생생하게 그려낸 이 장편은 제목의 세시기(歲時記)가 암시하듯 주인공이랄 게 없다. 주인공이 밤싯골이니까 마을 사람들이 다 주인공인 소설이다. 그래도 주인공을 고르라면 밤싯골 서당의 소년 영선이다. 아버지는 만세꾼이다. "밤싯골로서는 단 한 사람" "읍으로 나가서 독립만세를 부르고" 피신한바, "지난여름 처음으로 일본서 기별이 왔다"(2권 246면). 이 집은 양반 가문이다. 어머니 한실댁은 "옛날은 그래도 자그마치 고을을 울리던 한실

---

11 이 작품의 발굴 경위는 이순욱「1950년대 요산 김정한의 미발굴 장편소설『농촌세시기』」(『지역문학연구』9호, 경남·부산지역문학회 2004, 237~38면)를 참조.
12 이 마을 이름은 단편「굴살이」(1969, 3권 231면)에 또 등장한다.

유별감의 손녀"(2권 248면)이고 조부는 선비 혼암(魂岩)이다.

혼암 집안을 축으로 삼으면 훗날의 「수라도(修羅道)」(1969)와 방불하다. 「수라도」가 시부 허진사보다 자부 가야부인 중심이라면, 이 장편에서는 혼암이 압도적이다. 소식을 몰라 애태우던 아들의 기별을 일본에서 받자 "그처럼 소중히 여기던 책들을 말끔 궤 속에 간직해버리고서 그날부터 한 다한 농군"(2권 247면)으로 나선 혼암이 설날 선산에서 결행한 밤싯골 최초의 단발 장면은 얼마나 상쾌한가. 한실댁과 영선이 보는 앞에서 "혼암노인은 눈이 허옇게 덮인 아버지의 산소에 공손히 절을 하고 나서 무덤 가장자리를 조금 파더니 별안간 가위로 자기의 상투를 싹뚝 잘라서 거기에 묻었다"(2권 264면). 보발(保髮)의 시대에서 단발의 시대로 넘어가는 그 결단 속에서 혼암의 선비다움은 최고로 구현되는 역설이 발생하니, "새로운 학문을 (…) 알아야 된다"(2권 281면)며 혼암은 "남 먼저 손자를 학교에 넣었다"(2권 288면). 특히 한문만 익히던 영선이가 받아든 교과서 『조선어독본』이 흥미롭다. 국어가 조선어로 격하되었을망정 서당에서 배제되었던 한글이 학교를 통해 어떻게 보급되었는지를 잘 보여주는데 이것만으로도 학교는 진보다. 사설 학교가 들어선 새버덩에는 근대가 속속 도착한다. 자전차와 레그혼[13] 새끼들(2권 274면), 과자전과 이발소와 대장간과 정미소(2권 283면), 그리고 고무신[14]과 "가마니틀이란 이상한 기계"와 "역시 기계에서 나왔다는 에미 없는 병아리들"(2권 291면) 등등, 혼암의 말대로 "세상은 변하는 것"(281면)이다.

그럼 혼암은 식민지근대주의로 전향한 것인가? 큰 갈등으로 번지는 신작로 문제가 리트머스시험지다. 밤싯골 서당에서 열린 회연(會宴) 장면이

---

13 이딸리아 원산의 산란용 닭 품종. 영미에서 개량하여 전 세계로 보급된바, 일제 때 조선에 퍼졌다.
14 1920년대에 조선에 도입되어 널리 퍼진 신으로 가죽신 당혜의 디자인을 빌려 만들었다.

흥미롭다. "옛날 강신(講信) 때처럼 마을 일들을 의논"(2권 292면)하는 이 자리에서 혼암이 "가령 달구지를 모는 데도 그렇지만, 아이들의 통학, 기타 농로로도 필요한 거니까, 동구에서 큰 신작로꺼정 조그마한 신작로를 하나 내"(2권 293면)자고 발론하면서 문제는 발단한다. 마을 공론에 따라 추진된 작은 신작로 건설에 서당 훈장 남파(南坡)가 앞장서 반대한다. 혼암의 벗이었던 남파가 어느 틈에 외방 지주 고참봉의 마름이 되었거니와, "아전 소출은 허는 수 없다!"(2권 295면)고 혼암이 개탄한 데서 보이듯, 고참봉이란 "이조 말엽에 (…) 사령장을 사"(2권 296면) 감투를 쓰고 망국의 격동 속에서 천석꾼으로 올라선 식민지 지주의 전형이다. 왜 남파는 고참봉에 붙었을까? 서당을 대신할 신식 학교로 인도하는 마을 신작로 건설에 대한 구 지식인의 불만과 토지에 대한 변경을 감행하는 마을 공론에 대한 신 지주의 불안이 남파와 고참봉의 기이한 연합을 야기한 것일 테다. 이윽고 남파가 고참봉과 "왜순경"을 대동하고 나타나 주모자 혼암을 체포하는데, 왜순경으로 상징되는 일제는 왜 마을 신작로 건설에 반대하는가? 큰 신작로는 추진하면서 작은 신작로 건설은 탄압하는 이 대목에서 구 지식인과 신 지주와 일제의 삼각동맹, 또는 식민지근대주의의 기형성이 스스로 폭로되는 것이다. 전선이 흥미롭다. 밤싯골 농민들은 물론이고 매란정 교장을 비롯한 새버덩 학교 교사들, 면서기 민대균(閔大均)과 면장이 혼암을 지지한다. "혼암을 스승처럼 모시는"(2권 315면) "빡빡 얽은 얼굴"(2권 314면)의 면장이 영선이와 함께 경찰서로 가 논쟁 끝에 혼암을 구해내는 데서 작품은 일단락되는바, 면장/면서기와 교장/교사의 상투형을 해체한 데도 이 작품의 개척이 오롯하다. 또한 「모래톱 이야기」(1966) 이후 본격화할 민족문제 또는 친일문제를 이미 다룬 선구작이란 점에도 유의해야 할 터인데, 근대에 반대하면서 근대에 투항한 보발의 친일파로 전락한 남파와 달리, 근대로 건너가 식민지 근대에 저항하는 새로운 출구를 모색하는 단발의 자치파, 혼암의 초상을 들어올린 점이야말로 이 장편 최고의 성취가 아닐 수 없다.

단편 「평지(油菜)」(1968)는 서두가 인상적이다. "삼랑진(三浪津)을 지나 구포벌이 아득히 바라보이는 물금께부터 낙동강은 한결 도도히 흐른다." (3권 68면) 물금(勿禁) 강기슭 갯벌 평지밭이 이 작품의 배경이니, 낙동강 하류 조마이섬 갈밭새 영감의 투쟁을 그린 「모래톱 이야기」와 연락된다. 서울 문단 복귀작인 이 단편[15] 이후 요산은 문학의 무대를 농촌에서 강변으로 이동, 조명희(趙明熙, 1894~1938)의 후계자로서 "낙동강의 파수꾼"을 자임한다.[16] 낙동강의 아들 박성운과 백정의 딸 로사의 붉은 연애를 배경으로 한 기념비적 소설 「낙동강」(1927)의 유명한 서두, "낙동강 칠백리 길 이길이 흐르는 붉은 이곳(구포벌 — 인용자)에 이르러 곁가지 강물을 한 몸에 뭉쳐서 바다로 향하여 나간다"[17]를 염두에 두건대, 앞에 인용한 「평지」의 서두는 그 오마주다. 「낙동강」에는 갈밭을 둘러싼 갈등이 중요한 삽화로 등장하는데, 이는 「모래톱 이야기」의 핵심이다. 마을 공유재였던 갈밭이 국유로, 다시 일본인 소유로 넘어간 비통한 과정에 대한 농민들의 저항을 생생하게 묘파한 「모래톱 이야기」에 이어 「평지」에서는 갈밭이 유채밭으로 바뀌었다. 버림받은 강기슭 갯벌이 농업근대화 바람을 타고 서울 유력자 소유로 넘어가는 데 대한 허생원의 비극적 저항을 침통하게 그려낸 「평지」에서 그런데 허생원의 맏아들 용이, 이 "파월용사"가 전사한다(3권 72면). 허생원의 버팀목 용이가 베트남전쟁의 용병으로 죽어간 이

---

15 이상경은 요산의 복귀를 1965년에 이루어진 한일협정과 베트남 파병에 촉발된 것으로 파악한다.(「한국문학에서 제국주의와 여성」, 강진호 엮음 『김정한』, 새미 2002, 230면) 1966년 8월15일 임종국의 『친일문학론』(평화출판사) 출판 직후 친일문제를 본격적으로 다룬 요산의 「모래톱 이야기」가 발표되었다는 점을 상기하면 이상경의 견해는 그럴듯하다. 그러나 특히 『농촌세시기』가 보여주듯, 이전에도 그 맹아들은 움직였다는 점에도 유의할 일이다.

16 「90년대에 다시 읽는 요산」, 240면.

17 최원식 외 엮음 『20세기 한국소설』 4권, 창작과비평사 2005, 247면.

통렬한 반어는 한국과 베트남, 두 나라 민중의 비틀린 연계를 그대로 드러내는데, 비록 풍문일망정 베트남전이 우리 소설에 반영된 최초의 예가 아닐까 싶다.

이미 지적했듯이 중편 「수라도」의 밑그림은 『농촌세시기』다. 혼암을 중심으로 한 후자를 허진사댁 며느리 가야부인[18]을 초점으로 뒤집어 다시 쓴 전자는 그만큼 더 근본적이다. 때로는 허진사에 순종하지 않음으로써 인간다움의 영토를 신분과 계급 너머로 확장한 가야부인은 한국소설사상 가장 탁월한 여성 초상의 하나로 조금도 모자람이 없거니와, 이 소설이 "우리나라에서 일본군 '위안부' 문제를 처음으로 (…) 제기한"[19] 작품이라는 점 또한 중요롭다. "군수공장에 취직시킨다고 했"던 정신대가 실은 "일본 병정들의 위안부로"(3권 207면) 끌려갔다는 흉흉한 소문에 가야부인은 양딸처럼 기른 몸종 옥이와 홀아비 사위 박서방의 혼사를 후원한다. 이 어려운 호적 정리를 도운 이가 면서기다. "저만치서 면서기가 빙긋이 웃고 있었다."(3권 217면) 이 면서기는 『농촌세시기』에 등장하는 민대균 유형인데, 옥이를 정신대로 끌고 가려는 독촉을 성화같이 하는 자는 일인 순사부장을 등에 업은 이와모도 구장, "돈 주고 산 참봉"(3권 181면) 이참봉이다. 도경 고등계 경부보를 다니는 아들은 "지금은 국회의원"(3권 182면)이니, 『농촌세시기』의 고참봉과 남파를 합친 셈이다. 이 탁월한 중편에서 정신대 문제가 일제의 문제일 뿐만 아니라 민족 내부의 문제임을 처음으로 제기한 요산은 거제도포로폭동사건(1952)의 여파로 나루터 뱃사공 가족의 몰락을 다룬 「뒷기미나루」(1969)에서도 지나가듯 정신대를 묻는다.

---

18 이 중편은 요산의 처가 양산 원동면 화제리가 배경으로 가야부인의 모델은 처조모라고 한다. 송창우 「수라도를 찾아서: 요산 문학의 현장」, 『지역문학연구』 9호, 189면.

19 일본군 '위안부' 문제를 알리는 데 공헌한 기록 센다 가꼬오(千田夏光)의 『종군위안부』가 일본에서 출판된 것이 1973년임을 감안할 때, 친일 문제를 집요하게 추궁하는 과정에서 1969년 일본군 '위안부' 문제에 처음으로 주목한 요산의 안목은 획기적이라고 이상경은 지적한다. 「한국문학에서 제국주의와 여성」, 239면.

이 단편의 무대 뒷기미나루는 "삼랑진을 더 거슬러올라간 낙동강 상류께, 지류인 밀양강이 본류로 굽어드는 짬"(3권 251면)에 자리한 바, 이 나루에 껴묻은 이야기들 가운데 작가는 각별히 정신대를 놓치지 않은 것이다. "실상은 왜군의 위안부인 여자 정신대(挺身隊)다 해서 짐승처럼 끌려서 뒷기미나루를 울며 건너던 억울한 사연들이 문득 머리에들 떠올랐을지도 모른다."(3권 258면) '세마리 까마귀'로 악명을 떨친 권교장·박순사·윤소장, 세 친일파의 악행을 묘파한 「지옥변」(1970)에서도 정신대 동원의 내재적 성격이 더욱 또렷하다. 요컨대 요산은 식민지 지배가 오로지 외적인 것이 아님을 분명히 하였던 것이다.

요산 사신의 교사(1939~40) 경력이 바탕일 「어둠속에서」(1970)는 배경도 엇비슷하다. 일본어의 상용(常用)이 강제되는 1938년 여름 식민지 조선의 지방 초등 교육현장에서 민족적 양심을 지키려 노고하는 T국민학교 훈도 김인철의 고투를 생생하게 서사한 이 단편에서도 일제의 협력자 조선인들이 곳곳에 등장하는데, "저것도 동포랄 수 있을까?"(4권 115면), 혀를 차게 되는 '사탄'이란 별명의 조선인 형사는 대표적이다. 그런데 이 작품에 잠깐 등장하는 일본 여성들이 재미있다. 김인철이 경찰서에 끌려가 고문당하던 밤, "아마 술집이나, 그런 데서 굴러먹던"(4권 112면) 한 떼의 일본 여성들이 왁자하게 들어서 항의한다. "내지(일본본토)에서 못 살아 조선에 나왔고, 조선서도 살길이 막혀 만주 간다는데, 그것이 무슨 죄가 되어요? 그럼 못사는 사람들은 꼼짝 말고 그대로 굶어 죽으란 말인가요?"(4권 112면) 내내 시끄럽다가 이튿날 아침 먹고는 훈방된 그녀들을 보면서 김인철은 "숫제 동지라도 생긴 듯" "쓸쓸하게 웃"으며 한마디 내뱉는다. "이곳 ×찬 놈들보다 오히려 나은 편이군!"(4권 112면) 이 침통한 단편을 반짝 밝히는 빛나는 삽화가 아닐 수 없다. 민족을 횡단할 줄 아는 요산의 눈매가 서늘하다.

4. 산서동과 오끼나와: 한일민중연대의 이상과 현실

1970년대의 앞과 뒤에 짝을 지어 마주 본 단편 「산서동 뒷이야기」와 「오끼나와에서 온 편지」는 요산 동아시아의 중추다. 아시다시피 이 시기는 '한일유착'으로 얼룩진 박정희독재의 한복판이다. 요산은 왜 이때 '다른 일본인' 이리에와 '다른 일본' 오끼나와를 사유하게 되었을까?

"낙동강 하류에 있는 ㅁ역(물금역 — 인용자)을 지나 (…) 벼랑에 매달린 듯한 작은 마을", "이웃마을 사람들은 (…) '명매기마을'이라고 얕잡아 부"(4권 174면)르는 산서동[20]은 전형적 빈촌이다. 소설은 이 마을의 박노인(수봉)을 찾아온 청년 신사 이리에 나미오의 등장으로 열리는데, 이를 발단으로 산서동의 역사가 흥미진진하게 풀려나오던 것이다. 나미오는 이리에쌍의 둘째 아들로 1945년 패전과 함께 일본으로 돌아갔다가 26년 만에 "그가 태어나고 자란 고향"(4권 176면) 산서동을 방문했으니, 이리에 가족은 산서동의 "단 한가구뿐"인 일본인 가족이었다. 작품은 이에 박수봉과 이리에쌍이 함께 "가뭄과 홍수와 지주들과 싸워가던 30여년 전의 젊었을 때"(4권 178면)로 플래시백한다. 이리에쌍은 원래 ㅁ역 선로수(線路手), 철도노동자였다. 부상으로 처와 함께 모랫등이란 개펄마을에 정착, 밭농사를 시작했는데, 이리에 가족은 허물없이 조선인 사이로 묻어든다. 조선 부인들과 허물없이 품앗이까지 하는 이리에 처에 대해 "일본사람이란 생각보다 자기들처럼 못사는 농사꾼의 마누라란 생각이 앞"(4권 183면)섰고, 그 자식들 또한 "한국 아이들과 함께 한국인 소학교에 다녔으"니, "서로 민족적인 감정 같은 건 전혀 없었던 것이다"(4권 177면). 갑술년(1934년) 홍수 때 물난리에 취약한 저지대를 떠나 고지대 즉 산서동으로 이주하는 투

---

20 송창우, 앞의 글 188~89면. 그는 산서동을 남부동에, 이웃 토박이 마을은 증산마을에 비정한다.

쟁에 수봉과 이리에가 공동으로 나서면서, 생활 속에 다져진 우정은 식민과 피식민의 관계를 가로지른 정치적 우애로 진화한다. 산서동은 원래 무명의 독메로 "그 야산 동쪽에 있는 부락의 공동 산판"(4권 181면)이었다. 근본은 국유지였음에도 그곳 토박이들은 저지대 사람들의 이주를 완강하게 저지한바, 수봉과 이리에가 앞장서 이 투쟁을 성공으로 이끈 것이다. 어떻게 이리에에 대한 민족적 편견이 극복될 수 있었을까? "나도 논부의 아들이요, 소작인의 아들이란 말이요. 그래서 못살아 이곳으로 나와봤지만, 소작인의 아들은 오데로 가나 못사루긴 한가지야."(4권 184면) 진솔한 발언으로 발현된 민중적 국제주의를 조선 농민들이 자연스럽게 섭수함으로써 소숙한 한일연대가 실천적으로 구현된 터다. 이를 바탕으로 수봉과 이리에는 갑술년 가을, 산서동 사람들을 이끌고 일본인 부재지주들의 지세에 반대하는 경제투쟁에 나선다. 투쟁은 더욱 발전한다. "산서동이 선 지 이태 뒤 (…) 마침 르군(양산군 — 인용자) 농민봉기사건[21]이 벌어진 때"(4권 186면) 수봉과 이리에도 체포된다. 그 바람에 일인 순경에 의해 "나쁜 사상" 때문에 "일본서도 그러다가 쫓겨났"(같은 곳)던 이리에의 전력이 드러난다. 경제투쟁에서 정치투쟁으로 발전한 농민운동을 인도한 그는 선진적인 노동자였던 것이다. 해방의 날 조선 농민들의 전송을 받으며 부산 부두를 떠난, 귀국한 이후에도 투쟁을 멈추지 않다가 사거한 이리에씨은 한일민중연대의 표상으로서 조금도 모자람이 없다.

그런데 그 현재는 불안하다. 그의 아들 나미오는 한국과 일본의 오늘을 끊임없이 대조한다. "26년 전과 조금도 달라 보이지 않는 마을 집 모습들"(4권 175면)에 놀란 그는 서울의 도둑촌과 대비되는 한국사회의 양극화에 대해 "논협(農協)도 논민들이 직접 운용"(4권 186면)하는 등 운동이 발

---

21 이는 요산이 가담했다 피체된 양산농민봉기(1932)가 모델일 터인데, 소설 속에서는 1936년으로 된다. 아마도 착오라기보다는 소설적 변형으로 보인다.

전하면서 "일본 논촌은 도회지와 그렇게 큰 차별 없이 살어"(4권 176면)가 게 되었다고 자긍한다. 더 나아가 "여긴 노돈조합 같은 것 있어도 어은조 합이고, 논민조합 같은 건 처음부터 없다 카지요?"(4권 186면)라고 박노인 을 몬다. 농민조합은 다 해산당했다는 대답에 나미오는 "그럼 30년 아니 반세기 전보다 못한 셈"(같은 곳)이라고 결론짓는데, 최후의 일격은 나미오 가 박노인의 아들 춘식의 안부를 묻는 대목이다. "춘식이는 6·25사변 통 에 죽었어."(같은 곳) 잘 큰 나미오와 전사한 춘식이는 이리에쌍과 박노인 의 빛나는 정치적 우애의 현재, 즉 한일 간의 격차를 상징하는 것이다. 박 노인조차 한국의 현실에 비관한다. 그리하여 작품은 "민주주의의 탈"(4권 187면)을 쓴 총선이 낼 모레인데, 선거 술 얻어먹고 비틀거리는 산서동 청 년들의 귀가 장면으로 마감되는 것이다.

패전 후 일본은 운동이 발전한 데 비해 해방 후 한국은 후퇴했다는 이 단편의 사상은 선한 의도에도 불구하고 "한국 민중에 대한 기이한 자기비 하"[22]로 이끈다는 점에서 문제적이다. 이상경은 "김정한 작품의 가장 중 요한 주제가 (…) 청산되지 못한 역사의 문제"이기 때문에 나의 비판이 적절치 않다고 지적한다.[23] 박노인의 입을 빌려 "일본인들의 앙칼진 반미 운동"과 "민주적 투쟁사건"(4권 186면)을 드러내는 데에 묻어 있는 부러움 에는 일리가 없지 않은 것이매, 나도 물론 이에 일정하게 동의한다. 그러 나 과연 당시 일본의 운동은 나미오가 생각한 만큼 선진적일까? 춘식의 전사가 강력히 환기하듯이 나미오의 상대적 안정 자체가 6·25전쟁의 선 물이라는 점을 상기할 때, 전범의 복귀 속에 이루어진 일본 자민당의 55년 체제 자체가 거꾸로 한국의 역사 청산을 지연함으로써 두 나라의 운동을 퇴보시키는 데 결정적으로 기여했다는 평가도 가능할 것이다. 이 점에서

---

22 「90년대에 다시 읽는 요산」, 244면.
23 이상경, 앞의 글 248면.

이리에쌍이 술 취하면 조선인을 "바보! 머저리 같은 것들!"(4권 183면)이라고 욕하는 대목도 걸린다. 저항하지 못하는 조선인에 대한 안타까움이 배어 있을지라도 착한 민중 이리에쌍에게 문득 제국의 일본인이라는 어떤 변신술이 작동하는바, 이는 나미오로 유전되던 것이다. 요산이라면 이 지점까지 한일연대의 사유를 진전시켜야 했다는 아쉬움이 남는 작품이 아닐 수 없다.

요산 동아시아의 귀결점인 「오끼나와에서 온 편지」는 여러모로 이례적이다. 이 단편은 요산이 간접체험을 소설화한 유일한 작품일 것이다. 시작이 인상적이다. "어떤 문예평론가가 나를 평하기를 체험하지 않은 일은 잘 쓰시 못하는 사람이라고 했거니와, 사실 나는 그물을 가지고 구름 잡는 듯한 이야기는 자신이 없다."(4권 268면) '나'는 요산이기 십상이다. 그렇다고 바로 작가로 지목하면 너무 순진한 일이다. '나'는 요산의 분신인 '내포저자'로 파악해야 수나롭다. 오끼나와를 직접 갈 수 없는 처지인지라 요산은 이 단편에서 약간의 의장을 설치했다. "지난여름 강원도의 탄갱지대를 몇군데 돌아다닌"(4권 268면) 취재 여행에서 발견한 복진이의 편지뭉치를 단서로 풀어낸, 요산 작품으로는 거의 유일한 서간체소설인데, 또한 '나'의 이야기와 복진이의 오끼나와 이야기가 안팎을 이루는 일종의 액자소설이다. 이 이중의 설계는 취재의 간접성에서 말미암을 터이거니와, 편지에 담긴 내용은 참담하다. 식민지 시절의 강제동원의 역사가 다시금 복제되는 압도적 현실에 경악한 요산의 서두름이 감지되니, 그 먼 섬에 노동자로 팔려온 한국인 청년과 여성들, 거지로 떠도는 고아들, 그리고 군 위안부 출신 상해댁까지 무서운 진실이 오글거리고 있던 것이었다.

특히 중국의 상하이에서 일본군 위안부 생활을 겪고 귀국을 포기한 채 이 섬에 흘러들어와 "술가게와 비밀 (…) 히로뽕 장사"(4권 281면)로 생애하는 상해댁의 존재는 각별하다.[24] 풍문으로만 떠돌던 '위안부'가 살아 있는 상해댁으로 등장, 가해자 일본 및 새로운 지배자 미국과 그 청산되지 못한 역사를 반복하는 한국정부를 비판하는 대목은 압권이다. 그러나 여기에 "성적 강제를 자행한 일본 제국주의와 남성들의 범죄"[25]로 군 위안부 문제를 바라보는 시각의 극적인 변화가 함축되어 있다는 이상경의 판단은 과장이 아닐까 싶다. 일본군 위안부가 일제와 친일파의 범죄행위라는 점은 분명히 인식했다고 할 수 있지만 과연 요산이 남성의 범죄라는 젠더 차원에까지 도달했을까? 아마도 그곳에는 미달일 것이다. 그럼에도 "오끼나와라는 거울을 통해 박정희 개발독재의 어두운 진실에 육박해간 이 단편은 한국 민중의 참상이 미군을 축으로 하는 한·미·일 삼각동맹에 의해 지탱되고 있다는 점을 강렬히 암시하고 있는 한편, 한국 계절노동자의 존재를 통해서 미국과 일본에 양속한 오끼나와의 고뇌를 생생하게 보여"[26]준 점에서 획기적이다.

　그런데 역시 한국과 일본을 비교하는 대목이 「산서동 뒷이야기」만큼 문제다. 과거가 중심인 「산서동 뒷이야기」에 비해 「오끼나와에서 온 편지」는 현재가 중점이기 때문에 더욱이 그렇다. 후자에는 전자의 나미오를 닮은 다께오가 등장한다. 그는 사탕수수농장 주인집 아들로 꽤 괜찮은 청년이다. 선의에도 불구하고 그는 틈만 나면 한국인을 모욕한다. "한

---

24 김재용은 그 모델을 배봉기 할머니로 유추한다. 오끼나와가 미국에서 일본으로 관할권이 넘어가던 1972년 즈음 "오키나와에 있던 조선인들이 거주 허가를 받기 위해 신고를 하게 되면서 배봉기 할머니의 슬픈 소식이 오키나와 일본의 언론에 노출"된바, 아마도 이에 요산이 감응했을 것이라는 판단이다.(「반(反)풍화의 글쓰기: 오키나와에 이르는 길」, 『다시, 사람 사는 세상을』(제9회 요산문학축전 자료집), 요산기념사업회, 2016, 100면) 알다시피 배봉기 할머니(1914~91)는 총련 활동가들의 지원 속에 1975년 처음으로 위안부 생활을 증언했다. 그럼에도 한국에선 남북 대결에 묻혀 거의 묵살되었다. 그로부터 16년 후, 김학순 할머니(1924~97)가 국내에서 처음으로 증언함으로써 한국에서 위안부 문제가 본격적으로 공론화되었다. 이로 미루건대 이미 1977년에 이를 다룬 요산의 선진성이 더욱 돋보이는 것이다.
25 이상경, 앞의 글 246면.
26 「오끼나와에 온 까닭」, 174~75면.

국사람을 왜 다꼬(문어)라고 부르는지 알아? 뼉다귀가 없다는 거야, 뼉다귀가……!"(4권 285면) 더욱 가관은 '건아의 탑'과 '백합의 탑'을 가리키며 "이건 미군이 쳐들어왔을 때 군인들과 함께 나서서 싸우다가 죽거나 자결한 남녀 학생들의 거룩한 희생을 기념하기 위해 세운 석탑"(4권 278면)이라고 자랑하는 대목이다. 아무리 반미투쟁이 전무한 데 대한 요산의 자탄이 투영되어 있다 할지라도, 그 참혹한 오끼나와전투를 찬미하다니. 1945년 4월부터 2개월 간 치러진 이 전투는 생지옥이었다. 미일 양군 총 12만명이 전사했는데, 민간인이 무려 10만 이상이 희생되었다. 더구나 그 희생이 일본군에 의한 학살에 가깝다는 것이매 다께오의 찬양은 길을 잃었다. 이 단편의 가장 큰 약점은 다께오에게 오끼나와의식이 결락되었다는 점이다. 그는 자신의 이중성, 일본인이면서 오끼나와인이라는 자의식이 없다. 오끼나와는 1972년 미군의 점령으로부터 벗어나 일본으로 귀속되었지만 여전히 미군기지의 섬으로 흔들린다. 오끼나와는 일본이면서 일본이 아니다. 중국·일본·미국이라는 제국들의 교차로에서 오히려 자신들의 오끼나와성(性)을 더욱이 강렬히 의식하기에 이르렀으매, 일본과 오끼나와를 혼동하는 다께오의 무의식적 혼란이 안타까운 것이다.

꼭 동아시아를 다루어야 동아시아문학이 되는 것은 아니다. 국제주의 민중의 관점에서 가장 비통한 현실에서 가장 고귀한 인간적 진실을 길어올린 「수라도」를 비롯한 요산의 최고의 작품들이 동아시아문학의 귀중한 자산이다. 그러나 역시 요산에게 동아시아는 덜 의식화되었다. 요산이 그 와중에도 이만큼이나 동아시아국제주의를 형상화한 것만으로도 감사할 일이거니와, 또 그 여지를 두신 것이 후배들에게는 고마운 일이다. 한국사회를 자유롭고 평등해서 온 인민이 형제자매처럼 우애로운 공동체로 만드는 일이 통일의 지름길임을 문학과 삶 양면에서 가르쳐주신 요산은 우리에게 '다른 동아시아의 건설'이라는 핵심 과제를 이월했으매, 어느덧 20주기를 맞는 마음 한층 간절하다.

중국 여성 작가의 눈에 비친 위안부

◆

딩링의 「내가 안개마을에 있을 때」

작년(2015) 연말 느닷없이 위안부 문제에 대한 한일 정부 간 합의가 발표되었다. 실질적 진전도 없이 전격적으로 아베에 동조한 한국정부의 표변이야말로 난해한 것인데, 이렇게 선언한다고 이 쟁점이 해소될 수 있다면 작히나 좋으랴만, 그 이후의 전개는 그 기대의 어리석음을 폭로할 뿐이었다.

그러던 차 우연히 집어든 「내가 안개마을에 있을 때」(1940)에 빠졌다. 격변의 현대사를 온몸으로 겪은 중국 여성 작가 딩링(丁玲, 1904~1986)의 동명의 소설집[1]에 수록된 단편인데, 과연 명불허전이다. 장편 『쏘피의 일기』(1927)로 일약 총아로 떠오른 그녀는 남편 후 예핀(胡也頻)[2]이 1931년

---

[1] 딩링 『내가 안개마을에 있을 때』(창비세계문학 6), 김미란 옮김, 창비 2012. 이하 본문의 인용은 면수만 표기.

[2] 딩링이 직접 작성한 소전(小傳)에 의하면 그는 1905년 봄 푸젠성(福建省) 푸저우(福州)에서 중산계급의 아들로 태어났으나 가세가 기울어 가난과 표박의 생활 속에서 1925년부터 시와 단편을 발표했다. 1930년 즈음부터 사회주의에 경도되어 상하이에서 루쉰(魯迅)이 이끄는 좌익작가연맹에 가입, 집행위원으로 활동했으나 1931년 1월 17일 국민당에 체포되어 2월 7일 비밀리에 총살되었다. 「胡也頻小傳」, 『支那小說集 阿

국민당에 의해 처형된 다음해 공산당에 입당한다. 1936년에는 마침내 난징(南京)에서 탈출, 산시성(陝西省) 바오안현(保安縣)에서 장정(長征) 중의 홍군에 합류하여 이듬해 옌안(延安)에 도착함으로써 홍군에 투신한 첫 작가로서 열렬히 환영되었던 것이다. 그러나 그후 그녀와 중국공산당은 자주 삐꺽거렸다. 전선과 농촌을 순회하며 중국의 현실에 치열히 다가갔건만 그럴수록 당과 인민 사이의 거리를 여성으로서 실감할 뿐이었다. 국제부녀절을 맞아 당의 모순적 여성관을 지적한 「38절 소감」(1942)을 발표하자 그예 그녀는 독초(毒草)라는 혹독한 비판을 받고야 만 것이다.

사실 그녀는 우리 작가들과 인연이 없지 않다. 1951년 10월 건국 2주년 행사에 조선관례단(款禮團은 친선사절단)의 일원으로 중국을 방문한 동갑내기 소설가 이태준(李泰俊)이 그녀를 만났다. 이태준의 『중국기행 — 위대한 새 중국』[3]에 의하면, 중국 문연이 행사에 초청된, 소련 시인 일리야 예렌부르끄, 칠레 시인 빠블로 네루다, 그리고 동독의 소설가 안나 제거스를 비롯한 각국의 저명 작가들을 환영하는 모임을 조직했는데 바로 이 자리에 문연 부주석 마오 둔(茅盾)과 함께 딩링도 참석했던 것이다. 이태준이 "남자 양복을 입었으나 맏며느리 타입의 매우 부드럽고 총명한 분"이라고 소개한 그녀는 중국작가들의 현황을 다음과 같이 개괄한다. 작가들은 대개 소시민 출신들이라 "군중 속에 들어가 자기개변으로부터 노력"[4]하고 있다고.

그녀와 더 깊은 친교를 맺은 작가는 김학철(金學鐵)이다. 민족주의에서 아나키즘을 거쳐 중국공산당의 조선의용군 전사로 복무했으나 남에서도 북에서도 쫓겨 다시 중국으로 건너간 그는 1951년 1월 베이징 중앙문

Q正傳』(東京: 四六書院 1931), 89~90면.

3 1952년 평양 국립출판사에서 낸 책을 2015년에 소명출판이 이태준 전집 6권으로 다시 찍어냈다.

4 같은 책 300면.

학연구소 연구원으로 일시 몸을 붙이는데, 바로 그 주임이 딩링이었다. 이 때는 토지개혁사업을 다룬 대표작 『태양은 쌍간강을 비추고』(1948)를 출간한 데서 보이듯 당의 문학사업에 보조를 맞추던 때였다. 그러나 딩링은 1955년에 다시, 그리고 김학철은 1957년에 비판당하면서 투옥과 모욕의 기나긴 세월을 견뎌야 했다. 중국에서 귀국한 뒤 1956년 숙청된 채 몰년조차 미궁인 상태로 사라진 이태준의 가혹한 운명에 비하면 그래도 중국의 두 작가는 낫다고 할까. 1981년 8월, 그 1년 전 당적을 회복한 딩링은 복권된 김학철을 만나러 몸소 연변을 방문하였으니, 두 작가의 회포가 어떠했을까. 그녀의 만년은 겉으로야 불우하지 않았지만 그럼에도 표현의 자유가 제약된 중국의 문학적 현실에 일말의 의문을 거두지 않았으매, 그녀와 당은 끝내 화해하지 못했다고 해도 좋다.

그녀의 단편 「내가 안개마을에 있을 때」는 그래도 표현의 자유를 누리던 시절의 작품으로 더욱 주목되거니와, 작중 화자 '나'는 작가의 분신이라고 해도 좋다. 정치부가 소재한 곳에서 30리 떨어진 안개마을로 요양 온 '나'는 지난 석달 동안 쓴 글들도 정리할 겸 비교적 가벼운 마음으로 농촌으로 하방(下放)한다. 그런데 이 마을은 "작년에 일본놈들"(10면)의 습격을 받은 곳으로 그 상흔의 중심에 18세 소녀 전전이 있다. 전전은 바로 그때 성당으로 도망갔다가 일본군에 끌려가 1년이 넘도록 위안부, 그것도 장교의 여자 노릇을 했다고 지탄받는 어린 여성이다. 그런데 흥미로운 것은 겨우 탈출한 그녀를 공산당이 "자꾸 파견"(26면)했다는 점이다. 말하자면 당이 그녀를 첩자로 활용했으니, 정말로 "여자로 태어났다는 게 재앙"(같은 곳)인 것이다. 그런 그녀가 악화된 성병 탓에 완전 귀향하는데, 이 단편은 '나'와 전전의 친교가 구성의 초점이다.

마을로부터 소외된 전전에 대한 '나'의 끌림에는 1935년 난징에서 국민당에 의해 체포되었다가 이듬해 탈출한 딩링 자신의 경험이 투영되었거니와, 그녀는 일생 전향의 의혹으로부터 자유롭지 못했다. "거기"(16면)에서 있었던 일을 다 밝히지 않은 전전에 대해 '내'가 그 비밀을 영원히 캐묻지 않기로 마음먹고서 덧붙이는 문장이 이 점에서 예사롭지 않다. "사람이라면 누구나 남에게 절대 보여주고 싶지 않은 무언가를 가슴 깊이 숨겨두려고 하는데, (…) 그것은 (…) 그녀 개인의 도덕성과도 상관이 없다."(30면) 작가는 동란의 와중에 끄들려 '죄'를 뒤집어쓴 여성에 민감하다. 일본군에 끌려가 위안부 노릇을 한 것도 원통한데 그뒤 당의 종용으로 그 일을 계속하다가 귀향했음에도 마을 사람들은 시기 섞인 비난으로 일관하는 경향에 대한 작가의 강한 항의가 암시되거니와, 당의 입장에 서되 더 근본적인 자리, 즉 여성의 눈으로 전쟁을 파악하는 시각이 독자적이다.

작가의 섬세한 눈길로 구성된 위안부 전전의 형상은 어떤 관념의 간섭도 용인하지 않을 만큼 살아 있다. 마을 사람들의 차가운 시선에도 기죽지 않음은 물론 "어느 누구도 자신을 동정하게 두지 않았고 누구를 동정하지도 않았다"(34면). 시련을 통해 오히려 강해진, 10대라곤 믿기지 않을 내공을 보여주는데, 일본군이 습격하기 전 그녀의 모습 또한 보통내기가 아니었다. 가난한 청년을 사랑했으나 집안이 반대하자 출분을 제안할 만큼 담대했지만 그가 주저하는 통에 습격 때 일본군에 끌려간 전전은 기존 질서를 두드리는 경계인이었다. 마을에 돌아온 뒤에도 그녀는 여전히 통념에 저항한다. 그녀는 이제 부모도 허락한 청년의 구혼을 거절한다. 흥미로운 것은 전전 부모의 회심을 일본군의 습격으로 마을의 기존 질서가 파괴되었다는 데서 구한다는 점이다. "일본놈들이 온 뒤로 누가 돈이 더 있고 말고 자체가 없어졌잖아요."(22면) 선악을 넘어서 기존 질서를 해체하는 일종의 해방적 기능을 행사하는 전쟁의 어떤 본질이 날카롭게 드러나는 대목이 아닐 수 없다. 위안부 시절 그녀는 다른 세상을 엿보았다. 일본군에 끌려다닌 신세일망정 근대의 공기를 쐬었던 것이다. "일본 여자들도 다들 공부를 아주 많이 했어요."(25면) 전전이 남방 여자인 '나'에게 호의를 보이는 이유도 같다. "남방 여자들은 우리와 다르게 공부를 아주 많이 많이 할 수 있잖아요."(같은 곳) 오지 마을에 고립된 전전에게 중국 남방 여자들이나 일본 여자들은 공부로 표상되는 다른 삶의 가능성으로 비쳤으니, 근대성 또는 여성성에 눈뜬 전전을 통해 그 치욕의 역설을 드러낸 작가의 각도가 서늘하다. 그리하여 전전은 당의 배려로 정치부가 있는 곳으로 가 병을 치료하고 "그곳에 머물면서 공부를 하고 싶"(40면)다는 희망 속에 고향을 떠나는 길을 선택한다. 작품은 가장 비천한 곳에서 인간적 위엄을 길어올린 전전의 "환한 미래"(41면)를 조용히 응원하며 '내'가 기쁘게 안개마을을 떠나는 것으로 마무리된다.

민족주의, 공산주의, 또는 여성주의로만 포착되지 않는 위안부, 그 잉여의 진실에 다가간 딩링의 리얼리즘이 고통 속에 빛나는 이 단편은 민족주의와 탈민족주의로 분절된 한국 위안부문제의 오늘을 바라볼 중대한 참조처다. 중일전쟁 중 일본군에 끌려가 위안부로 강제된 여성이 등장하는 이 단편의 경우를 전장이 아닌 식민지 조선에서 일반화할 수는 없겠지만, 이 문제에 대한 제대로 된 토론의 발진을 위해서도 「내가 안개마을에 있을 때」에 대한 한국 독서공동체의 주목을 구하면서, 아울러 딩링 30주기를 가만히 기억하고 싶다.

문학 이후의 문학[1]

1. 벼루와 칼

저는 인천 사람입니다. 키따큐우슈우시(北九州市)는 인천의 자매도시입니다. 제2회 동아시아문학포럼 덕분에 처음으로 이 도시를 방문하게 되었습니다. 저를 이곳으로 이끈, '황해(黃海)에 부는 바람'에 감사합니다.

공해도시에서 환경도시로 거듭나는 데 성공한 곳이라는 명성이 전문가들 사이에 드높다 할지라도, 이 연합도시는 한국에서 대중적으로 아직은 낯섭니다. 이에 비하면 이 도시의 모태(母胎)의 하나인 모지항(門司港)은 그 맞은편의 시모노세끼항(下關港)과 더불어 그렇게 낯설지는 않습니다. 알다시피 시모노세끼는 일본 안팎의 교통을 매개하는 축이지만, 때로는 조선과 중국을 공격하는 기지로 변신하는 경우도 없지 않았습니다. 시모노세끼를 지배하던 모오리(毛利)씨는 임진왜란(1592~98) 시기 조선침략군

---

1 이 글은 제2회 동아시아문학포럼(키따큐우슈우시 국제회의장 2010.12.4)에서 행한 기조연설이다.

의 일원이었고, 청일전쟁(1894~95)을 마무리한 시모노세끼조약(1895)이 상징하듯이 이 항구는 조선과 중국으로 뻗어나가는 메이지정부의 거점이었던 것입니다. 세또나이까이(瀨戶內海)의 서쪽 입구에 해당하는 칸몬해협(關門海峽)을 북쪽에서 바라보는 시모노세끼의 위치에너지는 이처럼 비등합니다. 그런데 그 남쪽 모지는 조용했습니다. 이 점에서 토꾸가와막부(德川幕府)의 출현과 함께 조일(朝日)관계가 모처럼 평화로웠던 조선통신사(朝鮮通信使) 시대에 모지와 관련한 작은 삽화가 흥미롭습니다.

통신사가 시모노세키에서 받은 선물 가운데 제일 명품은 벼루였다. 조선 후기의 통신사들은 시모노세키의 특산물인 벼루의 돌이 문자성〔모지조(文字城)〕에서 나오는 것으로 알았는데, 문자성은 숙소에서 멀지 않은 곳에서 바라보이는 산성이었다. (⋯) 김세렴(金世濂, 1636년 통신부사로 일본에 옴 — 인용자)이나 성대중(成大中, 1763년 서기관으로 일본에 옴 — 인용자)은 문자성이 아카마가세키(赤間關, 시모노세끼의 다른 이름 — 인용자)의 맞은편에 있다고 했는데, 그렇다면 간몬해협을 사이에 두고 시모노세키와 마주한 기타큐슈의 모지(門司)를 말하는 것으로 보인다.[2]

문인이 정치가였던 조선에서 벼루는 철인정치(哲人政治)의 상징이었습니다. 그러니 벼루에 대한 예민함으로 그 돌의 원산지 '문자성'을 이처럼 따로 기록해둔 것입니다. '문자성'이란 묘한 이름의 고장은 어디인가? '문자'의 일본 발음은 '모지'입니다. 모지항의 '모지'와 발음이 같습니다. 그렇다면 '모지조오'가 오늘의 '모지항'이라는 위의 추정이 어긋나지 않을 듯합니다. 시모노세끼 특산 벼루가 모지의 돌로 만들어졌다니, 기이한 인연이 아닐 수 없습니다. 키따큐우슈우시에서 제2회 동아시아문학포럼

---

2 (사)조선통신사문화사업회 엮음 『조선통신사 옛길을 따라』, 서울: 한울 2007, 93면.

이 열린 게 우연이 아닌가봅니다.

그런데 모지도 군국(軍國)의 역사에서 자유로웠던 것만은 아닙니다. 때론 침략의 발진지(發進地) 노릇도 했습니다. 최근 한국에서 발굴된 일본군 보병 14연대의 『진중일지(陣中日誌)』(1907~1909)가 그 단적인 예입니다. 대한제국 군대의 해산과 의병들의 토벌을 주요임무로 활동한 14연대가 1907년 7월 25일 오후 6시 정각 부산을 향해 출발한 곳이 바로 모지항이었습니다.[3]

조선통신사들에게 최고의 선물 벼루를 선사한 모지와 대한제국의 식민지화에 결정적 길을 닦은 14연대의 모지, 이 길항하는 두 기억 사이에 다리를 놓아야 합니다. 기억은 화해의 시작입니다. 나쁜 기억이라면 처음에는 비록 고통을 야기한달지라도 종국에는 불관용(不寬容)을 정지시키는 황금의 계기로 될 것이기 때문입니다. 칼이 벼루를 동강냈던 20세기의 동아시아와 진정으로 결별하기 위해 우리 문학인들은 무엇을 할 수 있을 것인가? 벼루의 전통을 이어 환황해경제권(環黃海經濟圈)의 네트워크를 추진하는 키따큐우슈우시에서 열리는 제2회 동아시아문학포럼에서 우리 한·일·중 문학인들이 함께 궁리할 최고의 공안(公案)입니다.

2. 국민문학의 회로(回路)

한·일·중 세 나라 근대문학은 각기 국민문학(national literature) 건설에 의식적이든 무의식적이든 노고했습니다. 중세공동문어문학(中世共同文語文學)인 한문학(漢文學)이 아니라, 일본어로 중국어로 한국어로 각 나

---

3 이 일지는 2009년 8월 11일 그 소장자 토지박물관에 의해 공개되었으며, 2010년 2월 27일 KBS「역사스페셜」에서 다시 자세히 다루어졌다.

라의 실정에 맞는 국민문학을 창조하는 작업은 근대의 핵심사업입니다
만, 국민문학을 넘어서는 세계문학(Weltliteratur)의 전망과 결합되지 못
하면 그조차도 제대로 수행할 수 없다는 것은 상식입니다. 이 점에서 서
구의 충격 앞에서 세 나라가 힘을 합쳐 공멸을 방지하자는 동아시아연대
론은 훌륭한 싹입니다. 그런데 탈아입구(脫亞入歐)로 돌아선 일본의 이탈
로 조선은 식민지로, 중국은 반식민지로 전락하면서, 국민문학 이후를 내
다보는 전망을 상실한 채 세 나라 문학은 일국주의의 회로 안에 갇혔던
것입니다. 1917년 러시아혁명 이후 굴기한 프로문학이 이 지역의 정치적
상상력에 강한 스파크를 제공함으로써 각 국민문학은 다시 한번 일국주
의를 넘어설 기회를 맞이했습니다. 결국 두번째 기회도 무산되었습니다.
먼 후일 베를린장벽이 무너지면서(1989) 더욱 또렷해졌듯이, 레닌주의 또
는 스탈린주의는 자본주의 이후로 인류를 이끌 기획에 미달이었던 것입
니다. 그리하여 프로문학운동의 폐허에서 코꾸민분가꾸(國民文學)라는
제국의 문학이 불사조처럼 솟아올랐습니다. 각 국민문학을 해체하여 대
일본문학으로 수렴하고자 하는 열망을 품은 코꾸민분가꾸 시대는 동아
시아 지역 교류에 난데없는 활기를 부여했습니다만, 그 활기야말로 직후
에 찾아오기 마련인 파국의 강력한 예고였습니다. 물론 중국의 경우, 해방
구를 중심으로 프로문학이 활발하게 실험되고 있었습니다. 이는 중국혁
명의 성공(1949)을 지피는 소중한 불씨지만 일본과 중국국민당의 이중포
위 속에 갇힌 터라 더욱 비개방적일 수밖에 없었습니다. 일본문학의 제국
주의적 확대를 '아시아인의 아시아'라는 거짓 구호로 도모했던 일제 말의
험한 경험은 전후 세 나라 문학의 격리를 더욱 정당화하게 되었습니다.
한반도의 분단을 경계로 냉전체제가 6·25전쟁이라는 대규모의 열전을 먹
이로 전세계로 발진하면서 동아시아 세 나라(아니 실제는 네 나라 사이)
의 격리는 혹독했습니다. 세 나라 문학은 자신이 지은 남(他)의 감옥에 자
발적으로 걸어들어갔던 것입니다.

탈냉전시대의 도래와 함께 세 나라와 그 문학은 새로운 도정에 들어섭니다. 개혁·개방의 물결 속에 한때 적으로서 대면했던 중국과 한국이 수교하고(1992), 한국에서는 5·16쿠데타로 오랜 기간 중단된 문민정부가 선거로 다시 탄생하면서(1993), 세 나라 사이의 교차하는 교류가 새 국면을 맞이하게 됩니다. 동북아에 부는 탈경계화(脫境界化)의 바람이 드디어 국민문학을 넘어설 세번째 기회를 근사하게 열어놓은 것입니다. 그런데 이 기회는 뜻하지 않게 다른 위기로 변모합니다. 시장으로부터 바람이 불어오면서, 문학의 위기라는 바이러스가 유행합니다. 이 위기는 좀 특이합니다. 알다시피 그동안 문학을 둘러싼 대립은 정치적이었습니다. 문학은 살아 있는 권력과 불화하면서 그 너머를 상상했기 때문입니다. 이에 비해 시장 바람은 전선(前線)을 시나브로 녹여버립니다. 투쟁 속에서 더욱 빛난 문학의 위의(威儀)는 싸움의 대상을 상실하자 서서히 바래기 시작했습니다. 고도자본주의로 질주한 일본이 제일 먼저 바이러스에 감염됐습니다. 1990년대 초반에 점화된 순문학 소멸론이 그 징후입니다.[4] 바이러스는 해협을 건너 한국에 상륙합니다. 카라따니 코오진(柄谷行人)의 평론집 『근대문학의 종언』(도서출판 b)이 번역되던 2006년 전후로 한국을 달군 종언론 소동이란 카라따니를 빙자하여 한국문학의 탈사회화를 재촉하는 일종의 해소론입니다만,[5] 그럼에도 그토록 정치적이었던 한국문학의 탈정치화가 21세기의 입구에서 한결 뚜렷해졌다는 점은 부인할 수 없을 것입니다. 6월항쟁을 고비로 민주화 코스가 정향(定向)되는 점을 상기하면 이 변모는 흥미롭습니다. 민주화의 뒷문으로 슬며시 들어온 시장의 우상이

---

4 카사이 키요시(笠井潔)의 평론「그리고 '순문학'은 소멸했다」(1993)를 둘러싼 논쟁이 그것이다. 그 배경은 무라까미 하루끼(村上春樹)나 요시모또 바나나(吉本ばなな) 등이 베스트셀러 작가로 부상하는 것과 함께, 시대소설이나 추리소설을 비롯한 대중문학 수준이 제고되면서 나타난 일본 문학지도의 급격한 변모다. 鈴木貞美『日本の「文學」概念』, 東京: 作品社 1998, 8~9면.
5 졸고「근대문학의 종언, 또는 신판 해소론」, 한겨레 2007.10.27.

어느 틈에 문학의 초상을 바꿔버린 것입니다. 문학의 위상이 급속히 주변화됩니다. 더욱 놀라운 것은 사회주의 중국입니다. 2005년 6월 약간 선정적으로 촉발되었지만, 실은 1990년대의 주류로 된 탈정치적 문학의 출현이 지닌 사회적 함의를 독해하려는 저간의 토론을 날카롭게 반영한 '순문학'논쟁[6]은 시장경제가 차지하는 국면이 점증하는 추세를 감안하면 일본·한국이 겪은 위기와 크게 다르다고 하기 어렵습니다. "오랫동안 작가들을 압박해온 중국문학의 엄숙주의에 대한 (…) 대대적인 반란"[7]이라는 점에서 세 나라 문학은 희한하게도 동병상련입니다.

국경과 체제마저도 가비얍게 넘어, 각기의 영역에 고립된 세 나라 문학을 하나의 질병으로 묶어내는 시장의 우상 앞에서 우리가 '따로 또 같이' 가야 할 길은 어디에 있는가? "제국이 서사를 압수"[8]한 스토리텔링 시대에 서사의 귀환을 외치는 것이 자칫 제국 또는 시장에 투항하는 꼴이 되기 쉬운 이 기이한 상황을 염두에 둘 때, 우리의 대처는 간단치 않습니다. 물론 '스토리텔링 시대'라는 기호에 휘둘릴 필요는 없습니다. 우리 시대를 독해하는 데 유용한 안목을 제공함에도 불구하고 모든 슬로건이 그렇듯이 일정한 과장을 면할 수 없기 때문입니다. 구미(歐美)에 대해서 동시성과 비(非)동시성이 혼종하는 동아시아에서는 더구나 그렇습니다. 이는 위기론도 마찬가지입니다. 현재 우리가 직면한 곤경을 정확히 이해하는 일은 핵심적이지만, 그 때문에 하늘이 무너진 양 구는 것은 무자각적이든 자각적이든 새로운 상황에 대한 일방적 적응만 도모하는 일만큼이나 적절한 대처라고 하기 어렵습니다. 서사를 이야기하는 순간 스토리텔

---

6 이에 대한 자세한 논의는 다음을 참조했다. 이정훈 「'文學'을 되묻다」, 『中國現代文學』 37호(2006), 2~16면.

7 백지운 「중국문학 속에 출몰하는 '과거사'(national memory)라는 유령」, 최원식 외 엮음 『동아시아의 오늘과 내일』, 논형 2009, 129면.

8 크리스티앙 살몽 『스토리텔링』, 류은영 옮김, 현실문화 2010, 34면.

링 시대에 자동적으로 포섭되는 곤경에서 벗어나기 위해 익숙한 서사는 물론이고 그로부터 탈주하고자 한 기존의 탈(脫)서사/반(反)서사/신(新)서사적 실험들조차 근본에서 다시 보는 일이 종요롭습니다. 이 점에서 최근 한국의 젊은 문학, 특히 언어실험에 몰두하는 일군의 젊은 시인들을 "산사의 선방에 들어앉아 용맹정진하는 선승(禪僧)"[9]에 비유한 백낙청(白樂晴)의 지적은 정곡(正鵠)을 얻은 터입니다. 그렇다고 국민문학의 피로기라는 날카로운 과도기를 겪고 있는 동아시아 세 나라의 진짜 문학이 귀족적 고립에만 갇혀 있으리라고 생각하는 것은 아닙니다. 아마도 세 나라 문인들이 이처럼 정기적으로 회동하는 데 합의한 것도 그 예감으로서 모자람이 없을 터입니다.

3. 동아시아라는 텍스트

우리 세 나라 문인들은 지난 서울대회 이후 두번째로 이 도시에서 회동합니다. 그런데 한·중·일 세 나라라고 할 때 제 마음은 편치 않습니다. 한반도에는 1948년 이후 실제로 두 나라, 즉 대한민국(한국)과 조선민주주의인민공화국(북조선)이 존재합니다. 사실 저도 때로는 북을 잊고 싶기도 합니다. 아니 깜빡깜빡 잊기도 합니다. 저 또한 분단 한반도의 남쪽에서 태어나 그 북쪽의 경험이 원천봉쇄된 '분단의 아이'이기 때문입니다. 학교 교육과정을 거치면서 한국의 역대 반공정권이 만들어낸 이미지의 홍수 속에 잠겼지만, 그 영상들은 도깨비 같은 것입니다. 그 대신 민주주의의 전진 속에 자라난 민족통일의 꿈은 훨씬 강력하고 절실했습니다. 그런데 '동구혁명' 이후 그 꿈 또한 추동력이 짐짓 약화된 상태입니다. 통일

---

9 백낙청 「현대시와 근대성, 그리고 대중의 삶」, 『창작과비평』 2009년 겨울호 21면.

서사는 아버지의 서사, 또는 초자아(Über-Ich)의 서사지, 영혼을 통해 몸에 새겨진 '나'의 서사는 아닌 것입니다. 이제 한국에서 '통일'을 뜨겁게 호명하는 시절은 지나갔습니다. '통일'보다 '평화'가 더 선호될 만큼 통일의 재정의가 다양하게 시험되고 있습니다. 예컨대 남북국가연합을 통일의 중간단계가 아니라 최종단계로 삼아도 나쁘지 않겠다는 '서늘한' 통일론도 대두되고 있는 실정입니다.[10]

그럼에도 불구하고 동아시아가 이렇게 만날 때, 즉 북조선을 빼고 한국이 한반도를 대신하는 모양새에 놓이면 한편으로는 불편해집니다. 철저한 쇄국 속에서 국민문학의 피로현상이 우심한지라 그 바깥과 소통할 필요가 가장 큰 문학이 북조선입니다. 그래서 더욱 안타깝기도 합니다. 바라건대 여러분도 그 부재에 한번의 눈길을 주시기를! 북조선의 향방이 한반도는 물론이고 21세기 동아시아의 운명에 미칠 영향을 생각건대, 우리 문학인들이 그 부재의 극복을 상상적으로 선취한다면 더없이 좋은 일입니다. 통일 베트남의 참여가 동남아시아국가연합(ASEAN)의 순항에 결정적이었다는 점을 상기할 때 북조선문학의 동참은 동아시아라는 텍스트의 온전한 구성에 뜻밖에도 기여하는 바 적지 않을 것입니다.

우리는 문학의 이름으로 만납니다. 문학은 국경을 넘기 어렵습니다. 국민어는 그 자체가 엄청난 진입장벽인 종족의 방언이기 때문입니다. 그럼에도 불구하고 세 나라 문인들이 방언의 경계를 넘기로 작심한 것은 국민문학의 폐쇄회로와 창궐하는 시장의 우상 앞에서 문학에 대한 근본적 재검토가 요구되는 시점이란 인식을 공유한 데 있을 것입니다. 각기의 실존적 조건에서 우상들과 고투하면서 길어올린 어둡게 빛나는 언어들을 교환하는 과정이란, 한편으로는 각 국민문학을 더욱 실답게 개조하는 작업인 동시에, 이월적 가치를 실험하는 탈국민문학의 길을 닦는 것이기도 합

---

10 졸고 「소국과 대국의 상호진화」(2008), 『제국 이후의 동아시아』, 창비 2009, 30면.

니다. 국민문학 너머를 내다보는 협동 작업이 꼭 동아시아에서만 이루어져야 한다고 고집하는 것도 물론 아닙니다. 일찍이 괴테(J. W. Goethe, 1749~1832)가 제창한 세계문학의 이상이 보여주듯 사실 다른 지역은 이미 오래전부터 이런 협업이 진전되어왔다는 점에서 동아시아문학 포럼의 발족은 결코 이르다고 할 수 없습니다. 지리적 근접성에도 불구하고 문화적으로 소원했던 과거와 달리 세 나라 사이의 교류는 이미 생활세계 깊숙이 진입했습니다. 세 나라 문학이 거의 동시적으로 유사한 질병에 감염된 것도 그 반영인지도 모릅니다. 생활세계의 변화를 다른 동아시아의 출현을 위한 지적 협동이라는 한 차원 높은 단계로 전진시킬 일을 더욱 자각할 필요가 있습니다.

이번 회의를 준비한 일본위원회는 이번 포럼의 전체 주제를 '21세기 문학의 바다로! 지금 동아시아를 어떻게 쓸 것인가'로 제안했습니다. 개인 방언으로 자신의 실존을 동아시아로 번역하는 이 협업과정에서 새로운 의미의 동아시아 공동어 문학의 싹이 오롯하기를 기대합니다. 국민문학 시절의 영향력이 쇠퇴하는 것을 애도하지도 말고, 창조적 소수자 시절의 귀족적 고립에 오만하지도 말며, 새로운 상황에 즉한 '문학 이후의 문학'의 도래를 점검할 시점입니다. 모쪼록 제2회 동아시아문학포럼이 열리는 키따큐우슈우시가 적정 규모 독자들의 연대 속에서 성숙하는 새 문학, 새 언어의 탄생을 고지하는 장소로 기억되기를 기원하는 바입니다. 감사합니다.

도시를 구할 묘약(妙藥)은? 인천세계도시인문학대회 기조강연(하버파크호텔 2009.10.20)

노동문학의 오늘――이인휘의 『폐허를 보다』 『문학의오늘』 2017년 봄호

리얼리즘의 임계점――『아들의 아버지――아버지의 시대, 아들의 유년』과 『밤의 눈』 『오늘의
　　문예비평』 2014년 봄호(원제: 사실의 힘, 진실의 법정)

우리 시대 한국문학의 두 촉―― 한강과 권여선 『창작과비평』 2016년 겨울호

| 제3부 | 시와 정치

자력갱생의 시학 『창작과비평』 2005년 여름호

농업적 상상력의 골독한 산책 이시영 시집 『하동』, 창비 2017

하산(卜山)하는 마음 신대철 시집 『누구인지 몰라도 그대를 사랑한다』, 창비 2005

시와 정치 도종환 시집 『사월 바다』, 창비 2016

중(中)문자 시 김사인 시집 『어린 당나귀 곁에서』, 창비 2015

바다가 가난한 나라의 시 이세기 시집 『먹염바다』, 실천문학사 2005

시를 기다리며 『시와시』 2012년 여름호

| 제4부 | 동아시아문학이라는 퍼즐

동아시아국제주의의 이상과 현실――국제(國際)와 민제(民際) '동아시아 비판적 잡지 회
　　의' 주제발표(연세대 장기원국제회의실 2012.6.29) 개고

다시 살아난 불씨 제2회 인천 AALA문학포럼 기조강연(하버파크호텔 2011.4.28)

동아시아문학의 현재/미래 『창작과비평』 2011년 겨울호

문자공화국의 꿈 제3회 동아시아문학포럼 기조강연(북경국제호텔 2015.6.13)

요산 김정한 문학과 동아시아 『작가와사회』 2016년 겨울호

중국 여성 작가의 눈에 비친 위안부――딩링의 「내가 안개마을에 있을 때」 『푸른연금술사』
　　2016.3·4월호

문학 이후의 문학 제2회 동아시아문학포럼 기조연설(키타뀨우슈우시 국제회의장 2012.12.4)

문학과 진보

초판 1쇄 발행 / 2018년 8월 30일

지은이 / 최원식
펴낸이 / 강일우
책임편집 / 박지영 윤자영
조판 / 박아경
펴낸곳 / (주)창비
등록 / 1986년 8월 5일 제85호
주소 / 10881 경기도 파주시 회동길 184
전화 / 031-955-3333
팩시밀리 / 영업 031-955-3399 편집 031-955-3400
홈페이지 / www.changbi.com
전자우편 / lit@changbi.com